POSY LOVELL

Die Töchter von Kew Gardens

GOLDMANN

POSY LOVELL

Die Töchter *von* Kew Gardens

ROMAN

Aus dem Englischen
von Britta Evert

GOLDMANN

Die englische Originalausgabe erschien 2021 unter dem Titel
»The Kew Gardens Girls at War« bei Orion Fiction, an imprint
of The Orion Publishing Group Ltd, London.

MIX
Papier | Fördert gute Waldnutzung
FSC® C014496
FSC www.fsc.org

Penguin Random House Verlagsgruppe FSC® N001967

1. Auflage
Deutsche Erstveröffentlichung Februar 2023

Umschlaggestaltung: UNO Werbeagentur GmbH
Umschlagmotiv: Coverdesign Original:
The Brewster Project/Orion Books; Frauen: © Laura Ranftler/Arcangel;
Blumenranke, ganzer Hintergrund: © depositphotos
Redaktion: Dr. Ulrike Brandt-Schwarze
LS · Herstellung: ik
Satz: Mediengestaltung Vornehm GmbH, München
Druck und Bindung: GGP Media GmbH, Pößneck
Printed in Germany
ISBN: 978-3-442-49167-4

www.goldmann-verlag.de

Für Darren, Tom und Sam

Das Jahr 1940

Kapitel 1

Kent, Sommer 1940

Louisa hörte die Motoren, noch bevor sie die Flugzeuge sah. Sie flogen sehr hoch und brummten wie Hummeln. Wie sehr wütende Hummeln, dachte sie.

Sie richtete sich auf und rieb sich das Kreuz. Sie war nicht mehr jung, und es bereitete ihr immer Schmerzen, sich zu den Pflanzen in ihrem Garten hinunterzubücken.

Sie blickte auf. Es war ein traumhafter Tag. Der Himmel war strahlend blau und mit kleinen weißen Wolken gesprenkelt. Louisa schloss einen Moment lang die Augen und genoss das Gefühl, die Sonne auf ihrem Gesicht zu spüren, öffnete sie aber fast sofort wieder, als das Dröhnen der Motoren lauter wurde.

Und plötzlich waren sie da, direkt über ihr. Zwei Flugzeuge – nein, drei, vier hoben sich vor dem tiefblauen Himmel ab, als sie im Sturzflug nach unten stießen.

Ein Prickeln der Furcht und Erregung durchlief Louisa.

Der Krieg schien oft weit entfernt von ihrem verschlafenen Dorf in Kent stattzufinden, aber nicht an diesem Tag.

»Teddy!«, rief sie ihrem Mann zu. »Teddy, komm her und schau dir das an!«

Der Lärm wurde immer stärker. Motoren heulten auf, die Bordwaffen der Jagdflugzeuge krachten, und die Maschinen sackten nach unten. Louisa schnappte nach Luft. Sie konnten unmöglich so tief herunterkommen! Aber schon im nächsten Moment jagten sie wieder nach oben, hinauf in die Wolken.

Stimmen wurden laut. Es waren die Dorfkinder, die auf die Straße stürzten. Louisa wusste, dass sie auf die Felder rannten, in der Hoffnung, Granatsplitter oder Schrapnelle aufsammeln zu können. Sie wäre gern mit ihnen gelaufen, um zu sehen, was die Kinder finden würden, aber sie konnte den Blick nicht von dem Luftkampf losreißen.

Eines der Flugzeuge jagte über den Horizont, gefolgt von einem anderen. Louisa konnte nicht erkennen, welches das deutsche und welche das britische war. Sie kniff die Augen zusammen und blinzelte in die Sonne. Das deutsche war vorn, dicht dahinter eine Spitfire.

»Du lieber Gott!« Louisa drehte sich um. Teddy stand hinter ihr, an seiner Seite sein Neffe Christopher. Teddy runzelte die Stirn, als er die Flugzeuge sah, und Louisa bereute sofort, dass sie ihn gerufen hatte. Sein Sohn war im letzten Krieg ums Leben gekommen, und ihr Mann war entsetzt gewesen, als erneut ein Krieg ausbrach. Nicht nur entsetzt, sondern am Boden zerstört.

Ohne den Blick vom Himmel zu wenden, nahm sie seine Hand und drückte sie tröstend. Teddy hatte mittlerweile resigniert, was den Krieg anging. Hitler musste Einhalt geboten werden, das stand fest, aber die Mittel gefielen ihm ganz und gar nicht. Er lehnte kategorisch jede direkte Unterstützung der kriegerischen Einsätze ab. Stattdessen sorgte er als Quartiermeister für die Unterbringung der zahlreichen evakuierten Kinder, die im Dorf gelandet waren.

Am Himmel entstand ein Zickzackmuster aus Kondensstreifen, während die Flugzeuge kreuz und quer durch das Blau rasten. In das Dröhnen der Motoren mischte sich das Rattern der Maschinengewehre, so laut, dass Louisa sich am liebsten die Ohren zugehalten hätte.

Ihr Magen flatterte vor Aufregung. Es war beängstigend und gleichzeitig fesselnd zu beobachten, wie diese Piloten über ihren Köpfen einen erbitterten Kampf ausfochten. Aber sie hatte schon immer etwas für dramatische Szenen übriggehabt.

»Er hat einen Treffer abbekommen.« Christopher zeigte auf das deutsche Flugzeug. Dichter Qualm stieg von einer der Tragflächen auf. »Vielleicht springt er ab. Haltet nach einem Fallschirm Ausschau.«

Louisa zog scharf die Luft ein. »Er kehrt um!« Das Flugzeug flitzte über den Himmel und ließ kohlschwarze Rauchwölkchen im Blau zurück. »Schaut nur!« Sie ließ Teddys Hand los und zeigte nach oben. »Er fliegt zurück!« Sie lachte vor Aufregung. »Unsere Jungs haben ihn davongejagt.«

Teddy erschauerte leicht, drehte sich um und ging

wortlos durch den Garten zum Haus. Louisa hatte einen Moment lang ein schlechtes Gewissen, weil sie diesen Luftkampf so sehr genossen hatte.

Sie sah Christopher an. »Armer Ted«, sagte sie. »Das alles ist sehr schlimm für ihn.«

Christopher nickte. »Bestimmt erinnert ihn der Krieg jeden Tag an Philip.«

Über ihnen verschwanden die Flugzeuge in der Ferne, und alle Geräusche verklangen. Louisa fragte sich, ob es der deutsche Pilot zurück nach Frankreich schaffen oder mit dem Fallschirm abspringen würde. Zu ihrer Überraschung stellte sie fest, dass sie hoffte, er würde unversehrt durchkommen. Sie lächelte in sich hinein. Das hat die Ehe mit Teddy bewirkt, dachte sie. Sie erinnerte sich, wie leidenschaftlich sie sich während der ersten Jahre des letzten Kriegs engagiert und jede Nachricht von der Front förmlich verschlungen und sogar – sie kämpfte mit einer Anwandlung von Scham, als sie daran dachte – Männer beschimpft hatte, die nicht kämpfen wollten. Teddy und sie hatten unterschiedliche Erinnerungen an den letzten Krieg. Völlig unterschiedliche.

Louisa schaute zum Haus, wo Teddy gerade sein Fahrrad aus dem Schuppen holte. »Es hilft ihm, wenn er etwas zu tun hat. Wahrscheinlich fährt er jetzt zu den evakuierten Kindern.«

Christopher ließ sich ins Gras plumpsen. Louisa drehte sich zu ihm um. Ein komischer Kerl, dieser junge Mann. Vergesslich und zerstreut, hoch aufgeschossen und schlaksig, jemand, der ständig über seine eigenen Füße stolperte, aber er war auch offen und ehrlich, und er hatte ein Händchen für Pflanzen. Er war der Sohn von Teddys jüngerer Schwester, und genau wie ihr Mann hatte Louisa ihn sehr gern. Beide hatten sich gefreut, als er in der Nähe eine Anstellung als Landarbeiter bekam.

»Wünschst du dir, du könntest mehr Unterstützung leisten?«, fragte er unvermittelt. »Für den Krieg, meine ich.«

Mit einem kleinen Grunzen und einer nicht sehr eleganten Bewegung ließ sich Louisa neben ihm nieder. Wie sollte sie ihm erklären, wie ihr zumute war? »Schon«, gab sie zu. »Ich fühle mich irgendwie …«

»Nutzlos?«

»Genau.« Sie lächelte Christopher an. »Letztes Mal konnte ich etwas beitragen.«

»In Kew Gardens?«

»Diese Geschichte hast du bestimmt schon tausendmal gehört.«

»Ich höre sie gern.«

Louisa seufzte. »Ich weiß, es lässt sich kaum damit vergleichen, was Philip oder all die anderen Männer, die an der Front waren, geleistet haben, oder die Frauen, die als Krankenschwestern gearbeitet oder die Truppen in anderer Weise unterstützt haben. Aber weil wir uns um die Gärten gekümmert haben, konnten die Männer, die in Kew beschäftigt waren, an die Front gehen und kämpfen.«

»Ich denke daran, mich freiwillig zu melden«, sagte Christopher.

Louisa sah ihn überrascht an. Er hatte zuvor noch nie davon gesprochen.

»Im Ernst?«

»Ich weiß, dass ich mich wahrscheinlich kaum nützlich machen werde«, fuhr er mit einem verlegenen Lächeln fort. »Ich bin so ungeschickt. Aber ich fühle mich irgendwie …«

Diesmal war es Louisa, die sagte: »Nutzlos.«

»All die Jungs von daheim, Freunde von der Schule oder Spielkameraden aus meiner Kindheit sind eingezogen worden, Tante Lou. Ich sollte da nicht zurückstehen.«

»Die Arbeit in der Landwirtschaft bedeutet eine Unabkömmlichstellung«, entgegnete sie. »Du kämpfst auf den Feldern statt an der Front.«

»Das weiß ich.« Christopher nickte energisch. »Aber trotzdem …«

»Und an welche Waffengattung hast du gedacht?«

Er zuckte mit den Schultern, sodass sich seine mageren Schulterblätter an den Stoff seines Hemds drückten. »Wahrscheinlich die Armee. In einem Flugzeug würde ich keine fünf Minuten durchhalten, und auf einem Schiff nicht mal halb so lang. Ich werde nämlich seekrank.«

Louisa lachte, aber Christopher machte ein ernstes Gesicht. »Glaubst du, Onkel Ted würde sich aufregen?«

»Ich denke, er würde es verstehen«, antwortete Louisa vorsichtig, obwohl sie nicht sicher war, ob das der Wahrheit entsprach. Sie sah hinüber zu ihrem Mann, der neben seinem Rad kauerte und den Reifen abtastete. Er war zu weit weg, um ihr Gespräch zu hören.

»Und was ist mit dir?«

»Was meinst du?«

»Findest du, ich sollte mich melden?«

Louisa spürte ein leises Prickeln in ihrem Inneren, das sich fast so anfühlte wie Neid. »Ich kann dir nicht sagen, was du tun sollst, Chris.« Sie zupfte an einem Grashalm.

»Was würdest du tun?«, fragte er. »Wenn du an meiner Stelle wärst?«

Louisa dachte an das bezaubernde Dorf, in dem sie lebten, wo sich alle kannten. Sie dachte an ihre Freundinnen im Frauenverein, starke, tüchtige Frauen, die dafür sorgten, dass im Dorf alles rundlief. Sie dachte an die weiten Felder und sanften Hügel und an die Wälder, die sie so gern durchstreifte, und an ihren liebevoll gehegten Garten.

Und dann dachte sie an den letzten Krieg, als sie in Kew so schwer geschuftet hatte, dass sie jeden Abend eingeschlafen war, noch bevor ihr Kopf das Kissen berührte. Sie dachte an ihre Freundinnen Ivy und Win – die Kew Gardens Girls hatten sie sich genannt –, die sich gegenseitig unterstützten und füreinander da waren, wenn einmal etwas schiefging. Und sie dachte an ihre Zeit als Suffragette, als sie für das Wahlrecht und die gleiche Bezahlung für Frauen gekämpft und Dinge gemacht hatte, die sie sich nie im Leben zugetraut hätte.

Christopher holte sie aus ihren Gedanken. »Was würdest du an meiner Stelle tun?«, fragte er wieder.

»Ich würde mich melden.«

»Dachte ich mir.«

Eine leise Furcht regte sich in Louisa. Sie hatte Christopher sehr gern, aber sie war nicht blind für seine Schwächen, und sie wusste, dass seine Behauptung, er wäre ein Tollpatsch, zutraf. Mit einem Gewehr in der Hand konnte sie sich ihn beim besten Willen nicht vorstellen. »Tu es nicht meinetwegen«, sagte sie schnell. »Und überstürze nichts, ja? Das ist eine schwerwiegende Entscheidung.«

Christopher biss sich auf die Unterlippe und sah auf einmal wie der kleine Junge aus, der er gewesen war, als Louisa und Teddy heirateten.

»Du wirst auf der Farm gebraucht«, fügte Louisa hinzu. »Ohne dich wären Mr und Mrs Oliver verloren.«

Christopher zuckte mit den Schultern. »Sie bekommen ein paar Frauen von der Women's Land Army.«

Louisa bezweifelte, dass diese Frauen, so tüchtig sie auch sein mochten, wie Christopher in der Lage wären, nach einem Blick auf das Erdreich zu erkennen, welche Pflanzen dort gedeihen würden und welche nicht, aber sie lächelte. »Tu, was du für richtig hältst«, riet sie ihm. »Niemand anders kann diese Entscheidung für dich treffen.«

Vor dem Cottage war Teddy mit dem Inspizieren der Reifen seines Rads fertig.

»Auf geht's zu meinen Evakuierten«, rief er ihnen fröhlich zu. »Lasst mir was vom Lunch übrig.«

Louisa winkte ihm zu. »Wird gemacht!«

»Er würde sich nicht zum Militärdienst melden«, sagte Christopher, als Teddy sich aufs Rad schwang, um das Cottage herumfuhr und mit lautem Klingeln auf die Straße einbog.

»Nein.«

»Und er würde nicht wollen, dass ich es tue.«

»Nein.« Louisa fühlte sich nicht ganz wohl in ihrer Haut, als wäre es Teddy gegenüber nicht richtig, dieses Gespräch auch nur zu führen. Sie schwang ihre Beine zur Seite und erhob sich – ein bisschen mühsam. Schließlich war sie fast sechzig, und Frauen ihres Alters pflegten nicht wie Schulkinder im Gras zu hocken. »Na, dann kümmere ich mich mal ums Mittagessen.«

Christopher schaute auf seine Uhr, über deren Zifferblatt ein dicker Kratzer lief. »So ein Mist! Ich sollte eigentlich ein bisschen Holz zusammensuchen, um oben auf der Farm den Zaun zu flicken«, sagte er. »Ich hab total vergessen, dass ich nur deshalb ins Dorf runtergekommen bin. Als ich Onkel Ted am Fenster stehen sah, hat er mir zugewinkt und mich auf eine Tasse Tee eingeladen, und auf einmal war jeder Gedanke an den Zaun wie weggeblasen.« Er schlug sich mit seiner großen Hand an die Stirn. »Ich muss sofort los.«

Er sprang wesentlich müheloser auf als Louisa und beugte sich vor, um ihr einen Kuss auf die Wange zu geben. »Danke … Du hast mir wirklich geholfen.«

Damit flitzte er davon. Sie sah ihm nach und fragte sich, ob sie tatsächlich geholfen oder alles nur noch schlimmer gemacht hatte.

Kapitel 2

London, Sommer 1940

»Willst du, Daisy Dobson, diesen Mann …«

Als der Pfarrer zu sprechen begann, schaute Daisy zu Rex. Wie gut er aussieht, dachte sie. Die blaue Uniformjacke betonte die Farbe seiner Augen, und sein Käppi saß ein bisschen schräg auf seinen Haaren. Er sah draufgängerisch aus, und das gefiel Daisy, denn das verwegene Aussehen und die Sommersprossen erinnerten viel mehr an den Jungen, in den sie sich Hals über Kopf verliebt hatte, als sie beide noch zur Schule gingen, als der erwachsene Mann, der er jetzt war. Plötzlich fiel ihr wieder der Tag ein, an dem sie beobachtet hatte, wie er seinen Lunch mit Scruffy Nev teilte, einem Jungen aus ihrer Klasse, der barfuß zur Schule kam, weil seine Eltern es sich nicht leisten konnten, ihm ein Paar Schuhe zu kaufen. Wie alle anderen besaß auch Rex' Familie damals nicht viel, trotzdem teilte er das wenige, das er hatte. Das war einer der Gründe, warum Daisy ihn so sehr liebte.

»Daisy?«, flüsterte Rex.

Sie blinzelte. Sie war so sehr darin vertieft gewesen, ihren zukünftigen Ehemann anzustarren, dass sie dem Pfarrer gar nicht mehr zugehört hatte. »Tut mir leid.« Sie musste grinsen. »Bin ich dran?«

Leises Gelächter erhob sich aus der Gemeinde. Daisy warf ihrer Mutter Ivy, die in der ersten Reihe saß, einen verstohlenen Blick zu. Ivy verdrehte gutmütig die Augen – wenigstens hoffte Daisy, dass es gutmütig gemeint war –, und Jim, Daisys Vater, zwinkerte ihr zu.

Strahlend vor Glück wandte Daisy ihre Aufmerksamkeit wieder Rex zu.

»Ich will«, sagte sie laut, und Rex warf triumphierend die Arme in die Höhe, als hätte er beim Cup-Finale das entscheidende Tor geschossen.

Diesmal wurde in der Kirche schallend gelacht, und sogar Reverend Osmond stimmte ein.

»Hiermit erkläre ich euch zu Mann und Frau«, verkündete er.

Rex riss Daisy in seine Arme und küsste sie so innig, dass sie weiche Knie bekam.

Hand in Hand schritten sie und ihr frischgebackener Ehemann den Mittelgang hinunter und winkten den Freunden und Verwandten zu, die gekommen waren, um ihnen Glück zu wünschen.

»Tut mir leid, dass es nicht der perfekte Hochzeitstag ist«, sagte Rex.

Daisy drückte seine Finger. »Es ist nicht so, wie wir es

normalerweise geplant hätten, aber der perfekte Hochzeitstag ist es trotzdem«, erwiderte sie. »Weil wir uns das Jawort gegeben haben.«

Als sie das Kirchenportal erreichten, blieben sie stehen. Rex rieb seine Nase an der von Daisy. »Du bist eine rührselige alte Tante, Daisy Dobson.«

»Daisy Cooper«, flüsterte sie. Sie sprach ihren neuen Namen zum ersten Mal aus und genoss das Gefühl. »Mrs Daisy Cooper.«

Rex strahlte und stieß die schwere Holztür auf, damit ihre Gäste und sie selbst in den kleinen Kirchhof hinaustreten konnten.

»Seid ihr bereit für ein Foto?«, fragte Daisys Vater.

Daisy seufzte. »Ich weiß nicht, ob ich überhaupt eins haben will. Es wird uns nur daran erinnern, wer nicht dabei war.«

Jim legte den Arm um seine Tochter. »Ich weiß, wie sehr du dir gewünscht hast, dass dein Bruder heute auch hier sein könnte.«

»Ich weiß, dass es nicht geht, aber es ist trotzdem ein komisches Gefühl, ohne Archie unsere Hochzeit zu feiern. Wenn wir gewartet hätten, wäre er vielleicht gerade auf Heimaturlaub gewesen.« Sie verzog das Gesicht. »Andererseits wäre dann Rex vielleicht nicht mehr da gewesen.«

»Ich bin froh, dass wir uns entschieden haben, heute zu heiraten, auch wenn es ein bisschen überstürzt war«, sagte Rex. »Wenn der Krieg vorbei ist, schmeißen wir eine Riesenparty, und Archie kann uns alle mit Geschichten über seine Abenteuer bei der Armee langweilen, und Poppy kann eine richtige Brautjungfer sein …«

»Herzlichen Dank!« Daisys jüngere Schwester hatte es sehr übel aufgenommen, dass keine Zeit geblieben war, ein neues Kleid für sie anfertigen zu lassen.

»Und vielleicht hat meine Mutter bis dahin aufgehört zu heulen«, raunte Rex Daisy ins Ohr. Tatsächlich schluchzte ihre neue Schwiegermutter unablässig in ihr Taschentuch. Daisy, die Rex' Eltern schon eine Ewigkeit kannte, hoffte, es wären Tränen der Rührung und nicht etwa der Trauer, weil sie Daisy insgeheim schon immer abgelehnt hatte.

»Und Teddy und Louisa können dann auch kommen«, fügte Ivy hinzu, während sie Daisys Schleier zurechtzupfte. »Und Bernie.«

Daisy grinste, als der Name ihrer Patentante fiel. »Wie ich Louisa kenne, steckt sie einen Flachmann ein.«

»Höchstwahrscheinlich«, sagte Ivy. »Na los, lasst uns ein Foto machen. Diesen Tag erlebt man nur einmal, und es ist wichtig, sich an ihn zu erinnern.«

Daisy, die an Rex' Arm hing und in die Kamera lächelte, konnte sich nicht vorstellen, dass sie den heutigen Tag je vergessen würde, auch wenn nicht alles perfekt war. Ihr Bruder fehlte unter den Gästen, und sie trug ein Kleid, das einmal ihrer Mutter gehört hatte und an ihre Figur angepasst und am Ausschnitt leicht verändert worden war, dazu den Brautschleier von Rex' Mutter. Ihre Schuhe waren zu eng, und sie wünschte sich, Louisa wäre hier, um ihr von Zeit zu Zeit mit einem Schluck Brandy und weisen Ratschlägen zum Thema Eheleben zur Seite zu stehen. Aber Rex und sie konnten von Glück reden, dass es ihnen überhaupt gelungen war, ihre Hochzeit so kurzfristig anzusetzen.

Ihre Wangen spannten vom ständigen Lächeln, und sie konzentrierte sich auf das Gefühl, Rex' Arm auf ihren Schultern zu spüren, statt darüber zu grübeln, warum ihm so viel daran gelegen hatte, möglichst bald zu heiraten.

»Es ist möglich, dass ich nicht zurückkomme«, hatte er ernst gesagt. Er hatte seine Ausbildung bei der Royal Air Force beendet und würde demnächst als Navigator bei der Bomberstaffel anfangen. Daisy war einerseits sehr stolz auf ihn, andererseits ängstigte sie sich fast zu Tode. »Und falls mir etwas zustößt …«

»Hör auf«, war sie ihm ins Wort gefallen. »Sprich es nicht aus!«

Aber Rex hatte sich nicht beirren lassen. »Falls mir etwas zustößt, möchte ich, dass du versorgt bist.«

Und deshalb hatte Daisy, die der Gedanke, Mrs Cooper zu werden, in einen Freudentaumel versetzte, zugestimmt.

Da nur eine Handvoll Gäste anwesend war, gab es keine große Feier. Stattdessen hatten Rex' Mutter und Ivy ihre Coupons für Butter und Zucker gehortet, um einen Kuchen zu backen und Sandwiches zu machen, und nach der Trauung sollte es zu Jims und Ivys kleinem Reihenhaus in Hackney gehen.

Daisy und Rex hatten kein eigenes Zuhause. Noch nicht. Wenn der Krieg vorbei war, wollten sie sich etwas suchen;

einstweilen würde Daisy bei ihren Eltern und Poppy bleiben. Es machte ihr nichts aus, im Gegenteil, es war ein gutes Gefühl, während Rex' Abwesenheit nicht allein zu sein.

Als die Fotos geschossen worden waren, machten sich alle auf den Weg zu den Dobsons. Zum Glück war das Wetter freundlich und warm, und sie konnten in den kleinen, aber wunderschönen Garten hinausgehen. Daisy schlenderte herum und begutachtete den Anderson-Luftschutzbunker, den ihr Vater und sie am Ende der Rasenfläche aufgestellt hatten. Er sieht gut aus, dachte sie. Sie wusste über diesen Unterstand bestens Bescheid, weil sie im Innenministerium gearbeitet und Tag für Tag Broschüren mit Anleitungen für den Aufbau des kleinen Bunkers verschickt hatte. Nicht dass irgendjemand die Dinger benutzte. Ihr Vater zum Beispiel lagerte darin Spaten, Hacken und altes Werkzeug.

Daisy setzte sich auf einen Liegestuhl, wobei sie einen Teller mit einem Stück Kuchen auf ihrem Knie balancierte, und ließ sich die Sonne ins Gesicht scheinen. Genießerisch atmete sie den Duft der Blumen ein, von denen sie viele selbst gepflanzt hatte. Sie liebte Gartenarbeit genauso sehr wie ihre Eltern, die meist zu beschäftigt damit waren, Obst und Gemüse für den Verkauf anzubauen, um noch viel Zeit für Rosen und Geißblatt in ihrem privaten Garten zu haben.

Ich muss mich an diesen Moment erinnern, schärfte Daisy sich ein. Daran erinnern, wie sie hier im Garten gesessen hatte, im Kreis ihrer Familie, Rex an ihrer Seite, während Bienen um die Blumen schwärmten und die Sonne schien. In diesem Augenblick war alles perfekt.

»Na, ist es ein schöner Tag für dich?«

Daisy blickte auf. Ihre Mutter stand neben ihr. Sie strahlte sie an. »Der schönste von allen«, sagte sie. »Ich habe mir gerade gedacht, dass ich mir all das hier ganz genau einprägen muss, damit es mir für immer in Erinnerung bleibt.«

Ivy setzte sich auf den Liegestuhl neben ihrem. »Das würde ich auch gern.« Sie lächelte ihre Tochter an. Wie hübsch sie doch ist, dachte Daisy. Welche Schwierigkeiten sie im Lauf der Jahre auch bewältigt haben mochte, ihrem Gesicht war nichts davon anzusehen. »Mir einen Moment nehmen, um an die guten Zeiten zurückzudenken.«

Zu ihrer Überraschung war Daisy auf einmal den Tränen nahe. »Ich habe Angst, dass ich nie wieder so glücklich sein werde wie jetzt«, flüsterte sie.

Ivy nahm ihre Hand und streichelte sie zärtlich. »Keiner von uns weiß, was hinter der nächsten Ecke wartet«, sagte sie. »Aber du tust das Richtige, wenn du im Hier und Jetzt lebst und den Augenblick genießt. Wir können uns glücklich schätzen, den heutigen Tag zu erleben.«

Daisy nickte. »Das ist wahr.« Sie schaute zu Rex, der sich gerade mit Jim und Poppy unterhielt. »Ich bin das glücklichste Mädchen in ganz London. Ich weiß bloß nicht, was ich machen soll, wenn er weg ist.«

Ivy schlug sich an die Stirn. »Da fällt mir was ein … Ich hab heute doch diesen Brief bekommen …«

Sie sprang auf, eilte ins Haus und kam gleich darauf mit einem weißen Umschlag in der Hand wieder heraus. »Ich habe ihn gelesen, aber ich möchte gern sichergehen, ob ich auch alles richtig verstanden habe. Kannst du mal einen Blick drauf werfen?«

»Klar«, erwiderte Daisy. Ihre Mutter war im Lesen und Schreiben nicht besonders sicher. Sie behauptete immer, die Buchstaben würden auf dem Papier hin und her rutschen. Es war ihr gar nicht lieb, wenn jemand davon erfuhr, und sie gab nur ungern zu, dass sie damit Schwierigkeiten hatte. Meistens bat sie Jim oder Daisy, ihr die Briefe, die an sie gerichtet waren, vorzulesen.

Daisy nahm den Umschlag, und Ivy setzte sich wieder hin.

»Worum geht es denn?«

»Schau's dir an.«

Daisy entfaltete den Briefbogen. »Von Kew Gardens«, stellte sie beeindruckt fest. Sie liebte es, wenn ihre Mutter von ihrer Zeit als Gärtnerin im letzten Krieg und von ihren Abenteuern als Suffragette erzählte.

Sie überflog das Schreiben. »Sie suchen Frauen für die Gartenarbeit«, rief sie begeistert. »Und sie wollen dich wieder dabeihaben. Oh Ma, das ist ja toll!«

Aber Ivy schüttelte den Kopf. »Geht nicht«, sagte sie. »Ich muss mich um die Gärtnerei und den Verkauf kümmern, und wir bauen sowieso schon mehr an als früher. Außerdem bin ich beim Women's Voluntary Service eingetreten, und da werde ich genug zu tun bekommen.

Und Poppy ist auch noch da. Ich weiß, sie bildet sich ein, erwachsen zu sein, aber das ist sie nicht. Sie braucht immer noch eine Mutter, die ein Auge auf sie hat.« Sie hielt inne. »Und weißt du, man kann nicht zurückkehren, stimmt's?« Sie klang nachdenklich. »Man muss nach vorn schauen, nicht zurück.«

Daisy war enttäuscht. »Dann machst du es also nicht?«

Ivy schüttelte wieder den Kopf. »Ist nichts für mich. Diesmal nicht.« Sie warf Daisy von der Seite einen Blick zu. »Aber ich denke, *du* könntest es machen.«

»Ich?«

»Warum nicht?«

»Ich bin keine Gärtnerin.«

»Das war ich auch nicht, als ich in Kew angefangen habe. Außerdem bist du mit einer Gartenschaufel in der Hand und Erde unter den Fingernägeln aufgewachsen. Wahrscheinlich weißt du mehr als alle anderen Gärtner zusammen.«

»Das glaube ich nicht.« Daisy verzog das Gesicht.

Ivy runzelte die Stirn. »Lass das, Daisy. Ständig machst du dich selber schlecht.«

Daisy verdrehte die Augen. »Außerdem hab ich eine Anstellung.«

»Eine langweilige.«

Daisy betrachtete den Brief, den sie immer noch in der Hand hielt. »Meinst du wirklich, ich könnte das schaffen?«

»Ich *weiß* es. Ich glaube, du wärst ein großer Gewinn für Kew.« Ivy grinste Daisy an. »Und vor allem glaube ich, dass es dir guttun würde, da draußen an der frischen Luft zu arbeiten.«

Sie beugte sich vor und sah Daisy direkt an. »Gartenarbeit ist etwas Besonderes, genau wie du, weißt du. Man muss immer im Voraus planen, immer nach vorn schauen, dann vergehen die Tage wie im Flug.« Sie schaute zu Rex und Jim. »Das hilft, wenn du jemanden vermisst. Pläne für den nächsten Sommer zu machen oder darüber nachzudenken, was du während des Winters zu tun hast, macht dir bewusst, dass die Zeit vergeht.«

Daisy schenkte ihr ein kleines Lächeln. »Was ist aus dem Motto ›Lebe den Augenblick‹ geworden?«

»Lebe den Augenblick in Kew Gardens«, erwiderte Ivy.

»Was ist mit Kew Gardens?« Rex drehte sich zu ihnen um, und Daisy wurde warm ums Herz, als sie dem Blick ihres Manns begegnete.

»Man hat Ma vorgeschlagen, wieder in Kew zu arbeiten«, erklärte sie. Ihr Vater, der in der Nähe stand, nickte. Offenbar kannte er den Inhalt des Briefs. Wahrscheinlich haben Ivy und er das Ganze schon durchdiskutiert, dachte Daisy verärgert.

»Ich finde, Daisy sollte es machen«, warf Ivy ein. »Sie würde sich großartig dafür eignen.«

Rex wirkte sehr angetan. »Eine ausgezeichnete Idee. Du liebst es doch, dir im Garten zu schaffen zu machen, und du hast den sprichwörtlichen grünen Daumen.«

Daisy freute sich über sein Lob. »Findest du?«

»Allerdings.«

Wieder nickte Jim. »Rex hat recht, Daisy. Du hast wirklich den Dreh raus, wenn es um Pflanzen geht. Warum versuchst du es nicht einfach?«

Daisy biss sich auf die Lippe. Sie konnte nicht leugnen, dass der Gedanke, den ganzen Tag an der frischen Luft zu sein und in der Erde zu buddeln, verlockend war. Wesentlich verlockender, als in ihrem tristen Büro in Whitehall zu hocken und Anderson-Bauanleitungen in Umschläge zu stopfen. Aber sie musste großen Erwartungen gerecht werden. Ihre Eltern hatten beide in Kew gearbeitet, und ihre Mutter hatte anscheinend einen großen Eindruck hinterlassen, sonst hätte man sie wohl kaum gebeten wiederzukommen. Was, wenn sie selbst nicht gut genug war? Sie wollte niemanden enttäuschen.

Sie holte tief Luft und grinste ihre Eltern und Rex an. »Ich denke darüber nach«, sagte sie. »Okay, wer will noch was zu trinken? In der Küche stehen ein paar Flaschen Bier.«

Kapitel 3

London, Sommer 1940

Beth hielt sich im Allgemeinen für eine ruhige, besonnene Person, aber im Moment fühlte sie sich ganz und gar nicht so.

»Ich fürchte, die Antwort lautet Nein«, sagte ihr Vater kopfschüttelnd und schob das Antragsformular, das sie ihm gegeben hatte, zu ihr zurück. »Das kommt leider nicht infrage. Ich kann dir ein Studium an der medizinischen Hochschule nicht gestatten.«

Tief im Inneren hatte Beth geahnt, dass ihr Vater es ablehnen würde, aber die Worte so schonungslos auszusprechen, erschien ihr unnötig grausam. Zorn regte sich in ihr. Sie starrte ihren Vater aus schmalen Augen an und malte sich aus, über seinen Schreibtisch zu klettern, ihn am Kragen seines Jacketts zu packen – es war eine ganze Weile her, seit er bei der Arbeit einen weißen Kittel getragen hatte – und zu brüllen: »Das ist nicht fair!«

Aber natürlich tat sie nichts dergleichen. Stattdessen ballte sie ihre Hände hinter dem Rücken zu Fäusten und holte tief Luft.

»Ich verstehe es einfach nicht«, entgegnete sie, wobei sie sich bemühte, mit fester Stimme zu sprechen.

Ihr Vater nahm seine Brille ab und strich sich über den Nasenrücken. »Beth, Liebes, ich weiß aus bitterer Erfahrung, wie schwer der Beruf eines Arztes ist. Das ist kein Leben für eine Frau.«

Beth machte den Mund auf, um zu widersprechen, aber Dr. Sanderson war noch nicht fertig. »Das Metier des Mediziners ist anstrengend, und es kann brutal und verstörend und«, er stieß ein kurzes Lachen aus, »ziemlich unbarmherzig sein. Das ist eine Männerwelt.«

»Aber …«

»Ich hatte weiß Gott schon genug Vorbehalte, als du Krankenschwester werden wolltest«, fiel ihr Vater ihr erneut ins Wort. »Auch wenn ich zugeben muss, dass du dich für das St. Catherine's als Gewinn erwiesen hast und wir im Moment alle Krankenschwestern brauchen, die wir kriegen können. Aber du bist einundzwanzig Jahre alt, Beth.«

»Na und?« Beth wusste, dass sie wie ein trotziges Schulmädchen klang, doch das war ihr egal. »Das ist nicht zu spät, um ein Medizinstudium zu beginnen. Außerdem habe ich durch meine Erfahrungen in der Krankenpflege einen Vorsprung, und wenn du mal einen Blick auf das Formular wirfst, wirst du sehen, dass dort steht …«

»Das habe ich nicht gemeint.« Im Ton ihres Vaters schien

jetzt weniger Zorn als vielmehr Belustigung mitzuschwingen, was Beth noch mehr aufbrachte. »Ich habe gemeint, dass es an der Zeit wäre, eine eigene Familie zu gründen. Hast du eigentlich schon mit Paul über deine Pläne gesprochen?«

Beth starrte ihn ungläubig an. »Nein.« Sie besprach nie etwas mit Paul. Die meiste Zeit musste sie überhaupt nichts sagen, wenn sie mit ihm zusammen war. Er redete mehr als genug für sie beide. »Er hat damit nicht das Geringste zu tun.«

Ihr Vater seufzte. »Ich könnte mir vorstellen, dass er das anders sieht.«

»Daddy«, sagte Beth, nein, flehte sie. »Darf ich vielleicht das Formular hierlassen, damit du es in aller Ruhe durchlesen kannst?«

»Nein«, donnerte Dr. Sanderson. Beth zuckte zusammen. »Nein«, wiederholte er, diesmal leiser. »Das ist mein letztes Wort, Elizabeth.«

Er setzte seine Brille wieder auf, griff nach seinem Füller und wandte sich wieder dem Dokument zu, das auf seinem Schreibtisch lag. »Wenn du mich jetzt entschuldigen würdest, ich habe viel zu tun. Falls es dir entgangen sein sollte, wie befinden uns im Krieg.«

Beth hätte vor Zorn und Erbitterung schreien mögen. Sie war so wütend, dass ihr einen Moment lang schwindlig wurde und sie sich auf den Schreibtisch ihres Vaters stützen musste, als sie ihr Antragsformular aufhob. Dr. Sanderson blickte nicht auf. Beths Finger stießen auf etwas Kaltes,

Metallisches, und als sie nach unten schaute, sah sie, dass es das Namensschild ihres Vaters war. Mittlerweile steckte er es kaum noch an, da er als leitender Direktor des Krankenhauses nur selten die einzelnen Stationen aufsuchte. Und wenn er doch einmal dort war, wusste sowieso jeder, wer er war. Ohne zu überlegen, was sie tat, griff Beth nach dem kleinen Schild und ließ es in die Tasche ihres Schwesternkittels gleiten.

»Wir sehen uns zu Hause.« Der Blick ihres Vaters war noch immer auf die Papiere gerichtet, die vor ihm lagen. »Mach bitte die Tür hinter dir zu.«

Da war er wieder, dieser heiße Zorn, der in ihrem Inneren brodelte, dieselbe Hitze wie damals, als sie Weihnachtslieder singen ging und einen großen Schluck heiße Schokolade nahm, ohne zu ahnen, dass das Getränk mit Brandy versetzt war. Nur war die Wärme damals angenehm und tröstlich gewesen. Jetzt brannte sie mit einer Inbrunst in ihrem Inneren, die sie erschreckte.

Böse starrte sie auf den Scheitel ihres Vaters.

»Das ist noch nicht ausgestanden«, sagte sie.

Ihr Vater setzte schwungvoll seine Unterschrift auf das Papier, das er studiert hatte. »Die Tür, bitte, Schwester Sanderson.«

Beth würgte ein frustriertes Stöhnen hinunter, drehte sich um, marschierte hinaus und knallte die Tür hinter sich zu. Sie ignorierte die Sekretärin ihres Vaters, die wild auf die Tasten ihrer Schreibmaschine hämmerte und so tat, als hätte sie nicht gelauscht, und trat in den Korridor hinaus.

Dort warf sie einen Blick auf die kleine Taschenuhr, die sie an ihre Schwesterntracht geheftet hatte – ein Geschenk ihrer Mutter zum erfolgreichen Abschluss ihrer Ausbildung. Wenigstens ein Elternteil war stolz auf sie. Sie hatte noch eine halbe Stunde Zeit, bevor sie ihren Dienst auf der Station antreten musste. Vielleicht sollte sie sich erst einmal ein bisschen beruhigen, bevor sie ihren Patienten gegenübertrat.

Sie steckte ihre Hand in die Kitteltasche und zog das Namensschild heraus. Dr. Sanderson stand darauf. Beth verdeckte mit einem Finger die Stelle, wo Direktor stand, und betrachtete es.

»Dr. Sanderson«, sagte sie laut. Es klang so viel mehr nach ihr als Schwester Sanderson. Obwohl sie zugeben musste, dass ihr auch dieser Titel gefiel. »Hallo«, wisperte sie. »Ich bin Dr. Sanderson.«

Ihr Zorn verrauchte und wich einer wahren Woge von Selbstmitleid. Sie wischte sich eine Träne von der Wange und steckte das Namensschild wieder ein. Liebe Güte, sie musste sich wirklich wieder in den Griff bekommen, bevor sie zu ihrer Station ging. Das Büro ihres Vaters befand sich – natürlich – im obersten Stockwerk des Gebäudes, und am Ende des Korridors gab es eine Tür, die aufs Dach führte. Seit Kriegsausbruch beobachteten Luftschutzwarte Nacht für Nacht, ob Bomben das Krankenhaus getroffen hatten und die Patienten in Gefahr waren. Bisher hatte es keine Angriffe gegeben.

Beth, die auf einmal ein starkes Bedürfnis nach frischer

Luft hatte, schob den Riegel der Tür zurück, trat hinaus und stieg die Metalltreppe zum Dach hinauf.

Draußen war es warm, und die Sonne schien hell vom Himmel. Beth musste ein paarmal blinzeln, bis sich ihre Augen auf das grelle Licht eingestellt hatten. Sie trat an den Rand des Flachdachs, der durch ein Geländer abgesichert war, und blickte auf London. Wenn ihre Stimmung besser gewesen wäre, hätte sie den Anblick genossen. Sie konnte meilenweit sehen und mit den Augen verfolgen, wie sich das im Sonnenlicht glitzernde Band der Themse durch die Stadt schlängelte. Aber statt zum Horizont zu schauen, zog sie erneut das Namensschild aus der Tasche und betrachtete es. War es etwa fair, dass man ihrem Vater erlaubt hatte, Medizin zu studieren? Nein, nicht nur erlaubt, er war dazu ermutigt worden. Angespornt. Sie nicht. Nur weil sie eine Frau war, was automatisch bedeutete, dass sie heiraten und Kinder kriegen und ihren Mann unterstützen würde. Sie dachte an Paul und stellte sich vor, wie es wohl wäre, jeden Abend neben ihm zu sitzen und sich anzuhören, wie er erzählte, was er tagsüber alles erledigt hatte, während sie ihm einen Drink machen und sagen durfte, wie toll er war. Bei der Vorstellung stöhnte sie vor Entsetzen auf. Das Geräusch hallte über das Dach, und sie fühlte sich sofort ein bisschen besser. Gleich noch einmal, dachte sie und schrie ihre Frustration in den Himmel über London hinaus.

»Ich will Ärztin werden!«, brüllte sie aus voller Kehle. »Ich will als Doktor arbeiten!«

»Sie auch?«

Bestürzt, in einem derart privaten Moment ertappt worden zu sein, fuhr Beth herum. Hinter ihr stand ein Mann. Er war vielleicht zehn Jahre älter als sie, groß und schlank, mit einem leicht unsicheren Lächeln. Er trug einen weißen Kittel. Sein Haar war sehr kurz geschnitten, und seine Haut war dunkel.

»Was machen Sie hier?«, fragte sie brüsk. Sie war so erschrocken, dass sie ziemlich schroff klang. »Warum sind Sie hier oben?«

Diesmal lächelte der Mann richtig, und in seiner linken Wange tauchte ein Grübchen auf. »Ich bin hergekommen, um etwas in den Himmel hinauszuschreien.« Er sprach mit einem Akzent, den Beth nicht einordnen konnte. »Aber ich schätze, ich muss warten, bis ich an der Reihe bin.«

Belustigt und längst nicht mehr so verlegen wie noch vor einer Minute, machte Beth einen Schritt zur Seite. »Nur zu«, sagte sie.

Der Mann trat ans Geländer, packte es mit beiden Händen und schrie: »Ich will als Arzt arbeiten!«, so laut, dass ein paar Tauben aufschraken und in die Luft flatterten.

Beth beobachtete den Mann interessiert. »Besser?«, fragte sie.

»Viel besser.«

Der Mann setzte sich aufs Dach und lehnte sich mit dem Rücken ans Geländer. Beth wusste, dass sie allmählich auf ihre Station gehen sollte, um ihre Schicht anzutreten, aber dieser Mann mit seinem seltsamen Akzent faszinierte sie.

»Sie tragen einen weißen Kittel«, sagte sie und setzte sich

neben ihn. »Aber Sie sind kein Doktor, also kein Mediziner, meine ich?«

»Ich arbeite in der Apotheke.«

»Sie sind Pharmazeut?«

»Nein«, entgegnete der Mann mit zusammengebissenen Zähnen. »Ich bin Arzt.«

»Aber Sie haben doch gerade gesagt …«

Der Mann seufzte. »In meiner Heimat, in Jamaika.« Jetzt wusste Beth, woher sein Akzent kam. »Dort bin ich Kardiologe.«

»Nicht schlecht.« Beth hatte in letzter Zeit eine Menge Fachliteratur über Herzerkrankungen gelesen. »Und hier?«

»Habe ich mich von Patienten fernzuhalten.«

»Warum?«

»Weil manche von ihnen nicht von jemandem behandelt werden wollen, der so aussieht wie ich«, erwiderte der Mann bitter. »Ein, zwei Leute haben sich beschwert. Deshalb muss ich jetzt stattdessen in der Apotheke arbeiten.«

»Können Sie nicht nach Jamaika zurückgehen?«

Der Mann schnaubte. »Ich wünschte, ich könnte … Man hat mich wegen meiner Kenntnisse eines neuen Herzmedikaments gebeten, nach London zu kommen. Also kam ich her und gab mein Wissen weiter, und dann brach der Krieg aus, und jetzt sitze ich hier fest, weil es nicht sicher ist, den Atlantik zu überqueren. Und bloß weil dieser Schwachkopf Sanderson mich nicht praktizieren lässt, bleiben meine Fähigkeiten ungenutzt, und das zu einer Zeit, wo ich wirklich von Nutzen sein könnte.«

Er fuhr sich mit der Hand über die Stirn. »Entschuldigung, ich bin sehr unhöflich.« Er streckte seine Hand aus. »Dr. Gus Campbell.«

Beth schüttelte seine Hand und lächelte. »Beth«, sagte sie. »Beth Sanderson.«

Dr. Campbell blieb der Mund offen stehen. »Sanderson?«, hauchte er. »Sind Sie ...?«

»Die Tochter des Schwachkopfs? Ja.«

Dr. Campbell sprang auf. »Tut mir schrecklich leid! Entschuldigen Sie bitte, dass ich das gesagt habe. Ich habe einfach ein bisschen Dampf abgelassen. War nicht so gemeint.«

Auch Beth stand auf. »Es muss Ihnen nicht leidtun. Ist total in Ordnung, ehrlich. Ich weiß, wie er ist.« Sie grinste. »Was glauben Sie, warum ich hier oben bin?«

Dr. Campbell erwiderte ihr Lächeln. Beth gefiel es, wie sich kleine Fältchen um seine Augen bildeten, wenn er grinste. »Weil Sie Ärztin werden wollen?«

»Und was glauben Sie, wer mich daran hindert?«

»Der Schwachkopf?«

»Genau der.« Beth lachte. Nun, da sie jemanden kennengelernt hatte, der Verständnis für ihre Lage hatte, schien alles nicht mehr ganz so schlimm. »Ich will mich bei der Medizinischen Fakultät bewerben.«

»Sehr gut.«

Beth seufzte. »Es ist ein erster Schritt. Es gibt nur wenige Universitäten, die Frauen aufnehmen, und diejenigen, die das tun, verlangen das Einverständnis des Vaters. Und das will mir mein Vater nicht geben.«

»Genauso wie ich seine Erlaubnis brauche, um in den Krankenstationen zu arbeiten«, sagte Dr. Campbell. Er sah sie an. »Was machen Sie jetzt?«

Beth breitete ihre Arme aus. »Keine Ahnung«, gestand sie. »Weiter Kranke pflegen, weiter medizinische Fachbücher lesen. Mich im nächsten Jahr noch einmal bewerben und hoffen, dass mein Vater inzwischen seine Meinung ändert, wer weiß? Und Sie, Dr. Campbell? Was werden Sie tun?«

»Nennen Sie mich Gus.«

»Gus.«

Er grinste wieder. »Ich hab eine Idee«, sagte er. Er langte in die Tasche seines weißen Kittels und zog einen Zeitungsausschnitt hervor. »Kew Gardens.«

Beth machte ein verblüfftes Gesicht. »Was ist damit?«

»Dort wird gerade ein Expertenteam zur Erforschung pflanzlicher Medikamente ins Leben gerufen, das Vegetable Drugs Committee«, antwortete Gus und hielt den Ausschnitt hoch. »Mittel, die in Großbritannien hergestellt werden können, statt aus Übersee importiert zu werden. Anscheinend bin ich nicht der Einzige, der nicht den Atlantik überqueren kann.«

Jetzt war Beths Interesse geweckt. Sie nahm den Artikel und überflog ihn. »Und in Kew werden also Leute für diese Forschungsgruppe gesucht? Botaniker?«

»Nicht nur.« Gus beugte sich über ihre Schulter und zeigte auf einen Absatz weiter unten auf dem Stück Papier. Er roch nach Seife. »Auch Ärzte. Kardiologen.«

»Haben Sie sich beworben? Nachdem Sie auch Kenntnisse in Pharmazie haben, wären Sie perfekt geeignet.«

»Heute Morgen.«

»Großartig!«

»Sie sollten sich auch bewerben.«

Beth runzelte die Stirn. »Ich bin Krankenschwester, keine Ärztin.«

»Auch Krankenschwestern verfügen über wertvolles Wissen«, sagte Gus.

Beth war ein wenig beschämt. Sie nickte. »Das ist wahr.«

»Das würde sich nächstes Jahr auf Ihrer Bewerbung sicher gut machen«, fügte Gus hinzu.

»Stimmt.« Beth lächelte. »Und es würde meinen Vater so richtig ärgern.«

Gus lachte laut auf. »Behalten Sie den Artikel. Und lassen Sie mich wissen, wie Sie sich entscheiden. Sie finden mich in der Apotheke.«

»Das mache ich.« Beth stopfte das Stückchen Papier in ihre Tasche zum Namensschild ihres Vaters. »Vielleicht sehe ich Sie mal wieder hier oben. Wenn Ihnen danach ist, etwas laut in den Himmel hinauszuschreien.«

»Vielleicht«, sagte Gus.

Beth schaute ihm nach, als er über das Dach ging und durch die Tür verschwand, die ins Krankenhaus führte. Dann folgte sie ihm. Ihre Hand steckte in der Kitteltasche und strich leicht über den Zeitungsartikel, den er ihr gegeben hatte.

Kapitel 4

Kent, Sommer 1940

Louisa fühlte sich rastlos. Sie war mit Kopfschmerzen aufgewacht, weil sie schlecht geschlafen hatte, und nicht einmal das Glas frisch gekochter Erdbeermarmelade, das eine ihrer Freundinnen vom Frauenverein auf ihre Türschwelle gestellt hatte, konnte ihre Stimmung am Frühstückstisch heben.

Das Gespräch mit Christopher ging ihr nicht aus dem Kopf, und sie hatte mehr als einmal daran gedacht, Teddy gegenüber zu erwähnen, dass sein Neffe mit dem Gedanken spielte, sich zum Militärdienst zu melden. Ganz beiläufig zu bemerken, was Christopher gesagt hatte und dass sie davon ausgegangen wäre, er hätte sich auch mit Teddy darüber unterhalten.

Aber nein, Teddy war kein Dummkopf. Er würde sofort merken, dass Louisa ihm etwas vormachte. Schließlich war etwas so Schwerwiegendes wie die Möglichkeit, Christopher könne in den Krieg ziehen, keine Bagatelle. Und nun, da die Unterhaltung mit seinem Neffen schon Tage zurücklag und sie das Thema ihrem Mann gegenüber immer noch nicht zur Sprache gebracht hatte, überkam sie mehr und mehr das Gefühl, etwas falsch gemacht zu haben.

Und dennoch …

Sie konnte nicht anders, sie fand, wenn Christopher sich melden wollte, dann sollte er es auch tun. Louisa war anfangs eine glühende Befürworterin des letzten Kriegs gewesen, eine leidenschaftliche Patriotin und felsenfest davon überzeugt, dass jeder Einzelne seinen Beitrag für König und Vaterland leisten sollte. Aber gegen Ende des Kriegs hatte sie alles mit anderen Augen gesehen, und ihr Stolz auf Großbritannien war leicht angeschlagen gewesen.

Diesmal jedoch ging es nicht nur um Patriotismus, sondern darum, Adolf Hitler aufzuhalten. Wenn sie könnte, würde sie, so wahr ihr Gott helfe, selbst zur Waffe greifen und diesen Kerl abknallen.

Und da lag der Hund begraben, wie es so schön hieß. Louisa konnte kein Gewehr in die Hand nehmen und Hitler erschießen. Sie war eine alte Frau. Alt und verbraucht und nutzlos. Und sie kannte sich gut genug, um zu wissen, dass sie Christopher genau aus diesem Grund ermutigt hatte, und bei diesem Gedanken wurde ihr noch elender.

Sie stieß einen tiefen Seufzer aus. Sie konnte hören, wie sich Teddy in der Küche zu schaffen machte und Brot röstete. Die Hintertür stand offen, und die Morgensonne schien durch die Fenster. Von dort, wo sie auf der Terrasse saß, in der Hand eine Tasse Tee, konnte sie ihren perfekten Rasen sehen, der in einer Vielfalt von Grüntönen schimmerte, und die Blumenrabatten, ein wahres Farbenmeer, das Hunderte Bienen und Schmetterlinge anlockte.

Trotzdem war sie ziemlich schlechter Laune.

Sie stand auf und ging ins Haus, um die Zeitung vom Vortag zu holen, und hatte sich gerade wieder hingesetzt, als Teddy mit dem Toastständer und der aktuellen Tageszeitung unter dem Arm erschien.

Louisa bedeutete ihm, sich zuerst Toast zu nehmen, schlug die Zeitung auf und schüttelte sie leicht gereizt, bis sie die richtige Seite gefunden hatte.

Wieder starrte sie den Artikel auf der oberen Hälfte der Seite an. Sie hatte ihn bereits zweimal gelesen. Aber es konnte nicht schaden, ihn noch einmal zu überfliegen.

»Stimmt was nicht?«, erkundigte Teddy sich milde. Ein amüsiertes Lächeln lag in seinen Augen. Louisa warf ihm über den kleinen Gartentisch hinweg einen strengen Blick zu.

»Nein«, sagte sie.

Eine Pause entstand. Teddy bestrich seinen Toast mit der Erdbeermarmelade und musterte stirnrunzelnd die Zeitung, die immer noch zusammengefaltet neben seinem Teller auf dem Tisch lag.

»Liest du die Zeitung von gestern?«

Louisa ignorierte die Frage. »Die Kew Gardens öffnen wieder«, entgegnete sie mit einem Seufzer.

»Das ist doch gut, oder?«

»Ist es.«

»Aber es ärgert dich, weil ...?«

Louisa faltete die Zeitung in der Hälfte zusammen und warf sie ihm zu. »Weil sie weibliche Arbeitskräfte rekrutieren.«

Teddy las auf seine langsame, bedächtige Art den Artikel, nickte ein, zwei Mal und blickte schließlich auf.

»Liebling, ich fürchte, du kannst nicht ...«

»Ich weiß«, jammerte Louisa. »Ich bin inzwischen zu alt, um mich nützlich machen zu können.«

Teddy beugte sich vor und drückte ihre Hand. »Das stimmt nicht. Du hast jetzt andere Fähigkeiten zu bieten.«

»Ich habe die Zeit in Kew geliebt«, sagte Louisa mehr zu sich selbst als zu Teddy. »Teil von etwas zu sein, das größer ist als ich. Etwas dazu beizutragen, um die Gärten am Leben zu erhalten, während die Männer an der Front waren. Ivy und Bernie kennenzulernen – und natürlich Win.«

Einen kurzen Moment herrschte Schweigen, als Teddy und sie liebevoll an Win dachten, die vor Kriegsausbruch gestorben war. Gott sei Dank, dachte Louisa. Eine weitere kriegerische Auseinandersetzung ihres Landes hätte sie nur schwer verkraftet.

»Aber jetzt bin ich eine alte Frau – viel älter, als Win damals war –, und man würde mich sowieso nicht nehmen.« Sie verzog das Gesicht. »Ich fände es einfach toll, wieder das Gefühl zu haben, gebraucht zu werden.«

»Du wirst gebraucht, Liebling.«

Louisa runzelte verärgert die Stirn. »Ja, um Blumen für den Gottesdienst zu arrangieren.«

»Du bist irgendwie aus dem Gleichgewicht, seit wir neulich diese Flugzeuge beobachtet haben«, stellte Teddy fest.

»Darum geht es nicht«, schwindelte Louisa. Zum Teil stimmte es. Es lag nicht an den Flugzeugen, Christopher oder Kew Gardens. Es war alles zusammen, das ganze Paket. »Ich fühle mich einfach wie eine ältliche Dame, die zu wenig zu tun hat und in diesem Krieg nicht ihren Beitrag leisten kann.« Sie stöhnte. »Ich weiß, ich bin kindisch, aber ich wünschte so sehr, ich könnte irgendetwas tun.«

»Du könntest mir helfen«, schlug Teddy vor, während er sich noch eine Scheibe Toast nahm. »Diese Marmelade ist ein Gedicht. Ich könnte wirklich noch ein Paar helfende Hände brauchen.«

»Bei deinen Evakuierten?« Teddy war für die bunt zusammengewürfelte Kinderschar verantwortlich, die in den ersten Kriegstagen blass und verängstigt bei ihnen gelandet war. Wie sich bald herausstellte, erwies sich die Aufgabe, mit den Problemen, Fragen, Sorgen und Ängsten der Kinder umzugehen – von den Anfragen oder Beschwerden aus ihren neuen Unterbringungen ganz zu schweigen – und noch dazu jeden Einzelnen von ihnen im Auge zu behalten, fast als Vollzeitbeschäftigung.

»Viele von ihnen wollen nach Hause.«

»Wären sie dort denn in Sicherheit?«

Teddy schüttelte den Kopf. »Eher nicht, glaube ich. Nicht nach Dünkirchen und allem, was momentan in

Frankreich vorgeht. Ich könnte es nicht ertragen, diese Kinder auf dem Gewissen zu haben.«

Louisa wurde von einem derart überwältigenden Schuldgefühl befallen, dass sie einen Moment lang die Augen schließen musste. Er war so ein guter Mensch, ihr Teddy. Es war nicht leicht für ihn gewesen, neuerlich mit einem Krieg konfrontiert zu werden, aber er arbeitete hart für diese Kinder. Und was tat sie? Sie versuchte, seinen Lieblingsneffen in den Krieg zu schicken. Sie nahm einen Schluck Tee, um ihr Unbehagen zu überspielen, und schaffte es mit ein wenig Mühe, ihrem Mann zuliebe ein Lächeln aufzusetzen.

»Ich helfe dir gern, Liebling«, sagte sie. Vielleicht würde sie sich nicht mehr so miserabel fühlen, wenn sie Teddy bei seiner Arbeit unterstützte. Und wer weiß, dachte sie, möglicherweise hatte Christopher ja doch beschlossen, sich nicht zu melden – immerhin war er als Farmarbeiter vom Kriegsdienst befreit. Vielleicht hatte er seine Meinung geändert.

Statt den Vormittag im Garten zu verbringen, begleitete Louisa Teddy ins Büro. Sie war froh über die Ablenkung, und eigentlich machte es ihr sogar Spaß. Sie mochte Kinder, und es hatte sie immer bekümmert, dass sie nie selbst ein Kind bekommen hatte. Reg, ihr erster Ehemann, war gewalttätig gewesen und hatte sie in ihrer Schwangerschaft so brutal verprügelt, dass sie das Kind verlor. Irgendwann hatte Reg bereut, was er getan hatte, und ihr geschrieben, wie leid es ihm täte. Und als er kurz nach dem letzten Krieg, nach jahrelangem Alkoholkonsum körperlich am Ende, starb, war Louisa zu seiner Beerdigung gegangen, um ihm die letzte Ehre zu erweisen. Sie hatte ihr Leben fortgeführt und Teddy geheiratet, der hundert von Regs Sorte wert war, aber der kleine Rest Trauer in ihrem Inneren um ihr verlorenes Kind blieb. Wie auch immer, sie hatte viele Neffen und Nichten, die sie innig liebte, und natürlich Christopher und auch Ivy und Jim und deren Kinder, und jetzt würden eben noch die Evakuierten dazukommen.

»Hier gibt's jede Menge Papierkram«, warnte Teddy sie und schwenkte einen Stoß Briefe von Müttern, die sich danach sehnten, ihre Kinder wieder bei sich zu haben. Louisa zuckte zusammen, und Teddy grinste. »Du kannst dir aussuchen, ob du die hier beantworten oder dich lieber mit denen befassen willst.« Er hob einen weiteren Stoß Briefe hoch.

»Worum geht es da?«, fragte Louisa argwöhnisch.

»Beschwerden von Leuten, die Unterkunft gewähren.«

Louisa stöhnte. »Ich nehme die Beschwerden.«

Mit einem breiten Lächeln und sichtlich erleichtert reichte Teddy ihr die Briefe. Und so verbrachte Louisa den Vormittag damit, durchs Dorf zu radeln und die Familien aufzusuchen, bei denen man die evakuierten Kinder untergebracht hatte. Sie beschwichtigte Hausfrauen, die mit den Nerven fertig waren, tröstete traurige Kinder und schlug Lösungen für etliche Probleme vor.

Bei ihrem letzten Besuch – es ging um ein kleines Mädchen namens Julia – war das Kind nirgendwo zu sehen.

»Sie isst nicht«, sagte Mrs Stevenson, die Dame des Hauses, mit gesenkter Stimme. »Und sie spricht kaum ein Wort. Sie ist so klein und so still und sehr, sehr unglücklich. Sie vermisst ihre Mutter schrecklich, und ich möchte doch nur, dass sie sich wohlfühlt.«

»Wo ist sie jetzt?«, fragte Louisa, dankbar, dass Julia bei den Stevensons gelandet war und nicht bei einer der robusten Bauernfamilien, die vielleicht weniger sensibel reagiert hätten.

»Im Garten. Sollen wir zu ihr gehen?«

»Bitte.«

Mrs Stevenson führte Louisa an der Seite des Hauses vorbei in einen hübschen Garten. Louisa begutachtete beifällig die Blumenrabatten und die Obstbäume und deutete mit einer Kopfbewegung auf den Bienenkorb.

»Bienen?«

»Oh ja. Ich habe sie schon seit Jahren.«

»Ich habe auch mit dem Gedanken gespielt, mir einen Bienenstock zuzulegen. Ich hatte schon immer eine Schwäche für Bienen.«

»Ich helfe gern, wenn Sie wollen.«

Louisa nickte, und die Frau plauderte weiter, ganz, als hätte sie das kleine Mädchen, das auf einem Fleck Erde kauerte, gar nicht bemerkt. Sie buddelte mit bloßen Händen im Erdreich und strich dann sorgfältig den Boden glatt.

»Wissen Sie, wer ihr die Samen gegeben hat, die sie da gerade einsetzt?«, fragte Mrs Stevenson leise, während sie so tat, als würde sie Louisa einen der Apfelbäume zeigen.

»Nein. Wer war es?« Es interessierte Louisa tatsächlich,

wer dieses stille Kind angeregt hatte, mit beiden Händen in der Erde zu buddeln. Genau dasselbe hätte sie auch getan.

»Ihr Christopher«, sagte Mrs Stevenson.

»Ach, wie nett von ihm!« Louisa war erfreut, aber keineswegs überrascht.

»Ich war mir nicht sicher, ob Julia darauf eingehen würde, aber es ist das Einzige, woran sie bisher Freude gezeigt hat.«

»Pflanzen einzusetzen ist sehr heilsam.«

»Das finde ich auch.« Mrs Stevenson lächelte.

»Wenn die Kleine gern draußen ist, könnten wir sie vielleicht dazu bringen, Gemüse anzubauen, was meinen Sie?« Louisa sah sie nachdenklich an. »Mag sein, dass sie dann mehr isst. Und sie könnte Ihnen bei Ihrem Honig helfen. Nicht beim Einsammeln, versteht sich, aber vielleicht beim Abfüllen in Gläser?«

Mrs Stevenson nickte. »Einen Versuch ist es wert.« Sie wandte sich zu dem kleinen Mädchen und rief ihr zu: »Julia? Das hier ist Mrs Armitage.«

Das Mädchen sah Louisa aus großen Augen an, sagte aber kein Wort.

Louisa kauerte sich neben sie. »Was hast du denn da gepflanzt?«

»Sonnenblumen.«

»Als ich in London lebte, habe ich im Souterrain gewohnt«, erzählte Louisa. »Weißt du, was das ist?«

Julia warf ihr einen herablassenden Blick zu. »Klar weiß ich das. Unten im Keller.«

»Ich habe Sonnenblumen in einem Topf gezogen, und

sie wuchsen so hoch, dass ihre Köpfe durch das Geländer lugten und ich sie immer sehen konnte, wenn ich von der Arbeit nach Hause kam.«

»In London?«, fragte Julia. »Ich wusste nicht, dass man in London was pflanzen kann.«

»Hier ist es natürlich viel leichter, Samen einzupflanzen«, sagte Louisa. Sie hätte sich ohrfeigen können, weil sie London überhaupt erwähnt hatte. »Auf dem Land wächst alles ganz toll.« Sie berührte zart den Rücken des Mädchens. »Würdest du gern mehr Sachen anbauen?«

»Was denn?«

»Kartoffeln? Karotten?«, schlug Louisa vor. »Erdbeeren?«

Julia lächelte. »Alles Sachen zum Essen.«

»Ja, und wenn es reif ist, kannst du es essen.« Louisa lächelte. »Lebensmittel, die man selbst anbaut, schmecken immer besser als alles, was man im Laden kaufen kann.«

»Wirklich?«

»Wirklich.«

Mrs Stevenson räusperte sich. »Ich muss Honig einsammeln«, sagte sie. »Möchtest du mir nicht helfen, Julia?«

»Stechen mich die Bienen auch nicht?«

»Du kannst drinnen bleiben, während ich die Wabe aus dem Bienenstock nehme, dann können die Bienen dir nichts tun, und hinterher holen wir zusammen den Honig aus der Wabe.«

»Stört es die Bienen nicht, wenn wir ihnen den Honig wegnehmen?«

»Kein bisschen«, versicherte Mrs Stevenson ihr.

Julia dachte kurz nach, nickte und stand auf.

»Und ich bringe dir morgen noch etwas zum Einpflanzen mit, wenn du willst«, sagte Louisa, während sie überlegte, welche Gemüsesorten aus ihrem Garten geeignet wären.

»Ja, gern.« Julia grinste und zeigte dabei ihre Zahnlücken. Louisa wurde bei diesem Lächeln warm ums Herz, und sie ertappte sich bei der inbrünstigen Hoffnung, dieses kleine Mädchen möge wieder froh und glücklich werden.

Während Julia und Mrs Stevenson fröhlich zu den Bienenstöcken liefen, stieg Louisa auf ihr Fahrrad und radelte, so schnell sie konnte, nach Hause. Ihr Gespräch mit Mrs Stevenson über die heilende Wirkung von Gartenarbeit hatte ihr etwas in Erinnerung gerufen, und jetzt war sie gespannt, ob sie finden würde, was ihr eingefallen war.

Sie flitzte um die Ecke und den Gartenweg hinauf und sprang vom Rad. Ihr Herz schlug fast beängstigend schnell, wie sie sich selbst eingestehen musste, und sie musste erst einmal wieder zu Atem zu kommen, bevor sie nach der Zeitung vom Vortag griff. Sie blätterte die Seiten durch, bis sie den Artikel über Kew Gardens gefunden hatte, und ließ sich dann in einen Sessel am Fenster sinken, um ihn zum x-ten Mal zu lesen.

Und da stand es, ganz am Ende des Artikels, die Erwähnung, dass ein Expertenteam zur Erforschung des medizinischen Nutzens von Pflanzen gegründet werden sollte.

»Heilend«, murmelte Louisa vor sich hin. Ihr Herz schlug zum Glück wieder normal.

Die Forscher wollten es sich zur Aufgabe machen, Alternativen für importierte Medikamente zu finden, las Louisa, und Pflanzen untersuchen, die in England wuchsen. Man hoffte, die Bürger Großbritanniens anzuregen, bestimmte Pflanzen selbst anzubauen und zu sammeln.

Louisa schaute einen Moment durch das Fenster auf ihren Garten hinaus. Dann stand sie auf, ging nach draußen vors Haus und betrachtete die Hecken.

»Heilend«, sagte sie wieder.

Zwei Frauen auf der Straße winkten ihr im Vorbeigehen zu. Louisa winkte zurück. Die beiden waren Freundinnen vom Frauenverein. Eine von ihnen blieb stehen, um Louisas Pfingstrosen zu bewundern. Louisa beobachtete sie lächelnd, während sich in ihrem Kopf die Gedanken überschlugen.

Sie fuhr mit einem Finger über die Bücher in dem Regal neben dem Kamin, bis sie gefunden hatte, was sie suchte, ein zerlesenes gebundenes Buch mit zerfleddertem Einband: *Heilpflanzen in Großbritannien.* Sie hatte es vor ein paar Jahren für einen halben Penny bei einem Kirchenbasar gekauft und bisher noch keinen Blick hineingeworfen. Aber jetzt war sie froh, dass sie es hatte. Sie setzte sich wieder hin und schlug das Buch auf. Sie hatte eine großartige Idee.

Kapitel 5

London, Juni 1940

Im Bahnhof St. Pancras wimmelte es von uniformierten Männern – ein Meer von Kaki und Blau. Es war heiß und laut und die Luft voller Qualm. Der absolut schlimmste Ort in London, um einander Lebewohl zu sagen, dachte Daisy. Sie hielt Rex' Hand fest umklammert, als sie sich durch die Menge zwängten, um ihn in dem Gedränge nicht zu verlieren. Sie konnte immer noch nicht fassen, dass es so weit war, dass sie sich gleich von ihm verabschieden müsste, ohne zu wissen, wann sie ihn wiedersehen würde. Oder ob sie ihn überhaupt wiedersehen würde. Sie unterdrückte ein Schluchzen – Rex zuliebe musste sie tapfer sein. Er durfte nicht sehen, wie viel Angst sie um ihn hatte.

Hinter dem Fahrkartenschalter blieb Rex stehen und drehte sich zu Daisy um.

»Das sind meine Leute.« Er deutete mit dem Kopf auf eine Gruppe von Angehörigen der Luftwaffe. Er versuchte zu lächeln, schaffte es aber nicht ganz. Daisy versuchte es nicht einmal. Sie schob ihren Arm unter seinen, spürte den rauen Stoff seiner Uniform auf ihrer Haut und konzentrierte sich darauf, alles an ihm intensiv wahrzunehmen – die Wärme seines Körpers, den Geruch seines Haarwassers, die Glätte seiner frisch rasierten Wange, die an ihrer ruhte.

»Dann gehe ich jetzt mal«, sagte Rex. »Und ich werde mich nicht umdrehen, denn wenn ich das tue, schaffe ich es nicht.«

»Dann lass es einfach«, erwiderte Daisy heftig. »Geh nicht! Bleib hier bei mir!«

Rex drückte sie an sich. »Du weißt, dass ich das nicht kann.«

»Ich weiß, ich weiß. Du musst deine Pflicht tun.«

»Genau. Das wäre das eine.« Rex zwinkerte ihr verschmitzt zu. »Zum anderen steht da drüben dieser grässliche Frank Fletcher aus meiner alten Schule, und du weißt, dass er mir ständig damit in den Ohren liegen würde, wenn ich jetzt versuche, mich zu drücken. Er redet heute noch davon, dass ich es bei einem Fußballturnier nicht geschafft habe, den Ball ins leere Tor zu schießen.«

Daisy musste unwillkürlich kichern. »Ist er auch bei der Royal Air Force?«, fragte sie. Sie war ungeheuer stolz gewesen, als Rex sich bei der Luftwaffe gemeldet hatte. Die Auswahl war sehr streng gewesen, aber er hatte es geschafft.

Rex verzog das Gesicht. »Allerdings. Als Mechaniker.«

»Dann wirst du ihn nie zu Gesicht bekommen«, tröstete Daisy ihn. »Du wirst hoch oben in den Wolken sein, weit weg von ihm.« Plötzlich wurde ihr erneut bewusst, wie entsetzlich dieser Moment des Abschieds war. Sie klammerte sich an Rex. »Ich ertrage es nicht!«

Er küsste sie zärtlich. »Ich auch nicht.«

»Ich werde dir jeden Tag schreiben.«

»Und ich werde jeden Tag antworten.«

Ein paar Minuten hielten sie sich eng umschlungen, dann erinnerte sie das Schrillen der Zugpfeife daran, wo sie waren. Langsam und widerstrebend ließen sie einander los. Rex wandte leicht den Kopf, und Daisy konnte sehen, dass seine Augen feucht glänzten und er sie sich unauffällig rieb. Sie tat dasselbe, dann setzte sie unter Aufbietung ihrer ganzen Willenskraft für ihren Mann ein strahlendes Lächeln auf.

»Leb wohl, mein Liebling!«

»Ich bin froh, dass wir geheiratet haben«, sagte Rex, während er seine Kappe aufsetzte und scherzhaft vor ihr salutierte. »Verdammt froh.«

»Ich auch«, erwiderte Daisy. »Es war der schönste Tag in meinem Leben.«

Rex hievte seinen Rucksack über die Schulter und warf ihr eine Kusshand zu. »Ich liebe dich, Mrs Cooper.«

»Ich liebe dich auch, Mr Cooper.«

Wieder tippte er an sein Käppi und drehte sich um. Gleich darauf war er verschwunden, verschluckt von der Masse der Männer, die alle die gleichen Uniformen trugen.

Daisy starrte noch ein paar Minuten in seine Richtung und versuchte, Rex auszumachen, aber es gelang ihr nicht. Jetzt war er nur noch einer von vielen. Einer, der für die Verteidigung ihres Vaterlandes kämpfte. Sie spürte, dass ihr Tränen über die Wangen liefen, und mit gesenktem Kopf, damit niemand ihr verschmiertes Make-up sah, eilte sie durch den Bahnhof, um in den Bus zurück zu ihrem Büro zu steigen.

Wenn Daisy erzählte, dass sie im Innenministerium arbeitete, klang das immer furchtbar wichtig. Aber im Allgemeinen verbrachte sie ihre Tage damit, Anleitungen für den Bau von Anderson-Luftschutzbunkern in Briefumschläge zu stecken und an diverse Gemeinden zu verschicken. Manchmal musste sie ans Telefon gehen und notieren, wie viele Broschüren eine bestimmte Gemeinde brauchte. Manchmal musste sie die Broschüren abzählen und gebündelt sortieren. Beides war alles andere als interessant. Abgesehen von ihrem Vater, wollte sich kein Mensch einen Anderson-Unterstand in den Garten stellen, deshalb hatte sie nicht mal das Gefühl, einen wichtigen Beitrag zu leisten. Nicht so wie Rex.

Sie versuchte, nicht mehr an ihn zu denken, nicht mehr zu grübeln, wo er war und was er gerade tat, sondern konzentrierte sich darauf, Broschüren in Umschläge zu stecken. Manchmal hielt sie inne, um den Ring zu bewundern, der an ihrem Ringfinger funkelte. Weil sie so überstürzt geheiratet hatten, war für eine Verlobung keine Zeit geblieben, umso mehr freute sie sich über ihren Ehering. Er hatte Rex' Großmutter gehört, und Daisy war zutiefst gerührt gewesen, als seine Mutter ihn ihr geschenkt hatte. Es machte sie überglücklich, Mrs Cooper zu sein. Rex und sie waren nun ganz offiziell ein Paar, auch wenn sie noch kein eigenes Heim besaßen. Rex hatte gesagt, wenn der Krieg erst einmal vorbei wäre und er wieder nach Hause käme, würden sie irgendwo in der Gegend zwischen Hackney, wo Daisys Eltern lebten, und Rex' Elternhaus in Poplar schon etwas Geeignetes finden. Obwohl Daisy dachte, dass sie am liebsten einfach in Hackney bleiben würde.

Der Tag schleppte sich dahin, aber schließlich schlug die Uhr fünf, und Daisy konnte sich auf den Heimweg machen.

Müde und ausgelaugt betrat sie ihr Elternhaus.

»Daisy«, rief ihre Mutter, die gerade in die Diele kam. »Ach, Schätzchen, du siehst ja völlig erledigt aus! Setz dich hin, dann koche ich uns Tee.«

Daisy versuchte zu lächeln, aber stattdessen brach sie in Tränen aus.

Ihre Mutter nahm sie in die Arme. »Ich weiß«, sagte sie mitfühlend. »Ich weiß, mein Liebes.«

Traurig daran war, dass Ivy tatsächlich aus eigener Erfahrung wusste, wie ihr zumute war. Und irgendwie machte es alles noch schlimmer, wenn sie an ihren Vater Jim dachte, wie er im letzten Krieg irgendwo in den Schützengräben steckte und wie ihre Mutter Todesängste um ihn ausgestanden und ständig auf Nachrichten von ihm gehofft hatte. Daisy konnte nicht glauben, dass nach all dem Kummer und dem Grauen, das ihre Eltern erlebt hatten, nach all den Verlusten, die sie erlitten hatten, so etwas noch einmal passierte. Sie lehnte sich an die Schulter ihrer Mutter und weinte, aber nur kurz, dann riss sie sich zusammen. Sie war eine erwachsene Frau, um Himmels willen! Noch dazu eine verheiratete Frau. Tausende andere Frauen machten dasselbe mit wie sie, genauso wie damals ihre Mutter.

»Er ist ziemlich schlau, mein Rex«, schniefte sie. »Der schlägt sich schon durch.«

»Na klar«, sagte Ivy. »Komm, trinken wir ein Tässchen.«

Sie gingen in die Küche. »Wo ist Dad?«, fragte Daisy, als sie sich an den Tisch setzte.

Ivy verzog das Gesicht. »Bei einem Treffen vom Luftschutz.«

Daisy lächelte. Ihr Vater hatte sich gleich zu Kriegsbeginn als freiwilliger Luftschutzhelfer gemeldet, und er nahm diese Aufgabe sehr ernst. Fast hatte sie das Gefühl, dass er enttäuscht war, wegen seiner Verwundungen aus dem letzten Krieg nicht mehr in den aktiven Dienst eintreten zu können. Die Arbeit beim Luftschutz gab ihm die Möglichkeit, sich auch nützlich zu machen.

»Und Poppy?«

»Die ist bei ihrer Freundin Lizzie und bleibt da auch zum Abendessen.« Ivy grinste, während sie Wasser in den Kessel füllte und ihn auf den Herd stellte. »Das heißt, heute Abend sind wir beide ganz unter uns.«

Daisy freute sich. Sie war gern mit ihrer Mutter zusammen und fand es besonders schön, wenn sie nur zu zweit waren. Viel Gelegenheit hatten sie dazu in letzter Zeit nicht gehabt. Daisy war vollauf mit Rex und ihren Hochzeitsvorbereitungen beschäftigt gewesen, Ivy mit dem Ausliefern von Obst und Gemüse in ganz East London.

»Wie war's am Bahnhof?«, fragte Ivy und stellte einen Becher Tee vor Daisy.

»Es wimmelte nur so von Soldaten. All diese jungen Burschen, Mum, die in den Krieg ziehen müssen! Und viele von ihnen werden nie zurückkommen ...«

Wieder war sie den Tränen nahe, schluckte sie aber tapfer hinunter. »Ich werde ihn schrecklich vermissen.«

»Ich weiß, Liebes.« Ivy drückte ihre Hand. »Es ist furchtbar.«

»Und es sieht nicht gut aus«, fuhr Daisy fort. »Erst Dünkirchen, und jetzt Frankreichs Kapitulation.«

»Wir schaffen es, Daisy. Wir haben es schon einmal geschafft.«

Daisy nickte, aber sie war nicht überzeugt. Würde es diesmal zu viel für das kleine Britannien sein? Frankreich war den Nazis unterlegen, und wer konnte sagen, ob sie nicht als Nächste dran waren. Bei dem Gedanken wurde ihr schlecht.

Sie starrte in ihren Teebecher. »Ich weiß nicht, ob ich es kann, Mum«, flüsterte sie. »Ich weiß nicht, ob ich ohne Rex durchhalte.«

»Das wirst du, Schätzchen, weil du es musst.«

»Du hast es letztes Mal geschafft.«

»Ja.« Ivy wandte den Blick ab. »Weil ich gute Freunde hatte und eine Arbeit, bei der es jede Menge zu tun gab. Das hat mich abgelenkt.«

Daisy ahnte, worauf das hinauslief. »Denkst du wieder an Kew Gardens?«

»Wirst du dich bewerben?«

»Ach, Mum, ich weiß nicht. Ich bin mir nicht sicher, ob das mein Ding ist.«

»Es ist verdammt viel mehr dein Ding, als den ganzen Tag im Büro zu hocken«, sagte Ivy. Sie beugte sich über den Tisch und sah Daisy eindringlich an. »Als dein Vater im letzten Krieg an der Front war, hat es mich wirklich getröstet zu sehen, wie etwas wächst und gedeiht und im Winter stirbt, nur um im nächsten Frühling wieder aufzublühen. Es war …« Sie suchte nach dem richtigen Wort. »Beruhigend.«

»Beruhigend?«, wiederholte Daisy. Das verstand sie nicht. »Hat es dich nicht eher daran erinnert, wie lange er schon weg ist?«

Ivy zuckte mit den Schultern. »Eigentlich nicht. Bei der Gartenarbeit geht es immer um die Zukunft, stimmt's? Darum, Samen in die Erde zu setzen und zu warten, ob die Saat aufgeht.«

Daisy hatte von ihrer Mutter noch nie so philosophische Gedanken gehört. Sie lächelte. »Du glaubst also wirklich, es würde mir helfen?«

»Ja.«

»Und wenn ich meine Sache nicht gut mache?«

Ivy streckte ihre Hände aus, um Daisy die Schwielen und anderen Spuren zu zeigen, die jahrelange Arbeit mit Pflanzen und Erde hinterlassen hatten. »Du stammst aus einer Familie von geborenen Gärtnern«, sagte sie. »Natürlich schaffst du das.«

Kapitel 6

London, Sommer 1940

Beth hatte auf ihrer Station so viel zu tun, dass ihr gar keine Zeit blieb, an Dr. Campbell oder den Zeitungsartikel, den er ihr gegeben hatte, zu denken, bis ihre Schicht vorbei war und sie sich auf den Heimweg machen konnte.

Als sie schließlich in den Bus stieg, griff sie in ihre Jackentasche und zog das Namensschild, das sie vom Schreibtisch ihres Vaters genommen hatte – sie musste es irgendwie schaffen, es zurückzulegen, bevor es vermisst wurde –, und die Zeitungsseite heraus. Sie legte das Papier auf ihren Oberschenkel, strich es glatt und las sich den Artikel noch einmal sorgfältig durch, während der Bus über die Westminster Bridge rumpelte.

Kew Gardens war bei Kriegsbeginn geschlossen worden, sollte aber jetzt wieder für Besucher geöffnet werden. Man suchte Frauen, die anstelle der Männer, die eingezogen worden waren, in den Gartenanlagen arbeiteten, und auch Ärzte und Pharmazeuten für das Expertenteam, das Dr. Campbell – Gus – erwähnt hatte.

Ein leises Prickeln durchlief Beth. Ihr Vater würde auch in diesem Jahr seine Zustimmung für ihre Bewerbung an der Medizinischen Fakultät verweigern, so viel stand fest. Genauso wie im letzten Jahr. Oder im vorletzten, um genau zu sein. Aber vielleicht hatte Gus recht. Vielleicht würde eine derartige Tätigkeit, noch dazu in einer so prestigeträchtigen Einrichtung wie Kew Gardens, ihrem Vater zeigen, wie ernst es ihr war. Und außerdem könnte es ihr bei der Bewerbung um einen Studienplatz einen Vorsprung bei ihren Mitbewerbern verschaffen.

Wieder studierte sie den Artikel. Krankenschwestern wurden nicht gesucht, das war das Problem. Wie sie Gus schon gesagt hatte, wollte man dort gut ausgebildete Ärzte haben. Erfahrene Pharmazeuten und Kardiologen und Anästhesisten. Experten auf ihrem Gebiet. Leute wie Gus. Sie ignorierte die Stimme in ihrem Kopf, die »Männer« sagte. Männer wie Gus, nicht Leute, und keine Krankenschwestern. Und deshalb lohnte es sich vielleicht trotz all der Gründe, die dafürsprachen, nicht, sich überhaupt zu bewerben.

Beth hatte volles Vertrauen in sich und ihre Fähigkeiten, und sie war wild entschlossen, Ärztin zu werden, aber der endlose Kampf, dieses Ziel zu erreichen, war zermürbend, und sie war sich nicht sicher, ob sie eine weitere Ablehnung verkraften könnte. Bei dem Gedanken, an diese Leute in Kew zu schreiben, nur um wieder einmal eine Abfuhr zu kassieren, überlief sie ein Schauder. Vielleicht sollte sie lieber bei der Krankenpflege bleiben, in ihrer Freizeit medizinische Fachliteratur lesen und sich nächstes Jahr noch einmal um eine Aufnahme an der Universität bewerben. Das klang weit weniger entmutigend als ein neuerliches Scheitern.

Sie schaute aus dem Fenster, als der Bus am oberen Ende der Charing Cross Road anlangte, und verstaute den Artikel sorgsam in ihrer Tasche. Da sie fast bei ihrer Haltestelle war, drückte sie auf die Klingel und sprang beim hinteren Ausstieg ab, als der Bus sein Tempo verlangsamte.

Beth lebte zusammen mit ihren Eltern und einer Haushälterin in einem weitläufigen Haus in Bloomsbury, nicht weit vom British Museum. Breite Steinstufen führten zu der großen schwarzen Vordertür mit dem Türklopfer aus massivem Gusseisen, und von den hinteren Fenstern aus konnte Beth das spitze Dach des University College Hospital sehen, wo sie eines Tages ihre Ausbildung anzutreten hoffte. Obwohl sie in Momenten der Mutlosigkeit fand, es wäre vielleicht besser für sie, in Edinburgh oder Manchester zu studieren, wo noch nie jemand etwas von einem Dr. Sanderson gehört hatte und sie als eigenständiger Mensch akzeptiert werden würde.

Müde stieg sie die Stufen zur Haustür hinauf und sperrte auf. Vielleicht sollte sie ein Bad nehmen. Nach dem hektischen Tag auf den Krankenstationen taten ihr die Beine weh, und morgen hatte sie wieder Dienst. Ja, ein Bad und danach früh zu Bett klang nach einer guten Idee. Sie zog ihre Jacke aus und hängte sie gerade an die Garderobe, als sie zu ihrem Ärger aus dem Wohnzimmer die Stimme ihrer Mutter hörte.

»Beth, Liebes? Bist du es?«

»Hallo«, rief sie, wobei sie sich bemühte, munter zu klingen.

»Komm rein und schau, wer da ist.«

Beth warf einen Blick auf die Treppe, die zu ihrem Zimmer führte, dann zum Wohnzimmer, wo ihre Mutter saß, und spielte mit dem Gedanken, die Treppe hinaufzurennen und sich in ihrem Zimmer einzusperren. Stattdessen verzog sie ihren Mund zu einem gezwungenen Lächeln und stieß die Wohnzimmertür auf.

Auf dem Sofa saß Paul.

»Hallo, Fremde«, sagte er betont, während er das Glas, das er in der Hand hielt, auf den Couchtisch stellte und aufstand. Er legte seine Hände auf Beths Schultern und küsste sie züchtig auf die Wange. »Du hast mir gefehlt.« Paul roch nach Zigarettenrauch aus der U-Bahn, vermischt mit seinem Aftershave und dem Whisky, den er getrunken hatte, und einen kleinen – nicht sehr loyalen – Moment lang dachte Beth an Gus und daran, wie frisch und sauber er gerochen hatte.

»Paul meint, du hast in letzter Zeit im Krankenhaus so viel zu tun, dass er dich kaum zu sehen bekommt«, warf Beths Mutter ein. Sie saß in einem Sessel am Fenster und hielt ebenfalls ein Glas in der Hand. Beth versuchte, ihr Lächeln beizubehalten, während Paul neben ihr stand.

Er berührte sie nicht, trotzdem wirkte allein seine Nähe irgendwie besitzergreifend.

»Ich muss gestehen, allmählich beneide ich deine Patienten.«

Beth dachte an den älteren Herrn, der an diesem Morgen auf ihre Station verlegt worden war, verängstigt und mitgenommen von der Nierenoperation, die er hinter sich hatte, und verbarg ihr Gesicht an Pauls Schulter, damit er nicht sehen konnte, wie sich ihre Miene verfinsterte.

»Jetzt bin ich ja da«, murmelte sie.

»Paul hat wundervolle Neuigkeiten«, verkündete Beths Mutter. »Erzähl es ihr, Paul. Sie wird genauso begeistert sein wie ich.«

»Du bist ein Schatz, Agatha«, sagte er, und Beths Mutter lächelte. »Ich habe die Beförderung bekommen, Betsy.«

Beth hasste es, wenn er sie Betsy nannte, der Kosename aus ihrer Kindheit und eine ständige Erinnerung daran, dass Paul und sie einander schon eine Ewigkeit kannten, weil seine und ihre Eltern miteinander befreundet waren.

Ja, na klar hast du sie bekommen, dachte sie. Sie wusste, dass Pauls Vater Freunde in hohen Positionen hatte, die gerne bereit waren, seinem Sohn den Weg zum Erfolg zu ebnen. Sie lächelte ihn an. »Bravo.« Wie mochte es sein, fragte sie sich, wie Paul ein Mann zu sein und mit der Erwartung durchs Leben zu gehen, dass alles so lief wie geplant, weil es schon immer so gewesen war und immer so sein würde? »Wie lautet denn dein neuer Titel?«

»Na ja, ich bin immer noch ein langweiliger Beamter«,

sagte er bescheiden. »Immer noch jeden Tag brav im Ministerium. Ich bin nur ein kleines bisschen wichtiger, das ist alles.« Er schenkte ihr ein spontanes, echtes Lächeln. »Ich habe jetzt mein eigenes Büro. Mit meinem Namen an der Tür.«

»Großartig.« Beth schob ihre Hand in die Tasche und stieß an das Namensschild ihres Vaters. Ob ihr Name je auf einem anderen amtlichen Dokument als ihrem Trauschein stehen würde?

»Das bedeutet, dass Paul nicht eingezogen wird.« Ihre Mutter strahlte. »Da fällt dir bestimmt ein Stein vom Herzen.«

Bis zu diesem Augenblick hatte Beth sich nicht eingestanden, dass sie insgeheim auf Pauls Einberufung wartete. Nun, da nicht mehr die Aussicht bestand, er würde London verlassen, empfand sie … Enttäuschung? Was für ein grauenhafter Gedanke! War sie wirklich ein so schlechter Mensch? Entsetzt über sich selbst, weil Paul ein wirklich netter Kerl war und sie ihn sehr gern hatte, lächelte sie ihn an und drückte ihn kurz an sich. »Ja, da bin ich wirklich erleichtert … So ein Glück.«

»Ich schäme mich nicht zu gestehen, dass ich froh darüber bin«, sagte Paul. »Ich glaube nicht, dass ich der militärische Typ bin.« Ein Schatten huschte über sein Gesicht. »Obwohl mir nicht ganz wohl dabei ist. Unsere Jungs sind da draußen an der Front und kämpfen, weißt du, während ich mich hinter einem Schreibtisch verkrieche.«

»Blödsinn«, widersprach Beth mit Nachdruck, nicht

unbedingt, weil ihr Pauls Gewissensnöte ein Anliegen waren, sondern weil sie sich für ihre unfreundlichen Gedanken schämte. »Du wirst an deinem Schreibtisch alle möglichen wichtigen Sachen machen.« Sie zerbrach sich den Kopf über ein passendes Beispiel, musste aber zu ihrer Bestürzung feststellen, dass sie im Grunde nicht genau wusste, worin Pauls Tätigkeit eigentlich bestand. »Du trägst maßgeblich dazu bei, Mr Churchill zu unterstützen. Er kämpft diesen Kampf nicht allein.«

Paul strahlte vor Freude. »Das stimmt!«

»Ich dachte mir, wenn Paul hier in London bleibt, könnt ihr viel mehr Zeit miteinander verbringen«, sagte Agatha.

»Völlig richtig«, entgegnete Beth. »Wenn ich im Krankenhaus nicht zu viel zu tun habe.«

Agatha machte eine wegwerfende Handbewegung, als wäre das Krankenhaus mitsamt seinen Patienten nicht weiter der Rede wert. »Ich weiß, wie wichtig dir deine Arbeit ist, Betsy, aber vielleicht ist es an der Zeit, diesen kleinen Job von dir noch einmal zu überdenken.«

Beth musste sich in die Innenseite ihrer Wange beißen, um ihre Mutter nicht mit einem bösen Blick zu durchbohren. »Ich werde dort gebraucht, Mum.« Plötzlich war sie traurig. Der einzige Mensch, der sie bei ihrem Wunsch, Krankenschwester zu werden, unterstützt hatte, fand jetzt, sie sollte alles, was sie erreicht hatte, für einen Mann aufgeben.

Paul, der ziemlich aufmerksam sein konnte, wenn er wollte, schien ihr anzusehen, wie ihr zumute war. Er legte einen Arm um Beths Schultern. »Ich bin so stolz auf dich,

Liebling«, sagte er. »Und natürlich brauchen deine Patienten dich. Aber vergiss nicht, dass wir dich auch brauchen.«

Beths Mutter, die unheilbar romantisch war und Liebesromane in geradezu atemberaubendem Tempo verschlang, klatschte entzückt in die Hände. »Ach, ihr zwei passt einfach perfekt zusammen!«, schwärmte sie.

»Dem kann ich nicht widersprechen, Agatha«, sagte Paul und sah Beth liebevoll an. Am liebsten hätte sie sich diesem innigen Blick entzogen, aber stattdessen senkte sie nur den Kopf, um ihn nicht anschauen zu müssen. »Und jetzt muss ich leider gehen. Der Arbeitstag fängt früh an.«

Beth lächelte ihn an. Sie freute sich, weil er daran gedacht hatte, dass sie am nächsten Tag arbeiten musste. Aber nein, er hatte nicht ihre Arbeit gemeint.

»Ich habe gleich als Erstes ein Meeting – Geheimsache, versteht sich – und danach Vorstellungsgespräche wegen meiner neuen Sekretärin.«

»Da bist du ja wirklich ganz schön beschäftigt«, bemerkte Beth trocken.

»Wollen wir nicht Freitagabend essen gehen?«, fragte Paul. »Um meine Beförderung zu feiern, über die Zukunft zu sprechen, Pläne zu schmieden?«

»Eine ausgezeichnete Idee«, sagte Beths Mutter. »Betsy wäre bestimmt begeistert, nicht wahr?«

»Ich habe am Freitag Nachtschicht«, antwortete Beth. Paul machte ein langes Gesicht, und sofort hatte sie wieder ein schlechtes Gewissen. »Wie wäre es stattdessen mit Samstag?«

»Perfekt.« Paul griff nach seinem Hut. »Ich reserviere uns irgendwo einen Tisch.«

Wieder küsste er Beth auf die Wange und verabschiedete sich von Agatha, indem er kurz an seinen Hut tippte. »Ich finde allein hinaus, ihr Lieben.«

Sowie die Haustür ins Schloss fiel, wandte sich Agatha zu Beth um. »Ich höre schon die Hochzeitsglocken läuten«, rief sie entzückt.

Beth unterdrückte ein Stöhnen. »Freu dich nicht zu früh, Mutter. Paul hat seine neue Stelle, und ich habe im Krankenhaus viel zu tun. Und jetzt nehme ich ein Bad.«

Enttäuscht von Beths Mangel an Enthusiasmus, ließ sich Agatha in den Sessel zurücksinken. »Ich habe recht«, rief sie ihrer Tochter nach. »Du wirst schon sehen.«

Beth ging in ihr Zimmer, zog die Krankenschwesterntracht aus und schlüpfte in ihren Morgenmantel. Statt sich ein Bad einzulassen, setzte sie sich an ihren Schreibtisch und studierte noch einmal den Artikel, den Gus ihr gegeben hatte.

Sorgfältig suchte sie in der Zeitung nach dem richtigen Namen. Der Leiter von Kew Gardens war ein gewisser Sir Arthur Hill. Das sollte reichen. Sie nickte langsam, holte einen Bogen Briefpapier und ihren Füller aus der Schublade und fing an zu schreiben.

Lieber Sir Arthur, begann sie in ihrer schönsten Handschrift, *ich schreibe, um mich um eine Stellung beim Vegetable Drugs Committee in Kew Gardens zu bewerben …*

Kapitel 7

Kent, Sommer 1940

Louisa konnte Teddy nicht in die Augen sehen. Die innere Anspannung, die er ausstrahlte, kam in Wellen. Sie hätte gern seine Hand genommen, fürchtete aber, er könne vor ihr zurückweichen, weil er nervös und reizbar war, und das hätte sie nicht ertragen.

Christopher verließ Kent und die Farm, auf der er arbeitete. Alles war furchtbar schnell gegangen. Er hatte sich zum Militärdienst gemeldet, und jetzt, knapp zwei Wochen später, hieß es für ihn und zwei andere Männer aus dem Dorf: ab zur Grundausbildung. Na ja, eigentlich waren sie noch Jungs. Christopher war Mitte zwanzig, aber die anderen waren noch Teenager, und neben ihm, der sie um einiges überragte, wirkten sie wie Kinder.

Sie alle standen steif und verkrampft in ihren ungewohnten Uniformen auf dem Bahnsteig. Die beiden anderen, Joe und Barney, hielten sich stolz aufgerichtet und sahen proper aus. Christopher jedoch hatte es wieder einmal geschafft, trotz des neuen kurzen Haarschnitts unordentlich auszusehen. Seine Jacke saß ein bisschen schief, und seine Hose war zu kurz. Er trug zwar das längste Paar, das zur Verfügung gestanden hatte, aber seine Beine waren noch länger. Louisa brach es das Herz, wenn sie ihn ansah. Was in aller Welt war ihr bloß eingefallen, als sie ihn ermutigt hatte, sich zu melden? Er gehörte aufs Feld, die Hände im Erdboden vergraben, nicht um eine Waffe geklammert.

»Oh Gott«, murmelte sie. Teddy, der neben ihr stand, schaute in ihre Richtung, sagte aber kein Wort. Seine Lippen waren fest zusammengepresst und, wie Louisa feststellte, fast weiß.

»Da, wir sind dran«, verkündete Christopher munter und zeigte mit einem Nicken auf die Schienen, wo sich ein Zug näherte. »Onkel Ted.«

Teddy nahm seine ausgestreckte Hand, zog ihn an sich und umarmte ihn innig. Teddy war nicht klein, aber sein Neffe war wesentlich größer, und überhaupt wirkte die Umarmung ein bisschen gehemmt, doch Louisa konnte sehen, wie viel Liebe sich darin verbarg. »Pass bitte …«, begann Teddy.

Christopher nickte. »Werde ich«, versicherte er. »Bis bald.«

Teddy klopfte ihm auf die Schulter und wandte sich ab. Louisa wusste, dass er seine Tränen nicht zeigen wollte. Das ist meine Schuld, dachte sie. Und wenn er stirbt, wird es auch meine Schuld sein. Sie fragte sich, ob Teddy es irgendwann erfahren würde, und falls ja, ob er ihr je verzeihen könnte. Wahrscheinlich nicht, dachte sie unglücklich.

»Tante Lou«, sagte Christopher und schloss sie kurz in die Arme. »Pass gut auf Onkel Ted auf, ja?«

Louisa nickte. Sprechen konnte sie nicht.

»Na, dann mal los.« Christopher hob seinen Rucksack verkehrt herum auf, und Louisa fing ihn gerade noch auf, bevor der Inhalt herauspurzeln konnte.

»Chris«, ermahnte sie ihn mit gespielter Strenge. Sie war kurz davor, in Tränen auszubrechen, aber das wollte sie sich nicht anmerken lassen.

Er nahm ihr den Rucksack ab, wuchtete ihn in seine Arme, als wäre es ein zappeliges Kleinkind, und salutierte leicht vor ihr, als der Zug in den Bahnhof einfuhr.

Froh, dass das laute Fauchen der Dampflok jedes Gespräch unmöglich machte, begnügte Louisa sich damit, Christopher noch einmal zu umarmen. Teddy tat dasselbe, dann traten sie beide zurück, als die drei Rekruten einstiegen. Joe lehnte sich aus dem Fenster, um einer bildhübschen Brünetten – vermutlich seine Freundin, dachte Louisa – Kusshände zuzuwerfen, während Barney sich von seinen zahlreichen Verwandten verabschiedete, die sich auf dem Bahnsteig drängten. Christopher versuchte, in seinem Abteil das Fenster zu öffnen, schaffte es aber nicht und winkte ihnen stattdessen nur durch das verschmierte Glas der Scheibe zu, als sich der Zug in Bewegung setzte.

Louisa sah dem Zug nach, bis er in der Ferne verschwand. Er fuhr nach London, wo ihr sanftmütiger, ungeschickter

Christopher zu den anderen neuen Rekruten stoßen und lernen würde zu töten.

»Jeder erwartet von ihm immer mehr«, sagte Teddy plötzlich. »Weil er so groß ist, weißt du. Als er noch ein kleiner Knirps war, dachten die Leute, er ginge schon zur Schule, und machten sich über ihn lustig, weil er nicht lesen konnte.«

»Ich erinnere mich.« Christopher war ein kleines Kind gewesen, als Louisa Teddy kennengelernt hatte, und sie wusste, was ihr Mann meinte.

»Und als er dann auf der Schule war, dachte jeder, er wäre ein Rowdy«, fuhr Teddy fort. Louisa hatte das Gefühl, dass er im Grunde gar nicht mit ihr redete, sondern eher in Erinnerungen kramte. Fast wie eine Trauerrede, dachte sie erschrocken. »Sie wollten unbedingt, dass er Rugby spielt, weißt du noch?«

»Ja.« Louisa lächelte. »Nicht unbedingt Chris' Ding, stimmt's?«

Teddy nickte knapp. »Ganz und gar nicht. Er ist so ein gutmütiger Kerl ... Ständig damit beschäftigt, Jungvögel zu retten und sich um streunende Hunde zu kümmern.«

Louisa erschauerte leicht. »Ich kann mich noch an den Sommer erinnern, als er mit einer Maus in der Hosentasche herumlief.«

Teddy sah todtraurig aus, und Louisa spürte, wie sich sein Schmerz in ihr eigenes Herz bohrte.

Sie standen immer noch auf dem Bahnsteig, als sich die anderen Familien schon längst zerstreut hatten. Sie waren die Letzten, die geblieben waren. Teddy setzte sich auf eine der Holzbänke, wo Fahrgäste auf die Ankunft ihres Zugs warten konnten, nahm seinen Hut ab und fuhr sich mit einer Hand über den Kopf. Er hatte jetzt nicht mehr besonders viele Haare und war darüber ziemlich unglücklich, aber Louisa gefiel es nicht schlecht. Sie fand, dass es ihm eine gewisse Würde verlieh. Jetzt allerdings, mit seinem von Kummer gezeichneten Gesicht, ließ es ihn sehr verletzlich erscheinen. Sie setzte sich zu ihm und nahm seine Hand, und zu ihrer Erleichterung ließ er es zu.

»Ich verstehe nicht, warum Chris nicht zu mir gekommen ist«, sagte Teddy. »Warum er nicht mit mir besprochen hat, was er vorhatte.«

»Ich glaube, er konnte sich denken, was du sagen würdest.« Louisa wählte ihre Worte mit Bedacht. »Du hättest ihm ganz sicher von diesem Schritt abgeraten.«

»Verdammt richtig.« Teddys Zorn flammte erneut auf, und Louisa zuckte zusammen. »Bei dem, was mit Philip passiert ist, hätte ich genau das gesagt.«

»Aber Chris ist nicht Philip, und es war nicht deine Entscheidung«, gab sie zu bedenken. »Er musste diese Entscheidung selbst treffen, genau wie Philip.«

Teddy litt immer noch an Schuldgefühlen, weil er seinem Sohn bei Ausbruch des letzten Kriegs zugeredet hatte, sich freiwillig zu melden. Louisa hatte das Gefühl, dass er den Rest seines Lebens an dieser Last tragen würde, trotz der Menschenleben, die er gerettet hatte, indem er Männern wie Bernie, die den Dienst an der Waffe aus Gewissensgründen verweigerten, geholfen hatte, und trotz all seiner anderen Verdienste. Und trotz der Tatsache, dass der Tod seines Sohnes nicht seine Schuld war. Louisa hatte Philip nicht gekannt, aber sie hatte viel über ihn gehört und war sich ziemlich sicher, dass er auf jeden Fall in den Krieg gezogen wäre, ganz gleich, was sein Vater gesagt hätte. Oder redete sie sich das nur ein, weil sie Christopher dasselbe geraten hatte wie Teddy damals seinem Sohn?

»Warum hat er es nie erwähnt?«, fragte Teddy wieder. »Uns kurz und bündig mitzuteilen, dass er sich gemeldet hat, sieht Chris gar nicht ähnlich. Ich kann nicht fassen, dass er nie mit mir darüber gesprochen hat. Hat er mit dir geredet, Louisa?«

Er drehte sich zu ihr um. Louisa wand sich innerlich vor Unbehagen. Sie hatte Teddy noch nie belogen, und sie würde jetzt nicht damit anfangen. Sie holte tief Luft. »Ja, hat er«, gestand sie.

Teddys Augen weiteten sich. »Was hat er gesagt?«

»Er hat mich gefragt, was ich an seiner Stelle tun würde.«

Teddy ließ die Schultern sinken. »Und was hast du geantwortet?«, fragte er, aber es klang, als wüsste er die Antwort bereits.

»Ich habe gesagt, dass ich gehen würde.«

Sie wappnete sich gegen einen Zornausbruch, aber Teddy sah nur niedergeschlagen aus. »Natürlich hast du das«, sagte er. »Du und dein Übereifer.« Er spie das letzte Wort förmlich aus, als wäre es etwas, wofür man sich schämen müsste. »Weil du kein Ventil für deine überschüssigen Energien hast, gibst du sie einfach an andere weiter.«

»Teddy …«, protestierte Louisa. Sie fand seine Bemerkung unfair, vor allem, weil er erst vor wenigen Wochen zu ihr gesagt hatte, sie wäre genau richtig, so wie sie war. Aber er ließ sie nicht zu Wort kommen. Stattdessen stand er auf, setzte seinen Hut auf und stapfte davon, ohne sich noch einmal nach ihr umzudrehen.

Louisa sprang auf und lief ihm zu dem Tor nach, durch das man vom Bahnsteig zur Straße kam, aber Teddy saß bereits im Auto und ließ den Motor an. Sie waren zusammen zum Bahnhof gefahren, und sie war natürlich davon ausgegangen, dass sie auch gemeinsam nach Hause fahren würden. Aber anscheinend wollte Teddy sie in diesem Moment nicht bei sich haben. Sie hob eine Hand und winkte ihm zu, als er losfuhr, doch Teddy starrte unverwandt geradeaus auf die Straße.

Louisa fühlte sich furchtbar. Sie hatte wackelige Knie und war den Tränen nahe. Sie hasste es, mit Teddy zu streiten, vor allem, weil es nur selten vorkam, dass sie sich nicht einig waren. Aber auch, weil es Erinnerungen an ihre erste Ehe mit Reg weckte, der aufbrausend und jähzornig gewesen war und statt Argumenten seine Fäuste einsetzte. Das war viele Jahre her, und dennoch hatte Louisa den Eindruck, dass sie die Erinnerungen an Reg genauso wenig loswerden würde wie Teddy die Schuldgefühle, die er wegen Philips Tod empfand.

Trotz alledem, sie wusste auch, dass sie Christopher gegenüber aufrichtig gewesen war, als er sie nach ihrer Meinung fragte, und sie war froh, dass sie Teddy die Wahrheit gesagt hatte. Und dass sie jetzt zu Fuß nach Hause gehen musste, war gar nicht schlecht. Ein Spaziergang durch die Straßen und Gassen des Dorfs würde ihr helfen, ihr inneres Gleichgewicht wiederzufinden und ihre Gedanken zu sammeln, und bis sie zu Hause wäre, hätte Teddy sich vielleicht schon ein bisschen beruhigt.

Sie machte sich auf den Weg. Auch heute war wieder ein wunderschöner Tag. Der Himmel war strahlend blau, die Sonne schien ihr ins Gesicht, die Vögel zwitscherten, und der Krieg schien sehr weit weg zu sein.

Aber plötzlich fiel ein Schatten auf den Weg. Louisa blickte auf und sah vier Flugzeuge in Formation, so hoch oben am Himmel, dass sie das Sonnenlicht abblockten. Vielleicht war der Krieg nie weit weg. Nicht wirklich. Sie dachte an Christopher und fragte sich, ob er sich fürchtete. Und sie dachte an Teddy, der krank vor Angst war, dass seinem Neffen, den er von ganzem Herzen liebte, dasselbe zustoßen könnte wie seinem einzigen Sohn, und schämte sich. Ich hätte Christopher raten sollen, mit Teddy zu sprechen, dachte sie. Und sie hätte Teddy vorwarnen sollen, dass er daran dachte, sich freiwillig zu melden. Den beiden eine Chance geben sollen, darüber zu reden.

Tränen brannten in ihren Augen. Sie hatte alles vermasselt, und leider nicht zum ersten Mal. Ihr Übereifer, wie Teddy es ganz richtig genannt hatte, hatte ihr schon einmal Probleme bereitet, hatte Freunde erzürnt und andere Menschen verletzt, und dennoch hatte sie nichts daraus gelernt.

Mittlerweile war sie im Dorf angelangt. Schon konnte sie ihr Cottage sehen und Teddys Auto, das davor geparkt war. Aber Louisa fühlte sich nicht imstande, nach Hause zu gehen, jetzt noch nicht. Stattdessen setzte sie sich auf eine Bank beim Kriegerdenkmal. Bald würden dort noch sehr viel mehr eingravierte Namen stehen, davon war sie überzeugt. Sie vergrub ihr Gesicht in den Händen und weinte eine Weile. Dann hob sie den Kopf und tupfte sich die Augen mit ihrem Taschentuch trocken.

»Du dumme alte Frau«, sagte sie laut zu sich selbst. »Bring das gefälligst wieder in Ordnung.«

Das Problem war, dass sie nicht wusste, wie sie das anstellen sollte.

»Bist du traurig?«

Louisa wandte den Kopf und stellte fest, dass Julia, die kleine Evakuierte, ein Stück von ihr entfernt stand. Sie hielt ein Sträußchen Wiesenblumen in der Hand und machte ein besorgtes Gesicht. »Du hast geweint.«

Louisa, die nichts davon hielt, Kinder zu belügen, nickte. »Ja«, gab sie zu. »Ich habe etwas Dummes gemacht und jemandem damit wehgetan, und deshalb fühle ich mich jetzt schlecht.«

Julia trat näher. »Hast du jemanden gezwickt?«

»Nein. Ich habe mit meinem Mann über etwas sehr Wichtiges nicht gesprochen.«

Das Mädchen runzelte die Stirn. »Du hast es geheim gehalten?«

»Gewissermaßen.«

»Und deshalb bist du traurig?«

»Ja.«

»Ich finde, wegen so was muss man nicht traurig sein.« Julia zuckte mit den Schultern. »Sag einfach, es tut dir leid.«

Louisa lächelte über ihren East-End-Akzent, der sie an ihre Freundin Ivy erinnerte. »Das ist ein sehr guter Rat.«

Sie schaute sich das Mädchen genauer an. Die Kleine hatte jetzt Farbe in den Wangen und sah viel munterer aus als bei ihrer ersten Begegnung. »Was macht dein Gemüse?«

Julia grinste. »Ist ganz doll gewachsen, und meine Sonnenblumen gehen mir bis ans Knie. Willst du mal sehen?«

Louisa stellte fest, dass sie sich Julias Pflanzen sogar sehr gern anschauen würde. »Ja, bitte.«

Sie stand auf und war gerührt, als das Mädchen sie an der Hand nahm. »Dann komm mit«, sagte Julia. »Komm mit und guck's dir an.«

Louisa ließ sich von ihr die Straße hinunter zu Mrs Stevensons Haus führen. Im Gehen spähte sie zu ihrem eigenen Cottage und erschrak leicht, als sie sah, dass Teddy vorn im Garten stand und sie beobachtete. Sie hob eine Hand und winkte ihm zu, und zu ihrer Erleichterung nickte er zurück. Vielleicht war doch nicht alles verloren.

»Guck's dir an«, wiederholte Julia und zog Louisa weiter. Mrs Stevenson hatte Julia im Garten eine kleine Ecke überlassen, und dort hatte sie Karotten und Salatköpfe – eine Spende aus Louisas Gemüsebeet – gepflanzt, dazu Sonnenblumen und Lavendel.

»Bienen mögen den Geruch gern«, erklärte Julia, als

Louisa sich über den Lavendel beugte, um an den Blüten zu reiben und den Duft einzuatmen. »Sie fliegen her, und dann helfen sie dem Gemüse beim Wachsen.« Sie strahlte vor Stolz. »Wir haben einen Verein.«

»Was für einen Verein denn?«, erkundigte Louisa sich, während sie sich wieder aufrichtete.

»Einen Gartenverein. In der Schule. Ich bin dabei, und Ginny auch. Wir sind die Wichtigsten. Und Robert Reynolds macht mit, und seine Schwester Lucy kommt auch manchmal, aber die ist 'ne ziemliche Heulsuse. Und Ginnys Dad sagt, wir können Kartoffeln pflanzen.« Sie holte Luft und grinste Louisa an. »In London hab ich nie nix gepflanzt.«

»Ein Gartenverein«, sagte Louisa versonnen. »Wie schön.«

»Ginnys Dad sagt, wir können auch Blumen pflanzen, aber das will ich nicht. Ich will was Nützliches anbauen.« Julia warf sich in die Brust. »Damit ich auch was für den Krieg leisten kann.«

Die kleinen Funken, die seit dem Tag des Luftkampfs in Louisas Kopf schwelten, loderten zu hellen Flammen auf.

»Ein Gartenverein«, wiederholte sie, aber diesmal klang ihre Stimme richtig aufgeregt. »Ein Gartenverein, Julia!«

»Genau!« Die Kleine starrte Louisa erstaunt an, als wäre die ältere Frau nicht ganz bei Trost.

Louisa drückte Julia an sich. Zuerst verkrampfte sich das Kind in ihren Armen, aber dann entspannte sie sich und erwiderte die Umarmung. »Du bist ein Genie, Julia«, sagte Louisa. »Ein Gartenverein!«

Julia strahlte. »Ein Genie hat mich noch keiner genannt.«

»Aber du bist eines«, versicherte Louisa ihr. »Und jetzt muss ich gehen.«

Sie winkte dem Mädchen zu, das sich schon wieder mit seinen Pflanzen beschäftigte, und lief, so schnell sie konnte, nach Hause.

»Überschüssige Energien«, murmelte sie vor sich hin. »Jetzt habe ich ein Ventil für meine überschüssigen Energien gefunden!«

Kapitel 8

London, Sommer 1940

»Für Sie ist ein Brief angekommen«, sagte die Oberschwester zu Beth, als deren Schicht zu Ende war. »Ich hab ihn in Ihr Fach gelegt.«

»Danke.« Beth bemühte sich, sich nicht anmerken zu lassen, wie aufgeregt sie war. Endlich! Seit Wochen wartete sie auf eine Antwort aus Kew Gardens und hatte die Hoffnung fast schon aufgegeben. Auf ihrem Bewerbungsschreiben hatte sie die Adresse des Krankenhauses angegeben, zum Teil, weil es professioneller wirkte, vor allem aber, weil sie nicht wollte, dass ihre Eltern Wind von der Sache bekamen. Sie würde es ihnen erzählen, wenn sie bereit war.

Sie eilte in den Aufenthaltsraum des Personals und fand dort einen Brief mit dem Absender Kew Gardens. Hastig riss Beth den Umschlag auf und zog das Schreiben heraus.

»Liebe Miss Sanderson«, las sie laut. »Vielen Dank für Ihr Interesse am Vegetable Drugs Committee hier in Kew.«

Beth schüttelte den Briefbogen ungeduldig, als könne sie auf diese Weise den Inhalt schneller lesen. »Blablabla … alle Posten sind bereits vergeben. Wir suchen allerdings noch Gärtnerinnen. Wären Sie daran eventuell interessiert?«

Gärtnerin? Beth schnaubte. Ganz unten auf dem Brief stand ein Datum für ein Vorstellungsgespräch sowie die Bitte, ihrer Antwort ein Foto von sich selbst beizulegen. Beth verdrehte die Augen. Sie wollte keine Gärtnerin werden. Es war nicht Kew mit seinen Gartenanlagen, woran sie interessiert war, sondern diese Forschungsgruppe für Heilpflanzen. Verärgert zerknüllte sie den Brief und ließ ihn in den Papierkorb fallen. Dann legte sie Kittel und Häubchen ab, verstaute die Sachen in ihrem Spind und holte ihre Handtasche heraus. Ist doch egal, ob sämtliche Posten schon vergeben sind, versuchte sie, sich einzureden. Ob das überhaupt stimmte?

Sie fragte sich, ob Gus – Dr. Campbell – schon etwas von Kew gehört hatte. Seit ihrer Begegnung auf dem Dach hatte sie ihn nicht mehr gesehen. Sie hatte sich ein paarmal bereit erklärt, für die Oberschwester zur Apotheke zu gehen, hatte aber jedes Mal zu ihrer Enttäuschung feststellen müssen, dass Gus nicht da war.

Ob man ihm auch eine Anstellung als Gärtner angeboten hatte? Unwahrscheinlich, dachte sie. In einer jähen Anwandlung von Zorn holte sie den Brief wieder aus dem Papierkorb und presste ihn mit der Faust zusammen. Sie wusste, was sie damit machen würde.

Beth stellte ihre Handtasche wieder in den Spind, verließ eilig ihre Krankenstation und hastete durch Korridore und über Treppen, bis sie vor dem Eingang zum Dach stand. Sie würde diesen blöden Brief zerreißen und über das Geländer schmeißen und zuschauen, wie die kleinen Papierfetzen wie Konfetti auf den Hausdächern von London landeten. Die Kew Gardens konnten ihr gestohlen bleiben!

Sie stieß die Tür auf, die zum Dach führte, lief die Stufen hinauf und nach draußen. Hier oben war es sehr warm, weil das Flachdach das Tageslicht reflektierte. Und dort, auf einer niedrigen Mauer, die rund um eine Belüftungsöffnung gebaut war, lag Gus mit geschlossenen Augen in einem Streifen Sonnenlicht.

»Oh«, sagte Beth.

Gus schlug die Augen auf. »Ich mag die Sonne … Ich vermisse die Sonne.«

Beth gefiel, dass er einfach aussprach, was ihm gerade durch den Kopf ging. »Das wundert mich nicht«, sagte sie. »Obwohl wir dieses Jahr einen schönen Sommer haben, finden Sie nicht?«

Gus verzog das Gesicht, setzte sich auf und stellte seine Beine auf den Boden. »Schön«, wiederholte er. Es klang, als wäre er ganz und gar nicht dieser Meinung. »Genau.«

»Ich habe meine Antwort von Kew Gardens bekommen«, platzte Beth heraus.

»Ich auch.« Gus zog einen weißen Umschlag hervor. Er sah genauso aus wie der, den Beth in ihrem Fach gefunden hatte. »Man hat mich gebeten, der Forschungsgruppe beizutreten. Ich werde an Herzmitteln arbeiten.« Er sah sie an. »Wo ist Ihr Brief?«

Leicht beschämt öffnete Beth ihre Faust und zeigte ihm den zerknüllten Papierball, der einmal ein Brief gewesen war. »Sie haben abgelehnt … Ich wollte ihn wegwerfen.«

Gus machte ein enttäuschtes Gesicht. »Das ist wirklich jammerschade.«

»Aber jedenfalls Sie haben eine gute Nachricht bekommen«, sagte Beth. »Ist es eine Vollzeitbeschäftigung?«

»Nein, ich kann meine Tätigkeit im Krankenhaus weiterhin ausüben.«

Das hörte Beth gern. »Vielleicht finden Sie die Arbeit in der Apotheke interessanter, wenn sie Ihnen bei Ihren Forschungen hilft.«

»Stimmt.« Gus musterte sie. »Sind Sie verärgert?«

Beth horchte in sich hinein und schüttelte den Kopf. »Zuerst war ich es«, gestand sie. »Aber ich bin es gewöhnt, dass die Dinge nicht unbedingt so laufen, wie ich es mir vorstelle.«

»Trotzdem wollten Sie den Brief vom Dach werfen?«

»Ich war sauer, weil man mir vorgeschlagen hat, stattdessen in den Gärten zu arbeiten«, antwortete Beth. Sie brauchte nur daran zu denken, sofort stieg die Wut wieder in ihr hoch. »Ich habe einen Termin für ein Vorstellungsgespräch bekommen.«

Gus runzelte die Stirn. »Zeigen Sie mal her.«

Beth reichte ihm den zerknitterten Brief. »Steht ganz unten.«

Er überflog das Schreiben, und Beth schaute ihm zu. Es war nett, ihn anzuschauen, fand sie. Er hatte schöne Wangenknochen, und seine dunklen Brauen rahmten seine Augen perfekt ein.

»Sie sollten das machen«, sagte er. Er hob den Kopf und unterbrach damit ihre bewundernden Blicke. Sie spürte, wie sich ihre Wangen röteten, als hätte sie etwas Verbotenes getan.

»Was?«

»Sie sollten das machen«, wiederholte er und gab ihr den Brief zurück. »Die Anstellung als Gärtnerin annehmen.«

»Im Ernst?« Beth hatte in ihrem ganzen Leben noch nie irgendetwas angepflanzt.

»Warum nicht? Auf die Weise kämen Sie nach Kew, und ich wette, sobald Sie erst einmal drin sind, steigen Ihre Chancen, Mitarbeiterin beim Vegetable Drugs Committee zu werden.«

»Zuerst müsste ich das Bewerbungsgespräch bestehen.«

Gus zuckte mit den Schultern. »Eine intelligente Frau wie Sie, hübsch, gebildet, tüchtig – das dürfte kein Problem sein.«

Beth freute sich wie ein Kind, dass er sie intelligent genannt hatte. Und hübsch. Sie versuchte, ihr Lächeln zu unterdrücken. »Ich habe noch nie Gartenarbeit gemacht.«

»Hier steht, dass man Sie anlernen wird, und es ist bestimmt nicht verkehrt, sich Wissen über Pflanzen anzueignen.«

»Mag sein.« Beth war nicht überzeugt. »Und wenn ich mich unsterblich blamiere?«

»Als ich gebeten wurde, nach England zu kommen und auf der Konferenz zu reden, war ich sehr nervös«, erzählte Gus. »Ich war noch nie so weit weg von meiner Heimat gewesen, und ich hatte Angst, ich könnte nicht gut genug sein. Und meine Mutter meinte, ich könnte natürlich in Kingston bleiben und weiter im Krankenhaus arbeiten und nie etwas Neues wagen, und das wäre auch völlig in Ordnung. Trotzdem wäre es schlimm, sich ein Leben lang zu fragen, wie es hätte sein können.«

»Kluge Frau.« Beth lächelte. »Aber jetzt, wo Sie hier festsitzen, tut es ihr bestimmt leid, das gesagt zu haben.«

Gus legte den Kopf in den Nacken und lachte laut heraus. »Wie recht Sie haben«, sagte er. »Aber das ist kein Grund für Sie, nicht zu diesem Vorstellungsgespräch zu gehen.«

»Vielleicht.«

»Nicht vielleicht. Sagen Sie Ja. Gehen Sie hin und schauen Sie sich an, worum es bei dieser Arbeit überhaupt geht. Schaden kann es auf keinen Fall.«

Beth sah ihn staunend an. »Sie sind eindeutig ein Macher«, stellte sie fest. »Sie warten nicht, bis etwas passiert, sondern nehmen die Dinge selbst in die Hand.«

Gus verzog das Gesicht. »Ich bin erst ein Jahr in England, aber ich habe sehr schnell gelernt, dass man nichts erreicht, wenn man sich nicht auf die Hinterbeine stellt.«

Beth dachte an Pauls Beförderung und den Freund seines Vaters, der »ein gutes Wort« eingelegt hatte, nickte aber trotzdem.

»Na schön, ich gehe hin. Aber ich kann mir beim besten Willen nicht vorstellen, dass aus mir eine Gärtnerin wird.«

Gus klopfte ihr auf die Schulter. »Ausgezeichnet!«, sagte er. »Ich halte das für eine gute Entscheidung.«

»Mag sein«, erwiderte Beth. »Es ist nur so …«

Ihre Stimme wurde vom Kreischen der Motoren eines Kampffliegers übertönt, der hinter ihnen am Himmel aufstieg, so nahe, dass Beth die Silhouette des Piloten im Cockpit und die Farben auf den Tragflächen und am Heck erkennen konnte, die zeigten, dass es eine britische Maschine war. Beth stieß vor Schreck einen kleinen Schrei aus und klammerte sich an Gus' Arm.

Zusammen beobachteten sie, wie das Flugzeug über die Themse jagte und dem Fluss in Richtung Docks folgte. Ein weiteres folgte, dann noch eines. Der Himmel war so klar, dass sie die Maschinen noch lange, nachdem das Röhren der Motoren verklungen war, sehen konnten.

»Du lieber Gott.« Beth legte die Hand auf ihre Brust. »Ich hab Herzklopfen. Die haben mir einen ganz schönen Schrecken eingejagt.«

»Mir auch«, gab Gus zu. Er nahm Beths Hand und legte sie an seine Brust. Tatsächlich konnte sie seinen starken Herzschlag fühlen, die Wärme seiner Haut unter dem Hemd, die straffen Muskeln und die Ahnung von Haaren unter ihren Fingern. Ihr eigenes Herz schlug auch wieder schneller, und sie zog hastig ihre Hand zurück.

»Ich sollte gehen«, sagte sie verlegen. »Meine Schicht ist beendet.«

»Und meine fängt gleich an«, erwiderte Gus. »Aber Sie gehen bestimmt zu dem Gespräch in Kew, ja?«

»Ja.«

Sie lächelten einander an, und wieder bekam Beth Herzklopfen. »Ich gebe Ihnen Bescheid, wie es gelaufen ist.«

Beth ging als Erste die Treppe, die nach unten auf den Flur führte, hinunter und stieß die Tür auf. Sie hielt inne, als im selben Moment ihr Vater aus seinem Büro trat.

»Hallo, Liebes«, sagte er. »Wolltest du zu mir? Ich muss leider zu einer Besprechung.«

»Ach so.« Es brachte Beth ein wenig aus der Fassung, ihn zu sehen, auch wenn sie selbst nicht wusste, warum. »Äh, nein. Ich wollte bloß …«

Gus trat hinter ihr aus der Tür, und ihr Vater runzelte die Stirn. »Campbell.«

»Dr. Sanderson.«

»Wart ihr oben auf dem Dach?«, fragte Beths Vater. »Zusammen?«

Beth und Gus wechselten einen Blick. Sie hatten nichts Unrechtes getan, und doch fühlte Beth sich, als wäre sie wieder in der Schule und zur Direktorin zitiert worden. Nach Gus' Gesichtsausdruck zu urteilen, ging es ihm ähnlich, auch wenn er selbstbewusster auftrat als sie. »Haben Sie die Flugzeuge gehört, Sir? Es waren vier Stück, alle in Richtung Osten unterwegs. Spitfires. Ich habe die Motoren gehört und bin raufgegangen, um sie mir anzuschauen.«

Dr. Sanderson nickte. »Ja, die hab ich auch gesehen. Wunderwerke der Technik.«

»Geflogen von mutigen Männern«, sagte Gus.

»Oh ja, zweifellos.«

»Viele meiner Landsleute sind eingerückt«, fuhr Gus fort. »Ihnen liegt sehr viel daran, die Alliierten zu unterstützen.«

Dr. Sanderson runzelte die Stirn. »Freut mich zu hören.«

»Wenn Sie mich jetzt bitte entschuldigen, ich muss zurück in die Apotheke«, sagte Gus. »Einen schönen Tag noch.«

Er schlenderte den Korridor hinunter. Beth bewunderte ihn dafür, wie höflich er gewesen war und gleichzeitig seine Abneigung gegen ihren Vater hatte durchblicken lassen.

Die Abneigung schien auf Gegenseitigkeit zu beruhen. Auch ihr Vater schaute Gus nach, und auf seinem Gesicht lag unübersehbar ein abfälliger Ausdruck.

»Alles in Ordnung?«, fragte Beth zuckersüß.

Ihr Vater warf ihr einen scharfen Blick zu und sah dann wieder Gus nach.

»Bestens.« Er schaute auf seine Uhr. »Wir sehen uns später. Bist du heute Abend zu Hause?«

»Ja«, ließ ihn Beth wissen. »Ich muss einen Brief schreiben.«

Kapitel 9

London, August 1940

Daisy war schon unzählige Male in Kew Gardens gewesen. In ihrer Kindheit, als ihr Vater noch Gärtner in Kew war, hatte sie sich stundenlang dort herumgetrieben, und auch nachdem er mit Ivy die Gärtnerei gegründet hatte, war die Familie oft hierhergekommen. Daisy war mit ihren Eltern hier gewesen und mit ihren Patentanten Louisa und Win und hatte sich Geschichten über ihre Eskapaden als junge Gärtnerinnen während des letzten Kriegs angehört. Fast war es, als wäre Daisy auf dem Rasen der Parkanlagen aufgewachsen. Sie hatte so viele schöne Erinnerungen an früher, wenn sie mit Archie und später mit Poppy durchs Gras gelaufen war oder sich hinter Bäumen versteckt hatte und plötzlich hervorgesprungen war, um ihre Eltern zu erschrecken. Sie erinnerte sich an einen Besuch im Winter, als Archie und sie einen Schneemann gebaut hatten, der größer war als sie selbst, und heimlich den Hut ihres Vaters stibitzten, um ihn dem Schneemann auf den Kopf zu setzen. Und sie erinnerte sich an ihre Spaziergänge mit Rex, wenn sie Hand in Hand um den See geschlendert waren und beobachtet hatten, wie das Glas der Treibhäuser im Sonnenlicht funkelte wie Diamanten.

Aber obwohl sie die Gärten in- und auswendig kannte, war sie ein Nervenbündel, als Ivy und sie sich auf den Weg zum Vorstellungsgespräch machten.

Daisy hatte die letzten paar Tage genutzt, um ihre Kenntnisse über Pflanzen aufzufrischen. Wenn sie von der Arbeit nach Hause kam, zog sie sich um und ging in den Garten beim Haus oder manchmal auch zu ihrem Vater in die Gärtnerei. Sie löcherte Jim und Ivy mit Fragen über Kew und machte sich eifrig Notizen. Ivy war eher ungeduldig, aber ihr Vater erwies sich als ruhiger und hilfsbereiter Lehrer. Daisy hatte den Verdacht, dass er seine Lektionen absichtlich in die Länge zog, um sie auf andere Gedanken zu bringen. Denn mittlerweile war es mit dem Krieg ernst geworden, und zu Daisys Entsetzen wurde er in der Luft ausgefochten.

Jeder Tag brachte neue Nachrichten über Angriffe der deutschen Luftwaffe auf die Verteidigungsanlagen an der britischen Küste, und jeden Tag stand Daisy Todesangst um Rex aus. Man konnte hören, wie die Flugzeuge mit heulenden Motoren über die Themse hinwegrasten, und Daisy hatte gelernt, allein am Geräusch deutsche Maschinen von den britischen zu unterscheiden. Immer wieder schaute sie zum Himmel hinauf und fragte sich, ob Rex als Navigationsoffizier in einem der Jagdflieger da oben saß. Sie wusste, dass er sich mitten im Kampf befinden würde, und der Gedanke machte sie krank. Sich darauf zu konzentrieren, mehr über Pflanzen zu lernen, war deshalb genau das Richtige, um sich von der Sorge um ihren Mann abzulenken.

Ihre Eltern hatten ihr von dem Tag erzählt, an dem ihre Mutter in Kew angestellt wurde, und es hörte sich an, als wäre es damals wesentlich weniger formell zugegangen als heute. Daisy hatte die schriftliche Aufforderung erhalten, ihrem Antwortschreiben ein Porträtfoto beizulegen und sich am 9. August, Punkt zehn Uhr, in Kew Gardens einzufinden. Ivy hatte eine Augenbraue hochgezogen, aber Daisy war auch fotografiert worden, als sie anfing, im Innenministerium zu arbeiten. Eine einfache Möglichkeit, jemanden im Auge zu behalten, dachte sie. Um in Kew vorzusprechen, hatte sie sich im Ministerium freinehmen müssen; zum Glück war das kein Problem gewesen. Sie hatte sich den Kopf zerbrochen, was sie anziehen sollte, und sich letzten Endes für einen adretten Rock mit Bluse entschieden. Worauf kommt es wohl mehr an, fragte sie sich, auf das Gespräch oder auf das praktische Wissen? Hoffentlich wurde sie nicht aufgefordert, in ihrem Rock und den dünnen Strümpfen Unkraut zu jäten!

»Ich habe das Gefühl, ich hätte lieber einen Overall anziehen sollen«, sagte sie zu ihrer Mutter, als sie durch das große Tor aus schwarzem Gusseisen den Park betraten. Sie mussten ein kleines Stück gehen, bis sie bei dem Gebäude waren, wo Daisys Vorstellungsgespräch stattfinden sollte, aber Ivy meinte, es würde ihren Nerven guttun, ein bisschen durch die Gärten zu bummeln.

Ivy lachte. »Als wir anfingen, trugen wir noch lange Röcke. Später haben wir dann Hosen angezogen, aber stell dir bloß mal vor, wie wir in unseren Kleidern im Rosengarten gebuddelt haben. Heute kommt mir das ziemlich altmodisch vor.«

Daisy hängte sich bei ihrer Mutter ein. »Ich bin froh, dass du mitgekommen bist. Ich bin schrecklich nervös.«

»Das ist völlig überflüssig«, sagte Ivy entschieden. »Die werden sich glücklich schätzen, dich zu kriegen, wart's nur ab!«

Nach einigen Wochen mit traumhaftem Sommerwetter war der Himmel heute mit dichten Regenwolken verhangen, aber dennoch waren die Gärten wunderschön. Ivy hob den Kopf und sog alles in sich auf, während Daisy sich entzückt umschaute.

»Das ist mein Lieblingsweg zum Palmenhaus«, erklärte Ivy. »Ich komme gern von dieser Seite, denn dann sieht man erst wirklich, wie fantastisch es ist, wenn man direkt davorsteht.«

Arm in Arm schlenderten Mutter und Tochter weiter über den gewundenen Pfad, und dann tauchte es auf einmal vor ihnen auf, das Palmenhaus in all seiner Pracht. Die Glasscheiben glitzerten in der Sonne, die gerade durch die grauen Wolken brach.

»Meine Güte!« Daisy war beeindruckt. »Daran sieht man sich nie satt, oder?«

»Nie.« Ivy blieb stehen und betrachtete das gewaltige Glasgebäude. »Es ist einfach umwerfend.« Sie lächelte ihre Tochter an. »Weißt du eigentlich, dass wir am Anfang nicht im Palmenhaus arbeiten durften?«

Daisy wusste es ganz genau, weil sie es schon oft genug von ihrer Mutter gehört hatte, aber sie schüttelte den Kopf. »Nicht?«

»Nein. Uns Frauen hat man lange Zeit nicht mehr zugetraut als Blumenbeete und Rabatten.«

Sie gingen weiter. »Da drüben ist der Steingarten«, fuhr Ivy fort. »Die meisten von diesen dicken Brocken haben Louisa und ich verschoben. Unser Chefgärtner …«

»Mac«, warf Daisy ein.

»Mac«, bestätigte Ivy. »Also, Mac war ganz schön beeindruckt, dass wir das geschafft haben, glaube ich.«

Daisy grinste, als sie sich vorstellte, wie ihre Mutter und Louisa sich ins Zeug legten, um sich bei ihren männlichen Kollegen durchzusetzen.

»Und da haben wir auch schon die Orangerie«, sagte Ivy, als sie weitergingen. »Und direkt davor den Wintergarten.«

Daisy durchlief vor Aufregung ein leises Prickeln. Es wäre wirklich toll, hier zu arbeiten und den Tag an der frischen Luft zu verbringen, statt in einem Büro zu versauern. In die Fußstapfen ihrer Eltern zu treten, war ein bisschen einschüchternd, aber irgendwie hatte sie auf einmal das Gefühl, für diese Arbeit geboren zu sein. Sie klammerte sich an Ivys Arm. »Oh Mann, ich will diese Anstellung wirklich unbedingt«, stöhnte sie. »Hoffentlich vermassele ich es nicht.«

Ivy gab ihr einen Kuss auf die Schläfe. »Natürlich nicht. Bereit?«

»So bereit, wie ich nur sein kann.«

Ivy hatte für Büros nicht viel übrig, und sie behauptete, die in Kew würden schlechte Erinnerungen in ihr wecken. Deshalb setzte sie sich unter einem Baum auf eine Bank, während Daisy das Gebäude betrat. Sie nannte der Frau am Empfang ihren Namen und wurde gebeten, in einem Korridor zu warten. Ihre Nervosität war zurückgekehrt, und sie setzte sich auf ihre Hände, um zu verhindern, dass sie zitterten. Normalerweise war sie nicht schüchtern und weiß Gott nicht auf den Mund gefallen, wie ihre Mutter gern behauptete, aber sie zweifelte oft an ihren Fähigkeiten, und sie hatte das Gefühl, dass heute viel auf dem Spiel stand. Warum, das wusste sie selbst nicht.

Ihr gegenüber saß eine Frau, vielleicht ein, zwei Jahre jünger als Daisy. Sie war auffallend hübsch, hatte glänzende schwarze Haare und trug auf Hochglanz polierte Schuhe. Und was sie anhatte, schien die Tracht einer Krankenschwester zu sein.

Die Frau fing Daisys Blick auf und schaute an sich hinunter. »Ist es sehr auffällig?«, fragte sie. »Ich musste direkt von der Arbeit herkommen.«

Daisys Interesse war geweckt. »Sie sind Krankenschwester?«

»Ja.«

»Und Sie wollen Gärtnerin werden?«

»Ja und nein.« Die junge Frau lächelte und sah noch

hübscher aus. »Eigentlich möchte ich Ärztin werden.« Sie schaute sich um, aber es war niemand in der Nähe. »Aber ich bin mir nicht sicher, ob es die beste Art ist, Interesse an Kew zu demonstrieren, indem ich in meiner Arbeitskleidung erscheine.«

»Vielleicht lässt sich was mit dem Kragen machen«, schlug Daisy vor und betrachtete ihr Gegenüber nachdenklich. »Wenn Sie ihn aufknöpfen, sieht es gleich ganz anders aus. Ach ja, versuchen Sie es mal damit!« Sie löste den schmalen Schal, den sie um ihre Haare gebunden hatte, und zeigte ihn der Frau.

»Vielen Dank«, sagte die Frau. Sie hatte eine schöne Stimme, klar und kultiviert, und ein leichtes Lachen schwang mit.

Sie öffnete den obersten Knopf ihres Kleids und klappte den Kragen um.

Daisy nickte beifällig und hielt ihr den Schal hin. Sie nahm ihn, band ihn um ihren Hals und schlang ihn auf einer Seite zu einem Knoten. Von einem Moment auf den anderen hatte sie sich von einer Frau in Schwesterntracht in eine modische junge Dame verwandelt. Daisy war fast neidisch.

»Ich bin Daisy«, stellte sie sich vor.

»Beth«, sagte die Frau. »Wo sind die anderen?«

Daisy zuckte mit den Schultern. Dasselbe hatte sie sich auch schon gefragt. In Kew wurden mit Sicherheit mehr als zwei Gärtnerinnen gebraucht. »Vielleicht haben nur wir beide heute unser Vorstellungsgespräch.«

»Vielleicht«, sagte Beth.

»Ich bin furchtbar nervös«, gestand Daisy unvermittelt. »Gucken Sie mal, wie meine Hände zittern.«

Sie streckte beide Hände aus, um Beth zu zeigen, wie stark sie zitterten. Beth lächelte sie an.

»Sie tragen einen Ring. Sind Sie verheiratet?«

Daisy strahlte. »Ja«, entgegnete sie. »Mein Rex und ich haben es geschafft, uns noch schnell trauen zu lassen, bevor er wegmusste. Er ist bei der Royal Air Force. Als Navigator.«

Beth sah beeindruckt aus, und Daisy schwoll vor Stolz die Brust. »Haben Sie auch jemanden?«, fragte sie.

»Ja«, antwortete Beth. »Paul.« Sie sah ein bisschen traurig aus, als sie den Namen nannte, und Daisy hatte sofort Mitleid mit ihr.

»Ist er eingerückt?«, fragte sie. »Schlimm, was? Mein Bruder ist auch in der Army, und ich hab dauernd Angst um ihn.«

»Paul arbeitet im Kriegsministerium.«

Daisy fand, dass Beth auf einmal verlegen wirkte, konnte sich aber beim besten Willen nicht vorstellen, warum.

»Da haben Sie aber ganz schön Glück«, bemerkte sie. »Dass Sie ihn hier haben, meine ich.«

»Ja, ich habe Glück«, erwiderte Beth tonlos.

Daisy schürzte die Lippen. Besonders glücklich sah Beth nicht aus, fand sie. Sie selbst wäre im siebten Himmel, wenn Rex noch hier wäre.

»Daisy Cooper und Elizabeth Sanderson?« Eine ältere

Frau stand in einer der massiven Holztüren, die den Flur säumten.

»Das sind wir«, sagte Beth.

Daisy war froh, dass die Warterei ein Ende hatte. Beth lächelte ihr aufmunternd zu und stand auf. Daisy erwiderte das Lächeln – vielleicht ein bisschen gequälter – und erhob sich ebenfalls von ihrem Stuhl.

»Ich bin Mrs Atkinson, die Sekretärin. Hier entlang, bitte.« Sie folgten der Frau den Flur hinunter, an dessen Ende sie ihnen die Tür zu einem Büro aufhielt und dann wortlos verschwand. Drinnen standen zwei Männer beieinander und studierten ein Blatt Papier. Keiner von ihnen hob den Kopf, als Beth und Daisy eintraten.

»Ich denke, es ist ungefähr vier Fuß tief«, sagte der eine, ein jüngerer Mann in einem Overall. »Sieh mal, Huw! Da stehen die Maße. Das Loch muss sieben Fuß und sechs Zoll lang, sechs Fuß breit und vier Fuß tief sein.«

Der andere kniff die Augen zusammen und betrachtete die Skizze. Daisy musste den Impuls unterdrücken, hinter die beiden zu treten und ihnen über die Schulter zu schauen. Diese Maße kamen ihr bekannt vor.

»Bist du sicher, dass es genug Platz ist, Will?«, fragte er.

»Ganz sicher.«

Daisy räusperte sich, und die Männer blickten auf. »Geht es zufällig um Anderson-Luftschutzbunker?«, erkundigte sie sich.

»Allerdings«, antwortete der mit Huw Angesprochene. Er war in den Fünfzigern, hatte einen dichten grauen

Schnauzbart und sprach mit walisischem Akzent. »Wie kommen Sie darauf?«

»Ich verschicke diese Broschüren«, entgegnete Daisy lächelnd. »Jeden Tag, den ganzen Tag lang stecke ich sie in Umschläge. Ich weiß alles, was es über diese Dinger zu wissen gibt.«

Der andere Mann lachte laut. »Nicht zu fassen«, sagte er. »Wir wollen in den Parkanlagen so etwas wie das Modell eines Schrebergartens einrichten, damit die Leute herkommen, sich alles anschauen und sich außerdem beraten lassen können, was in ihren eigenen Gärten machbar wäre. Mein Freund Huw war in Sorge, es könnte nicht genug Platz bleiben, wenn wir einen Unterstand hineinstellen.«

»Oh, da bleibt jede Menge Platz«, erklärte Daisy. »Diese Hütten sind nämlich sehr stabil, wissen Sie. Man kann Erde draufschütten, eigentlich als zusätzlichen Schutz, aber man kann auch Sachen einpflanzen.«

»Wie viel Erde?«, fragte der Mann im Overall.

»Ungefähr zehn Zentimeter.«

Er nickte. »Na bitte, Huw. Wir können den Unterstand bepflanzen.«

Der Ältere verzog den Mund zu einem Lächeln. Daisy fragte sich, ob ihn die Enden seines Schnurrbarts an der Nase kitzelten und ihn zum Niesen bringen würden. »Na dann mal los, Will. Du bekommst deinen kleinen Bunker.«

Der andere Mann grinste Daisy an, aber gleich darauf machte er ein betroffenes Gesicht. »Tut mir furchtbar leid«, sagte er, während er das Blatt Papier zusammenfaltete und in seine Tasche schob. »Sie müssen die neuen Gärtnerinnen sein. Wir sind total unhöflich, was, Huw?«

Der Schnurrbärtige nickte. »Darf ich mich vorstellen? Ich bin Huw Davies vom Landwirtschaftsministerium, und das ist …«, er wies auf den Mann im Overall, »Will Potter, der Chefgärtner von Kew Gardens.«

»Ich bin Daisy Cooper«, sagte Daisy.

»Elizabeth Sanderson.« Beth trat vor und hielt Mr Davies ihre Hand hin. Er schaute sie zum ersten Mal richtig an, schüttelte ihre Hand und warf dem anderen Mann einen vielsagenden Blick zu. Will Potter nickte.

»Und Sie kennen sich mit diesen Anderson-Luftschutzbunkern aus?«, fragte er Daisy.

»Ja.«

»Und Sie … na ja …« Er deutete mit einer weit ausholenden Handbewegung in Beths Richtung, und Daisy hatte den Verdacht, dass er damit diskret zu verstehen geben wollte, wie hübsch sie war. Was allerdings gutes Aussehen mit Gartenarbeit zu tun hatte, war Daisy nicht ganz klar.

Mr Davies trat an einen Tisch, blätterte in Unterlagen und zog ein Blatt Papier hervor, in dem Daisy ihr Bewerbungsschreiben mitsamt dem beigefügten Foto erkannte. Er überflog das Schreiben. »Welche von Ihnen arbeitet im Gärtnereibetrieb der Familie?«

Daisy hob die Hand. »Das bin ich.«

Will strahlte vor Freude, und Mr Davies lehnte sich mit einem triumphierenden Gesichtsausdruck an den Tisch.

»Perfekt«, sagte er. »Die beiden sind einfach perfekt.«

Beth und Daisy wechselten einen verwirrten Blick.

»Wofür?«, fragte Daisy. Eine gewisse Schärfe schwang in ihrem Ton mit. Schließlich war sie nicht hergekommen, um irgendwelchen Typen etwas über Anderson-Luftschutzbunker zu erzählen oder ihnen dabei zuzuschauen, wie sie bewundernd das hübsche Gesicht ihrer Mitbewerberin anstarrten.

»Ach du meine Güte, tut mir leid, wir haben uns einfach mitreißen lassen, stimmt's, Will? Und ich habe gar nicht daran gedacht, dass Sie keinen blassen Schimmer haben, wovon wir reden.« Huw grinste sie an, wobei die Enden seines Schnurrbarts wieder seine Nase berührten. »Erklär den jungen Damen mal, worum es geht, Will.«

»Um den *Dig for Victory*-Musterschrebergarten.«

Daisy und Beth waren genauso schlau wie vorher. Ratlos starrten sie ihn an.

»Buddeln für den Sieg. Sie haben sicher schon von der Kampagne gehört«, fuhr Mr Potter fort. Die beiden Frauen nickten, und er lächelte. »Wir wollen hier in Kew einen Ort schaffen, der das perfekte Beispiel für einen Schrebergarten oder ganz normalen Garten, wie er sich hinter vielen Häusern findet, abgibt, Beete, in denen man genug Obst und Gemüse für die ganze Familie anbauen kann. Wir wollen, dass die Menschen herkommen, um sich Ratschläge und Anregungen zu holen, Fragen zu stellen, eigene Ideen einzubringen. Und wir wollen ein bisschen Publicity für unsere Kampagne. Als wir die Bewerbungen durchgingen, waren wir uns einig, dass Sie beide das perfekte Team für unser Projekt sind.«

»Wir?«, fragte Daisy leicht benommen.

»Sie sind ideal«, versicherte Mr Davies. »Sie haben das erforderliche Wissen, und Sie sind beide jung und kräftig und sympathisch. Niemand wird sich von Ihnen eingeschüchtert fühlen. Sie wirken zugänglich.«

»Wenn ich will, kann ich ganz schön einschüchternd sein«, verkündete Daisy, aber sie scherzte nur. In Wirklichkeit fühlte sie sich von dem Angebot sehr geschmeichelt.

»Bedeutet das nicht ziemlich viel Arbeit?«, fragte Beth. Sie klang nervös. »Wenn wir nur zu zweit sind, meine ich?«

»Genau das ist der Punkt«, sagte Mr Davies. »Wir wollen Familien zeigen, was sie alles selbst machen können, was Frauen schaffen können. Schließlich sind viele Männer fort von daheim, und die Frauen müssen sich allein durchschlagen. Sie beide werden eine Inspiration für sie sein! Wir stellen uns vor, dass Sie die Gesichter der Kampagne werden. Man soll sehen, wie Sie sich richtig reinknien, in der Erde buddeln und sich die Hände schmutzig machen. Und das alles mit einem Lächeln auf Ihren hübschen Gesichtern.«

Daisy war verärgert. Waren sie etwa nur hier, weil sie gut aussahen? Sie öffnete den Mund, um etwas zu sagen, aber Beth kam ihr zuvor.

»Welche Form von Hilfe können wir erwarten?«, fragte sie.

»Will wird das ganze Projekt natürlich überwachen, aber alles Weitere liegt bei Ihnen.«

»Und um den Mustergarten würden nur wir zwei uns kümmern?«

»Wie gesagt, das ist die Idee dahinter – Familien zeigen, dass sie das auch selbst schaffen können. Es gibt viele Mütter, die Nahrung für ihre Kinder brauchen. Vielleicht trauen sie sich nicht zu, die Gartenarbeit allein zu bewältigen, aber Sie können ihnen zeigen, dass es möglich ist.«

Daisy erwärmte sich allmählich für die Idee. »Das könnte einiges in Bewegung bringen.«

»Eindeutig«, sagte Mr Davies. »Sie wären für die Frauen in ganz England ein Vorbild.«

Ein Vorbild? Nicht schlecht, dachte Daisy. Einen Schrebergarten anzulegen und zu bearbeiten, klang nach sehr viel harter Arbeit, aber genau das war es, was sie brauchte, um nicht ständig an Rex zu denken. Und nach all den Monaten hinter dem Schreibtisch wäre es eine willkommene Abwechslung.

Sie lächelte. »Ich bin dabei.«

»Ausgezeichnet!« Mr Davies lächelte. »Und Sie?«, fragte er, an Beth gewandt, die sehr blass geworden war.

»Ich glaube nicht, dass ich dieser Aufgabe gewachsen bin.«

Daisy war enttäuscht. Sie hatte sich schon ausgemalt, dieses Projekt als Team anzupacken, mit Beth an ihrer Seite. »Ehrlich? Warum nicht?«

»Weil ich Krankenschwester bin«, erwiderte Beth. »Ich kann unmöglich Obst und Gemüse anbauen und gleichzeitig im Krankenhaus arbeiten. Das geht einfach nicht. Ich dachte, ich könnte beides unter einen Hut bringen, aber ich fürchte, da habe ich mich geirrt. Tut mir leid, dass ich Ihre Zeit verschwendet habe.«

Sie griff nach ihrer Handtasche und ging hinaus. Daisy starrte ihr nach.

Kapitel 10

London, Sommer 1940

Beth drehte sich der Kopf. Warum in aller Welt war sie überhaupt hergekommen? Sie verstand nichts vom Gärtnern. Gus' Meinung, die Arbeit hier in Kew könnte ihr weiterhelfen, hatte solchen Eindruck auf sie gemacht, dass sie sich, ohne lange zu überlegen, beworben hatte. Und dann war sie einfach überwältigt gewesen von Kew, überwältigt von der Schönheit der Anlage und der Gebäude, von den fantastischen Glashäusern, von der Freundlichkeit der anderen Frau – Daisy – mit den flammend roten Haaren und dem bezaubernden Lächeln, und geblieben.

Am Treppenabsatz hielt sie inne. Das hier war ganz und gar nicht das, was sie sich vorgestellt hatte, als sie sich um einen Posten beim Vegetable Drugs Committee bewarb. Sie hatte nicht die geringste Ahnung von Schrebergärten oder dem Anbau von Gemüse und dergleichen. Andererseits, die beiden Männer wussten das. Sie hatten Beths Brief gelesen, in dem alles über ihre praktische Erfahrung oder vielmehr den Mangel daran stand. Aber das schien sie nicht zu stören. Beth schaute aus dem Fenster und betrachtete die ausgedehnten Grünanlagen und bekam auf einmal vor freudiger Erregung eine Gänsehaut. Vielleicht auch vor Furcht, sie wusste es selbst nicht.

Sie stellte sich vor, wie es wäre, ins Krankenhaus zurückzugehen und Gus zu beichten, dass sie aufgegeben hatte. An der ersten Hürde gescheitert war. Sicher würde er enttäuscht sein, und das könnte sie nicht ertragen.

Vielleicht kann ich es doch schaffen, dachte sie. Vielleicht würde es klappen.

Bevor sie Gelegenheit hatte, es sich wieder anders zu überlegen, machte sie auf dem Absatz kehrt und marschierte zum Büro zurück. Mr Davies und Mr Potter waren gerade dabei, Daisy irgendwelche Papiere zu zeigen. Alle blickten auf, als Beth hereinkam, und Daisy warf ihr ein breites, strahlendes Lächeln zu.

»Ich muss in der Lage sein, meine Arbeit im Krankenhaus fortzusetzen«, erklärte Beth. »Ich will meinen Beruf auf keinen Fall aufgeben.«

»In Ordnung«, sagte Mr Davies und richtete sich auf. »Da finden wir schon einen Weg. Könnten Sie vielleicht drei Tage in der Woche hier sein? Und trotzdem Ihre Schichten im Krankenhaus machen?«

Beth dachte nach. Normalerweise arbeitete sie drei Tage oder drei Nächte im Krankenhaus, das könnte also klappen.

»Ich müsste mir die Tage allerdings abhängig von meinen Nachtschichten frei einteilen können.«

»Nichts spricht dagegen.«

Eine Pause entstand. Beth, die spürte, dass Daisys Blick gespannt auf ihr ruhte, wurde wieder nervös. Würde sie ihre Entscheidung am Ende nicht doch bereuen? Sie nickte. »Dann mache ich es. Könnten wir uns vielleicht jetzt gleich die Stelle anschauen, wo der Schrebergarten entstehen soll?«

»Na klar«, antwortete der Chefgärtner. Er schien sich über ihren Vorschlag zu freuen. »Geht das in Ordnung, Huw?«

Mr Davies nickte. »Mrs Atkinson wird Ihnen den Papierkram per Post zuschicken«, sagte er. »Könnten Sie Ende des Monats anfangen?«

Beth dachte an die Schichten, die sie im Krankenhaus übernehmen musste, und biss sich auf die Lippe, aber Daisy drückte ihren Arm. »Das kriegen wir hin«, murmelte sie Beth mit gesenkter Stimme ins Ohr.

Beth schluckte den Anflug von Panik hinunter, der sie plötzlich befiel. »Kein Problem«, brachte sie hervor.

Will Potter ging mit ihnen die breite Treppe des imposanten Gebäudes hinunter und durch die Tür hinaus, die direkt in die Gärten führte. Beth stockte der Atem, als sie draußen stand und die Aussicht bewunderte. Die Parkanlagen erstreckten sich vor ihr, so weit das Auge reichte. Trotz des trüben Wetters waren die Farben leuchtend hell – das satte Grün des Rasens und der Bäume, das zarte Rosarot der Beete und Rabatten, das Gelb und Orange von Büschen und Sträuchern. Eine wahre Pracht. Sie atmete die frische Luft tief ein. Londons Stadtzentrum mochte nur wenige Meilen flussaufwärts liegen, aber es schien sehr weit weg zu sein.

»Einen Moment, bitte«, sagte Daisy. Beth beobachtete, wie sie zu einer Bank lief, auf der eine Frau saß, deren Haare denselben leuchtenden Rotton wie die von Daisy hatten. Auch in ihrer Gestik war sie Daisy sehr ähnlich, als die beiden miteinander redeten. Dann stand die ältere Frau auf, winkte fröhlich und spazierte in Richtung Palmenhaus davon.

»Meine Mum«, erklärte Daisy, als sie zu Beth und Will Potter zurückkam. »Sie hat im letzten Krieg hier gearbeitet.«

Der Chefgärtner sah beeindruckt aus. »Das hab ich schon in Ihrem Bewerbungsschreiben gelesen. Und Ihr Vater war auch hier, oder?«

»Stimmt.« Daisy grinste. »Gartenarbeit liegt mir im Blut.«

Beth schluckte. Wieder hatte sie das Gefühl, der Situation nicht gewachsen zu sein. Das Haus ihrer Eltern in Bloomsbury hatte keinen Garten, aber die Leute, die dort wohnten, konnten die eingezäunte Grünfläche in der Mitte des Platzes vor den Häusern nutzen. Allerdings kümmerte sich jemand anders um diesen Garten. Beth hatte öfter beobachtet, wie ein älterer Mann und ein junger Bursche im Herbst das welke Laub zusammenkehrten und die Beete umstachen. Heute fragte sie sich zum ersten Mal, wer die beiden waren und für wen sie arbeiteten.

»Hier entlang«, sagte Mr Potter und rief Beth in Erinnerung, wo sie war. Er marschierte los, und die beiden Frauen eilten hinter ihm her. Daisy drehte sich zu Beth um. »Wie finden Sie das Ganze?«, murmelte sie.

»Ich fürchte, ich habe mir vielleicht zu viel vorgenommen»«, gab Beth zu.

»Keine Angst, ich helfe Ihnen. Wollen Sie wirklich weiter als Krankenschwester arbeiten?«

»Unbedingt«, antwortete Beth. »Ich will Ärztin werden.«

Daisy warf ihr einen fragenden Blick zu. »Und dabei soll Ihnen die Arbeit in Kew weiterhelfen?«

Beth erzählte ihr vom Vegetable Drugs Committee. »Ein Freund von mir arbeitet dort mit, und er war der Meinung, dass ich mich bewerben sollte. Er glaubt, es wäre eine gute Erfahrung und könnte mir vielleicht nützlich sein, wenn ich mich nächstes Jahr um einen Studienplatz bewerbe.« Sie verschwieg, dass sie sich schon seit Jahren bei der Uni bewarb und das Gefühl hatte, das hier wäre ihre letzte Chance. Sie schenkte Daisy ein kleines Lächeln. »Es war eine gute Idee.«

Daisy schüttelte den Kopf. »Aber das hier hat nichts damit zu tun.«

»Sie haben mir zurückgeschrieben und gefragt, ob ich stattdessen an Gartenarbeit interessiert wäre«, erwiderte Beth mit einem Achselzucken. »Ich wollte eigentlich ablehnen, aber Gus hat mich überredet, es zu versuchen.«

»Ich dachte, er heißt Paul.« Daisy sah verwirrt aus, und Beth Wangen röteten sich.

»Gus ist bloß ein Bekannter«, sagte sie verlegen. »Er ist Arzt. Paul ist mein … äh … Er arbeitet im Kriegsministerium.«

Beth wand sich innerlich, als Daisy ihr einen Blick zuwarf, der sie noch heftiger erröten ließ. Hastig wechselte sie das Thema. »Ich kann verstehen, warum man Sie für die Betreuung des Mustergartens gewählt hat. Aber warum mich? Ich habe noch nie im Leben irgendwas angepflanzt.«

»Das wissen Sie wirklich nicht?«

Beth hob die Schultern, und Daisy lachte. »Sie sind bildhübsch, Beth.«

Beth blieb abrupt stehen. »Sie glauben, das ist der Grund?«

Sie wusste, dass sie recht gut aussah. Sie zog die Blicke von Männern auf sich und bekam häufig auch Komplimente von Frauen, die wissen wollten, wo sie ihre Kleider kaufte oder wie man die Haare in einer bestimmten Weise frisierte. Beth selbst fand, dass ihr Aussehen absolut nichts damit zu tun hatte, wer sie war.

Daisy musterte sie von oben bis unten. »Die wollen jemanden, der das Gesicht für die Schrebergarten-Kampagne verkörpert, oder?«, sagte sie. »Und wahrscheinlich am liebsten eine junge Frau mit Ihrem Aussehen, die auf Fotos gut rüberkommt.«

Beth fühlte sich wie vor den Kopf gestoßen. War es wirklich nur ihr Aussehen, das ihr die Anstellung eingebracht hatte?

»Und die werden wissen, wie gescheit Sie sind«, fügte Daisy hinzu. »Bestimmt haben sie an Ihrem Bewerbungsschreiben gemerkt, dass Sie was auf dem Kasten haben.«

Ihre Bemerkung schien Beth aufzumuntern. »Ich lerne schnell«, versicherte sie. »Wirklich. Und ich kann hart arbeiten und bin mit vollem Einsatz dabei.«

»Schauen Sie sich das an!«, rief Daisy, als der Chefgärtner stehen blieb. »Du lieber Himmel, schauen Sie sich das an!«

Er stand in der Nähe der Orangerie und breitete die Arme aus, um ihnen zu zeigen, dass hier die Stelle war, wo der Schrebergarten entstehen sollte.

»Da wären wir«, sagte er. »Das hier ist Ihr Reich. Und ab jetzt nennen Sie mich bitte Will.«

Beth sah sich um. Flächenmäßig entsprach das Areal einem größeren Garten, und es lag perfekt: Jeder Besucher, der die Parkanlagen von Kew durch das Haupttor betrat, kam direkt daran vorbei.

»Das Landwirtschaftsministerium erwartet von uns, einen Schrebergarten anzulegen, der eine fünfköpfige Familie ein ganzes Jahr hindurch mit Obst und Gemüse versorgt«, erklärte Will.

Wieder wurde Beth leicht schwindelig. Wo um alles in der Welt sollten sie anfangen?

Aber Daisy grinste. »Ich bin selbst in einer fünfköpfigen Familie groß geworden. Und wir haben immer nur Obst und Gemüse gegessen, das unsere Eltern selbst anbauen.«

»Wirklich?«, hauchte Beth. »Du meine Güte!«

Allmählich fühlte sie sich von Daisy eingeschüchtert. Sie war so selbstbewusst und kompetent. Sie dachte daran, wie sie in das Büro geschlendert war und sich ganz unbefangen in das Gespräch der beiden Männer über den Anderson-Unterstand eingemischt hatte. Und sie hatte sofort begriffen, warum man Beth die Stelle angeboten hatte, während Beth völlig ahnungslos gewesen war. Und jetzt erklärte sie Will schon, was sie pflanzen sollten.

»Salat, und zwar so bald wie möglich«, erklärte sie gerade. »Und dann Wintergemüse. Steckrüben und Karotten auf jeden Fall, eventuell Rote Bete. Vielleicht auch Stangenbohnen und natürlich Kohl.«

»Ach du lieber Himmel«, sagte Beth mehr zu sich selbst. »Worauf habe ich mich da bloß eingelassen?« Sie wusste nicht einmal, wie man Karotten kochte, geschweige denn, wie man sie anbaute, und hatte keine Ahnung, welche Mengen eine fünfköpfige Familie verzehrte. Sie war ein Einzelkind, und da ihre Eltern abends häufig zum Dinner ausgingen, aß sie entweder allein oder in der Küche mit ihrer Haushälterin Nessa, einer sehr liebenswerten Frau, der sie, wie Beth vermutete, leidtat.

»Ach du lieber Himmel«, sagte sie noch einmal. Das Ganze war ein Ding der Unmöglichkeit. Als Mr Davies über ihre Arbeitszeiten sprach, hatte alles noch ganz unkompliziert geklungen. Aber es ging nicht nur darum, Kew und das Krankenhaus unter einen Hut zu bringen. Der Haken an der Sache war, dass Beth befürchtete, der Aufgabe nicht gewachsen zu sein. In der Schule war sie eine Musterschülerin gewesen und hatte jedes Jahr Preise gewonnen. Sie hatte sämtliche Examen mit Bestnoten bestanden. Sie war eine gute Krankenschwester, und sie wusste, dass sie eine noch bessere Ärztin sein würde. Aber sie war sich nicht sicher, ob sie eine gute Gärtnerin abgeben würde. Und der Gedanke, auf irgendeinem Gebiet nicht die Beste zu sein, behagte ihr nicht. Es verunsicherte sie.

Daisy nickte und lachte über etwas, das Will gesagt hatte.

»Ich lasse Sie beide mal hier, damit Sie sich einen Überblick verschaffen können, und komme später wieder.« Er hob eine Hand, um Beth zum Abschied zuzuwinken. Sie winkte schwach zurück. Er war kaum außer Hörweite, als sie sich zu Daisy umdrehte und sie am Arm packte.

»Daisy, ich kann das nicht«, sagte sie. »Auch wenn man mir hier Zugeständnisse macht, damit ich weiter als Krankenschwester arbeiten kann. Ich bin einfach keine Gärtnerin. Ich denke, ich gehe jetzt noch mal ins Büro, entschuldige mich und fahre nach Hause. Sie haben eine ganze Schar Frauen für die Gartenarbeit eingestellt. Bestimmt findet sich leicht ein Ersatz für mich.«

Beth erwartete, dass Daisy die Augen verdrehen und ihr, gutmütig, wie sie war, anbieten würde, sie zu Mr Davies zu begleiten. Aber da hatte sie sich getäuscht. Daisy starrte sie fassungslos an, ließ sich ins Gras plumpsen und fing an zu weinen.

Beth war bestürzt. Aber sie war lange genug Krankenschwester, um zu wissen, wie man mit verstörten Patienten oder Angehörigen oder sogar Kollegen umging. Sie setzte sich neben Daisy, zog ein Taschentuch aus ihrer Manteltasche und reichte es ihr.

»Danke«, schniefte Daisy und tupfte sich die Augen. »Mensch, bin ich eine dumme Gans!«

»Was ist denn los?«, fragte Beth. »Wollen Sie etwa auch nicht in Kew arbeiten?«

»Oh doch«, erwiderte Daisy. »Wirklich. Und ich hab mich so sehr darauf gefreut, diesen Schrebergarten mit Ihnen anzulegen. Ich hab mir gedacht, das macht bestimmt viel Spaß und das würde mich von Rex ablenken.«

Sie brach ab. Beth schämte sich. Sie war so sehr mit ihren eigenen Problemen beschäftigt und so neidisch auf Daisys Selbstvertrauen – das sie anscheinend gar nicht besaß – gewesen, dass sie gar nicht auf den Gedanken gekommen war, auch Daisy könnte nervös sein.

»Sie können mir gern von ihm erzählen, wenn Sie das Gefühl haben, es hilft Ihnen.« Beth sprach in dem freundlichen, sachlichen Ton, den sie auch bei der Arbeit anschlug. »Manchmal tut es gut, über etwas zu reden.«

Daisy putzte sich mit Beths Taschentuch die Nase. »Ich wette, Sie sind eine richtig gute Krankenschwester.« Sie schniefte noch einmal. »Fürsorglich und umsichtig am Krankenbett.«

»Fürsorglich und umsichtig am Gartenbeet«, witzelte Beth und freute sich, als Daisy ein kleines Lachen entschlüpfte.

»Unsere Hochzeit war richtig schön«, sagte Daisy. »Obwohl alles ganz schnell gehen musste, weil Rex nur ein paar Tage Urlaub hatte.«

»Aber jetzt ist er weg?«, fragte Beth behutsam.

Daisy nickte. »Und ich bin vor Angst total mit den Nerven fertig, wie man sieht. Ich weiß, ich bin nicht die Einzige, die in so einer Situation ist, aber es ist schwer, nicht dauernd daran zu denken, wenn immer wieder Flugzeuge über das Haus oder den Fluss fliegen. Ich frage mich dann jedes Mal, ob Rex da oben ist.«

»Mein Gott …« Beth war erschüttert. Sie selbst hatte Glück – es gab in ihrem Leben keinen geliebten Menschen, der an der Front kämpfen musste, aber Daisy darüber reden zu hören, machte ihr eindringlich bewusst, wie schlimm das sein musste.

»Und dann ist da noch mein Bruder Archie«, fuhr Daisy fort. »Er ist in Nordafrika. Können Sie sich das vorstellen? Ich kann es mir nicht mal ausmalen, weil ich keine Ahnung habe, wie es da aussieht. Er malt für uns Bilder in seine Briefe, weil meine Mum … also, meiner Mum gefallen seine Bilder einfach. Und er hat ein Kamel gezeichnet. Ich hatte eigentlich eher an Löwen und Affen gedacht.«

Beth war ziemlich gerührt, dass Daisy ihr so viel erzählte. Anscheinend hatte die junge Frau dringend eine Schulter zum Ausweinen gebraucht.

»Ich mag gar nicht daran denken, wie schlimm es sein muss, wenn zwei Menschen, die man liebt, da draußen im Krieg sind und kämpfen«, sagte sie.

Daisy sah sie an. »Nein, denn Ihr Paul ist ja noch in London«, erwiderte sie schroff.

Betroffen von ihrem scharfen Ton, wich Beth, die sich mitfühlend zu ihr vorgebeugt hatte, ein Stück zurück.

Daisy schnitt eine Grimasse. »Mist, tut mir leid. Ist ja nicht Ihre Schuld.«

Beth zeigte sich verständnisvoll. »Es ist auf jeden Fall kein Wunder, wenn Sie sich nach Ablenkung sehnen, um auf andere Gedanken zu kommen.«

»Wissen Sie, meine Mum hat hier in Kew gearbeitet. Das war im letzten Krieg.«

»Ja, das haben Sie erwähnt. Das ist toll. Haben Sie sich deshalb hier beworben?«

»Nein, das war Mums Idee. Sie hat gesagt, Dinge zu pflanzen, hat ihr geholfen, an die Zukunft zu denken, während sie darauf gewartet hat, dass mein Dad wieder nach Hause kommt.«

»Und er ist nach Hause gekommen«, sagte Beth zuversichtlich. Schließlich hatte Daisy vorhin beide Elternteile erwähnt.

»Ja.« Jetzt lächelte Daisy richtig. »Er wurde verwundet, aber er ist zurückgekommen, kurz vor meiner Geburt.«

»Das ist doch ein gutes Omen«, meinte Beth.

Daisy biss sich auf die Lippe, aber sie nickte. Beth war erleichtert. Sie mochte diese Frau mit den Sommersprossen und der unbeschwerten Art.

»Dann bleiben Sie also?«, fragte Daisy.

»Bleiben?«

»Hier in Kew, meine ich. Wollen Sie nicht bleiben und mit mir im Schrebergarten arbeiten?«

Beth betrachtete den Platz, den sie mit Obst und Gemüse bepflanzen sollten, und rieb sich die Nase. »Ich habe keine Ahnung, was zu tun ist.«

»Wird sich schon finden«, sagte Daisy. »Mum und Dad helfen uns bestimmt. Sie wissen alles über den Anbau von Gemüse.« Sie stupste Beth mit dem Ellbogen an. »Sie übernehmen die Arbeit, und wir ernten die Lorbeeren.«

Beth lachte. Sie spürte, wie in ihrem Inneren ein Gefühl von Wärme entstand, als würde ein winziger Keim der Freundschaft Wurzeln schlagen. Sie hatte nicht viele Freunde. Den sozialen Aspekt der Schulzeit hatte sie eher als schwierig empfunden, und im Allgemeinen war sie am liebsten allein. Und sie hatte keine Geschwister, nur Paul, bei dem sie immer das Gefühl hatte, sich auf eine ganz bestimmte Weise verhalten zu müssen, um dem Bild zu entsprechen, das er sich von ihr gemacht hatte. Aber jetzt hatte sie Daisy. Sie nickte, langsam, aber entschlossen. »Ich bleibe.«

Daisy strahlte vor Begeisterung. Stürmisch warf sie beide Arme um Beth und drückte sie an sich, und Beth ließ es zu. »Wir werden hier eine ganz tolle Zeit haben«, sagte Daisy. »Ehrlich, ich mache drei Kreuze, wenn ich nie wieder eine dieser dämlichen Broschüren für den Anderson-Unterstand sehen muss!«

»Ich habe richtiges Lampenfieber«, gestand Beth.

Daisy klatschte in die Hände. »Alles wird gut!«, rief sie, und Beth wünschte, sie könnte die Überzeugung ihrer neuen Freundin, dass ihr Projekt ein Erfolg werden würde, teilen. »Müssen Sie heute Abend noch zur Arbeit?«

»Nein«, antwortete Beth, die sich darauf eingestellt hatte, sich mitsamt ihren Lehrbüchern früh auf ihr Zimmer zurückzuziehen.

»Warum kommen Sie nicht mit mir nach Hackney? Wir können zusammen essen, dann zeige ich Ihnen unseren Gemüsegarten, und wir können auch noch mit Mum und Dad über den Schrebergarten reden.«

Beth freute sich über diese Einladung mehr, als sie gedacht hätte. »Wird es Ihrer Mutter auch nichts ausmachen?«

»Natürlich nicht!«

»Dann komme ich gern.« Beth grinste.

»Es ist allerdings eine ganz schöne Tour von hier. Wo wohnen Sie?«

»In Bloomsbury.« Beth war verlegen, als Daisy beeindruckt eine Augenbraue hochzog. »Sollten wir vorher nicht noch kurz Will Bescheid sagen?«, fragte sie hastig.

Daisy erhob sich vom Gras und strich ihren Rock glatt. Beth tat es ihr nach. Einen Moment lang standen die beiden da und betrachteten den Streifen nackter Erde.

»Das wird der beste Musterschrebergarten, den es in Kew Gardens je gegeben hat«, sagte Daisy.

»Ich glaube, es ist der einzige Schrebergarten, den sie hier je haben werden«, bemerkte Beth mit einem Lächeln.

»Ach was.« Daisy hängte sich bei Beth ein. »Das wird ein echter Knüller!« Sie grinste. »Und ab sofort duzen wir uns – schließlich sind wir jetzt ein Team!«

Kapitel 11

London, Sommer 1940

Ivy war heimgefahren, nachdem Daisy das Vorstellungsgespräch hinter sich hatte. Daisy hatte gemerkt, wie sehr es ihre Mutter in den Fingern juckte, sie zu begleiten und den zukünftigen Schrebergarten zu begutachten, aber sie hatte Daisy geraten, nur mit Beth zu gehen. Daisy fand das ziemlich einfühlsam von ihr. Sie wusste immer ganz genau, wann man Daisy – bildlich gesprochen – an der Hand nehmen und wann man sie lieber in Ruhe lassen sollte. Und obwohl Daisy jetzt eine verheiratete Frau war, freute sie sich, ihre Mutter an ihrer Seite zu haben.

»Ich muss sowieso noch auf einen Sprung zu Marge beim Women's Voluntary Service«, hatte Ivy gesagt. Sie war dem freiwilligen Hilfskorps der Frauen kurz nach Kriegsbeginn beigetreten und hatte sich, wie nicht anders zu erwarten war, mit Feuereifer auf die Aufgabe gestürzt, Luftschutzhelfer und Feuerwehrmänner und all die anderen, die sich nützlich machten, zu unterstützen. »Ich hüpfe jetzt in die U-Bahn. Wir sehen uns nachher zu Hause!«

Sie hatte Daisy einen Kuss gegeben. »Ich bin stolz auf dich«, hatte sie gesagt, und Daisy hatte gestrahlt. Sie war auch stolz auf sich. Abgesehen von der kleinen Krise, als Beth oben im Büro einen Rückzieher machte, hatte alles bestens geklappt. Sie hatte die Anstellung bekommen und machte sich jetzt schon Gedanken, wie sie den Schrebergarten anlegen sollten. Und das Beste von allem war, dass sie noch dazu eine neue Freundin gefunden hatte.

Obwohl sie, wenn sie ganz ehrlich war, jetzt schon bereute, Beth zu sich nach Hause eingeladen zu haben. Beth war etwas Besseres. Sie hatte eine kultivierte Aussprache, war gepflegt, und ihre Kleidung – selbst die Schwesterntracht – war makellos. Daisys brauner Rock dagegen war ein wenig verschossen, ihre Schuhe waren etwas abgetragen, und ihre Handtasche war ausgebeult. Plötzlich sah Daisy ihr eigenes Leben mit anderen Augen, und sie war ein bisschen verunsichert.

Ihre Eltern waren nicht arm, ganz und gar nicht. Sie waren einfach … normal. Sie arbeiteten hart, und sie stellten etwas zu essen auf den Tisch. Das war Grund genug, stolz auf sie zu sein, das wusste Daisy, und sie schämte sich, weil sie sich fragte, was Beth von ihnen halten würde. Aber schließlich kam Beth aus Bloomsbury. Daisy fragte sich, ob sie in einem dieser großen Häuser mit schwarz lackierten Zäunen und Geländern und imposanten Eingangstüren wohnte. Andererseits sind die Zäune und Geländer mittlerweile vermutlich abmontiert und eingeschmolzen worden, um aus dem Gusseisen Munition herzustellen, dachte sie. Anscheinend war der Krieg eine Art Gleichmacher.

»Warum so still?«, fragte Beth, als sie nebeneinander in der U-Bahn saßen und durch die Tunnel in Richtung Osten ratterten. »Alles in Ordnung?«

Daisy lächelte. »Alles bestens.« Und das stimmte auch. Ihre Bedenken waren albern. Sie war froh, dass Beth bereit war, mit ihr an dem Schrebergarten zu arbeiten. Sie fand sie sehr nett, und sie wusste, dass Beths gutes Aussehen und ihr gepflegter Akzent ein Pluspunkt für ihr Projekt waren. Laut Will wollten die Leiter von Kew Gardens und das Landwirtschaftsministerium mit dem Mustergarten eine Menge Aufmerksamkeit erregen. Durch ihre Arbeit im Innenministerium wusste Daisy, wie wichtig Informationen waren, und natürlich sollte der Mustergarten als Vorbild dienen. Dennoch wurde sie den Verdacht nicht los, dass ihre Kenntnisse über Pflanzen und Gartenarbeit nicht so schwer wogen wie Beths Auftreten. Wie auch immer, Daisy scheute nicht vor harter Arbeit zurück, und sie konnte weiß Gott ein bisschen Ablenkung gebrauchen.

Als sie sich Bethnal Green näherten, hob Daisy ihre Tasche auf. »Hier müssen wir raus«, erklärte sie. »Es ist noch ein ganzes Stück zu gehen, aber mit der U-Bahn ist es trotzdem am bequemsten.«

»Ich beobachte gern all die Menschen«, sagte Beth, »und denke darüber nach, wie ihr Leben wohl aussieht.«

»Ich auch«, erwiderte Daisy, als die Türen sich öffneten

und sie Beth auf den Ausgang zuschob. Sie erwähnte nicht, dass sie sich fragte, ob andere Frauen, die sie unterwegs sah, vielleicht einen Ehemann oder ihren Liebsten oder einen kleinen Bruder an der Front hatten; ob sie sich Tag und Nacht Sorgen machten, ob sie sie je wiedersehen würden. Und die Vermutung, dass es wahrscheinlich genau so war, gab ihr das Gefühl, mit ihren Ängsten weniger allein zu sein.

Sie schlenderten von der U-Bahn-Station die Hauptstraße in Richtung Hackney hinunter und plauderten über alles und nichts – über den Schnauzbart von Mr Davies und Wills Enthusiasmus und darüber, wie sich Daisys Eltern in Kew kennengelernt hatten.

Daisy spähte hin und wieder verstohlen zu Beth. Vor dem tristen Grau der Reihenhäuser, an denen sie vorbeigingen, erstrahlte sie förmlich, strahlte vor Gesundheit und Wohlstand und Zufriedenheit. Daisy sah sie nicht wirklich in Arbeitskleidung und Holzpantinen vor sich. Ob das Ganze doch ein einziges Desaster würde? Ob Beth sich einfügen könnte? Wieder warf sie ihr von der Seite einen Blick zu. Um Himmels willen, sie trug tatsächlich Handschuhe. Handschuhe! Vielleicht war sich Beth zu gut, um sich die Hände schmutzig zu machen, und die ganze Schufterei blieb an Daisy hängen.

»Und deshalb habe ich der Oberschwester gesagt, wo ich hingehe, und ich glaube, sie kommt damit zurecht. Mr Davies schien keine Bedenken zu haben, dass es ein Problem werden könnte«, sagte Beth gerade. Daisy blinzelte. So wie Beth über das Krankenhaus sprach, klang es, als wäre sie eine richtige Krankenschwester. Daisy hatte angenommen, dass sie nur hier und da aushalf, vielleicht eine von diesen netten Frauen war, die Patienten besuchten, um ihnen vorzulesen oder Tee zu bringen.

»Wir wohnen da drüben.« Sie zeigte auf eine Nebenstraße. »Ungefähr in der Mitte.«

Als sie weitergingen, konnte Daisy eine Schar Jungen sehen, die auf ihren Fahrrädern die Straße hinauf und hinunter flitzten. Sie wandte sich zu Beth um. »Scheint keine fünf Minuten her zu sein, dass meine Geschwister und ich das gemacht haben.«

»Ich habe immer so getan, als hätte ich einen Bruder und eine Schwester«, gestand Beth ein wenig verlegen. »Ich habe einen Kartensatz auf dem Tisch verteilt, bin von einem Stuhl zum nächsten gewandert und habe abwechselnd die Karten ausgespielt.«

»Mann, ist das traurig«, sagte Daisy. »Da weiß ich echt nicht, ob ich lachen oder weinen soll.«

»Lachen«, antwortete Beth. »Ich war ein sehr seltsames Kind.«

Daisy lachte. »Aber mit ganz schön viel Fantasie … Oh!«

Sie schnappte nach Luft, als einer der Jungen direkt in ein Schlagloch krachte und über die Lenkstange seines Rads segelte. Er prallte hart auf den Boden und blieb erschreckend still mitten auf der Straße liegen.

Daisy packte Beth am Arm. »Du meine Güte!«, rief sie.

Beth ließ ihre Tasche fallen, und noch bevor Daisy realisierte, was sie tat, war sie schon bei dem Jungen, der jetzt vor Schmerzen stöhnte. Daisy hob die Handtasche ihrer neuen Freundin auf und rannte zu ihr und dem Jungen. Sein Arm stand in einem merkwürdigen Winkel vom Körper ab, und sein Gesicht war aschfahl. Seine Freunde drängten sich um ihn.

»Zurück«, sagte Beth streng zu den Jungen, die sofort gehorchten. »Wie ist sein Name?«

»Mickey«, stieß einer der Jungen – er hieß Walter, falls Daisy sich richtig erinnerte – atemlos hervor.

Daisy sprach ihn an. »Kannst du seine Mutter holen, Walter?«

Walter rannte zu Mickeys Haus, und Daisy beobachtete angespannt, wie sich Beth über den verletzten Jungen beugte. »Mickey«, sagte sie sanft. »Versuch jetzt bitte, dich nicht zu bewegen. Ich will dich nur kurz untersuchen. Nachschauen, ob dir auch nichts passiert ist.« Sie ließ ihre Hände über seinen Nacken und seine Schultern gleiten, und Mickey zuckte zusammen. Beth nickte. Dann tastete sie seine Beine ab, bat ihn, die Zehen zu bewegen, und schaute ihm prüfend in die Augen. »Bist du mit dem Kopf aufgeschlagen?«

»Nee«, erklärte Mickey. »Bloß mit dem Arm.«

»Glaubst du, du kannst dich aufsetzen?«

Mickey mühte sich ab, und Daisy hockte sich neben ihn, um ihn zu stützen.

Beth wandte sich an die anderen Jungs und gab ihnen Anweisungen. »Ich brauche Verbandzeug und etwas, woraus ich eine Art Schiene machen kann. Eine zusammengerollte Zeitung tut es auch. Und dann noch Wasser und einen Lappen, um seine Wunden zu reinigen.«

Mickey lehnte sich an Beth, und Daisy, die sich ziemlich überflüssig fühlte, stand auf, hob Mickeys Fahrrad auf und stellte es an einen Gartenzaun.

Die Jungen kamen zurück und brachten alles mit, was Beth verlangt hatte. Mehrere Frauen folgten ihnen, unter ihnen auch Mickeys Mutter Dawn. Sie machte ein besorgtes Gesicht.

»Was ist passiert?«, fragte sie.

»Mickey ist vom Rad gefallen. Ich glaube, er hat sich den Arm gebrochen. Aber Beth kümmert sich um ihn. Sie ist Krankenschwester«, erklärte Daisy, die ziemlich stolz war, Beth zur Freundin zu haben.

»Es tut weh«, jammerte Mickey. Seine Mutter kauerte sich neben ihn und redete beruhigend auf ihn ein, während Beth rasch seine Schürfwunden reinigte und seinen Arm bandagierte. Daisy war tief beeindruckt, wie geschickt sich ihre neue Freundin anstellte.

»Das wird schon wieder«, sagte Beth zu seiner Mutter. »Aber der Arm muss fachmännisch versorgt werden. Möglicherweise muss er gerichtet und eingegipst werden.«

»Ein Gipsverband! Wahnsinn!« Mickey versuchte, sich ein Grinsen abzuringen. »Der Arm tut aber jetzt schon nicht mehr so weh.« Mit Dawns Hilfe rappelte er sich schwankend hoch, und dann wurde er zu Daisys Entsetzen grün im Gesicht und erbrach sich – direkt auf Beths Rock.

Zu Daisys Erstaunen zuckte Beth nicht mit der Wimper. Sie fuhr dem Jungen liebevoll durchs Haar. »Armer Kerl, dir muss hundeelend sein. Ab ins Bett, würde ich sagen, und warten, bis der Doktor kommt.«

Dawn bedankte sich bei Beth. »Tut mir schrecklich leid, dass Ihr Rock versaut ist«, fügte sie hinzu, aber Beth machte eine wegwerfende Handbewegung.

»Glaubst du, ich könnte mir etwas von dir zum Anziehen borgen?«, fragte sie Daisy leise, als sie zu Daisys Haus weitergingen. »So kann ich deinen Eltern unmöglich gegenübertreten.«

Noch vor einer Stunde hätte Daisy bezweifelt, ob sich Beth in einem ihrer Kleider wohlfühlen würde, aber jetzt war sie sicher, dass es ihr nicht das Geringste ausmachen würde. Sie grinste Beth an. »Na klar«, entgegnete sie. »Erst mein Schal und jetzt ein Kleid. Wenn das so weitergeht, hast du bald meine komplette Garderobe übernommen! Komm, wir gehen nach hinten und machen dich in der Küche sauber.«

Dank einiger Kübel Wasser und sehr viel Seife und einem geliehenen Kleid war Beth bald wieder präsentabel. Zu Daisys Verzweiflung fanden es ihre Eltern und ihre jüngere Schwester Poppy zum Schreien, dass Mickey sich auf die arme Beth übergeben hatte.

»Sie haben ihm geholfen, und zum Dank hat er gekotzt?« Poppy kicherte, als alle am Tisch saßen und die Mahlzeit verzehrten, die Ivy zubereitet hatte. Wie Daisy erwartet hatte, brachte es ihre Mutter nicht im Geringsten aus der Fassung, eine Person mehr verköstigen zu müssen. Sie gab einfach noch ein paar Karotten mehr in den Topf und drückte eine weitere Kartoffel ins Püree.

Daisy starrte ihre Schwester böse an. »Hast du keine Hausaufgaben zu machen?«

»Es sind Sommerferien, Spatzenhirn.«

»Kinder«, mahnte Ivy milde. »Wir haben einen Gast. Benehmt euch.«

»Ehrlich, es hat mir nichts ausgemacht«, sagte Beth. »Auf der Arbeit landet alles Mögliche auf meinen Kleidern.«

»Beth ist Krankenschwester«, erklärte Daisy. »Eine richtige.«

Beth warf ihr einen seltsamen Blick zu, und Daisy schämte sich ein bisschen. »Ich dachte, du hilfst vielleicht nur aus«, gestand sie. »Um ein bisschen zu den Kriegsanstrengungen beizutragen, weißt du.«

»Das ist ein guter Beruf«, sagte Ivy. »Wie sind Sie darauf gekommen, sich ausgerechnet dafür zu entscheiden?«

Beth tauchte ihre Gabel ins Kartoffelpüree und grinste Ivy an. »Eigentlich wollte ich gar nicht Krankenschwester werden, sondern Ärztin. Deshalb habe ich mich um die Anstellung in Kew beworben.«

Ivy machte ein erstauntes Gesicht. »Ärztin? Und die Arbeit in Kew soll Ihnen da weiterhelfen?«

Beth seufzte. »Mein Vater ist Arzt. Mein Großvater auch. Die Medizin liegt mir im Blut.«

»Mein Großvater hat auf dem Markt in der Columbia Road Blumen verkauft.« Daisy sah ihre Mutter an. Ivy nickte, verdrehte aber gleichzeitig die Augen, weil Daisys Großvater nicht nur Blumen verkauft, sondern auch gern zu tief ins Glas geschaut hatte. »Mir liegt Gärtnern im Blut.«

»Ja, aber da gibt es einen Unterschied, nicht wahr?«, sagte Beth bekümmert und schaute von Daisy zu Ivy und Jim. »Deine Eltern ermutigen dich, in ihre Fußstapfen zu treten. Meine wollen mich eher daran hindern.«

»Dich hindern?« Daisy konnte sich beim besten Willen nicht vorstellen, Eltern zu haben, die nicht rückhaltlos zu ihr hielten.

»Mein Vater hat sich geweigert, meinen Antrag auf einen Studienplatz zu unterschreiben. Er meint, ein Medizinstudium wäre nichts für Frauen.«

Ivy schnaubte, und Daisy unterdrückte ein Lächeln. Ihre Mutter hörte gar nicht gern, was Frauen angeblich konnten und was nicht.

»Er hat gesagt, Frauen wären fürsorglich und liebevoll, Männer nüchterner und sachlicher«, fuhr Beth fort. Daisy hatte das Gefühl, dass sie eigentlich gar nicht mehr mit ihnen sprach. Im Geist war Beth ganz woanders. Gedankenverloren starrte sie zum Küchenfenster hinaus. »Deshalb habe ich ihm gesagt, wie klug es von ihm wäre, mich darauf hinzuweisen, und er mir damit bewusst gemacht hätte, dass ich etwas finden muss, was meinen Stärken entspricht. Meiner Fürsorglichkeit …« Beth machte eine Pause. »Ich habe ihm gesagt, ich würde Krankenschwester werden.«

»Und was er geantwortet?«

Ein kleines Lächeln huschte über Beths Gesicht. »Was hätte er schon einwenden können? Schließlich hatte er mich auf diese Idee gebracht – wenigstens habe ich das behauptet. Er war nicht gerade begeistert, aber er konnte keine Gründe dagegen anführen.«

»Gut gemacht«, sagte Ivy.

Beth sah sie an und lächelte. »Meine Mutter ist auf meiner Seite. Wenigstens mehr als mein Vater. Sie war richtig stolz auf mich, als ich meine Ausbildung zur Krankenschwester abgeschlossen habe. Ich glaube, sie wünscht sich, sie selbst hätte mehr getan – damals, im letzten Krieg.« Sie blickte zur Decke. »Aber jetzt liegt ihr vor allem daran, dass ich häuslich werde, meine eigene Familie gründe. Ich glaube, wenn nicht der Krieg dazwischengekommen wäre, hätten meine Eltern versucht, mir die Arbeit als Krankenschwester wieder auszureden.«

»Der Krieg ändert vieles«, sagte Ivy.

Beth nickte. »Aber ich gebe nicht auf. Ich habe mich bisher dreimal um einen Studienplatz beworben, und ich werde mich wieder bewerben. Ich dachte, in Kew zu arbeiten, würde beweisen, wie ernst es mir ist.«

Dass es Beth mit ihren Zielen todernst war, bezweifelte Daisy keine Sekunde. Sie genierte sich ein bisschen, weil sie das Gefühl hatte, Beth ganz falsch eingeschätzt zu haben.

Ivy runzelte die Stirn. »Ich verstehe immer noch nicht, wie Ihnen die Stelle in Kew dabei helfen soll.«

»Eigentlich hatte ich mich um die Aufnahme ins Vegetable Drugs Committee beworben. Ein Freund von mir macht dort mit. Man hat mir vorgeschlagen, stattdessen Gärtnerin zu werden. Ich werde trotzdem versuchen, in dieses Forschungsteam zu kommen.«

Einen Moment lang herrschte ein leicht betretenes Schweigen am Tisch. Daisy und ihre Familie starrten Beth an.

»Sie wollen also weiterhin Kranke pflegen, mit Daisy den Mustergarten anlegen und versuchen, da einzusteigen?«, fragte Ivy.

Beth nickte. »Stimmt genau. Finden Sie mich jetzt albern?«

Daisy wechselte einen Blick mit ihrer Mutter und zog eine Augenbraue hoch. Ivy lächelte.

»Ich finde«, antwortete sie, »dass Sie wie geschaffen sind für Kew Gardens.«

Kapitel 12

London, Sommer 1940

Daisy schrieb Rex täglich, manchmal sogar zweimal am Tag. Sie war so sehr daran gewöhnt, ihn ständig zu sehen, ihm alles zu erzählen, was sie tagsüber erlebt hatte – und sich ihrerseits anzuhören, was er zu berichten hatte –, dass es ein seltsames Gefühl war, sich nicht mehr austauschen zu können. Deshalb schrieb sie ihm, was sie bewegte: wie viele Gedanken sie sich über den Schrebergarten in Kew machte und wie sehr sie sich nach ihm sehnte. Sie wusste, dass Rex viel zu tun hatte. Das Bombergeschwader der Royal Air Force steckte mittendrin in den Kämpfen und unterstützte die Jagdflieger, die Großbritannien gegen die Angriffe der deutschen Luftwaffe verteidigten. Daisy hielt jedes Mal inne, wenn sie Motoren am Himmel hörte, um nach oben zu schauen und sich zu fragen, ob Rex gerade über ihr war und ob es ihm gut ging. Mittlerweile kannte sie sämtliche Maschinen. Sie konnte Spitfires von Hurricanes unterscheiden und natürlich die größeren Bristol Blenheims, mit denen Rex flog, an der Silhouette, die sich vor den Wolken abhob, erkennen. Rex schrieb regelmäßig zurück, aber es war nicht dasselbe, wie direkt mit ihm zu sprechen.

An manchen Tagen fühlte sie sich ganz gut. Sie konnte sich ablenken, indem sie an Kew dachte und Pläne für den Schrebergarten entwarf. An anderen Tagen hatte sie das Gefühl, in einen dunklen Abgrund der Verzweiflung zu stürzen. Dann studierte sie stundenlang die Listen der Verwundeten und Gefallenen und quälte sich selbst, indem sie sich die schlimmsten Dinge ausmalte, die Rex zustoßen könnten. An einem Morgen war ihr so elend, dass sie es kaum schaffte aufzustehen. Sie behauptete, Kopfschmerzen zu haben, und verkroch sich den ganzen Tag im Bett.

Aber schon jetzt erwies sich Kew als hilfreich. Obwohl sie noch ungefähr eine Woche im Innenministerium arbeiten musste, bevor sie in Kew anfangen konnte, wirkte allein der Gedanke an ihre künftige Aufgabe belebend. Sie hatte ein Ziel vor Augen, und das half ihr, die dunklen Gedanken zu vertreiben oder zumindest zu verdrängen.

Mit Feuereifer stürzte sie sich in die Planung des Schrebergartens. Sie zeichnete kleine Skizzen und überlegte, an welchem Platz man welche Pflanze am besten anbauen würde. Sie legte einen Kalender an und verbrachte Stunden damit, sich den Kopf darüber zu zerbrechen, was sie zu welchem Zeitpunkt pflanzen sollte. Obwohl Ivy und Jim wie immer viel zu tun hatten, warfen sie öfter einen Blick in die Küche, wo Daisy inmitten von Zetteln am Tisch saß und arbeitete, und gaben ihr gute Ratschläge: »Was hältst du von Erbsen an einem Spalier?« oder »Wäre da nicht noch Platz für einen Baum?«

Als Daisy fertig war und einen ganzen Haufen Notizen beisammenhatte, kam ihre Schwester Poppy, die genau wie Archie und Ivy eine begabte Zeichnerin war, hereingerauscht und griff sich sämtliche Zettel und Skizzen. Sie stapelte die einzelnen Seiten sorgsam aufeinander, heftete sie mit Bändern zusammen, fertigte einen stabilen Einband aus Pappe an und malte das entzückende Bild eines Gemüsegartens auf die Vorderseite. Daisy war richtig gerührt, als ihre Schwester ihr das fertige Büchlein überreichte.

»Die ganze Familie macht mit«, schrieb sie Rex. »Ich bin so froh, dass ich auf Mum gehört und mich um die Stelle in Kew bemüht habe. Endlich habe ich das Gefühl, Teil von etwas zu sein.«

Und dann war es so weit: ihr erster Tag in Kew. Statt wie sonst für ihre Arbeit im Büro einen Rock und eine Bluse anzuziehen, schlang Daisy einen Schal um ihre Haare, schlüpfte in einen Overall und fuhr quer durch London zu ihrem neuen Arbeitsplatz, ebenso freudig erregt wie flatterig vor Nervosität.

Beth wartete schon vor dem Aufenthaltsraum der Gärtner, als Daisy ankam. Auch sie trug einen Overall, und sie sah sehr aufgeregt aus.

»Ich habe keine Ahnung, wo wir anfangen sollen«, platzte sie heraus, noch bevor Daisy Hallo sagen konnte. »Das wird eine Katastrophe, oder?«

»Kopf hoch, Beth«, sagte Daisy munter und zog ihr kleines Buch hervor. »Ich bin auf alles vorbereitet.«

Die ersten Tage vergingen wie im Flug. Beth und Daisy waren so beschäftigt, dass sie kaum zum Luftholen kamen. Will war sehr hilfsbereit, und Huw Davies kam immer wieder einmal auf einen Sprung vorbei, aber im Großen und Ganzen waren sie auf sich allein gestellt.

Daisy, die schwere körperliche Arbeit nicht gewöhnt war, fiel jeden Abend todmüde ins Bett. Vom Buddeln und Schaufeln taten ihr die Schultern weh, und ihre Beine beschwerten sich über das ständige Bücken und Kauern. Ihre Wangen waren von der Sonne gerötet, ihr Appetit, der praktisch nicht mehr vorhanden gewesen war, kehrte zurück, und sie stellte fest, dass sie so glücklich war wie schon lange nicht mehr. Natürlich nicht vollkommen glücklich – wie wäre das auch möglich gewesen, wenn ihr Rex immer noch da oben in der Luft sein Leben riskierte? –, aber es ging ihr auf jeden Fall wesentlich besser.

Auch Beth arbeitete hart. Sie hörte sich aufmerksam alles an, was Daisy ihr erzählte, las Bücher über Pflanzen, wann immer sie einen Moment Zeit fand – was nicht oft vorkam –, und erwies sich im Allgemeinen als durchaus brauchbare Mitarbeiterin.

Erst wenige Tage waren vergangen, als die beiden schon fünf ordentliche Reihen Winterkohl gesetzt hatten. Daisy richtete sich auf, stützte sich auf ihren Spaten und betrachtete stolz ihr Werk. Was vor Kurzem noch ein nackter Flecken Erde gewesen war, sah allmählich wie ein richtiges Gemüsebeet aus.

»Ich mache das gut«, murmelte sie halblaut. »Ich glaube, ich mache das wirklich gut.«

Sie spürte eine Woge von Stolz, etwas, das sie nie empfunden hatte, als sie noch Broschüren über Anderson-Bunker in Umschläge schob. Hier machten sie etwas wirklich Sinnvolles. Etwas Wichtiges. Sie grinste.

»Es geht wirklich voran«, sagte sie.

Beth kniete auf dem Boden und suchte Stäbe für Stangenbohnen aus, die in den Schrebergarten umgesiedelt werden sollten. »Kaum zu glauben, was wir schon alles geschafft haben.«

»Bereit für die Bohnen?«

Beth stand mit den Pflanzstäben in der Hand auf. »Wie viele brauchen wir?«

»Zwei Pflanzen pro Stab, also vielleicht zehn Stück?«

Beth zählte die Stangen ab, dann steckten die beiden Frauen sie in die Erde.

»Wie weit auseinander?«, fragte Beth.

Daisy überlegte. »Ungefähr fünfzehn Zentimeter, schätze ich.«

»Ich dachte immer, man nimmt nur eine Pflanze pro Stange.« Daisy drehte sich um und sah, dass zwei Frauen sie interessiert beobachteten. »Oh, tut mir leid, ich wollte nicht stören«, sagte eine von ihnen. »Das war sehr unhöflich von mir. Es ist nur so, ich bin gerade dabei, meinen eigenen Garten umzustechen, und Maureen und ich – das ist Maureen«, die andere Frau winkte Daisy und Beth fröhlich zu, »also, wir haben uns gedacht, wir kommen mal her, um zu schauen, ob wir ein paar Anregungen für unsere Gärten finden.«

»Ich war überzeugt, dass uns hier niemand weiterhelfen kann, weil wir nur ganz wenig Platz haben und Kew einfach riesig ist«, erklärte Maureen. »Aber Edie meinte, ich solle auf sie hören, und recht hatte sie, denn hier sind Sie beide.«

Daisy und Beth wechselten einen begeisterten Blick. »Hier sind wir«, bestätigte Daisy.

»Es ist also in Ordnung, mehr als eine Pflanze an die Stange zu hängen?«, fragte Edie.

»Absolut. Sie können pro Stange zwei bis drei nehmen«, entgegnete Daisy.

Sie zeigte Edie und Maureen, wie man die Bohnen pflanzte, und schon bald wurden weitere Schaulustige angelockt, die sie mit allen möglichen Fragen löcherten. Daisy stellte fest, dass ihr das Ganze richtig Spaß machte.

»Was kommt als Nächstes?«, rief einer der Besucher, als sie mit dem Einsetzen der Bohnen fertig waren.

»Das Weihnachtsmahl«, antwortete Daisy munter. »Dafür brauchen wir Steckrüben und Karotten.«

Weil sie sich sehr intensiv mit den Informationen aus dem Landwirtschaftsministerium auseinandergesetzt hatte, war Daisy in der Lage, einiges an Wissen weiterzugeben.

»Ziel ist es, eine Familie das ganze Jahr über mit Gemüse aus eigenem Anbau zu versorgen«, teilte sie den Leuten mit, die sich bei ihnen eingefunden hatten. »Auch auf kleinstem Raum.«

»Ich kann mir vorstellen, dass das im Sommer funktioniert, aber im Winter?«, meinte ein Mann skeptisch. »Ich kann mir nicht vorstellen, wie da genug zusammenkommen soll.« Er warf sich ein wenig in die Brust. »Außerdem kann man nicht ständig denselben Flecken Erde bewirtschaften.« Er sah zu Edie und Maureen, die verunsichert wirkten. »Weil dann dem Boden die Nährstoffe ausgehen.«

Daisy schnalzte verärgert mit der Zunge. Sie schätzte es ganz und gar nicht, wenn man ihr unterstellte, dummes Zeug zu reden. »Das Ministerium hat einen Plan für Wechselwirtschaft entwickelt«, erklärte sie. »Und der wird funktionieren. Wir werden hier in Kew nach diesem Prinzip arbeiten, und Sie können gern wiederkommen und sich anschauen, wie es läuft. Wir haben zu diesem Thema auch Informationsmaterial, falls jemand interessiert ist.« Im Schrebergarten stand ein winziger Gartenschuppen, in dem sie ihr Werkzeug und auch den Stoß Broschüren aufbewahrten, die Mr Davies ihnen gegeben hatte.

Der Mann verdrehte die Augen. »Sie beide sind keine Gärtnerinnen«, sagte er, während er Beth und Daisy von oben herab betrachtete. »Sie sind bloß Dekoration.« Er drehte sich um und wandte sich an die kleine Schar von Besuchern, die immer noch zuhörte. »Irgendjemand anders übernimmt die schweren Arbeiten für sie«, behauptete er im Brustton der Überzeugung. »Die wissen doch gar nicht, wovon sie reden.«

Daisy schaute zu Beth, die ihr von der Seite einen Blick und ein Lächeln zuwarf.

»Wollte nicht jemand etwas über Brokkoli wissen?«, rief Beth. »Die Dame in der grauen Bluse … waren Sie das?«

Beth unterhielt sich mit der Frau angeregt über den Anbau von Kohlgewächsen, und Daisy war beeindruckt von dem Wissen, dass sich ihre Freundin in wenigen Tagen angeeignet hatte. Sie verkniff sich ein Lächeln. Beth gefiel es anscheinend auch nicht, zurechtgewiesen zu werden.

Der besserwisserische Mann machte ein mürrisches Gesicht, als er Beth reden hörte, und Daisy schwoll vor Stolz die Brust.

»Wenn irgendjemand Fragen hat, wir können sie beantworten«, sagte sie mit erhobener Stimme, damit alle sie hören konnten. »Wir sind hier, um zu helfen.«

Beth fing an, die Broschüren zu verteilen, während Daisy den Besuchern erklärte, wie man auch noch spät im Jahr erfolgreich Karotten anbauen konnte. Dann stellte jemand eine Frage über Bewässerung, gleich darauf erwähnte jemand anders Raupen. So ging es ununterbrochen weiter, bis der mürrische Mann irgendwann davonmarschierte. Daisy merkte nicht einmal, dass er nicht mehr da war, weil sie gerade jemandem erklärte, dass man die Blätter von Roten Rüben genauso essen konnte wie die Wurzeln.

Ich habe den ganzen Tag nicht ein einziges Mal an Dich gedacht, schrieb Daisy später am Tag an Rex. *Das klingt schrecklich, weil Du immer bei mir bist, und ich kann nie vergessen, wie viel Angst ich ausstehe, wenn ich oben in der Luft die Kampfflieger höre. Aber als ich noch im Innenministerium war, habe ich den ganzen Tag herumgesessen und mir Sorgen gemacht. Es gab nichts anderes, worüber ich hätte nachdenken können, verstehst Du? Nichts, was mich auf andere Gedanken gebracht hätte. Jetzt habe ich so viel zu tun, dass mir keine Zeit bleibt, mich um Dich zu ängstigen. Und ich muss ständig vorausplanen, zum Beispiel Karotten pflanzen, die nicht vor Weihnachten reif sein werden. Wirst Du dann zu Hause sein, Rex? Weihnachten daheim?*

Sie hielt inne und klopfte mit dem Füller an ihr Kinn.

Erinnerst Du Dich, wie wir letztes Jahr dachten, zu Weihnachten wäre der Krieg vorbei? Wie lang das her zu sein scheint, und wie sehr wir uns doch geirrt haben. Ich fürchte, auch dieses Jahr ist es noch nicht ausgestanden. Wann wirst Du wohl Urlaub bekommen und mich besuchen? Ich sehne mich so sehr danach, Dich zu sehen, Rex. Ich vermisse Dich so sehr. Aber ich weiß, bald bist Du wieder da und hältst mich in Deinen Armen, und ich kann Dir erzählen, was ich in Kew alles gemacht habe. Mum sagt, ich bin ein Spross vom alten Stamm, und ich schätze, sie hat recht. Wenn wir nach dem Krieg unser eigenes Haus haben, müssen wir unbedingt im Garten Gemüse anbauen. Aber jetzt bin ich müde, und die Augen fallen mir zu. Ich würde Dir gern sagen, dass ich zu den Sternen hinaufschaue und an Dich denke, aber in Wirklichkeit kann ich wegen der Verdunkelungsrollos nicht durch die Scheiben gucken, und selbst wenn ich es könnte, würde ich nur einen Sperrballon am Himmel schweben sehen. Aber ich denke an Dich, Rex. Pass auf Dich auf, mein Liebster.

In Liebe,
Deine Daisy

Kapitel 13

London, Sommer 1940

Beth war ständig abgehetzt. Sie hastete von zu Hause zum Krankenhaus. Oder nach Kew. Oder umgekehrt. Ihre erste Woche in den Gärten verging wie im Flug, und sie fand kaum Zeit, sich einmal hinzusetzen. An den Abenden, an denen sie nicht arbeitete, fiel sie ins Bett – manchmal war es noch nicht richtig dunkel – und war eingeschlafen, bevor ihr Kopf auf dem Kissen lag. Es war wirklich harte Arbeit. Ihre Muskeln schmerzten von der Schufterei in Kew, und von dem ständigen Wechsel zwischen Krankenpflege und Gartenarbeit und dazu noch den medizinischen Fachbüchern, die sie zwischendurch las, brummte ihr der Schädel. Aber sie liebte jeden Augenblick. Sie fühlte sich, als hätte man unter ihr ein Feuer entzündet.

Gus hatte sie nicht mehr gesehen. Sie wünschte sich sehnlichst, ihm im Krankenhaus, wo er nach wie vor arbeitete, oder in Kew über den Weg zu laufen und ihm alles von ihrer neuen Anstellung zu erzählen. Außerdem hätte sie gern etwas über die Arbeit der Forscher erfahren. Leider war von ihm weit und breit nichts zu sehen. Sie ging sogar manchmal auf das Dach des Krankenhauses, in der Hoffnung, ihn dort anzutreffen, aber sie erwischte ihn nie.

Am Ende ihrer ersten Woche im Schrebergarten eilte Beth eines Morgens gerade die Straße vom Krankenhaus zur Paddington Station hinunter, als sie eine Hand auf ihrer Schulter spürte.

»Beth«, sagte Gus atemlos. »Dachte ich mir doch, dass Sie es sind. Haben Sie gerade Ihre Nachtschicht hinter sich?«

Obwohl sie gehofft hatte, ihn zu treffen, überraschte es Beth, wie sehr sie sich freute, ihn jetzt tatsächlich zu sehen. Sie fragte sich, ob er gerannt war, um sie einzuholen, und deshalb außer Atem war. Sie grinste ihn an. »Nein, ich habe nicht gearbeitet. Ich war bloß da, um den Dienstplan für die nächsten Wochen anzuschauen, damit ich meine Schichten in Kew daran anpassen kann.«

»Schön, Sie zu sehen!« Gus lächelte sie an, und sie bekam leichtes Herzflattern, als ihr auffiel, wie seine Augen beim Lächeln zwinkerten.

»Ich freue mich auch«, erwiderte sie.

Einen Moment lang standen sie einfach da und schauten sich an. Beth hatte das Gefühl, dass sie irgendetwas sagen sollte, aber sie wusste nicht recht, was, und sie hatte Angst, aus Versehen etwas total Schwachsinniges von sich zu geben, zum Beispiel: »Ich habe mich danach gesehnt,

Sie zu sehen.« Deshalb hielt sie den Mund fest geschlossen, bis ein Bus mit qualmendem Auspuff an ihnen vorbeituckerte und den seltsamen Moment unterbrach.

»Wo wollten Sie denn hin?«, fragte Gus. Er klang ein wenig befangen, als wäre er auf einer Party und höflich bemüht, Small Talk machen.

»Nach Kew.«

»Sie haben schon angefangen?«

»So ist es.« Beth merkte, dass sie sich vor Stolz in die Höhe reckte. »Ich arbeite in dem Musterschrebergarten mit. Er ist Teil der Kampagne *Dig for Victory*.«

»Wahnsinn«, sagte Gus, und Beth sonnte sich im Glanz seiner Bewunderung. »Sie bauen Gemüse an?«

»Hauptsächlich Gemüse, aber auch ein bisschen Obst.« Sie imitierte die typische Aussprache der BBC-Sprecher, als sie fortfuhr: »Wir zeigen der Nation, wie sich eine fünfköpfige Familie das ganze Jahr hindurch von den Erzeugnissen eines Kleingartens ernähren kann.«

»Tja, allerhand. Macht es Ihnen Spaß?«

»Absolut, auch wenn es Knochenarbeit ist. Schauen Sie mal, ich bekomme schon Muskeln!« Beth trug ein kurzärmeliges Sommerkleid, und jetzt bog sie den Arm am Ellbogen ab, um wie ein Zirkusathlet ihren Bizeps zu zeigen.

Gus lachte laut, und Beth freute sich, dass er sich über ihre kleine Show amüsierte.

»Ich bin auch auf dem Weg nach Kew«, sagte er. »Fahren wir zusammen hin? Dann können Sie mir alles über diese Kampagne erzählen.«

»Sehr gern.«

Sie schlenderten zur U-Bahn-Station, setzten sich in einen Zug und plauderten angeregt über Kew Gardens. Gus erzählte Beth mit leuchtenden Augen von seiner Arbeit im Vegetable Drugs Committee.

»Wir wissen, was wir brauchen«, erklärte er, »aber manche Pflanzen sind nicht leicht zu bekommen oder brauchen relativ lange für ihr Wachstum.«

»Und was machen Sie jetzt?«, fragte Beth.

»Einige Pflanzen sollen an bestimmten Stellen in Kew angebaut werden, zum Beispiel Belladonna.«

»Und der Rest?«

Gus machte ein nachdenkliches Gesicht. »Na ja, daran hakt's …« Beth gefiel es, wie dieser Ausdruck in seinem jamaikanischen Akzent klang. »Wir wissen es noch nicht genau.«

»Ihnen fällt bestimmt etwas ein.«

»Hoffentlich. Alle sind mit großem Einsatz bei der Sache, und es wäre schlimm, wenn all die Mühe umsonst wäre.«

»Klingt faszinierend«, sagte Beth. »Was meinen Sie, könnte ich mal vorbeikommen und mir das Ganze anschauen?«

»Ich habe schon gefragt.« Er sah ein bisschen verlegen aus. »Ich habe denen alles von Ihnen erzählt.«

»Wirklich?« Sie lächelte ihn an, und da war es wieder, dieses leichte Herzflattern. »Was haben Sie denn erzählt?«

»Dass Sie auf jeden Fall kommen, auch wenn Sie keine Einladung kriegen.«

Beth versuchte, ein erzürntes Gesicht zu machen, zuckte schließlich aber nur mit den Schultern. »Da haben Sie vermutlich recht.«

Gus lachte wieder. In ihrem Abteil saß ein paar Sitze entfernt ein kleines Mädchen mit ihrer Mutter. Die Kleine und eine andere Frau starrten ihn an. Gus fing den Blick des Mädchens auf und schnitt eine alberne Grimasse. Das kleine Mädchen sah einen Moment lang überrascht aus, verzog dann aber das Gesicht zu einer noch komischeren Grimasse.

Gus warf ihr einen gespielt strengen Blick zu. Sie zuckte nicht mit der Wimper und brach in Gekicher aus, als er seine Zunge herausstreckte und schielte. Ihre Mutter, die mit jemandem geredet hatte, drehte sich um, um zu sehen, was ihre Tochter zum Lachen gebracht hatte. Als sie Gus sah, weiteten sich ihre Augen. Sie fuhr das kleine Mädchen scharf an und sagte dann etwas zu ihrer Freundin. Alle drei standen auf und setzten sich auf Plätze am anderen Ende des Wagens.

Beths gute Laune war mit einem Schlag wie weggeblasen. Erlebte Gus so etwas ständig? Begegneten die Menschen ihm nur wegen seines Aussehens mit Misstrauen? Ob es ihm aufgefallen war? Ja, mit Sicherheit. Wie hätte er das übersehen können? Eine Weile saßen Gus und sie schweigend da; beide waren zum ersten Mal befangen. Dann fingen sie gleichzeitig an zu sprechen.

»Meine Freundin Daisy …«

»Haben Sie heute viel zu tun?«

Beide verstummten im selben Moment. Gus lächelte. »Sie zuerst.«

Beth, die spürte, dass der Blick der Mutter des kleinen Mädchens auf ihr ruhte, erzählte Gus von Daisy und ihren Eltern, die sich in Kew Gardens kennengelernt hatten, von ihrem Obst- und Gemüsehandel und von Daisys Mann, der in der Royal Air Force diente und um den sie sich furchtbare Sorgen machte.

»Scheint eine sehr nette Familie zu sein«, meinte Gus. »Erinnert mich an meine eigenen Eltern und Geschwister in Jamaika.«

»Vermissen Sie sie?«, fragte Beth. »Vermissen Sie Ihre Heimat?« Sie wusste nicht viel über Jamaika und stellte fest, dass sie gern mehr über diese Insel in der Karibik erfahren wollte.

Er dachte kurz nach. »Ich vermisse den Sonnenschein und meine Mutter. Und den Ozean. London ist furchtbar weit vom Meer entfernt.«

»Eigentlich nicht«, sagte Beth. »Ich sollte mal mit Ihnen nach Brighton fahren, dann können Sie Ihre Zehen in den Ärmelkanal tauchen. Obwohl ich mir vorstellen könnte, dass die See um Jamaika ganz anders ist.«

»Die Karibik … Das Wasser ist leuchtend blau und warm wie ein Bad. Und ruhig. Und so klar, dass man die Fische herumflitzen sieht. Wenn die Sonne auf die Oberfläche scheint, glitzert das Meer wie Tausende Diamanten.« Gus klang versonnen. »Und der Sand ist weiß und fein, und man kann sich in die Sonne legen und die Knochen wärmen.«

Beth war hingerissen. »Das klingt wundervoll!« Sie lächelte ihn an. »Das Wasser bei Brighton ist oft aufgewühlt und bitterkalt, manchmal blau, meistens aber eher schmutzig graugrün. Und es gibt keinen Sandstrand, nur Kies. Aber momentan ist wegen des Kriegs der ganze Küstenabschnitt gesperrt, und für den Fall einer Invasion der Deutschen wurden Barrikaden aufgestellt. Ich kann Sie also leider nicht dort hinbringen.«

»Vielleicht nehme ich Sie mit nach Jamaika.«

Beth spürte, wie leichte Röte in ihre Wangen stieg, und Gus, dem vielleicht klar geworden war, dass zwischen einem Tagesausflug nach Brighton und einer Reise über den Ozean zu den Westindischen Inseln ein himmelhoher Unterschied bestand, sah ausnahmsweise einmal verlegen aus.

Zu Beths Erleichterung war die nächste Station Kew Gardens. »Da wären wir«, verkündete sie.

Gus sprang auf. »Gehen wir!«

»Sie sollten einen kurzen Blick auf den Schrebergarten werfen«, sagte Beth zu ihm. »Wir haben schon so viel geschafft.«

»Das macht Ihnen wirklich Spaß, was?«

»Ich liebe es«, gestand Beth. »Das hatte ich überhaupt nicht erwartet. Aber zu sehen, wie durch unsere harte Arbeit direkt vor unseren Augen etwas buchstäblich zu wachsen und zu gedeihen beginnt, ist unglaublich.«

»Ich schaue heute Nachmittag vorbei.«

»Heute Morgen ist der Anderson-Unterstand aufgestellt worden«, fügte Beth hinzu. »Man war unschlüssig, ob überhaupt einer im Schrebergarten stehen soll, aber Daisy hat sich dafür ausgesprochen. Sie will den Besuchern zeigen, wie man auf dem Dach des kleinen Bunkers Gemüse ziehen kann.«

»Klingt beeindruckend.«

Gus passierte die Sperre, indem er dem Kontrolleur seine Fahrkarte zeigte. Beth blieb ein Stück zurück, weil sie erst nach ihrem Fahrschein suchen musste.

»Weiter, weiter, Trödelliese«, brummte Gus.

Beth verdrehte die Augen, hielt dem Kontrolleur ihre Fahrkarte vor die Nase und stopfte sie in ihre Tasche zurück.

»Entschuldigen Sie bitte, Miss?«, ertönte eine Stimme hinter ihr. Als sie sich umdrehte, sah sie einen uniformierten Beamten der Londoner Untergrundbahn vor sich, der ein besorgtes Gesicht machte. »Auf ein Wort, bitte.«

Beth sah zu Gus, der ihr bedeutete, dass er warten würde. Sie lächelte den Beamten an. »Stimmt etwas nicht?«

Der Mann fasste sie am Ellbogen und lotste sie zur Seite. Beth war befremdet. Sie schüttelte seine Hand ab und starrte ihn an. »Was soll das?«

»Ich wollte mich nur überzeugen, ob auch alles in Ordnung ist, Miss«, erklärte der Mann und schaute über die Schulter zu Gus. Beth, die seinem Blick folgte, stellte bewundernd fest, wie korrekt und professionell Gus mit seiner schwarzen Arzttasche und dem schicken Hemd aussah. Dann sah sie wieder den Beamten an und runzelte die Stirn. »Mir geht's gut, danke«, sagte sie zögernd. »Was soll denn nicht in Ordnung sein?«

Der Mann sah wieder zu Gus und senkte seine Stimme. »Ich dachte, Sie hätten vielleicht Ärger. Ich dachte, Sie wären vielleicht gezwungen gewesen, mit diesem«, er schaute in Gus' Richtung, »Mann mitzugehen.« Er sprach das Wort »Mann« mit einer merkwürdigen Betonung aus. »Ich war mir nicht sicher, ob Sie gut aufgehoben sind.«

Eine Woge von Zorn schwappte in Beth hoch. Ausgerechnet Gus, dieser liebe, nette, intelligente Mann! Erst die Frau in der U-Bahn, und jetzt dieser Typ. Beide verurteilten ihn – wenigstens vermutete sie das – nur aufgrund seiner Hautfarbe. Weil er nicht so aussah wie die meisten anderen Londoner.

Sie schenkte dem Beamten ein zuckersüßes Lächeln und nahm denselben scharf akzentuierten, geschliffenen Tonfall an, den sie benutzte, wenn ihre Mutter sie zwang, ihr und ihrem Vater bei einem Essen mit Freunden Gesellschaft zu leisten.

»Dieser Mann?«, fragte sie klar und deutlich und so laut, dass ihre Stimme durch die ganze Station hallte, und zeigte mit einer weit ausholenden Geste auf Gus. »Dieser Mann da?«

Der Beamte sah erschrocken aus. »Psst«, machte er. »Er wird Sie noch hören.«

»Ich wollte mich lediglich vergewissern, ob Sie meinen guten Freund Dr. Campbell meinen.«

Der Mann blinzelte. »Doktor?«

»Ich bin Krankenschwester, und wir arbeiten beide am St. Catherine's Hospital«, erwiderte Beth. Sie konnte aus dem

Augenwinkel sehen, dass Gus ihren Auftritt halb belustigt, halb bestürzt beobachtete. »Er ist ein angesehener Kardiologe aus Jamaika, und ich kann Ihnen versichern, dass ich in seiner Gesellschaft besser aufgehoben bin als in der der meisten anderen Menschen.«

Der Beamte öffnete und schloss seinen Mund, brachte aber kein Wort heraus. Beth machte auf dem Absatz kehrt und marschierte zu Gus. Demonstrativ hängte sie sich bei ihm ein und zog ihn aus der U-Bahn-Station hinaus auf die Straße, die zu den Gärten führte.

»Soso«, sagte Gus, nachdem sie die Straße überquert hatten. »Soso.« Er zog seinen Arm aus ihrer Armbeuge, und plötzlich fühlte sich die Stelle, wo seine Haut ihrer ganz nahe gewesen war, kalt an. Sie war aufgebracht und gereizt, auch wenn sie selbst nicht wusste, warum.

»Soso? Was soll das heißen?«, fuhr sie Gus an.

»Sie müssen meine Kämpfe nicht für mich ausfechten«, entgegnete er leise.

Beths Magen verkrampfte sich. Auf einmal hatte sie das Gefühl, sich falsch verhalten zu haben. »Tut mir leid.«

Gus blieb stehen und zog seinen Hut tiefer in die Stirn, sodass Beth seinen Gesichtsausdruck nicht mehr richtig erkennen konnte. »Manchmal ist es ein Kampf, den man nicht gewinnen kann. Sie hätten in eine unangenehme Situation geraten können.« Er machte eine Pause. »Und ich brauche Ihren Schutz nicht.«

Beth war verunsichert. Sie hatte getan, was sie für richtig hielt, aber das schien Gus ihr übel zu nehmen. Sie schluckte. »Ich betrachte Sie als meinen Freund«, sagte sie. »Und Freunde passen aufeinander auf. Tut mir leid, falls ich die Situation falsch eingeschätzt habe.«

Gus seufzte. »Ich bin Ihr Freund.« Plötzlich lächelte er sie an, und Beth konnte spüren, wie sich ihre Ängste fast augenblicklich in Luft auflösten. »Und Sie haben recht. Freunde passen aufeinander auf. Und genau aus diesem Grund möchte ich Sie bitten, vorsichtig zu sein.«

»Versprochen … Aber ich werde nicht aufhören, für Sie einzutreten.«

Gus warf ihr einen seltsamen Blick zu. »Niemand schreibt Ihnen vor, was Sie zu tun haben, stimmt's?«

»Niemand.«

Gus lachte leise in sich hinein und ging weiter. Beth musste sich beeilen, um mit ihm Schritt zu halten.

»Niemand«, murmelte er.

Beth war den ganzen Tag über ein wenig zerstreut. Daisy zog sie gnadenlos damit auf.

»Kartoffeln«, verkündete sie, während sie eine der Broschüren vom Landwirtschaftsministerium hochhielt und Beth ein Foto zeigte. »Das ist eine Kartoffel. Weißt du auch, was das ist?«

Beth kicherte. »Es reicht, Daisy«, erwiderte sie mit gespielter Strenge. »Tut mir leid, dass ich heute so zerfahren bin.«

»Dein Kopf steckt in den Wolken«, stellte Daisy fest. »Woran mag das wohl liegen?« Sie kniff die Augen zusammen und musterte Beth. »Denkst du vielleicht an deinen Paul?«

Beth, die fühlte, wie sich ihre Wangen röteten, beugte sich über ihren Spaten, damit Daisy es nicht sah. »Wie tief muss ich graben?«

»Fünf Zentimeter«, antwortete Daisy. »Ich kann mich noch ganz genau erinnern, wie es mit Rex angefangen hat. Ich bin damals noch zur Schule gegangen und habe seinen Namen kreuz und quer auf mein Mathebuch gekritzelt. Ich konnte an nichts anderes denken. Erzähl mir mal was von Paul.«

Aber Beth hatte keine Lust, über Paul zu sprechen. Sie tat so, als hätte sie Daisys Bemerkung nicht gehört, und sah zum anderen Ende des Schrebergartens. »Ach, schau mal! Sie sind mit dem Unterstand fertig.« Sie zeigte auf die Stelle, wo Will und ein anderer Mann mit der tatkräftigen Hilfe einiger Gärtnerinnen Erde auf das Dach des Bunkers häuften.

Zu Beths Erleichterung war Daisy sofort abgelenkt. »Sieht toll aus!«, rief sie und hüpfte über eine Reihe Kohlköpfe, um sich den Unterstand aus der Nähe anzusehen.

»Später können wir da oben Gemüse anpflanzen«, sagte Beth.

Will stützte sich auf seinen Spaten und bewunderte sein Werk. »Kürbis, denke ich.«

Daisy schnaubte. »Für Kürbisse ist es schon längst zu spät. Wir können fürs Erste Wirsing pflanzen, und vielleicht ein paar von den Steckrüben, die für da drüben vorgesehen waren.«

Beth betrachtete die nackte Erde auf dem Dach des Unterstandes. Das Dach war größer, als sie erwartet hatte, aber weil das meiste davon mit Erde bedeckt war, fiel es kaum auf. Und wenn erst einmal Gemüse darauf wuchs, würde es richtig gut aussehen.

»Könnten wir nicht auch ein paar Blumen draufsetzen?«, fragte sie. »An den Seiten? Nur um es ein bisschen hübscher zu gestalten.« Sie wandte sich an eine der Gärtnerinnen, eine nette junge Frau namens Melanie. »Das könntest du doch machen, oder?«

Melanie nickte nachdenklich. »Wir dünnen diese Woche sowieso die Randbeete aus, ich könnte also ein paar Blumen von dort mitnehmen. Und wenn ihr wollt, kann ich später Blumenzwiebeln setzen. Für einen Farbklecks im Frühling.«

»Perfekt«, sagte Beth. Sie ließ ihren Blick über den Schrebergarten wandern. Hier sah es nicht aus wie im Rest von Kew, wo eine Überfülle leuchtender Farben herrschte, vom Smaragdgrün der Rasenflächen bis zum satten Rosa oder schimmerndem Gelb im Rosengarten. Ihr Schrebergarten bestand aus ordentlichen Reihen winziger Pflanzen, einem Beet für Tomaten, die sie aus einem der Treibhäuser geholt hatten, in der einen Ecke, ein paar Stangen für Bohnen in der anderen. Und jetzt war noch der Unterstand hinzugekommen. Eine Nutzfläche, dachte Beth. Das war das richtige Wort. Und sie war stolz darauf.

»Was fangen wir mit dem Innenraum des Unterstands an?«, fragte Daisy. »Können wir dort nicht Werkzeug und anderen Kram abstellen? Dann könnten wir den Schuppen abreißen und hätten mehr Platz für Gemüse.«

»Wie Sie wollen. Sie leiten das Projekt.« Will lächelte. »Melanie, bringen Sie Ihre Truppe zu den Rabatten zurück?« Melanie und die anderen Frauen zogen ab. »Und Sie beide haben ein Publikum, bei dem Sie Eindruck schinden müssen.« Er deutete mit einer Kopfbewegung auf eine Gruppe von Besuchern, die sie interessiert beobachteten.

Beth grinste Daisy an. »Bepflanzen wir den Unterstand mit Kohl und Rüben?«

»Legen wir los!«

Zu Beths großer Überraschung hatten Daisy und sie sich angewöhnt, vor Publikum eine Art Sketch aufzuführen und sich dabei fast zu einem Komikerduo entwickelt. Beth stellte viele Fragen, die oft ziemlich albern waren, und wenn Daisy sie beantwortete, tat sie so, als würde ihre Kollegin ihr gewaltig auf die Nerven gehen, um damit die Leute zum Lachen zu bringen, während sie gleichzeitig etwas über den Anbau von Obst und Gemüse lernten. Beth hatte sich anfangs nicht ganz wohl in ihrer Haut gefühlt, aber Daisy schien ein Naturtalent zu sein. Sie brachte sogar ihr Äußeres mit ins Spiel, indem sie ihr rotes Haar zerstrubbelte und einen Träger ihrer Latzhose über die Schulter hängen ließ, sodass sie neben der hochgewachsenen, gepflegten Beth zerzaust und schlampig aussah. Jetzt strich Beth mit einer Hand über ihr eigenes Haar, um sich zu vergewissern, dass es ordentlich festgesteckt war, und rückte ihren Kragen zurecht.

»Auf dem Dach eines Anderson-Unterstands kann man aber nichts anpflanzen, oder?«, sagte sie laut, während sie nach ihrem Spaten griff. »Die Erdschicht ist längst nicht tief genug für die Wurzeln.«

Die Menge beobachtete, wie Daisy auf den Unterstand kletterte und sich aufs Dach stellte, die Hände in die Hüften gestemmt, die Haare vom Wind gebauscht. »Doch, kann man. Pass auf, ich zeig dir, wie's geht.«

»Und was pflanzen wir?«, fragte Beth. »Einen Apfelbaum?«

Gelächter aus dem Publikum ermutigte sie weiterzumachen. »Himbeersträucher?«

Daisy stieß einen übertriebenen Seufzer aus, und wieder lachten die Leute. Alle schauen aufmerksam zu, dachte Beth. Und genau das war Sinn und Zweck der Übung. Sie ließ ihren Blick langsam über die Menge wandern und stellte bestürzt fest, dass auch Gus dabei war. Heiße Röte schoss ihr ins Gesicht, was Daisy sofort auffiel. Sie folgte Beths Blick, und als sie Gus entdeckte, weiteten sich ihre Augen.

»Wenn schon keinen Apfelbaum, wie wär's dann mit Narzissen?«, fragte Beth. Daisy wandte ihre Aufmerksamkeit wieder ihrer Freundin zu.

»Narzissen sind schön zum Angucken, aber eine Familie kriegt man damit nicht satt, oder?«, antwortete sie. »Was hältst du von Wirsing?«

»Gute Idee«, sagte Beth.

Sie spürte, dass Gus' Blick die ganze Zeit auf ihr ruhte,

während sie den Wirsingkohl setzten, und wusste, dass sie sich extra ins Zeug legte, um ihn zu beeindrucken. Daisy und sie hatten es nicht leicht. Sie mussten Fragen von den Besuchern beantworten und sie zum Lachen bringen und es nebenbei auch noch schaffen, sämtlichen Kohl zu pflanzen. Beth spähte immer wieder verstohlen zu der Stelle, wo Gus stand, um zu sehen, ob er wie alle anderen zuhörte und zuschaute und lachte. Genau das tat er. Bis er irgendwann auf seine Uhr zeigte, entschuldigend die Schultern hob, Beth fröhlich zuwinkte und wieder zum Hauptgebäude, in dem die Labore des Vegetable Drugs Committee untergebracht war, zurückschlenderte.

Beth sah ihm nach. Sie waren mit der Bepflanzung des Dachs fertig, und jetzt unterhielten sich die Besucher untereinander oder gingen weiter, um durch die Anlagen zu spazieren und die Blumen zu bewundern oder den Rest des Schrebergartens zu begutachten und eigene Pläne zu machen.

»Wer war das?« Daisy trat zu Beth und beobachtete, wie sie Gus nachschaute. »Ist das dein Paul?«

Beth war die ganze Sache ziemlich unangenehm. Sie presste die Lippen zusammen und sah Daisy hilflos an.

Daisy machte ein verdutztes Gesicht, aber Beth wusste nicht, wo sie anfangen sollte.

»Das ist nicht Paul«, sagte sie und fühlte, wie sich schon wieder ihre Wangen röteten. »Das ist Gus.«

Daisy schien peinlich berührt. »Dein Bekannter aus dem Krankenhaus?«

»Genau der.«

»Aber er ist …«

»Ich weiß.« Wieder regte sich in Beth die Gereiztheit, die sie schon vorhin während der Fahrt nach Kew verspürt hatte. Sie sah Daisy herausfordernd an. »Na und?«

Auch Daisy sah verstimmt aus. »Stehst du auf ihn, auf diesen Gus? Ich hab gesehen, wie du ihn angeguckt hast.«

Beth wurde still. »Nein«, erwiderte sie leise. »Nein, natürlich nicht.«

»Was ist mit deinem Paul?«

Beth öffnete den Mund und schloss ihn gleich wieder.

»Paul ist hier«, fuhr Daisy fort. Leichte Röte stieg ihr ins Gesicht. »Er ist hier in London und in Sicherheit, und du machst einem anderen Mann schöne Augen.«

»Nein«, protestierte Beth. »Das stimmt überhaupt nicht. Paul ist ein netter Kerl. Ich mag ihn sehr.« Sie schämte sich für sich selbst. »In letzter Zeit sehe ich ihn wegen der Arbeit im Krankenhaus und hier in Kew viel zu selten. Ich habe ihn vernachlässigt. Ich werde mich für dieses Wochenende mit ihm verabreden.«

Daisy antwortete nicht, sondern stieß energisch ihren Spaten in den Boden.

»Gus ist nur ein guter Bekannter, mehr nicht«, sagte Beth. »Ehrlich.«

»Wir müssen mit dem Kohl weitermachen.« Daisy wandte sich ab, und Beth war teils bedrückt, weil sie ihre Freundin verärgert hatte, teils erleichtert, weil sie nicht mehr über Paul sprechen musste.

Sie starrte auf die Stelle, wo Gus aus ihrem Blickfeld verschwunden war. Paul ist der Richtige für mich, redete sie sich ein und versuchte, nicht an die Schmetterlinge in ihrem Bauch zu denken, wenn Gus lächelte. Alle sagten das. Immer wieder hatten ihre Eltern ihr versichert, wie gut sie zueinanderpassten. Pauls Eltern waren derselben Meinung. Die Mädchen in der Schule hatten immer geseufzt und Beth beneidet, weil sie das Glück hatte, einen perfekten jungen Mann zu haben, der auf sie wartete. Ja, dachte sie, Paul ist der Richtige für mich.

Kapitel 14

Kent, Sommer 1940

Louisa und Teddy redeten wieder miteinander, allerdings nur das Notwendigste. Er hatte eine Reihe weiterer Aufgaben übernommen und war momentan vor allem damit beschäftigt, vor Ort sowohl Anstellungen für die Frauen von der Women's Land Army wie auch Unterkünfte für Offiziere aus nahe gelegenen Stützpunkten zu finden. Deshalb hatte er viel um die Ohren und blieb meist bis spät am Abend auf, um Schreibarbeiten zu erledigen. Da Louisa eine Frühaufsteherin war und deshalb zeitig zu Bett ging, hatten sie einander kaum gesehen. Weil sie nur selten zur selben Zeit zu Hause waren, hatten sie nicht einmal ihre Mahlzeiten gemeinsam eingenommen, seit Christopher fort war. Louisa lastete die Angelegenheit immer noch schwer auf dem Gewissen, aber sie hatte das Gefühl, dass sie ihrem Mann einfach Zeit lassen musste, damit fertigzuwerden. Sie sah ein, dass sie sich falsch verhalten hatte, und sie hatte sich entschuldigt. Jetzt konnte sie nur noch abwarten, ob er ihr verzeihen würde. Sie hoffte es von ganzem Herzen.

Es war Samstag, daher hatte Teddy nicht viel zu tun. Er war im Haus, und Louisa, die ihm lieber aus dem Weg gehen wollte, hatte sich in den Garten verzogen, um welke Blüten aus ihren Rosen zu schneiden. Deshalb hatte sie einen guten Blick auf die Flugzeuge, die sich näherten, genau wie an dem Tag, an dem Christopher seine Entscheidung getroffen hatte. Diesmal waren es allerdings mehr Maschinen. Louisa richtete sich auf und schirmte ihre Augen gegen die Sonne ab, damit sie nach oben schauen konnte. Das Röhren der Motoren und das Rattern der Maschinengewehre erschütterte den Boden, auf dem Louisa stand, und auf einmal bekam sie es mit der Angst. Sie flogen so tief, waren so nah.

Es waren zwei britische Flugzeuge, nein, drei. Und zwei deutsche. Sie wanden und drehten sich in der Luft, fast als würden sie tanzen. Es wäre ein schöner Anblick, dachte Louisa, wenn es nicht so erschreckend wäre. Wenn sie nicht wüsste, dass in diesen kleinen Flugzeugen junge Burschen wie ihr Christopher oder Ivys Archie und Daisys Rex saßen. Heute schien alles viel realer als beim letzten Mal. Heute war es nicht spannend, sondern schlicht und einfach bedrohlich.

Eines der britischen Flugzeuge stieß im Sturzflug tief nach unten. Louisa konnte die Farben auf dem Tragflügel und das Profil des Piloten deutlich erkennen. Ihr Herz pochte heftig, und als eine der deutschen Maschinen feuerte, stieß sie vor Schreck einen Schrei aus. Plötzlich stand Teddy neben ihr.

»Sie sind zu nahe«, sagte er wie benommen. Seine Stimme bebte leicht. »Zu weit unten.«

Louisa wollte eigentlich nicht mehr hinschauen, aber sie konnte ihren Blick nicht losreißen. Die Flammen der Mündungsfeuer bildeten am Himmel einen orangeroten Feuerball. Teddy legte einen Arm um Louisa. »Gehen wir lieber rein. Hier draußen ist es viel zu gefährlich.«

Es ist schön, seinen Arm um die Taille zu spüren, dachte Louisa. Sie nickte, und sie wandten sich zum Gehen, als ein lautes Rasseln über ihren Köpfen sie innehalten und zurückblicken ließ. Die deutschen Flugzeuge zischten davon, dicht gefolgt von zwei britischen Maschinen. Aber das dritte britische Flugzeug hatte Probleme. Der Motor spuckte, und vom Heck stieg eine Rauchwolke auf.

»Er hat einen Treffer abbekommen«, rief Teddy, »und die andern sind weg. Sie haben es nicht bemerkt.«

Mit einem schrillen Surren stürzte das Flugzeug nach unten, in Richtung der Felder hinter Louisas und Teddys Cottage.

»Es wird auf Mr Farthings Feld krachen«, rief Louisa. »Los, komm!«

Ohne zu überlegen, rannte sie zum hinteren Ende des Gartens und durch das Tor auf den Weg hinter ihrem Haus. Sie brauchte sich nicht umzudrehen, um zu wissen, dass Teddy direkt hinter ihr war, und sie war froh darüber.

Jetzt heulten die Motoren der Maschine auf, die so schnell absackte, dass nur noch Rauchschwaden zu sehen waren. »Warum springt er nicht mit dem Fallschirm ab?«, japste Louisa, während sie über einen Zauntritt kletterte.

»Vielleicht ist er bewusstlos.« Teddy hüpfte mit dem Schwung eines viel jüngeren Manns über das Gatter. »Oder …«

An diese andere Möglichkeit wollte Louisa gar nicht denken.

Sie hörte hinter sich ein Rumpeln und fuhr erschrocken herum, weil sie dachte, dass vielleicht ein Teil des Flugzeugs abgebrochen war. Aber es war nur Mr Farthing, der Besitzer des Feldes, der auf seinem Traktor angerollt kam. Louisa konnte sein schreckensbleiches Gesicht in der Fahrerkabine sehen, seinen Mund, der wie im Schock weit aufgerissen war. Er war in den Schützengräben gewesen, damals im letzten Krieg, erinnerte sie sich. Sie fragte sich, ob sie nachschauen sollte, ob mit ihm auch alles in Ordnung war, aber der Lärm war jetzt ohrenbetäubend, das Flugzeug noch näher.

»Gleich ist es unten«, keuchte sie. Sie wollte hinlaufen, aber Teddy packte sie am Arm und riss sie zurück.

»Bleib stehen!«, brüllte er. »Warte!«

Mit einem dröhnenden Krachen und einem gewaltigen Stoß heißer Luft, der Teddy den Hut vom Kopf wehte und Louisas Haar um ihr Gesicht wirbeln ließ, knallte das Flugzeug aufs Feld, nur wenige Meter von der Stelle entfernt, wo sie standen, und wirbelte Erdbrocken und Teile von Pflanzen und Hecken und Gott weiß was noch über ihnen auf. Eine Sekunde herrschte fassungsloses Schweigen. Teddy und Louisa starrten einander an. Teddys Gesicht war braun von Staub und Erde. Ich sehe bestimmt genauso aus, dachte Louisa.

»Wir müssen dem Piloten helfen«, sagte sie und rannte los. Teddy lief, ohne eine Sekunde zu zögern, hinter ihr her.

»Vorsicht«, schärfte er ihr ein, als sie beim Flugzeug waren. »Pass bloß auf!«

Das Flugzeug war schräg aufgeschlagen. Ein Tragflügel steckte im Boden, die andere ragte kerzengerade in die Luft. Das Heck, wo der Treffer es erwischt hatte, war verschwunden, wohin auch immer, und aus der Bruchstelle quoll Rauch. Brannte es in der Maschine? Louisa wusste es nicht, sie wusste nur, dass sie schnell handeln mussten.

Sie zupfte Teddy am Ärmel und lief, ohne ihre wackeligen Knie zu beachten, um das Flugzeug herum zu der Stelle, wo der Tragflügel in der Erde steckte. »Ich kann da rauf«, stieß sie schwer atmend hervor. »Ich kann da raufkommen.«

Sie wartete Teddys Antwort nicht ab, sondern zog sich einfach am Tragflügel hoch und kletterte weiter nach oben. Der Pilot hing in sich zusammengesackt in seinem Sitz, den Kopf schief zur Seite gelegt. Louisa wurde schlecht. Waren sie zu spät gekommen?

»Wir müssen ins Cockpit rein!«, schrie sie. »Das Glas ist gesprungen, aber wir müssen es einschlagen, um ihn rauszuholen.«

Teddy verschwand unter dem Tragflügel und tauchte eine Sekunde später mit einem schweren Stein in der Hand wieder auf. Er hievte sich nach oben zu Louisa. »Rück ein Stück beiseite«, sagte er. »Ich schlage jetzt die Scheibe ein.«

Mit aller Kraft hieb er den Stein in die Glasscheibe auf der Seite des Cockpits. Neben den bereits vorhandenen Sprüngen erschienen neue, und dann, nach einem weiteren kräftigen Schlag, barst das Glas. Louisa zog ihre Strickjacke aus und wickelte sie um ihre Hand, damit sie die Scherben entfernen konnte, ohne sich zu schneiden.

Mit beiden Beinen auf der Tragfläche quetschte sie ihren Oberkörper ins Cockpit. Teddy hielt sie an den Oberschenkeln fest. »Hallo!«, rief sie dem Piloten zu. »Ich bin Louisa, und das ist Teddy. Wir holen Sie jetzt hier raus.«

Sie streckte einen Arm aus, öffnete seinen Gurt und presste ihre Hand an seine Brust. »Er atmet!«, rief sie erleichtert. »Er ist am Leben.«

Der Rauch wurde immer dichter, und die Luft im Cockpit war dünn. Mit einiger Mühe gelang es Louisa, ihre Hände unter die Achselhöhlen des Mannes zu schieben. Dann zog sie. Er rührte sich keinen Zentimeter.

»Teddy, du musst mir helfen«, sagte sie über die Schulter. Rauch stieg ihr in die Kehle, und sie musste husten. »Wenn ich ›zieh‹ sage, machst du einen kräftigen Ruck.«

»Beeil dich«, rief Teddy. Seine Stimme klang schwach und verängstigt.

»Zieh!«, brüllte Louisa. Sie zerrte an den Armen des Mannes und spürte, wie Teddy gleichzeitig an ihren Beinen zog, und dann, ganz plötzlich, wie bei einem Korken, der aus einer Flasche gezogen wird, rutschte der Pilot aus seinem Sitz. Teddy taumelte zurück, stürzte von der Tragfläche und landete mit einem dumpfen Laut und einem Schmerzensschrei auf der Erde. Louisa schlitterte mitsamt dem Piloten, der auf ihr lag, vom Flugzeug und knallte so hart auf den Boden, dass ihr die Luft wegblieb.

»Schnell«, drängte Teddy erneut. Er war schon wieder auf den Beinen. Louisa sah, dass er dort, wo er mit dem Kopf aufgeschlagen war, blutete, aber es sah nicht so aus, als wäre er ernstlich verletzt. Er streckte seine Hand aus, um ihr aufzuhelfen, und gemeinsam hievten sie den Piloten hoch. Jeder von ihnen packte ihn an einem Arm, dann taumelten sie über das Feld zu Mr Farthing, der von seinem Traktor abgestiegen war und jetzt auf sie zugelaufen kam.

Sie waren gerade beim Traktor angekommen, als das Flugzeug mit einem gewaltigen Knall explodierte und in Flammen aufging. Louisa stolperte über ihre eigenen Füße und fiel der Länge nach hin. Sie hatte nicht mehr die Energie, wieder aufzustehen. Teddy bettete den Piloten behutsam neben ihr auf den Boden.

»Er atmet«, keuchte er.

Mr Farthing hielt eine Feldflasche mit Wasser in der Hand. Ohne ein Wort zu sagen, bückte er sich, schob einen Arm unter die Schultern des jungen Piloten und setzte ihn auf. Dann ließ er Wasser auf seine Lippen tropfen.

»Na, komm schon, mein Junge«, sagte er. »Komm schon. Du bist jetzt in Sicherheit.«

Louisa wartete mit angehaltenem Atem. Minuten schienen zu vergehen, aber wahrscheinlich dauerte es nur Sekunden, bis der Pilot hustete und spuckte und flatternd die Lider hob.

»Gott sei Dank«, hauchte sie. »Himmelherrgott, danke!«

Mr Farthing redete mit ruhiger, fester Stimme auf den Mann ein und versicherte ihm, dass Hilfe unterwegs wäre. Louisa schaffte es, ihre Hand auszustrecken und dem Piloten den Arm zu tätscheln, dann ging ihr das Adrenalin endgültig aus, und sie fing an, am ganzen Körper zu zittern.

Teddy kauerte sich neben sie. »Alles in Ordnung?«, fragte er beiläufig, als wären sie eben nur einkaufen oder in der Kirche gewesen.

»Ich bin mir nicht sicher.«

»Ich auch nicht.« Plötzlich lächelte er sie an, und seine Zähne blitzten sehr weiß in seinem verschmutzten Gesicht. »Das war ein Ding, was?«

Louisa nahm seine Hand.

Er drückte ihre Finger. »Da kommt der Rettungswagen.«

Sie hockten immer noch auf Mr Farthings Acker, als der Krankenwagen eintraf, gefolgt von einem Polizeiauto und einem Laster mit Beamten der Royal Air Force. Der Pilot, der jetzt wieder reden konnte und seinen Absturz anscheinend relativ unbeschadet überstanden hatte, wurde für weitere Untersuchungen ins nächste Krankenhaus gebracht, und die Leute von der Luftwaffe gingen zum Flugzeug und machten sich stirnrunzelnd Notizen. Teddy schilderte der Polizei, was passiert war, und Louisa und Mr Farthing fügten hinzu, was sie noch zu dem Vorfall mitteilen konnten. Irgendwann tuckerte Mr Farthing mit seinem Traktor davon, und nur Teddy und Louisa blieben bei der Hecke, die das Feld begrenzte, zurück.

»Tee?«, fragte Teddy und streckte seinen Arm aus. Louisa hängte sich bei ihm ein, und zusammen schlenderten sie den Weg hinunter zu ihrem Garten. Louisas Gartenschere lag noch neben einem kleinen Haufen welker Rosenblüten im Gras. Es schien Stunden her zu sein, seit sie im Garten gearbeitet hatte, aber es war Vormittag, noch nicht einmal Lunchzeit. Louisa fühlte sich immer noch sehr zittrig und angeschlagen.

»Einer der Gründe, warum ich dich so sehr liebe«, sagte Teddy, als sie auf das Haus zugingen, »ist die Art, wie du das Leben mit beiden Händen anpackst.«

Louisa blieb stehen und sah ihren Mann mit einem leisen Lächeln an. »Ich glaube, ich springe eher mit beiden Beinen hinein«, entgegnete sie. »Und ich vergesse bisweilen, zuerst nachzudenken. Manchmal ist das richtig so. Wie heute zum Beispiel. Aber manchmal eben nicht.« Sie schluckte. »Es war falsch von mir, nicht mit dir über Chris zu sprechen, und es tut mir aufrichtig leid.«

»Und von mir war es falsch, so in Rage zu geraten.« Teddy schüttelte den Kopf. »Chris ist sein eigener Herr und trifft seine Entscheidungen selbst. Und«, fügte er schmunzelnd hinzu, »ich wusste, wie du bist, als ich dich geheiratet habe.«

»Übereifrig.« Louisa musste lächeln. »Ich neige zu Übereifer.«

»Das ist nichts Schlechtes. Es war falsch von mir, das zu unterstellen.«

»Nein, schlecht ist es nicht«, sagte Louisa nachdenklich. »Aber du hast recht, ich brauche ein Ventil für meinen Übereifer.«

Sie gingen weiter über die Terrasse ins Haus. Teddy sah Louisa mit einem Gesichtsausdruck an, den sie nur als bange Vorahnung beschreiben konnte. »Ich würde dir ja vorschlagen, mir bei meiner Arbeit zu helfen, aber ich kenne diesen Blick, und ich glaube, du hast bereits ein Ventil gefunden.«

Louisa hob das Kinn. »Und ich glaube, wir brauchen jetzt jeder einen großen Becher mit starkem, süßem Tee«, sagte sie. »Und dann erzähl ich dir alles.«

Kapitel 15

London, Sommer 1940

Louisa trug einen Hut mit breiter Krempe und ihr bestes Kostüm, was sie mittlerweile schon fast bedauerte. Der Tag war selbst für die Jahreszeit ungewöhnlich warm, und die Luft im Zug war stickig und staubtrocken. Aber sie wollte in Kew Gardens einen guten Eindruck machen.

Sie hatte einen Plan, einen guten Plan. Zumindest sie selbst fand ihn gut. Teddy war derselben Meinung gewesen, und anscheinend dachten die verantwortlichen Personen in Kew genauso, denn als Louisa, ermutigt von ihrem Ehemann, ihnen schrieb, hatte man sie um ein Treffen gebeten. Tatsächlich hatte sie einen Termin beim Direktor höchstpersönlich, und deshalb kam es darauf an, dass sie ihre Sache gut machte.

Teddy hatte sie an diesem Morgen am Bahnhof abgesetzt und ihr einen Kuss gegeben.

»Viel Glück«, hatte er gesagt. »Nicht dass du es

brauchst. Ich denke, du bist da wirklich an einer guten Sache dran.«

Louisa drückte nervös die Tasche, die all ihr Material enthielt, an ihre Brust. »Ach, hoffentlich ist es so.« Sie lächelte. »Ich bin furchtbar aufgeregt. Ich glaube, es könnte etwas Wichtiges sein.«

»Freust du dich schon darauf, die Gärten zu sehen?«

»Und wie! Und Daisy werde ich auch treffen. Ivy sagt, die Arbeit in Kew würde ihr richtig Spaß machen, und das freut mich sehr.«

»Scheint ihr im Blut zu liegen«, meinte Teddy mit einem Lächeln. »Geh jetzt lieber, der Zug muss jeden Moment kommen.«

Louisa hatte beschlossen, möglichst früh nach Kew zu fahren. Sie besuchte die Gärten nicht mehr so oft, wie sie es am liebsten getan hätte, deshalb wollte sie sich heute ein bisschen Zeit dafür nehmen. Es war eine gute Entscheidung gewesen. Statt durch das Elizabeth Gate, das Haupttor, ging sie durch das Victoria Gate, was den längeren Weg zum Verwaltungsgebäude bedeutete. Fast im selben Moment, als sie durch das imposante Eingangstor trat, spürte sie, dass sie tiefer einatmete, ihre Schultern sich entspannten und ihr Gesicht sich der Sonne zuwandte wie eine Blume. Es ist, als würde ich heimkehren, dachte sie. Hier fühlte sie sich so wohl wie fast an keinem anderen Ort auf der ganzen Welt.

Langsam schlenderte sie den Broad Walk hinunter,

bewunderte die gepflegten Beete und lächelte, als sie die Gärtnerinnen entdeckte, die sich um die Pflanzen kümmerten. So viele Frauen, dachte sie. Wie schön.

An einer geschützten Stelle fand sie, was sie gesucht hatte: eine Holzbank, an der ein schlichtes Schild befestigt war.

Zum liebevollen Gedenken an Lady Winifred Ramsay, die in Kew Gardens glücklich war.

Louisa lächelte. Ihre Freundin Win, die sie im letzten Krieg kennengelernt hatte, als sie beide in den Gärten arbeiteten, war im vergangenen Jahr verstorben, und Ivy und sie vermissten sie sehr. Sie hatten dafür gesorgt, dass diese Bank aufgestellt wurde, nicht weit von den Rosen, die Win so sehr geliebt hatte.

Louisa setzte sich auf die Bank und atmete den schweren Duft der Blumen ein.

»Ich bin wieder da, Win«, sagte sie laut. »Wieder in Kew, wo ich hingehöre.«

Meine Güte, wie viele Erinnerungen wurden hier wach! Erinnerungen an Ivy und sie selbst, wie sie sich abplagten, wenn sie die Beete umgruben oder Blumen pflanzten, an ihren Kampf, denselben Lohn wie die männlichen Gärtner zu bekommen, und an ihren Freund Bernie, der Seite an Seite mit ihnen gearbeitet und seine ganz eigenen Kämpfe ausgefochten hatte.

Louisa lächelte. Schöne Erinnerungen, dachte sie. Erinnerungen an glückliche Zeiten inmitten des Grauen des Kriegs und der Trauer um Wins Mann, der im Krieg gefallen war.

»Daisy arbeitet jetzt hier«, erzählte sie Win. »Die nächste Generation. Ihr Rex ist bei der Air Force, deshalb tut ihr die Ablenkung besonders gut.«

Win hatte Ivys Kinder alle von ganzem Herzen geliebt – vor allem Archie, der nach ihrem Mann benannt worden war –, und sie hatten diese Liebe erwidert.

»Ich wünschte, du wärst hier, Win.« Eine Träne lief Louisa über die Wange. Sie wischte sie hastig weg. Hoffentlich war ihr Make-up nicht verschmiert! »Aber ich hoffe, dass ich dich heute stolz mache.«

Sie schaute sich rasch um, um sicherzugehen, dass niemand in der Nähe war und sie beobachtete, stand auf und lief zu einer gelben Strauchrose. Dann holte sie aus ihrer Tasche eine kleine Schere und knipste eine Blüte ab, die sie mit einer Nadel an ihrem Kragen befestigte.

»Eine gelbe Rose als Zeichen der Freundschaft«, sagte sie laut. »Und als Glücksbringer.« Sie berührte die Blume zart. »Jetzt bist du bei mir, Win.«

Mit dem Gefühl, ihre Freundin an ihrer Seite zu haben, rückte sie ihren Hut zurecht und strich ihre Jacke glatt und marschierte dann energisch durch den Park zu dem imposanten Gebäude am Rand der Gärten, in dem sich die Büros befanden.

»Louisa Armitage«, teilte sie der Frau am Empfang mit. »Ich habe einen Termin bei Sir Arthur.« Ihre Stimme bebte leicht, als sie den Namen aussprach. In all der Zeit, die sie in Kew gearbeitet hatte, war sie dem Direktor nie begegnet, nicht einmal, als Ivy, Win und sie ihre Kampagne für gleiche Löhne geführt hatten. Aber jetzt war sie hier und würde die breite, geschwungene Treppe hinaufgeleitet, die sie immer an den Tag erinnern würde, als Ivy und sie unten standen und mit ansehen mussten, wie Win hinunterkam, nachdem sie die Nachricht erhalten hatte, dass ihr Archie ums Leben gekommen war. Wieder berührte sie die gelbe Rose, holte tief Luft und folgte der Empfangsdame in Sir Arthurs Büro.

»Mrs Armitage, Sir Arthur«, sagte die Frau, bedeutete Louisa einzutreten und zog sich zurück. Louisa betrat einen großen Raum mit hohen Fenstern, von denen man einen traumhaften Ausblick auf die Gärten hatte.

»Du meine Güte«, hauchte Louisa, die einen Moment vergaß, warum sie hier war. »Wie wunderschön! Man kann ja bis zum Palmenhaus sehen.«

»Eine fantastische Aussicht, nicht wahr?«

Als sie den Kopf wandte, fiel ihr Blick auf einen Mann, ein bisschen älter als sie selbst, mit grauem Bart und gütigen Augen. Sie errötete leicht.

»Tut mir leid«, murmelte sie.

Sir Arthur grinste sie an, und um seine Augen bildeten sich kleine Lachfältchen. »Entschuldigen Sie sich nie dafür, Kew Gardens zu bewundern.« Er streckte ihr die Hand hin. »Sir Arthur Hill.«

Louisa schüttelte ihm die Hand. »Louisa Armitage.«

An einem Ende des Raums stand ein Schreibtisch, aber Sir Arthur forderte sie auf, in einem der Sessel vor den Fenstern Platz zu nehmen.

»Hier sitze ich gern, wenn ich nachdenke«, sagte er. »Ich finde, es hilft.«

»Das kann ich mir vorstellen.« Louisa gefiel dieser Mann, der Kew ganz offensichtlich genauso sehr liebte wie sie selbst.

»Ich fand Ihren Brief ausgesprochen faszinierend«, fuhr Sir Arthur fort. »Wie es scheint, haben Sie alles bis ins kleinste Detail ausgearbeitet. Könnten Sie mir erzählen, wie Sie darauf gekommen sind?«

Louisa hatte gedacht, sie würde nervös sein, aber nun, da sie hier, in ihrer zweiten Heimat Kew Gardens, war und Sir Arthur sich als ausgesprochen nett und interessiert erwies, verlor sie jede Scheu.

»Ich habe vor einer Weile einen Artikel über die Gründung eines Vegetable Drugs Committee gelesen«, begann sie.

»Eine großartige Idee, die Ressourcen hier in Kew zu nutzen«, sagte Sir Arthur. »Wir haben etliche kluge Köpfe im Forschungsteam. Einer der Jungs kommt aus Jamaika, ist das zu glauben?«

Louisa, die darauf brannte loszuwerden, was sie zu sagen hatte, nickte nur. »Ich weiß, dass Sie hier in Kew die Sachkenntnis haben, um herauszufinden, welche Pflanzen für welche Medizin gebraucht werden«, begann sie. »Aber ich weiß auch, dass Sie unmöglich die Mengen, die Sie benötigen, hier heranziehen können.«

»Das ist wahr.« Sir Arthur strich sich über seinen Bart. »Genau aus diesem Grund war mein Interesse sofort geweckt, als ich Ihren Brief bekam. Erklären Sie mir genau, wie Sie sich das vorstellen.«

»Frauen«, sagte Louisa. »Sie müssen Frauen einsetzen.«

»Ich habe mir Ihre Personalakte angesehen, nachdem ich Ihren Brief gelesen hatte. Sie waren eine der Frauen, die sich dafür eingesetzt haben, dass die weiblichen Mitarbeiter den gleichen Lohn bekommen wie ihre männlichen Kollegen.«

»Stimmt.« Louisa reckte leicht ihr Kinn.

»Bemerkenswert«, sagte er. »Ich fürchte, wir unterschätzen Frauen zu unserem eigenen Schaden.«

Louisa lächelte. Sir Arthur gefiel ihr immer besser.

Er sprach weiter. »Sie glauben, Frauen sind die Lösung des Problems, genügend Heilpflanzen zur Verfügung zu haben?«

»Ja.«

»Inwiefern?«

»Wir wenden uns an die Frauenvereine«, antwortete Louisa. »Sie stellen schon jetzt das Rückgrat Großbritanniens dar. Diese Frauen sind kompetent und mehr als bereit zu helfen. Viele sind erfahrene Gärtnerinnen, und sie wissen eine Menge über die Pflanzen, die überall auf dem Land wild wachsen. Wir können einfach die vorhandenen Strukturen nutzen und Gruppen oder Arbeitskreise gründen – nach Countys, dachte ich –, die dann wild wachsende Pflanzen sammeln oder solche anbauen, von denen mehr benötigt werden.«

»Eigene Arbeitskreise für jedes County«, sagte Sir Arthur nachdenklich.

»Jemand müsste die Leitung übernehmen und dafür sorgen, dass angebaut wird, was gebraucht wird. Und ich dachte, vielleicht können die Leute in Kew uns Informationsmaterial darüber geben, was man suchen beziehungsweise anpflanzen soll«, fuhr Louisa fort. »Aber der Anbau würde auf lokaler Ebene stattfinden.«

»Wären die Frauenvereine zur Mitarbeit bereit?«

Louisa lächelte. »Ich habe an die Generalsekretärin des Verbands geschrieben, bevor ich mich an Sie gewandt habe, weil ich wusste, dass es wenig sinnvoll ist, diese Pläne zu entwickeln, wenn sie nicht mit an Bord sind.«

»Und?«

»Sie teilte mir mit, dass sie liebend gern mitmachen würden. Sie hat das Thema schon zur Sprache gebracht, und viele Frauen können es kaum erwarten. Sie müssen nur noch den Startschuss geben.«

»Gut.« Sir Arthur sah Louisa direkt an. »Sie haben an alles gedacht, nicht wahr?«

»Ich habe mich so nutzlos gefühlt«, gestand Louisa. »Eigentlich trage ich gar nichts zu den Kriegsanstrengungen bei. Ich helfe bloß Teddy – das ist mein Mann – bei seinen Evakuierten. Ich wollte mich richtig einbringen.«

»Na, das ist Ihnen zweifellos gelungen«, sagte Sir Arthur. Er scheint sich zu amüsieren, dachte Louisa. »Wir werden ungeheure Mengen Pflanzen brauchen. Ich fürchte, das Pflücken und Sammeln könnte problematisch werden. Das erfordert ganze Heerscharen von Arbeitskräften, und ich weiß beim besten Willen nicht, wo wir sie hernehmen sollen. Die Farmer sind alle voll ausgelastet, und die Frauen von der Women's Land Army haben schon genug Arbeit.«

Dank der kleinen Julia hatte Louisa auch darauf eine Antwort.

»Was halten Sie davon, wenn Schulkinder diese Aufgabe übernehmen, Pfadfinder, Evakuierte? Wenn man ihnen sagt, was sie zu tun haben, wären sie eine große Hilfe. Danach könnten die Pflanzen verschickt werden, damit sie getrocknet und zu Medizin verarbeitet werden.«

Sir Arthur stand auf und trat an seinen Schreibtisch. Er zog einen Bleistift aus einem Becher, zeichnete etwas auf ein Stück Papier, kam dann zurück und zeigte es Louisa.

»So in etwa?«

Er hatte eine Art Schaubild gezeichnet, oben die Buchstaben VDC – Vegetable Drugs Committee –, von denen wie die Wurzeln eine Baums Pfeile ausgingen, die zu den FVs – Frauenvereinen –, den ACs – Arbeitsgruppen der Countys – und schließlich zu den Pfadfindern führten.

Louisa atmete auf. Er hatte es verstanden. »Ganz genau. Glauben Sie, es könnte funktionieren?«

Sie Arthur setzte sich wieder hin und tippte mit dem Bleistift an sein Kinn. »Allerdings«, sagte er langsam. »Aber ein solches Unternehmen erfordert die richtige Person, um alles zu koordinieren. Jemand, der wirklich begreift, was wir hier versuchen wollen. Jemand, der sowohl über das organisatorische Talent wie auch über die gärtnerischen Kenntnisse verfügt und noch dazu weiß, wie eine Einrichtung wie das Women's Institute arbeitet.«

Louisa war enttäuscht. »Ich dachte, jemand von hier könnte diese Aufgabe übernehmen – vielleicht eines der Mitglieder des Vegetable Drugs Committee?«

Sir Arthur winkte ab. »Lauter Ärzte und Pharmakologen«, erwiderte er. »Ich bin mir ziemlich sicher, dass keiner von ihnen auch nur die geringste Ahnung hätte, wo man Pfadfinder auftreiben kann, und ganz bestimmt wissen sie nichts über die Abläufe innerhalb der Frauenvereine.«

Wahrscheinlich besser so, dachte Louisa. Nach ihrer Erfahrung konnten diese Frauenvereine manchmal ganz schön schwierig sein, aber das behielt sie für sich. Stattdessen runzelte sie die Stirn. »Glauben Sie, Sie finden jemanden, der sich dafür eignet? Es könnte ein bisschen knifflig sein.«

»Knifflig?«, sagte Sir Arthur. »Guter Gott, nein. Ich glaube, es wird ganz leicht. Mir schwebt da schon jemand vor.«

»Wer?«

»Sie.«

Louisa starrte ihn an. »Ich?«

»Ja, sicher. Sie kennen sich mit Pflanzen aus. Sie kennen Kew. Sie kennen das Women's Institute. Sie sind eindeutig die richtige Wahl.«

Es kam nicht oft vor, dass es Louisa die Sprache verschlug, aber jetzt war es so weit. Sie brachte einfach kein Wort heraus.

»Ich bin nicht mehr die Jüngste«, stammelte sie schließlich.

Sir Arthur zuckte mit den Schultern. »Aber topfit.«

»Ich lebe in Kent.«

»Eignet sich als Zentrale für die Arbeitsgruppen der einzelnen Countys so gut wie jeder andere Ort, würde ich meinen.«

Eine Pause entstand. Louisa starrte in die Gärten hinaus und dachte angestrengt nach. Leicht würde es nicht werden. Ihre Ideen für Sir Arthur zusammenzufassen, hatte Stunden gedauert – alle Arbeitskreise unter einen Hut zu bringen, wäre eine Vollzeitbeschäftigung. Und mit sehr viel harter Arbeit verbunden, so viel stand fest. Aber im Grunde hatte sie sonst nichts zu tun und konnte frei über ihre Zeit verfügen. Teddy und sie hatten ein Gästezimmer, das sie als Büro nutzen könnte. Sie stellte sich den Raum vor und überlegte, ob ein Schreibtisch hineinpassen würde. Vermutlich schon. Und vielleicht eine große Pinnwand. Ja, das wäre eine gute Idee. Sie rieb sich den Nasenrücken, wie immer, wenn sie nachdachte. In ihrem Heimatdorf leitete Margot, eine Freundin, den örtlichen Frauenverein, und die wusste genau, wie die Organisation arbeitete. Sie war es auch gewesen, die für Louisa den Kontakt zur Generalsekretärin hergestellt hatte. Vielleicht wäre sie perfekt als meine rechte Hand, dachte Louisa.

»Mrs Armitage«, riss Sir Arthur sie aus ihren Überlegungen. »Sind Sie noch hier?«

»Tut mir leid, Sir Arthur«, sagte sie errötend. »Natürlich bin ich hier.«

Er lächelte. »Und sind Sie dabei?«

»Um die Leitung der Arbeitskreise zu übernehmen?«, fragte Louisa. Er nickte, und sie strahlte ihn an. »Ich bin dabei.«

Kapitel 16

London, Sommer 1940

Nach einem ziemlich überwältigenden Nachmittag, an dem sie die Männer vom Vegetable Drugs Committee kennengelernt hatte, war Louisa froh, wieder hinaus in die Gärten zu kommen und frische Luft zu atmen.

Sie hatte ihre Pläne für die Einbeziehung der Frauenvereine mit einem Mann namens Dr. Bloomberg und weiteren Mitgliedern des Forschungsteams erörtert. Zu ihnen gehörte auch ein junger Mann, der ungefähr dreißig sein mochte und nach seinem Aussehen und Akzent vermutlich der Arzt aus Jamaika war, den Sir Arthur erwähnt hatte. Man hatte ihr das Labor gezeigt, in dem diverse aus Pflanzen erzeugte Medikamente getestet wurden – ausgesprochen faszinierend, fand Louisa. Sie freute sich, dass alle Ärzte und Pharmakologen ihren Vorschlag unterstützten – mit einer Ausnahme. Einer der jüngeren Herren, ein Pharmakologe, wie sie später erfuhr, verzog geringschätzig das

Gesicht, als sie erwähnte, dass Pfadfinder helfen könnten, die Pflanzen zu pflücken.

»Woher sollen die Kinder wissen, was sie pflücken müssen?«, fragte er sie.

»Wir werden es ihnen, natürlich mithilfe von Experten, zeigen.«

»Und mit ›wir‹ meinen Sie die Damen vom Frauenverein?«

In Louisa regte sich Zorn. »So ist es.«

Der Mann schnaubte und sprach dann zu ihrem Ärger über ihren Kopf hinweg mit Sir Arthur. »Ich weiß wirklich nicht, ob das eine gute Idee ist, Sir Arthur«, sagte er. »Mir ist bewusst, dass wir knapp an Arbeitskräften sind, aber eine Schar Frauen einzubeziehen, deren Fähigkeiten im Herstellen von Marmelade und Singen von Kirchenliedern bestehen, dürfte kaum die Lösung sein.«

Sir Arthur maß ihn mit einem strengen Blick. »Das ist die Lösung, und wenn es Ihnen nicht passt, lasse ich Sie gern hinausbegleiten.«

Der Pharmakologe murmelte eine Entschuldigung und schloss hastig den Mund.

»Sie machen denselben Fehler, den viele Leute begehen«, teilte Louisa ihm freundlich mit und zwinkerte dabei Sir Arthur verschmitzt zu. »Einschließlich vieler Leute in Kew Gardens, um genau zu sein.«

»Und zwar?«, fragte der Pharmakologe verunsichert.

»Sie unterschätzen die Frauen.«

Sie verließ mit Sir Arthur das Labor und lächelte in sich

hinein, als sie Dr. Bloomberg sagen hörte: »Sie war eine Suffragette, müssen Sie wissen. Hat im letzten Krieg hier gearbeitet …«

Als Louisa hörte, wie diese Männer über sie sprachen, straffte sie die Schultern. Sie hatte zum ersten Mal seit langer Zeit das Gefühl, wieder ganz sie selbst zu sein. Kämpferisch. Tatendurstig. Sie war die neue Beraterin für das Vegetable Drugs Committee, und sie würde aus ihrem Projekt einen Erfolg machen.

Draußen in den Grünanlagen war die Luft kühler, und die brütende Hitze des Tages ließ allmählich nach. Louisa fragte eine der Gärtnerinnen, wo sich der Musterschrebergarten befand.

»Unten bei der Orangerie, direkt beim Elizabeth Gate«, sagte die Gärtnerin, während sie sich aufrichtete und sich den Schweiß von der Stirn wischte. »Soll ich Sie hinbringen?«

Louisa lächelte. »Nicht nötig«, antwortete sie. »Ich kenne den Weg.«

Sie schlug den Weg in Richtung Orangerie ein. Und noch während sie sich fragte, wie in aller Welt ein Schrebergarten direkt neben einem der Haupteingänge zum Park funktionieren sollte, stand sie schon davor. Inmitten der Pracht all der anderen Pflanzen wirkte dieser Nutzgarten deplatziert. Das graue Wellblechdach des Anderson-Unterstands und die kahle braune Erde stachen in ihrer Trostlosigkeit förmlich heraus. Aber der Garten erregte viel Aufmerksamkeit, und plötzlich erkannte sie, warum er genau an dieser Stelle angelegt worden war: Die Besucher von Kew Gardens würden ihn beim Eintreten sofort sehen. Er war gut sichtbar platziert worden, weil er wichtig war. Voller Stolz dachte sie an Daisy, ihre Patentochter, die die Beziehung ihrer Familie zu Kew in derart vorbildlicher Weise fortsetzte.

An einem Ende des Schrebergartens hatte sich eine Menschenmenge gebildet, und Louisa trat hinzu, um zu sehen, was die Leute sich anschauten. Und da war sie schon: Daisy, die lebhaft und voller Energie hin und her lief und über ihre Tomatenernte redete. Außer ihr war noch eine junge und auffallend hübsche junge Frau da, die ein verwirrtes Gesicht machte und sich am Kopf kratzte.

»Aber es sind furchtbar viele«, sagte sie gerade. »Kann denn eine Familie so viele Tomaten essen? Wäre das nicht eine ungeheure Verschwendung?«

»Das ist ja das Tolle an Tomaten«, erwiderte Daisy und wandte sich strahlend an ihr Publikum. »Man kann aus ihnen Chutney machen und es den ganzen Winter über verwenden. Dieses Jahr haben wir keine volle Ernte, weil wir noch ganz am Anfang stehen, aber wenn Sie alle den Plänen folgen, die das Ministerium ausgearbeitet hat, können Sie schon im nächsten Jahr Kürbisse, Karotten, Kartoffeln und Bohnen ernten.«

Louisa beobachtete, wie Daisy die Fragen der Besucher beantwortete – wann man Karotten anpflanzen sollte oder wie man eine möglichst reiche Kartoffelernte erzielen könnte –, und staunte über Daisys Enthusiasmus. Sie sah genauso aus wie ihre Mutter, wie sie mit ihrer flatternden roten Mähne in der verrutschten Latzhose hin und her flitzte. Ihr East-End-Akzent war nicht so ausgeprägt wie bei Ivy, aber dennoch ließen sich ihre Wurzeln nicht verleugnen. Das gefiel Louisa.

Die jüngere und elegante Frau verfügte offensichtlich nicht über die Kenntnisse, die Daisy hatte, aber sie stellte sich beim Pflücken der Tomaten sehr geschickt an. Louisa hatte den Eindruck, dass die beiden sich dieses Frage-Antwort-Spiel angewöhnt hatten, um auf diese Art Wissen zu vermitteln.

»Clever«, murmelte sie.

Als die beiden Frauen alle Tomaten gepflückt hatten und die Menge sich allmählich zerstreute, entdeckte Daisy Louisa. Sie kam zu ihr gerannt und drückte sie stürmisch an sich.

»Tante Lou«, quiekte sie. »Wie schön! Meine Güte, es ist eine Ewigkeit her, seit wir uns gesehen haben! Wie geht es dir? Und Onkel Ted? Hast du den Schrebergarten gesehen?«

Louisa befreite sich aus den Armen ihrer Patentochter und lächelte sie an. »Danke, es geht mir richtig gut. Teddy auch.« Sie schaute sich auf dem Flecken Erde um, auf dem sie standen. »Warum zeigst du mir nicht, was ihr hier macht?«

Daisy nahm sie am Arm und führte sie zum hinteren Ende des Gartens. »Hier wollen wir im Frühjahr einen Großteil des Gemüses pflanzen«, begann sie.

Louisa hörte aufmerksam zu, als Daisy ihr von den Plänen für den Schrebergarten und der Kampagne erzählte.

»Klingt, als hättest du wirklich Spaß daran.«

»Ist so«, gab Daisy zu. »Als Mum es mir vorgeschlagen hat, dachte ich zuerst, das wär nichts für mich. Aber sie hatte recht. Es ist eine gute Ablenkung, und im Voraus zu planen, was wir säen wollen und wann mit der ersten Ernte zu rechnen ist, lässt die Zeit schneller vergehen.«

»Rex fehlt dir wohl sehr, nicht wahr?«

Ein Schatten huschte über Daisys Gesicht. »Jede Minute des Tages. Und ich weiß nicht, ob es nun besser oder schlechter ist, dass er momentan in der Nähe stationiert ist. Ich kenne Mädchen, deren Liebste auf dem Kontinent oder in Afrika sind – Hunderte Meilen entfernt. Wie unser Archie. Und das ist schrecklich. Rex ist dicht bei London, aber es fühlt sich genauso schlimm an.«

»Es kommt nicht darauf an, wie weit er weg ist, wenn du ihn nicht sehen kannst.«

»Kriegt ihr es mit?«, fragte Daisy plötzlich. »Kriegt ihr die Luftkämpfe mit?«

Louisa spielte mit dem Gedanken, zu lügen und zu behaupten, es wäre nicht so, aber Daisy war eine kluge junge Frau und würde ihr nicht glauben.

»Ja …«

»Ist es schlimm?«

Da Louisa Daisy nicht beunruhigen wollte, wählte sie ihre Worte vorsichtig. »Ich finde es ziemlich beängstigend«, gab sie zu. »Vor Kurzem ist bei uns eine Spitfire abgestürzt, weißt du. Auf die Felder hinter unserem Cottage. Da war uns ziemlich mulmig zumute.« Daisy machte ein entsetztes Gesicht, und Louisa fügte rasch hinzu: »Der Pilot hat überlebt. Hat praktisch nur einen Kratzer abbekommen.« Sie nahm Daisys Hand. »Die Jungs im Dorf freuen sich, wenn sie die Flugzeuge sehen. Für sie sind die Piloten Helden, und sie jubeln ihnen zu, wenn sie über unser Dorf fliegen.«

Daisy nickte energisch. »Das sind sie auch, richtige Helden.« Sie atmete tief ein. »Rex ist bei der Bomberstaffel und deshalb nicht direkt an den Luftkämpfen beteiligt wie die Jungs von der Jägerstaffel.«

»Immerhin etwas«, antwortete Louisa vage. In Wahrheit glaubte sie nicht, dass ein Unterschied zwischen Jägerstaffel und Bomberstaffel gemacht werden würde, wenn die Lage brenzlig wurde, aber das wollte sie nicht laut aussprechen.

Beide schwiegen einen Moment und dachten an Rex.

»Ich bete für ihn«, sagte Daisy plötzlich. »Ich war seit Monaten nicht mehr in der Kirche, aber ich bete trotzdem für ihn. Ich glaub nicht, dass es ihm hilft, aber es hilft mir.«

Louisa nickte. »Manchmal hilft es, ruhiger und gefasster zu werden, wenn man sich die Zeit nimmt, über Sachen nachzudenken.«

Daisy legte den Kopf zur Seite und sah sie an. »Hast du das von Bernie gelernt?«

Bernie war ein gemeinsamer Freund von Ivy und Louisa, der wie sie im letzten Krieg in Kew gearbeitet hatte. Er war Quäker, und er hatte Louisa viel über den Wert von Stille und Schweigen beigebracht. Jetzt nickte sie. »Hab ich.«

»Er ist sehr klug«, sagte Daisy.

»Das bist du auch.« Louisa sah sich im Schrebergarten um. »Einfach großartig! Ich kann kaum glauben, wie viel ihr in der kurzen Zeit geschafft habt.«

»Die Tomatenpflanzen haben wir aus dem Treibhaus.« Daisy grinste. »Und wir haben viel Hilfe vom Landwirtschaftsministerium bekommen.«

»Ihr lockt ganz schön viele Besucher an.«

»Ich weiß.« Daisy lachte. »So war es auch gedacht, schätze ich. Darum haben sie den Garten hier angelegt – genau an der Stelle, wo jeder vorbeikommt.« Sie sah über die Schulter zu der anderen Frau. »Und ich glaube, deshalb haben sie sich für Beth entschieden. Sie hat nicht viel Erfahrung im Gärtnern, aber sie hat das Gesicht.«

»Sie ist bildhübsch.«

»Sie ist super. Komm, ich stelle sie dir vor.«

Erfreut, dass Daisy trotz der Sehnsucht nach ihrem Mann recht gut mit der Situation zurechtzukommen schien, folgte Louisa ihr.

»Beth, das ist Louisa Armitage, meine Patentante«, verkündete Daisy und gab Louisa das Gefühl, ein Ehrengast zu sein.

»Sehr erfreut, Mrs Armitage.« Beth streckte ihre Hand aus, zog sie aber sofort wieder zurück, als ihr auffiel, wie schmutzig ihre Handflächen waren. »Entschuldigung.«

Louisa lachte. »Ich kann mich noch an die Zeit erinnern, als meine Hände genauso ausgesehen haben. Ist es nicht toll, sich richtig in eine Sache reinzuknien?«

»Es macht mir unglaublich Spaß«, sagte Beth. »Zwischen Kew und dem Krankenhaus, in dem ich arbeite, liegen Welten.«

»Beth ist nämlich Krankenschwester«, warf Daisy ein.

»Sie arbeiten im Krankenhaus und auch hier?« Louisa war beeindruckt. »Das dürfte nicht ganz leicht sein.«

Beth wehrte bescheiden ab, wahrscheinlich, dachte Louisa, um herunterzuspielen, wie hart sie tatsächlich arbeiten musste. »Was führt Sie nach Kew?«, fragte sie Louisa. »Wollen Sie ein bisschen in Erinnerungen schwelgen?«

»Eigentlich nicht«, antwortete Louisa. Auf einmal war sie nervös, als wäre ihre neue Aufgabe erst dann offiziell, wenn sie anderen davon erzählte. Das war natürlich Unsinn – es war schon jetzt offiziell. »Ich war hier, um Sir Arthur zu treffen.«

Die beiden jungen Frauen sahen sie erstaunt an.

»Was wolltest du denn von ihm?«, fragte Daisy.

»Etwas mit ihm besprechen.«

Daisy zog eine Augenbraue hoch. »Und was?«

»Hier in Kew wird daran gearbeitet, Medikamente aus Pflanzen herzustellen, die bei uns in Großbritannien wachsen«, begann sie.

Zu ihrer Überraschung nickte Beth heftig. »Das VDC«, sagte sie. »Ich weiß alles darüber. Mein Freund Gus aus dem Krankenhaus arbeitet an dem Projekt mit. Es ist faszinierend.«

»Das ist es tatsächlich.« Louisa freute sich über Beths Interesse. »Ich hatte eine Idee, wie man größere Mengen der

Pflanzen, die gebraucht werden, ziehen und ernten könnte, und ich bin gebeten worden, diesen Plan zu realisieren.«

»Gut gemacht, Tante Lou«, rief Daisy. »Was hast du denn vorgeschlagen?«

»Die Frauenvereine mit einzubeziehen, um die Kräuter anzupflanzen, und Schulkinder zum Pflücken einzusetzen.«

»Brillant!« Daisy wippte vor Aufregung auf den Zehenspitzen. »Genial einfach, einfach genial!«

Beth schaute Louisa an. »Haben Sie die Labore gesehen?«

»Habe ich.«

»Wie sieht es da aus?«

»Sehr professionell. Diese Leute wissen, was sie tun.«

»Ich wünschte, ich könnte Teil des Teams sein!«

»Beth hatte sich ursprünglich bei denen beworben«, erklärte Daisy. »Aber man wollte sie lieber als Gärtnerin haben.«

Louisa verdrehte die Augen. »Die haben gedacht, Ihre Erfahrungen in der Krankenpflege bedeuten, dass Sie im Gemüsebeet von größerem Nutzen sind?«

»Sieht so aus«, erwiderte Beth trocken.

»Die Borniertheit der Männer, die dieses Land regieren, kennt keine Grenzen.«

»Tante Lou!« Daisy lachte, aber sie klang ein wenig schockiert.

»Sie hat recht«, sagte Beth. »Ich will Ärztin werden, aber mein Vater …«, sie schnitt eine Grimasse, »… ist mir dabei keine Hilfe.«

»Und Sie glauben, wenn Sie beim Vegetable Drugs Committee mitarbeiten, ändert er vielleicht seine Meinung?«

»Nicht wirklich«, erwiderte Beth. »Ich glaube einfach, je mehr Erfahrungen ich sammle, umso besser. Und Gus sagt, es wäre hochinteressant. Ich dachte, wenn ich hier als Gärtnerin arbeite, habe ich vielleicht bessere Chancen, in das Forschungsteam zu kommen, aber jetzt bin ich hier und habe ehrlich gesagt keine Ahnung, wie ich das anstellen soll.«

»Fragen Sie doch einfach nach«, schlug Louisa vor.

»Meinen Sie wirklich?«, fragte Beth bestürzt. »Ich weiß nicht recht …«

»Wer nicht wagt, der nicht gewinnt.«

»Aus Ihrem Mund klingt es ganz einfach.«

»Ist es das nicht?«

»Nein.«

Daisy versetzte Beth einen kräftigen Stoß in die Rippen, und Louisa musste unwillkürlich lächeln. »Meine Mum und Tante Lou waren Suffragetten«, erklärte Daisy. »Zu denen sagt man nicht einfach Nein.«

»Sie waren eine Suffragette?«, fragte Beth erstaunt. »Ernsthaft?«

»Ernsthaft.«

»Und Sie finden, ich soll einfach zu diesen Leuten gehen und sie bitten, mich ins Team aufzunehmen?«

»Wenn Sie wollen, nehme ich Sie mit und stelle Sie vor.«

»Das würden Sie tun? Es wäre leichter, wenn Sie dabei sind.«

»Das mach ich gern«, sagte Louisa. Ihr gefiel die eiserne Entschlossenheit, die sie in Beths Augen las. Es erinnerte sie an sie selbst in jüngeren Tagen.

»Können wir gleich jetzt gehen? Ich muss nur noch meine Tasche aus dem Unterstand holen, ansonsten bin ich fertig.«

Louisa lachte. »Natürlich. Ich möchte Ihnen nur noch einen kleinen Rat geben, Beth.«

Beth sah sie fragend an. »Ja?«

»Ich würde mir an Ihrer Stelle noch schnell die Hände waschen.«

Kapitel 17

London, Sommer 1940

Beth war schon jetzt völlig hingerissen von Louisa. Noch nie hatte sie eine Frau wie sie kennengelernt. So kühn. So furchtlos. So wild entschlossen, in dieser Welt ein Zeichen zu setzen. So ganz anders als Beths Mutter.

Auf dem Weg zum Labor spähte Beth immer wieder verstohlen zu ihr hinüber. Rein äußerlich unterschied sie sich durch nichts von jeder anderen Frau ihres Alters. Adrette Frisur, hübsches Kostüm, praktische Schuhe. Aber hinter dieser properen Fassade steckte eine Frau, die früher einmal eine Suffragette gewesen, um Himmels willen! Noch dazu war sie der Grund, warum Beth und Daisy den gleichen Lohn erhielten wie die männlichen Gärtner. Allein bei dem Gedanken überlief Beth eine Gänsehaut.

»Erzählen Sie mir etwas über Ihre Pläne«, sagte Louisa gerade.

»Da gibt es nicht viel zu erzählen«, erwiderte Beth und

verfiel kurz in Laufschritt, weil sie bei ihren Tagträumen über Louisas Zeit als Suffragette ein Stück zurück geblieben war. »Ich will unbedingt Medizin studieren.«

»Soweit ich weiß, ist man an den Universitäten mittlerweile weiblichen Studenten gegenüber aufgeschlossener.«

»Stimmt«, entgegnete Beth düster. »Aber mein Vater erlaubt es einfach nicht. Ich brauche für den Antrag auf einen Studienplatz seine Erlaubnis, was, gelinde gesagt, lächerlich scheint, aber so ist es nun mal. Und er will sie mir nicht geben.«

»Hält er nichts von der Welt der Medizin?«

»Tatsächlich ist er selber Arzt. Nein, er findet, dass Frauen sich für diesen Beruf nicht eignen.«

Louisa schnaubte. »Ich bin mir nicht sicher, ob er entscheiden kann, für welchen Beruf Frauen geeignet sind.«

Obwohl sie Louisa erst seit einer Stunde kannte, spürte Beth hier und jetzt, dass diese Frau in ganz England ihre Lieblingsperson war.

»Glauben Sie, die Leute vom Vegetable Drugs Committee werden mir erlauben, mit ihnen zu arbeiten? Sei es auch nur für ein, zwei Stunden pro Woche«, fügte sie hinzu, weil ihr Mut sie zusehends im Stich ließ, je näher sie dem Hauptgebäude kamen.

»Wir werden die Frage so stellen, dass sie unmöglich ablehnen können«, rief Louisa ihr über die Schulter zu – Beth war schon wieder zurückgefallen.

Beth schluckte nervös. Was sollte das heißen?

Wie ein Küken der Mutterhenne folgt, trottete sie hinter Louisa her, erst einen Flur hinunter, dann weiter durch ein paar Doppeltüren bis ins Labor. Drinnen betrachteten gerade drei Männer – einer von ihnen war Gus – eine komplizierte chemische Formel, die auf die Tafel gekritzelt war. Sie waren so darin vertieft, dass sie es gar nicht bemerkten, als die beiden Frauen eintraten. Beth bekam weiche Knie.

»Vielleicht machen wir einen Fehler«, wisperte sie Louisa zu. »Wir sollten lieber gehen.«

Louisa schnalzte missbilligend mit der Zunge. »Entschuldigen Sie bitte, meine Herren.«

Die drei Männer drehten sich um und starrten sie an.

»Hallo, Louisa«, sagte einer von ihnen. »Haben Sie etwas vergessen?«

»Hallo, Dr. Bloomberg«, grüßte ihn Louisa.

Der Mann, der ein respekteinflößendes Auftreten hatte, schenkte ihr ein breites Lächeln. »Nennen Sie mich doch bitte David.«

Beth verkniff sich ein Grinsen. Sie war offensichtlich nicht die Einzige, die Louisa im Sturm erobert hatte. Sie spürte, dass Gus' Augen auf ihr ruhten, und wich seinem Blick aus. Sie war sowieso schon furchtbar nervös, und wenn sie ihn jetzt anschaute, würde sie bestimmt die Fassung verlieren.

»Das ist Beth«, erklärte Louisa. Sie wandte sich zu ihr um, und eine winzige Pause entstand, weil Beth unsicher war, was sie Louisas Meinung nach jetzt sagen sollte.

»Ach so«, stieß sie hervor. »Ich bin Beth Sanderson.«

»Beth arbeitet hier in Kew in dem Musterschrebergarten, und außerdem ist sie Krankenschwester am …?«

»St. Catherine's«, sagte Beth. »Ich arbeite auf der chirurgischen Station.« Vielleicht hätten Louisa und ich besser vorbereiten sollen, was wir sagen wollen, dachte sie. Aber die Männer schien Louisas mangelndes Wissen über Beths Tätigkeit nicht zu stören.

»Beth möchte gern mehr über Heilpflanzen lernen, deshalb dachte ich mir, es wäre eine gute Idee, wenn sie jede Woche ein paar Stunden hier im Labor arbeiten könnte. Vielleicht an einem …?« Wieder wandte sie sich zu Beth um.

»Freitagnachmittag?«, schlug Beth vor.

Der stattliche Herr – Dr. Bloomberg – schob seine Brille nach oben und sah Beth zum ersten Mal direkt an. »Chirurgie?«

»Ja, Sir«, murmelte Beth.

»Dann kennen Sie sich mit Wundversorgung aus?«

»Ja, Sir.«

Er nickte. »Gut. Dann sehen wir uns hier am Freitag wieder. War schön, Sie zu sehen, Louisa.« Er ließ seine Brille nach unten auf seine Nase rutschen und drehte sich wieder zur Tafel um.

Beth starrte Louisa aus weit aufgerissenen Augen an, und Louisa klatschte kurz und unauffällig in die Hände.

»Dann bis Freitag«, brachte Beth heraus. Sie fing Gus' Blick auf, und er schenkte ihr ein Lächeln, so breit, dass es sein Gesicht fast in zwei Hälften teilte. »Gut gemacht«, formte er lautlos mit den Lippen.

Beth hielt den Kopf ein wenig höher, als sie Louisa aus dem Labor folgte. »Wer nicht wagt, der nicht gewinnt, oder?«, sagte sie, als sie wieder in den Park hinaustraten.

»Eine Lektion fürs Leben«, erwiderte Louisa und tätschelte Beth den Arm. »Bis bald. Viel Glück im Labor!« Und schon eilte sie, die Handtasche über den Arm gehängt, auf ihren zweckmäßigen Schuhen davon.

Beth schaute ihr nach, immer noch leicht benommen von dem, was gerade passiert war. Dann machte sie vor Aufregung einen Luftsprung und flitzte los, um Daisy die große Neuigkeit zu erzählen.

Ihr erster Nachmittag beim Forschungsteam, genau zwei Tage nach Louisas Besuch in Kew, war ebenso spannend wie einschüchternd. Das Team bestand ausschließlich aus Männern, und einige von ihnen gönnten Beth kaum einen Blick, als sie in den Raum trat. Zum Glück war Dr. Bloomberg anwesend, um sie einzuarbeiten und eine kleine Führung mit ihr zu machen. Leider dachte niemand daran, ihr zu sagen, wo sich der Waschraum für Damen befand. Weil es ihr peinlich war, danach zu fragen, sehnte sie sich am Ende des Nachmittags nur noch nach einer Toilette.

Gus' Arbeitsplatz befand sich auf der anderen Seite des Labors. Er war gerade damit beschäftigt, ein Herzmittel zu entwickeln, das aus Fingerhut gewonnen wurde. Als Beth mit Dr. Bloomberg an ihm vorbeiging, blickte er auf und warf ihr ein aufmunterndes Lächeln zu. Sie lächelte zurück.

»Dr. Campbell ist auf Jamaika ein anerkannter Kardiologe«, erklärte Dr. Bloomberg. »Wir können uns glücklich schätzen, ihn hier bei uns zu haben.«

»Ich kenne Schwester Sanderson vom St. Catherine's«, sagte Gus. »Und wir können uns glücklich schätzen, sie bei uns zu haben.«

Beth errötete vor Stolz. »Danke, Dr. Campbell«, entgegnete sie. »Hoffentlich enttäusche ich Sie nicht.«

Sie lächelten einander an, und eine Sekunde lang hatte Beth das Gefühl, sie beide wären allein im Raum. Dann erzählte Dr. Bloomberg ihr von dem Versuch, aus Tollkirschen ein Gegenmittel für Giftgas zu gewinnen, und sie löste ihren Blick von Gus und wandte sich wieder dem Labor zu.

»Ich dachte, wir könnten Sie bei dem Team unterbringen, das sich mit Wundversorgung beschäftigt«, sagte Dr. Bloomberg. »Das ist das bei Weitem wichtigste Gebiet, auf dem wir arbeiten, und ein bisschen Hilfe können wir gut gebrauchen. Sie müssten vor allem Notizen machen, Forschungsergebnisse archivieren und Ähnliches. Und ich denke mir, dass sich die Herren gelegentlich über eine Tasse Tee freuen würden.«

Beth, die sich vorgestellt hatte, selbst in der Forschung zu arbeiten, war ein bisschen enttäuscht, dass sie als bessere Sekretärin betrachtet wurde. Aber sie schob ihre negativen Gedanken beiseite. Was würde Louisa an ihrer Stelle machen? Sie würde sich beweisen. Und genau das würde Beth auch tun.

Sie verbrachte den Nachmittag damit, sich aufmerksam

alles anzuhören, was diskutiert wurde. Sie achtete auf jedes Detail, tat, worum sie gebeten wurde, machte eifrig Notizen. Weil das Vegetable Drugs Committee ganz am Anfang stand, wurde hauptsächlich recherchiert und festgelegt, welche Pflanzen Priorität hatten, welche am sinnvollsten und welche am leichtesten anzubauen waren. Beth fand es faszinierend, diese intelligenten, engagierten Männer darüber debattieren zu hören, ob es möglich wäre, ausreichend Schafgarbe für Wundsalben zu sammeln, oder überhaupt durchführbar wäre, ganze Felder mit Fingerhut anzupflanzen, um genügend von den kostbaren Inhaltsstoffen zur Herstellung von Herzmitteln zu gewinnen.

Beth kam kaum mit dem Schreiben nach, aber es kümmerte sie nicht, dass ihr die Finger wehtaten. Sie lernte so viel!

»Etwas, das die Ärzte im letzten Krieg herausfanden, war, dass die Männer häufig unter Hochspannung standen, was zwar nachvollziehbar ist, sich aber äußerst ungünstig auf ihren Blutdruck auswirkte«, sagte ein Arzt, während er in einem Journal blätterte und auf den betreffenden Artikel zeigte. »Man hat festgestellt, dass die Verabreichung blutdrucksenkender Mittel kaum eine Verbesserung bewirkte. Ich frage mich, ob wir uns nicht lieber auf andere Fragen konzentrieren sollten.«

Gus seufzte. »Bluthochdruck führt zu weiteren Problemen. Das können wir nicht ignorieren.«

Eine Pause entstand. Beth rutschte auf ihrem Hocker hin und her. »Schlaf«, sagte sie ruhig.

Dr. Bloomberg drehte sich zu ihr um. »Pardon?«

Beth schluckte, als sie sah, dass die Blicke sämtlicher Anwesenden auf ihr ruhten. »Was man braucht, ist ein Mittel, damit die Männer besser schlafen. Dann können andere Medikamente, die verordnet wurden, während der Nachtruhe wirken. Auf unserer Station konzentrieren wir uns stark darauf, dass unsere Patienten gut schlafen. Die Oberschwester ist da regelrecht pedantisch.« Sie ließ ihren Blick über die Männer wandern, die sie alle anstarrten, und lächelte unsicher. »Wissen Sie, Ärzte sehen ihre Patienten nie, wenn sie schlafen. Sie machen ihre Visite erst, wenn alle wach sind. Deshalb ist auch Ihnen vielleicht nicht bewusst, wie wichtig Schlaf ist.«

Sie fing Gus' Blick auf. Er nickte ihr anerkennend zu.

Dr. Bloombergs Interesse war geweckt. »Schlaf …« Er sah Beth nachdenklich an. »Natürlich.«

Einer der Männer war ans Bücherregal getreten und fuhr mit einem Finger über ein Inhaltsverzeichnis. »Baldrian«, rief er. »Ein bewährtes Schlafmittel.«

»Und leicht anzubauen«, warf einer der Botaniker ein.

»Setzen Sie es mit auf die Liste«, sagte Dr. Bloomberg. Er strahlte Beth an. »Bravo, Schwester Sanderson. Ich freue mich jetzt schon darauf, weitere Anregungen von Ihnen zu bekommen.«

Beth beugte sich über ihren Notizblock, damit niemand sah, dass sie vor Stolz und Freude glühte. Sie machte genau das, was sie beabsichtigt hatte – sie stellte ihren Wert unter Beweis. Jetzt musste sie nur so weitermachen.

»Ich glaube, sie waren alle ganz angetan von mir«, erzählte sie Paul später. Sie waren zum Abendessen bei Beths Eltern, und Beth versuchte zu erklären, was sie in Kew machte. Es schien allerdings niemanden sonderlich zu interessieren. Ihr Vater war müde und schlechter Laune, ihre Mutter wirkte zerstreut. Wenigstens Paul hörte zu – gewissermaßen.

»Dr. Bloomberg, der Leiter des Projekts, hat gesagt, er würde gern mehr von mir hören.«

Paul runzelte die Stirn. »Bloomberg? Ist er verwandt mit Victor Bloomberg?«

Beth hatte keine Ahnung, wer Victor Bloomberg war. Sie schüttelte den Kopf. »Das weiß ich nicht.«

»Netter Kerl.« Paul spießte mit seiner Gabel eine Kartoffel auf.

Beths Vater blickte auf. »Ich erinnere mich. Hat für Middlesex Kricket gespielt.«

Eine Pause entstand. Beth nahm einen Schluck Wasser. »Wie auch immer, ich bin sehr froh, jetzt zu dieser Forschergruppe zu gehören.«

»Du solltest lieber für mich arbeiten«, sagte Paul. »Ich renne mir in dem neuen Job die Hacken wund, und meine Sekretärin muss mindestens hundert sein. Ich hätte gegen einen erfreulichen Anblick in meinem Büro nichts einzuwenden.«

Beths Mutter war entzückt. »Was für eine wunderbare Idee, Beth«, zwitscherte sie. »Das wäre auch viel weniger strapaziös als Krankenpflege und Gartenarbeit.«

»Im Kriegsministerium ist es auch kein Zuckerschlecken, schätze ich«, erwiderte Beth. Sie ärgerte sich, dass Paul überhaupt diesen Vorschlag gemacht hatte, und warf ihm über den Tisch hinweg einen strafenden Blick zu.

Er grinste. »Ich bekomme dich einfach nicht oft genug zu sehen, das ist alles.« Er sah ihr tief in die Augen. »Du fehlst mir.«

Beth war verlegen. Es war ihr immer unangenehm, wenn er in Gegenwart ihrer Eltern mit ihr flirtete. Als würden sie den anderen etwas vorspielen. Aber dann schämte sie sich. Paul wollte doch nur nett sein. »Ich weiß. Der Krieg hält uns alle ganz schön auf Trab, oder? Im Krankenhaus geht es schon hektisch genug zu, und auch in Kew haben wir viel um die Ohren. Obwohl Daisy sagt, dass wir ab dem Spätherbst weniger zu tun haben werden. Im Moment pflanzen wir …«

»Also, was hältst du davon?«, unterbrach Paul sie.

»Wovon?«

»Für mich zu arbeiten.«

Beth blinzelte. »Ich dachte, du machst einen Scherz.«

»Keineswegs. Es wäre großartig. Für den Anfang könnte ich dir eine Stelle als Schreibkraft besorgen und dich dann in mein Büro schmuggeln.«

»Ich kann nicht tippen.« Beths Stimme war eisig.

»Das kann man lernen.«

»Ich habe eine Anstellung.«

Paul tätschelte ihre Hand. »Ich weiß, Liebling. Aber wäre es nicht schön, wenn wir tagsüber zusammen sein könnten?«

»Beth«, ermahnte ihre Mutter sie. »Paul meint es ja nur gut.«

Leicht beschämt senkte Beth den Kopf und atmete einmal tief durch. »Es klingt toll, aber es geht einfach nicht.«

Paul zog einen Flunsch. »Liebling …«

»Du willst bestimmt nicht, dass ich dich über meine Patienten stelle, oder?«, fragte Beth, indem sie seine Gutherzigkeit schamlos ausnutzte. »Im Krankenhaus ist von Tag zu Tag mehr los.« Sie sah ihren Vater an.

Ihr Vater nickte. »Wir brauchen alle Krankenschwestern, die wir kriegen können.«

»Man braucht mich dort wirklich«, sagte Beth.

»Ich brauche dich auch«, erwiderte Paul.

Beth lehnte sich über den Tisch und drückte seine Hand. »Aber du hast mich doch«, sagte sie. »Das Lamm ist übrigens köstlich, Mutter.«

Sie schob sich mit der Gabel einen großen Bissen in den Mund, damit sie nicht mehr reden musste, und versuchte, nicht daran zu denken, wie wenig es den guten Paul interessierte, ihr den Rücken zu stärken.

Kapitel 18

London, September 1940

Die Stadt wurde bombardiert. Noch nie in ihrem ganzen Leben hatte Beth eine solche Angst ausgestanden. Die Fenster auf ihrer Station wurden kreuz und quer mit Klebeband verklebt, damit sie nicht bei einer Explosion barsten, und jetzt warfen die grellen Lichter der Scheinwerfer der Luftabwehr bizarre Schatten auf die Fußböden, die an die Gitterstäbe eines Käfigs erinnerten.

»So viel zu der verdammten Verdunkelung«, meinte einer von Beths Patienten fröhlich. »Da draußen ist es hell wie am Tag. Die Jerrys werden kein Problem damit haben, London zu finden.«

Beth holte tief Luft und strich seine Decke glatt. Sie mochte diesen abfälligen Spitznamen für die Deutschen nicht. »So etwas will ich hier nicht hören, besten Dank«, sagte sie, wobei sie ihre Stimme heben musste, weil das Dröhnen der Kampfflugzeuge und Bomben ohrenbetäubend laut war. »Unsere Jungs leisten Unglaubliches, um uns zu beschützen.«

»Ich mag das nicht«, ließ sich ein anderer Patient vernehmen, ein junger Bursche, der während der Verdunkelung von einem Auto angefahren worden war und am Bein operiert werden musste. »Ich mag das überhaupt nicht.« Seine Stimme klang ängstlich und unsicher.

Beth wandte sich ihm zu. »Aber, aber, Mr Buxton. Keine Angst. Sie wissen doch, dass wir uns gut um Sie kümmern. Sie müssen uns einfach vertrauen.«

Sie klopfte aufmunternd auf die Stelle der Bettdecke, wo sein unversehrtes Bein lag, und eilte geschäftig weiter, bemüht, nicht zusammenzuzucken, als irgendwo in der Nähe eine Bombe einschlug und der ganze Raum bebte. Feiner Gipsstaub fiel von der Decke.

»Schwester!«, rief ihr ein Sanitätssoldat vom hinteren Bereich der Station zu. Beth blickte auf, und er warf ihr einen Blechhelm zu. »Setzen Sie den auf!«

Beth nahm ihr gestärktes Häubchen ab und stülpte stattdessen den Helm über. Das Metall fühlte sich kalt an, aber als erneut Schutt von der Decke fiel, war sie froh über den Schutz.

»Es ist schwer, die Leute bei Laune zu halten«, sagte sie halblaut zu Gladys Rowntree, einer anderen Krankenschwester.

»Sehr schwer«, stimmte Gladys ihr zu. »Und uns nicht anmerken zu lassen, wie viel Angst wir selber haben.«

Wieder krachte es draußen, diesmal noch lauter. Die

beiden Frauen klammerten sich unwillkürlich aneinander.

»Ich bin mir nicht sicher, ob uns das sonderlich gut gelingt.« Beth lachte, während sie Gladys wieder losließ.

»Ob wir uns wohl je daran gewöhnen werden?«, erwiderte Gladys.

»Ich hoffe, es dauert nicht lang genug, dass es für uns zur Gewohnheit wird«, seufzte Beth.

Die Bomben fielen seit einer Woche jede Nacht, und sie hoffte, dass bald Schluss damit wäre. Hitler konnte doch unmöglich so viele Flugzeuge und Sprengstoff haben, um London ewig weiter zu bombardieren!

»Achtung«, warnte Gladys. »Neuzugänge.«

Beth drehte sich um. Die Türen zur Station wurden aufgestoßen und etliche Patienten auf Tragen hereingebracht. Es waren die ersten Verwundeten des Abends, die von der Notaufnahme im Erdgeschoss zu ihnen hinaufgeschickt wurden.

Die Krankenschwestern machten sich an die Arbeit.

»Du bringst den hier zur Oberschwester«, sagte Gladys und rückte ihren Helm zurecht. »Ich übernehme diesen armen Kerl.« Ein Schatten huschte über ihr Gesicht. »Schätze, ich werde nicht lang brauchen.«

Sie lief zu einem Sanitäter, der dabei war, einen Mann mit schwersten Verbrennungen auf ein Bett zu legen. Der Mann regte sich nicht und war sehr still. Gladys hat vermutlich recht, dachte Beth.

»Hierher, Schwester!«, rief die Oberschwester und winkte sie zu dem anderen Neuzugang. Beth zog die Vorhänge um das Bett zu und versuchte, Mr Buxton zu ignorieren, der kläglich rief: »Ist er tot? Lebt er nicht mehr?«

Der neue Patient war nicht tot, aber er sah nicht gut aus. Er schien kaum bei Bewusstsein zu sein, was in Anbetracht der Umstände ein Glück war, wie Beth fand.

»Er muss operiert werden«, erklärte die Oberschwester. »Sorgen Sie dafür, dass er es möglichst bequem hat, dann rufe ich schnell im OP an und frage nach, ob man ihn schon erwartet.«

Beth nickte. Ihr wurde leicht schwindelig, als ihr plötzlich auffiel, dass ein Bein des Mannes praktisch nicht mehr vorhanden war.

»War unter einem Haufen Schutt begraben«, sagte die Oberschwester leise. »Geben Sie ihm ein Schmerzmittel und ein Sedativum, dann können wir ihn nachher in die Chirurgie bringen.«

Sie eilte davon, wobei sie mit ihrem Blechhelm fast ein wenig lächerlich aussah.

Beth verabreichte ihrem Patienten behutsam die Medikamente und zog ihm dann mithilfe von Gladys – deren Patient es nicht geschafft hatte – sein zerfetztes Hemd aus und ersetzte es durch ein Krankenhaushemd. Während sie eine Schnittwunde an seinem Kopf reinigte, bandagierte Gladys seine stark aufgeschürfte Hand.

»Als wollte man an Deck der *Titanic* Liegestühle aufstellen«, sagte Gladys und zeigte mit einer Kopfbewegung auf das Bettende, wo sich unter der Decke das Bein des armen Mannes als klumpige Masse abzeichnete.

Beth konnte nur kurz nicken, bevor der Raum schon wieder von grellen Blitzlichtern erhellt wurde.

»Ist er tot?«, rief Mr Buxton wieder.

»Es geht ihm gut«, erklärte Gladys laut. Dann senkte sie ihre Stimme. »Aber du kriegst Ärger, wenn du nicht bald die Klappe hältst.«

Beth musste unwillkürlich lachen.

»Schwester Sanderson, ich konnte keinen vom OP-Team erwischen.« Die Oberschwester zog den Bettvorhang zurück. »Laufen Sie bitte eben runter und schauen Sie nach, ob sie für unseren Patienten bereit sind.«

»Natürlich.« Beth fühlte, wie ihre Handflächen zu schwitzen begannen. Sie war noch nie in den neuen Operationssälen unten im Keller gewesen und hatte Angst, sich zu verlaufen.

Gladys schien ihre Gedanken zu erraten. »Folge einfach den weißen Kaninchen«, riet sie ihr. »Sie sind als Wegweiser auf die Wände gemalt worden.«

Beth war verdutzt, aber tatsächlich entdeckte sie, als sie in den unteren Regionen des Krankenhauses ankam, an den Wänden der Flure eine Reihe weißer Kaninchen.

Hier unten war es kalt und dunkel. Die Glühbirnen brannten schwach und flackerten, aber es war still, viel stiller als auf Beths Station, weil das Krachen der Bombeneinschläge nur gedämpft zu hören war. Beths Fußschritte hallten laut auf dem Boden, und es war ein seltsames Gefühl zu wissen, was sich gerade über ihrem Kopf abspielte.

Eilige Schritte ließen sie herumfahren. Ein Arzt, der ihr

vage bekannt vorkam, lief an ihr vorbei, dann noch einer. Vielleicht war es hier unten doch nicht so ruhig.

Der Flur endete in einer behelfsmäßigen Krankenstation: Offensichtlich war es ein Wartebereich für Patienten, die für eine Operation vorgesehen waren. Beth wand sich innerlich, als ihr Blick auf die lange Reihe von Betten fiel. Wie es aussah, würde ihr Patient mit dem zerquetschten Bein nicht in absehbarer Zeit operiert werden.

Als sie sich mit großen Augen umsah, entdeckte sie Gus. Er reichte gerade einer Krankenschwester eine Schachtel mit Medikamenten.

»Beth«, sagte er. »Arbeiten Sie hier unten?«

»Nein. Ich wollte mich nur erkundigen, wann bei einem unserer Patienten ein Eingriff vorgenommen werden kann«, entgegnete Beth. »Heute Abend wohl nicht mehr, wie es scheint. Armer Kerl.«

Eine Krankenschwester, die gerade vorbeieilte, blieb stehen. »Ist er stabil?«

Beth zuckte mit den Schultern. »Sein Bein ist übel zugerichtet, und ich fürchte, es muss amputiert werden. Aber er ist sediert.«

»Achten Sie darauf, dass sich die Wunde nicht infiziert, und bringen Sie ihn morgen her. Ich setze ihn auf die Liste. Haben Sie einen Namen?«

»Nein. Ein Mann Anfang dreißig.«

»Von welcher Station sind Sie?«

»Atkins.«

»Ich mache einen Vermerk.«

Die Krankenschwester hastete weiter, und Beth wandte sich an Gus. »Ich muss zurück auf meine Station.«

»Ich begleite Sie.«

Seite an Seite schritten sie rasch wieder an den weißen Kaninchen vorbei durch den Flur und dann die Treppe hinauf, die zum Hauptteil des Krankenhauses führte. Von hier würde Gus zu seiner Apotheke und Beth zu ihrer Station zurückgehen.

Sobald sie durch die Doppeltür im Erdgeschoss traten, schlug ihnen das Grauen dieser Nacht wieder mit voller Wucht entgegen.

Es war noch lauter als zuvor – Krachen und Pfeifen von draußen, wo der Luftkampf tobte –, und überall drängten sich Menschen.

»Oh Gott«, stöhnte Beth. Sie drückte ihren Helm fester auf ihren Kopf und holte tief Luft.

Gus fuhr sich mit dem Handrücken über die Stirn. Er sah elend aus, und Beth fragte sich, ob es ihn in Momenten wie diesen noch mehr als sonst frustrierte, in der Apotheke festzusitzen. »Viel Glück«, sagte er.

Er wandte sich gerade zum Gehen, als hinter ihnen jemand laut rief: »Schwester! Doktor!«

Beth und Gus fuhren herum. Einer der Pförtner stützte einen Mann in einer Uniform der Army. Er krümmte sich vornüber und wäre in sich zusammengeklappt, wenn der Pförtner nicht versucht hätte, ihn aufrecht zu halten. »Helfen Sie mir!«, rief der Pförtner.

Beth schaute sich um. Sie waren nicht weit vom Eingang

der Ambulanz entfernt, die zurzeit als eine Art Auffangbecken genutzt wurde. »Da hinein.«

Gus und sie rannten zu dem Patienten und halfen dem Pförtner, ihn durch die Schwingtür in die Ambulanz zu tragen. Zu Beths Erleichterung war drinnen ein frisch bezogenes Bett frei, auf das sie den Mann legten. Er war sehr blass, aber bei Bewusstsein, und er stöhnte leise. Seine Jacke war vorn mit Blut beschmiert. »Er kam zur Eingangstür rein«, berichtete der Pförtner. »Und dann ist er zusammengebrochen. Er blutet.«

»Schauen wir ihn uns mal an, ja?«, sagte Beth freundlich, während sie nach dem Puls am Handgelenk tastete. Er schlug schwach und langsam. »Wie heißen Sie?«

»Ralph«, stieß der Mann zwischen zusammengebissenen Zähnen hervor. »Scheiße, tut das weh!«

Beth schälte den Mann vorsichtig aus seiner dicken Uniformjacke und versuchte, sich keine Reaktion anmerken zu lassen, als sie die schwere Verletzung an seinem Unterleib sah. Blut spritzte aus der Wunde und sammelte sich unter dem Mann auf dem Bett.

»Dr. Campbell, können Sie helfen?«

Gus stand seitlich vom Bett. »Ich sollte nicht …«

»Ich brauche hier Ihre Hilfe, Doktor.« Beth zeigte auf den Raum, in dem Krankenschwestern und Ärzte hin und her liefen und sich bemühten, ihre Patienten zu versorgen. »Alle anderen haben zu tun.« Eine Pause entstand, und einen Moment lang dachte Beth, Gus würde Nein sagen und sie mit diesem Mann allein lassen, der vor ihren Augen verblutete.

Aber dann nickte Gus plötzlich. »Wir müssen die Blutung stoppen.«

Die nächsten zehn Minuten waren eine einzige rasche Abfolge von Anweisungen, begleitet von der hektischen Suche nach medizinischen Instrumenten und Verbandzeug in einem unbekannten Behandlungsraum und dem Versuch, den Blutdruck des Verwundeten unten zu halten, während Gus Glassplitter aus seiner Wunde holte.

Als der Mann halbwegs zusammengeflickt war und ausreichend verarztet war, um aufgenommen zu werden, kam eine Krankenschwester zu ihnen gelaufen, um zu notieren, welche Behandlung er bekommen hatte. Gus zählte die Maßnahmen auf, die sie vorgenommen hatten, und die Schwester notierte alles sorgfältig.

»Und Ihre Namen?«

»Schwester Sanderson«, sagte Beth. Gus schwieg, und Beth stupste ihn an. Sie wusste, dass er keine Patienten behandeln sollte, aber unter diesen Umständen würde es ihm niemand verübeln. »Und das ist Dr. Gus Campbell.«

»Auf welchen Stationen arbeiten Sie?«

»Atkins«, antwortete Beth und wandte sich zu Gus um, aber er war bereits weg.

Die andere Krankenschwester zuckte mit den Schultern. »Ist einiges los heute Abend.«

Beth ging mit ihrer blutverschmierten Schürze auf ihre Station zurück. Sie war euphorisch, weil sie Ralphs Leben gerettet hatten, aber verunsichert wegen Gus' Reaktion.

»Schwester Sanderson«, sagte die Oberschwester, als sie zur Tür hereinkam. »Frische Schürzen gibt's im Schwesternzimmer. Und anschließend überprüfen Sie bitte die lebenswichtigen Organe in Bett zwei.«

Und dann hatte Beth so viel zu tun, dass ihr keine Zeit blieb, sich wegen Gus den Kopf zu zerbrechen.

Der Luftangriff brach in den frühen Morgenstunden ab, aber die Krankenschwestern nahmen das Heulen der Entwarnungssirenen kaum wahr. Beth hatte eigentlich nur eine Nachtschicht gehabt, doch an diesem Tag war ihr Dienst nicht wie sonst um acht Uhr morgens beendet. Sie wusste nicht einmal genau, wie spät es war. Sie und Gladys und die anderen Schwestern machten einfach weiter, bis auf der Atkins-Station wieder ein wenig Ruhe eingekehrt war. Der junge Mann mit dem zerschmetterten Bein kam in den Operationssaal. Gladys kehrte Glassplitter von einer geborstenen Fensterscheibe auf. Beth beruhigte Mr Buxton, der Probleme beim Atmen hatte und zu sterben glaubte. In Wirklichkeit hatte er einfach eine Panikattacke, und Beth konnte es ihm nicht verdenken.

Endlich wurden Beth und Gladys heimgeschickt. Die Glocken von Big Ben begannen in dem Moment zu läuten, als sie aus dem Krankenhaus traten, und nach dieser Nacht der Zerstörung empfand Beth das vertraute Geräusch als besonders wohltuend.

»Waschen, schlafen, und das Ganze von vorn, schätze ich«, sagte Gladys, als sich ihre Wege trennten.

Beth hatte das Gefühl, durch die Hölle und zurück gegangen zu sein. Weil sie sich nach frischer Luft sehnte, beschloss sie, ein Stück zu Fuß zu gehen. Als sie den Fluss überquerte, sah sie die Themse hinter der Tower Bridge im orangeroten Schein des Sonnenuntergangs erglühen. He, warte mal, dachte sie. Es kann nicht der Sonnenuntergang sein, weil es Mittag ist. Und die Sonne geht im Westen unter, nicht im Osten.

Sie blieb abrupt stehen. Voller Entsetzen erkannte sie, dass das gleißende Licht am Horizont das East End war, das in Flammen stand. Was sie sah, waren die Brände. Sie dachte an Daisy und Ivy und ihre Familie in Hackney und betete, dass sie in Sicherheit waren.

Sie war immer noch ganz benommen, als sie zu Hause ankam. Müde schleppte sie sich die Stufen zur Eingangstür hinauf und steckte gerade den Schlüssel ins Schloss, als hinter ihr jemand nach ihr rief.

»Beth!« Paul kam die Straße hinuntergeschlendert, frisch und sauber und sehr adrett mit seinem schicken Filzhut. Beth starrte ihn verwirrt an. Was wollte er hier?

Er blieb am Fuß der Treppe stehen und sah zu ihr hinauf. »Lieber Himmel, was ist denn mit dir passiert?«

»Arbeit«, murmelte Beth.

»Du bist ganz schmutzig im Gesicht.«

Beth hob langsam eine Hand und strich über ihre Stirn. Ihre Fingerspitzen waren schwarz von Staub.

Paul sah leicht angewidert aus, aber Beth war zu müde, um sich darum zu scheren.

»Na, dann mal los«, sagte er. »Mach dich frisch, und ab geht's!«

»Wie bitte?«

»Wir wollten heute im Hyde Park picknicken, schon vergessen? Ich habe alles im Wagen.«

»Ich kann jetzt nicht picknicken.«

»Aber ich habe alles vorbereitet!«

Beth blickte an sich hinunter. Ihr Kleid war schmutzig, und in einem ihrer dicken Strümpfe war ein Loch. Dann hob sie den Blick und betrachtete Paul in seinem Tennispulli und dem kecken Hut.

»Ich gehe zu Bett.»« Sie drehte den Schlüssel im Schloss, stieß die schwere Haustür auf und warf sie krachend hinter sich zu.

Kapitel 19

London, Oktober 1940

Daisy war völlig erledigt. Heute hätte sie frei haben sollen, aber in Kew gab es jede Menge zu tun, und es war ein langer Tag in den Gärten gewesen. Beth hatte sie in den letzten paar Tagen kaum zu Gesicht bekommen, aber das überraschte sie nicht. Sie wusste, dass die Bombenangriffe auf London die Krankenhäuser an die Grenzen der Belastbarkeit brachten und Beth beim besten Willen nicht zusätzlich im Schrebergarten arbeiten konnte. Daisy sprang gerne für ihre Freundin ein, aber es ließ sich nicht leugnen, dass es sehr anstrengend war, für zwei anzupacken. Und dazu das Dauerbombardement der Deutschen, das jetzt schon eine volle Woche anhielt. Wie lange würde es so weitergehen? Nicht allzu lange, hoffte Daisy.

Als sie aus der U-Bahn-Station in den düsteren Abend hinaustrat, fiel ihr auf, dass jetzt schon ganze Familien herbeiströmten, um unten auf den Bahnsteigen die Nacht zu verbringen. Daisy erschauerte. Noch nie war sie so froh gewesen wie jetzt, dass sie einen Garten hatten. Ihr Anderson-Unterstand mochte nicht der komfortabelste Schlafplatz sein, aber wenigstens mussten sie sich nicht mit Hunderten anderen auf einen zugigen Bahnsteig flüchten.

Sie klappte ihren Kragen hoch, um sich vor dem Wind zu schützen, und lief die Straße hinunter. Ihr Vater war nicht da, als sie zu Hause ankam. Seine Pflichten als Luftschutzwart bestanden jetzt nicht mehr nur darin, überall in der Nachbarschaft zu überprüfen, ob die Verdunkelung eingehalten wurde, sondern brachten auch mit sich, dass er die ganze Nacht auf den Beinen war. Zusammen mit seinen Kollegen betätigte er die Alarmsirenen, zeigte Leuten den Weg zu Luftschutzbunkern und tat ansonsten alles, um den Menschen während der Bombardierungen zu helfen. Daisy hasste den Gedanken, dass er während der Angriffe draußen war, aber er war eisern entschlossen, seinen Beitrag zu leisten.

Die Familie hatte sich während der Wochen der Bombenangriffe einen bestimmten Tagesablauf angewöhnt. Sobald Daisy heimkam, aßen sie alle zusammen in der Küche, packten dann ein, was sie für die Nacht brauchten, und zogen sich in den Anderson-Unterstand im Garten zurück. Daisy nahm immer Papier und Füller mit, damit sie Rex schreiben konnte, dazu eine Zeitschrift, um etwas zum Lesen zu haben, und ein paar zusätzliche Decken, weil es nachts im Bunker sehr kalt war.

Die Stockbetten in der Hütte waren schmal, hart und

unbequem, aber an diesem Abend war Daisy so müde, dass sie kaum ein paar Zeilen an Rex geschrieben hatte, als ihr auch schon die Augen zufielen. Sie kuschelte sich unter ihre Decken und war innerhalb weniger Sekunden eingeschlafen.

Ein paar Stunden später schrak sie hoch, als sie das Heulen der Luftschutzsirenen hörte. Ihre Mutter saß mit einem Skizzenblock auf dem Schoß im Bett, aber sie zeichnete nicht. Poppy schlief tief und fest in der Koje unter Daisy. Sie spähte zu ihrer schlummernden Schwester hinunter und schüttelte den Kopf.

»Die verschläft wirklich alles«, sagte sie und lächelte ihre Mutter an. Ivy behauptete immer, Poppys Gabe, auch noch beim größten Radau einschlafen zu können, käme daher, dass sie mitten während eines furchtbaren Unwetters zur Welt gekommen war, als mächtige Donnerschläge das Haus erschüttert hatten und der Wind in den Ästen heulte.

Ivy zwang sich zu einem schwachen Lächeln. Daisy wusste, dass sie angestrengt lauschte, um die ersten Bomben fallen zu hören. Und da waren sie auch schon, noch in einiger Entfernung und nur als dumpfes Wummern wahrnehmbar, und gleich darauf das Rattern der Flak.

Daisy schnappte sich eine Decke und kletterte auf das Nebenbett zu ihrer Mutter. Sie breitete die Decke über ihren Knien aus, und so saßen die beiden Frauen eng aneinandergekuschelt da, während draußen die Geräusche immer näher kamen, immer lauter und bedrohlicher wurden.

»Flugzeuge«, sagte Ivy. Daisy holte tief Luft. Schon nach einigen wenigen nächtlichen Luftangriffen hatten sie gewusst, dass sie die Flugzeuge nur hören konnten, wenn sie in der Nähe waren und ihre Motoren über ihnen brummten wie gereizte Hummeln. Und tatsächlich waren die Einschläge der Bomben jetzt deutlicher zu hören. Die Piloten benutzten die Themse als Navigationshilfe, wie Daisy wusste.

Poppy schnarchte und drehte sich auf ihrer Pritsche um, wachte aber nicht auf, als die Detonationen ertönten.

»Bethnal Green«, murmelte Daisy.

Und jetzt kam es unablässig, das schrille Pfeifen der Bomben, die immer näher und in immer rascherer Abfolge fielen. Der kleine Bunker bebte.

Irgendwo in der Nähe barst Glas. »Mr Pilgrims Treibhaus«, sagte Ivy.

»Albion Drive«, vermutete Daisy, als die nächste Bombe detonierte. Dann noch eine. »Middleton Road.«

Und dann waren die Flugzeuge direkt über ihnen, und sie verstummten, weil der Lärm so ohrenbetäubend war, dass sie einander nicht mehr hätten hören können. Daisy verkroch sich unter ihrer Decke und hielt Ivys Hand, und als sie aufblickte, war auch Poppy wach geworden und kuschelte sich an ihre Mutter. Alle drei spannten sich an, als noch mehr Bomben über ihnen sirrend durch die Luft flogen. Sie hörten Holz bersten und Glas zersplittern und das Tosen eines Feuers, das irgendwo in der Nähe ausgebrochen war.

»Das sind wir«, hauchte Ivy entsetzt. »Das ist unser Haus.«

Daisy schüttelte den Kopf. »Nein, ist es nicht, Mum. Es ist weiter weg.« Sie legte den Kopf schief und lauschte. »Es ist bei den Robinsons in Nummer 6.« Sie runzelte die Stirn. »Nein, doch nicht. Vielleicht bei Dawn und Mike an der Ecke?« Sicher war sie sich allerdings nicht. Es war schwer zu sagen; draußen ging ein heftiger Wind, und die Bomben fielen pausenlos. »Dawn und Mike haben keinen Unterstand«, sagte sie. Sie wusste, wo sich sämtliche Luftschutzbunker in der Umgebung befanden, immerhin hatte sie die Broschüren persönlich ausgeliefert.

»Bestimmt sind sie bei ihren Nachbarn«, sagte Poppy schläfrig. Sie legte ihren Kopf in Ivys Schoß und schloss die Augen. »Wenn die Sirenen heulen, gehen sie immer ins Haus nebenan.«

Wieder schlug eine Bombe ein, so nahe, dass sie das Prasseln von Schutt hörten. Sie fuhren zusammen.

»Wir sind in Sicherheit«, sagte Ivy. »Das ist die Hauptsache. Wir sind zusammen, und wir sind in Sicherheit.«

»Dad nicht«, murmelte Poppy, die Augen immer noch geschlossen.

»Der passt schon auf sich auf«, beruhigte Ivy sie und strich ihr übers Haar. »Gleich morgen früh sehen wir ihn wieder.«

Daisy streckte ihren Arm aus und nahm die Hand ihrer Schwester, und so saßen sie dicht beieinander und lauschten dem Bombenhagel.

Irgendwie schliefen sie schließlich doch alle ein, und ein paar Stunden später wachte Daisy, steif und durchgefroren, auf. Ivy war schon auf den Beinen und rüttelte Poppy sanft, um sie zu wecken.

»Zeit, der Wahrheit ins Gesicht zu sehen«, sagte Ivy. »Los, kommt schon.«

Poppy stieß die Tür auf. Alle drei wappneten sich für den Anblick, der ihnen bevorstand, und traten in die kühle Morgenluft hinaus. Es wurde nie leichter. Morgens den Bunker zu verlassen und die Verwüstung zu sehen, war immer schrecklich. An manche Dinge gewöhnt man sich wahrscheinlich nie, dachte Daisy. Vielleicht sollte man sich an manche Dinge auch gar nicht gewöhnen.

In der Luft hingen dichte Schwaden aus Ziegelstaub und Rauch. Poppy hustete, als sie vor Daisy und Ivy in das fahle Tageslicht trat, und zusammen trotteten die drei am Haus vorbei auf die Straße.

»Oh mein Gott …« Ivy hatte Tränen in den Augen. Daisy war nicht sicher, ob es der beißende Qualm war, der die Augen ihrer Mutter tränen ließ, oder das Bild der Zerstörung, das sich ihnen bot. »Du hattest recht, Daisy. Es war bei Dawn und Mike.«

Ihre Straße war intakt, aber die Bomber waren dem Verlauf der Hauptstraße gefolgt und hatten die Eckhäuser erwischt. Das Haus von Dawn und Mike war nur noch ein Haufen Schutt, während das Nebenhaus glatt in zwei Hälften gespalten war. Daisy konnte ein halbes Wohnzimmer und im oberen Stockwerk ein halbes Schlafzimmer sehen, wo die elektrische Lampe immer noch von einer halben Stuckrosette herabhing und hin und her schwang.

Daisy fragte sich, wie Rex zumute sein würde, wenn er nach Hause kam und die Straßen, in denen er aufgewachsen war, so furchtbar verändert sah. Eiskalte Angst kroch an ihrem Rückgrat hinauf, als sie daran dachte, dass er diese Zerstörung vielleicht nie sehen würde. Vielleicht nie zu ihr nach Hause zurückkehren würde. Dann schüttelte sie den Kopf, um diese grauenhaften Gedanken zu vertreiben. Jetzt war nicht der richtige Zeitpunkt, in Selbstmitleid zu versinken. Ganz und gar nicht.

Auf der anderen Straßenseite stand das Eckhaus in Flammen, aber die Feuerwehr war bereits vor Ort und löschte den Brand. Überall ringsum standen Nachbarn von ihnen, manche im Pyjama oder Nachthemd, andere vollständig bekleidet. Einige wirkten benommen, andere waren verletzt, und wieder andere machten sich nützlich oder halfen ihren Familien.

»Es wird immer schlimmer«, sagte Daisy verzweifelt. »Wie viel mehr davon können wir noch verkraften?«

Ivy legte ihr tröstend eine Hand auf den Rücken. »Wir schaffen das, meine Süße. Wir haben es noch immer geschafft.«

Daisy sah ihre Mutter an. Unglaublich, wie viel Kraft in ihr steckte, und das, obwohl sie schon einen Krieg miterlebt hatte. Vielleicht war sie aber genau aus diesem Grund so stark. Daisy war sich nicht sicher. Wie auch immer, sie nickte. »Du hast heute sicher ganz schön viel um die Ohren, schätze ich. Soll ich Poppy zur Schule bringen? Aufpassen, dass ihr nichts passiert?«

Ivy lächelte. »Das wäre toll. Wir haben im Hilfszentrum bestimmt alle Hände voll zu tun.«

»Ich komme zurück und helfe euch. Will hat sicher nichts dagegen, wenn ich mal einen Tag ausfalle. Er ist total verständnisvoll, außerdem haben sich bei mir inzwischen ganz schön viele Überstunden angesammelt.«

»Meinst du wirklich, das geht?« Ivy runzelte die Stirn. »Natürlich könnten wir ein bisschen Hilfe gut gebrauchen, aber ich will auf keinen Fall, dass du Ärger bekommst.«

»Kein Problem. Ich schätze, Beth wird's heute auch nicht schaffen, nicht nach einem Angriff wie diesem. Sicher muss sie ins Krankenhaus, auch wenn sie eigentlich dienstfrei hätte.«

»Danke.« Ivy umarmte Daisy kurz und küsste sie auf die Wange. »Ich schaue noch kurz, wie's Dawn und Mike geht, und mache mich dann auf den Weg ins Hilfszentrum. Wenn ich Glück habe, treffe ich unterwegs deinen Dad. Wir sehen uns dort, okay?«

Ivy eilte davon, und Daisy ging ins Haus, um ihre Schwester zu holen. Die Vorderfenster waren zersprungen, stellte sie fest. Eigentlich sollte sie sie jetzt gleich mit Brettern vernageln, um ihrem Vater die zusätzliche Arbeit zu ersparen. Aber sie war auf einmal total erschöpft und ein bisschen benommen, und statt irgendwo ein paar Holzbretter zu suchen, ließ sie sich aufs Sofa sinken. Eine Staubwolke stieg auf, und sie verdrehte die Augen. Im Haus war nichts mehr sauber. Ziegelstaub und dazu der brandige Geruch von Rauch und Feuer war in jedes Möbelstück und sämtliche Kleidung gedrungen. Sogar ihr Haar roch nach Rauch, und ihre Augen waren ständig gerötet und entzündet. »Poppy«, rief sie, zu müde, um aufzustehen. »Hast du dich für die Schule fertig gemacht?«

Poppy erschien in ihrer Schuluniform in der Tür. »Ich verstehe absolut nicht, warum ich da hinmuss.«

»Wir müssen dafür sorgen, dass unser Leben so normal wie möglich bleibt.«

»Rein gar nichts mehr ist normal.«

»Genau deshalb müssen wir an den Dingen festhalten, die es noch sind«, sagte Daisy. »Hast du deine Gasmaske dabei?«

Poppy schwenkte die Pappschachtel mit der Gasmaske hin und her, damit Daisy sie sehen konnte. »Du musst nicht mitgehen. Ich bin kein Baby mehr.«

»Weiß ich«, erwiderte Daisy. »Es ist nur wegen Mum, ehrlich. Damit sie sich keine Sorgen um dich machen muss.«

Poppy verdrehte die Augen, erhob aber keine Einwände. »Na schön, gehen wir.«

Daisy war kaum aufgestanden, als ihr wieder schwindelig wurde und sich alles um sie herum drehte. Sie schloss die Augen und hielt sich an einer Sessellehne fest.

»Daisy?« Poppys Stimme schien aus weiter Ferne zu kommen. »Daisy?«

Sie zwang sich, die Augen aufzumachen. »Alles gut«, sagte sie. Und es ging ihr tatsächlich wieder besser. »Ich bin bloß zu schnell aufgestanden.«

Sie sah, dass Poppy ein besorgtes Gesicht machte, und fand es rührend von ihrer kleinen Schwester, sich Sorgen um sie zu machen. »Alles gut«, sagte sie noch einmal.

Nachdem sie Poppy bei der Schule abgeliefert hatte, fühlte sie sich schon viel besser. Sie war natürlich müde, aber sie waren alle angeschlagen von all den Nächten, in denen sie von Bomben und Sirenen aus dem Schlaf gerissen wurden. Sie winkte ihrer Schwester zum Abschied zu und machte sich dann auf den Weg zu ihrer Mutter.

Ivy war schon vor einer Ewigkeit den Women's Voluntary Services for Civil Defence, dem zivilen Bevölkerungsschutz, beigetreten. Die ersten Monate waren relativ ruhig verlaufen, aber nach den Luftangriffen der letzten Woche verbrachte sie jede freie Minute damit, im Hilfszentrum ausgebombten Familien zu helfen. Sie verteilte Pakete mit Lebensmitteln und Bezugsscheine vom Kriegsministerium, die gegen Kleidung eingetauscht werden konnten, und tat auch sonst alles, was erforderlich war.

Daisy schlang sich im Gehen ihren Schal ums Gesicht, zum Teil, weil ein scharfer Wind wehte, aber auch, weil überall Staub in der Luft hing. Als ein Rettungswagen mit Blaulicht an ihr vorbeiraste, dachte sie an Beth und fragte sich, was sie gerade machte. Es konnte nicht leicht sein, im Krankenhaus und noch dazu im Schrebergarten zu arbeiten, von ihrer Mitarbeit beim Forschungsteam in Kew ganz zu schweigen. Beth ist wirklich eine tolle junge Frau, dachte Daisy.

Jemand rief ihren Namen, und als sie aufblickte, sah sie

zu ihrer Erleichterung, dass es ihr Vater war. Er hielt seinen Helm in der Hand und kam auf sie zu.

»Dad. Was für eine grauenhafte Nacht.«

»Mit Abstand die schlimmste.«

»Ich helfe heute Mum«, sagte Daisy. »Und du geh heim und ruh dich ein bisschen aus. Den einen Tag schafft Graham es auch mal allein in der Gärtnerei. Deshalb hast du ihn ja eingestellt, oder?«

Jims Gesicht war mit Dreck verschmiert, und er sah müde aus, aber er brachte ein Lächeln zustande. »Zuerst schaue ich auf einen Sprung bei ihm vorbei, ob auch alles in Ordnung ist. Poppy ist in der Schule?«

»Jawoll«, sagte Daisy. »Hab selbst gesehen, wie sie reingegangen ist.«

»Gut.« Jims Schultern entspannten sich. Bestimmt, weil er jetzt weiß, wo sich jedes Familienmitglied aufhält, dachte Daisy. Bis auf Archie natürlich, der Gott weiß wo sein konnte. In einer jähen Anwandlung von Liebe reckte sie sich auf die Zehenspitzen und gab ihrem Vater einen Kuss auf die Wange.

»Geh nach Hause, Dad.«

»Sag deiner Mum, ich bringe ihr nachher frisches Gemüse mit.«

»Mach ich.«

Daisy schaute ihrem Vater nach, bis er nicht mehr zu sehen war, und schlang dann wieder den Schal um ihr Gesicht. Es gab viel zu tun.

Kapitel 20

London, September 1940

Beth stieg die Stufen vom Keller hinauf und streckte eine Hand aus, um ihrer Mutter in den Flur zu helfen.

»Ich halte es wirklich nicht für notwendig, jede Nacht da unten zu verbringen«, beschwerte sich ihre Mutter. »Es ist schrecklich ungemütlich.«

»Die Luftangriffe finden jede Nacht statt, also sollten wir uns lieber in Sicherheit bringen, Mum«, entgegnete Beth zähneknirschend. Ihr hatte es auch nicht gefallen, sich an ihrem ersten freien Abend – seit Jahren, wie es schien, obwohl es nur Tage waren – im Keller zu verbarrikadieren.

»Es gehört sich nicht, dass wir alle zusammen dort schlafen, noch dazu mit Nessa. Was meinst du, Geoffrey? Mir behagt es nicht, in einem Raum mit unserer Haushälterin zu übernachten.«

»Wir haben keine andere Wahl, Agatha, wie du sehr wohl weißt«, erwiderte ihr Vater zu Beths Erleichterung.

Was er sagte, hatte bei Agatha Gewicht, wie sie überhaupt dazu neigte, Männern – vor allem ihrem Ehemann – mehr Beachtung zu schenken als Frauen. Beth hatte im Krankenhaus viele Patienten dieses Schlags gehabt. Männer und Frauen, die alles ablehnten, was sie ihnen sagte, dann aber wie gebannt zuhörten, wenn Ärzte – männliche Ärzte – ihnen genau dasselbe mitteilten. Im Allgemeinen lächelte sie nur und ließ es dabei bewenden, aber heute war sie gereizt und konnte sich nicht verkneifen, missbilligend mit der Zunge zu schnalzen, als sie die Diele betraten.

Beth stieg sofort Staub in die Kehle. Ihre Mutter fuhr mit einer Fingerspitze über das Treppengeländer und zeigte Beth und ihrem Vater, wie grau ihr Finger war.

»Muss ganz in der Nähe eingeschlagen sein, um so viel Staub ins Haus zu wehen«, sagte Beth zu ihrem Vater. »Sollen wir nicht mal schauen, ob irgendjemand Hilfe braucht?«

Er nickte grimmig.

»Liebling, könntest du vielleicht ein Wort mit Nessa reden? Das ist wirklich nicht akzeptabel.« Agatha zeigte ihrem Mann wieder ihren schmutzigen Finger.

Beth stöhnte. »Um Himmels willen«, rief sie und riss die Haustür auf. »Schau mal da raus, Mum. Schau dir an, was vor deiner Nase passiert. Bomben fallen, Menschen sterben, und das Einzige, woran du denkst, ist ein bisschen Staub.«

Einen Moment lang herrschte angespanntes Schweigen, und Beth fragte sich, ob sie zu weit gegangen war. Agatha starrte auf die Straße hinaus, wo mit heulenden Sirenen gerade ein Krankenwagen vorbeiraste.

»Der Himmel ist rot«, stieß sie verwundert hervor. »Warum bloß?«

Beth wand sich innerlich. »Ich denke, es kommt von den Bränden. Die Häuser der Menschen stehen in Flammen. Du kannst den Rauch riechen.«

Agatha stieg die Stufen der Steintreppe hinauf, die zu ihrer massiven Haustür führte. Beth und ihr Vater wechselten einen besorgten Blick und folgten ihr. »Letztes Mal sind wir in die Ferien gefahren, ist das zu glauben?«, sagte Agatha leise. »Mein Vater war natürlich nicht da, und meine Mutter und ich sind zu einer Freundin gefahren, die an der Südküste lebte. Erinnerst du dich, Liebling?«

»Ja«, antwortete Geoffrey. »Ich erinnere mich, dass du mir davon erzählt hast.«

»Eines Tages war ich am Strand und las in meinem Buch. Und irgendwann, ganz allmählich, hörte ich ein dumpfes Dröhnen in der Ferne. Es dauerte eine Ewigkeit, bis mir klar wurde, was es war …« Sie brach ab.

»Was war es denn?«, fragte Beth interessiert. Ihre Mutter hatte eigentlich noch nie über den letzten Krieg gesprochen.

»Geschütze …«, antwortete Agatha, und es schüttelte sie sichtlich. »Geschütze in Frankreich.«

»Oh Gott!« Beth legte eine Hand an ihren Mund.

»Danach sind wir sofort nach Hause gefahren«, fuhr ihre Mutter fort. »Wir konnten dort nicht mehr bleiben. Aber dann waren wir daheim und in Sicherheit, und der Krieg schien wieder weit weg zu sein. Ich weiß, dass es auch damals

Luftangriffe gab, aber nicht so wie heute.« Wieder starrte sie auf die Straße. »Nicht so. Nicht direkt vor unserer Tür.«

Geoffrey legte eine Hand auf die Schultern seiner Frau. »Warum gehst du nicht nach oben und ziehst dich um?«, schlug er vor. »Nessa macht Frühstück – ich höre sie in der Küche mit Geschirr klappern –, und Beth und ich schauen uns draußen ein bisschen um.«

Agatha nickte, drehte sich ohne ein weiteres Wort um und ging die Treppe hinauf. Beth lehnte sich an den Türrahmen und sah ihren Vater an. »Sie kann einen wahnsinnig machen.«

»Stimmt«, gab ihr Vater zu. »Aber du musst Geduld mit ihr haben. Der letzte Krieg war für sie nicht einfach.«

Beth schnaubte. »Sie ist hier in London geblieben und hat ein bisschen Verbandszeug aufgerollt, während Grandpa in Frankreich gekämpft hat und du bei der Sanitätstruppe warst.«

Geoffrey bedeutete Beth voranzugehen. Am Fuß der Eingangstreppe wartete sie auf ihn und schaute sich auf der Straße um. In direkter Nähe gab es keine Bombenschäden, aber es hingen dicke Staubwolken in der Luft und trübten das Tageslicht. Und Agatha hatte recht gehabt, der Himmel war feuerrot.

»Na dann«, sagte Geoffrey, als er zu ihr trat und die Umgebung musterte. In ihrer Straße war es ruhig, doch nicht weit von ihnen hörte Beth lautes Rufen und Schreien. »Ich denke, hier ist alles so weit in Ordnung. Niemand, der Hilfe braucht.«

»Im Krankenhaus werden wir dringender gebraucht, glaube ich.«

»Da bin ich deiner Meinung.«

In diesem Moment spürte Beth eine innere Verbindung zu ihrem Vater, vielleicht zum ersten Mal in ihrem Leben. Wir halten zusammen, dachte sie.

Am Ende der Straße rumpelte ein Bus vorbei. Erstaunlich, dachte Beth, wie das Leben einfach weitergeht. Bomben fielen, und Häuser brannten, und dennoch standen die Menschen jeden Tag auf und gingen zur Arbeit, mit einer ruhigen, unaufdringlichen Kraft, die Beth ihnen nie zugetraut hätte. Auf einmal war sie zutiefst bewegt, und sie musste Tränen wegblinzeln.

»Dann ziehe ich mich jetzt mal lieber um. Ich werde ganz sicher gebraucht.« Sie wandte sich zum Gehen, aber ihr Vater hielt sie zurück, indem er eine Hand auf ihren Arm legte.

»Könntest du noch kurz nach deiner Mutter sehen? Nur um sicherzugehen, dass mit ihr alles in Ordnung ist.«

Beth nickte. Sie lief nach oben, schlüpfte eher lustlos in ihre Schwesterntracht und steckte ihr Haar auf. Dann klopfte sie an die Schlafzimmertür ihrer Eltern. Agatha hatte sich angezogen und saß jetzt vor ihrem Frisiertisch und bürstete ihr Haar.

»Rein oder raus, Beth«, sagte sie. »Nicht herumlungern.«

Beth verdrehte die Augen, trat aber in den Raum und setzte sich aufs Bett. »Ich wollte bloß nachschauen, ob es dir auch gut geht. Es muss schwer für dich sein, noch einmal so einen Krieg zu erleben.«

Agatha fing an, ihr Haar aufzustecken.

»Der Große Krieg hat deinen Großvater furchtbar mitgenommen«, sagte sie. »Er war völlig verändert und hat sich nie wirklich erholt.«

Beth hatte nur vage Erinnerungen an ihren Großvater, der meistens in einem Sessel am Fenster gesessen und so gut wie nie gesprochen hatte. Sie wusste aber noch, dass sie stets ermahnt worden war, in seiner Gegenwart leise zu sein, weil er keinen Lärm ertrug. Jetzt ging ihr ein Licht auf. »Schützengrabenschock?«, fragte sie.

»Ich glaube schon.« Agatha nahm eine Haarnadel in den Mund, während sie ihr Haar zu einem Knoten schlang. Dann steckte sie es fest und strich es glatt. »Bevor er wegging, war er ein bezaubernder Vater. Als ich klein war, hatten wir immer viel Spaß. Aber als er aus dem Krieg zurückkehrte, war er ein anderer Mensch. Ich hätte ihn nicht einmal wiedererkannt, wenn meine Mutter nicht dabei gewesen wäre.«

»War er verwundet?«

»Nicht körperlich. Aber geistig und seelisch war er nicht mehr derselbe.« Agatha betrachtete ihr Spiegelbild und wandte ihren Kopf nach links und rechts, um nach verirrten Strähnchen zu suchen. Auf einmal wurde Beth schlagartig klar, dass all das Getue wegen des Staubs und der nächtlichen Unterbringung und das Nörgeln über Nessa für ihre Mutter einfach nur eine Möglichkeit war, so zu tun, als könne sie etwas kontrollieren, das sich nicht kontrollieren ließ. Sie hatte all das schon einmal mitgemacht. Nicht nur einen schrecklichen Krieg erlebt, sondern auch das Gefühl, dass einem alles entglitt. Es war nicht leicht für sie. Für niemanden.

»Du arbeitest heute also im Krankenhaus?«, fragte Agatha und stand auf.

Beth versuchte, begeistert auszusehen, was ihr aber nicht gelang. Sie war einfach nur zu Tode erschöpft. »Ja.«

»Ich bin stolz auf das, was du leistest«, sagte ihre Mutter. Beth war gerührt. Wenn nur Paul und ihr Vater genauso empfunden hätten!

Geoffrey steckte seinen Kopf zur Tür herein und lächelte seine Frau an. »Alles gut?«, fragte er.

»Bestens.«

»Soll ich dich mitnehmen, Beth?«

Beth blinzelte vor Überraschung. Obwohl ihr Vater und sie beide im St. Catherine's arbeiteten, fuhren sie nie zusammen hin, und sie sah ihn bei der Arbeit nur selten, weil er sich meistens in seinen Büroräumen im obersten Stock aufhielt. Beth hatte manchmal den Eindruck, dass er so tat, als wäre sie gar keine Krankenschwester – als wäre es nicht real, solange er sie nicht sah. Aber in den letzten Tagen war er wieder auf den Stationen erschienen, weil jetzt jeder mit anpacken musste, und plötzlich schien er zu akzeptieren, dass seine Tochter Schwester Sanderson war.

»Das wäre sehr nett, danke.«

»Dann müssen wir jetzt los«, sagte er und zeigte auf seine Uhr. »Na, dann komm!«

Die Fahrt durch die Straßen der Stadt zeigten Beth das volle Ausmaß der Schäden, die durch die Bombardierungen der letzten Nächte entstanden waren.

»Du lieber Himmel«, hauchte sie. »Wie soll sich London davon je erholen?«

»Das wird es«, sagte ihr Vater, auch wenn er nicht ganz so überzeugt klang, wie es Beth lieb gewesen wäre.

»Jede Nacht …« Beth war den Tränen nahe. »Jede Nacht ist entsetzlich.«

Ihr Vater streckte einen Arm aus und tätschelte ihr Knie. »Ich weiß.«

Eine Weile schwiegen sie, dann sprach er wieder. »Ich habe gehört, du hast einem Burschen mit einer Bauchwunde geholfen.«

»Vor zwei Tagen. Er war nicht mein Patient. Ich war nur gerade da, als er hereinkam.« Beth runzelte die Stirn. »Woher weißt du davon?«

»Der Papierkram ist bei mir auf dem Schreibtisch gelandet, weil die Krankenschwester, die das Aufnahmeformular ausgefüllt hat, nicht wusste, aus welcher Abteilung der behandelnde Arzt war.«

Beth versteifte sich. »Dr. Campbell.«

»Richtig.«

Sie wappnete sich, um Gus zu verteidigen. Ralph war schwer verwundet gewesen, und es wäre sicherlich unehrenhaft von Gus gewesen, einfach mit anzusehen, wie der Mann verblutete. Sie öffnete den Mund, aber ihr Vater war noch nicht fertig.

»Hat er gut gemacht, wie ich höre. Der Mann hat überlebt?«

»Er ist jetzt auf der Station Robinson«, antwortete Beth, die sich insgeheim über das – wenn auch mäßige – Lob ihres Vaters wunderte. »Meine Freundin Priscilla, mit der ich die Ausbildung gemacht habe, arbeitet dort. Sie hat gesagt, dass es ihm gut geht.«

»Freut mich zu hören.« Geoffrey holte tief Luft. »Hör mal, Beth«, sagte er. »Soweit ich weiß, ist dieser Campbell ein guter Arzt. Und es war richtig von ihm, in diesem kritischen Fall einzugreifen.« Er sah sie kurz über den Rand seiner Brille hinweg an, bevor er seine Aufmerksamkeit wieder der Straße zuwandte. »Und auch du hast richtig gehandelt.«

Beth freute sich über das Kompliment und lächelte.

Sie waren auf den für ihren Vater reservierten Parkplatz gefahren. Er stellte den Motor ab und sah sie wieder an. »Campbell ist bestimmt ein netter Kerl, aber er darf nicht vergessen, dass er nicht auf den Krankenstationen arbeitet. Könnte das Krankenhaus in Schwierigkeiten bringen, wenn man sieht, dass er Patienten behandelt.«

Beth verdrehte die Augen. Sie war überzeugt, dass ihr Vater seine Meinung sehr schnell ändern würde, wenn er Gus in Aktion sähe.

»Und noch etwas, Beth. Es ist vermutlich besser, wenn du ein bisschen auf Abstand zu ihm gehst.«

Beth machte unschuldige große Augen. »Warum?«

»Na ja«, knurrte ihr Vater. »Es ist eben besser. Wenn man bedenkt, dass … Wie auch immer, ich fürchte, du musst den Heimweg allein machen. Ich habe heute Abend noch einige Besprechungen.«

Beth antwortete nicht. Ihr gefiel die Art nicht, wie ihr Vater über Gus sprach, aber sie wollte jetzt nicht mit ihm darüber streiten. Stattdessen stieg sie aus dem Auto. »Bis dann«, sagte sie kurz.

Kapitel 21

London, Ende September 1940

»Die nächste Schicht ist eingetroffen, und ich an Ihrer Stelle würde die Chance nutzen, nach Hause zu fahren«, sagte die Oberschwester später am Tag zu Beth. »Ruhen Sie sich ein bisschen aus. Wir melden uns, falls wir Sie später noch brauchen.«

Beth schaute sich auf der Station um. Die meisten Patienten waren versorgt, wenigstens fürs Erste. Sie hatte die Übergabe an die Krankenschwestern der Nachtschicht gemacht, trotzdem fiel es ihr nicht leicht, nach Hause zu gehen, obwohl weitere nächtliche Luftangriffe drohten. Aber sie erhob keine Einwände. Sie war völlig erledigt und sehnte sich nach einer gut durchschlafenen Nacht, und sie sollte sich tatsächlich so bald wie möglich auf den Heimweg machen. Es wurde allmählich dunkel, und sie wollte nicht unterwegs sein, wenn erneut die Sirenen ertönten. Sie ging ins Schwesternzimmer, nahm Häubchen und

Schürze ab und versuchte, den Blick in den fleckigen Spiegel über dem Waschbecken nach Möglichkeit zu vermeiden. Ihre Haare hingen schlaff herunter, und unter ihren Augen lagen dunkle Schatten.

Sie packte ihre Sachen zusammen und verließ das Krankenhaus in Richtung Bushaltestelle, wo sie sich müde auf die Bank fallen ließ. Von dem Bus war weit und breit nichts zu sehen. Beth legte den Kopf an die Rückwand des Wartehäuschens und schloss die Augen.

»Beth?«

Als sie aufblickte, sah sie, dass Gus vor ihr stand und sie besorgt musterte. »Sie sind doch nicht krank, oder?«

Sie rang sich ein Lächeln ab. »Nein, nicht krank, nur total erschöpft.«

Gus nickte. »Verstehe.« Er schaute die Straße hinunter und dann wieder zu Beth. »Sie hätten wohl nicht zufällig Lust, mich auf einen Drink zu begleiten? Was wir hier seit Tagen mitmachen, ist die Hölle.«

Beth, die fünf Minuten früher noch zu müde gewesen war, um aufzustehen, stellte fest, dass ihr nichts lieber wäre, als mit diesem netten, interessanten Mann in einem warmen Pub zu sitzen, Gin zu trinken und so zu tun, als wäre alles ganz normal. Sie lächelte Gus an. »Doch, sehr gern sogar.«

In einer Ecke fanden sie einen freien Tisch und setzten sich hin. Beth fiel auf, dass ein paar Leute verstohlen zu Gus blickten und andere mehrmals in seine Richtung schauten, aber niemand machte eine Bemerkung.

»Ich möchte nicht unhöflich sein, aber Sie sehen wirklich hundemüde aus«, sagte Gus mit seinem weichen jamaikanischen Akzent, den Beth so sehr mochte.

»Der Tag hatte es ganz schön in sich.«

»Die ganze Woche hatte es in sich.« Gus nahm einen Schluck Bier.

»Ist das alles nicht grauenhaft? So hatte ich es mir in der Ausbildung nicht vorgestellt.« Beth kippte ihren Gin Orange in einem Zug hinunter. »Und Sie wünschen sich wahrscheinlich, Sie wären jetzt auf Jamaika und in Sicherheit.«

Gus lächelte schwach. »Ehrlich gesagt, ich bin froh, dass ich hier bin, auch wenn das ziemlich schrecklich klingt. Endlich kann ich mich nützlich machen.«

»Dürfen Sie jetzt Patienten versorgen?«

»Aus reiner Notwendigkeit schätze ich, und nur wenn die Lage verzweifelt ist. Bis jetzt hat sich noch niemand beschwert.«

»Ich bin sicher, es interessiert die Patienten nicht, welche Hautfarbe Sie haben, solange Sie ihnen das Leben retten.«

»Es ist wegen Ralph«, sagte Gus. »Dr. Sanderson weiß, dass ich ihm geholfen habe, und er hat gesagt, ich solle mich für den Notfall zur Verfügung halten.«

Beth hätte beinahe geschnaubt. Absolut typisch für ihren Vater, so zu tun, als würde er Gus großzügig entgegenkommen, wenn in Wirklichkeit er es war, der eine Gefälligkeit brauchte. Aber dann legte Gus seine Hand auf ihre, und plötzlich konnte sie an nichts anderes mehr denken als daran, wie es sich anfühlte, seine Finger auf ihren zu spüren.

»Das ist Ihr Verdienst. Weil Sie bei mir waren und mich gedrängt haben, etwas für den Mann zu tun. Und weil ich Ralph geholfen habe, sitze ich nicht mehr in der Krankenhausapotheke fest.«

Beths Mund war wie ausgetrocknet. Sie hätte gern noch einen Drink gehabt, aber sie wollte sich nicht bewegen, weil dann Gus ihre Hand losgelassen hätte. »Sie hätten ihm auch geholfen, wenn ich nicht da gewesen wäre«, sagte sie.

»Vielleicht.« Gus drückte ihre Finger und ließ sie dann los. Beths Hand fühlte sich auf einmal kalt an. »Vielleicht auch nicht.«

Beth kam es vor, als wäre sie eine der Pflanzen in Kew, die ihre Blätter entfalteten, wenn sie von der Sonne beschienen wurden. Und sie hatte das Gefühl, in Gus' Nähe aufrechter zu sitzen.

Plötzlich zerriss das schrille Heulen der Sirenen den Zauber des Augenblicks. Beth schrak zusammen.

»Jetzt schon?«, rief sie und schaute auf ihre Uhr. »Es ist noch so früh.«

Schon beeilten sich die anderen Gäste, ihre Sachen zusammenzusammeln. Sie griffen nach Hüten, Mänteln und Taschen und eilten aus dem Pub.

»Sollen wir ins Krankenhaus zurückgehen?«, fragte Beth unsicher. Schon dröhnten über ihnen die Flugzeuge.

»Nein, wir müssen in einen Luftschutzbunker, und zwar schnell«, antwortete Gus und zog sie am Ärmel. »Los!«

»U-Bahn?«, schlug Beth vor.

Gus nickte. Sie liefen nach draußen und folgten dem

Strom Menschen in Richtung U-Bahn. Vor dem Eingang stand ein Luftschutzwart, der darauf achtete, dass das Gedränge nicht zu stark wurde und die Leute einander nicht niedertrampelten.

Beth reihte sich hinter einer Gruppe Frauen ein, die Tücher um ihre Haare geschlungen hatten. Gus legte eine Hand auf ihren Rücken, eine Geste, die sie als tröstlich empfand. Es bedeutete, dass er da war, direkt hinter ihr. Doch in dem Moment, als Beth ihren Fuß auf die erste Stufe setzte, bewegte sich Gus' Hand. Sie drehte sich um. Der Luftschutzwart hinderte Gus mit ausgestrecktem Arm am Weitergehen.

»Ich warte«, sagte sie und kehrte um, weil sie glaubte, Gus würde nur deshalb aufgehalten, um den Zustrom der Schutzsuchenden zu regulieren. Aber der Luftschutzwart schüttelte den Kopf.

»Weitergehen, Miss.«

»Wir sind zusammen«, erklärte Beth. »Ich will nur auf meinen Freund warten.«

Der Mann warf ihr einen scharfen Blick zu. »Kein Platz mehr.«

»Wie bitte?« Beth schaute auf die andere Seite des U-Bahn-Abgangs, wo immer noch Menschen hinunterströmten. »Und wo gehen diese Leute alle hin?«

Der Luftschutzwart schob sein Kinn vor. »Kein Platz mehr.«

Die Gewehre der Flak ratterten, und Beth dachte, sie hätte sich vielleicht verhört. Aber der Mann hielt immer noch seinen Arm ausgestreckt, um Gus am Betreten der

Station zu hindern. »Mach es nicht schlimmer, als es ist, Kumpel.« Als wären Gus und er Freunde, und er gäbe ihm einen guten Rat.

»Das ist unerhört«, rief Beth. Aber Gus sagte nur: »Gehen Sie ruhig, Beth.« Er stupste sie sanft in Richtung Treppe, drehte sich um und ging. Der grelle Blitz einer Detonation in der Nähe erhellte die Straße, und Beth sah seine Silhouette vor dem orangeroten Lichtschein. Gus' Schultern hingen resigniert hinab.

Ohne zu überlegen, duckte sie sich unter dem immer noch erhobenen Arm des Luftschutzwarts hindurch und rannte hinter Gus her.

»Sie sind hier nicht sicher«, sagte er, als sie ihn einholte. »Gehen Sie zurück.«

»Wir gehen woandershin. Kommen Sie!« Sie nahm seine Hand und zog ihn die Straße hinunter. »Es gibt noch einen anderen Eingang«, erklärte sie. »Da gehen wir rein.«

Über ihnen verriet ein lang gezogener Pfeifton, dass schon wieder eine Bombe fiel. Gus schubste Beth in den Eingang eines Ladens, und beide duckten sich und schützten ihre Köpfe, als die Bombe einschlug, zum Glück weiter entfernt, als sie erwartet hatten.

»Schnell!« Beths Stimme war fest, was sie überraschte, weil sie wirklich sehr große Angst hatte. »Wir rennen!«

Die Straßen waren menschenleer – jeder hatte Schutz gesucht. Beth lief zur Straßenecke. »Hier entlang«, keuchte sie. »Nur noch ein kleines Stück.«

Eine weitere Explosion, diesmal direkt vor ihnen,

tauchte die Straße in grelles Licht, und beide stießen vor Schreck einen Schrei aus. »Gleich haben wir es geschafft«, sagte Beth.

Auch vor diesem Eingang stand ein Luftschutzwart, aber er winkte sie nur hinein und eilte weiter. Beth hatte vom schnellen Laufen und von der ausgestandenen Angst Herzklopfen und lief auf sehr wackeligen Beinen die Treppe hinunter. Unten blieb sie stehen und lehnte sich an die Wand, um wieder zu Atem zu kommen.

»Sie hätten den anderen Eingang nehmen sollen«, schimpfte Gus. »Los, wir müssen weiter nach unten!«

»Ich wollte Sie nicht allein lassen.« Beth keuchte, aber Gus war kein bisschen außer Atem.

Er stieg vor ihr auf die Rolltreppe, die zum Bahnsteig hinunterführte.

Die Hitze war erdrückend, und der Geruch von Hunderten verschwitzten Menschen auf engstem Raum war mehr als unangenehm. Aber sie waren in Sicherheit, nur darauf kam es an.

»Da oben ist noch ein bisschen Platz«, bemerkte Gus. »Vielleicht können wir uns da hineinquetschen, was meinen Sie?«

Sie stiegen über eine Familie mit mehreren kleinen Kindern, die alle friedlich auf einem Stapel Mäntel schliefen, und zwängten sich in die enge Lücke. Beth lehnte sich mit dem Rücken an die Wand und zog ihren Mantel aus. »Ich denke, wir sollten es uns so bequem wie möglich machen.«

Auch Gus schälte sich aus seinem Mantel und setzte sich neben Beth.

»Lehnen Sie sich an mich«, sagte er und legte seinen Arm um sie. Beth ließ ihren Kopf müde an seine Schulter sinken. »Hier kann uns nichts passieren.«

Beth war überzeugt, dass sie die ganze Nacht kein Auge zubekommen würde, aber schließlich döste sie doch ein und schlief, wenn auch unruhig, ihr Gesicht an Gus' Schulter gepresst. Der Ellbogen irgendeines Menschen bohrte sich in ihre Seite, und jemand anders trat mit dem Fuß immer wieder an ihr Bein. Irgendwann kam es weiter unten auf dem Bahnsteig zu einer Auseinandersetzung zwischen zwei Männern, was bedeutete, dass alle ein Stück weiterrücken mussten und der Platz noch beengter wurde. Beth spürte, wie ihr der Schweiß den Rücken hinunterlief, und fragte sich, ob es möglich war, dass ein Mensch einfach schmolz, wie ein Schneemann in der Sonne.

Sie hörten die Entwarnung nicht, aber allmählich wurde es weniger eng, und Gus verlagerte leicht sein Gewicht. »Ich glaube, es ist vorbei«, murmelte er. »Die Leute brechen auf.«

Beth atmete erleichtert auf. Irgendwie schaffte sie es, sich aufzusetzen und unbeholfen auf die Beine zu kommen. Allmählich kam ihre Durchblutung wieder in Gang, und es kribbelte und pikste so heftig in ihren Beinen und Füßen, dass sie taumelte. Gus legte stützend einen Arm um sie, und sie lächelte ihn dankbar an.

Vorsichtig tasteten sie sich am Bahnsteig entlang, über schlafende Erwachsene und Kinder, Taschen und Mäntel hinweg, bis sie endlich die Rolltreppen erreichten und kurz darauf in der frischen, kühlen Morgenluft standen.

Es war sehr früh und noch dunkel, und als Beth in tiefen Zügen die belebende Luft einatmete, merkte sie, dass es bitterkalt war. Ein scharfer Wind wehte und trocknete den Schweiß an ihrem Körper. Sie fröstelte.

»Und jetzt?«, fragte Gus. »Fahren Sie nach Hause?«

Beth überlegte kurz und schüttelte den Kopf. »Welcher Tag ist heute?«, fragte sie. Zurzeit schienen alle Tage zu einem einzigen zu verschmelzen. Schlaflose Nächte und lange Schichten im Krankenhaus hatten ihr Zeitgefühl völlig durcheinandergebracht.

Gus runzelte die Stirn. »Ich bin mir nicht sicher.«

»Ich glaube, ich bin heute in Kew dran, das heißt, ich gehe jetzt ins Krankenhaus, um mich ein bisschen frisch zu machen – und notfalls auf der Station einzuspringen – und fahre dann mit dem Bus nach Kew. Ich glaube, von der U-Bahn will ich heute nichts mehr wissen.«

Gus grinste. »Kein Wunder. Ich fahre erst mal nach Hause und komme später auch nach Kew.«

Eine kleine befangene Pause entstand. Beth spürte, wie Gus und sie von zwei Menschen, die die Nacht eng aneinandergepresst verbracht hatten, wieder zu Kollegen wurden, die sich mochten und respektierten. Es war ein seltsames Gefühl, als würde man ein Paar Schuhe anziehen, die nicht ganz passten.

»Danke für letzte Nacht«, sagte sie. »Es war wirklich nett von Ihnen, auf mich aufzupassen.«

»Gern geschehen«, erwiderte Gus. Er küsste sie kurz auf die Wange. »Gern geschehen.«

Beth beobachtete, wie er auf seinen langen Beinen zügig losmarschierte. Dann drehte sie sich um und ging zurück zum Krankenhaus, um sich für den Tag zu rüsten. Sie fühlte sich ausgepumpt und müde und sehr schmutzig.

Als sie einige Stunden später in Kew eintraf, herrschte dort eine bedrückte Stimmung. Am hinteren Ende der Parkanlagen war eine Bombe eingeschlagen, deshalb waren die meisten Gärtner damit beschäftigt, den Bereich zu reinigen und irgendwie zu sichern. Daisy saß im Schrebergarten und trank Tee. Ihr Atem stieg wie kleine Wölkchen in die frostige Luft, und ihr übliches keckes Lächeln fehlte.

»Furchtbar«, sagte sie, als Beth näher kam, ohne sich lange damit aufzuhalten, Hallo zu sagen. »Ganz furchtbar. Für mich fühlt es sich so an, als wäre das komplette East End in Schutt und Asche versunken. So viele Familien haben kein Dach mehr über dem Kopf. Haben gar nichts mehr ...« Ihre Stimme bebte. »Ich bin immer so gern hergekommen, weil die Gärten so was wie eine Zuflucht vor all der Zerstörung waren. Und jetzt ist sie auch in Kew angekommen.«

Beth eilte zu ihr. »Ich verstehe, was du meinst.«

Daisy blickte zu ihr auf. »Das weiß ich.« Sie klang leicht überrascht.

»Ich habe die Nacht in einer U-Bahn-Station verbracht«, erklärte Beth, um Daisy wissen zu lassen, dass sie beide die gleichen Erfahrungen machten. »Es war schrecklich.«

»Warst du gerade unterwegs, als es losging?«

»Gus und ich waren auf einen Drink im Pub, als die Sirenen heulten.«

»Du bist mit Gus einen trinken gegangen?«

Daisys Miene verfinsterte sich, und Beth fühlte sich schuldbewusst, auch wenn sie nicht recht wusste, warum. Hastig wechselte sie das Thema. »Gibt's noch ein bisschen Tee?«

Daisy schüttelte die Thermoskanne. Beth konnte hören, wie die Flüssigkeit in der Kanne hin und her schwappte, aber Daisy schüttelte den Kopf. »Nee.«

Eine Pause entstand. Die Atmosphäre war schlagartig abgekühlt. Aber gerade als Beth sich für das, was auch immer sie falsch gemacht haben mochte, entschuldigen wollte, redete Daisy weiter. »Letzte Nacht war wirklich schlimm, was?«, sagte sie bedrückt. »Hat mich auf die Idee gebracht, dass wir unbedingt möglichst viele Leute ermutigen sollten, einen Unterstand zu bauen, falls sie noch keinen haben. Gestern Morgen sind Mum und ich vom Hilfszentrum nach Hause gegangen – du weißt schon, diese Einrichtung, wo sie Familien helfen, die ausgebombt wurden?«

Beth nickte, und Daisy fuhr fort: »Wir sind an einem Bombentrichter vorbeigekommen. Überall Trümmer und Rauch und Glasscherben. Die Häuser waren total zerstört. Aber unter all dem Schutt konnten wir die kleinen Erhebungen sehen, wo Bunker drunter waren, und ich wusste, dass all die Leute, die da drinnen die Nacht verbracht hatten, ungeschoren davongekommen sind.«

Beth sah Daisy an, wie erschüttert sie war. »Dann erzähl

das den Leuten gleich heute. Du musst ihnen einschärfen, wie wichtig so ein Bunker ist.«

»Mach ich.« Daisy verzog das Gesicht. »Wer hätte gedacht, dass aus mir noch mal eine begeisterte Anhängerin des Anderson-Unterstands wird?«

Daisy goss aus der Kanne etwas Tee in einen Becher und reichte ihn Beth. Beth nahm ihn dankbar an. Eine Weile saßen sie schweigend da und tranken Tee, dann machten sie sich an die Arbeit, buddelten und pflanzten und sprachen mit den Menschen, die sich um den Schrebergarten versammelt hatten. Daisy machte mit einigen Besuchern eine kleine Führung durch den Unterstand und erklärte in so einfachen, leicht verständlichen Worten, wie stabil diese Konstruktion war, dass Beth nur den Hut ziehen konnte.

Sie gaben gerade einen ihrer albernen kleinen Auftritte zum Besten, bei dem Beth zur Erheiterung der Besucher so tat, als wüsste sie nicht, wie man Kartoffeln anbaut, und Daisy erklärte, wie leicht das ginge, als Beth bemerkte, dass Will, der Chefgärtner, in der Nähe stand. Sein Anblick beunruhigte sie. Seit Daisy und sie in Kew arbeiten, ließ er ihnen im Großen und Ganzen freie Hand. Gelegentlich kam er auf einen Sprung vorbei und nickte ihnen anerkennend zu, aber meistens überließ er es ihnen, die Direktiven des Landwirtschaftsministeriums zu befolgen. Jetzt hingegen stand er da und beobachtete das Geschehen. Seine scharfen Augen wanderten von den Leuten, die zuschauten, zu Daisy und Beth und wieder zurück.

»Da drüben steht Will«, raunte sie Daisy halblaut zu. Daisy zog eine Augenbraue hoch.

Sie beendeten ihr kurzes Gespräch über den Anbau von Kartoffeln und ernteten zu Beths Freude einen kräftigen Applaus der Zuschauer. Als sie verstohlen zu Will spähte, stellte sie fest, dass er grinste, und atmete erleichtert auf.

»Meine Damen«, begrüßte er sie, als er zu ihnen trat und in die Hände, die noch in seinen Gartenhandschuhen steckten, klatschte. »Gute Arbeit. Wirklich gut. Ich wusste, dass Huw sehr zufrieden mit Ihnen ist, aber bis jetzt war mir nicht klar, wie toll das hier läuft.«

Beth strahlte Daisy an, die vor Stolz errötete. »Wir sind eben ein gutes Team.« Das war wirklich nett von ihr, fand Beth, wenn man bedachte, dass es Daisy war, die ihr ganzes Wissen einbrachte. Sie selbst tat nur, was man ihr sagte.

»Ich habe aufregende Neuigkeiten«, fuhr Will fort. »Das Ministerium ist so begeistert von dem, was Sie hier leisten, dass sie Sie in die Wochenschau bringen wollen.«

Beth starrte ihn an. »In die Wochenschau? In die, die in den Kinos läuft?«

»Genau die.« Will lachte. »Schließlich war das die ganze Zeit das Ziel: mehr Publicity für die Kampagne *Dig for Victory*. Aber niemand hat erwartet, dass der Mustergarten derart einschlagen würde. Das ist eindeutig Ihr Verdienst.«

Beth wechselte einen Blick mit Daisy. Die Wochenschau!

»In ein paar Wochen soll hier gefilmt werden«, sagte Will. »Es ist ein Team von Pathé News, die Leute wissen also, was sie tun.«

»Von Pathé?«, erkundigte sich Beth mit schwacher Stimme. »Du meine Güte!«

Daisy war ganz blass geworden. »Und was genau sollen wir machen?«

»Dasselbe, was Sie auch sonst immer tun«, entgegnete Will. »Mit den Besuchern reden, Ihr Wissen weitergeben, sich so witzig und charmant präsentieren, wie Sie sind.«

»Was ist, wenn uns absolut nichts einfällt, was wir sagen sollen?«

»Vielleicht könnten Sie im Voraus ein paar Sachen einüben, eventuell sogar ein Script schreiben. Hauptsache, es ist informativ und unterhaltsam.«

»Informativ und unterhaltsam«, wiederholte Beth. »Genau.«

»Sie sollten Ihre Arbeitskleidung tragen, um Haare und Make-up kümmern sich die Leute von Pathé News«, fuhr Will fort, während er stirnrunzelnd ein Blatt Papier betrachtete, das er in der Hand hielt. »Hier stehen alle Details.«

Er reichte das Blatt Daisy, die immer noch sorgenvoll die Stirn runzelte.

»Dann kann ich Huw also sagen, dass Sie an Bord sind?«, fragte Will.

Eine Pause entstand.

»Kommen Sie schon! Sie machen Ihre Sache großartig. Jeder sollte das erfahren. Es ist eine wunderbare Gelegenheit, die Lebensgeister der Nation zu wecken.«

Beth sah Daisy an, Daisy sah sie an, dann nickten beide.

»Wir sind an Bord«, sagte Beth.

Will eilte erfreut davon, um Mr Davies zu informieren, während Beth und Daisy sich mit einem nervösen Lachen auf ihre Liegestühle fallen ließen.

»In der Wochenschau?«, fragte Beth. »Meine Güte. Weißt du was, Daisy, ich hole uns noch ein bisschen Tee, ja?«

Daisy antwortete nicht, und als Beth zu ihrer Freundin hinüberschaute, sah sie zu ihrem Entsetzen, dass sie vornübergebeugt auf dem Liegestuhl saß, den Kopf zwischen den Knien.

»Du lieber Gott, Daisy«, keuchte sie. »Alles in Ordnung?«

»Nur ein bisschen schwindelig«, murmelte Daisy.

Beth wurde sofort zur Krankenschwester. Sie half Daisy, sich aufzusetzen, und legte eine Hand auf ihre Stirn, die kalt und klamm war, fühlte ihren Puls und gab ihr einen Schluck Wasser. Dann breitete sie ihren Mantel auf dem staubigen Boden des Anderson-Unterstands aus und half Daisy, sich hinzulegen.

»Damit du nicht auf den Boden fällst, falls du ohnmächtig wirst«, erklärte sie, während sie Daisys Füße auf einen Blumentopf hob. »Bleib schön ruhig liegen, bis es dir besser geht. Hast du heute schon was gegessen?«

»Ja«, sagte Daisy.

»Ist so was schon mal passiert?«

Daisy antwortete nicht.

»Daisy? Ist das schon mal passiert?«

»Einmal«, gab sie zu. »Na schön, eigentlich zweimal. Vielleicht dreimal. Ich bin einfach müde, Beth. Ich fühle mich völlig ausgelaugt.«

»Du brauchst dringend Ruhe«, sagte Beth streng. »Ich finde es praktisch unmöglich, während der Luftangriffe richtig zu schlafen, und bei euch im East End ist es noch schlimmer. Warum fährst du nicht nach Hause und legst dich ein bisschen hin? Ich kann hier die Stellung halten, und vielleicht geht es dir morgen früh schon besser.«

Sie dachte, Daisy würde widersprechen – das tat sie fast immer –, aber stattdessen lächelte sie nur. »Das wäre toll. Macht es dir wirklich nichts aus?«

»Natürlich nicht.« Es muss ihr wirklich miserabel gehen, wenn sie bereit ist, früher heimzufahren, dachte Beth beunruhigt. »Geh sofort zu Bett, ja?«

Sie half Daisy beim Aufstehen und suchte ihren Hut und Schal, während Daisy in ihren Mantel schlüpfte. »Du musst morgen nicht kommen, wenn du dich nicht wohler fühlst«, fügte sie hinzu. »Der Schrebergarten wird auch einen Tag ohne dich überstehen.«

Daisy war zwar immer noch sehr blass, wirkte aber schon ein bisschen munterer. Sie grinste Beth an. »Morgen bin ich wieder da«, sagte sie. »Wir müssen uns doch auf die Leute von der Wochenschau vorbereiten.«

Erleichtert, dass ihre Freundin sich anscheinend schon ein wenig erholt hatte, versetzte Beth ihr einen sanften Schubs. »Ab mit dir. Bis morgen!«

Kapitel 22

London, Ende Oktober 1940

»Wir haben immer noch ganz schön viel zu tun, bevor die Leute von der Wochenschau kommen, aber es geht voran«, erzählte Daisy ungefähr einen Monat später ihren Eltern beim Frühstück. »Wir wollen was für ein Weihnachtsmahl vorbereiten und den Leuten zeigen, welches Gemüse sie anpflanzen können, das man im Winter ernten kann.« Sie machte eine Pause und warf ihrem Vater über ihren Teebecher hinweg einen bittenden Blick zu. »Wir haben Kartoffeln und Karotten, aber noch keinen Rosenkohl und auch keine Pastinaken. Ich dachte, vielleicht …«

»Ihr wollt Gemüse aus der Gärtnerei?« Jim runzelte die Stirn. »Bin mir nicht sicher, ob die Sachen schon reif sind. Was meinst du, Ivy?«

»Könnte hinhauen, wenn wir sie in Töpfe setzen.«

Daisy grinste. Für sie war das gut genug. »Kann ich sie heute Abend holen kommen?«

»Jaja, ich kümmere mich drum«, versprach Jim. Er tat so, als wäre er verärgert, aber Daisy durchschaute ihren Vater. »Na los, Poppy. Komm in die Gänge.«

Poppy stieß einen theatralischen Seufzer aus, rührte sich aber nicht.

»Poppy«, sagte Jim warnend.

Sichtlich ungern entknotete Poppy ihre langen, schlaksigen Beine und stand im selben Moment auf, als es an der Tür klopfte. Alle schauten sie erwartungsvoll an, und sie seufzte. »Na gut, ich geh ja schon.«

Daisy griente in sich hinein, als ihre Schwester aus der Küche schlurfte.

»Und diese Leute von der Wochenschau machen dir auch die Haare zurecht, sagst du?«, fragte Ivy verwundert. »Eine richtig schicke Frisur?«

»Da wünsche ich ihnen viel Glück.« Jim streckte eine Hand aus und fuhr Daisy durchs Haar, und sie duckte sich lachend weg, wie sie es schon als kleines Mädchen gemacht hatte. Dann blickte sie auf und sah Poppy in der Küchentür stehen. Ihr Gesicht war weiß wie die Wand.

»Was ist denn?«, fragte Ivy.

Poppy sagte kein Wort, sondern trat zur Seite. Hinter ihr in der Diele, gleich bei der Haustür, stand Malcolm, der Telegrafenbote.

Ivy und Jim sprangen gleichzeitig auf. Ivys Hand fuhr an ihre Kehle. »Ist es Archie?«, fragte sie. »Mein Archie?«

Aber Malcolm sah nicht Ivy an. Sein Blick ruhte auf Daisy.

Daisy wurde schwindelig, und sie schloss die Augen.

Sie hörte, wie jemand ihren Namen nannte, aber sie hätte nicht sagen können, ob es ihr Vater oder Poppy oder sogar Malcolm war. Sie holte tief Luft und öffnete die Augen, dann stand sie langsam, aber entschlossen auf und ging zu Malcolm, den Blick unverwandt auf ihre Füße gerichtet. Sie trug dicke Socken, weil es in Kew tagsüber eisig war und sie immer kalte Zehen hatte. Es war, als würde sie sehen, wie die Füße von jemand anderem die wenigen Schritte von der Küche in die Diele machten. Wie konnten ihre Füße sich bewegen, auch wenn sie es gar nicht wollte? Sie wollte nicht zu Malcolm gehen. Sie wollte nicht den Umschlag entgegennehmen, den er ihr hinhielt. Und doch stand sie jetzt vor ihm, nahm den Umschlag, öffnete ihn und las die unfassbaren Worte vom Luftfahrtministerium:

> *Zu unserem größten Bedauern müssen wir Ihnen mitteilen, dass Ihr Ehemann, Fliegeroffizier Rex J. Cooper, im Zuge einer militärischen Aktion über Deutschland am 20. Oktober 1940 ums Leben kam.*

Daisy presste die Lippen fest zusammen und nickte.

»Tut mir sehr leid«, murmelte Malcolm und schob sich rückwärts zur Tür hinaus.

Daisy beobachtete, wie er auf sein Rad stieg und die Straße hinunterfuhr, wobei er einen Bogen machte, um einem Schutthaufen auszuweichen. Dann schloss sie die Haustür und stand einen Moment in der Diele, das Telegramm mit beiden Händen fest umklammernd.

»Daisy?« Poppy saß auf der Treppe, das Gesicht tränennass.

Daisy sah sie an. Es fiel ihr schwer zu verstehen, warum ihre Schwester dort in ihrer Schuluniform auf den Stufen hockte, die Gasmaske über eine Schulter geworfen, die Schultasche in der Hand. Wie konnte sie seelenruhig hier sitzen, wenn nichts je wieder so sein würde, wie es einmal war?

Sie wandte den Blick von ihrer Schwester ab und starrte erneut das Telegramm an. Das Luftfahrtministerium sprach ihr sein tief empfundenes Mitgefühl aus. Auch das verstand Daisy nicht. Wer waren diese Leute? Sie hatten Rex nicht gekannt. Warum sollten sie ihr Mitgefühl ausdrücken, und warum sollte ihr etwas daran liegen?

»Daisy?« Ihre Mutter stand bei ihr, das Gesicht verzerrt vor Kummer. »Komm, setz dich, Liebes.«

Daisy ließ sich von Ivy ins Wohnzimmer führen, wo sie mit dem Telegramm in der Hand dastand, bis jemand, wahrscheinlich ihr Vater, es ihr aus der Hand nahm und ihre Mutter sie sanft aufs Sofa zog.

»Es tut uns ganz furchtbar leid, Daisy«, sagte Ivy.

Sie konnte die Worte hören; sie wusste, dass sie gesprochen wurden, aber irgendwie schienen sie nicht in ihren Kopf durchzudringen. Rex war tot. Der schlimmste aller Albträume war wahr geworden. Poppy saß weinend auf der Treppe, und Ivy wischte sich Tränen aus den Augen. Jim hatte tröstend einen Arm um Daisys Schultern gelegt, doch selbst das ergab nicht einmal einen Sinn. Daisy fühlte absolut nichts.

»Bekommen Rex' Eltern auch ein Telegramm?«, fragte sie ihren Vater.

Er machte ein betroffenes Gesicht und nickte dann. »Ja, mit Sicherheit.«

»Gut. Sie müssen es wissen.«

»Ja.«

»Dad, könntest du das bitte irgendwo für mich gut aufheben?« Daisy zeigte auf das Telegramm, das ihr Vater jetzt in der Hand hielt. »Ich werde es wahrscheinlich brauchen.«

Ohne ein Wort zu sagen, legte Jim den Umschlag in den Schreibtisch neben dem Kamin. Daisy nickte zufrieden, trommelte mit den Fingerspitzen auf ihre Knie und stand dann auf.

»Wo willst du denn hin?«, fragte Ivy. Ihre Stimme war tränenerstickt, und fast beneidete Daisy sie um diesen hörbaren Beweis von Trauer.

»Zur Arbeit.«

»Liebes, du musst heute nicht arbeiten.«

»Warum nicht?«

Ivy starrte sie bestürzt an. »Weil Rex gefallen ist, mein Schatz. Er ist tot.«

Daisy nickte. »Ich weiß.«

Alle Blicke ruhten auf ihr, als sie in die Diele ging und ihren Mantel anzog. Daran werde ich mich immer erinnern, dachte sie. Dass sie hier an dieser Stelle gestanden hatte, als sie erfuhr, dass ihr Mann ums Leben gekommen war.

»Es tut mir so schrecklich leid, Daisy«, stieß Poppy hervor. Sie saß immer noch auf der Treppe, und immer noch liefen ihr Tränen übers Gesicht.

»Ist nicht deine Schuld.« Daisy versuchte, ihre Schwester anzulächeln, aber ihre Lippen wollten sich einfach nicht verziehen. Sie nahm ihren Schal vom Bügel, schlang ihn um ihren Hals und setzte eine Mütze auf. »Ich gehe jetzt zur Arbeit.«

Sie öffnete die Haustür und trat hinaus. Sie fühlte den eisigen Wind auf ihren Wangen und den Staub vom Luftangriff der vergangenen Nacht in ihren Augen. Auf der anderen Straßenseite brannte es, und Feuerwehrmänner waren damit beschäftigt, die Flammen zu löschen. Zwei kleine Kinder schmiegten sich an eine weinende Frau. Sie sollte ins Hilfszentrum gehen, dachte Daisy. Dort würde man ihr helfen. Sie machte einen Schritt auf die kleine Gruppe zu, um der Frau zu sagen, wo sie Hilfe finden würde, blieb aber stehen, als jemand sie am Arm packte.

»Daisy.« Sie drehte sich um und sah ihre Mutter vor sich. Ivy hielt ein Paar Stiefel in der Hand. »Die wirst du brauchen.«

Daisy senkte langsam den Kopf und stellte fest, dass sie in ihren Wollsocken auf dem Bürgersteig stand.

»Ach herrje … wie dumm von mir.« Sie fing an zu lachen, obwohl es gar nicht besonders komisch war, und dann lachte sie plötzlich nicht mehr, sondern weinte, schluchzte so herzzerreißend, dass sie sich vor Schmerzen krümmte.

»Komm wieder rein«, sagte Ivy. »Komm mit, mein Liebes. Wir kümmern uns um dich.«

Kapitel 23

London, Ende Oktober 1940

Daisy schlief fast den ganzen Tag. Nur manchmal wurde sie wach, wenn sie unten im Haus Stimmen hörte oder Ivy zur Tür hereinspähte, um nach ihr zu sehen. Sie war dankbar, dass ihre Eltern alles in die Hand genommen hatten. Sie konnte sich nicht vorstellen, anderen Leuten zu erzählen, dass Rex gefallen war, konnte sich nicht vorstellen, die furchtbare Wahrheit auszusprechen.

Jedes Mal, wenn sie aufwachte, wurde ihr bewusst, dass Rex tot war, dass sie nie wieder sein geliebtes Gesicht sehen, nie wieder sein Lachen hören würde, und sofort strömten ihr die Tränen aus den Augen, und sie vergrub ihr Gesicht im Kissen und weinte sich in den Schlaf.

Das bedeutete natürlich, dass Daisy am Abend, als sich die Familie in den Anderson-Unterstand zurückzog, um dort zu übernachten, überhaupt nicht einschlafen konnte, sosehr sie sich auch wünschte, sie könnte einfach die Decke über den Kopf ziehen und die Welt aussperren. Jim blieb an diesem Abend zu Hause, bis Ivy und die Mädchen sicher im Bunker untergebracht waren, und machte sich dann erst auf den Weg, um seinen Pflichten als Luftschutzwart nachzukommen. Poppy und Ivy schliefen bald ein, aber Daisy lag zusammengerollt unter ihrer Bettdecke und wartete.

Aber der Schlaf wollte und wollte nicht kommen. Die Bomben waren ohrenbetäubend laut wie immer, trotzdem schliefen Ivy und Poppy weiter. Vermutlich waren sie nach den seelischen Belastungen dieses Tages am Ende ihrer Kraft.

Daisy setzte sich auf ihrer harten Matratze auf und schlang die Arme um ihre Knie. Sie spürte die Bodenerschütterungen, als ringsum die Bomben einschlugen, und fragte sich, was Rex gefühlt hatte, als er starb. War er abgeschossen worden? War sein Flugzeug abgestürzt? Hatte er sich gefürchtet? Hatte er gewusst, was auf ihn zukam? Hatte er Schmerzen gelitten?

Sie erstickte ein Schluchzen in ihrem Ärmel und rieb sich die Augen, während sie versuchte, die Erinnerung an den Tag heraufzubeschwören, als sie Rex auf dem Bahnhof Lebewohl gesagt hatte, an jedes einzelne Wort. Hatte sie ihm gesagt, dass sie ihn liebte? Sie wusste es nicht. Hatte er gewusst, wie stolz sie auf ihn gewesen war? Sie konnte sich einfach nicht erinnern. Ihr Herz raste, und sie schnappte nach Luft, als ihr bewusst wurde, dass sie sein Gesicht nicht mehr vor Augen hatte. Nicht wirklich. Sie sah seine Luftwaffenuniform vor sich und sein Haar, das unter dem blaugrauen Schiffchen hervorlugte. Aber wie viele Sommersprossen hatte er auf seiner Nase gehabt? Wie hatten die kleinen Lachfältchen um seine Augen ausgesehen? Sie presste eine Hand an ihre Brust, um ihre Atmung zu beruhigen. Sie wusste es nicht. Sie konnte sich nicht erinnern. Sie hatte natürlich Fotos, aber die waren alle in ihrem Zimmer.

Sollte sie die Bilder holen gehen? Der Bombenhagel schien auf einmal weniger schlimm, als nicht zu wissen, wie Rex ausgesehen hatte, wenn er lächelte.

War es riskant, schnell ins Haus und wieder zurück zu laufen? Höchstwahrscheinlich. Na, wenn schon, dachte Daisy. Ihre eigene Sicherheit war ihr im Moment ziemlich egal.

Lautlos glitt sie vom Stockbett und huschte zur Tür des kleinen Bunkers. Ivy und Poppy schliefen weiter, als Daisy die Tür einen Spalt aufstieß, sich hinausquetschte und die Tür wieder hinter sich schloss. Ob sie sich selbst in Gefahr brachte, interessierte sie zwar nicht, aber sie wollte nicht, dass ihre Familie zu Schaden kam.

Die Nacht war frisch. Daisy trug einen alten Schlafanzug von Archie und dicke Socken an den Füßen, weil es im Unterstand kalt war, aber gegen den eisigen Wind half das wenig. Die Bäume waren schon seit Wochen kahl, weil sämtliches Laub von den Detonationen weggeblasen worden war, aber jetzt war es wirklich Herbst geworden. Daisy fröstelte, aber eigentlich gefiel es ihr, die kühle Nachtluft auf ihren bloßen Armen zu spüren. Der Himmel war von den orangeroten Lichtern und den Mündungsfeuern der Flugabwehrgeschütze hell erleuchtet, und die Luft war dicht mit Rauch geschwängert. Daisy sah sich wie gebannt um, und statt durch den Garten zu laufen und ins Haus zu gehen, huschte sie zum Gartentor und trat auf die Straße hinaus.

Der Boden bebte unter ihren Füßen, als sie auf dem Bürgersteig stand und dieses Werk der Zerstörung betrachtete. Ein Stück weiter vorn fiel ein Haus in sich zusammen wie eine Sandburg beim Steigen der Flut, und eine Rauchwolke stieg auf. Daisy spürte den Staub in ihren Augen und in ihrer Kehle. Aber sie rührte sich nicht. Wie gelähmt stand sie da und beobachtete mit einer geradezu morbiden Faszination, wie sich die Welt ringsum, die ihr einmal so vertraut gewesen war, dass sie sich mit verbundenen Augen zurechtgefunden hätte, bis zur Unkenntlichkeit veränderte.

Weit oben über den Häusern zogen Flugzeuge über den Himmel. Daisy hob den Kopf und sah eine endlose Reihe von Bomben fallen, eine, zwei, drei … Sie sah, wie sie nach unten sanken, und hörte das Krachen und Heulen, wenn sie in der Nähe einschlugen. Der Lärm war ohrenbetäubend, und bei jeder Detonation hämmerte ihr Herz, aber sie blieb, wo sie war.

Zwischen den Bombeneinschlägen hörte sie Sirenen und gelegentliches Rufen, und nach jeder Explosion eine beklemmende Geräuschlosigkeit, als würde die Zeit einen Moment lang still stehen. Alle ihre Sinne schienen geschärft wie nie zuvor zu sein. Sie konnte so viel sehen und hören, sie konnte den Rauch riechen und den Staubfilm – war es Gas? – in der Nachtluft fühlen. Jetzt fing es an zu regnen, und sie spürte die Feuchtigkeit auf ihren Armen und in ihrem Haar. Gut für die Feuerwehr, dachte sie. Und als hätte sie jemand mit kaltem Wasser übergossen und damit aus einem Albtraum herausgerissen, wurde ihr plötzlich klar, wie dumm es von ihr war, mitten während eines Luftangriffs draußen auf der Straße zu stehen. Sie wollte gerade umkehren, als ein lautes Zischen ertönte. Daisy taumelte nach hinten, und alles wurde schwarz vor ihren Augen.

Als sie aufwachte, lag sie in einem weißen Raum, der vage vertraut schien, auf einer Krankentrage. Sie setzte sich auf. Ihr Kopf tat weh, und als sie vorsichtig ihr Haar berührte, ertastete sie eine dicke Beule.

»Nicht aufstehen«, sagte eine Stimme. In der Tür stand ein Mann. Er war älter als sie, eher im Alter ihrer Eltern, und er trug einen abgewetzten weißen Kittel und ein Stethoskop um den Hals. Er sah sehr müde aus. Daisy schämte sich. Dieser Arzt sollte Menschen helfen, die wirklich Hilfe brauchten, nicht ihr, einer jungen Frau, die sich leichtsinnig in Gefahr begeben hatte.

»Wo bin ich?«

»Im Gemeindezentrum in der Poplar Street.«

»Meine Mum arbeitet ehrenamtlich hier«, sagte Daisy. Kein Wunder, dass ihr die Umgebung bekannt vorkam. »Was ist passiert?«

»Die Hauptleitung der Gaswerke hat einen Treffer abbekommen.« Die Stimme des Mannes klang, als wäre das nichts Außergewöhnliches. »Gott sei Dank nicht da, wo Sie gestanden haben, aber die Druckwelle hat Sie erwischt und umgehauen. Sie werden ein, zwei Tage Kopfschmerzen haben, ansonsten ist mit Ihnen alles in Ordnung.« Er machte eine Pause. »Und Ihrem Baby geht's auch gut.«

Daisy starrte ihn an. Ihrem Baby?

Einen Moment lang brachte sie kein Wort heraus, und der Arzt, der sich über seine Unterlagen gebeugt hatte, blickte auf. »Sie erwarten ein Kind.«

Daisy presste ihre Lippen aufeinander.

»Das wussten Sie nicht?«

Daisy dachte daran, wie oft ihr schwindelig und übel gewesen war. Nicht eine Sekunde war ihr der Gedanke gekommen …

»Wie weit bin ich?«

»Nach meiner Einschätzung mindestens im siebten Monat«, sagte der Arzt. »Vielleicht ein bisschen weiter.«

Daisy kam sich unglaublich dumm vor. Wie hatte ihr das entgehen können?

»Sind Sie sicher?«

»Absolut.« Er runzelte die Stirn. »Sie wussten nichts davon?«

Daisy ließ ihre Hand ganz langsam zu ihrem Bauch wandern. Er fühlte sich unter Archies altem Schlafanzug rund und straff an. Sie schüttelte den Kopf.

»Sie hatten nicht die geringste Ahnung?«, fragte der

Doktor. Er musterte sie ein bisschen strafend, als hätte sie ihn enttäuscht.

Hatte sie etwas geahnt? Daisy überlegte kurz und stellte fest, dass sie sehr wohl einen gewissen Verdacht gehabt, ihn aber einfach ignoriert hatte. »Doch, vielleicht«, räumte sie ein. »In letzter Zeit ist es mir nicht so gut gegangen.«

Der Arzt schenkte ihr ein mitfühlendes Lächeln. »Und der Mann ist an der Front, nicht wahr?«

Daisy nickte.

»Ich wette, er wird aus dem Häuschen sein, wenn Sie es ihm erzählen. Dann hat er etwas, was ihm Halt gibt, stimmt's?«

Einen Moment lang malte Daisy sich aus, Rex die große Neuigkeit in ihrem nächsten Brief mitzuteilen. Er würde ihn lesen und vor Stolz strahlen und es all seinen Freunden erzählen. Aber dann holte die grauenhafte Wirklichkeit sie ein, als ihr einfiel, dass es dafür zu spät war. Rex würde nie erfahren, dass sie ein Kind von ihm erwartete. Sie würde ihm die Neuigkeit nie erzählen können. Ihm nie etwas geben können, worauf er sich freuen konnte. Denn Rex war tot. Hastig nahm sie die Hand von ihrem gewölbten Bauch.

»Ich muss los«, sagte sie. »War schon Entwarnung?«

»Ja, aber ich bin der Meinung, Sie sollten warten, bis jemand Sie abholen kommt.« Der Arzt sah sie besorgt an. »Kann ich jemanden für Sie anrufen?«

Daisy fragte sich, ob ihre Mutter gemerkt hatte, dass sie weg war. Ivy würde vor Angst durchdrehen. Sie dachte an ihren Vater, der während der Angriffe die ganze Nacht arbeitete, daran, wie sehr es ihn aufregen würde, wenn er wüsste, dass seine Tochter mitten im Bombenhagel herumspaziert war.

»Ich muss los«, sagte sie wieder. Sie stand ein bisschen unsicher auf und zog Archies weites Pyjamaoberteil über ihren Bauch. Auf einmal wurde ihr bewusst, dass sie schon seit Wochen Kleidung anzog, um jedes Anzeichen einer Schwangerschaft zu verbergen. »Vielen Dank.«

Sie ging an dem Arzt vorbei auf den Flur und durch die Tür hinaus in den Rauch und die Flammen der Morgendämmerung von East London.

Kapitel 24

Kent, November 1940

Louisa hatte jetzt jeden Tag viel um die Ohren, und sie fand es himmlisch! Schon wenige Tage nachdem sie die Aufgabe übernommen hatte, landesweit die Frauenvereine dafür einzuspannen, die Pflanzen, die in Kew gebraucht wurden, anzubauen und zu ernten, hatte sie feststellen müssen, dass das kleine Gästezimmer in ihrem Cottage nicht genug Platz bot. Deshalb hatte sie im Ort herumgefragt und erfahren, dass der Dorfarzt an seinem weitläufigen Haus am anderen Ende des Dorfs einen zusätzlichen Raum angebaut hatte, um dort zu praktizieren. Seine ehemalige Praxis, ein bescheidenes Häuschen gleich neben dem Pub, stand leer. Im Erdgeschoss gab es zusätzlich zum Behandlungsraum einen kleinen Empfangsbereich und im oberen Stock eine Wohnung, die der Arzt als Lagerraum genutzt hatte. Es war genau das, was Louisa brauchte, und der Arzt hatte ihr die Räumlichkeiten für eine symbolische

Miete überlassen. Louisa zog sofort ein, stellte Regale auf und hängte Landkarten an die Wände. Ein ausgesprochen angenehmer Zeitvertreib, fand sie.

Sie hatte sich einiges an Wissen über Heilpflanzen angeeignet, auch wenn dafür natürlich das Vegetable Drugs Committee verantwortlich war. Das Thema war faszinierend. Obwohl sie schon vorher eine Menge über Pflanzen wusste, hatte sie viel dazugelernt. Über die Forschungsergebnisse in Kew wurde sie regelmäßig informiert. Es freute Louisa, dass auch Beths Name in den Unterlagen erwähnt wurde. Sie hatte den Vorschlag gemacht, sich auf Schlafmittel zu konzentrieren – eine großartige Idee, dachte Louisa –, und daher war die erste Pflanze, die gebraucht wurde, Baldrian.

Louisa hatte recherchiert, in welchen Teilen des Landes Baldrian am häufigsten in freier Natur vorkam, und sich mit den dortigen Frauenvereinen in Verbindung gesetzt. Die Frauen in diesen Einrichtungen hatten sich förmlich auf die Chance gestürzt, sich an dem Projekt zu beteiligen, und konnten es kaum erwarten, mit dem Pflücken der Pflanzen zu beginnen. Noch war es nicht so weit – der Winter war nicht die geeignete Jahreszeit, um in den Hecken nach Kräutern zu suchen –, aber im Handumdrehen würde es Frühling, und Louisa war entschlossen, perfekt vorbereitet zu sein. Ihr war durchaus bewusst, wie wichtig die Aufgabe war, die sie übernommen hatte, und sie würde ihre Sache gut machen.

Sie räumte gerade ein paar ihrer Gartenbücher in ihr

neues Regal – sie hatte es selbst aufgestellt und war sehr stolz darauf –, als es an ihrer Bürotür klopfte. Behutsam schob sie ihre geliebte Ausgabe des Buchs *Mein Gartenjahr*, ein Geschenk ihres guten Freunds Bernie, ins Fach und eilte durch den Empfangsbereich zur Tür. Ein paar Topfpflanzen wären vielleicht ganz nett, dachte sie, als sie sich in dem ziemlich tristen und abgewohnten Raum umschaute. Sie würden ein bisschen Farbe und Leben ins Haus bringen.

Sie öffnete die Tür. Vor ihr stand Mrs Worthing vom Postamt. Sie hielt ein Telegramm in der Hand. Louisas Magen krampfte sich zusammen, und sie musste sich am Türrahmen festhalten.

»Ist es Chris?«, stammelte sie. »Ist er …?«

Mrs Worthing klopfte Louisa beruhigend auf den Arm. »Hab ich mir gedacht, dass Sie das denken würden. Deshalb bin ich selbst gekommen, statt meinen Kenny zu schicken.« Sie hielt ihr das Telegramm hin. »Ist nichts Offizielles.«

Louisa griff benommen nach dem Umschlag und schlitzte ihn auf. Die Nachricht war von Ivy. Sie hatte ihr noch nie telegrafiert. Wahrscheinlich hat Jim ihr beim Buchstabieren geholfen, dachte Louisa.

Rex im Einsatz gefallen. Daisy verzweifelt.

»Oh!« Louisa legte eine Hand an ihren Mund. »Oh nein!«

Sie schwankte leicht, und Mrs Worthing fasste sie am Ellbogen, um sie zu stützen. »Gehen wir lieber rein.«

Sie schob Louisa in den Warteraum und drängte sie sanft

in einen der zerschlissenen Sessel. »Gibt's hier einen Wasserkessel?«

Louisa, die erst am Vortag einen winzigen Petroleumkocher und einen Kessel gekauft hatte, schaute zu dem Tisch unter dem Fenster, auf dem die Sachen neben einigen angeschlagenen Bechern, einer Kanne, einer Teebüchse und einer Zuckerschale standen.

»Milch?«, fragte Mrs Worthing.

»Auf dem Fensterbrett.« Arme, arme Daisy, dachte Louisa. Rex und sie hatten keine Zeit für eine Ehe gehabt. Wie grausam der Krieg doch war.

Mrs Worthing goss rasch eine Kanne auf und setzte sich zu Louisa, während der Tee zog. Sie fragte nicht nach dem Inhalt des Telegramms, aber Louisa erzählte es ihr trotzdem.

»Meine Patentochter hat ihren Mann verloren.« Sie wollte das Wort »tot« nicht aussprechen. Es klang so endgültig, aber genau das war der Tod. Endgültig.

»Tut mir leid, das zu hören«, sagte Mrs Worthing.

»Sie haben erst in diesem Sommer geheiratet.«

»Wie traurig.«

»Ja«, erwiderte Louisa, der zum x-ten Mal bewusst wurde, wie grausam der Krieg tatsächlich war. Sie blickte auf das Telegramm, das sie immer noch in der Hand hielt. »Es ist schrecklich.«

Mrs Worthing nickte. »Ich wette, Sie vermissen Ihren Christopher sehr.«

Louisa war froh, über etwas anderes reden zu können, und versuchte zu lächeln, aber sie schaffte es nicht. Stattdessen nickte sie energisch. »Ja, wir vermissen ihn beide sehr«, sagte sie. »Es ist eine Freude, ihn im Haus zu haben. Er hält uns jung.«

»Ist ein kleiner Tollpatsch, stimmt's?«

»Absolut.«

Mrs Worthing stand auf, schenkte den Tee ein, holte dann die Milch vom Fensterbrett, wo sie schön kühl stand, und goss in jeden Becher einen Schuss, bevor sie die Milchflasche zurückstellte und das Fenster wieder schloss. Es war ein kalter Tag, und Louisa fröstelte, als ein Hauch Zugluft sie streifte. Wieder wurde die Haustür geöffnet, und wieder zog es. Es war Teddy.

Louisa sprang auf und lief zu ihm, erzählte ihm von Rex und weinte ein bisschen. Und Mrs Worthing gab Teddy den Becher Tee, den sie für sich selbst gemacht hatte, und ließ die beiden allein.

»Ich dachte, es wäre Chris«, gestand Louisa. »Und ich war so froh, dass er es nicht war, und dann habe ich mich dafür geschämt.«

»Als Philip starb, habe ich immer wieder Soldaten angeschaut und gedacht: ›Warum seid ihr am Leben und mein Sohn nicht?‹«, sagte Teddy. »Es ist schlimm, so etwas zu denken, und ich habe diesen Burschen nicht den Tod gewünscht, natürlich nicht. Ich war einfach krank vor Schmerz. Und natürlich hast du auch Rex nichts Schlimmes gewünscht. Armer Teufel.«

Louisa nickte. »Daisy tut mir entsetzlich leid. Als Win ihren Archie verlor … also, das war natürlich sehr traurig, aber ihr blieben immerhin viele Erinnerungen. Sie waren jahrelang verheiratet gewesen und hatten gemeinsam ihr Leben aufgebaut. Daisy und Rex hatten kaum angefangen.« Ihre Stimme brach. »Nach dem Krieg wollten sie ein großes Fest geben, weißt du. Eine zweite Hochzeitsfeier, hat Daisy gesagt, zu der sie alle einladen wollten, die beim ersten Termin nicht kommen konnten.«

Teddy nahm Louisa in die Arme. »Das ist wirklich traurig«, sagte er. »Rex war ein richtig netter Kerl.« Er sah sich um. »Bist du hier für heute fertig?«

»Ich denke schon.«

»Was hältst du davon, wenn wir auf einen Sprung in den Pub gehen? Wir können uns vors Feuer setzen und aufwärmen und auf Rex anstoßen.«

»Das klingt nach einer sehr guten Idee.«

Louisa holte ihren Mantel, dann sperrten sie das Büro ab und schlenderten Arm in Arm die Straße hinunter zum Pub. Mittlerweile regnete es sehr stark, und ein dichter Nebel hatte sich über das Dorf gelegt, das in einer kleinen Senke lag und häufig in Dunstschleier gehüllt war.

»Was für ein grässlicher Abend«, sagte Louisa fröstelnd. »Furchtbar.«

Aber Teddy blieb stehen und starrte mit ungläubiger Miene durch die Nebelschwaden.

»Was ist denn?«, wollte Louisa wissen.

»Einen Moment lang dachte ich ...«

»Was?«

Und plötzlich war er da, stand fast direkt vor ihnen:

Christopher. Er war in Uniform, trug einen Tornister auf dem Rücken und stützte sich auf ein Paar Krücken.

»Hallo, Tante Lou, Onkel Ted«, verkündete er fröhlich. »Ich hatte gehofft, euch beide anzutreffen.«

Teddy und Louisa stürzten zu ihm und warfen ihre Arme um ihn.

»Wir wollten uns gerade einen Drink genehmigen«, sagte Teddy. »Kommst du mit?«

Christopher drehte sich zum Pub um und hätte dabei mit seinem sperrigen Rucksack beinahe Louisa umgestoßen. »Nichts wäre mir lieber.«

Sie machten es sich in der Ecke beim Kamin gemütlich, und Teddy ging zur Theke, um etwas zu trinken zu holen. Louisa erzählte Christopher von Rex. Er hatte Daisy ein paarmal gesehen, als sie noch Kinder waren. Rex hatte er nicht persönlich gekannt, aber viel von ihm gehört.

»Verdammter Mist. Armer Kerl … Und arme Daisy.«

»Was ist denn eigentlich mit dir, Chris?«, erkundigte Teddy sich, während er ihre Drinks abstellte und sich setzte. »Was ist passiert? Wo bist du gewesen? Ich dachte, du wärst noch in der Grundausbildung.«

Christopher versuchte, seine langen Beine unter den Tisch zu quetschen, schaffte es aber nicht, rückte stattdessen seinen Sessel ein Stück zur Seite und streckte seine Beine aus. Eine Frau, die auf dem Weg zur Toilette war, musste über seine ziemlich großen Füße steigen.

»Du meinst das da?« Er zeigte auf den gewaltigen Gips an seinem linken Fuß.

»Ja, genau das.« Louisa runzelte die Stirn. »Wie ist das passiert?«

»Ich bin angeschossen worden.«

Louisa, die gerade einen Schluck Sherry genommen hatte, verschluckte sich. »Angeschossen?«

»Himmelherrgott noch mal, Chris«, polterte Teddy. »Du bist keine fünf Minuten in der Armee gewesen. Ich finde wirklich, die sollten Jungs wie dich anständig ausbilden, bevor sie euch an die Front lassen.«

»Da bin ich gar nicht erst hingekommen.« Christopher sah leicht beschämt aus. »Ich bin nicht von einem Deutschen angeschossen worden, sondern von einem Briten.«

Teddy lief vor Zorn hochrot an. »Umso mehr Grund für eine anständige Ausbildung! Wer war das? War es ein Unfall? Er hat es doch nicht mit Absicht getan, oder?«

»Nein, nein, tatsächlich war es ein Unfall«, erzählte Christopher und kippte sein Bier hinunter. »Ich war zur falschen Zeit am falschen Ort. Wir waren in Holland. Wir waren erst eine Woche dort und marschierten durch dieses Dorf. Ganz schön gespenstisch war das, wie ausgestorben. Überall komische Schatten. Wir dachten, dass sich da vielleicht irgendwo Leute verstecken, versteht ihr, und waren alle unheimlich nervös. Dann sind wir ausgeschwärmt, und ich blieb ein Stück zurück. Also bin ich schneller gegangen, um die anderen einzuholen, und Timmins, ein wirklich netter Bursche übrigens, verlor die Nerven. Er drehte sich um und: Bumm! Das war's für mich.«

Louisa blinzelte. »Ein Freund hat dich angeschossen?«

»Nicht absichtlich, Tante Lou. So was kann schon mal vorkommen. Wie gesagt, Timmins ist total nett. Hat sich danach hundeelend gefühlt – war völlig von der Rolle. Oder vielleicht war er vorher schon von der Rolle und deshalb so nervös. Jedenfalls haben sie ihn auch nach Hause geschickt.« Er schnitt eine Grimasse. »Ist nicht für jeden das Wahre, die Armee. Armes Würstchen.«

»Armer Chris«, sagte Louisa.

»Genau!«, rief Christopher. »Hat irre wehgetan. Ich kann nicht mehr zurück, bin wegen Invalidität ausgemustert worden, weil ich drei Zehen verloren habe. Wenn es nur eine gewesen wäre, hätte ich bleiben können, denke ich mal.«

»Dann gehst du zurück auf die Farm?« Es tat Louisa zwar leid um seine Zehen, andererseits fiel ihr vor Erleichterung ein Stein vom Herzen. Erleichterung, dass er wieder zu Hause war, wenn auch nicht ganz in einem Stück, und nicht mehr in den Krieg musste.

»Ist wohl am besten so, oder?«, meinte Christopher.

Kapitel 25

London, November 1940

Beth gab sich größte Mühe, Daisy eine gute Freundin zu sein, aber sie machte es ihr nicht leicht. Sie lehnte es kategorisch ab, über Rex zu sprechen. Sie hatte einfach aufgehört, ihn auch nur zu erwähnen, nannte nicht einmal mehr seinen Namen. Manchmal hatte Beth den Eindruck, sie wäre knapp davor, aber jedes Mal, wenn es so weit schien, hielt sie inne und redete von etwas anderem. Es war, als hätte sie diesen Teil ihrer selbst fest in ihrem Inneren verschlossen, ihre Trauer ebenso wie ihr einstiges Glück.

Stattdessen hatte Daisy sich mit großem Elan in die Vorbereitungen für die Filmaufnahmen des Pathé-Teams gestürzt, und Beth beschloss, ihrem Beispiel zu folgen. Sinn und Zweck der Kampagne für den Schrebergarten war vor allem, den Menschen zu zeigen, dass man das ganze Jahr über Obst und Gemüse anbauen und ernten konnte. Mit diesem Ziel vor Augen wollten Beth und Daisy den Besuchern von Kew demonstrieren, wie sie sämtliche Gemüsesorten, die für ein Weihnachtsmahl gebraucht wurden, anpflanzen konnten, und beweisen, dass man im Winter genauso gut ernten konnte wie im Sommer. Sie verfassten gemeinsam ein Textbuch und hatten viel Spaß dabei, alle Details zusammenzustellen.

»Wir könnten Hüte anfertigen«, schlug Beth vor. »Und Weihnachtslieder singen.«

Daisy schnitt eine Grimasse. »Im Singen bin ich eine ziemliche Niete. Aber könnten wir nicht ein paar Schachteln wie Geschenke einpacken?«

Beth hatte zugestimmt. Es freute sie, dass ihre Freundin etwas gefunden hatte, das sie von ihrem Kummer ablenkte, sei es auch nur für kurze Zeit.

Jim, Daisys Vater, den Beth sehr gern mochte, hatte ihnen Rosenkohl und Pastinaken für den Schrebergarten gebracht. Während sie das Gemüse einsetzten, plauderten sie angeregt weiter, und Beth legte immer wieder eine kleine Pause ein, um neue Ideen zu notieren.

»Mochte Rex Weihnachten?«, fragte sie vorsichtig.

Daisy warf ihr einen seltsamen Blick zu, fast so, als hätte sie die Frage nicht verstanden. »Ich hoffe, die Pastinaken nehmen es nicht krumm, dass sie umgesetzt werden.«

Beth verstand die Botschaft. Daisy wollte ganz offensichtlich nicht über Rex sprechen, und eigentlich, dachte Beth, warum sollte sie auch? Die beiden hatten nie gemeinsam als Ehepaar Weihnachten gefeiert, und sie würden es nie tun. Verlegen wechselte sie das Thema. »Freitag habe ich zusammen mit Gus gearbeitet. Ich habe ihm erzählt, was wir hier machen, und er hat gesagt, in Jamaika gäbe es an Weihnachten Rumkuchen, und alle würden sich gruselige Kostüme anziehen und damit durch die Stadt laufen.«

»Klingt nicht sehr weihnachtlich«, meinte Daisy.

»Fand ich auch.«

Daisy sah aus, als wollte sie noch etwas sagen, aber sie schloss den Mund und griff nach ihrem Spaten. Beth beobachtete sie aus dem Augenwinkel. Ihre Freundin sah so blass und angegriffen aus, dass die Krankenschwester in Beth erwachte und sich Sorgen machte.

Daisy stieß ihren Spaten in die Erde, stand einen Moment völlig regungslos da, und dann, ganz langsam, wie ein Liegestuhl, der nach einem Tag am Strand zusammengeklappt wird, fiel sie in sich zusammen und sank ohnmächtig zu Boden.

»Heiliger Himmel!«, stieß Beth hervor und blickte hilfesuchend um sich, bevor sie sich neben Daisy kniete.

»Wach auf, Daisy«, sagte sie. Sie hob Daisys Hand und fühlte den Puls, der zum Glück stark und gleichmäßig war. Auf der anderen Seite des Wegs, nicht weit von der Orangerie, sah sie Will mit einem anderen Gärtner schwatzen. »Will!«, rief sie. »Ich brauche Hilfe!«

Will hörte die Angst in ihrer Stimme und kam sofort herbeigelaufen. Beth strich über Daisys Haar und versuchte, sie aufzurichten.

»Was ist los?«, fragte Will. »Ist sie krank? Hat es etwas mit dem Tod ihres Ehemanns zu tun?«

Beth verschwieg, dass es Daisy ihrer Meinung nach schon seit einer ganzen Weile miserabel ging. Noch bevor sie von Rex' Tod erfahren hatte. Sie wollte Will keinen Grund geben, Daisy nach Hause zu schicken, wo sie in ihrem Elend sich selbst überlassen wäre, oder sie überhaupt zu entlassen. Wieder dazu verdammt sein, Prospekte über Anderson-Bunker zu verschicken, würde Daisy den Rest geben. Tatsächlich war Beth überzeugt, dass bei ihrer Freundin eine physische Ursache für ihre Verfassung vorlag. Sie machte sich große Sorgen um sie und war entschlossen, der Sache auf den Grund zu gehen. Aber zuerst einmal musste Will ihr helfen, Daisy wieder auf die Beine zu bekommen.

»Ich glaube, sie ist bloß erschöpft«, log sie. »Könnten wir sie vielleicht in einen Liegestuhl packen?«

Nach etwas gutem Zureden schaffte Daisy es, die Augen aufzumachen und sich von Beth und Will zum Liegestuhl schleppen zu lassen, wo sie sich hinlegte und ihren Kopf an die harte Holzstütze lehnte.

»Ich schau mal nach, ob sich einer der Ärzte vom Forschungsteam in der Nähe rumtreibt«, sagte Will. »Der kann kurz einen Blick auf sie werfen, bevor sie nach Hause geht.«

Beth war der Meinung, dass sie das selbst genauso gut machen könnte, aber sie wusste, dass Will nur nett sein wollte. Sie lächelte ihn an. »Gute Idee«, entgegnete sie. »Danke für die Hilfe.«

Will flitzte los, und Beth sah ihre Freundin an.

»Daisy«, sagte sie ruhig, um ihr keinen Schrecken einzujagen. »Ich glaube, dir fehlt etwas, und ich finde, du solltest ins Krankenhaus gehen.«

Daisy riss die Augen auf.

»Mir geht's gut, Beth. Ehrlich. Ich hab bloß nicht besonders gut auf mich aufgepasst.«

Beth schüttelte den Kopf. »Nein, ich glaube, es steckt mehr dahinter. Leute fallen nicht einfach so oft wie du in Ohnmacht, nur weil sie nicht gefrühstückt oder schlecht geschlafen haben.«

Daisy hievte sich mühsam hoch und warf Beth einen erbitterten Blick zu. »Ich fall dauernd in Ohnmacht«, murmelte sie. »Das war schon immer so.«

»Wirklich?« Beth war skeptisch. Aber möglich wäre es. »Vielleicht hast du einen zu niedrigen Blutdruck.«

»Kann sein. Aber deshalb muss ich nicht gleich ins Krankenhaus, oder?«

»Du solltest auf jeden Fall zu einem Arzt gehen. Euer Hausarzt wird wissen, was zu tun ist. Ich könnte auch jemanden bei uns im Krankenhaus fragen.«

»Beth?« Beide Frauen drehten sich um und sahen Will kommen, gefolgt von Gus. Beth stellte betroffen fest, dass ihr Herz bei seinem Anblick einen kleinen Satz machte, was es nie tat, wenn sie Paul sah.

»Hallo, Gus«, sagte sie betont beiläufig. »Daisy ist ohnmächtig geworden. Ihr Puls ist kräftig, vielleicht ein bisschen zu schnell, und ihr Atem ging flach, ist jetzt aber schon besser.«

»Danke.« Er sah Daisy an. »Darf ich Sie anfassen?«, fragte

er, und Beth brach es fast das Herz, weil er zu erwarten schien, dass ihre Freundin Nein sagen würde. Doch Daisy nickte, und Gus fühlte ihren Puls. »Immer noch ein kleines bisschen zu schnell. Haben Sie Schmerzen?«

Daisy schüttelte den Kopf.

»Kopfschmerzen? Bauchschmerzen? Ohrenschmerzen?«

»Überhaupt keine Schmerzen.«

Beth legte eine Hand auf Gus' Arm. »Ihr Mann …«, sagte sie mit gesenkter Stimme.

Gus' Augen weiteten sich, als ihm einfiel, was Rex passiert war. »Es könnte niedriger Blutdruck sein«, wandte er sich an Daisy und sah sie mitfühlend an. »Aber Sie müssen sich einen Termin beim Arzt geben lassen, um das abzuklären. Es muss einen Grund dafür geben.«

Will kratzte sich an der Nase. »Ich kann Sie nicht arbeiten lassen, wenn Ihnen was fehlt, Daisy. Ich glaube, Sie sollten lieber nach Hause gehen und sich ausruhen. Besonders nach allem, was passiert ist.«

Daisy warf ihm einen zornigen Blick zu. »Genau wegen allem, was passiert ist, will ich nicht nach Hause«, fuhr sie ihn an. »Hier zu sein hilft mir.«

»Aber …«, begann Will, machte den Mund aber schnell wieder zu, als Daisy ihn erneut finster anstarrte.

»Es geht mir schon viel besser«, sagte sie zu Gus. Beth fand, dass sie wie ein kleines Kind klang, das wieder nach draußen gehen und spielen will. »Kann ich nicht hierbleiben?«

»Wie wäre es mit einem Kompromiss?«, schlug Gus vor. »Sie machen einen Termin beim Arzt aus, Beth hat ein

Auge auf Sie, und Sie strengen sich heute nicht mehr allzu sehr an. Wäre das für Sie in Ordnung, Will?«

Will wirkte besorgt, aber er zuckte mit den Schultern. »Wenn Sie meinen.«

Gus war sehr einfühlsam, fand Beth. Was Daisy auch fehlen mochte, nichts würde ihr Befinden mehr verschlechtern als das Alleinsein zu Hause. Er war genau die Art Arzt, der sie selbst sein wollte. Klug und verständnisvoll. Gut im Umgang mit Patienten.

»Wir können unsere Ideen für die Wochenschau ausarbeiten«, sagte sie, indem sie diese träumerischen Gedanken über Gus energisch verdrängte. »Das strengt nicht an. Was meinst du, Daisy?«

»Perfekt«, antwortete ihre Freundin und stand auf. Beth sah ihr an, dass sie versuchte, gesund und munter zu wirken, aber sie sah immer noch blass und mitgenommen aus. Daisy schüttelte Gus die Hand. »Danke, dass Sie sich um mich gekümmert haben.«

Beth sah Gus an. Sie war richtig stolz auf ihn, weil er Daisy so feinfühlig behandelt hatte. Auf Paul bin ich noch nie so stolz gewesen, dachte sie, obwohl sie selbst zugeben musste, dass das ziemlich unfair war. Schließlich wusste sie nicht einmal, was er eigentlich den ganzen Tag im Ministerium machte.

»Beth!«

Zuerst dachte sie, sie hätte sich Pauls Stimme eingebildet, aber als sie sich umdrehte, stellte sie fest, dass er durch das feuchte Gras auf sie zukam.

»Paul? Was machst du denn hier?«

»Musste in Richmond jemanden sehen. Ging um eine Munitionsfabrik. Furchtbar langweilig.« Beth schämte sich ein bisschen, als ihr klar wurde, dass Paul wahrscheinlich wirklich wichtige Arbeit leistete, auch wenn sie das bisher bezweifelt hatte. »Ich dachte, ich schaue mal vorbei, um Hallo zu sagen.«

Sie lächelte dünn. »Hallo.«

»Du siehst komisch aus, Beth. Was hast du denn da an?«

»Eine Latzhose.«

»Du bist ganz schmutzig.«

Beth schaute auf ihre Hose hinunter, die dick mit Schlamm beschmiert war, weil sie sich auf die Erde gekniet hatte, als Daisy ohnmächtig wurde.

Daisy starrte Paul neugierig an. Sie streckte ihre Hand aus, zog sie aber wieder zurück, als ihr der Blick auffiel, den er auf ihre schmutzigen Handflächen warf. Stattdessen steckte sie ihre Hände in die Hosentaschen. Beth war es peinlich, dass Paul so etepetete war.

»Das ist Daisy. Wir kümmern uns gemeinsam um den Schrebergarten.«

»Paul Flint. Beths Freund«, fügte Paul mit einem breiten Grinsen hinzu. »Ich habe schon viel von Ihnen gehört. Soweit ich weiß, sind Sie der Kopf des Unternehmens.«

Beth war überrascht. Anscheinend hörte er ihr doch manchmal zu. Daisy, die immer noch ein bisschen spitz aussah, strahlte ihn an. »Ach was, ohne Beth wäre ich verloren«, behauptete sie.

»Ich auch«, erklärte Paul. »Absolut verloren.«

»Das ist Will Potter, der Chefgärtner«, sagte Beth. »Und Dr. Gus Campbell. Er ist Mitglied des Vegetable Drugs Committee und arbeitet wie ich im St. Catherine's.«

Paul drehte sich zu Will und Gus um und zuckte fast zurück, als er Gus' Aussehen registrierte. Beth spürte, wie ihr heiße Röte in die Wangen schoss.

»Ich schüttele Ihnen lieber nicht die Hand.« Will klang ganz freundlich, trotzdem glaubte Beth, eine leichte Schärfe aus seinem Ton herauszuhören.

»Nein«, entgegnete Paul schmunzelnd. Beth entging nicht, dass er keine Anstalten machte, Gus die Hand zu geben, die – unübersehbar – blütenrein war.

»Gehen wir?«, fragte Paul sie.

»Gehen? Wohin?« Beth war verwirrt.

»Heim.«

»Ich bin hier noch nicht fertig.«

»Na schön, aber jetzt bin ich da.«

»Möchtest du vielleicht den Rosenkohl umsetzen?«

Paul starrte sie an. Er sah ein wenig verletzt aus, und wieder hatte Beth ein schlechtes Gewissen. »Ich habe zu tun«, fügte sie etwas freundlicher hinzu.

»Du hast immer etwas zu tun«, sagte er leise. »Ich vermisse dich.«

»Ich muss erst morgen wieder ins Krankenhaus. Sollen wir heute Abend ins Kino gehen? Ich kann direkt hinkommen, wenn wir mit dem Gemüse fertig sind.« Paul sah weniger erfreut aus, als Beth erwartet hatte. »Oder eher nicht?«, fragte sie.

»Ziehst du dich vorher um?«

»Der Overall gefällt dir nicht?«

»Du bist immer schön«, sagte er schnell. »Aber das Ding ist ziemlich schmutzig.«

Beth lachte. »Natürlich ziehe ich mich erst um.«

»Dann treffen wir uns vor dem Odeon. Sieben Uhr?«

»Wunderbar.«

Paul wandte sich an Daisy und die anderen, ganz der perfekte Gentleman in Anzug und Mantel, den Hut in der Hand. »War nett, Sie kennenzulernen.« Es klang nicht, als ob er es wirklich so meinte, fand Beth. Vielleicht war sie aber wieder nur ungerecht.

Vorsichtig ging er in seinen auf Hochglanz polierten Schuhen über den Rasen zurück zum Weg.

»Machen wir weiter?«, fragte Beth.

Gus beobachtete, wie Paul sich entfernte, und schaute dann einen Moment lang Beth an, bevor er sich zu Daisy umwandte. »Denken Sie auch daran, was ich gesagt habe?«

»Mach ich. Keine Angst, das wird schon wieder.«

»Man sieht sich.« Gus nickte Beth zu und marschierte zielstrebig zum Hauptgebäude zurück.

Will grinste Beth an. »Erzählen Sie den Leuten von Pathé lieber nicht, dass Sie einen Schatz haben«, sagte er mit einem Augenzwinkern. »Ich glaube, die wollen für die Kampagne ein richtiges Pin-up-Girl.«

»Blödsinn.« Beth war sich nicht sicher, was ihr unangenehmer war – für die Wochenschau als eine Art Pin-up-Girl zu fungieren oder die Tatsache, dass Will Paul als ihren Schatz bezeichnet hatte.

Daisy warf Beth einen seltsamen Blick zu. »Na gut, machen wir weiter. Du musst fertig werden, wenn du es rechtzeitig ins Kino schaffen willst.« Sie schaute Paul nach, der gerade durch das große Tor hinausging. »Mit deinem Schatz.« Sie sagte »Schatz«, als wäre es ein Fremdwort. Wieder einmal hatte Beth das Gefühl, etwas falsch gemacht zu haben, aber sie wusste nicht, was. Also griff sie einfach nach ihrem Spaten und fing an zu graben.

Kapitel 26

London, Ende November 1940

Lieber Rex!

Keiner weiß es. Ständig überlege ich, ob ich es Mum erzählen soll. Mich an irgendeinem Abend mit ihr hinsetze und gestehe, was mir der Arzt gesagt hat. In normalen Zeiten wäre es ihr aufgefallen. Sie hätte gemerkt, dass ich Archies Schubladen nach Pullovern durchwühle und fast nur noch in meinem Overall rumlaufe. Ihr wäre nicht entgangen, wie oft mir schwindelig ist und was für einen Heißhunger ich morgens habe. Und Dad hätte gesehen, dass mein Gartenbeet von Unkraut überwuchert ist, weil ich einfach viel zu müde bin, wenn ich von Kew nach Hause komme, um an noch mehr Arbeit auch nur denken zu können.

Aber sie haben kein Wort gesagt. Sie haben nicht mal gemerkt, dass ich in der Nacht, als mir der Dok-

tor das mit dem Baby gesagt hat, gar nicht im Bunker war. Mum hat natürlich gesehen, dass ich nicht da war, als sie aufgewacht ist, aber sie hat mir geglaubt, als ich behauptet habe, ich hätte nach der Entwarnung einfach ein bisschen Luft schnappen wollen. Und Dad war nicht da, deshalb weiß er nicht, wie blöd ich war, als ich da mitten in den Bombenhagel reingelaufen bin. Ich hab so was nie wieder gemacht, obwohl ich manchmal daran denke. Warten, bis die Flugzeuge direkt über uns sind, dann einfach rausgehen und den Dingen ihren Lauf lassen. Aber ich bin wohl zu feige. Nicht wie Du, Rex.

Es gibt immer noch jede Nacht Bombenangriffe, und Dad ist draußen auf der Straße, um Leuten den Weg zu den Bunkern zu zeigen und nach Verletzten zu suchen, wenn Häuser einstürzen. Er hat nur einen Metallhelm, um sich zu schützen. Das ist überhaupt kein Schutz.

Und Mum ist meistens im Hilfszentrum. Es gibt Familien, denen rein gar nichts geblieben ist, Rex. Nur die Sachen, die sie am Leib hatten. Manche haben nicht mal das. Mum und die anderen Frauen kümmern sich um sie, versorgen sie mit Essen und Trinken, Sachen zum Anziehen und einem Ort, wo sie bleiben können. Und unten bei der U-Bahn-Station gibt es einen Pub, der Tag und Nacht geöffnet ist, für den Fall, dass Soldaten heimkommen und nicht wissen, wo ihre Familien sind. Die Wirtin hat eine ganze Wand mit Fotos und Nachrichten vollgehängt, und sie kennt alles und jeden und hilft, wo sie kann. Das solltest Du sehen, Rex.

Daisy hielt inne und holte tief Luft. Tränen, die zurzeit ständig drohten, brannten unter ihren Augenlidern. Denn Rex würde es nicht sehen. Nie würde er es sehen. Sie rutschte auf ihrem Sessel hin und her und spürte dabei in ihrem Bauch ein zartes Kitzeln und Flattern, als sich das Baby bewegte und sie an etwas anderes erinnerte, das Rex auch nie sehen würde. Sie zog ein Kissen hinter ihrem Rücken hervor, legte es auf ihren Bauch und packte ihren Notizblock obendrauf. Daran wollte sie jetzt nicht denken.

Sie schrieb weiter.

Als ich das Telegramm bekam, habe ich mich gefühlt, als wäre alles Glück spurlos von dieser Welt verschwunden. Alles, was mir Spaß gemacht hat, ins Kino zu gehen oder mit Freundinnen eine Tasse Tee zu trinken und zu tratschen, scheint sinnlos. Das Einzige, was mich aufrecht hält, ist Kew. Meine Hände in die Erde zu stecken und zuzuschauen, wie das Gemüse in unserem Schrebergarten wächst, gibt mir einen Grund, morgens aufzustehen.

Stell Dir vor, es kommen Leute von Pathé, um uns für die Wochenschau zu filmen. Mr Davies vom Landwirtschaftsministerium ist hin und weg. Poppy ist grün vor Neid, weil sie beschlossen hat, dass sie Kriegsberichterstatterin werden will. Ich versuche, die Sache mit möglichst viel Schwung anzupacken, aber ich merke, dass mir das Lächeln nicht mehr so leichtfällt wie früher.

Zum Glück bin ich ziemlich sicher, dass Beth im Mittelpunkt stehen wird, weil sie so hübsch ist. Ihr Haar glänzt immer so schön, und ihre Augen sehen aus, als wären sie mit Kajal umrahmt, auch wenn sie ganz und gar ungeschminkt ist. Dabei interessiert sie sich gar nicht dafür; ihr liegt nur etwas daran, irgendwann Ärztin zu werden. Zum Verrücktwerden! Auch an Paul, ihrem Freund, scheint ihr nicht viel zu liegen. Zugegeben, er wirkt ein bisschen steif, aber sonst ist er ganz nett. Und er ist hier, Rex. Hier in London, an einem sicheren Platz hinter einem Schreibtisch. Ich bin so neidisch, dass ich schreien könnte.

Wenn ich aufwache, denke ich zuerst an Dich, und dann an unsere Pastinaken oder unseren Kohl oder an Kew Gardens selbst und daran, wie es heute wohl aussieht. Und das ist der Grund, warum ich keinem was gesagt habe. Ich habe Angst, dass sie mich dann nicht mehr dort arbeiten lassen. Will wollte mich heimschicken, als ich ohnmächtig wurde, aber ich konnte es ihm ausreden. Wenn er die Wahrheit wüsste, dürfte ich bestimmt nicht mehr im Schrebergarten arbeiten, das steht fest. Und wenn man mir das auch noch nimmt, dann habe ich keinen Grund mehr, morgens aufzustehen. Überhaupt keinen.

Sie wischte sich die Augen. Es tat gut, ihre Gefühle zu Papier zu bringen, und es ging ihr tatsächlich besser. Ein kleines bisschen besser.

Ohne Dich scheint nichts mehr einen Sinn zu haben. Du fehlst mir jede Minute des Tages.

Sie drehte die Seite um und fügte mit einem tiefen Seufzer hinzu:

Wenn Du nicht hier bei mir sein kannst, will ich das Baby nicht haben. Ich will keine Mutter sein, ohne Dich an meiner Seite zu haben. Ich würde dieses Kind hergeben, wenn ich dadurch Dich zurückbekommen könnte. Ich will es nicht. Ich will dieses neue Leben nicht.

Erschrocken über ihre Offenheit und beinahe angewidert von ihren Gefühlen, riss sie das Blatt heraus und zerknüllte es in der Faust. Dann zog sie die Beine unter sich hervor, ganz langsam, weil sie die Erfahrung gemacht hatte, dass ihr schwindelig wurde, wenn sie zu schnell aufstand. Sie ging durch die Küche und dann durch die Hintertür in den frostigen Garten, wo ihr Vater in einer Ecke etwas verbrannte.

Jim schien sich zu freuen, sie zu sehen. »Hallo, mein Mädchen«, rief er ihr zu. Daisy warf ihm ein wackeliges Lächeln zu. Er würde nicht so erfreut aussehen, wenn er wüsste, welche Gedanken ihr durch den Kopf gingen, diese schlimmen, grauenhaften Dinge, die sie auf das Blatt Papier geschrieben hatte, das sie in der Hand hielt. »Was hältst du von einer Tasse Tee?«

Daisy nickte. Sie wusste, dass ihr Vater hoffte, sie würde anbieten, Tee zu machen, aber sie tat es nicht. Stattdessen tat sie so, als wäre sie in die Betrachtung einer kleinen Ansammlung von Pilzen versunken, die am hinteren Ende des Gartens rund um einen schmalen Baumstamm aus der Erde geschossen waren. Aus dem Augenwinkel beobachtete sie, wie ihr Vater in ihre Richtung schaute, dann seine Gartenhandschuhe auszog und ins Haus ging. Sobald er außer Sichtweite war, lief Daisy zum Feuer und warf den Brief in die Flammen. Das Papier brannte sofort. Sie griff nach einem Ast und stopfte es weiter nach unten, damit es nicht vom Wind weggeweht wurde, der durch den Garten pfiff. Ein paar Augenblicke sah sie zu, wie das Papier zu Asche zerfiel. Dann ging sie ins Haus und in die Küche, wo Jim gerade Wasser in den Kessel füllte.

»Lass mich mal machen, Dad«, sagte sie. »Setz dich hin und ruh dich aus.«

Er umarmte sie kurz. »Klingt gut.« Er sah sie forschend an. »Alles in Ordnung, Daisy?«

»In bester Ordnung«, antwortete sie. Aber das war gelogen, und tief im Innersten wusste sie, dass nie wieder etwas wirklich in Ordnung sein würde.

Kapitel 27

London, Dezember 1940

Als Daisy an dem Morgen, an dem der Beitrag für die Wochenschau gedreht werden sollte, aufwachte, fühlte sie sich elender denn je. Es war ganz früh am Morgen und noch dunkel, aber draußen war es still, deshalb wusste sie, dass sie den Bunker verlassen konnte. Vorsichtig, weil sie am ganzen Körper Schmerzen hatte und außerdem befürchtete, wieder ohnmächtig zu werden, wenn sie zu abrupt aufstand, ließ sie sich von ihrem schmalen Bett gleiten und huschte zur Tür hinaus. Die Morgenluft strich kühl über ihre erhitzten Wangen, und sie schlang ihren Bademantel enger um sich und atmete tief ein.

Es kostete sie große Mühe, einen Fuß vor den anderen zu setzen, aber sie schaffte es in die Küche, wo sie sich eine Tasse Tee machte. Der Tee tat ihr gut, und allmählich ging es ihr ein bisschen besser. Sie musste heute auf jeden Fall zur Arbeit. Es kam überhaupt nicht infrage, Beth bei den

Dreharbeiten im Stich zu lassen. Das wäre nicht fair gewesen. Also heizte sie Wasser für ein Bad auf, gönnte sich den Luxus, ein paar Minuten in der Wanne zu dösen, während sich ihre schmerzenden Glieder in der wohltuenden Wärme entspannten, und an Rex zu denken, nur ganz kurz. Sie erinnerte sich daran, wie schön es gewesen war, wenn ihre Hand in seiner lag, und wie geborgen sie sich in seinen Armen gefühlt hatte. Daran, wie oft sie beide so sehr gelacht hatten, dass sie Seitenstechen bekamen, oder an den Abend, als sie im Kino *Vom Winde verweht* anschauten und Rex sich von der Geschichte so sehr hatte mitreißen lassen, dass er eindeutig Tränen in den Augen hatte, auch wenn er es abstritt.

Beth, die das bisschen Freizeit, das ihr zur Verfügung stand, meist zum Lernen nutzte, hatte Bücher darüber gelesen, wie das menschliche Gehirn funktionierte. Sie wollte verstehen, wie das Gehirn Menschen helfen konnte, sich von Krankheiten und Verwundungen zu erholen. Für Daisy klang das nach albernem Geschwafel, aber Beth glaubte fest daran. Sie hatte Daisy geraten, ihre Trauer um Rex nicht zu unterdrücken oder zu verdrängen, und Daisy hatte den Rat ihrer Freundin angenommen. Jeden Tag nahm sie sich ein paar Minuten Zeit, um an Rex zu denken, und dann packte sie ihre Erinnerungen wieder ein, verschnürte sie wie ein Paket und führte ihr Leben weiter wie gewohnt. Sie wollte nicht ständig traurig sein, weil sie Angst hatte, dass sie nie mehr aufhören könnte zu weinen, wenn sie all ihren Schmerz herausließe. Sie hatte gehofft, es würde helfen, ihre Trauer gewissermaßen in kleinen Portionen zu verarbeiten, aber bis jetzt hatte es nicht funktioniert. Vielleicht gelang es ihr heute, an diesem Tag, an dem sie wirklich fit sein musste.

Sie hing eine Weile ihren Erinnerungen nach und weinte ein bisschen. In der Wanne war nur wenig Wasser, und ihr gewölbter Bauch ragte vor ihr auf. Sie wusch sich hastig, denn wenn jetzt zufällig jemand hereinkäme, wäre ihre Schwangerschaft kein Geheimnis mehr.

»Komm schon, Daisy«, sagte sie laut, während sie sich aus der Badewanne hievte. »Packen wir den Tag an!«

Zu ihrer Erleichterung fühlte sie sich tatsächlich besser. Die körperlichen Schmerzen hatten nachgelassen, und ihre Trauer war, wenigstens für eine Weile, unter Kontrolle. Sie schlüpfte in einen sauberen Overall und schlang einen Schal um ihr Haar, damit die Leute von der Wochenschau später die Locken oberhalb der Stirn zu einer sogenannten *Victory Roll*, der Siegesrolle, formen konnten. Sie trug sogar Make-up auf, Rouge auf die Wangen, damit sie nicht so blass aussah, und umrahmte die Augen mit einem Kajalstift. Für den Mund nahm sie den Lippenstift, den sie seit ihrer Hochzeit nicht mehr benutzt hatte.

Als sie nach unten ging, saß die Familie am Küchentisch und zankte ein bisschen darüber, wer an der Reihe war, die Teekanne nachzufüllen. Auch ihr Vater war da. Er hatte wieder eine Nachtschicht hinter sich und sah erschöpft aus.

»Alles in Ordnung, Süße?«, fragte Ivy und sah Daisy forschend an.

»Bestens. Heute ist der große Tag.«

»Ach ja, natürlich, das Filmteam«, sagte Jim. Er lächelte sie an. »Nicht zu fassen! Mein kleines Mädchen auf der Leinwand wie ein Filmstar!«

Daisy verzog das Gesicht. »Ist nicht wirklich mein Ding.«

»Bist du absolut sicher, dass ich nicht mitkommen und helfen kann?«, fragte Poppy und schob die Teekanne über den Tisch zu Daisy. »Vielleicht möchte ich irgendwann mal als Reporterin für Pathé arbeiten. Ich glaube, ich bin ein Naturtalent. Und ich mache mich sehr gut auf der Leinwand.«

Ivy verdrehte die Augen. »Woher willst du das wissen?«

»Ich wollte schon immer Reporterin werden«, teilte Poppy ihrer Mutter mit todernster Miene mit.

»Hast es aber vor heute Morgen noch nie erwähnt, oder?«

»Ich habe es x-mal erwähnt!« Poppy sah wütend aus. »Stimmt doch, oder, Daisy?«

Daisy, die heute nicht ihren solidarischen Tag hatte, zuckte mit den Schultern. »Kann schon sein.«

Poppy machte ein triumphierendes Gesicht, und Ivy lachte in sich hinein. »Leider musst du zur Schule, nicht nach Kew. Jim, ich weiß, du brauchst Schlaf, aber könntest du vorher noch kurz in der Gärtnerei vorbeischauen und die Lieferungen sortieren?«

»Letzte Nacht war es nicht ganz so schlimm, und wir konnten ein bisschen pennen, bevor es losging«, antwortete Jim gutmütig. »Und heute Abend habe ich frei.«

Ivy warf ihm einen dankbaren Blick zu und sah wieder

zu Daisy. »Ich dachte, ich komme heute mit«, sagte sie. »Natürlich nur, wenn es dir recht ist.«

Daisy wurde schwach vor Erleichterung. »Oh Mum, es ist mir mehr als recht. Ich würde mich schrecklich freuen, wenn du dabei wärst.« Sie lächelte. Es fühlte sich an, als wäre es das erste Lächeln seit Wochen, und ihre Lippen fühlten sich dabei seltsam an. »Ich wette, die würden dich auch gern filmen, vor allem, wenn sie hören, dass du im letzten Krieg auch in Kew gearbeitet hast.«

Poppys Wutgeheul verfolgte sie den ganzen Weg durch den Vorgarten.

In Kew herrschte eine Stimmung aufgeregter Geschäftigkeit. Im Aufenthaltsraum gab es nur ein Gesprächsthema, als Daisy und Ivy eintraten. Alle wollten bei den Filmaufnahmen dabei sein.

»Ich komme einfach vorbeispaziert, wenn sie die Kamera anwerfen«, rief eine der Gärtnerinnen, eine junge Frau namens Hetty, die sehr überzeugt von sich selbst war. »Und wenn die Wochenschau dann in den Kinos läuft, wird irgendein berühmter Regisseur aus Hollywood mich im Hintergrund entdecken und sich sagen: ›Das ist genau das Mädchen, das ich in meinem nächsten Film haben will.‹« Sie tat so, als würde sie eine Zigarre rauchen, und fügte mit einem bemerkenswert guten amerikanischen Akzent hinzu: »Noch vor Weihnachten bin ich ein Filmstar!«

Beth, die gerade ihre Stiefel zuschnürte, sah nervös auf. »Oh Mann, ich wünschte, du könntest an meiner Stelle gehen«, sagte sie zu Hetty. »Ich habe solche Angst, dass ich mich bis auf die Knochen blamiere.«

Hetty musterte Beth mit einem anerkennenden Blick. »Ich glaube, die haben gewusst, was sie tun, als sie Daisy und dich für den Schrebergarten ausgesucht haben«, erklärte sie. »Das habt ihr eindrucksvoll bewiesen.«

Beth verzog das Gesicht, aber dann sah sie Daisy und Ivy in der Tür stehen. »Da bist du ja! Und deine Mum hast du auch mitgebracht«, rief sie erfreut. »Wir sollten den Leuten von der Wochenschau erzählen, dass Sie auch hier gearbeitet haben, Ivy. Die werden begeistert sein.«

»Das habe ich auch gesagt.« Wieder versuchte Daisy zu lächeln und stellte fest, dass es diesmal leichter ging. »Bist du so weit? Wir sollten startklar sein, wenn sie kommen.«

Während sie durch den Park zum Schrebergarten liefen, gingen sie noch einmal ihren Text durch und versuchten, sich gegenseitig Mut zu machen.

»Wie geht es dir?«, fragte Beth Daisy.

»Wunderbar«, log sie. In Wirklichkeit fühlte sie sich total erschöpft und kraftlos, und ihre Beine fingen wieder an wehzutun. Noch dazu war ihr schwindlig, als würde der Boden unter ihren Füßen wanken. Aber sie war entschlossen, ihr Programm durchzuziehen und Beth nicht im Stich zu lassen.

»Ihr habt das ganz toll hingekriegt«, stellte Ivy bewundernd fest, als sie bei dem Schrebergarten ankamen. »Die Pastinaken sehen sehr gut aus. Hab mir gleich gedacht, dass sie hier gedeihen würden.«

Daisy freute sich, dass ihre Mutter so beeindruckt war. Sie nickte. »Wir haben richtig hart gearbeitet, und das ist erst der Anfang. Ich glaube, im Frühjahr werden wir ein paar von den anderen Gärtnerinnen brauchen, damit sie uns helfen.«

»Himmel, da sind sie«, stieß Beth entsetzt hervor und starrte eine Gruppe von Leuten an, die näher kamen. »Sie sind hier, Daisy.«

Daisy holte tief Luft. »Alles klar. Wir wissen, was wir zu tun haben«, sagte sie. Wenn ihr nur nicht so mulmig wäre! »Immer schön lächeln, Beth. Zeigen wir ihnen, aus welchem Holz die Kew Gardens Girls geschnitzt sind.«

»Das sind sie«, rief Huw Davies, der die Leute von Pathé zu ihnen führte. »Meine *Dig for Victory*-Ladys!«

Bei ihm waren zwei Männer, die etwas schleppten, das Daisys Meinung nach die Kameraausrüstung war, und noch ein Mann, gut aussehend und schick gekleidet – vermutlich der Reporter. Und hinter ihm her eilte eine junge Frau, die über der Schulter eine große Umhängetasche trug.

»Meine Damen«, rief Mr Davies und strahlte sie an wie ein stolzer Vater. »Darf ich bekannt machen: Jonathan Buxton, Reporter. Jonathan, das sind Daisy Cooper und Beth Sanderson.«

Daisy und Beth schüttelten dem Mann die Hand.

»Fantastisch«, sagte er. »Wirklich bemerkenswert. Lasst uns alles aufbauen, dann kann's losgehen.«

Die Frau mit der Umhängetasche überprüfte Beths und Daisys Make-up, bürstete ihnen die Haare und steckte es so geschickt zu akkuraten Rollen auf, dass Daisy sich wünschte, auch das würde gefilmt werden, damit sie es sich später in Ruhe anschauen könnte.

»Das ist meine Mutter Ivy«, erklärte sie dem Reporter, während sie darauf warteten, dass Beths Frisur gelegt wurde. »Sie hat im letzten Krieg hier in Kew Gardens gearbeitet. Und sie hat uns dabei geholfen, diesen Schrebergarten anzulegen.«

Genau wie Daisy vermutet hatte, leuchteten seine Augen auf, als er das hörte, und gleich darauf wurde auch Ivy frisiert. Daisy nutzte die allgemeine Geschäftigkeit, um sich in den Anderson-Unterstand zurückzuziehen. Sie setzte sich kurz hin und atmete ein paarmal tief durch.

»Komm schon, Daisy«, sagte sie laut. »Du musst einfach den heutigen Tag hinter dich bringen, dann wird's dir gleich besser gehen.«

Ihre Beine taten ihr jetzt wirklich sehr weh, und Bauchschmerzen hatte sie auch. Hoffentlich muss ich mich nicht übergeben, während ich gefilmt werde, dachte sie. Sie schenkte sich ein Glas Wasser ein und leerte es in einem Zug. »Komm schon!«

Daisy hatte den Verdacht, dass es reine Sturheit war, die ihr durch die nächsten Stunden half. Sie ignorierte ihre schmerzenden Beine und die Bauchkrämpfe, setzte ein Lächeln auf und hielt durch. Zum Glück hatten Beth und sie ihre Weihnachtsmahlnummer so oft geprobt, dass es wie am Schnürchen lief. Die Zuschauer – wesentlich mehr als sonst, weil das Filmteam Aufmerksamkeit erregte – stellten nützliche und interessante Fragen, und Daisy merkte, dass sie sich einfach Beths Führung überlassen konnte.

Als es Zeit für die Interviews wurde, fiel Beth auf, dass Daisy ermattet wirkte, und sie sprang rasch in die Bresche. Jonathan schien es egal zu sein, mit welcher der beiden Gärtnerinnen er sprach. Beth zog ihn beiseite, und Daisy sah, wie sie ihm etwas ins Ohr flüsterte. Wahrscheinlich erzählte sie ihm von Rex und bat ihn, kein Interview mit Daisy zu führen. Noch nie war sie so dankbar gewesen, Beth zur Freundin zu haben. Jonathan nickte verständnisvoll und winkte Ivy zu sich, weil er auch sie beim Interview gern dabeihaben wollte. Daisy flüchtete sich erleichtert wieder in den Anderson-Bunker.

Sie ließ sich auf einen der Liegestühle fallen, die darin standen, und machte mehrere tiefe Atemzüge. Es ging ihr miserabel. Ihre Beine taten furchtbar weh, und die Bauchkrämpfe waren eine wahre Folter. »Oh nein«, wisperte sie. »Nicht jetzt!«

Die Schmerzen wurden immer stärker, und sie zitterte vor Angst. Im Liegen war es nahezu unerträglich, stellte sie fest. Sie musste sich aufrichten. Sie hievte sich hoch, blieb auf sehr unsicheren Beinen stehen und klammerte sich nach einem weiteren Atemzug an die Lehne des Liegestuhls. Sie wollte Beth rufen oder ihre Mutter, aber sie konnte kaum Luft holen. Jetzt weinte sie, lautlose Tränen, weil sie einfach keinen Ton herausbrachte. Oh Gott, da waren die Schmerzen wieder! Sie kamen jetzt in regelmäßigen Abständen und schienen ihr den Unterleib zu zerreißen.

Was hier vorgeht, daran kann wohl kein Zweifel bestehen, dachte sie entsetzt, fast panisch. Nicht der geringste.

»Verdammter Mist«, flüsterte sie. »Du lieber Gott!«

Wieder packte sie der Schmerz, und sie atmete durch die Nase ein und den Mund aus. Noch nie hatte sie Rex so sehr vermisst wie in diesem Moment. Warum hatte er sterben müssen? Wie konnte so etwas passieren?

»Ich will das nicht«, murmelte sie halblaut, als der Schmerz wieder nachließ. »Ich will das alles nicht.« Wenn jetzt jemand käme und ihr die Wahl ließe, entweder zu sterben und bei Rex zu sein oder hierzubleiben mit diesen grauenhaften Schmerzen, wüsste sie, wie ihre Entscheidung ausfallen würde.

Und dann öffnete sich die Tür des Bunkers und eine Gestalt erschien, vom hellen Tageslicht umgeben wie von einem Heiligenschein. Fast besinnungslos vor Angst und Schmerz, glaubte Daisy einen Moment lang, es wäre ein Engel, der gekommen war, um sie zu Rex zu bringen, und sie war glücklich. Unendlich glücklich.

Aber der Engel sprach. »Oh mein Gott, Daisy!« Es war Beth. Natürlich war sie es.

Daisy versuchte zu sprechen, aber eine weitere Wehe kam, und sie brachte nur ein Stöhnen heraus.

Beth war sofort bei ihr. »Ich rufe Hilfe! Wir brauchen einen Krankenwagen. Ich gehe Ivy holen.«

Daisy packte sie am Arm. »Bleib hier«, keuchte sie.

Beth starrte sie erschrocken an. »Du brauchst Hilfe. Du bist krank.«

Daisy holte tief Luft und schüttelte den Kopf. »Ich bin nicht krank«, stieß sie verzweifelt hervor. Sie klammerte sich immer noch an Beths Arm. »Ich kriege ein Kind.«

Kapitel 28

London, Dezember 1940

Beths Gesichtsausdruck wechselte von verwirrt über fassungslos zu besorgt.

»Was zum Teufel …?« Sie klang vorwurfsvoll. »Seit wann weißt du es?«

»Schon länger«, jammerte Daisy, als eine weitere Wehe kam. »Ich habe es bloß keinem erzählt.«

Beth schob Daisys Arm nach unten, sodass sie einander jetzt an der Hand hielten, und strebte zu Daisys Entsetzen zur Tür des kleinen Bunkers.

»Wehe«, zischte Daisy. »Ich brauche dich.«

Beth ignorierte sie. Ohne Daisys Hand loszulassen, stieß sie die Tür einen Spalt weit auf, steckte den Kopf hindurch und rief: »Ivy, könnten Sie bitte kurz herkommen?«

Eine Pause entstand, dann öffnete sich die Tür, und Ivy war da.

»Was gibt's?«, fragte sie. Dann sah sie Daisy, und ihre Augen weiteten sich vor Schreck. »Was ist mit ihr?«

Daisy weinte jetzt große, dicke Tränen, die ihr über die Wangen kullerten. Sie konnte es nicht erklären, konnte nicht die Worte finden, um ihrer Mutter zu sagen, dass sie ein Baby bekam und es all die Monate verschwiegen hatte. Ihr Baby. Rex' Baby.

»So sollte es nicht sein«, schluchzte sie. »So nicht!«

Ivy war sofort an ihrer Seite. »Was fehlt dir, mein Liebes? Was ist los?«

»Sie ist schwanger«, sagte Beth ruhig. »Und das Baby kommt jetzt.«

Daisy erwartete, dass ihre Mutter schockiert sein würde, aber tatsächlich nahm sie die Neuigkeit mit erstaunlicher Gelassenheit auf. War es möglich, dass sie die ganze Zeit etwas geahnt hatte? Nein, unmöglich! Daisy hatte sich doch solche Mühe gegeben, es geheim zu halten. Ivy legte einen Arm um Daisys Schultern, und Daisy ließ sich an ihre Mutter sinken. »Schon gut«, sagte Ivy. »Das kriegen wir hin.«

Beth streichelte Daisys Arm. »Ich glaube, wir haben noch ein bisschen Zeit, bis es ernst wird, aber nicht genug, um dich woanders hinzubringen.« »Aber das macht nichts. Ich muss nur noch schnell ein paar Sachen besorgen. Deine Mutter bleibt hier bei dir. Alles wird gut.«

Die ruhigen Worte ihrer Freundin wirkten entspannend auf Daisy. Sie nickte. »Beeil dich.«

Beth ließ ihre Hand los und eilte zur Tür hinaus. Daisy schmiegte sich an ihre Mutter.

»Ist es denn angenehm für dich, wenn du stehst?«, fragte Ivy. »Als Poppy kam, wollte ich die ganze Zeit ständig in Bewegung sein.«

Daisy nickte. »Ich habe versucht, mich hinzusetzen, aber das hat es nur schlimmer gemacht.«

»Dann machen wir hier mal ein bisschen Platz, ja?«

Weil der Unterstand nicht seinem ursprünglichen Zweck entsprechend genutzt wurde, gab es keine Stockbetten, nur einen kleinen Klapptisch, einen Kleiderständer, an dem sie ihre Sachen aufhängen konnten, die zwei Liegestühle und ein paar Gartengeräte. Jetzt hob Ivy Tisch und Garderobenständer auf und schleuderte sie zur Tür hinaus. Gleich darauf folgten die Stühle.

»Was ist mit den Leuten von der Wochenschau?«, keuchte Daisy, die Angst hatte, es könnte gefilmt werden, wie Möbel durch den Schrebergarten flogen.

»Die sind weg, mein Schatz. Wir sind ganz unter uns.«

Wieder schoss ein stechender Schmerz durch Daisys Bauch. Ivy nahm sie in die Arme und hielt sie fest, bis die Wehe verebbte.

»Gut gemacht«, lobte Ivy. »Jetzt entspann dich und bereite dich auf die nächste Wehe vor.«

»Ich kann nicht«, sagte Daisy. Allein der Gedanke versetzte sie in Panik. »Ich kann das nicht.«

»Doch, kannst du. Bis jetzt hast du es auch geschafft.«

»Ich weiß nicht, was ich tun soll«, wimmerte Daisy. »Ich will das nicht.«

»Dein Körper weiß, was zu tun ist. Du musst einfach

auf ihn hören, dann liegt dein Baby schon bald in deinen Armen, und du bist Mutter.«

Daisy konnte sich einfach nicht vorstellen, dass sie tatsächlich ein Kind bekam. Sie hatte sich verzweifelt bemüht, diese Tatsache zu verdrängen, und nun, da es so weit war, hatte sie das beklemmende Gefühl, sich selbst aus weiter Ferne zu beobachten, als würde all das jemand anderem passieren. Vielleicht war es ein böser Traum. Irgendwann würde sie aufwachen, und Rex wäre noch am Leben, und eines Tages, wenn der Krieg vorbei wäre und das Leben wieder seinen normalen Gang ginge, würden sie vielleicht ein Kind bekommen.

Beth steckte ihren Kopf zur Tür herein. »Ich habe mit Will gesprochen. Er sorgt dafür, dass ein provisorischer Zaun um den Schrebergarten aufgestellt wird, damit keine Besucher hier reinkommen. Und Gus ist auch da, falls wir ihn brauchen.«

Daisy schüttelte den Kopf. »Ich will nur dich … bitte.«

»Kein Problem«, sagte Beth munter, und zum ersten Mal hatte Daisy das Gefühl, dass jemand die Dinge im Griff hatte. »Dann machen wir es dir mal ein bisschen bequem, ja?«

Danach zog alles wie in einem Nebelschleier an Daisy vorbei. Die Schmerzen waren sehr stark, aber Beth redete die ganze Zeit beruhigend auf sie ein, und Ivy betupfte ihre Stirn mit einem Schwamm, den Beth aus dem Aufenthaltsraum mitgebracht hatte. Behutsam untersuchte Beth, was vorging, und meinte, es würde nicht mehr lang dauern.

Irgendwann lief Flüssigkeit an Daisys Schenkeln hinunter, und sie hatte Angst, dass sie sich in die Hose gemacht hätte. Aber Beth erklärte ihr, ihre Fruchtblase wäre geplatzt, und danach wurden die Schmerzen, die vorher schon unerträglich gewesen waren, noch schlimmer.

Daisy spürte, wie sie sich bei jeder Wehe verkrampfte und in sich zusammenschrumpfte, als würde sie von den Schmerzen und der Angst aufgesogen. Als sie Beth und Ivy miteinander reden hörte, schienen ihre Stimmen sehr weit weg zu sein.

»Sie war sehr unglücklich«, sagte Beth gerade. »Das alles war einfach zu viel für sie.«

»Ich kann nicht glauben, dass sie es mir nicht gesagt hat.« Ivy klang aufgebracht, und Daisy hatte ein schlechtes Gewissen, weil sie ihrer Mutter solche Sorgen machte.

»Vielleicht wollte sie sich einreden, es wäre nicht wahr.«

»Ich schäme mich, dass ich zu beschäftigt war, um etwas zu merken.«

»Deshalb müssen Sie kein schlechtes Gewissen haben. Ich bin Krankenschwester und habe auch nichts gemerkt. Ich habe ihr einfach geglaubt.«

Daisy atmete tief ein und ließ sich tiefer in ihr Inneres sinken. Jetzt konnte sie die beiden nicht mehr hören. Alles, was sie hörte, waren ihre eigenen Atemzüge. Alles andere, ihre Mutter, Beth, der Bunker, war verschwunden. Sie war ganz allein.

Sie war nicht sicher, wie lange sie anhielten, diese gnadenlosen, stechenden Schmerzen, aber plötzlich wusste sie, dass sie pressen musste, wenn sie wollte, dass es endlich aufhörte. Sie stand immer noch, und jetzt drehte sie sich langsam um, um sich wieder an Ivy festzuhalten.

»Daisy?«, fragte Beth. »Bist du bereit zu pressen?«

Daisy blieb stumm. Sie klammerte sich einfach an ihre Mutter, und als die nächste Welle kam, überließ sie einfach alles Weitere ihrem Körper.

Beth kauerte hinter Daisy auf dem Boden. »Ich kann das Köpfchen sehen«, sagte sie. »Du machst das großartig, Daisy. Bald ist dein Baby da.«

Daisy öffnete den Mund, um zu sagen, dass sie dieses Kind nicht wollte, aber alles, was über ihre Lippen kam, war ein Stöhnen. Dann empfand sie ein Gefühl der Erleichterung, und irgendetwas schien aus ihr herauszurutschen. Beth schnappte nach Luft.

»Es ist ein Mädchen«, rief sie. »Ein wunderhübsches kleines Mädchen!«

Daisys Beine zitterten krampfhaft, und sie musste wieder weinen, als das Geschrei ihrer Tochter ertönte.

»Oh Daisy!«, rief Ivy. »Ein kleines Mädchen.«

Sie bettete Daisy auf eine Art Nest, das Beth und sie auf aus einem Haufen Decken gemacht hatten, während Beth das Baby wickelte.

»Bitte sehr. Hier ist deine kleine Tochter.«

Vorsichtig reichte sie Daisy das Bündel, und Daisy nahm ihre neugeborene Tochter in Empfang. Sie betrachtete das Gesicht der Kleinen. Sie hatte die gleichen dunkelroten Haare wie Daisy, und sie spitzte ihre rosigen Lippen. Als

Daisy sie anschaute, öffnete das winzige Mädchen die Augen und sah ihre Mutter an. Daisy drehte es das Herz um, als sie in den Gesichtszügen ihrer Tochter Rex wiedererkannte. Es war perfekt, dieses kleine Geschöpf. Sie hatte perfekte Finger und perfekte Zehen und eine perfekte winzige Nase. Und Daisy blickte auf dieses perfekte Mädchen hinab und empfand absolut nichts.

»Das Baby lag Rücken an Rücken«, hörte sie Beth draußen vor dem Bunker zu jemandem sagen, vermutlich zu Gus. »Das erklärt die Krämpfe in ihren Beinen und die starken Schmerzen.«

Gus schaute zur Tür herein und lächelte. »Glückwunsch«, sagte er. »Ich habe gewartet, um zu sehen, ob ich gebraucht werde, aber wie es scheint, ist Beth auch allein gut zurechtgekommen.«

»Wie viele Kinder haben Sie schon entbunden?«, fragte Ivy Beth. Sie wich Daisy und dem Baby nicht von der Seite und war offensichtlich jetzt schon hingerissen von ihrem neuen Enkelkind. Obwohl sie mit Beth redete, konnte sie den Blick nicht von dem kleinen Mädchen wenden.

Beth kicherte. »Diese Kleine hier mit eingerechnet?«

»Ja, wie viele insgesamt?«

»Eins.«

Ivy brach in schallendes Gelächter aus, Beth stimmte ein, und auch Gus lachte herzhaft. Daisy fühlte sich, als würde ihr das Herz aus dem Leib gezogen und in winzige Stücke zerrissen.

»Ich glaube, dein Kind hat Hunger«, sagte Ivy. Daisy

schaute nach unten, und tatsächlich drückte sich das Baby an ihre Brust. Irgendwann im Lauf der letzten Stunden hatte Daisy ihren Overall ausgezogen und trug jetzt nur ihr Hemd. Über ihr lag eine Decke. Ivy zupfte alles so zurecht, dass das Baby an die Brust gelegt werden konnte, und es fing sofort an zu nuckeln.

»Sieh mal einer an, was für ein gescheites kleines Ding das ist!« Ivy lächelte stolz.

»Wie soll sie heißen?«, fragte Beth. »Sie braucht einen Namen.«

Ivy strich Daisy übers Haar. »Hast du dich je mit Rex über Kinder unterhalten? Habt ihr über Namen geredet?«

Daisy erinnerte sich an den warmen Sommertag, als sie auf den Marschen in Hackney im Gras lagen und sie Rex erzählte, dass jedes Kind, das sie je bekommen würden, nach einer Pflanze benannt werden müsse.

»Ist bei uns eine Familientradition«, hatte sie gesagt. »Ivy, Daisy, Poppy – Efeu, Gänseblümchen, Mohn …«

»Archie«, hatte Rex augenzwinkernd eingeworfen.

Daisy hatte ihn gegen den Arm geboxt. »Archie wurde nach Tante Wins verstorbenem Mann benannt, wie du sehr wohl weißt.«

»Und wenn es ein Junge wird?«, hatte Rex gefragt. »Jungs tragen keine Namen von Blumen.«

»Es muss keine Blume sein, einfach irgendeine Pflanze.« Daisy hatte einen Moment nachgedacht. »Basil.«

»Guter Gott, nein. Nicht Basilikum.«

»Ash?«

»Esche. Schon besser.« Rex hatte sich auf den Bauch gerollt. »Gras«, hatte er gesagt, während er sich umschaute, als ob er sich von Mutter Natur eine Inspiration erhoffte. »Eiche. Birke.«

»Jetzt bist du albern.«

»Und für ein Mädchen?«

»Mir gefällt Marigold, also die Ringelblume«, hatte Daisy gesagt. »Weil diese Blume für Freude und Glück steht.«

»Marigold«, hatte Rex gesagt. »Mir gefällt der Name auch.«

Jetzt sah Daisy ihr kleines Mädchen an. Ihr einen Namen zu geben, der Freude bedeutete, wäre ziemlich seltsam, dachte sie.

»Daisy«, sagte Ivy sanft. »Denkst du an einen bestimmten Namen? Was hältst du von Holly? Das klingt hübsch, und außerdem steht Weihnachten vor der Tür, dann schmücken wir das Haus wieder mit Stechpalmen.«

Daisy schüttelte den Kopf. »Nicht Holly.«

»Was dann?«

»Willow.«

»Ein schöner Name«, befand Beth.

Aber Ivy runzelte die Stirn. »Willow? Bist du dir sicher?« Sie warf einen liebevollen Blick auf ihre Enkeltochter. »Sie ist so ein entzückendes kleines Ding, und Willow, also die Weide, steht für … na ja, für Trauer.«

»Sie wird Willow heißen.« Daisy blieb fest. »Willow Cooper.«

Wieder blickte sie auf das Baby in ihren Armen hinunter und fragte sich, ob sie nun, da ihre Tochter einen Namen hatte, anders empfinden würde. Aber obwohl Willow, die von Beth in eine Decke gehüllt worden war, friedlich schlief und dabei heiter und entspannt aussah, fühlte Daisy immer noch nichts.

Kapitel 29

London, Dezember 1940

Beth hätte total erledigt sein müssen. Sie hatte gestern im Krankenhaus hart gearbeitet und war noch lange nach dem Ende ihrer Schicht geblieben, weil es so viel zu tun gab. Dann waren die Filmaufnahmen für die Wochenschau gekommen, und noch dazu die völlig unerwartete Geburt von Daisys Tochter. Sie hätte vor Müdigkeit umfallen müssen, aber stattdessen war sie in Hochstimmung.

Sie hatten Daisy vom Bunker im Schrebergarten in den Aufenthaltsraum der Gärtner geholfen, wo sie es sich auf einem gemütlichen Sofa bequem machen konnte, bis ihr Vater mit einem Wagen vom Luftschutz kam und sie nach Hause brachte. Die kleine Willow lag, immer noch in eine Decke gewickelt, in den Armen ihrer Großmutter und schlief tief und fest. Ivy war mit den dramatischen Ereignissen des heutigen Tages locker umgegangen und schien vor Freude über das neue Baby völlig aus dem Häuschen zu sein.

Daisy hingegen war sehr still und wirkte bedrückt, aber das überraschte Beth nicht im Geringsten. Sie konnte sich nicht einmal annähernd vorstellen, wie es sein musste, die Tatsache, schwanger zu sein, absolut zu verdrängen, dann eines Morgens aufzustehen und noch vor dem Abendessen Mutter zu sein.

»Wie geht es dir?«, fragte sie, während sie mit dem Handrücken Daisys Temperatur prüfte. Sie wollte nicht, dass ihre Freundin eine Infektion bekam und ins Krankenhaus musste. Beth spürte, dass Daisy jetzt dringend ihr Heim und ihre Familie brauchte, um mit alledem fertig zu werden, was passiert war.

»Gut«, sagte Daisy, aber ihre tränenerstickte Stimme strafte sie Lügen. Leise Sorge regte sich in Beth.

»Wirklich?«

»Ich habe rein gar nichts, Beth«, wisperte Daisy. »Ich habe überhaupt nichts vorbereitet. Ich weiß nicht mal, was Babys brauchen. Ich habe keine Windeln, kein Kinderbett, nicht mal was zum Anziehen.«

»Wir werden alles besorgen, was du brauchst«, versprach Beth.

»Darf man Hallo sagen?« Will steckte seinen Kopf zur Tür herein. »Alle wollen die Kleine kennenlernen.«

Daisy hob den Kopf und brachte mit, wie es Beth schien, größter Mühe ein Lächeln zustande. »Nur herein.«

Will schlich auf Zehenspitzen in den Aufenthaltsraum.

»Du hast uns alle ganz schön überrascht.« Er strahlte Daisy an. »Ich gratuliere!«

»Danke«, hauchte Daisy.

»Ich hab's Huw erzählt, und er ist begeistert.« Er schluckte. »Er wollte, dass ich Jonathan und sein Team noch mal herhole, aber ich dachte, das wäre dir wahrscheinlich unangenehm. Ich kann mich noch gut erinnern, wie sich meine Frau fühlte, nachdem sie unsere Kinder zur Welt gebracht hatte.«

»Daisy braucht Ruhe«, sagte Beth schnell.

»Wir haben uns auf ein Foto geeinigt«, erklärte Will und schwenkte seine Kamera. »Daisy, die Kleine und du, Beth.«

Beth sah zu ihrer Freundin. Daisy schloss kurz die Augen, erhob aber keine Einwände. Beth nickte. »Nur ein Foto«, schärfte sie Will ein. »Was ist mit Ivy?«

»Oh ja, sie muss auch dabei sein. Drei Generationen Kew Gardens Girls!«

Ivy, die Willow immer noch im Arm hielt, setzte sich zu Daisy aufs Sofa, und Beth stellte sich hinter die beiden.

»Hier kommt das Vögelchen!«, rief Will. Grelles Blitzlicht blendete Beth.

»Das wär's. Ich schicke das so schnell wie möglich Jonathan.« Er sah Daisy an. »Huw lässt ausrichten, dass er ein Gitterbettchen und einen Kinderwagen zu euch nach Hause bringen lässt. Er dachte, du könntest die Sachen vielleicht brauchen.«

»Na, siehst du, Daisy«, sagte Beth.

»Danke.« Daisys Stimme klang dünn und schwach, und als Will hinausging, drehte sie sich mit dem Gesicht zur Rückenlehne des Sofas.

Ivy schaute auf Willow hinunter und warf dann Beth einen fragenden Blick zu. Beth zuckte mit den Schultern. Sie hoffte, dass Daisy einfach ein bisschen überwältigt von den heutigen Ereignissen war.

»Klopf, klopf«, sagte eine Stimme, und Hetty trat ein.

»Oooh«, hauchte sie, als sie Willow in Ivys Armen entdeckte. »Ist das ein süßes kleines Ding!«

»Kann man wohl sagen!« Ivy lächelte stolz.

Daisy wandte langsam den Kopf und schaute ihre Besucherin an. »Ein paar von uns waren in Sorge, dass du vielleicht nichts für die Kleine hast, weil du ja wohl gar nicht gewusst hast, dass was unterwegs ist. Deshalb sind die von uns, die schon Kinder haben, also natürlich nicht ich, sondern ein paar Ältere, nach Hause gegangen, um Sachen zu holen, aus denen ihre Kinder rausgewachsen sind.«

Beth musste grinsen. Typisch Hetty, gleich darauf hinzuweisen, dass sie noch nicht alt genug war, um Mutter zu sein. Trotzdem war es unglaublich nett von ihr. Daisy machte große Augen, als Hetty ihr eine Tasche voller Babysachen reichte: winzige Jacken, Mützen, Babyschuhe und einen ganzen Stapel Windeln.

»Die Sachen sind nicht neu«, erklärte Hetty. »Aber sauber. Ach ja …« Sie kramte in der Tasche ihres Overalls. »Spezielle Sicherheitsnadeln für die Windeln.«

Ivy strahlte vor Freude. »Genau dasselbe haben meine Freundinnen für mich getan, als du zur Welt gekommen bist, Daisy.«

Daisy wischte sich eine Träne aus dem Auge. »Danke«,

sagte sie noch einmal. Beth beobachtete sie aufmerksam. Anscheinend waren alle entzückt von Willows überraschender Ankunft, von Mr Davies und Will bis zu den anderen Gärtnerinnen – nur Daisy nicht.

Als Beth aus dem Fenster schaute, sah sie Jim kommen. Erleichtert wandte sie sich zu Daisy um. »Da kommt dein Dad, jetzt kannst du nach Hause fahren.«

»Dann lasse ich euch mal wieder allein«, sagte Hetty. Beth nahm ihre Hand, als sie sich zum Gehen wandte, und drückte sie. »Daisy ist noch ein bisschen mitgenommen«, flüsterte sie ihr zu. »Aber ich weiß, wie dankbar sie euch allen für eure Hilfe ist. Das war wirklich nett von euch.«

Hetty grinste und winkte ihnen zum Abschied fröhlich zu.

Beth schaute zu, als Ivy einer braven Willow geschickt eine Windel anlegte und dabei Daisy zeigte, wie man das viereckige Tuch richtig faltete. »Du erinnerst dich vielleicht noch daran, wie es bei Poppy war, Daisy?«

Daisy nickte halbherzig.

»Möchtest du sie anziehen?«, fragte Ivy.

»Du kannst das bestimmt besser.«

Ivy warf Beth wieder einen fragenden Blick zu, widersprach aber nicht. Sie steckte Willow in einen winzigen Strampelanzug, während Beth Daisy beim Aufstehen behilflich war.

»Du wirst dich die nächsten Tage noch ein bisschen zerschlagen fühlen«, sagte sie. »Mute dir nicht zu viel zu.«

Daisy umarmte Beth. »Danke, dass du mir geholfen hast.

Ich hatte solche Angst, und ich weiß nicht, was passiert wäre, wenn du nicht dabei gewesen wärst.«

»Ich bin froh, dass ich da war.« Beth lächelte. »Darf ich dich morgen besuchen kommen?«

»Ja bitte«, sagte Daisy eindringlich. »Bitte.«

Nachdem Ivy, Jim, Daisy und Willow mitsamt der Tasche mit Kleidung und Windeln in Jims Wagen gestiegen und abgefahren waren, setzte sich Beth aufs Sofa. Sie sprudelte förmlich über vor überschüssiger Energie. Es machte sie unendlich glücklich, dass Daisy und ihr Baby wohlauf waren, dass sie ihrer Freundin hatte helfen können, als sie dringend Hilfe brauchte, und dass die Kew Gardens Girls Zuwachs bekommen hatten.

»Ich wollte mich nur kurz überzeugen, wie es euch geht.« Gus kam herein. »Daisy ist schon weg?«

»Ja, mit der kleinen Willow unterwegs nach Hause.«

»Bist du nicht völlig erledigt? Du hast heute Großartiges geleistet.«

Beth stand auf. »Ehrlich gesagt bin ich kein bisschen müde. Ich bin aufgeregt wie ein Schulmädchen und voller Energie. Ich will feiern!«

»Gut«, sagte Gus. »Das höre ich gern. Wie möchtest du denn gern feiern?«

Beth nahm seine Hände in ihre und schüttelte sie. »Lass uns tanzen gehen!«

Kapitel 30

London, Dezember 1940

Sie gingen ins Café de Paris, weil Beth den Nachtclub mochte und auch Gus schon mehrere Male dort gewesen war. Hier war jeder willkommen, und er musste sich keine Sorgen machen, ob auch er als Gast willkommen wäre. Noch dazu war das Café de Paris ein Kellerlokal. Sie würden also in Sicherheit sein und nicht das Dröhnen der Bomben hören, falls es wieder einen Luftangriff geben sollte.

»Ich habe fast vergessen, wie es ist, sich zu amüsieren«, sagte Beth, als sie an der Station Piccadilly Circus aus der U-Bahn stiegen. Statt ihres Overalls trug sie jetzt das Kleid, in dem sie an diesem Morgen nach Kew gefahren war – es schien eine Ewigkeit her zu sein –, und Haare und Make-up waren zum Glück von den Filmaufnahmen noch in Ordnung. Sie hatte überrascht geblinzelt, als sie in Kew im Aufenthaltsraum in den Spiegel schaute, weil sie erwartet hatte, abgespannt und müde auszusehen. Stattdessen glänzten ihre Augen, und ihre Wangen schimmerten rosig. Sie sah glücklich aus, fand sie. Glücklich und unternehmungslustig.

»Ich weiß.« Gus seufzte. »Es scheint, als gäbe es im Moment nur Krankenhaus, Kew, Krankenhaus, Kew.«

Beth warf ihm einen Blick zu. Wie schön, einen Freund zu haben, der einen so gut versteht, dachte sie. Im gedämpften Abendlicht der Verdunkelung war nicht viel zu erkennen, aber ihr entging nicht, wie gut Gus aussah. Seine Anzugjacke hatte er in seinem Spind in Kew gelassen und trug nur eine Tweedweste über seinem Hemd. Den Schlips hatte er ausgezogen, aber er trug den Hut, sein Markenzeichen, die Krempe tief ins Gesicht gezogen. Beth konnte nur sein strahlendes Lächeln sehen.

»Ich werde mir einen gigantischen Gin gönnen, um die Geburt der kleinen Willow zu feiern«, verkündete sie, während sie sich bei Gus einhängte und mit ihm die Treppe zum Club hinunterging. »Und ich werde die ganze Nacht durchtanzen!«

Beth war während ihrer Ausbildung zur Krankenschwester öfter tanzen gewesen, aber jetzt war sie eine Ewigkeit nicht mehr abends ausgegangen. Paul hatte für Lokale wie das Café de Paris nichts übrig. Er könne sich bei der lauten Musik nicht denken hören, behauptete er. Beth kannte ihn schon ein Leben lang und hatte ihn noch nie tanzen gesehen, und hier war Gus, den sie erst vor wenigen Monaten kennengelernt hatte, und begleitete sie in einen Nachtclub. Was Daisy wohl davon halten würde? Nicht viel, dachte

Beth. Aber es war ein anstrengender Tag gewesen, und Beth wollte einfach ein bisschen Spaß haben.

Die Band spielte bereits, und auf der Tanzfläche drängten sich die Leute. Beth merkte, wie sich ihre Stimmung hob. Genau das brauchte sie jetzt. »Großartig, oder?«

Sie spürte, wie sie sich zum Rhythmus der Musik bewegte, obwohl sie noch nicht auf der Tanzfläche waren. Auch Gus schwang leicht die Hüften. Er ist bestimmt ein fantastischer Tänzer, dachte Beth. Ein leises Prickeln durchlief sie, als sie sich vorstellte, wie sie ihn an der Hand nahm und auf die Tanzfläche zog, wie sie einander beim Tanzen immer näher kamen …

»Beth?« Sie blinzelte. Gus lehnte an der Bar und sah zu ihr. »Gin?«

»Ja, bitte«, rief sie ihm über die Musik hinweg zu.

Gus bezahlte ihre Rechnung beim Barkeeper, der angesichts seiner Hautfarbe nicht mit der Wimper zuckte. Beth fiel auf, dass einige Mitglieder der Band und zwei Varietétänzer ebenfalls dunkelhäutig waren. Kein Wunder, dass sich Gus hier heimisch fühlte.

Sie setzten sich mit ihren Drinks an einen Tisch und rückten ihre Stühle nah aneinander, damit sie sich unterhalten konnten.

»Als ich nach London kam, hat mir vor allem die Musik gefehlt«, sagte Gus. »Bei uns in Jamaika hört man überall Musik, auf den Straßen und in jedem Haus.«

»Klingt wunderbar.« Beth schlürfte ihren Gin durch einen Strohhalm und kam sich sehr mondän vor. Im Café de Paris hatte sie sich immer ziemlich glamourös gefühlt, auch wenn sie nur mit einer Schar anderer junger Mädchen hier gewesen war, um Geburtstage oder Ähnliches zu feiern. Wieder versuchte sie, sich Paul hier unten vorzustellen, mit seinen polierten Schuhen und dem steifen Kragen, schaffte es aber nicht. Paul mochte Restaurants und schicke Hotelbars, wo er zum Kellner »guter Mann« sagen konnte und Leute traf, die er von der Schule kannte.

»Aber hier in London gibt es auch Musik«, fuhr Gus fort. »Man muss nur wissen, wo man sie finden kann.«

»Wirklich?«, fragte Beth erstaunt. »Wo denn?«

»Denmark Street. Dann gibt es ein Lokal am Soho Square, das mir gut gefällt. Und eine spanische Bar in der Nähe der Tottenham Court Road.«

»Spanisch?« Beth war noch nie in Spanien gewesen.

»Flamenco.« Gus hob seine Hände über den Kopf und schnippte mit den Fingern. Beth kicherte entzückt. Was für ein toller Abend!

»Tanzen wir«, sagte sie und schob ihren Stuhl zurück. »Na los!«

Sie nahm Gus an der Hand, zog ihn hoch und lief mit ihm zur Tanzfläche. Hier ließ sie ihr Selbstvertrauen allerdings im Stich. Die Band spielte eine sehr schwungvolle Nummer, und Beth, die sich in der Tanzschule immer extrem gelangweilt hatte, wusste nicht, was sie mit ihren Beinen anfangen sollte. Sie schaute die anderen Paare an, die einander herumschleuderten, und warf Gus einen erschrockenen Blick zu. Er schenkte ihr sein bezauberndes Lachen, zog sie an sich und schlang einen Arm um ihren Rücken. »Wir schummeln uns durch.«

Besonders beeindruckend war ihre tänzerische Leistung nicht, aber immerhin wagten sie den Versuch. Beth musste so sehr lachen, dass sie Seitenstechen bekam; Gus warf den Kopf in den Nacken und wieherte vor Lachen. So viel Spaß hatte Beth seit Monaten nicht gehabt, vielleicht seit Jahren nicht mehr. Zum Teil lag es an der Atmosphäre und dem Gin und der Musik, zum Teil an dem Adrenalin, weil sie bei Daisy Geburtshilfe geleistet hatte und für die Wochenschau gefilmt worden war, aber wenn sie ganz ehrlich war, lag es vor allem daran, Gus so nahe zu sein, seinen Körper an ihrem Körper, seinen Atem an ihrem Hals zu spüren.

Die Band ging zu einer langsamen Nummer über, und plötzlich waren all die Paare um sie herum ineinander verschlungen wie Efeuranken um ein Spalier, und einen Moment lang war Beth befangen. Sie hörte auf zu tanzen, hielt immer noch Gus' Hände, aber weil ihre Arme ausgestreckt waren, standen sie ein Stück voneinander entfernt. Doch dann zog er sie sanft an sich und legte seine Arme um sie. Beth lehnte ihren Kopf an seine Brust, schloss die Augen und verlor sich ganz in der Musik und in dem Augenblick. Noch nie war sie so glücklich gewesen, so wunschlos glücklich wie in diesem Moment.

Als die nächste Nummer gespielt wurde, schlug sie die Augen auf und stellte fest, dass Gus sie anschaute. Die Luft zwischen ihnen schien elektrisch aufgeladen, wie ein Sommerhimmel vor einem Gewitter. Gus' Miene war nicht zu deuten. Er lächelte nicht, sah aber auch nicht verstimmt aus. Seine dunklen Augen waren zusammengekniffen, als versuche er, in ihr zu lesen. Beth hatte ihre Arme um seinen Oberkörper gelegt, aber jetzt fühlte sie sich kühn genug, ihre Hände nach oben bis zu seinem Nacken wandern zu lassen, mit ihren Fingern sein kurzes Haar zu berühren und darüber zu streichen. Und dann zog sie sein Gesicht nahe an ihres heran und streifte seine Lippen mit ihren.

Gus' Augen weiteten sich, aber er wich nicht zurück. In ihrem Selbstvertrauen bestärkt, beugte sich Beth wieder zu ihm vor, und diesmal erwiderte er den Kuss.

Noch nie im Leben war Beth so geküsst worden. Natürlich hatte Paul sie geküsst, aber nie hatten seine Küsse solche Empfindungen in ihr geweckt. Tatsächlich hatte es sich immer ein bisschen komisch angefühlt, wenn seine Lippen ihre berührten. Sie kannten sich schon so lange, dass Beth in ihm eher einen Bruder als ihren Liebsten sah, und manchmal fragte sie sich, ob Paul nicht genauso empfand. Aber dieser Kuss war anders. Gus und sie hielten einander eng umschlungen, und jeder Nerv in ihrem Körper prickelte und vibrierte. Sie konnte an nichts anderes denken als an ihn und an das Blut, das durch ihre Adern pulsierte. Sie fühlte sich schwach und gleichzeitig so stark wie nie zuvor.

Und dann löste sich Gus von ihr. »Beth«, sagte er.

Wie berauscht vor Glück, lächelte sie ihn träumerisch an. »Ja?«

Gus schüttelte den Kopf. »Nein.«

Beth wich einen Schritt zurück. Sie war fassungslos. Nein? Was meinte er damit?

Gus legte eine Hand an seinen Mund. »Nein«, wiederholte er.

Und dann ließ er sie zu ihrem Entsetzen mitten auf der Tanzfläche des Café de Paris, umringt von schmusenden Pärchen, stehen. Ohne noch einmal zurückzublicken, durchquerte er das Lokal, lief die Treppe hinauf und trat in die Nacht hinaus.

Kapitel 31

London, Dezember 1940

Beth kam sich sehr dumm vor. Sehr, sehr dumm. Sie begriff einfach nicht, was da eben geschehen war.

Als Gus gegangen war, blieb sie noch kurz auf der Tanzfläche stehen, weil sie dachte, er käme vielleicht gleich zurück. Aber er kam nicht. Schließlich lief auch sie die Treppe hinauf und auf die Straße und schaute in alle Richtungen, ob Gus noch irgendwo zu sehen war. Aber die Sicht war schlecht, weil es mittlerweile Nacht geworden war und die Verdunkelung Straßen und Bürgersteige des West End in tiefes Schwarz hüllte. Zudem herrschte jetzt im Dezember dichter Nebel.

»Gus?«, rief sie in die Dunkelheit. Aber er war weg. Niedergeschlagen und zutiefst gedemütigt gab Beth sich geschlagen und nahm sich ein Taxi nach Hause.

Die ganze Nacht wälzte sie sich ruhelos in ihrem behelfsmäßigen Bett im Luftschutzkeller ihres Elternhauses hin und her und war auf den Beinen, bevor sich irgendjemand sonst rührte.

Als sie hinaufging, um sich eine Tasse Tee zu machen, sah sie, dass ihre Mutter im Esszimmer saß und Toast aß. »Beth!«, rief sie, und nach kurzem Zögern stieß Beth die Tür auf und trat hinein.

»Magst du dich nicht zu mir setzen?«, fragte Agatha.

Da Beth kein Grund einfiel, warum sie diese Bitte ablehnen sollte, ließ sie sich am Tisch nieder und schenkte sich eine Tasse Tee ein.

Eine Weile saßen Mutter und Tochter schweigend da, bis Agatha plötzlich wie aus heiterem Himmel sagte: »Bist du unglücklich, Liebes?«

Beth starrte ihre Mutter entgeistert an. »Wie bitte?«

»Du kommst mir nicht besonders glücklich vor.« Agatha legte die Rinde ihres Toasts auf den Teller und schob ihn weg. »Eigentlich müsstest du doch glücklich sein – du arbeitest als Krankenschwester, genau, wie du es dir gewünscht hast, du verbringst viel Zeit in Kew Gardens, was du auch gern wolltest, und du hast Paul an deiner Seite. Trotzdem scheinst du nicht glücklich zu sein.«

Beth schluckte. »Ich bin nicht unglücklich«, sagte sie, wobei sie ihre Worte sorgfältig wählte. Sie liebte ihre Mutter und wollte sie nicht beunruhigen. »Aber ich habe das Gefühl, das Leben passiert mir einfach, statt von mir selbst bestimmt zu werden.«

Ihre Mutter nickte. »Hat das etwas mit deinem Wunsch, Medizin zu studieren, zu tun?«

»Teilweise.«

Agatha schenkte sich noch eine Tasse Tee ein. »Und mit Paul?«

Beth spielte mit dem Gedanken, ihre Mutter mit einer Lüge abzuspeisen, aber im Grunde erschien es wenig sinnvoll. Sie nickte.

Ihre Mutter gab einen Schuss Milch in ihren Tee. »Weißt du, ich war schon einmal verlobt, bevor ich deinen Vater traf.«

Beth war ehrlich überrascht. »Verlobt?«, fragte sie. »Im Ernst?«

»Ich war damals Debütantin«, sagte Agatha verträumt.

Beth zog eine Augenbraue hoch. Davon hatte sie bisher nie etwas gehört.

»Ich galt als Schönheit der Saison.« Agatha zwinkerte Beth über den Rand ihrer Teetasse hinweg verschmitzt zu. »Und als ziemlich wild und verwegen.«

»Ehrlich?«

»Oh ja. Und ich bin einem hübschen jungen Burschen namens Henry ins Auge gefallen.«

Beth war so verblüfft, dass sie fast vom Stuhl fiel. »Wie war er?«

»Wahnsinnig attraktiv«, antwortete Agatha. »Und witzig. Spontan. Es konnte passieren, dass er vor meiner Tür stand und sagte ›Komm, lass uns auf einen Berg steigen‹ oder ›Bist du schon mal in einem Heißluftballon gefahren?‹ und mit mir loszog.«

»Ein Draufgänger.«

»Genau.«

Agatha stand auf, ging zu ihrem Schreibtisch in einer Ecke des Zimmers und nahm eine kleine gerahmte Fotografie heraus. »Das ist er.«

Beth nahm das Foto in die Hand. Es zeigte einen unglaublich jungen Mann in Uniform. Sein Gesichtsausdruck war ernst, aber in seinen Augen lag ein humorvolles Zwinkern.

»Wir haben uns verlobt«, erzählte Agatha, »und ich war überglücklich. Aber dann kam der Krieg.«

Beth betrachtete wieder das Foto. »Wie schrecklich für dich.« Ihre Mutter tat ihr aufrichtig leid.

»Er fiel an der Somme.« Agatha klang seltsam unbeteiligt. Sie streckte ihre Hand aus, und Beth gab ihr das Foto. Ihre Mutter legte es zurück und schloss die Schublade.

»Das wusste ich nicht«, sagte Beth benommen. »Weiß Dad es?«

»Natürlich.«

»Warum hast du es mir nie erzählt?«

»Das alles ist lange her, Liebes. Ich verlor Henry und war furchtbar traurig, aber irgendwann ging das Leben weiter.«

Beth war sich nicht sicher, ob sie das besonders toll fand, aber sie warf ihrer Mutter ein kleines, aufmunterndes Lächeln zu. »Mit Dad.«

»Wir haben uns ein paar Jahre später kennengelernt. Er war älter als ich, und er war gütig und rücksichtsvoll. Ein Hort der Sicherheit sozusagen. Ich hatte das Gefühl, bei ihm gut aufgehoben zu sein.«

»Wie ich bei Paul«, sagte Beth.

»Wie du bei Paul.«

Agatha warf Beth einen langen, wissenden Blick zu. »Ich habe Henry geliebt, und ich liebe deinen Vater. Geoffrey war ganz und gar nicht der Mann, den ich mir als Lebensgefährten vorgestellt hätte, aber das ist nicht unbedingt schlecht.« Sie lächelte. »Was ich vor allem sagen will, ist, dass nur die Liebe zählt.«

Beth hegte nicht den geringsten Zweifel, dass ihre Mutter ihr hatte sagen wollen, sie könne mit Paul glücklich werden. Aber nicht das war es, was sie von diesem unerwarteten Geständnis am Frühstückstisch mitnahm. Stattdessen wurde ihr klar, dass sie in Paul immer den Mann gesehen hatte, mit dem sie ihr Leben verbringen würde. Schließlich hatte man sie seit ihrer Kindheit ständig zusammengebracht. Aber jetzt hatte sie einen anderen kennengelernt. Einen, der ganz anders war.

Sie arbeitete an diesem Tag im Krankenhaus in der Nachtschicht und hätte gar nicht nach Kew fahren müssen, aber sie wusste, sie würde sich auf nichts mehr konzentrieren können, bis sie Gus gesehen und mit ihm über das Vorgefallene gesprochen hatte. Deshalb machte sie sich nach ihrem Gespräch mit Agatha sofort auf den Weg nach Kew Gardens.

Gus war jetzt fast täglich im Vegetable Drugs Committee tätig, deshalb wusste Beth, dass die Chancen gut standen, ihn in Kew anzutreffen. Sie marschierte durch die

Parkanlagen, vorbei am Schrebergarten, wo heute niemand arbeitete, und fragte sich kurz, wie Daisys erste Nacht mit der kleinen Willow verlaufen war. Eigentlich hatte sie vorgehabt, ihre Freundin heute zu besuchen, und jetzt hatte sie ein schlechtes Gewissen, dass sie stattdessen am anderen Ende von London war, um einem Mann hinterherzulaufen. Aber sie musste einfach begreifen, was gestern Abend geschehen war.

Es war ein eiskalter Tag, und beim Gehen knirschte das gefrorene Gras unter ihren Füßen, doch wenn sie daran dachte, wie es sich angefühlt hatte, Gus' Lippen auf ihren, seinen Körper an ihrem zu spüren, wurde ihr durch und durch warm.

Zielstrebig betrat sie das Gebäude, in dem das Vegetable Drugs Committee untergebracht war, und eilte durch den Flur zum Labor. Und dort war Gus. Zuerst sah er sie nicht, weil er Notizen studierte und sie mit einem Mann in weißem Kittel, den Beth nicht kannte, besprach. Einen Moment lang blieb sie in der Tür stehen und betrachtete Gus. Die Art, wie er die Stirn in Falten zog, wenn er sich konzentrierte. Die Gewohnheit, sich mit einer Hand durchs Haar zu fahren. Sie sehnte sich danach, ihre Arme um ihn zu legen und ihn zu küssen. »Du lieber Himmel«, murmelte sie und lehnte sich an den Türrahmen. »Du lieber Himmel.«

Ihr war auf einmal klar – so klar wie nie zuvor etwas in ihrem Leben –, dass sie sich Hals über Kopf in Gus Campbell verliebt hatte. Und sie hatte große Angst, dass er ihre

Gefühle nicht erwiderte und deshalb am vorigen Abend weggelaufen war.

Was in aller Welt dachte sie sich dabei, hier herumzulungern und ihn zu beobachten wie ein liebeskrankes Schulmädchen? Sie würde gehen, beschloss sie. Sie würde sich umdrehen und gehen und wie geplant Daisy besuchen. Und dann würde sie ins Krankenhaus fahren und arbeiten und so tun, als wäre diese Sache mit Gus nie passiert.

»Beth!« Betroffen stellte sie fest, dass Gus sie entdeckt hatte. Zuerst sah er erfreut aus, dann ein bisschen verlegen. Beth hätte vor Ärger schreien können, aber stattdessen setzte sie ein strahlendes Lächeln auf.

»Auf ein Wort, bitte«, sagte sie und zeigte mit einer Kopfbewegung nach draußen. »Ich hätte eine Frage wegen eines Patienten.«

Gus wirkte verwirrt, was nicht weiter verwunderlich war, da nirgendwo ein Patient zu sehen war, aber dann ging ihm ein Licht auf. Er nickte, legte seinen Notizblock hin und folgte ihr nach draußen. Beth wollte nicht hierbleiben, wo ständig Mitglieder des Forschungsteams herumliefen, deshalb ging sie zum Parkplatz auf der Seite des Gebäudes, ein gutes Stück vom Haupteingang entfernt, und lehnte sich an die Hauswand, weil sie so wackelige Knie hatte, dass sie Halt brauchte.

»Beth …« Gus trat zu ihr. »Ich wollte dir sagen …«

»Es tut mir leid«, platzte sie im selben Moment heraus.

Beide brachen ab, und Beth machte eine Handbewegung. »Du zuerst.«

Gus nahm ihre Hand, und Beth fühlte, wie sich ein winziger Funken Hoffnung in ihr regte. »Ich mag dich, Beth«, sagte er. »Du bist klug und mutig und unglaublich schön.«

Sie starrte ihn an. Ihr war fast schwindelig vor Erleichterung. Gus erwiderte ihre Gefühle. Alles würde gut werden.

»Das dachte ich wenigstens ...«

»Was?«

»Seit dem Tag, an dem ich dich auf dem Krankenhausdach getroffen habe, war ich immer wieder begeistert von deinem Mut und deiner Tapferkeit.« Stirnrunzelnd musterte er sie, als sähe er sie zum ersten Mal. »Aber jetzt ist mir klar, dass du nicht die Frau bist, für die ich dich gehalten habe.«

Beth machte einen Schritt auf ihn zu, die Hände erhoben wie einen Schutzschild, als könnte sie auf diese Weise seine verletzenden Worte abwehren. »Nein«, sagte sie. »Nein.«

»Du hast schon einen Partner.«

Beth fühlte sich furchtbar. »Ja. Aber ...«

»Du bist nicht frei und ungebunden.« Er sah traurig aus und sehr niedergeschlagen. »Ich wusste davon, und ich hätte nicht mit dir tanzen gehen sollen. Und du hättest mich nicht küssen sollen.«

Das konnte sie nicht bestreiten. Sie legte den Kopf an die Hausmauer und starrte in den Himmel. »Ich weiß, dass du mich für einen schlechten Menschen hältst, aber könnte ich es vielleicht erklären?«

Sie befürchtete, Gus würde Nein sagen und gehen, aber zu ihrer Erleichterung nickte er nur.

»Paul und ich kennen einander, seit wir Kinder waren. Unsere Eltern sind befreundet«, begann sie. »Paul hat mich nie gefragt, ob ich mit ihm ausgehen will. Es war, als hätten wir gerade eben noch im Park herumgetobt, um im nächsten Moment unsere Mütter über unsere Hochzeit reden zu hören.« Zorn regte sich in ihr. »Mich hat nie jemand nach meiner Meinung gefragt.«

»Hat dich niemand gefragt, oder hast du es ihnen einfach nicht gesagt?«, Gus' Ton war so kalt, dass Beth sich ganz elend fühlte. »Es gibt so viele Probleme in deinem Leben, Beth. Deinen Freund, deinen Vater. Aber statt dich ihnen zu stellen, duckst du dich weg und hoffst, dich irgendwie durchzuschwindeln, ohne gezwungen zu sein, laut auszusprechen, was in dir vorgeht.«

»Das stimmt nicht«, begann Beth, brach aber ab, weil Gus recht hatte. Genauso war es.

»Ich will nicht eine deiner Lügen sein.«

Beth stellte sich vor, wie ihre Eltern reagieren würden, wenn sie mit Paul brach. Wie peinlich Familienfeiern mit seinem Vater und seiner Mutter sein würden. Und dann versuchte sie, bei derartigen Anlässen Gus vor sich zu sehen statt Paul. Es gelang ihr nicht. Verzweifelt starrte sie Gus an. Der Ausdruck auf seinem Gesicht gab ihr das Gefühl, ihn enttäuscht zu haben. Und das hatte sie wohl auch.

»Ich muss wieder an die Arbeit«, sagte er.

Sie streckte eine Hand aus und berührte seinen Arm, aber er schüttelte sie ab, als wäre sie eine Fliege oder ein Staubkorn. Dann drehte er sich um und ging, ohne noch einmal zurückzuschauen, ganz genauso wie letzte Nacht im Café de Paris.

»Beth?«

Tränen brannten unter ihren Augenlidern, als sie sich umdrehte. Zu ihrem fassungslosen Entsetzen sah sie ihren Vater auf dem Parkplatz stehen. Er starrte sie an. »Was geht hier vor?«

»Ich hatte etwas zu besprechen«, stammelte sie. »Mit Gus. Äh, mit Dr. Campbell. Was machst du denn hier?«

Geoffrey runzelte die Stirn. »Etwas zu besprechen? Was?«

»Es hat mit dem Forschungsteam zu tun«, sagte Beth, wobei ihr bewusst wurde, dass sie genau das tat, was Gus ihr vorgeworfen hatte – sie erzählte Lügen. »Du weißt doch, dass ich dort gelegentlich aushelfe.«

»Ich bin selbst hier, um mit diesen Leuten zu sprechen.« Geoffrey sah reichlich selbstgefällig aus. »Sie wollen einige Medikamente am St. Catherine's testen.«

Beth, die genau das vor einer Woche vorgeschlagen hatte, nickte. »Klingt nach einer guten Idee. Deine Patienten werden ohnehin beobachtet, und diese Mittel müssen erprobt werden.«

Geoffrey sah sie neugierig an. »Du scheinst gut Bescheid zu wissen.«

»Ich helfe nicht nur gelegentlich aus«, gab Beth zu. »Ich arbeite jede Woche hier.« Fast trotzig fügte sie hinzu: »Ich dachte, es könnte mir bei meiner Bewerbung um einen Studienplatz in Medizin helfen.«

Ihr Vater zog eine Augenbraue hoch, äußerte sich aber

nicht zu ihrer Bemerkung. Stattdessen sah er auf seine Uhr. »Ich muss los. Bist du nachher im Krankenhaus?«

»In der Nachtschicht.«

»Komm bitte in mein Büro, ja? Gleich wenn du da bist, bitte.«

Beth fühlte sich leicht verunsichert. Sie mochte es gar nicht, wenn ihr Vater sie offiziell zu sich bestellte. Diese Gespräche gingen nie gut aus. »Mache ich«, sagte sie.

Als sie später am selben Tag ihrem Vater gegenübersaß, war aus ihrer Verunsicherung absolutes Unbehagen geworden. Letzten Endes hatte sie Daisy doch nicht besucht, sondern beschlossen, ihre Frustration durch das Anlegen eines Gemüsebeets im Schrebergarten auszuleben. Danach breitete sie Netze über dem Brokkoli aus, damit er nicht von hungrigen Vögeln angepickt wurde, und legte alte Jutesäcke über den Salat, um ihn vor Frost zu schützen. Dann war sie von Hetty und ihrem Team »ausgeliehen« worden, um die leeren Blumenrabatten umzustechen und Dung darauf zu verteilen. Normalerweise hätte Beth es abgelehnt, eine so unappetitliche Aufgabe zu übernehmen – noch dazu an ihrem freien Tag –, aber heute brauchte sie dringend Beschäftigung, und deshalb schaufelte und buddelte sie und hörte zu, wie sich die anderen über die dramatische Geburt der kleinen Willow unterhielten und darüber, dass Daisy ihre Schwangerschaft geheim gehalten hatte und wie traurig es war, dass Rex seine Tochter nun niemals kennenlernen würde. Wie jämmerlich sie sich auch fühlen mochte, es war nicht annähernd so schlimm, wie Daisy sich fühlen musste, ermahnte Beth sich selbst.

Meistens legte sie sich vor einer Nachtschicht kurz hin, aber dafür war heute keine Zeit geblieben, und als sie sich im Büro ihres Vaters hinsetzte, war sie übermüdet und gereizt.

Er stützte die Ellbogen auf den Schreibtisch und tippte mit den Fingerspitzen an sein Kinn. »Beth«, begann er. »Ich kann nicht behaupten, ich wäre von deiner verrückten Idee, in Kew Gardens zu arbeiten, begeistert gewesen. Aber Dr. Bloomberg hat mir gesagt, der Vorschlag, die Medikamente zu testen, wäre von dir gekommen. Er ist sehr angetan von der Arbeit, die du leistest. Ich muss gestehen, ich bin beeindruckt.«

Beth hätte ihren Vater gern darauf hingewiesen, dass sie ihn schon vor Wochen auf diese Möglichkeit aufmerksam gemacht und er nicht einmal hingehört hatte, aber sie unterließ es. Stattdessen freute sie sich über dieses seltene Lob.

»Allerdings bedeutet das sehr viel Arbeit für dich«, fuhr Geoffrey fort. »Stress. Und ich muss gestehen, mir ist gar nicht wohl dabei, dass du so eng mit diesem Campbell zusammenarbeitest. Es ist unpassend.«

Beth seufzte. »Es ist nichts dabei.«

»Ihr scheint viel Zeit miteinander zu verbringen.«

»Wir arbeiten beide im Krankenhaus, und wir arbeiten beide in Kew.«

»Ich habe heute in Kew gesehen, wie ihr euch unterhalten habt, und er stand sehr nahe bei dir. Er ist nicht der Mensch, mit dem du befreundet sein solltest, Elizabeth. Das musst du dir immer in Erinnerung rufen.«

»Wir sind nicht befreundet«, erklärte Beth. Ihr war immer noch ganz elend, wenn sie daran dachte, wie Gus ihre Hand abgeschüttelt hatte. »Du brauchst dir also keine Sorgen zu machen.«

»Hm«, sagte Geoffrey. »Wie dem auch sei, ich möchte nicht, dass du dich völlig verausgabst, Liebes. Deshalb habe ich mit der Oberschwester gesprochen und sie gebeten, deine Schichten zu kürzen, damit dir Zeit bleibt, das Leben ein bisschen zu genießen. Dieser Krieg ist verdammt trostlos, und man sollte jede Gelegenheit nutzen, sich etwas Gutes zu tun.«

»Daddy …« Beth fühlte sich hilflos und zugleich furchtbar wütend, genau wie an dem Tag, als er sich geweigert hatte, ihre Bewerbung für einen Studienplatz zu unterschreiben. Sie wusste, dass die Einmischung ihres Vaters nichts damit zu tun hatte, dass sie überarbeitet war oder ein bisschen Abwechslung brauchte. Er wollte einfach nur ihr Leben kontrollieren. »Nein. Ich werde auf der Station gebraucht, wie du weißt. Tu das bitte nicht.«

»Ich habe es bereits getan«, erwiderte er. »Außerdem habe ich deine heutige Schicht verlegt. Du übernimmst morgen früh. Heute Abend holt Paul dich ab und geht mit dir essen.« Er warf einen Blick auf die Wanduhr. »In ungefähr zehn Minuten. Viel Spaß, Liebes.«

Beth starrte ihn fassungslos an. Protestieren konnte sie nicht, weil es ihr die Sprache verschlagen hatte.

Das Jahr 1941

Kapitel 32

London, Januar 1941

Daisy betrachtete andächtig das Foto auf der Titelseite der *Picture Post* – und, wenn sie ehrlich war, mit leisem Neid. Auf dem Bild sah man, wie Beth zwischen den Pflanzen im Schrebergarten hockte, das glänzende Haar zu einer schwungvollen Stirnrolle gedreht, die Haut samtig schimmernd, auf den Lippen ein bezauberndes Lächeln. Sie strahlte förmlich vor Freude, und das brachte Daisy fast zum Weinen. Nicht weil sie Beth um ihre Schönheit beneidete – na ja, ein bisschen vielleicht – oder weil sie selbst gern das Cover Girl der *Picture Post* gewesen wäre. Dieses Bild zu sehen, weckte in Daisy eine schmerzliche Sehnsucht nach dem Leben, das sie einmal gehabt hatte und das jetzt unendlich weit weg zu sein schien.

In dem Gitterbett, das in einer Ecke des Zimmers stand, gab Willow das leise Schnaufen von sich, das ankündigte, dass sie bald aufwachen würde. Daisy sank der Mut. Gleich würde wieder die endlose Routine von Füttern, Wickeln und Umziehen beginnen. Mit angehaltenem Atem spähte sie ins Bettchen, aber zu ihrer Erleichterung schlief Willow noch friedlich. Daisy entspannte sich ein wenig und betrachtete ihre Tochter. Sie war ein verschrumpeltes kleines Ding gewesen, als sie in die Welt hineinplatzte, aber mittlerweile hatte sie zugenommen und die gelbliche Verfärbung ihrer Haut verloren. Sie sah besser aus, keine Frage. Mehr so, wie Babys aussehen sollten. Poppy war absolut hingerissen von ihrer Nichte und konnte ganze Stunden damit verbringen, sie anzuschauen. »Sie ist einfach wunderschön«, hauchte sie dann. »Findest du nicht auch, Daisy?«

Bei Ivy war es nicht anders; auch sie war rettungslos verliebt in ihre Enkeltochter. Und Rex' Mutter Judith war so überwältigt gewesen, als sie Willow zum ersten Mal sah, dass sie fast eine halbe Stunde kein Wort herausbrachte.

»Sie sieht genauso aus wie Rex«, flüsterte sie schließlich. »Sie ist sein Ebenbild, nicht wahr, Daisy?«

Daisy stimmte all den überschwänglichen Komplimenten zu, aber wenn sie ganz ehrlich war, war das, was sie empfand, wenn sie Willow ansah – nichts. Rein gar nichts. Sie hatte keinerlei Bezug zu diesem winzigen Geschöpf. Wenn sie beim Stillen auf ihr Baby hinunterblickte, hatte sie immer das seltsame Gefühl, ein fremdes Wesen läge in ihren Armen. Sie erinnerte sich an die Geschichten, die sie in ihrer Kindheit gehört hatte, Geschichten über Feen, die Menschenkinder aus der Wiege gestohlen und durch eines ihrer eigenen ersetzt hatten. Ihr kam es so vor, als wäre Willow eines dieser Wesen, nur dass sie nicht ein anderes Baby ersetzt hatte, sondern einfach in Daisys Leben gepurzelt war und es völlig auf den Kopf gestellt hatte.

Wieder spähte sie ins Kinderbett. Jetzt regte sich Willow eindeutig. Eine dunkle Woge schlug über Daisy zusammen, und sie warf sich auf ihr Bett und verkroch sich unter der Decke. Sie konnte es nicht. Sie konnte nicht einen weiteren Tag damit verbringen, sich um dieses Kind zu kümmern, so zu tun, als wäre sie Willows Mutter, und sich irgendwie durchzumogeln.

Willow quäkte leise. Daisy zog sich ihr Kissen über den Kopf, um nichts mehr zu hören. Dieses arme kleine Ding war in jeder Hinsicht auf sie angewiesen, und mit dieser Verantwortung wurde sie einfach nicht fertig. Nicht hier und jetzt. In einer besseren Welt wären Daisy und Rex hingebungsvolle Eltern gewesen und hätten Willow liebevoll umsorgt, aber nicht in dieser Welt, wo Daisy mit ihrem Kummer und diesem winzigen Baby allein war. Arme Willow. Armes kleines Mädchen, in dieses elende Leben hineingeboren statt in das Leben, das sie verdient hätte.

Daisy schluchzte in ihr Kissen. Sie fühlte sich schrecklich. Andererseits begrüßte sie dieses Gefühl fast, weil es besser war als der Zustand permanenter Benommenheit. Vorsichtig steckte sie ihren Kopf unter dem Bettzeug hervor. Willow war eindeutig im Begriff, sich die Seele aus dem Leib zu schreien. Daisy rutschte vom Bett und nahm ihre Tochter in den Arm. Das Baby schaute sie aus großen dunkelblauen Augen an, und Daisy wandte den Blick ab.

So lächerlich es war, sie hatte das Gefühl, als wüsste Willow, was in ihr vorging. Als wüsste sie, dass Daisy nicht gut genug war, um ihre Mutter zu sein.

Sie setzte sich in den Sessel am Fenster, legte Willow an ihre Brust und wappnete sich innerlich für noch mehr Geschrei. Manchmal nuckelte das Baby ganz friedlich, und alles war gut. An anderen Tagen bog Willow ihr Kreuz durch und heulte, bis ihr kleines rotes Gesicht vor Wut blau anlief. Diese Tage waren unerträglich. Daisy konnte nicht verstehen, warum das passierte oder wie sie es verhindern könnte, und jedes Mal, wenn Willow beim Stillen streikte, fühlte sich Daisy noch miserabler als sonst.

Heute jedoch klappte es bestens. Trotzdem fühlte sich Daisy elend. Es war, als wäre auf diesem verwirrenden Weg der Mutterschaft Willow die führende Kraft, nicht sie selbst. Und so sollte es mit Sicherheit nicht sein, dachte Daisy, während sie auf die Straße hinausschaute, die nach dem Luftangriff der letzten Nacht immer noch grau von Staub und Asche war.

Sie zuckte zusammen, als es an ihrer Tür klopfte, aber es war nur Beth. Daisy atmete erleichtert auf.

»Beth, wie schön, dich zu sehen«, rief sie.

»Ich arbeite heute nicht und dachte mir, ich komme kurz Hallo sagen.« Beth schlenderte ins Zimmer, und Daisy kam es vor, als wäre ein helles Licht eingeschaltet worden. »Wie geht es dir?«

»Gut«, antwortete Daisy. Das sagte sie immer, wenn sich jemand nach ihrem Befinden erkundigte. »Sehr gut.«

»Und Willow?« Beth betrachtete das nuckelnde Baby und nickte beifällig. »Sie sieht gesund und munter aus.«

Daisy atmete auf. Sie hatte nicht einmal gemerkt, dass sie den Atem anhielt, während sie auf einen Kommentar ihrer Freundin wartete, deren geschultes Auge sofort feststellen würde, wenn etwas nicht stimmte. Aber Beth strich der Kleinen bloß über den Kopf und setzte sich aufs Bett.

Verlegen, weil Willow noch an ihrer Brust hing, griff Daisy nach der Ausgabe der *Picture Post* und hielt sie vor Beths Gesicht.

»Schau dich an«, sagte sie.

Beth stöhnte. »Irgendwie ist das alles ein bisschen aus dem Ruder gelaufen.«

»Erzähl mir alles.« Daisy hungerte nach Neuigkeiten aus einem Leben außerhalb der erstickenden Welt einer jungen Mutter. »Von Anfang an – mit der Wochenschau.«

»Wir sind alle ins Kino gegangen, um sie zu sehen.«

Daisy verkniff sich die bissige Bemerkung, dass sie selbst dieses Ereignis verpasst hatte, weil sie daheim bei Willow bleiben musste, und zwang sich stattdessen zu einem Lächeln. »Wer sind alle?«

»Ich, ein paar der Gärtnerinnen, Will …«

»Gus?«

Beth wurde rot. »Nein. Ich sehe ihn kaum noch.«

»Und wie war es?«

»Ziemlich seltsam, uns auf der Riesenleinwand zu sehen.« Beth grinste. »Ehrlich, Daisy, es war wie im Traum. Man konnte den Schrebergarten sehen und ganz lange uns beide, wie wir über die Kampagne *Dig for Victory* reden. Und dann wurde berichtet, dass deine Mum im letzten Krieg auch in Kew gearbeitet hat, und ein Foto von Ivy im Hochzeitskleid zusammen mit ihren Freundinnen gezeigt.«

»Louisa«, sagte Daisy, obwohl Beth wusste, wer die beiden Frauen waren. »Und Tante Win.«

»Und ganz am Schluss haben sie noch ein bisschen über dich und Willow gebracht und gesagt, sie wäre der jüngste Zuwachs der Kew Gardens Girls, und alle Zuschauer haben applaudiert.«

»Wahnsinn«, hauchte Daisy. »Und dann?«

»Na ja, das war noch lange nicht das Ende der Geschichte«, fuhr Beth fort. »Jemand vom *Daily Mirror* hat etwas über uns geschrieben, und dann kamen Leute, um Fotos zu machen. Im *Sunday Express* erschien auch ein Artikel, und jetzt wünschen sich die von uns, jeden Monat etwas darüber zu bringen, was man jeweils anpflanzen soll. Und dann tauchte der Typ von der *Picture Post* auf.«

»Und jetzt bist du auf der Titelseite.« Daisy strahlte.

»Das hätte ich mir nie träumen lassen«, gestand Beth.

»Ach was! Du mit deinem glänzenden Haar und dem hinreißenden Lächeln und der schmalen Taille bist doch das perfekte Cover Girl!«

Beth wirkte verlegen. »Es ist nicht das, was ich mir gewünscht habe, aber wenn es bei der Kampagne hilft, freut es mich natürlich.«

Daisy fragte sich, ob irgendjemand auf der Welt so liebenswert wie Beth war. Sie bezweifelte es.

»Was sagen denn deine Eltern dazu?«, wollte sie wissen. »Sind sie endlich mal mit dir zufrieden?«

Beth wand sich. »Sie wissen nichts davon.«

»Was?«, fragte Daisy erstaunt. »Aber du bist berühmt. Du bist in allen Zeitungen und so.«

»Meine Eltern gehen nie ins Kino, und mein Vater liest den *Telegraph*, nicht den *Daily Mirror* und schon gar nicht die *Picture Post.*« Beths Miene hatte sich verdüstert. »Du kennst mich ja, Daisy. Ständig habe ich Heimlichkeiten, statt mich meinen Problemen direkt zu stellen.«

Daisy wusste nicht recht, was sie dazu sagen sollte. Sie runzelte die Stirn. »Dann haben sie wirklich keine Ahnung?«

»Nein.«

»Dein Vater sollte ruhig ab und zu einen Blick in die Picture Post werfen«, sagte Daisy, die immer noch nicht fassen konnte, dass Beth ihren Eltern all diese aufregenden Dinge verschwiegen hatte. »Er könnte was lernen.«

Willow hatte aufgehört zu trinken und war in ihren Armen eingeschlafen. Daisy wollte sie in ihr Bettchen zurücklegen, aber Beth streckte ihre Arme aus.

»Darf ich sie kurz nehmen? Ich wecke sie nicht auf, Ehrenwort.«

Daisy überließ ihr bereitwillig das Kind und beobachtete, wie Beth die Kleine mit geübtem Griff hielt und behutsam an sich drückte. Einen verrückten Moment lang schoss ihr der Gedanke durch den Kopf, Beth zu bitten, das Baby zu nehmen. Es zu behalten und besser zu versorgen, als Daisy es je könnte.

»Daisy?« Beths Stimme riss sie aus ihren absurden Überlegungen. »Alles in Ordnung? Bist du müde?«

Daisy blinzelte. »Tut mir leid. Ja, ich bin wirklich ein bisschen müde.«

»Ich sollte dich in Ruhe lassen.«

»Nein!« Daisy schrie es fast. »Bitte bleib! Wie läuft es denn seit der Wochenschau und all den Artikeln so in Kew?«

Beth verzog das Gesicht. »Ziemlich hektisch. Wir sind pausenlos im Einsatz. Hetty hilft mir im Schrebergarten, und die anderen packen auch mit an, wenn sie Zeit haben. Wir haben einen endlosen Strom von Besuchern, die uns mit Fragen löchern oder Ratschläge brauchen. Ich gebe mein Bestes, aber ich bin nicht so beschlagen wie du. Ich lebe in der ständigen Angst, etwas Falsches zu sagen oder den Leuten zu empfehlen, Rosenkohl zu pflanzen, wenn sie Salat anbauen sollten.«

»Und dann noch deine Arbeit im Krankenhaus«, meinte Daisy.

»Na ja, ich habe nicht mehr so viele Schichten wie früher.« Beth sah verärgert aus, und Daisy wollte gerade fragen, was los war, als ihre Freundin fortfuhr: »Ich wünschte, du wärst in Kew und wir würden wieder im Schrebergarten zusammenarbeiten.«

Plötzlich sah Daisy eine Möglichkeit zur Flucht. Es war, als würde eine Tür aufgestoßen und helles Tageslicht hereingelassen.

»Ich könnte zurückkommen.«

»Um Gottes willen, so habe ich es nicht gemeint«, erwiderte Beth erschrocken. »Du musst dich um deine Kleine kümmern.« Sie sah Willow verzückt an, und wieder verspürte Daisy den Drang, ihre Freundin zu überreden, das Baby in ihre Obhut zu nehmen.

»Mum kann Willow betreuen«, sagte sie. »Das macht ihr bestimmt nichts aus. Sie kann sie mit ins Hilfszentrum nehmen, wenn ich in Kew arbeite. Oder ich nehme Willow mit.«

»Ich bin mir nicht sicher, ob das eine gute Idee ist.« Beth runzelte die Stirn. »Es war eine schwere Geburt. Hast du dich schon einigermaßen davon erholt?«

An manchen Tagen fühlte sich Daisy wie gerädert, weil Willows Geburt sie so sehr mitgenommen hatte, aber allein der Gedanke, wieder in Kew zu sein, wirkte belebend auf sie. »Mir geht's gut«, beteuerte sie. »Wirklich. Ich kann es ein bisschen leichter angehen, wenn es um körperliche Arbeit geht. Wenigstens fürs Erste.«

»Ich kann nicht leugnen, dass wir dich gut brauchen könnten, aber es scheint mir nicht richtig …«

»Bitte«, sagte Daisy. »Bitte.«

Ihr Ton war so eindringlich, dass Beth stutzte. »Na schön. Ich rede mit Will. Aber du solltest das zuerst mit Ivy klären.«

»Fragen wir sie gleich jetzt!« Daisy sprang mit einer Energie auf, wie sie sie seit Wochen nicht mehr gespürt hatte, und lief nach unten, gefolgt von Beth, die Willow im Arm hielt.

»Mum«, rief Daisy. »Mum?«

»Hier bin ich. Wo brennt's denn?«, brummte Ivy und tauchte aus dem Hinterzimmer auf. Ihre Züge wurden weich, als sie Willow in Beths Armen sah. »Hast du sie schon gestillt? Hat sie genug getrunken?«

Daisy nickte zerstreut. Ivy nahm Beth das Baby, das aufgewacht war und die Ärmchen in die Luft schwenkte, ab und gurrte zärtliche Laute. »Bist du mein gieriges kleines Mädchen? Bist du Grandmas Liebling?«

»Sie brauchen mich in Kew«, platzte Daisy heraus. »Sie sind überfordert. Beth kommt allein nicht klar.«

Beth sah aus, als wolle sie widersprechen, aber Daisy brachte sie mit einem durchbohrenden Blick zum Schweigen. »Mum?«, sagte Daisy. »Hast du mir zugehört?«

Ivy riss ihren Blick von Willows Gesicht los. »Was denn?«

»Ich muss wieder nach Kew.«

»Was, Daisy? Wirklich? Die kommen doch sicher ohne dich klar.«

Daisy setzte eine Miene auf, die, wie sie hoffte, widerstrebend und resigniert wirkte. »Das dachte ich auch, aber Beth sagt, seit der Wochenschau und all dem Zeug in den Zeitungen geht es zu wie verrückt. Die brauchen mich für den Schrebergarten, Mum.«

»Und was ist mit Willow?« Ivy sah das Baby an und fing wieder an, leise zu gurren. »Jemand muss sich um sie kümmern, oder?«

Daisy hätte vor Erbitterung schreien können, aber sie schluckte ihren Ärger hinunter. »Ich dachte, vielleicht kannst du sie mit ins Zentrum nehmen. Da sind viele Kinder und genug Leute, die ihr ein paar Streicheleinheiten geben.« Sie holte tief Luft. »Oder das Fläschchen.«

»Fläschchen?«, wiederholte Ivy missbilligend. »Daisy …«

»Ich kann sie immer noch stillen, wenn ich hier bin«, fuhr Daisy rasch fort, obwohl sie insgeheim fand, es wäre praktischer, ihre Tochter ausschließlich mit der Flasche zu füttern. »Nur untertags würde sie ein Fläschchen brauchen. Und sie wird mich bestimmt nicht vermissen, weil sie ja bei ihrer Grandma wäre. Sie liebt dich, Mum. Guck mal, wie sie dich anschaut.«

Tatsächlich starrte Willow Ivy aus großen Augen an. Ivys Gesichtsausdruck wurde milder, und Daisy spürte einen winzigen Funken Hoffnung. »Was meinst du?«, fragte sie.

»Die brauchen dich in Kew wirklich?«

Daisy nickte. »Beth sagt, alle sind pausenlos im Einsatz.« Sie sah Beth an, die ein wenig verstimmt wirkte. »Ist doch so, oder?«

»Wir haben wirklich viel zu tun«, gab Beth zu. »Und ich weiß nicht annähernd genug über Obst und Gemüse, um auf alle Fragen die richtigen Antworten zu haben. Daisy ist diejenige, die sich richtig gut auskennt.«

Eine Pause entstand. Daisy konnte fühlen, wie ihr Herz in ihrer Brust hämmerte. Plötzlich schien ihre ganze Zukunft auf Ivys Entscheidung zu beruhen. Wenn sie sich bereit erklärte, Willow zu betreuen, konnte Daisy nach Kew zurückkehren und hart arbeiten und würde nicht mehr ständig daran denken, dass Rex tot war. Und Ivy war eine wundervolle Mutter. Sie hatte ihre Sache bei Archie und Poppy – und Daisy – großartig gemacht, und bei Willow würde es nicht anders sein. Sie war für das kleine Mädchen viel besser als Daisy, daran konnte kein Zweifel bestehen.

»Was meinst du?«, fragte sie wieder und hielt den Atem an.

Ivy gab dem Baby einen Kuss auf die Stirn. »Na gut«, entgegnete sie. »Aber wenn es dir zu viel wird oder du die Kleine zu sehr vermisst, musst du den Leuten in Kew sagen, dass es nicht geht.«

Daisy bekam vor Erleichterung weiche Knie. »Gut«, sagte sie. »Großartig.«

Ihre Mutter sah sie forschend an, und Daisy wandte den Blick ab. »Morgen früh bin ich da, Beth.«

Beth lächelte dünn. »Ich komme wohl etwas später.«

Daisy zuckte mit den Schultern. »Dann fange ich eben ohne dich an.« Sie grinste ihre Freundin an.

Ihr war bedeutend leichter ums Herz. Vielleicht wurde ja doch noch alles gut.

Kapitel 33

London, Januar 1941

Beths Annahme, ihre Familie würde die *Picture Post* nicht zu Gesicht bekommen, war wohl ein bisschen naiv gewesen. Die Zeitschrift war allgegenwärtig – ihr Bild starrte sie von jedem Zeitungskiosk an der Ecke an. Noch peinlicher war die Begegnung mit zwei Schulmädchen, die sie fragten, ob sie »die Dame von Kew Gardens« wäre, und dann, als Beth es zugab, bewundernd seufzten.

Trotzdem überraschte es sie, bei ihrer Heimkehr ihre Eltern und Paul im Wohnzimmer vorzufinden, vor sich auf dem Couchtisch eine Ausgabe der *Post*.

Alle blickten auf, als sie eintrat. Paul sah wütend aus, was Beth insgeheim freute, weil er sonst immer denselben jovialen Gesichtsausdruck hatte. Die Mienen ihrer Eltern verrieten nichts.

»Aha«, sagte sie. »Ihr habt es gesehen.«

Paul nickte.

»Und den *Daily Mirror* auch«, bemerkte ihre Mutter. Beth sah sie an. Lächelte Agatha? Schwer zu sagen.

»Und was sagt ihr dazu?«, fragte sie, obwohl sie nicht sicher war, ob sie es überhaupt wissen wollte.

Paul stieß einen dramatischen Seufzer aus. »Betsy, ich bin wirklich stolz darauf, dass du deinen Beitrag zu den Kriegsanstrengungen leistest, das weißt du. Aber das geht zu weit.«

»Und was meinst du damit, wenn ich fragen darf?«

Paul hob die Zeitschrift auf und zeigte auf Beths lächelndes Gesicht. »Das hier. Dein Bild auf der Titelseite. Männer schauen sich das an. Sie gaffen dich an. Bei der Arbeit habe ich gehört, wie zwei Burschen sagten, du wärst ein hübsches Ding.«

»Ich habe nicht darum gebeten, auf die Titelseite zu kommen«, verteidigte sich Beth. »Man hat mich nicht mal gefragt.«

»Ich finde, du siehst hinreißend aus, Liebes«, warf Agatha ein. »Paul ist bloß überrascht, das ist alles.«

Paul warf ihrer Mutter einen gereizten Blick zu, und jetzt war es Beth, die wütend wurde.

»Hast du den Artikel gelesen?«, fragte sie kühl.

»Wie bitte?«

»Hast du den Inhalt gelesen? Oder bloß die Bilder angeschaut?«

»Beth.« Ein warnender Unterton schwang in der Stimme ihres Vaters mit, aber Beth schaute nicht in seine Richtung. Sie sah Paul unverwandt an. »Hast du es gelesen?«, fragte sie noch einmal.

»Na ja, nicht alles.«

»Solltest du vielleicht tun.«

»Will ich aber nicht«, knurrte Paul.

Er und Beth starrten einander an, und Beth streifte der absurde Gedanke, dass sie Paul noch nie so emotional erlebt hatte.

»Wollen wir nicht in den Garten gehen?«, schlug sie vor. Sie brauchte jetzt kein Publikum. »Ich glaube, wir haben etwas zu bereden.«

Paul schaute sie böse an, widersprach aber nicht. Er stand auf und ging ihr voran zur Eingangstür und nach draußen über die Straße in die kleine Grünanlage in der Mitte des Platzes, als wolle er demonstrieren, dass er den Ton angab.

Er setzte sich auf eine Bank und sah Beth an. »Schieß los.«

»Bitte?«

»Sag, was du zu sagen hast.«

Beth spürte, wie sich ein Funken Zorn in ihr regte.

»Weißt du, was für eine Pflanze das ist?«, fragte sie unvermittelt, während sie sich über ein kleines Büschel Unkraut neben der Bank beugte.

Paul machte ein verwirrtes Gesicht. »Eine Brennnessel.«

»Und weißt du auch, was sie bewirkt?«

»Sie brennt auf der Haut.«

»Sie reduziert Entzündungen«, sagte Beth. »Sehr nützlich bei der Wundversorgung.«

»Und ich nehme an, das hast du in Kew Gardens gelernt, stimmt's?«

»Stimmt. Nicht dass du dich je genug für meine Tätigkeit interessiert hättest, um mich zu fragen, was ich da eigentlich mache.«

Paul errötete leicht. »Das ist nicht fair, Beth.«

»Nicht? Du fragst mich nie etwas, weder nach mir selbst noch nach meiner Arbeit. Du weißt rein gar nichts über mich.«

Paul seufzte. »Wie es aussieht, machst du deine Sache großartig. Aber all diese Publicity.« Er schüttelte den Kopf. »Mir ist nicht wohl dabei. Ich mag es nicht, wenn andere Männer …«

»Mich angaffen? Ja, das hast du unmissverständlich klar gemacht.«

»Ich bin nicht glücklich darüber.«

»Ach nein?«, fuhr Beth ihn an. »Weißt du was? Das interessiert mich nicht. Es geht dich absolut nichts an.«

Paul blieb der Mund offen stehen. »Also, ich finde, es geht mich sehr wohl etwas an«, sagte er. »Schließlich werden wir irgendwann heiraten.«

»Werden wir das?«

Die Frage hing schwer in der Luft.

Paul hob das Kinn. »Was ist mit mir?«

»Was meinst du?«

»Weißt du eigentlich, was ich den ganzen Tag mache?«

»Natürlich«, gab Beth empört zurück. »Du arbeitest im Kriegsministerium.«

»Und was mache ich da?«

Darauf wusste Beth keine Antwort. Sie senkte den Kopf.

»Welche Träume habe ich? Was erwarte ich mir von meinem Leben?«

Wieder wusste Beth nicht, was sie sagen sollte.

»Du hast mich nie gefragt«, sagte Paul.

Beth öffnete und schloss den Mund. Sie brachte kein Wort heraus.

»Du bist nicht der einzige Mensch, der Ambitionen hat«, fuhr Paul fort. Er holte tief Luft. »Ich möchte eines Tages Abgeordneter werden.«

Das sah ihm so ähnlich, dass Beth beinahe nach Luft geschnappt hätte. »Natürlich«, murmelte sie.

»Aber wenn ich dieses Ziel erreichen will, brauche ich eine Familie, die mich unterstützt. Eine Frau, die mich unterstützt.« Paul schaute sie an, und alles, was sie in seinem Gesicht sehen konnte, war Widerwillen. »Eine, die ihren Ehrgeiz nicht vor meinen stellt. Eine, die sich nicht an die Boulevardpresse verkauft, um sich von Hinz und Kunz anglotzen zu lassen.«

Das war so unfair, dass Beth am liebsten laut geschrien hätte, aber stattdessen ballte sie die Hände hinter ihrem Rücken zu Fäusten und starrte Paul an.

»Was genau willst du damit sagen?« Sie war so zornig, dass sie die Worte förmlich ausspie.

»Ich fürchte, das ist für uns das Ende des Weges, Betsy.«

Beths Zorn verrauchte genauso schnell, wie er aufgeflammt war. Jetzt empfand sie nur noch Erleichterung. »Ich hatte nie vor, dir Ärger zu machen«, erwiderte sie, und sie meinte es ehrlich. »Du bist ein netter Mann.«

Er starrte sie an, ohne zu lächeln. »Sag bitte deinen Eltern Auf Wiedersehen von mir. Ich denke, ich sollte jetzt direkt nach Hause gehen, oder?«

Beth nickte, und Paul erhob sich und verließ ohne ein weiteres Wort die Grünanlage.

Beth wartete noch einen Moment, weil sie ihn nicht einholen wollte, und erst als er außer Sichtweite war, ging sie langsam zum Haus zurück. Sie schleppte sich die Stufen zur Tür hinauf, als wäre es ein Berg, den sie erklimmen musste.

Ihre Eltern saßen noch auf der Couch. Agatha zog fragend eine Augenbraue hoch, und Beth brach zu ihrer eigenen Überraschung in Tränen aus.

»Ach, Liebes«, sagte ihre Mutter. »Komm her zu mir!« Sie zog Beth zu sich aufs Sofa. »War Paul sehr böse?«

Beth fuhr sich mit der Hand über die Augen. »Ja. Und er hat furchtbare Dinge gesagt, und das Schlimmste ist, sie waren wahr.«

»Und …?«

»Wir haben uns getrennt«, brachte Beth hervor. »Tut mir leid.«

Ihr Vater hatte bis jetzt schweigend zugehört, aber jetzt schnaubte er. »Ein bisschen spät, würde ich sagen, Elizabeth.«

Beth wand sich.

»Deine Beharrlichkeit, einfach zu tun, was du willst, ohne an die Folgen zu denken, hat letzten Endes alles kaputt gemacht«, fuhr er fort. Er sprach ganz ruhig, aber

Beth erkannte an der zuckenden Ader an seiner Schläfe, wie wütend er war. »Du hast sehr egoistisch gehandelt, aber wenn wir schnell genug eingreifen, können wir Paul vielleicht überzeugen, dass das Ganze nur ein dummes Missverständnis war. Ein Fehler.«

»Es war kein Fehler«, sagte Beth. »Nichts davon war ein Fehler.«

Geoffreys Augen traten vor Zorn hervor. »Was soll das heißen?«

»Ich liebe meine Arbeit in Kew Gardens. Und ich bin stolz, dass man mich gewählt hat, um die Schrebergarten-Kampagne zu repräsentieren. Das ist kein Fehler.«

Agatha, wie immer auf Versöhnungskurs, tätschelte Geoffreys Arm. »Wenn Beth ein bisschen über ihre Arbeit in Kew erzählt, verstehst du es vielleicht besser, meinst du nicht?«

Beth hob die *Picture Post* auf. »Steht alles hier drin«, sagte sie. »Hast du es gelesen?«

Ihr Vater sah ein bisschen verlegen aus, aber Agatha nickte zu Beths Überraschung. »Ich habe den Artikel gelesen.« Sie schob ihre Hand unter ein Sofakissen und zog eine weitere Ausgabe der *Post* hervor. »Die habe ich gekauft, um sie den Mädels von meiner Bridgerunde zu zeigen.« Sie grinste. »Die werden begeistert sein. Du bist wirklich gescheit, Liebes. Ich wusste, dass du hier, da und überall herumflitzt, aber ich hatte keine Ahnung, was du eigentlich machst.« Sie senkte den Blick. »Ich wünschte, du hättest es mir erzählt.«

Beth war erfreut und gerührt über den Zuspruch ihrer

Mutter – und ein bisschen schuldbewusst, weil sie ihr gegenüber nicht offener gewesen war. »Daddy?«

Agatha hielt ihrem Mann die Zeitschrift hin. »Wirf bitte einen Blick hinein.«

»Nein!«

»Geoffrey.« Agathas Ton war scharf. »Lies es!«

Beth beobachtete, wie ihr Vater zögernd nach der Zeitschrift griff. Er schlug die Seiten um, bis er den Artikel gefunden hatte, und dann war er eine ganze Weile still. Beth sprang auf und lief im Wohnzimmer auf und ab. Sie fühlte, wie ihre Handflächen vor Nervosität schwitzten.

»Lieber Himmel«, sagte Geoffrey auf einmal. »Wie ich sehe, wird auch das Krankenhaus erwähnt.«

»Na ja, sie haben rausbekommen, dass ich Krankenschwester bin«, sagte Beth.

»Wegen des Babys?«

»Wegen des Babys.«

»Du hast in einem Schrebergarten ein Kind entbunden?«

»Richtig.«

Ihr Vater starrte sie an. »Eine normale Geburt?«

»Sternengucker.«

Seine Augenbrauen fuhren hoch. »Mit dem Rücken zum Rücken der Mutter?«

Beth schluckte. »Keiner von uns wusste, dass Daisy ein Kind erwartet. Sie hatte ihren Ehemann verloren – er war bei der Air Force – und hat ihren Zustand bewusst ignoriert.«

Die Augenbrauen ihres Vaters wanderten so weit nach oben, dass sie fast in seinem Haaransatz verschwanden.

»Du lieber Gott!«

»Wie geht es Daisy?«, fragte Agatha.

Beth zuckte mit den Schultern. »Sie will wieder arbeiten. Ich bin mir nicht sicher, wie sie mit der Situation als junge Mutter zurechtkommt.« Sie sah ihren Vater an. Sein Zorn schien sich zu legen. »Ich habe einiges über Erschöpfungszustände bei jungen Müttern gelesen. Ich möchte ihr helfen.«

Geoffrey nickte, und ermutigt, weil er nicht mehr auf sie losging, packte Beth die Gelegenheit beim Schopf.

»Könnte ich vielleicht wieder meine alten Schichten im Krankenhaus übernehmen?«, fragte sie. »Paul und ich sind nicht mehr zusammen, das heißt, ich habe jetzt wieder mehr Zeit.«

Erneut nickte Geoffrey, ohne etwas zu sagen.

»Ich muss mich für die Nachtschicht fertig machen.« Beth sah ihre Eltern an. »Tut mir wirklich leid, dass ich euch Ärger gemacht habe.«

Agatha lächelte. »Hauptsache, es geht dir gut, Liebes.«

Beth schaute zu ihrem Vater. Er lächelte nicht, aber die Ader an seiner Schläfe pochte nicht mehr. »Das hast du gut gemacht«, sagte er. »Die Entbindung, meine ich. Kann nicht leicht gewesen sein.«

»Nein, leicht war es nicht. Ich hatte Angst«, gestand Beth.

»An dem Tag, an dem du aufhörst, Angst zu haben, solltest du deinen Beruf als Krankenschwester aufgeben«, knurrte Geoffrey.

Beth grinste. »Das werde ich mir merken!«

Kapitel 34

London, Februar 1941

Nachdem ihre Probleme mit Paul und die Anspannung wegen der Reaktion ihrer Eltern auf den Artikel in der *Picture Post* vom Tisch waren, hätte Beth eigentlich zufrieden sein müssen. Aber sie machte sich große Sorgen um Daisy. Sie hatte jedes Buch über nervöse Erschöpfung bei jungen Müttern gelesen, das ihr in die Finger geriet. Besonders viel war zu diesem Thema nicht veröffentlicht worden, aber soweit Beth es beurteilen konnte, schien Daisy genau daran zu leiden. Doch ihre Freundin wollte einfach nicht über persönliche Dinge sprechen, weder über Rex noch über Willow. Stattdessen war sie wie besessen von der Aussicht, wieder in Kew arbeiten zu können, und Beth befürchtete, dass Daisy am Boden zerstört wäre, falls daraus aus irgendeinem Grund nichts werden sollte.

Da sie nicht wusste, wie sie ihrer Freundin helfen konnte, war sie in das Hilfszentrum in Hackney gefahren, um mit

Ivy zu sprechen. Als sich der Bus allmählich dem East End näherte, war sie sich allerdings nicht mehr sicher, ob es eine gute Idee war, Daisys Mutter ausgerechnet heute aufzusuchen. In der letzten Nacht hatte es wieder schwere Luftangriffe gegeben. Irgendwann hatte Beth sich gefragt, ob sie die Entwarnung verschlafen hatte, weil seit den ersten Bombenabwürfen Stunden vergangen waren. Aber dann hatte sie eine weitere Detonation gehört und gewusst, dass das Bombardement fortgesetzt wurde.

»Die Deutschen nutzen die Dunkelheit zu ihrem Vorteil«, hatte ihr Vater gemurmelt. »Lange Winternächte und ein klarer, kalter Himmel sind wie geschaffen für die deutsche Luftwaffe.«

Nach der schlaflosen Nacht war Beth wie gerädert, als sie aufstand. Zu ihrer Erleichterung war die Straße, in der ihre Eltern und sie lebten, von der größten Zerstörung verschont geblieben. Wieder einmal war es das East End, das am meisten unter der Bombardierung gelitten hatte.

»Oh nein«, stöhnte Beth, als der Bus in Richtung Hackney rollte. »Oh mein Gott.«

Überall lagen Schutthaufen. Einen Augenblick fand Beth sich überhaupt nicht zurecht, weil all ihre Orientierungspunkte verschwunden waren. Das Lokal an der Straßenecke, nach dem sie Ausschau hielt, gab es nicht mehr; nur ein Haufen Ziegelsteine war übrig geblieben. Als der Bus vor einer roten Ampel stehen blieb, sah Beth durch die schmutzigen Fenster, wie Überlebende aus dem zusammengestürzten Gebäude gezogen wurden. Die Menschen waren mit rötlich grauer Asche bedeckt. Der Schrecken stand ihnen ins Gesicht geschrieben, alle waren bleich und hatten die Augen weit aufgerissen. Ein kleines Mädchen im Nachthemd, das seine Puppe umklammert hielt, wurde geborgen, und Beth atmete erleichtert auf. Doch als der Bus weiterfuhr, sah sie eine leblose Frau auf einer Bahre. Gerade wurde ein Tuch über ihr Gesicht gelegt. War sie die Mutter des kleinen Mädchens? Sie würde es nie erfahren.

Als der Bus bei ihrer Station hielt, stieg Beth aus und musste sofort husten. Der Gestank von Rauch und verbranntem Holz blieb ihr buchstäblich in der Kehle stecken. In der Luft hing ein seltsamer orangeroter Lichtschein, das Schimmern von weit entfernten Bränden, die noch nicht gelöscht waren. Menschen rannten herum und schrien, die Sirenen heulten. Luftschutzwärter stützten Hausmauern, schalteten Gasleitungen ab und kümmerten sich um geborstene Wasserrohre.

Beth hielt einen Moment inne. Immerhin war sie eine Krankenschwester. Sollte sie helfen? Sie sah die Verletzten auf der Straße, aber es waren bereits Sanitäter vor Ort und taten ihre Arbeit. Vielleicht wäre sie ihnen nur im Weg.

»Beth!« Sie drehte sich um und sah Ivy, die in der Eingangstür des Pfarrsaals stand, in dem sich das Zentrum für Hilfsbedürftige befand. Sie stützte eine Frau, die so nackt war wie an dem Tag, als sie das Licht der Welt erblickt hatte. Die Frau taumelte, sie hatte eine Kopfwunde und wirkte benommen. »Beth, hierher!«

Beth rannte zu Ivy und nahm die zitternde Frau am Arm, damit Ivy ihr eine Decke um die Schultern legen konnte. Gemeinsam halfen sie ihr ins Gebäude.

»Hat ihr glatt die Kleider vom Leib geblasen«, murmelte Ivy, als sie der Frau halfen, sich zu setzen. »Das passiert oft. Ich suche ein Nachthemd für sie, können Sie ihre Wunde versorgen? Der Verbandskasten steht da drüben.«

Etwas überrumpelt, weil sie ganz unerwartet mitten ins Geschehen gezogen wurde, nahm Beth den Erste-Hilfe-Kasten und säuberte behutsam die Kopfwunde der Frau. Sie war recht tief, und schon bildete sich ein dicker Bluterguss. Da die Frau weder ihren Namen noch den Ort, an dem sie sich befand, nennen konnte, wandte sich Beth sofort an Ivy, als diese der Fremden half, das Nachtzeug, eine übergroße Strickweste und Socken für ihre eiskalten Füße anzuziehen. »Sie muss ins Krankenhaus«, sagte sie leise. »Es hat sie schlimm erwischt.«

Ivy nickte. »Ich rufe einen Rettungswagen.«

Beth setzte sich zu der Frau, die immer noch kein Wort herausbrachte, bis Ivy mit den Sanitätern zurückkehrte, die die Verwundete übernahmen. Sie wurde nach draußen gebracht, und Beth und Ivy beobachteten, wie sie in den Krankenwagen stieg. Sie schien immer noch nicht zu begreifen, was mit ihr geschehen war.

»Armes Ding …« Ivys Stimme bebte. »Sie wohnt nur ein paar Straßen von hier entfernt. Hat vier Kinder. Gott weiß, was mit denen passiert ist.«

Beth spürte, wie ihr Tränen in die Augen stiegen. Es war

grauenhaft. Sie hatte immer gewusst, wie schlimm es war, weil sie im Krankenhaus jeden Tag die Auswirkungen der Angriffe vor Augen hatte. Aber es direkt vor den Häusern der Menschen zu erleben, zu sehen, wie ihre Habseligkeiten auf der Straße verstreut lagen und vom Winterwind weggeweht wurden, schien unfassbar grausam. Wie konnten die Menschen mit einer solchen Zerstörung umgehen, Tag für Tag? Die menschliche Widerstandskraft beeindruckte sie immer wieder. Sie klopfte Ivy auf die Schulter. »Sie leisten hier wirklich wertvolle Arbeit.«

Zum ersten Mal, seit sie angekommen war, sah Ivy sie richtig an. »Warum sind Sie hier?«

»Ich wollte mit Ihnen über Daisy reden.«

»Hab ich mir fast gedacht.« Ivy schaute sich um. »Es scheint sich zu beruhigen. Sollen wir reingehen und uns eine Tasse Tee genehmigen?«

Sie führte Beth durch die Kirche, wo bereits eine lange Schlange von Leuten wartete, um Bezugscheine für neue Kleidung abzuholen. Beth staunte, wie gut alles organisiert war und die Hilfssysteme trotz der erschreckenden Umstände funktionierten.

»Hier läuft ja alles wie am Schnürchen«, sagte sie, als Ivy sie in ein Nebenzimmer führte. »Gott sei Dank sind Sie alle hier, um zu helfen.«

»Im East End hält man in schweren Zeiten eben zusammen«, erwiderte Ivy und zuckte mit den Schultern, als sei das ganz normal. »Wir helfen uns hier alle gegenseitig.«

Das Hilfszentrum war in einem großen Pfarrsaal untergebracht und hatte sich mittlerweile bis in die Kirche selbst ausgebreitet. Ivy hatte Beth in ein Büro geführt, das offenbar dem Vikar gehörte. Am Garderobenhaken hing eine Soutane, und auf dem Schreibtisch lag eine aufgeschlagene Bibel. Es gab einen Abstelltisch mit Bechern und einer Flasche Milch, und auf einem kleinen Gasherd stand ein Wasserkessel.

»Wie geht es Daisy Ihrer Meinung nach?«, fragte Beth.

Ivy goss Wasser in den Kessel und schwenkte ihn herum, dann wandte sie sich zu Beth um. Die junge Frau erschrak, als sie sah, dass Tränen in Ivys Augen standen. »Ehrlich?«, sagte Ivy. »Ich glaube, sie bricht bald zusammen.«

»Wird ihr die Mutterschaft zu viel?«

Ivy schüttelte den Kopf. »Ich denke, es ist schlimmer als das, und es dauert jetzt auch schon zu lange.«

Beth schloss kurz die Augen. Sie war erleichtert, dass Ivy es auch bemerkt hatte, gleichzeitig aber sehr unglücklich wegen des Zustandes ihrer Freundin. »Das glaube ich auch.«

Ivy trocknete ihre Augen und lächelte Beth an. »Sagen Sie das als Freundin oder als Krankenschwester?«

»Beides.« Beth atmete tief durch. »Ich glaube, Daisy leidet an Nervenerschöpfung. Das gibt es bei frischgebackenen Müttern relativ häufig. Erst verliert sie Rex, dann kommt Willows dramatische Geburt. Kein Wunder, dass sie Probleme hat.«

Ivy presste die Lippen fest aufeinander. »Was schlagen Sie vor? Wie können wir ihr helfen?«

»Ich könnte mit jemandem im Krankenhaus sprechen …«, setzte Beth an, aber Ivy unterbrach sie, indem sie eine Hand hob.

»Auf gar keinen Fall.«

»Ach Ivy, ich denke, sie braucht wirklich Hilfe. Und ich gebe mir zwar große Mühe, mich in Medizin weiterzubilden, aber ein Arzt wird sicher mehr darüber wissen. Vielleicht mein Vater?«

»Nein«, stieß Ivy hervor. »Ich weiß, was mit Müttern passiert, wenn sie um Hilfe bitten. Das hab ich zu oft gesehen. Die werden in ein Sanatorium gesteckt oder, noch schlimmer, in ein Irrenhaus. Und gesund werden sie dort nie. Die werden von ihren Kleinen getrennt und kriegen zu hören, dass sie nicht in der Lage sind, gute Mütter zu sein. Genau das ist Marge Hobbs passiert, die hat gleich bei uns um die Ecke gewohnt. Konnte nicht aufhören zu heulen, nachdem sie ihre Zwillinge bekommen hatte. Hat nur geschluchzt. Und dann wollte sie sich eines Tages in den Kanal stürzen.«

»Wie furchtbar!«

»War es auch. Dann hat man die arme Marge in irgendein Krankenhaus verfrachtet und sie nicht mehr rausgelassen. Und soweit ich weiß, hat sich ihr Mann mit dieser Rosalie vom *King's Head* eingelassen, und jetzt nennen die Zwillinge sie schon Mum.«

Es war offensichtlich, dass Ivy auf keinen Fall einen Arzt zurate ziehen wollte. »Ich glaube einfach, es würde helfen, mit jemandem zu sprechen, der sich mit so etwas auskennt«, sagte Beth.

»Nein.« Ivy blieb hart. »Daisy hatte es nicht leicht, das ist schon klar. Aber das Beste wird sein, wenn sie darüber redet. Ich werde ihr mit Willow helfen, und wir behalten sie im Auge und sind ganz besonders lieb zu ihr. Gehen wir es einfach langsam an.«

Beth war sich da nicht so sicher. Sie vertraute Ärzten und der Medizin und neigte deshalb instinktiv dazu, sich an einen Experten zu wenden. Aber Ivy sah absolut unbeugsam aus, und mit einem Mal erhaschte Beth einen flüchtigen Blick auf die eiserne Entschlossenheit, die Ivy im letzten Krieg und im Kampf um das Frauenwahlrecht so viel Kraft gegeben hatte. »Glauben Sie wirklich, das ist das Beste für Daisy?«

»Zumindest zurzeit«, sagte Ivy. »Ich werde nicht zuschauen, wie meine Tochter in eine Klapsmühle gesperrt wird und Willow ohne Eltern dasteht.«

Da Beth einsah, dass sie Ivy nicht überzeugen würde, nickte sie langsam. »In Ordnung. Aber ich habe ein paar Bedingungen.«

Ivy schenkte zwei Becher Tee ein und gab Milch dazu, bevor sie antwortete. »Was für Bedingungen?« Sie reichte Beth einen Becher.

»Wir müssen weiterhin versuchen, mit Daisy darüber zu sprechen, sie dazu bringen, sich zu öffnen und über ihre Gefühle zu reden.«

»Alles klar.«

»Und wir müssen uns gegenseitig auf dem Laufenden halten. Sie kennen sie besser als ich, aber vielleicht vertraut sie sich ja auch mir an.«

»Gute Idee.«

»Trotzdem …« Beth starrte in ihren Teebecher. »Ich denke wirklich, dass ein Arzt ihr helfen könnte. Vielleicht kann ich jemandem im Vertrauen davon erzählen, nur um zu sehen, wie man im Krankenhaus darüber denkt?«

»Ich weiß nicht«, sagte Ivy.

»Und wenn es jemand wäre, dem Sie auch vertrauen? Ihr Hausarzt vielleicht? Oder jemand von hier aus dem Hilfszentrum?«

Ivy schüttelte den Kopf. »Die stehen uns zu nahe.« Sie sah nachdenklich aus. »Wie wäre es mit Gus?«

Beth blinzelte vor Überraschung. Seit dem furchtbaren Streit in Kew hatte sie Gus nicht mehr gesehen, und sie nahm an, dass er seine Schichten absichtlich verschoben hatte, um ihr nicht mehr zu begegnen.

»Ach, ich weiß nicht, ob er viel dazu sagen könnte. Er ist Kardiologe, ein Herzspezialist.«

»Aber er ist ein Freund«, betonte Ivy. »Zumindest hat er Daisy schon kennengelernt.«

Beth nickte. Die Vorstellung, mit Gus zu reden, machte sie zwar nervös, aber gleichzeitig wäre es nicht schlecht, einen Grund zu haben, ihn wiederzusehen. Vielleicht könnte Daisy ihr sogar helfen, ihre Freundschaft mit Gus zu kitten.

»Sie wären also damit einverstanden, wenn ich mit Gus darüber rede?«, fragte sie.

Ivy seufzte. »Mir wäre es am liebsten, wenn überhaupt keiner davon erfährt. Aber wenn es sein muss, ist Gus noch am besten. Aber wenn er ein Sanatorium vorschlägt, ist die Antwort Nein.«

Beth nahm einen Schluck Tee. »Alles klar.«

An diesem Tag arbeitete Beth nicht im Krankenhaus. Da sie nur am Nachmittag in Kew Gardens zu tun hatte und sich den Vormittag freigenommen hatte, um mit Ivy zu sprechen, blieb ihr Zeit genug, bei der Forschungsgruppe vorbeizuschauen und Gus von Daisy zu erzählen. Sie war ziemlich nervös deswegen. Im Labor hatte sie sich im Hintergrund gehalten und darauf geachtet, ihm nicht über den Weg zu laufen. Aber jetzt, da sie einen richtigen Grund hatte, mit ihm zu reden, hoffte sie, nach ihrer letzten katastrophalen Unterhaltung endlich das Eis brechen zu können.

Es war Mittagszeit, als sie in den Gärten ankam, und das Labor war still und leer. Aber Gus war da. Er saß in einer Ecke an einem Tisch und las ein Buch. Als sie eintrat, blickte er auf und lächelte sie an. Dann klappte er das Buch zu und legte es behutsam auf einen Stapel Papiere, die sich auf seinem Schreibtisch türmten. Beth, die sich Sorgen gemacht hatte, wie er auf ihren Anblick reagieren würde, entspannte sich ein wenig.

»Hallo«, sagte sie.

»Hallo.«

»Bist du gerade sehr beschäftigt?«

Gus schnitt eine Grimasse. »Geht so.«

»Ich habe mich gefragt, ob du vielleicht kurz Zeit für ein Gespräch hättest?«

Gus zögerte, und Beth krümmte sich innerlich. »Es geht um Daisy«, fügte sie hastig hinzu. »Ich brauche deinen Rat.«

»Setz dich«, sagte er. »Worum geht es?«

»Ich mache mir Sorgen um sie«, begann Beth. In knappen Worten berichtete sie, was ihr aufgefallen war: Daisys matter Blick, ihr gezwungenes Lächeln, ihr mangelndes Interesse an Willow, das Gefühl, dass sie jedes Mal in Tränen ausbrach, wenn Beth ihr Haus verließ. »Ich weiß, das hört sich jetzt sehr vage an. Aber ich habe mit Ivy geredet, und sie hat das alles auch bemerkt. Ich habe versucht, mich in das Thema einzulesen, und ich denke, sie leidet unter einer Art nervösem Erschöpfungszustand. Sie sieht in allem nur das Schlechte. Mir kommt es so vor, als wäre ihr Innerstes verletzt und müsste erst wieder heilen.«

»Du kennst dich wahrscheinlich besser damit aus als ich, wenn du es schon recherchiert hast«, sagte Gus. »Aber ich weiß, dass das eine Weile nach der Geburt nicht ungewöhnlich ist. Es kommt vermutlich sogar öfter vor, als uns bewusst ist.«

»Was können wir tun? Gibt es irgendwelche Medikamente, die sie nehmen könnte?«, fragte Beth. »Weißt du etwas darüber, vielleicht noch aus der Zeit, als du in der Apotheke gearbeitet hast?«

Gus sah ratlos aus. »Ich habe zumindest nie etwas von derartigen Medikamenten gehört. Aber ich kann mich erkundigen.«

»Das wäre eine große Hilfe«, sagte Beth. »Danke.« Sie

machte eine kurze Pause. »Ich habe viel über Kriegsneurosen gelesen, weil es dazu mehr Informationen gibt als über Erschöpfungszustände, und mich gefragt, ob Elektroschocks helfen könnten.«

Gus verzog das Gesicht. »Nicht bei Fällen wie diesem. Und überhaupt habe ich Vorbehalte gegen diese Art der Behandlung.«

»Ich auch«, gab Beth erleichtert zu. »Ich denke, Daisy braucht viel Zuwendung. Also glaubst du, es gibt nichts, was wir tun können?«

»Im Gegenteil. Sie hat eine starke Familie und gute Freunde. Sie hat Unterstützung. Das ist es, was sie jetzt braucht.«

»Ivy hat gemeint, Daisy müsste nur einmal über ihre Gefühle sprechen.« Beth verzog den Mund. »Können wir denn keine Medikamente finden, die ihr helfen? Nur zu reden, scheint in Anbetracht ihrer Probleme ein sehr kleines Trostpflaster zu sein.«

Gus stupste sie leicht an. »Na komm, Beth«, sagte er. »Das ist doch, was gute Krankenpflege ausmacht, oder? Du weißt genau, dass ein aufmerksamer Zuhörer manchmal mehr bewirkt als eine Tablette.«

Er hatte natürlich recht. Beth schämte sich fast. Sie nickte. »Ich werde jedenfalls alles tun, um ihr zu helfen.«

»Und ich werde dich darin unterstützen, so gut ich kann.«

Beth hob eine Hand, um seinen Arm zu berühren, besann sich aber rasch anders. »Du bist wirklich ein guter Freund.«

Gus presste die Lippen fest aufeinander und holte tief Atem. Beth spürte, wie ihre Nervosität zurückkehrte. Was wollte er ihr sagen?

»Jetzt hör mir mal gut zu, Beth. Du kannst nicht jedem helfen. Manchmal musst du dich erst um deine eigenen Probleme kümmern, bevor du dir um andere Menschen Sorgen machst. Ich denke, du wirst Daisy eine größere Hilfe sein, wenn du erst mal deine Angelegenheiten in Ordnung gebracht hast.«

Beth blickte auf den Tisch hinab. »Paul und ich haben uns getrennt«, murmelte sie in Richtung Boden.

»Wie bitte?«

»Wir haben uns getrennt«, wiederholte sie lauter.

Gus sah ihr in die Augen, und sie spürte, wie ihr Herz in der Brust fast Salto schlug. Aber er sagte kein Wort. Er nickte nur.

»Ich sollte jetzt los. Ich muss mich noch schnell umziehen, bevor Will merkt, dass ich spät dran bin.«

»Ich hoffe, ich konnte ein wenig helfen.«

»Das konntest du, vielen Dank.« Sie lächelte ihn an. »Es war schön, dich zu sehen.«

»Ich habe mich auch gefreut, dass du hier warst.«

Beth ging. Zum ersten Mal seit Wochen fühlte sie sich richtig glücklich. Denn unter Gus' Buch hatte sie eine Ausgabe der *Picture Post* auf seinem Tisch gesehen, und ihr Gesicht hatte ihr daraus entgegengestrahlt.

Kapitel 35

London, Februar 1941

Daisy verlor sich in ihrer eigenen Gedankenwelt, als sie auf der Straße in Richtung Kew Gardens ging. Sie war am Ende ihrer Kräfte. Der Angriff der letzten Nacht war besonders heftig gewesen, und sie hatte kaum ein Auge zugetan. Willow hingegen war nur zweimal aufgewacht, um gestillt zu werden, und jedes Mal kurz darauf wieder eingedöst. Ivy hatte staunend festgestellt, das Kind wäre eben im Lärm der Bomben geboren und kenne nichts anderes.

»Wenn der Krieg vorbei ist, kann sie wahrscheinlich nicht mehr so gut schlafen, weil es ihr dann zu leise ist«, hatte sie gescherzt, als sie in das winzige Bettchen blickte, das sie in den Bunker gequetscht hatten. Während Poppy und Willow beide tief und fest schliefen, fanden Ivy und Daisy in den Nächten meistens keine Ruhe, sondern blieben oft wach und lauschten auf den Einschlag der nächsten Bombe.

Aber so müde sie auch war, Daisy war trotzdem froh, wieder nach Kew zurückzukehren. Sie hatte Will geschrieben und ihn gefragt, ob sie ihre Arbeit im Schrebergarten wieder aufnehmen könnte, und er hatte ihr fast sofort geantwortet und sie gebeten, ihn persönlich aufzusuchen. Daisy war überglücklich. Offensichtlich wurde sie in Kew gebraucht, und bestimmt würde Will sich wünschen, dass sie sich gleich nach ihrem Gespräch wieder an die Arbeit machte. Sie hoffte inständig, dass sich dann bei ihr endlich wieder so etwas wie Normalität einstellen und sie sich mehr wie sie selbst fühlen würde. Im Moment schien es, als läge all das, was sie empfinden sollte, immer ein kleines Stück außerhalb ihrer Reichweite. Sie sollte traurig sein wegen Rex, glücklich über Willow, besorgt, sie den ganzen Tag fremder Pflege zu überlassen, freudig erregt, bald wieder an ihrem alten Arbeitsplatz zu sein, aber stattdessen kam sie sich meist wie betäubt vor.

Sie trat von der Brücke auf die Straße, die zum Eingang der Gärten führte, und schnappte nach Luft. Obwohl die meisten Bomben West London nicht getroffen hatten, hatte sich der Angriff der vergangenen Nacht offensichtlich bis hierher ausgedehnt. In der Mitte der schmalen Häuserreihe, die die Straße säumte, klaffte eine Lücke mit einem Schutthaufen. Daisy blieb stehen, schockiert darüber, dass die Verwüstung auch vor diesem Stadtteil nicht Halt gemacht hatte. Von dem Haus waren nur Ziegelsteine und verrußte Holzbalken geblieben, aber die Nachbarhäuser standen noch, zumindest Teile von ihnen. Daisy sah den scharfen Einschnitt, den eine Bombe in eine der Mauern gerissen hatte und durch den jetzt ein Schlafzimmer sichtbar war. Der Raum war buchstäblich halbiert worden, doch wie durch ein Wunder stand ein Ankleidetisch mit Spiegel unversehrt im Raum. Sie sah ein Wohnzimmer, in dem ein Sofa vom beißenden Rauch geschwärzt worden war, und auf der anderen Seite des Hauses Teile der Küche, in der Wasser aus geborstenen Rohren brach.

»Oh Gott«, flüsterte sie. Auf einmal wurde ihr schlecht. Kew war in ihren Augen immer ein Ort der Sicherheit gewesen. Es schien so weit weg vom ausgebrannten East End und dem Chaos der Innenstadt. Aber die giftigen Auswüchse des Kriegs hatten ihren Weg auch hierher gefunden.

Der Weg zu den Gärten war mit Bauschutt übersät, und es wimmelte von Sanitätern, deshalb wechselte Daisy die Richtung und ging über die Wiesen von Kew. Am Rand der weiten Rasenfläche erhob sich St. Anne's Church, in der ihre Eltern getraut worden waren. Im frostigen Morgenlicht sah sie einladend aus, und in der Nähe stand eine Bank. Daisy setzte sich einen Moment, um ihre Gedanken zu ordnen. Sie war immer noch aufgewühlt vom Anblick des Bombeneinschlags in Kew. Bis zu ihrem Treffen mit Will hatte sie noch viel Zeit, genug, um sich zu sammeln. Sie schloss die Augen und atmete tief durch. Sie brauchte nur einen Augenblick, dann würde sie in die Gärten gehen, mit Will sprechen und ihre Arbeit aufnehmen. Dann würde alles wieder so sein wie vorher. Bevor Willow geboren worden war. Bevor Rex gestorben war. Ihre Atemzüge kamen langsam und stockend. Aber es würde nicht mehr so sein wie vorher. Denn Rex war tot, und Willow war da, und egal wie viele Stunden Daisy in diesen Gärten verbringen mochte, daran würde sich nichts ändern.

»Kann ich Ihnen helfen?«, sagte eine Stimme, und sie schrak auf. Sie öffnete die Augen und sah einen Geistlichen neben der Bank stehen.

»Nein«, fuhr Daisy ihn an. Die Überraschung machte sie unhöflicher, als sie es sonst gewesen wäre. Sie schluckte. »Trotzdem danke.«

»Sie sehen verstört aus.« Der Geistliche setzte sich neben sie, ohne sie zu fragen, ob sie etwas dagegen hatte. »Sie leben hier?« Er nickte in Richtung der zerstörten Häuser.

»Nein«, antwortete Daisy. Sie wollte nur, dass er wegging und sie in Ruhe ließ.

»Diese Verwüstung ist entsetzlich«, sprach er weiter, unbeeindruckt von ihrer knappen Erwiderung. »Furchtbar. Aber die Menschen machen weiter.« Er blickte Daisy an. »Es ist allerdings erschütternd, es aus direkter Nähe zu sehen.«

»Ich wohne in Hackney.«

»Also erleben Sie das jeden Tag?«

»So ziemlich.«

»Dann wissen Sie es besser als ich. Ich muss mich entschuldigen.«

Er tat Daisy leid. Der Mann versuchte doch nur, nett zu sein. Mit großer Selbstüberwindung wandte sie ihm ihr Gesicht zu und lächelte. Ihre Lippen fühlten sich seltsam dabei an. »Ich arbeite in den Gärten – wenigstens habe ich das im letzten Jahr getan«, sagte sie. »Kew hat sich immer sehr sicher angefühlt, und das ist jetzt vorbei.«

»Ich verstehe.«

»Ich war …« Daisy hielt inne. »Ich war eine Weile nicht mehr hier. Heute bin ich nur gekommen, um meine Arbeit wieder aufzunehmen. Ich dachte, alles würde so sein wie früher. Das hier habe ich nicht erwartet.«

Der Priester nickte. Er blieb stumm, aber er ging auch nicht weg. Eine Zeit lang saß er neben Daisy und beobachtete die Rettungshelfer bei ihrer Arbeit. Daisy spürte, wie sie immer ruhiger wurde, während sie so still dort saßen und sie sich noch einmal alles durch den Kopf gehen ließ, was geschehen war.

»Mein Mann ist gestorben«, sagte sie plötzlich. »Er war bei der Royal Air Force und ist im Krieg gefallen.«

»Das tut mir aufrichtig leid.«

»Und ich habe ein Kind bekommen.« Plötzlich musste sie weinen. »Er wird seine Tochter nie kennenlernen.«

Der Geistliche zog ein Taschentuch aus der Tasche und reichte es Daisy. Sie nahm es. Es roch frisch gewaschen und war fein säuberlich gestopft. Sie wischte ihre Augen trocken und putzte sich die Nase. »Vielen Dank.«

Zu ihrer Überraschung fühlte sie sich ein wenig besser. Nicht mehr ganz so benommen und abgestumpft. »Ich muss jetzt zur Arbeit.« Sie hielt ihm das Taschentuch entgegen, dann erinnerte sie sich, dass sie sich geschnäuzt hatte. »Ich werde es waschen und zurückbringen.«

»Behalten Sie es.«

Sie lächelte, dieses Mal ein echtes Lächeln. »Danke.«

»Wir leben in schwierigen Zeiten«, sagte er. »Wenn Sie jemals den Wunsch haben, mit jemandem zu reden, oder nur einen stillen Ort zum Nachdenken brauchen, kommen Sie ruhig nach St. Anne. Ich bin Reverend King.«

Daisy war nie besonders religiös gewesen, aber der Gedanke, in einer schönen, stillen Kirche zu sitzen, schien mit einem Mal sehr verlockend. »Ich denke, das werde ich.«

Fast beschwingt machte sie sich auf den Weg in Richtung Kew Gardens. Seit jenem Tag, als sie die großen gusseisernen Tore mit Willow im Arm hinter sich gelassen hatte, war sie nicht mehr so ermutigt und aufgebaut gewesen.

Ihre gute Stimmung hielt jedoch nicht lange an. Als sie die Gärten betrat, fiel ihr sofort die Hektik auf, die dort herrschte. Leute rannten an ihr vorbei, alle in dieselbe Richtung. Der Geruch von Rauch hing in der Luft, und sie spürte Staub im Gesicht.

»Oh nein«, sagte sie laut. »Oh nein.«

Sie folgte den Gärtnern und den anderen Mitarbeitern, die alle in die Mitte des Parks eilten. Das Gras knirschte unter ihren Füßen. Um sie herum standen verbrannte Büsche und kahle Bäume, die sich dem stahlgrauen Winterhimmel entgegenreckten. Und im Herzen der Gärten stand mit zerborstenen Fensterscheiben das Palmenhaus.

Daisy blieb abrupt stehen, keuchte auf und starrte auf die Verwüstung um sie herum.

»Alles in Ordnung, Daisy?« Hetty stand plötzlich neben

ihr. Sie trug ein Kopftuch und begrüßte Daisy, als hätten sie sich erst gestern gesehen, nicht vor Wochen, als sie ein neugeborenes Baby im Arm gehalten hatte. »Schlimm, oder?«

»Wie ernst ist es?« Daisy spürte einen stechenden Schmerz, obwohl es albern war. Schließlich war es nur ein Glashaus voller Pflanzen. Niemand war nachts dort. Niemand war verletzt. Aber es fühlte sich so an, als sei ihr Herz genauso geborsten wie die Fensterscheiben.

»Nicht so arg, wie es aussieht«, meinte Hetty fröhlich. »Es war kein direkter Treffer, und das Glas ist nur auf dieser Seite gesprungen. Es gibt natürlich eine Menge Schutt wegzuräumen, und auf dem Rasen ist ein riesiger Krater. Komm mit und schau es dir an.«

Sie zog Daisy am Ärmel, und schweigend folgte sie Hetty über die Rasenfläche, wo tatsächlich ein großes Erdloch im Boden klaffte. Am Rand des Kraters blieben die beiden Frauen stehen und betrachteten es.

»Das gibt einem zu denken, was? Das war nur eine einzige Bombe«, sagte Hetty, ohne ihre übliche Heiterkeit.

»Warum bombardieren sie Kew Gardens?«, fragte sich Daisy laut. »Warum hier?«

»Ich schätze, sie wollten die Pagode treffen und haben sie verfehlt.« Hetty grinste sie an. »An den Gerüchten muss also was dran sein.«

Daisy erinnerte sich vage, dass die Armee angeblich eine riesige Grube unterhalb der Pagode ausgehoben hatte, um dort ihre eigenen Bomben zu testen. Als sie zum ersten Mal davon hörten, hatte es reichlich unwahrscheinlich geklungen, aber jetzt schien auf einmal alles möglich.

Hetty redete immer noch. »Übrigens prima, dass du wieder bei uns bist. Wie geht's deiner Kleinen? Alles gut bei ihr?«

Daisy stellte fest, dass ihr darauf keine Antwort einfiel. Sie starrte in den Krater und fragte sich, was wohl passieren würde, wenn sie sich einfach hineinfallen ließ. Würde sie bis in die schlammigen Tiefen sinken und spüren, wie sich die Erde über ihrem Kopf schloss wie eine warme Decke?

»Daisy?« Hettys Stimme holte sie in die Realität zurück. »Wir müssen los und den anderen helfen.«

»Oh, 'tschuldige«, murmelte sie, schockiert über ihre düsteren Tagträume. »Natürlich.«

Hetty und sie gingen mit knirschenden Sohlen über die Scherbenhaufen zurück. Jemand reichte Daisy einen Besen, und bald war sie so beschäftigt, dass sie keine Gelegenheit mehr hatte, an ihre eigenen Probleme zu denken. Es war eine wahre Erleichterung.

Sie kehrten Glassplitter auf, verbarrikadierten die kaputten Fenster mit Holzlatten und stellten die Pflanzen um. Daisy tat schon nach ein paar Stunden der Rücken weh, und ihr war ziemlich schwindelig. Hetty sah sie an.

»Spürst du's schon?«

»Ein bisschen.«

»Ich glaube, du solltest nicht so hart schuften, wo du doch gerade erst ein Baby bekommen hast.« Sie hob die Stimme und rief einem der Obergärtner, der die Aufräumarbeiten überwachte, zu: »Wir wären jetzt fertig!«

Daisy staunte über Hettys Selbstbewusstsein. Vielleicht war sie früher auch so gewesen. Aber das schien schon sehr lange her zu sein. Sie ließ sich von Hetty den Besen aus der Hand nehmen.

»Warum gehen wir nicht rüber zum Schrebergarten?«, schlug Hetty vor. »Ich kann dir zeigen, was wir alles gemacht haben.«

»Hast du oft dort gearbeitet?«, fragte Daisy. Komisch, dachte sie. Bei den Dreharbeiten für die Wochenschau war Hetty geradezu besessen davon gewesen, auch im Schrebergarten zu arbeiten. Jetzt hatte sie Daisys Platz eingenommen, und Daisy war es, die neidisch war.

»Ab und zu«, sagte Hetty vergnügt. »Ich kenne mich aber nicht so gut aus wie du. Komm mit und schau dir alles an.«

»Eigentlich habe ich einen Termin bei Will«, erwiderte Daisy mit echtem Bedauern. Sie hätte sich den Schrebergarten nur zu gern angeschaut. Daisy war nicht eingebildet, aber es tat gut zu hören, dass Hetty ihre Kenntnisse schätzte. »Ist er hier?«

»Drüben auf der anderen Seite des Palmenhauses, glaube ich. Ich komme mit.«

Sie gingen durch die Gärten, die heute, da wegen des Bombeneinschlags keine Besucher eingelassen wurden, still und menschenleer waren. Hetty plapperte unentwegt, und Daisy hörte ihr gern zu. Ihre Worte flossen über sie hinweg, und weil Hetty nie eine Antwort erwartete, machte es nichts, wenn Daisy nichts zu sagen hatte.

»Wie gesagt, im Schrebergarten gibt es so viel zu tun,

dass ich ihnen öfter mal unter die Arme greifen musste. Ich weiß, das ist eigentlich dein Ding, deins und Beths, aber sie hat auch viel um die Ohren, und sie ist ja auch nicht immer da, oder? Weil sie ja auch Krankenpflege macht und so.«

Daisy nickte, und Hetty redete weiter. »Hat Beth dir erzählt, wie verrückt das alles war? Die Wochenschau und das Zeug in den Zeitschriften haben sie regelrecht berühmt gemacht. Erst neulich hat sie jemand um ein Autogramm gebeten. Sie sollte ihr Bild in der *Picture Post* unterschreiben.«

»Das hat sie mir gar nicht erzählt«, sagte Daisy.

»Nee, das ist nicht so ihre Art.« Hetty verlangsamte ihre Schritte, und sie bogen um die Ecke. »Unsere Beth ist eben viel zu bescheiden. Da ist er ja. Will!«

Will betrachtete das Palmenhaus. Er war in ein Gespräch mit einem anderen Mann im Anzug vertieft und schüttelte gerade den Kopf. Er winkte Daisy zu, und sie winkte zurück.

»Schau noch mal bei mir vorbei, bevor du gehst«, sagte Hetty, während sie sich zum Gehen wandte. »Schön, dich wieder hier zu haben.«

»Schön, wieder hier zu sein«, erwiderte Daisy aufrichtig.

»Hallo, hallo«, rief Will ihr jovial zu und trat zu ihr. »Hab schon gehört, dass du beim Aufräumen mitgeholfen hast. Schönen Dank auch.«

Daisy zuckte mit den Schultern. »Gehört alles zur Arbeit, oder nicht?«

»Ah«, machte Will. »Ah.«

Daisy spürte, wie plötzlich Übelkeit in ihr aufstieg. Was meinte er damit?

»Gehen wir ins Büro«, schlug er vor.

»Nein«, sagte Daisy. »Sagen Sie es mir lieber gleich.«

»Ich fürchte, wir können Sie nicht wieder aufnehmen«, erklärte Will steif. »Es gibt in Kew Gardens momentan keine Arbeit für Sie.«

»Aber Sie haben mir doch geschrieben! Sie wollten, dass ich heute herkomme.« Daisy hörte, dass ihre Stimme bebte. »Ich dachte, Sie wollten mich fragen, wann ich anfangen kann. Ich dachte, ihr braucht mich hier.«

Will schloss einen Augenblick die Augen.

»Es tut mir leid, Daisy. Aber mir sind die Hände gebunden.«

»Was?«

»Verheiratete Frauen mit Kindern als Gärtnerinnen, das geht, aber verwitwete Mütter? Ich fürchte, das werden die Herren in der Chefetage nie durchgehen lassen. Also, so gern ich Sie wieder hier hätte – und Gott weiß, wir könnten Ihre Fähigkeiten gerade jetzt gut gebrauchen, wir haben nämlich verdammt viel zu tun –, ich muss leider Nein sagen.«

»Ich würde die Kleine ja nicht mitbringen. Sie wird zu Hause betreut.«

»Das weiß ich. Aber Sie können sich ja vorstellen, wie die Herren da oben denken. Die halten an ihren alten Meinungen fest. Ich habe versucht, ihnen Ihren Fall schmackhaft zu machen, aber die denken, wenn sie Sie zurücknehmen, werden hier bald ganze Heerscharen von Frauen um Arbeit betteln, und Kew wird zu einer Art Kindergarten.«

»Das ist ja lächerlich.«

Will zuckte mit den Schultern. »So sehen die das eben.«

»Aber Sir Arthur ist sehr nett, hat Louisa gesagt.«

»Ist er auch. Aber das macht keinen Unterschied.«

Daisy starrte ihn hilflos an. »Also bekomme ich meine Stelle hier nicht zurück?«

»Es tut mir leid, nein.«

Vor diesem Gespräch hatte Daisy einen winzigen Funken Hoffnung gespürt, wie ein Krokus, der durch den gefrorenen Boden bricht und den Frühling ankündigt. Jetzt empfand sie nur noch abgrundtiefe Verzweiflung. Sie nickte langsam und versuchte zu lächeln. Sie wusste, dass sie Will danken sollte, weil er versucht hatte, sich für sie einzusetzen, und sich dann höflich verabschieden, aber die Worte wollten ihr nicht über die Lippen kommen.

Stattdessen drehte sie sich einfach um und ging, Wills besorgten Blick im Rücken, durch die Parkanlagen zum Tor.

Es gibt nichts, worauf ich mich freuen kann, dachte sie. Nichts in der Zukunft, immer nur dasselbe unerbittliche Elend, dieselbe unendliche Schwermut. Die Welt hatte all ihre Farben verloren. Natürlich, Kew war voller Schutt und Asche, und der Himmel war grau, aber es war mehr als das Wetter, mehr als die Auswirkungen des Bombenangriffs, mehr als Will, der es ablehnte, ihr Arbeit zu geben. Das Problem lag bei ihr, das fühlte sie. Sie war einfach traurig.

Nein, nicht traurig. Es war mehr als das. Sie war am Ende. Ohne jede Hoffnung. Sie wusste mit absoluter Sicherheit, dass der Winter vorbeigehen und der Frühling ihm folgen würde. Und danach würde es Sommer werden. Die Zeit würde weiter und weiter verstreichen, aber ihr würde es nie, niemals, besser gehen. Immer würde sie sich fühlen wie jetzt in diesem Moment. Das Elend würde nie enden. Und sie war sich nicht sicher, ob sie das ertragen könnte.

Kapitel 36

London, Februar 1941

Daisy erzählte niemandem von ihrem Treffen mit Will. Stattdessen belog sie ihre Mutter, als sie an diesem Nachmittag nach Hause kam.

»Ich werde ein paar Tage die Woche in Kew arbeiten«, erklärte sie ihr. »Aber Willow kann ich nicht mitnehmen. Wenn du dich um sie kümmern könntest, wäre das eine große Hilfe.«

»Natürlich«, entgegnete Ivy. »Aber bist du dir auch wirklich sicher?«

»Sie brauchen dort dringend meine Hilfe.« Daisy wünschte, es wäre die Wahrheit. Hoffentlich stellte ihre Mutter nicht allzu viele Fragen. Aber Ivy war zu sehr beschäftigt, nicht nur im Hilfszentrum und bei der Auslieferung von Obst und Gemüse aus der Gärtnerei, sondern auch damit, Poppy bei den Schulaufgaben zu helfen und sich Sorgen um Archie zu machen, der in seinem letzten

Brief deprimiert geschrieben hatte, dass aus seinem Fronturlaub nichts geworden war. Sie nickte nur.

»Willow ist bei mir gut aufgehoben«, sagte sie.

Mehr als das, dachte Daisy. Sie hatte das Gefühl, dass Willow bei Ivy immer viel glücklicher wirkte. Wenn Daisy sich um sie kümmerte, quietschte und brummte Willow, verzog das Gesicht und reckte die kleinen Fäustchen in die Luft. Daisy konnte es ihrer Tochter nicht verdenken.

Also schlüpfte Daisy wieder wie früher in Overall und Stiefel und stieg in die U-Bahn nach Kew. Erst als sie über die Brücke ging, fragte sie sich plötzlich, wie es weitergehen sollte. Sie konnte nicht einfach in den Schrebergarten spazieren und anfangen, im Boden zu buddeln. Falls Beth dort wäre, würde sie ihr alle möglichen unangenehmen Fragen stellen. Ganz die Krankenschwester. Und Hetty würde sie ständig über Willow ausfragen. Nein, das war ausgeschlossen. Und sie konnte auch nicht durch den Park bummeln, weil irgendjemand sie bestimmt erkennen würde. Sie kannte alle Gärtnerinnen und Gärtner, und seit Willows Geburt hatte sich auch bei den Ärzten, Botanikern und Pharmazeuten aus dem Forschungsteam herumgesprochen, wer sie war. Dasselbe galt für die Beamten, die von ihren Büros aus die gesamte Anlage leiteten. Ebendie Männer, die verhindert hatten, dass sie wieder hier arbeiten durfte. Nein, Kew Gardens konnte sie nicht betreten. Es würde eine Katastrophe.

Langsam schlenderte sie die Straße hinunter, vorbei an dem Pub am Kew Green. Dann blickte sie hinüber zur

St. Anne's Church, die am Rand der Grünfläche stand, mit Blick auf die Gärten. Vielleicht kann ich dorthin gehen, überlegte Daisy. Einfach still in der Kirche sitzen und meine Gedanken ordnen.

Sie ging über den Rasen zum Kirchhof. Das Gotteshaus war groß, aber nicht bedrückend. Es sieht fast freundlich aus, dachte Daisy. Das Gebäude war ihr durch die Arbeit in Kew vertraut, und sie kannte es auch von den Hochzeitsfotos ihrer Eltern. Es gab ihr ein Gefühl der Sicherheit. Und das war genau das, was sie jetzt brauchte.

Die Tür stand offen, und sie nahm auf einer der hintersten Bänke Platz. Die Kirche hatte eine gewölbte weiße Decke und Steinsäulen. Sie schien sie willkommen zu heißen, und Daisy war froh darüber.

Sie saß eine ganze Weile dort. Eine Stunde oder mehr verstrich. Eine Zeit lang war sie einfach in ihre Gedanken versunken, dann dachte sie an gar nichts mehr.

Irgendwann wurde eine Tür zugeschlagen, und das Geräusch riss sie aus ihrer Versunkenheit. Sie hörte Schritte, dann fing jemand an, Orgel zu spielen. Es war zwar schön, die Musik zu hören, aber es war nicht mehr so friedlich wie vorher. Vielleicht ist es Zeit zu gehen, dachte Daisy.

»Hallo«, sagte eine Stimme hinter ihr. Sie wandte sich um und sah den Vikar – Reverend King – vor sich. Er lächelte und schien erfreut, sie hier zu sehen. »Sie sind zurückgekommen?«

»Es ist schön hier.« Daisy fühlte sich ein bisschen, als hätte man sie ertappt. »So friedlich.«

»Ich glaube, ein wenig Ruhe und Frieden können nie schaden«, sagte Reverend King. »Das bringt Heilung.«

Daisy nickte.

»Wie fühlen Sie sich?«

Sie zuckte mit den Schultern. »Manchmal besser, manchmal schlechter.«

»Viele meiner Gemeindemitglieder haben geliebte Menschen verloren. Obwohl ich mir nicht anmaßen möchte zu wissen, wie Sie empfinden, wurde mir oft gesagt, dass es hilft, jeden Tag aufs Neue anzugehen.«

Leise Scham regte sich in Daisy. Sie war richtig egoistisch, verrannte sich in ihren Schmerz, während es so vielen anderen genauso ging wie ihr. Sie dachte an all die armen Menschen in England, die Männer, Väter, Söhne verloren hatten. So viel Tod, so viel Leid. Und sie hatte ja noch ihre Familie, ein Dach über dem Kopf, jeden Tag genug zu essen. Sie war noch halbwegs gut davongekommen.

Sie rutschte von der Kirchenbank und wandte sich zum Gehen. »Ich muss jetzt los.«

»Werden Sie wiederkommen?«

Daisy schenkte ihm ein dünnes Lächeln. »Ich habe ja noch Ihr Taschentuch«, antwortete sie. »Ich werde es Ihnen zurückbringen.«

»Das müssen Sie nicht.«

»Ich weiß … aber ich werde es trotzdem tun.«

Und so entwickelte sich in Daisys Alltag allmählich eine neue Form von Routine. Zwei, drei Tage in der Woche behauptete sie, nach Kew zu fahren. Es war keine echte Lüge, beschwichtigte sie sich selbst. Sie fuhr ja wirklich nach Kew, nur nicht in die Gärten. Ivy kümmerte sich um Willow, Daisy setzte sich in die U-Bahn. Wenn sie ankam, schlug sie nicht den Weg zu den Gärten ein, sondern nach St. Anne's, um dort ein, zwei Stunden friedlich in der Kirche zu sitzen.

Manchmal gesellte sich Reverend King zu ihr und setzte sich neben sie. Ab und zu plauderten sie, aber meistens saßen sie in einträchtigem Schweigen beisammen. Daisy stellte fest, dass sie sich immer mehr auf den Frieden der Kirche freute, wo niemand Anforderungen an sie stellte.

Hin und wieder schlenderte sie über den Friedhof und las die Inschriften auf den Gräbern. Bei jedem Grabstein fragte sie sich, wie es den Zurückgebliebenen ergangen war. Den Männern und Frauen, die ihre Ehepartner betrauerten. Den Eltern, die Kinder verloren hatten. Oder den Kindern, die zu Waisen geworden waren. Manchmal weinte sie ein wenig. Oft wünschte sie sich, Rex hätte ein Grab, das sie besuchen könnte, einen Ort, an dem sie sich ihm nahe fühlen könnte. Der Krieg hatte ihn ihr nicht nur entrissen, er hatte ihr auch die Möglichkeit genommen, jemals richtig Abschied von ihm zu nehmen.

Als der Frühling kam und die frostigen Tage allmählich weniger wurden, begann sie, sich um einige der verwahrlosten Gräber zu kümmern. Sie erzählte Reverend King nichts, aber er wusste davon. Er hatte sie vom Kirchenportal aus gesehen und kurz genickt, als sich ihre Blicke begegneten. Eines Tages packte sie eine Schaufel und eine kleine Harke in ihre Handtasche und fing an, den Friedhof gründlich auszujäten. Schon wuchsen kleine Blumenzwiebeln in der Erde heran, aber sie waren von Unkraut überwuchert, deshalb rupfte sie die langen Stängel aus, um mehr Platz für die Krokusse und Narzissen zu schaffen. Sie fragte sich, ob sie sich besser fühlen würde, wenn alles blühte. Sie bezweifelte es, aber es gab ihr ein wenig Halt, irgendetwas planen zu können.

Sie brachte Zwiebeln von Sommerblumen aus ihrem eigenen Garten mit und pflanzte sie entlang des Weges, der zur Kirche führte. Wenn die Sonne endlich einmal wieder herauskäme, würden sie sehr hübsch aussehen. Ob Beth wohl daran gedacht hatte, dass es Zeit war, die Bohnen im Schrebergarten einzupflanzen? Beth hatte sie schon längst besuchen wollen. Sie wollte unbedingt Willow sehen und Daisy alles Neue vom Schrebergarten und von ihrer Arbeit im Krankenhaus erzählen. Aber Daisy verschob es immer wieder. Wenn Beth und Ivy sich gegenüberstünden, würde es nicht lange dauern, bis die beiden herausfanden, dass Daisy überhaupt nicht in Kew Gardens arbeitete.

Und dann, an einem stürmischen Tag im März, als der Wind durch Kew pfiff und Daisy sich in ihren dicken Mantel kuscheln musste, sah sie Beth auf sich zukommen. Sie erschrak. Beth betrat die Gärten eigentlich immer durch den anderen Eingang, nicht bei der Kirche.

»Daisy!«, rief ihre Freundin. »Wie schön, dich zu sehen. Was machst du hier?«

»Ich wollte dich besuchen«, log Daisy. »Was sonst?«

»Wo ist Willow?«

Eine Sekunde lang hatte Daisy keine Antwort parat. »Bei meiner Mutter«, sagte sie dann.

Beth sah enttäuscht aus. »Bring sie doch das nächste Mal mit, ja?«

»Mal sehen.«

Sie standen beide etwas verunsichert da. Dann hängte sich Beth bei Daisy ein. »Komm, schau dir den Schrebergarten an.«

Beth plauderte den ganzen Weg über, hauptsächlich über die Gemüsesorten, die sie mit Hetty und den anderen gepflanzt hatte. Sie war so stolz darauf, wie der Schrebergarten inzwischen aussah, dass Daisy sich neben ihrem strahlenden Gesicht wie ein kleiner, verschrumpelter Klumpen Neid fühlte. Sie war eifersüchtig, dass Beth die Arbeit machte, die sie selbst gern übernommen hätte, und sie wollte nicht sehen, wie gut es im Schrebergarten voranging. Wie alles blühte und gedieh.

»Tada!«, rief Beth, als sie näher traten, und breitete die Arme aus. »Was sagst du?«

Es war wirklich erstaunlich. Unglaublich. Jeder Zentimeter Boden war mit Gemüsepflanzen bedeckt, die ordentlich in Reih und Glied standen. Manche Sorten, zum Beispiel die Kartoffeln, waren bereits erntereif. Andere, wie der Frühlingskohl und – Daisy runzelte die Stirn, als sie versuchte, die verschiedenen Blätter zuzuordnen – die Rüben, wuchsen noch und sahen groß genug aus, um in ein paar

Wochen geerntet zu werden. Die Tomatenpflanzen würden im Sommer unzählige Früchte tragen. Der Anderson-Bunker war von Efeu überwuchert, und die Narzissen, die sie vor so langer Zeit gesetzt hatten, wehten sanft in der Brise und wirkten im Grün des Gartens wie helle Sonnenstrahlen. Es war wirklich beeindruckend.

Daisy verabscheute einfach alles daran.

»Und, was sagst du?«, fragte Beth erneut.

Daisy kannte die richtige Antwort. Sie sollte Beth gratulieren, weil sie so schwer geschuftet und es noch dazu geschafft hatte, die Arbeit hier und ihre Tätigkeit im Krankenhaus so gut unter einen Hut zu bringen. Sie sollte ihrem Staunen und ihrem Stolz Ausdruck verleihen, dass ihre Freundin in so kurzer Zeit so viel gelernt hatte. Sie sollte sich danach erkundigen, wie das Vegetable Drugs Committee vorankam. Aber sie tat nichts davon. Sie sagte gar nichts.

»Daisy?«, fragte Beth. »Was hältst du von all dem hier?«

Daisy spürte, wie der kleine, verschrumpelte Klumpen Neid in ihrem Inneren wuchs. »Ich finde es schrecklich!«

»Wirklich?« Beth sah überrascht und ziemlich verstimmt aus. »Schrecklich?«

»Ich hätte es ganz anders gemacht«, erklärte Daisy. »Die Kartoffeln sind am falschen Platz. Würde mich nicht wundern, wenn sie von Kartoffelfäule befallen werden. Und die Kohlblätter sind ja von Schnecken geradezu durchlöchert. Was für eine Verschwendung. Da hast du wirklich Mist gebaut, Beth.«

Beth klappte den Mund auf und zu wie ein Fisch.

»Die Rüben da müssen sofort geerntet werden, sonst verrotten sie«, fuhr Daisy fort. Nichts von dem traf zu, aber sie konnte einfach nicht aufhören. Es war, als ob es ihr besser ginge, solange sie nur Beth verletzen konnte.

»Daisy«, sagte Beth leise. »Tu das nicht.«

Aber das fachte Daisys Zorn nur noch mehr an. »Du hast offensichtlich zu viel Zeit damit verbracht, Autogramme zu schreiben, statt dich mit der Arbeit hier zu beschäftigen.«

»Das stimmt nicht.« Jetzt klang auch Beth gereizt. »Das ist nicht fair, Daisy.«

»Fair?« Daisy lachte hohl. »Findest du es vielleicht fair, dass ich nicht mehr hier arbeiten darf?«

»Nein.« Beth schüttelte vehement den Kopf. »Das finde ich absolut unfair, und das habe ich Will auch gesagt.«

»Ist es gerecht, dass mein Mann getötet wurde?«

»Natürlich nicht.«

»Oder dass dein Freund hinter einem Schreibtisch hockt, während du dir wünschst, dass er an die Front geht?«

Beth blieb vor Schreck der Mund offen stehen, und aus irgendeinem Grund machte das Daisy noch wütender. Es fühlte sich gut an, total sauer zu sein. Es war, als hätte sie einen Wasserhahn aufgedreht, sodass plötzlich ihre angestaute Wut unkontrolliert hervorquoll. »Guck doch nicht so erschrocken«, fauchte sie Beth an. »Ich weiß ganz genau, dass du Gus schöne Augen machst und hoffst, dass Paul sich freiwillig meldet, damit du ihn endlich los bist.«

»Hör auf!« Beth wollte sich abwenden, aber Daisy packte sie am Arm, damit sie ihr zuhören musste.

»Wahrscheinlich hast du dir die ganze Zeit gewünscht, Paul wäre tot, oder? Gib's zu, du hast es dir gewünscht.«

»Es ist schrecklich, so etwas zu sagen. Und es ist nicht wahr. Paul und ich sind nicht einmal mehr zusammen. Wie kannst du so etwas nur behaupten?«

Daisy sah ihre Freundin an. Ihre Freundin, die sie, wenn sie einen klaren Kopf hatte, einfach großartig fand, einer der intelligentesten, nettesten, genialsten Menschen, die sie kannte. Aber jetzt starrte sie Beth bitterböse an. »Weil es die Wahrheit ist!«

Beth hatte hektische rote Flecken im Gesicht bekommen, und in ihren Augen standen Tränen. »Was ist bloß los mit dir?«

Daisy zuckte mit den Schultern, und Beth schüttelte den Kopf. »Ich weiß, dass das alles ziemlich hart für dich ist, Daisy. Ich weiß, dass du Rex vermisst und dass es dir schwerfällt, dich um deine Tochter zu kümmern. Ich würde dir wirklich gern helfen. Aber du machst es mir nicht leicht.«

Daisy fühlte sich wie betäubt. Sie wusste, was sie gesagt hatte, und sie wusste auch, dass es furchtbare Dinge waren, die sie ausgesprochen hatte. Aber irgendwie berührte es sie nicht. Sie sah Beth in die Augen.

»Ich brauche deine Hilfe nicht«, sagte sie. »Bleib mir vom Hals.«

Sie weinte, als Beth davonging.

Kapitel 37

London, Mai 1941

Manchmal dachte Daisy an den Tag zurück, an dem sie von Will erfahren hatte, dass sie nicht mehr in Kew arbeiten dürfe. Erstaunlich, mit welcher Präzision sie damals vorausgesehen hatte, wie die nächsten Monate für sie verlaufen würden.

Die Blumenzwiebeln, die sie auf dem Friedhof eingepflanzt hatte, waren gewachsen und würden bald in voller Blüte stehen. Die Narzissen waren schon längst verwelkt und abgeschnitten, jedes Grab war sorgsam gepflegt, aber Daisy ging es immer noch nicht besser.

Willow war von einem dünnen, kleinen Ding zu einem molligen, lächelnden Baby herangewachsen. Sie konnte bereits aufrecht sitzen, kreischte, wenn sie Aufmerksamkeit wollte, und grapschte mit ihren kleinen, runden Fingern nach ihrem Fläschchen. Und Daisy ging es immer noch nicht besser.

Nicht einmal, als die nächtlichen Angriffe auf London weniger wurden und schließlich ganz aufhörten, fühlte sich Daisy glücklicher. Sie hüllte sich in ihre Trauer wie in eine dicke Decke, unter der sie sich verkroch und sich vor der Außenwelt abschottete.

Sie vermisste Beth schmerzlich, aber sie wusste, dass sie ein schlechter Mensch war, weil sie ihrer Freundin all diese schlimmen Dinge an den Kopf geworfen hatte. Sie hätte sich gern entschuldigt, aber Beth würde bestimmt nichts mehr von ihr wissen wollen. Sie konnte es ihr nicht verdenken, nicht ein bisschen.

Immerhin kann ich meinen Kummer gut verbergen, dachte sie. Sie ging immer noch regelmäßig nach Kew. Sie gärtnerte auf dem Friedhof oder saß gedankenverloren in der Kirche.

Manchmal fragte Ivy Daisy, ob es ihr auch gut ginge, und dann lächelte Daisy immer und sagte, danke der Nachfrage, es ginge ihr von Tag zu Tag besser, und ihre Mutter ließ es für die nächste Zeit gut sein, bevor sie irgendwann wieder nachhakte.

Willow war das liebste und süßeste kleine Mädchen auf der Welt. Jeder, der sie traf, war von ihr bezaubert. Die Freiwilligen in Ivys Hilfszentrum waren alle ganz verliebt in die Kleine und stritten sich um das Vorrecht, sie im Arm halten zu dürfen, wenn Ivy sie mitbrachte. Poppy beschäftigte sich sehr viel mit ihr, hob geduldig ihre Spielsachen auf und wurde nicht einmal böse, wenn Willow sie an den Haaren zog. Jim fand es komisch, wenn sie seine Brille stibitzte und damit in der Luft herumwedelte. Und Ivy liebte sie am allermeisten.

»Ich kann mich kaum noch an ein Leben ohne Willow erinnern«, verkündete Ivy oft ganz verwundert.

Das Wissen, dass ihre Tochter von der ganzen Familie vergöttert wurde, hätte Daisy das Leben erleichtern sollen. Aber irgendwie machte es sie nur noch unglücklicher. Die Trauer, die ihr seit Rex' Tod wie ein Stein in der Brust lag, und das Gefühl von Überforderung und Hilflosigkeit, das sich mit Willows Geburt eingestellt hatte, nahmen ständig zu. Daisy lebte in einem Zustand ständiger Benommenheit. Sie wusste nicht mehr, wie es war, glücklich oder verliebt zu sein. Sie fühlte gar nichts mehr.

Sie kümmerte sich um Willow, aber sie wusste, dass sie es nicht richtig machte. Es war Ivy, nach der die Kleine die Ärmchen reckte, wenn sie müde oder quengelig war. Es war Jim, der sie zum Lachen brachte. Und Poppy war es, die die Windeln wechselte, viel besser, als es Daisy je zustande brachte.

Das Ende der nächtlichen Bombenangriffe bedeutete auch, dass die Familie nachts in ihre Schlafzimmer zurückkehren konnte. Poppy war in Archies Zimmer umgezogen, damit Daisy und Willow mehr Platz hatten. Daisy war dankbar dafür, aber sie hasste es, die ganze Nacht über mit dem Baby allein zu sein. Wenn Willow aufwachte und schrie, hatte Daisy immer Angst, das Kind würde sich von ihr nicht beruhigen lassen. Sie wusste, dass Willow eigentlich Ivy brauchte, aber sie konnte ihre Mutter unmöglich wecken und um Hilfe bitten. Mittlerweile sollte sie selbst wissen, was zu tun war, und Ivy durfte nicht erfahren, wie kläglich sie jede Nacht scheiterte. Daisy war schmerzlich bewusst, dass sie für alle eine Enttäuschung war. Für Ivy. Für Willow. Selbst für Rex, weil sie sich nicht so gut um seine Tochter kümmerte, wie sie es verdient hatte. Er wäre außer sich, dachte sie manchmal, wenn er sehen könnte, wie ich mit der Situation umgehe.

An den Tagen, an denen Daisy nach Kew fuhr, übernahm nach wie vor Ivy bereitwillig die Kleine. Gott sei Dank.

Aber dann eines Morgens, kurz nachdem die nächtlichen Angriffe aufgehört hatten und die Londoner sich allmählich von den ständigen Bombardierungen erholten und anfingen, die schlimmsten Schäden zu reparieren, saß Ivy mit Daisy am Frühstückstisch und blickte sie an.

»Wir haben nicht genug Leute im Hilfszentrum«, sagte sie.

Daisy schlang die Finger um den Henkel ihres Teebechers. Zurzeit hatte sie selten Appetit und aß kein Frühstück mehr. Sie sah ihre Mutter an. »Braucht ihr mehr Freiwillige?«

»Allerdings, und es melden sich auch immer wieder welche, aber bis sie eingearbeitet sind, muss ich dort mehr Zeit verbringen.«

Daisy zuckte mit den Schultern. »Nur zu.«

»Ich kann mithelfen«, erklärte Poppy, die gerade versuchte, Willow mit Porridge zu füttern. »Wenn ihr mich brauchen könnt.«

»Das ist lieb von dir, aber du hast in der Schule genug zu tun.« Ivy seufzte und wandte sich wieder an Daisy. »Ich fürchte, ich werde Willow nicht mehr so oft nehmen können wie bisher.«

Daisy hielt ihren Becher fest umklammert, damit ihre Hände nicht zitterten. »Aber sie ist doch so gerne dort.«

»Ich weiß.« Ivy pustete ihrer Enkeltochter einen Kuss zu. »Aber ich muss dort wieder mal richtig mit anpacken. Es geht nur um ein paar Wochen. Vielleicht kannst du deine Schichten in Kew etwas abbauen? Nur für die nächste Zeit.«

Daisy wurde von Panik befallen. Sie wollte Nein sagen, ihrer Mutter beichten, dass sie nicht wusste, wie sie sich richtig um ihr Kind kümmern sollte. Dass sie alles falsch machen würde. Aber stattdessen nickte sie nur: »Ich regle das«, murmelte sie. Natürlich gab es überhaupt nichts zu regeln. Sie lebte eine Lüge, und vielleicht war das ihrer Mutter inzwischen klar geworden.

Sie sah, wie Ivy über den Tisch hinweg zu Jim sah und ihm kurz zunickte. Hatten die beiden über sie geredet? Wahrscheinlich hatten sie geahnt, wie sie reagieren würde. Offensichtlich war ihnen klar, dass Daisy nicht für ihr eigenes Kind sorgen konnte. Bestimmt waren sie angewidert. Abgestoßen von dem Gedanken, was für eine schlechte Mutter ihre Tochter war.

»Ich muss jetzt los«, sagte sie.

Die ersten paar Tage allein mit Willow waren nicht einfach. Daisy konnte sie nicht zum Einschlafen bringen, deshalb ging sie stundenlang mit ihr im Park spazieren. Obwohl das Wetter für die Jahreszeit zu feucht und kühl war, vergaß sie den Regenschutz für den Kinderwagen, und Willow blieb nicht nur hellwach, sondern war noch dazu bis auf die Knochen durchnässt. Am nächsten Tag ließ Daisy in der Küche das Babyfläschchen fallen und sah entsetzt zu, wie die Milch über die Fliesen rann, während Willow vor Hunger jammerte.

An einem anderen Tag zappelte Willow wie verrückt, als Daisy versuchte, ihr ein Jäckchen über die Arme zu ziehen. Das kleine Mädchen bekam vor lauter Schreien schon ein knallrotes Gesicht.

»Es tut mir leid«, sagte Daisy immer wieder. »Es tut mir leid.« Sie hatte das Gefühl, dass sie nichts anderes machte, als sich ständig zu entschuldigen, obwohl ihre Tochter kein Wort verstehen konnte.

Sie sehnte sich nach Kew. Hackney war ihr Zuhause, aber Kew war ihr sicherer Hafen, weit weg vom Lärm und Schutt der einstürzenden Häuser, wenn die Bombentrichter geräumt wurden. Die Busse, die die Straße entlangratterten, die hupenden Autos, selbst Willows Tränen zerrten an Daisys Nerven. Sie wollte nur nach St. Anne's und allein sein, doch das war nicht möglich.

Aber wenn Ivy vom Hilfszentrum nach Hause kam und Daisy fragte, wie der Tag verlaufen wäre, antwortete sie: »Ganz gut.«

Dann wurde es noch schlimmer.

Zum ersten Mal seit Wochen war die Sonne hervorgekommen. Als Daisy aus ihrem Fenster auf die Dächer vom East End schaute, wurde ihr klar, dass Willow mit ihrem Strickjäckchen zu dick angezogen war.

Bei dem Gedanken, das kleine Mädchen wieder umzuziehen, sank ihr der Mut. Sie strampelte ständig, wenn Daisy sie anzog. Einen Augenblick überlegte sie, einfach im Haus zu bleiben, statt spazieren zu gehen, aber der Gedanke war nicht unbedingt verlockend. Also hob sie Willow aus ihrem Bett und zog ihr das Jäckchen aus.

Willow zappelte und machte ein böses Gesicht, weil sie jetzt immer aufrecht sitzen wollte, um genau zu sehen, was um sie herum geschah. Sie trat mit ihren kleinen Füßchen und plärrte Daisy an.

»Draußen scheint die Sonne«, sagte sie zu dem Baby. »Du musst was Leichteres anziehen.«

Willow starrte Daisy stumm an, dann, als ob sie plötzlich beschlossen hätte, dass lautstarker Protest die beste Lösung wäre, riss sie den Mund weit auf und fing an zu brüllen. Daisy krampfte es das Herz zusammen.

»Oh nein, Willow, nicht jetzt«, bat sie. »Ich muss dich nur schnell umziehen.«

Willow schrie lauter und warf ihre Beine gegen die Tagesdecke. Jeder Schrei bohrte sich wie ein Messer in Daisys Kopf.

»Hör auf«, sagte sie. »Bitte, hör auf.«

Die Situation wuchs ihr über den Kopf, und um es möglichst schnell hinter sich zu bringen, zog Daisy die Jacke über Willows Arme und warf sie aufs Bett. Dann schaute sie sich suchend nach dem Strampelanzug um, den sie schon herausgelegt hatte. Ach, da lag er ja, oben auf der Kommode.

»Um Himmels willen«, stieß sie hervor. Willows Schluchzer hallten in dem kleinen Zimmer wider, und Daisy konnte kaum einen klaren Gedanken fassen.

Sie ließ Willow auf dem Bett liegen, wo sich die Kleine wütend hin und her warf, und ging zwei, vielleicht drei Schritte in Richtung Kommode. Aber in dem Moment, als sie sich umdrehte, hörte sie einen dumpfen Laut, gefolgt von einem herzzerreißenden Aufheulen. Sie wirbelte herum und sah Willow neben dem Bett mit dem Gesicht nach unten auf dem Boden liegen.

»Du lieber Gott!«, schrie Daisy. Sie hob ihr Baby hoch und versuchte, es zu beruhigen, während sie hektisch überprüfte, ob Willow blutete. Ihr schien nichts zu fehlen. Ihre Wange war von dem Aufprall gerötet, aber sie hatte keine Beule am Kopf, und Blut war auch nicht zu sehen. Aber jetzt war Willow wirklich außer sich vor Wut, und echte Tränen liefen ihr über die Wangen, während sie die Fäustchen ballte und aus voller Kehle brüllte.

»Du hast dich nur erschrocken«, schluchzte Daisy. »Es war meine Schuld. Ich wusste nicht, dass du dich schon umdrehen kannst. Ich wusste es nicht. Es tut mir leid, es tut mir leid, es tut mir leid.«

Sie wusste nicht, wie lange sie mit ihrer kreischenden Tochter im Arm dort saß. Zum Glück fielen Willow irgendwann die Augen zu, und sie schlief ein. Plötzlich wusste Daisy genau, was sie tun musste. Es schien ganz offensichtlich. Kaum zu glauben, dass sie nicht schon viel früher daran gedacht hatte.

Vorsichtig legte sie Willow in ihr Bettchen, kramte in der Kommodenschublade, in der sie die Babysachen aufhob, und nahm Windeln, Sicherheitsnadeln, ein paar Jacken, winzige Söckchen und Strampler heraus. Dann lief sie nach unten, um Willows Fläschchen und Schnuller zu holen. Sie warf alles in eine große Tasche und stopfte sie unter den Kinderwagen. Auf ein Stück Papier kritzelte sie »Willow« und schob den Zettel unter die Matratze im Wagen. Dann nahm sie ihr schlafendes Töchterchen, legte es sanft und ohne es zu wecken in den Kinderwagen und deckte es zu.

Der Kinderwagen war groß und unhandlich, aber sie schaffte es, ihn in einen Bus zu heben. Nicht alle Schaffner waren von einer derartigen Fracht begeistert, aber Daisy hatte Glück und traf auf eine Schaffnerin, die sich lächelnd über Willow beugte. Sie konnte nicht den ganzen Weg mit dem Bus fahren, aber immerhin weit genug, um den Rest zu Fuß zu gehen.

Eine seltsame Ruhe war nun, da sie sich zu einem Entschluss durchgerungen hatte, über Daisy gekommen. Sie ging die Straße entlang, betrachtete die kleinen weißen Wolken am Himmel und spürte die Sonnenstrahlen im Gesicht. Es ist ein guter Tag, dachte sie. Ein guter Tag, um Abschied zu nehmen.

Sie schob den Kinderwagen entschlossen, aber nicht zu

hastig, über die Brücke nach Kew und zur weiten Rasenfläche. Dann hob sie die Räder über den Bordstein und ging weiter in Richtung St. Anne's.

Auf dem Friedhof war kein Mensch zu sehen. Niemand besuchte eine der Grabstätten. Daisy stellte den Kinderwagen in der Vorhalle ab und hob Willow heraus. Wie üblich herrschte tiefe Stille in der Kirche. Reverend King war nicht da, niemand arrangierte Blumen als Altarschmuck. Daisy setzte sich auf eine der hinteren Bänke, nicht weit vom Taufbecken. Willow ist nicht getauft, fiel ihr dabei ein. Sie hatte nie die Zeit dafür gefunden. Vielleicht würde Reverend King das in die Wege leiten. Später.

Willow saß auf ihrem Schoß und sah sich mit weit aufgerissenen Augen um.

»Willow«, sagte Daisy leise. »Du bist ein richtiger Schatz. Ich kann dir gar nicht sagen, wie sehr ich mir gewünscht hätte, du wärst in einem anderen Leben zu mir gekommen. In einem Leben, in dem du noch einen Vater gehabt hättest.« Sie streichelte die Wange des kleinen Mädchens. »Er hätte dich so sehr geliebt. Er wäre so stolz gewesen.« Sie holte tief Luft. »Du hättest einen Papa haben sollen, der dich vergöttert, und eine Mama, die dich so lieb hat, wie du es verdienst.« Sie weinte, und die Tränen kullerten an Willows runden Ärmchen hinab. »Es tut mir so leid, aber das bin ich nicht. Ich bin nicht diese Mama. Ich wünschte, ich wäre es, aber ich bin es einfach nicht. Ich habe alle enttäuscht, aber jetzt bringe ich es in Ordnung.«

Sie nahm Willow in die Arme und sog noch einmal den

Geruch ihres Babys ein. Willow griff nach ihrem Haar und gluckste so zufrieden, dass Daisy fast ihre Meinung geändert hätte. Aber nein. Sie musste das tun. Es war das Beste für alle.

Mit dem Baby im Arm ging sie zum Portikus zurück und bettete Willow in den Kinderwagen. Sie legte ihr Kuscheltier hinein, damit sie nicht weinte, und wickelte sie in die Decke, weil es auch an diesem warmen Tag kühl in der Kirche war. Sie prüfte, ob das Stück Papier mit Willows Namen noch an seinem Platz lag. Dann küsste sie ihre Tochter auf die Stirn.

»Leb wohl …«

Sie hatte die Brücke zur Hälfte überquerte, als sie auf einmal mit voller Wucht die Erkenntnis traf, was sie gerade getan hatte. Sie blieb abrupt stehen, krümmte sich zusammen und schnappte nach Luft. Sie hatte ihre Tochter verlassen. Sie hatte sie weggegeben. Was, wenn niemand sie fand? Wenn sie verhungerte? Daisys Herz raste, und ihre Beine waren butterweich. Sie musste umkehren. Sie musste zurück zu Willow, bevor ihr etwas zustieß. Aber was dann? Konnte sie so weitermachen wie bis jetzt? Panisch sog sie tief die Luft ein. An das Geländer der Brücke geklammert, blickte sie hinunter auf die trüben Fluten der Themse. Es war Hochwasser, und der Fluss schoss schäumend unter ihr vorbei. Sie beobachtete, wie ein Holzbrett von den Fluten mitgerissen wurde und dann versank. Willow ist nichts geschehen, sagte sie sich. Sie war in St. Anne's, und waren

Kirchen nicht ein Zufluchtsort? Reverend King würde sie finden, sich um sie kümmern, und sie würde eine neue Mutter bekommen, eine, die sie richtig lieb hatte.

Daisy nickte. Es war für alle das Beste. Aber der Schmerz war immer noch da, bohrte sich wie ein kalter Eiszapfen in ihr Herz. Sie musste an das Holzstück denken, daran, wie es im Wasser versunken und gleich darauf verschwunden war. Wie einfach wäre alles, wenn sie dasselbe tun könnte. Nur verschwinden.

Und dann, als ob ihr Körper aus eigenem Antrieb reagierte, ohne auf ihren Kopf oder ihr Herz zu hören, starrte sie wieder in den Fluss unter der Brücke. Das Wasser strömte dahin und wogte auf und ab. Langsam, vorsichtig und überlegt, setzte sie einen Fuß auf das Geländer und kletterte darüber.

Kapitel 38

London, Mai 1941

Ivy redete so schnell und so hastig, dass Beth ein paar Sekunden brauchte, um zu verstehen, was sie sagte, oder wer überhaupt am anderen Ende der Leitung sprach.

»Immer mit der Ruhe«, bat sie. Sie hatte bei der Arbeit noch nie einen Anruf entgegengenommen und war schon aus diesem Grund ein bisschen verwirrt gewesen, als ihr die Oberschwester den Hörer hinhielt. »Sind Sie das, Ivy? Was ist denn los?«

»Daisy ist weg«, schluchzte Ivy. Beth konnte ihre Panik spüren, obwohl sie sich am anderen Ende von London befand. »Sie ist weg.«

»Das verstehe ich nicht.« Beths Handflächen klebten am Telefonhörer. »Wo ist sie denn hin?«

Ivy holte tief Luft, wahrscheinlich, um ruhiger zu werden, und als sie wieder sprach, klang sie etwas gefasster. »Ich bin auf einen Sprung nach Hause, nur mich zu überzeugen, ob alles in Ordnung ist«, sagte sie. »Daisy ist nicht gut damit zurechtgekommen, sich allein um Willow kümmern zu müssen.«

»Und sie war nicht da?«

»Nein, was ja nicht ungewöhnlich ist. Sie geht oft mit der Kleinen spazieren. Aber ihr Zimmer …« Ivy schluchzte auf. »Es sieht aus, als hätte jemand alles durchwühlt. Die Schubladen sind offen, und viele von Willows Sachen fehlen.«

»Vielleicht wollte sie einmal gründlich ausmisten?«

»Nein«, entgegnete Ivy. »Da stimmt was nicht. Ich weiß es, ich kann es spüren. Wie ist sie Ihnen denn in letzter Zeit vorgekommen? Hatten Sie den Eindruck, dass es ihr besser geht?«

Beth schluckte. »Ich habe sie lange nicht mehr gesehen, Ivy. Schon seit Wochen nicht mehr.«

»Auch nicht auf der Arbeit?«

»Arbeit?«

»Na, in Kew.« Ivy klang irritiert.

»Daisy arbeitet nicht in Kew«, sagte Beth. In ihrem Kopf ging es drunter und drüber. »Will durfte sie nicht wieder einstellen.«

Am anderen Ende der Leitung herrschte beklommenes Schweigen.

»Ivy?«

»Sie hat mir gesagt, dass sie wieder in Kew arbeitet«, brachte Ivy gepresst hervor. »Deshalb habe ich so oft auf Willow aufgepasst, manchmal drei Tage die Woche. Und sie ist ja auch immer in ihrer Arbeitskluft losmarschiert. Wo ist sie bloß hingegangen?«

Beth ließ sich in den Sessel neben dem Schreibtisch der Oberschwester fallen. Sie hielt den Hörer fest umklammert. »Ich habe keine Ahnung.«

»Vielleicht war sie trotzdem in Kew«, sagte Ivy. »Haben Sie sie dort vielleicht einmal gesehen?«

Beth wollte schon verneinen, aber dann erinnerte sie sich an den furchtbaren Tag, als Daisy ihr so viele Gemeinheiten an den Kopf geworfen hatte.

»Einmal war sie dort.«

Ivy atmete tief durch. »Ich denke, sie könnte auch jetzt dort sein.«

Beths Hände waren schweißnass. »Dann ist sicher alles in Ordnung.«

Ivys Stimme war so leise, dass Beth Mühe hatte, sie zu verstehen. »Das glaube ich nicht.«

»Sie … sie würde doch keine Dummheiten machen, oder?« Beth nahm den Telefonhörer in die andere Hand, damit sie den Schweiß an ihrem Kittel abtrocknen konnte. »Sie würde sich niemals selbst etwas antun. Und Willow auch nicht.«

»Nein«, sagte Ivy. »Sie würde Willow niemals etwas zuleide tun.«

»Und sich selbst?«

Es folgte ein so langes Schweigen, dass Beth schon dachte, der Anruf wäre unterbrochen worden. »Ivy? Würde Daisy sich selbst etwas antun?«

»Wer weiß.«

Beths Magen rebellierte, und sie spürte, wie der Toast, den sie zum Frühstück gegessen hatte, ihre Kehle hochkam. »Oh Gott.«

»Ich bin im Postamt, und Jim kommt gleich mit dem Wagen, aber es wird eine Weile dauern, bis wir in Kew sind. Könnten Sie nicht hinfahren?«

»Natürlich.« Beths Stimme bebte. »Ich mache mich sofort auf den Weg.«

»Finden Sie sie«, bat Ivy. »Finden Sie mein Mädchen!«

Beth legte auf. Zum Glück hatte die Oberschwester einen Großteil der Unterhaltung mitbekommen und wusste, dass es sich um einen Notfall handelte. »Gehen Sie«, sagte sie zu Beth und nahm ihr Kittel und Schwesternhäubchen ab. »Gehen Sie, sofort!«

Das musste sie Beth nicht zweimal sagen. Sie rannte aus der Station, die Treppen hinunter und durch den Korridor zum Ausgang, als sie plötzlich hörte, wie jemand nach ihr rief.

»Beth!« Es war Gus. Er war in letzter Zeit nicht mehr oft im Krankenhaus zu sehen, aber heute stand er da und erinnerte in seinem weißen Kittel fast an einen rettenden Engel. »Alles in Ordnung?«

Beth blieb stehen. Sie war jetzt schon außer Atem. »Nein«, antwortete sie. »Daisy ist verschwunden. Ich muss sie finden. Gus, ich habe solche Angst …«

Gus zögerte keinen Augenblick. »Ich komme mit.«

»Dann aber schnell!«

Gemeinsam liefen sie auf die Straße. Gus winkte einem Taxi, und zu Beths Erleichterung hielt sofort ein Wagen für sie an.

»Kew Gardens«, sagte sie dem Fahrer. »So schnell es geht.«

Während das Taxi in Richtung West End raste, griff Beth nach Gus' Hand und hielt sie fest umklammert. Er zog sie an sich, und sie dankte dem Schicksal, dass sie in ihn hineingelaufen war. Er war immer so gefasst. Seine Ruhe übertrug sich auf sie, und sie fühlte, wie sich ihre Panik allmählich legte. Sie wusste, was für ein brillanter Arzt er war, und ärgerte sich zum hundertsten Mal darüber, dass er Patienten nur in Notfällen behandeln durfte. All seine Fähigkeiten wurden verschwendet, nur weil Menschen wie ihr Vater kurzsichtig und engstirnig waren.

»Sag mir, was los ist«, forderte Gus.

»Ivy hat mir erzählt, dass Daisy nicht ordentlich isst und sehr schlecht schläft. Sie redet auch kaum noch«, berichtete Beth hastig. »Sie hat ihre Familie angelogen und behauptet, dass sie wieder in Kew arbeitet. Vor ein paar Wochen habe ich sie dort getroffen. Sie war furchtbar, Gus, und hat ein paar sehr hässliche Dinge zu mir gesagt.«

»Das liegt an ihrer Krankheit«, sagte Gus leise.

»Ich weiß.« Beth nickte. »Aber ich habe sie weggehen lassen, und seitdem hatten wir keinen Kontakt mehr.« Sie ballte ihre Hände zu Fäusten. »Ich bin so dumm!«

»Das ist nicht deine Schuld.« Er drückte tröstend ihre Hand.

»Ich habe Bücher über psychiatrische Behandlungen gelesen«, fuhr Beth fort. »Jedes, das ich finden konnte.«

Gus lächelte. »Ich auch.«

»Wirklich?« Beth war gerührt. »Dann musst du ja wissen, dass es nicht viele Behandlungsmöglichkeiten gibt. Und bei jeder Therapie würde man Daisy von Willow trennen, genau wie Ivy es befürchtet hat.«

Gus nickte. »Ich denke, das ist die übliche Vorgehensweise.«

Beth war elend zumute. Es schien grausam, sich so etwas auch nur vorzustellen. »Tatsächlich kommt es mir so vor, als wäre Daisys Leiden physischer Natur. Als ob seit Willows Geburt etwas schiefgelaufen wäre, was wieder in Ordnung gebracht werden muss. Könnte das sein? Ich frage mich wirklich, ob es nicht ein Medikament dafür gibt. Aber die einzigen, von denen ich gelesen habe, sind so stark, dass sie den Patienten noch stärker verändern als die Krankheit selbst.«

Gus runzelte die Stirn. »Ich weiß, dass einige Ärzte diese Ansicht vertreten, aber ich habe im Vertrauen mit ein paar der Pharmazeuten in Kew geredet. Ich glaube, wir könnten etwas finden, das Daisy helfen wird.«

»Kein Krankenhaus?«

»Nein.«

Beth war überrascht, dass Gus Zeit geopfert hatte, um Nachforschungen anzustellen. Daisy zuliebe. Sie warf einen verstohlenen Blick auf sein Profil, während er aus dem Fenster starrte. Sein Kiefer war angespannt, und er sah besorgt aus. Es geht ihm wirklich nahe, dachte sie.

Auf den Straßen war wenig Verkehr, und da der Taxifahrer jede Abkürzung kannte, näherten sie sich schon bald der Kew Bridge.

»Ob sie vielleicht im Schrebergarten ist?«, fragte Gus und schaute aus dem Fenster.

»Das ist sicher der beste Ort, um mit der Suche anzufangen.« Beths Herz klopfte immer schneller, je näher sie den Gärten kamen. »Ich hoffe nur, wir kommen rechtzeitig, Gus.«

Sie spähte über die Schulter des Fahrers auf die Straße und sah vor sich auf der Brücke ein kurzes Flimmern von rotem Haar. Sie blinzelte. Es war Daisy. Sie stand vornübergebeugt, als hätte sie furchtbare Schmerzen.

»Anhalten!«, schrie Beth. Die Bremsen des Taxis quietschten. Hinter ihnen hupte ein Bus. »Da ist sie, Gus. Siehst du sie?«

Sie riss die Wagentür auf und rannte die Brücke entlang auf ihre Freundin zu, wobei sie dem Verkehr so gut wie möglich auswich.

Aber als sie näher kam, stellte sie mit wachsendem Entsetzen fest, dass Daisy über die steinerne Brüstung kletterte und sich mit beiden Händen daran festhielt. Nichts würde sie davon abhalten, ins graue Wasser zu springen. Beth wollte nicht laut nach ihr rufen, damit sie nicht vor Schreck den Halt verlor. Wenige Schritte entfernt von ihr blieb sie stehen. Daisy balancierte unsicher den schmalen Mauerabsatz entlang, den Rücken an die Brüstung gepresst, die Arme weit ausgebreitet. Beth konnte sehen, dass sie sich so krampfhaft an die Mauer klammerte, dass ihre Knöchel an den Händen weiß hervortraten. Sie war so dünn und zerbrechlich, dass Beth Angst hatte, ein kräftiger Windstoß würde sie ins kalte Wasser hinunterwehen.

»Daisy«, sagte sie sanft. »Daisy, Liebes.«

Daisy wandte den Kopf. Der Wind peitschte ihr das rote Haar ums Gesicht. Sie sah aus wie eine Figur auf einem Bild, unwirklich und fremd. Beth sah, dass sie weinte.

»Daisy«, sagte sie wieder.

»Ich hab sie zurückgelassen.« Daisys Stimme war nur ein Flüstern. Beth trat einen Schritt näher. »Ich habe Willow weggegeben.«

Beth schaute über die Schulter. Gus stand neben dem parkenden Taxi. Noch während sie hinsah, bezahlte er den Fahrer, und das Auto fuhr weg. Gus blieb, wo er war, und beobachtete sie. Was für eine Erleichterung, dass er hier war!

»Wo hast du sie gelassen?«, fragte Beth und trat noch einen Schritt näher.

Daisy schaute ihr fest ins Gesicht. »Ich wusste nicht, was ich sonst tun sollte … Ich bin nicht die richtige Mutter für sie.«

»Sag mir, wo sie ist«, wiederholte Beth. Sie wusste nicht, was sie sagen sollte, wie sie helfen konnte, aber sie wusste, dass sie Willow finden mussten, und dafür musste sie Daisy irgendwie zum Weiterreden bringen. Wieder schob sie sich ein Stück näher heran. »Wo ist Willow, Daisy?«

»Jetzt wird sie eine richtige Mutter bekommen«, sagte

Daisy. »Jemanden, der sie wirklich lieben kann. Und einen Vater, der für sie da ist, nicht nur eine Erinnerung. Sie braucht Liebe.«

»Sie braucht *dich*«, entgegnete Beth ruhig. »Dich und Ivy und Jim und Rex' Eltern und mich. Wir alle lieben sie. Das ist genug.«

»Ist es nicht«, widersprach Daisy heftig. »Ich habe sie im Stich gelassen. Ich habe Rex im Stich gelassen. Und ich kann nicht mehr so weitermachen. Das muss jetzt alles aufhören.« Sie lehnte sich nach vorn, bis nur noch ihre Hände die Mauer berührten. Beth stieß einen erstickten Schrei aus. Sie war fast nahe genug, um Daisy zu erreichen. Nur ein wenig näher, und sie könnte sie festhalten.

»Wir werden Hilfe für dich finden. Wir werden dir helfen, nicht immer traurig zu sein, und wir werden dir mit Willow helfen. Wir alle zusammen, Daisy.«

Daisy lehnte sich wieder an die Mauer. »Kannst du mir helfen?« In ihren verschwollenen Augen stand die nackte Verzweiflung. »Bitte, hilf mir.«

»Natürlich helfe ich dir.« Beth trat noch einen Schritt an sie heran und legte ihre Hand auf Daisys. Ihre Finger waren eiskalt. »Natürlich. Aber du musst mir sagen, wo dein Baby ist.«

Daisy drehte ihre Hand um, bis sie Beths Finger umfasst hielt, und Beth hielt sie krampfhaft fest. Bitte fall nicht, dachte sie. Bitte nicht fallen. Daisy wischte sich mit dem Ärmel der anderen Hand übers Gesicht. Sie sah aus wie ein kleines Mädchen. »Sie ist in St. Anne's.« Zitternd holte sie

Atem. »Aber Reverend King war nicht da, als ich weggegangen bin. Niemand war da. Was, wenn niemand kommt?«

»Gus wird nach ihr sehen«, sagte Beth leise. »Er kann jetzt gleich losgehen.«

Es folgte eine lange Stille. Dann nickte Daisy langsam.

Eine Hand fest um Daisys Hand gelegt, drehte sich Beth um und winkte Gus panisch zu. Er eilte über die Straße, und sie konnte sehen, wie besorgt er aussah. »Willow ist in der St. Anne's Church. Kannst du sie holen?«

Zu Beths Erleichterung verschwendete Gus keine Zeit mit langen Fragen, sondern nickte nur und lief über die Brücke.

»Jetzt ist sie bald gut aufgehoben«, versicherte sie Daisy.

Schritt für Schritt bewegte sich Daisy auf dem schmalen Mauerabsatz. Beths Herz klopfte heftig vor Angst, dass sie hinunterstürzen würde. Aber dann drehte sich Daisy zu Beth um und warf ihr die Arme um den Hals. Beth drückte sie fest an sich. Sie war so abgemagert, dass Beth jede Rippe spüren konnte, und ihre Schulterblätter ragten wie spindeldürre Flügel aus ihrem Rücken. »Ich halte dich.«

So standen sie eine Weile da, zwischen sich die Steinmauer der Brücke. Beth hielt Daisy ganz fest in den Armen. Daisy liefen Tränen übers Gesicht.

»Kannst du über die Brüstung klettern?«, fragte Beth schließlich. »Wenn ich dir dabei helfe?«

Daisy ließ sich von Beth hinüber helfen. Dann sanken sie beide auf dem Gehweg zu Boden.

»Es tut mir so leid«, sagte Daisy. »Ich wollte nicht, dass all das passiert.«

Beth hielt immer noch ihre Hand. Sie wollte nicht loslassen. Noch nicht.

»Das ist alles nicht deine Schuld.«

»Ich will zu meinem Baby.«

»Gus ist schon unterwegs zur Kirche«, erinnerte Beth ihre Freundin. Daisy wirkte so verwirrt und aufgewühlt, dass Beth plötzlich der schreckliche Gedanke kam, Willow wäre möglicherweise gar nicht in St. Anne's Church. Vielleicht hatte Daisy alles durcheinandergebracht.

Daisy nickte.

»Willst du auch zur Kirche gehen?«, fragte Beth.

Wieder nickte Daisy. Beth stand auf und half ihr auf die Füße. Daisy war bleich und hatte dunkle Schatten unter den Augen. Sie braucht dringend Schlaf und Erholung, dachte Beth. Sie sollte weg von London, von den Bombardierungen und den Erinnerungen. Wenn es nur einen Ort gäbe, wo sie hinkönnte. Kein Sanatorium, sondern eine sichere Zuflucht, irgendwo weit weg von hier.

»Los, gehen wir«, sagte Daisy und zog an Beths Hand. »Wir müssen uns beeilen.«

Kapitel 39

London, Mai 1941

Daisy rannte über die Brücke in Richtung Kirche. Beth hastete ihr nach. Nach allem, was gerade passiert war, war sie ganz wackelig auf den Beinen.

»Daisy, warte auf mich«, keuchte sie, aber Daisy lief einfach weiter, ohne auf die neugierigen Blicke der Passanten zu achten.

Als sie die Grünfläche erreichten, eilte Daisy zur Kirche. Beth hielt inne, die Arme auf die Oberschenkel gestützt, um wieder zu Atem zu kommen. In dem Moment schoss ein Auto um die Ecke und blieb mit quietschenden Reifen knapp vor ihr stehen. Ivy riss die Beifahrertür auf.

»Beth!«, schrie sie. »Haben Sie sie gefunden?«

Beth blickte auf. Sie schnappte immer noch nach Luft. »Willow ist in der Kirche«, japste sie.

Ivy sprang aus dem Auto, gefolgt von Jim. »Geht es ihr gut?«, fragte sie eindringlich. »Geht es Daisy gut?«

Beth konnte wieder leichter atmen. Sie schüttelte den Kopf. »Daisy war auf der Brücke …« Ihre Stimme brach. »Sie wollte … «

Ivy erbleichte. Jim legte ihr die Arme um die Schultern, um sie zu stützen.

»Sie wollte …?«, murmelte Ivy. »Ist sie …?«

Wie dumm sie sich ausgedrückt hatte! Aber in Beths Kopf ging es immer noch drunter und drüber, und sie konnte kaum einen klaren Gedanken fassen. Sie legte ihre Hand auf Ivys Arm. »Ihr ist nichts passiert«, versicherte sie ihr. »Da drüben läuft sie, sehen Sie?« Sie zeigte auf Daisy, die über die Grasfläche rannte. Ihr rotes Haar leuchtete im Licht der Frühjahrssonne.

Ivy und Jim wechselten einen Blick. »Was macht sie da? Warum ist Willow in der Kirche?«

»Ich erkläre es unterwegs«, sagte Beth, die Daisy nicht allein lassen wollte. »Kommen Sie!«

Sie lief hinter Daisy her, gefolgt von Ivy und Jim. Einen Moment lang schoss es Beth durch den Kopf, wie absurd sie aussehen mussten, sie in ihrer Krankenschwesterntracht, Ivy in den Sachen des Freiwilligendienstes und Jim in seiner Gärtnerkluft, aber darüber konnte sie sich jetzt keine Gedanken machen. Sie wollte einfach zu Daisy und Willow und Gus.

Vor dem Kirchenportal blieb Daisy plötzlich stehen. Beth holte sie dort ein.

»Was, wenn sie nicht da ist?«, fragte Daisy, den Blick unverwandt auf die imposanten Steinsäulen des Portals gerichtet. »Was, wenn jemand sie mitgenommen hat?«

Beth nahm ihre Hand, und einen Moment standen die beiden Frauen Seite an Seite da und blickten zum Kreuz auf dem Kirchturm hinauf. Beth schloss die Augen und betete, Willow möge es gut gehen. Dann drückte sie Daisys Hand.

»Na komm«, sagte sie. »Gehen wir rein und holen dein kleines Mädchen.«

Gemeinsam drückten sie das schwere Tor auf und traten ein. Es dauerte einen Moment, bis sich ihre Augen an das Dämmerlicht im Kircheninneren gewöhnt hatten.

Und dort, auf einer Bank ganz hinten in der Kirche, saß Gus und hielt Willow im Arm. Das kleine Mädchen blinzelte in das Sonnenlicht, das durch die Fenster fiel. Anscheinend hatte sie ihr Abenteuer unbeschadet überstanden.

»Willow«, stieß Daisy hervor, bevor sie zu Beths Entsetzen auf den Boden sank, genau in dem Moment, als Jim und Ivy die Kirche betraten.

»Daisy!«, schrie Ivy auf.

Beth übernahm sofort das Kommando. »Sie hat das Bewusstsein verloren. Sehen wir zu, dass sie wieder zu sich kommt.« Sie kauerte sich neben Daisy. Sie war blass, aber sie atmete. Ihre Lider flatterten. »Ivy, nehmen Sie bitte Willow.« Zum ersten Mal an diesem Tag hatte Beth das Gefühl, der Situation gewachsen zu sein. Mit medizinischen Notfällen konnte sie umgehen, der Balanceakt auf der Brücke war ihr weniger leichtgefallen. Allein bei der Erinnerung wurde ihr schwindelig, also konzentrierte sie sich stattdessen auf Daisy.

»Jim, schieben Sie ein paar von den Kniepolstern rüber, damit wir Daisys Füße darauflegen können. Wir müssen ihre Beine hochlagern, damit ihr Blut in den Kopf zurückströmt.«

Jim holte die Polster sofort. Er sah sehr besorgt aus. »Geht es ihr gut?«, fragte er. »Ich weiß, dass sie in letzter Zeit nicht viel gegessen hat. Sie ist so dünn. Ich habe ihr jeden Tag ein paar belegte Brote in die Tasche gelegt, aber ich glaube nicht, dass sie sie angerührt hat.«

Der Gedanke, wie sehr sich Jim um seine Tochter kümmerte, versetzte Beth einen Stich. Sie konnte sich beim besten Willen nicht vorstellen, dass ihr Vater jemals Brote für sie schmieren würde.

Ivy hielt Willow in den Armen. Die Kleine gluckste vor sich hin und schien quietschfidel.

Gus hockte sich neben Beth auf den Boden und fühlte Daisys Puls.

»Alles in Ordnung?«, fragte er Beth teilnahmsvoll.

Ihr traten Tränen in die Augen. »Alles gut«, flüsterte sie. Und seltsamerweise schien nun, da Gus bei ihr war, wirklich alles gut zu sein. Mit ihm an ihrer Seite hatte sie das Gefühl, alles wäre möglich.

»Daisy«, sagte sie leise und strich ihrer Freundin über die Stirn. »Kannst du mich hören? Willow ist wohlauf. Sie ist hier bei deiner Mutter.«

Daisy schlug die Augen auf. Beth war erleichtert, dass sie offensichtlich wusste, wo sie sich befand und was passiert war. »Willow?«

»Da ist sie.« Ivy kniete sich neben Daisy und hielt ihr das Kind hin. Mühsam rappelte Daisy sich hoch und schlang die Arme um ihre Tochter. Ivy nahm Daisy in die Arme, und so saßen drei Generationen Frauen der Familie vereint auf dem Steinboden der Kirche. Beth und Gus fühlten sich plötzlich wie Eindringlinge und traten beiseite, als auch Jim seine Familie in die Arme schloss.

»Oh Gott«, murmelte Beth und wischte sich eine Träne aus dem Auge. Sie war so müde, dass sie das Gefühl hatte, ihre Beine würden sie keine Sekunde länger tragen. »Ich muss mich setzen.«

Gus führte sie zu einer der Bänke, und Beth ließ sich dankbar niedersinken. »Was für ein Tag.«

Gus setzte sich neben sie und sah sie an. Beth erwiderte seinen Blick. Sie konnte seinen Gesichtsausdruck nicht deuten, doch ihr war bewusst, was ihre eigenen Augen in diesem Moment widerspiegelten: Erschöpfung natürlich und Erleichterung. Aber auch Liebe. Sie hatte so lange versucht, über Gus hinwegzukommen. Hatte sich gesagt, dass es keine Zukunft für sie beide geben konnte. Aber sie konnte sich nicht länger vormachen, dass sie nicht in ihn verliebt war. Und jetzt, überrumpelt von den Ereignissen des Tages, konnte sie ihre Liebe nicht mehr verbergen. Sie blickte ihn an und konnte ihre Augen nicht von ihm losreißen.

»Du bist wirklich außergewöhnlich«, sagte er. »Dir ist schon klar, dass du gerade Daisys Leben gerettet hast, oder? Und vielleicht auch das von Willow. Nicht auszudenken, was heute vielleicht passiert wäre, wenn du nicht gewesen wärst.«

»Sie ist meine Freundin.« Beth warf einen Blick auf die Familie, die immer noch aneinandergelehnt auf dem Boden saß und leise redete. Willows kleine Juchzer brachten sie alle zum Lächeln. »Sie hätte dasselbe für mich getan.«

Gus schüttelte den Kopf. »Jemanden wie dich habe ich noch nie kennengelernt.« Er klang fast verblüfft. »Ich habe so sehr versucht, gegen meine Gefühle anzukämpfen, aber ich schaffe es einfach nicht.« Er lächelte. »Ich denke, ich habe mich in dich verliebt.«

Beth drehte sich der Kopf. Irgendwann hatte Gus anscheinend ihre Hand genommen, und jetzt hielt er sie ganz fest in seiner. Es fühlte sich gut an.

Auf einmal war er ganz nahe bei ihr. War er näher gerückt oder sie? Sie wusste es nicht, aber sie konnte seinen Atem im Gesicht spüren. Ihre Nasen berührten einander fast, dann lehnte sich Gus ein wenig vor und legte den Kopf zur Seite. Und dann berührten seine Lippen ganz sanft die ihren. Beth zog scharf den Atem ein, und Gus wandte sich schnell weg.

»Nein«, sagte sie fest. »Beweg dich nicht.«

Diesmal lehnte sie sich vor, und jetzt küssten sie sich richtig. Sie waren in einer Kirche, und ganz in der Nähe saß Daisy mit ihrer Familie auf dem Fußboden. Aber daran dachte Beth nicht. Sie wollte nur ganz nahe bei Gus sein, die Wärme seines Körpers an ihrem und seine Hand auf ihrem Rücken spüren.

»Ähem.« Neben ihnen räusperte sich jemand, und Beth und Gus fuhren auseinander. Im Mittelgang der Kirche stand ein Mann in geistlichem Gewand. »Ich möchte nicht, dass sich hier irgendjemand nicht willkommen fühlt. Aber könnte mir vielleicht jemand erklären, was hier vorgeht?«

Beth spürte, wie ihr heiße Röte in die Wangen schoss. Sie hatte Gus in einer Kirche geküsst! Was würde ihre Mutter dazu sagen? Aber Gus' Finger waren immer noch mit ihren verschlungen, und sie zog ihre Hand nicht zurück. Stattdessen tauschten die beiden ein heimliches, kleines Lächeln aus.

»Du meine Güte«, sagte der Pfarrer. »Daisy?«

Jim und Ivy standen auf, und Jim half Daisy auf die Beine. Sie hielt Willow fest an die Brust gepresst, und Beth stellte erleichtert fest, dass ihre Wangen schon mehr Farbe hatten, obwohl sie immer noch blass und müde aussah.

»Reverend King ...« Daisy wollte offensichtlich erklären, was passiert war, aber stattdessen brach sie ab. Sie warf ihrer Familie einen hilfesuchenden Blick zu, dann lächelte sie schwach. »Das ist Willow ... meine Tochter.«

Reverend King nahm Willows kleine Hand und schüttelte sie. »Freut mich, dich kennenzulernen«, sagte er, und Willow lächelte.

»Und das sind meine Eltern Ivy und Jim, und meine Freunde Beth und Gus.«

Der Vikar nickte ihnen zu. Er sah immer noch etwas verwirrt aus.

»Geht es Ihnen gut, Daisy?«, fragte er.

Daisy legte die Stirn in Falten. »Nicht wirklich«, antwortete sie. »Tatsächlich geht es mir schon längere Zeit nicht wirklich gut.«

»Ich verstehe«, sagte Reverend King. Beth hatte den Eindruck, dass er ein sehr netter Mensch war. Anscheinend kannte er Daisy schon. »Wie kann ich helfen?«

Daisy lächelte und setzte Willow auf ihre Hüfte. »Sie haben mir schon mehr geholfen, als Sie es sich vorstellen können. Aber vielleicht könnte ich auch in Zukunft noch herkommen?«

»Sie sind hier immer willkommen.« Der Vikar verschränkte die Hände und betrachtete ein wenig befangen die Gruppe fremder Leute, die so überraschend in seiner Kirche aufgetaucht waren.

»Wir sollten gehen«, sagte Daisy. »Bis bald.«

Zu Beths Verwunderung reckte sich Daisy auf die Zehenspitzen und gab dem Vikar einen Kuss auf die Wange. Er sah überrascht, aber auch erfreut aus. Daisy und ihre Eltern verließen gemeinsam die Kirche. Gus ging hinterher, aber Beth blieb noch kurz zurück.

»Bitte entschuldigen Sie …« Sie sah den Geistlichen an. »Wegen Gus und mir vorhin … äh, Sie wissen schon.«

Der Vikar schenkte ihr ein breites Lächeln, das ihn plötzlich um vieles jünger aussehen ließ. »Dies ist ein Haus der Liebe«, sagte er. »Aber vielleicht wählen Sie beim nächsten Mal ein privateres Umfeld.«

Beth errötete. Nachdem sie ihm versprochen hatte, seinen Rat zu beherzigen, eilte sie ihren Freunden nach.

»Geh nach Hause und schlaf dich aus«, drängte sie Daisy. »Kann ich dich morgen besuchen?«

»Bitte tu das!« Daisy schloss sie fest in die Arme. »Beth, ich kann dir gar nicht genug danken. Es tut mir leid, dass ich dich neulich so verletzt habe.«

»Nicht der Rede wert«, erwiderte Beth. Sie wollte Daisys Dank nicht. Sie war einfach froh, dass ihre Freundin hier in Kew stand, gesund, mit ihrem Baby im Arm. Sie schniefte. »Dann bis morgen!«

Sie und Gus sahen zu, wie Daisy, Willow, Ivy und Jim ins Auto stiegen und gemeinsam nach Hackney fuhren.

»Sie hat noch einen langen Weg vor sich«, sagte Gus.

»Glaubst du wirklich, es gibt etwas, das ihr helfen kann?« Beth ließ sich auf einer Bank auf der Grünfläche vor der Kirche nieder. Sie hatte kaum noch Kraft und hätte sich gern irgendwo zusammengerollt, um tief und fest zu schlafen. Am liebsten mit Gus an ihrer Seite. »Ich habe über einen Mann gelesen, der Soldaten mit Kriegsneurosen durch Hypnose und Gesprächstherapie helfen konnte. Das klingt auf jeden Fall besser als Medikamente oder Elektroschocks.«

»Ich werde mich schlaumachen«, versprach Gus. Er setzte sich nicht neben sie, sondern drückte sich neben der Bank herum. »Wir werden die besten Ärzte und die besten Medikamente finden und sicherstellen, dass Daisy gut behandelt wird.«

Er ging ruhelos auf und ab. »Beth …«

»Gus …«, sagte Beth im selben Augenblick.

Er drehte sich zu ihr um. Sie erschrak, als sie sah, wie elend er aussah. Verzweifelt. Todunglücklich.

»Beth … Wir können nicht zusammen sein.«

»Doch, das können wir«, sagte sie inbrünstig. »Ich habe mich von Paul getrennt. Alles ist gut. Wir können zusammen sein.«

»Es ist nicht möglich.« Er trat einen Schritt auf sie zu und nahm ihre Hände in seine. »Vielleicht in einem anderen Leben. Aber nicht hier, nicht jetzt. Nicht wenn mir hier jeder mit Misstrauen begegnet.«

»Aber …«, begann Beth.

»Sie lassen mich hier nicht arbeiten«, fiel Gus ihr ins Wort. Er sagte es so nüchtern, dass es Beth das Herz brach. »An meinem Wissen ist man interessiert, aber man lässt mich nicht zu Patienten. Taxifahrer wollen mich nicht einsteigen lassen. Manche Leute wechseln die Straßenseite, wenn sie mich sehen.« Er ließ Beths Hände los und sah weg. »Du erinnerst dich bestimmt noch an den Abend, als man uns nicht in den Schutzbunker gelassen hat.« Er schluckte schwer. »Wir waren in Gefahr, und zwar nur wegen meiner Hautfarbe.«

»Ach Gus …« Beths Stimme bebte. »Ich weiß. Aber es ist mir egal. Gemeinsam können wir es schaffen.«

»Weißt du, warum ich im Krankenhaus wohne?«, fragte er.

Sie schüttelte den Kopf. »Ich dachte, es wäre am praktischsten so.«

»Ich habe versucht, eine Wohnung zu finden, aber alle freien Mietobjekte waren jedes Mal mysteriöserweise schon vergeben, wenn ich mich mit dem Makler getroffen habe.«

Beth wurde übel. »Das ist nicht in Ordnung.«

»Nein, ist es nicht.«

»Ich bin Krankenschwester, Gus. Ich weiß, wie der menschliche Körper funktioniert. Wir beide wissen, dass wir letzten Endes alle gleich sind. Was macht die Farbe der Haut schon für einen Unterschied?«

»Keinen«, sagte Gus. Beth hatte ihn noch nie resigniert gehört. Resigniert und verbittert. »Und doch macht es den größten Unterschied überhaupt.«

Ein körperlicher Schmerz fuhr durch Beths Brust. Fühlte es sich so an, wenn einem das Herz brach?

»Wir können nicht zusammen sein«, wiederholte Gus.

»Aber ich liebe dich.« Beth war überrascht, wie leicht ihr die Worte über die Lippen kamen. »Ich liebe dich.«

»Ich wünsche mir, dich zu lieben.« Gus' Gesicht verzog sich vor Schmerz, und es tat furchtbar weh zu wissen, dass sie die Ursache dafür war. Dass sie die Einzige war, die ihm helfen konnte, und trotzdem hilflos war. »Ich will es wirklich. Aber genau, weil ich so empfinde, können wir nicht zusammen sein.« Er beugte sich zu ihr und küsste sie auf die Wange. Beth schloss ihn in die Arme und drückte ihn fest an sich. Dann ließ sie ihn los. Gus sah sie an.

»Es tut mir unendlich leid …« Damit wandte er sich um und schritt eilig in Richtung U-Bahn davon. Beth legte ihren Kopf in die Hände und weinte.

Kapitel 40

London, Juni 1941

Ivy schien um Jahre gealtert zu sein, seit Louisa sie zuletzt gesehen hatte. Ihre Stirn war von Falten zerfurcht, das verblasste Rot ihrer Haare von grauen Strähnen durchzogen. Aber das ist kaum verwunderlich, wenn man bedenkt, was sie in den letzten Monaten durchgemacht hat, dachte Louisa. Es war schwer genug gewesen, Daisy nach Rex' plötzlichem Tod und der unerwarteten Geburt ihres Kindes beizustehen, und jetzt das.

»Ich habe ständig Albträume, in denen sie auf der Brücke steht und ich sie einfach nicht rechtzeitig erreichen kann«, vertraute Ivy ihr an. »Dabei habe ich Daisy da gar nicht gesehen, es war Beth, die sie gefunden hat, aber jede Nacht, wenn ich die Augen schließe, sehe ich sie dort auf der Brüstung balancieren.«

»Spricht sie darüber?« Louisa blinzelte ins Sonnenlicht und hielt nach Daisy Ausschau. Sie und Ivy waren in Kew

Gardens – dort trafen sie sich immer, wenn Louisa etwas beim Vegetable Drugs Committee in London zu erledigen hatte –, und sie konnte sehen, dass Daisy im Schrebergarten war und mit Beth plauderte. Man hatte ihr immer noch nicht erlaubt, in Kew zu arbeiten, aber Ivy fand das eigentlich nicht schlecht. Daisy brauchte Zeit, um zu heilen.

»Nicht viel, wenigstens nicht mit mir oder Jim. Beth hat mir erzählt, Daisy hätte ihr gesagt, dass sie nicht …« Ivys Stimme brach, und Louisa nahm ihre Hand. »Sie hat gesagt, dass sie nicht sterben wollte. Sie wollte sich einfach nicht mehr so elend fühlen.«

»Armes Mädchen«, sagte Louisa. Es ging ihr sehr nahe, ihre Freunde so sehr leiden zu sehen.

»Es wird allmählich besser, weil sie jetzt mehr aus sich herausgeht «, fuhr Ivy fort. Auch ihr Blick ruhte auf Daisy, stellte Louisa fest. Während sich die beiden Frauen unterhielten, ließ Ivy ihre Tochter keinen Moment aus den Augen. »Sie spricht offener über ihre Gefühle. Sie sagt uns, wenn es ihr zu viel wird, und bittet um Hilfe, wenn sie mal ein bisschen Ruhe braucht.« Sie atmete tief durch. »Weißt du, irgendwie werde ich das Gefühl nicht los, dass das alles meine Schuld war.«

»Nein.« Louisas Ton war bestimmt. »Nichts davon war deine Schuld.«

»Beth wollte schon vor Monaten, dass Daisy zu einem Arzt geht. Und ich war dagegen.« Ivy klang verzweifelt. »Dann habe ich aufgehört, Willow mit zur Arbeit zu nehmen, und Daisy musste sich um sie kümmern. Ich habe ihr zu viel, zu schnell aufgebürdet.«

»Du hast getan, was du für richtig gehalten hast.«

»Und das hat mich beinahe meine Tochter gekostet.« Ivy wischte sich eine Träne aus dem Auge. »Ich will nur, dass es ihr wieder besser geht.«

»Sie hat genug Elend für ein ganzes Leben hinter sich, wenn nicht für zwei«, sagte Louisa. »Aber sie hat dich und Jim und ihre Geschwister. Und Beth ist eine gute Freundin. Deine Daisy kommt schon wieder auf die Beine.«

»Ich hoffe es«, flüsterte Ivy.

Eine Weile saßen sie einfach da und freuten sich über den Sonnenschein und den Duft der Blumen. Louisa liebte ihr Leben in Kent. Sie liebte Teddy über alles und fand es schön, ihre Familie in der Nähe zu haben. Aber nirgendwo war sie so sehr mit sich und der Welt im Reinen wie in Kew.

»Erzähl mir doch, wie das mit den Frauenvereinen in den Countys läuft«, sagte Ivy. »Ich könnte eine Ablenkung gebrauchen.«

Louisa seufzte beglückt. »Die Sache läuft noch besser, als ich zu hoffen gewagt habe.«

»Soweit ich weiß, genießt Beth es sehr, dort mitarbeiten zu können.«

»Ich habe gehört, dass sie schon einige sehr gute Ideen eingebracht hat, und ich glaube, man hat vor, weitere Krankenschwestern einzubeziehen, weil Beth sich so nützlich gemacht hat.«

»Aber wie genau funktioniert es? Die Experten hier in

Kew geben euch Anweisungen, was angepflanzt werden soll?«

»So ungefähr«, sagte Louisa. »Zuerst waren es nur kleine Mengen weniger Pflanzensorten, aber wir haben das Programm schnell erweitert. Jetzt bauen Frauenvereine im ganzen Land tonnenweise Blumen und Kräuter an.«

Ivy sah beeindruckt aus. »Und du organisierst das Ganze?«

Louisa versuchte, ein bescheidenes Gesicht zu machen, aber in Wahrheit war sie sehr stolz auf alles, was sie bisher geleistet hatte. »Zuerst habe ich alles vom Wohnzimmer aus geregelt. Ich hatte Karten an die Wände geklebt, mit Listen, wer wo was anpflanzt. Aber irgendwann wurde es Teddy zu viel, weil er nicht mehr gemütlich in seinem Lehnstuhl sitzen und Radio hören konnte. Also bin ich in die alte Ordination von unserem Dorfarzt umgezogen – der Doktor hat seit einiger Zeit eine schicke neue Praxis, und die Räume standen leer. Teddy hat dort auch einen Schreibtisch bekommen, und jetzt sitzen wir beide zusammen dort. Er organisiert die Evakuierungen, und ich mache meine Arbeit.« Beim Gedanken an Teddy musste sie lächeln. Er saß immer so ruhig in seiner Ecke, suchte Unterkünfte für die Kinder und stellte sicher, dass es ihnen gut ging, während sie wie eine Wahnsinnige durch das Zimmer rannte, Anrufe tätigte, Telegramme verschickte, Briefe schrieb und versuchte, genug Stauraum für all die Kräuter zu finden, die sie anbauten. »Chris hilft uns manchmal, aber ehrlich gesagt ist er uns meistens nur im Weg.«

Ivy lächelte. »Ich erinnere mich noch an ihn, als er ein kleiner Junge war. So ein Tollpatsch!«

»Er meint es ja gut, der liebe Junge. Aber draußen im Garten fühlt er sich wesentlich heimischer als in einem Büro«, seufzte Louisa. »Außerdem bin ich so erleichtert, ihn bei uns zu haben, dass ich ihm alles durchgehen lasse.«

»Das verstehe ich«, nickte Ivy. Wieder wanderte ihr Blick zu Daisy.

»Es läuft sehr gut«, fuhr Louisa fort. »Fast schon zu gut.«

»Wer übernimmt die Ernte?«, fragte Ivy mit gerunzelter Stirn. »Wenn ihr so viel anbaut, wer pflückt dann all die Pflanzen?«

»Meine Damen vom Frauenverein natürlich, aber auch Pfadfindergruppen, Pensionäre, Schulkinder. Alle helfen mit.«

»Du meine Güte! Du hast wirklich an alles gedacht.«

Louisa strahlte sie an. »Vorher habe ich mich schon ganz eingerostet gefühlt«, gestand sie. »Alt und unnütz.«

»Du bist nicht alt und unnütz«, widersprach Ivy, doch Louisa zuckte nur mit den Schultern.

»So habe ich mich eben gefühlt. Du hast gleich bei Kriegsbeginn die Arbeit im Hilfszentrum übernommen, aber bei uns im Dorf gab es so was nicht. Und selbst wenn, ich habe nicht mehr so viel Kraft wie früher. Ich habe Kew so sehr vermisst – und den Nervenkitzel aus meiner Zeit bei der Frauenbewegung.«

»Die guten alten Zeiten …«, sagte Ivy. »Obwohl auch damals viel Trauriges passiert ist.«

»Aber ich hatte das Gefühl, etwas wirklich Wichtiges zu den Kriegsanstrengungen beizutragen«, erwiderte Louisa. »Dasselbe wollte ich wieder tun. Teddy meinte, ich bräuchte eine Möglichkeit, meine überschüssigen Energien loszuwerden.«

»Das hast du auf jeden Fall geschafft.« Ivy grinste. Mit einem Mal sah sie wieder mehr wie die junge Frau aus, die Louisa im letzten Krieg kennengelernt hatte, nicht wie die besorgte Großmutter, die sie tatsächlich war.

»Es ist wunderbar, dass wir so viel Erfolg haben ...« Louisa brach ab. Sollte sie Ivy mit ihren eigenen Sorgen belasten? Aber dann fiel ihr auf, dass Ivy sie scharf beobachtete, und ihr wurde klar, dass sie ihrer Freundin nichts vormachen konnte. Sie seufzte. »Es ist nur ... wie gesagt ... wir sind so erfolgreich, dass ich mir nicht sicher bin, ob ich damit auch in Zukunft klarkomme.«

»Dachte ich mir, dass du dir über irgendetwas den Kopf zerbrichst«, sagte Ivy. »Was meinst du damit – zu erfolgreich?«

»Ich habe kaum noch eine Minute Zeit für mich selbst.« Louisa kam sich fast albern vor, nachdem sie vorhin so geprahlt hatte. »Inzwischen gibt es im ganzen Land Einrichtungen für das Anbauen und Sammeln von Pflanzen, und obwohl die Organisationen eine straffe Hierarchie haben, bin ich es, die letzten Endes alle Entscheidungen trifft.«

»Was du aber sehr genießt.«

»Gott, ja, das tue ich.« Louisa lächelte. »Aber manchmal

wächst mir das alles über den Kopf. Ich versinke im Papierkram, ständig klingelt das Telefon, weil ich keine Zeit habe abzuheben, und Chris ist so zerstreut, dass er es kaum hört. Er ist ja schon abgelenkt, wenn ein Käfer über die Wand krabbelt, oder er steckt mit der Nase in einem Buch und vergisst, das zu tun, worum ich ihn gebeten habe. Oder er erledigt seine Aufgabe so gründlich, dass er den ganzen Tag dafür braucht.« Sie lachte, musste dann aber doch die Stirn runzeln. »Ich arbeite den ganzen Tag, und ich muss zugeben, Ivy, ich bin erschöpft. Teddy macht sich schon Sorgen und wird ärgerlich, wenn ich trotzdem weitermache, und deshalb liegen wir uns ständig in den Haaren.«

Plötzlich fühlte sich Louisa den Tränen nahe. Auch wenn es im Vergleich zu allem, was Ivy momentan durchmachte, geradezu absurd war. »Ich bin einfach ausgelaugt, und vielleicht muss ich langsam akzeptieren, dass ich etwas langsamer treten muss.«

Ivy sah sie ernst an. »Du brauchst Unterstützung. Jemanden, der für dich ans Telefon geht und den Papierkram übernimmt.« Sie wechselte das Thema. »Was meinst du, geht es Daisy wieder gut?«

Louisa bemühte sich, aus der Entfernung Daisys Gesichtsausdruck zu erkennen. »Sie sieht recht zufrieden aus«, sagte sie. »Wenn auch ein bisschen blass. Und sehr dünn.«

»Sie isst wieder mehr, aber sie ist noch lange nicht so wie früher.« Ivy fuhr sich mit den Fingern durchs Haar. »Ich mache mir ständig Sorgen um sie.«

»Du wirst noch krank werden, wenn du so weitermachst.« Louisa starrte ihre Freundin an. Gerade war ihr eine Idee gekommen. »Was hast du eben gesagt?«

Ivy riss die Augen auf. »Dass ich mir Sorgen um Daisy mache?«

»Nein, vorher. Über meinen Papierkram?«

»Dass du jemanden brauchst, der das für dich übernimmt.«

»Ja!« Louisa stieß aufgeregt mit dem Zeigefinger in die Luft, und Ivy zuckte zusammen. »Das ist es! Ich brauche eine Assistentin. Ich brauche Daisy.«

»In Kent?«

»Natürlich. Weit weg von den Erinnerungen an Rex. Viel frische Luft und neue Leute, die sie kennenlernen kann.«

»Mit Willow?«

»Auf jeden Fall. Ich nehme an, die beiden sind nur im Doppelpack zu haben?«

Ivy dachte an ihre geliebte Enkeltochter und lächelte. »So ist es.«

Louisas Gedanken überschlugen sich, als sie überlegte, wie sie alles in die Wege leiten könnte. »Ich würde sie ja bitten, bei uns zu leben, aber wir haben einfach keinen Platz«, murmelte sie vor sich hin. »Aber bestimmt könnten wir woanders eine Unterkunft für sie finden. Teddy kennt schließlich alle Quartiere in der Umgebung. Vielleicht auf einem der Bauernhöfe …« Sie packte Ivy am Arm. »Oder in der ehemaligen Arztpraxis.«

»Ich habe keine Ahnung, wovon du redest«, sagte Ivy.

Louisa gluckste vergnügt. »Über der ehemaligen Praxis gibt es eine kleine Wohnung. Dort haben der Arzt und seine Frau nach ihrer Hochzeit gewohnt. Daisy könnte dort mit Willow einziehen. Es ist genau gegenüber von unserem Haus, also könnte ich sie im Auge behalten, aber sie hätte auch ihre Freiheit.«

Sie war hochzufrieden mit ihrem Plan, doch Ivy runzelte die Stirn. »Ach Louisa, ich weiß nicht, ob wir uns eine weitere Miete leisten können. Ich arbeite ja kaum noch in der Gärtnerei, Poppy will weiter zur Schule gehen ...«

Louisa hob die Hand, und Ivy verstummte. »Es gäbe keine Miete zu zahlen.« Es war nicht die ganze Wahrheit, aber sie würde nicht zulassen, dass Ivy und Jim sich verschuldeten. »Außerdem würde Daisy ja auch etwas verdienen. Ich spreche mit den Leuten vom Vegetable Drugs Committee und sorge dafür, dass Daisy ein richtiges Gehalt bekommt.«

Ivy starrte Louisa so unverwandt an, dass es ihr beinahe schon unangenehm war. »Ivy?«

»Ohhh«, machte Ivy. »Oh, was bist du nur für eine ausgekochte Alte, Lou.«

»Nicht gar so alt«, erwiderte Louisa frostig. »Meinst du, Daisy könnte sich mit meinem Vorschlag anfreunden?«

»Ich denke schon«, sagte Ivy. »Aber ich glaube auch, sie würde es noch viel lieber machen, wenn sie glaubt, dass sie selbst auf diese Idee gekommen ist.«

Sie sprang auf und hielt Louisa die Hand hin, um ihr aufzuhelfen. »Warum fragen wir sie nicht einfach? Aber überlass das Reden mir.«

Sie zog Louisa über die Rasenfläche zu Beth und Daisy, die auf Liegestühlen saßen und Tee tranken.

»Daisy!«, rief Ivy, als sie näher kamen. Daisy blickte auf, und Louisa war entsetzt, als sie sah, wie bleich und mager die junge Frau war. Die gute Landluft wird ihr bestimmt helfen, dachte sie.

»Louisa hat ein Problem und dachte, du könntest ihr vielleicht behilflich sein.«

Mit etwas Mühe erhob Daisy sich von ihrem Platz und kam auf sie zu, um Louisa einen Kuss auf die Wange zu geben. »Hallo, Tante Lou.« Louisa betrachtete sie forschend. In Daisys Augen lag kein warmes Leuchten, und ihr erzwungenes Lächeln strahlte nicht die geringste Fröhlichkeit aus. Beth begrüßte die beiden ebenfalls, dann sprach Ivy weiter.

»Lou braucht eine Assistentin. Jemanden, der ihr mit den Unterlagen zur Hand geht, Telefonate übernimmt, sie einfach rundum bei der Arbeit unterstützt.«

Daisy nickte. »Und was hat das mit mir zu tun?«

»Ich dachte, du kennst vielleicht jemanden, der für so eine Arbeit geeignet ist. Vielleicht eines der Mädchen, mit denen du früher im Innenministerium gearbeitet hast. Die würden sich doch sicher alle freuen, aus London rauszukommen.«

Daisy sah Louisa an. »Die Arbeit wäre in Kent?«

»Ich fürchte schon«, sagte Lou heiter. »Die Betreffende müsste eng mit mir zusammenarbeiten. Eine Unterkunft steht zur Verfügung, aber wie hoch das Gehalt ausfallen würde, kann ich noch nicht sagen.« Sie kreuzte hinter ihrem Rücken die Finger und hoffte inständig, das Vegetable Drugs Committee würde ihre Bitte um eine Hilfskraft befürworten. »Kennst du jemanden?«

Daisy sah zu Beth, und ihre Freundin nickte ihr zu. Louisa musste an ihre Freundschaft mit Ivy denken, als sie beide in Kew gearbeitet hatten. Genauso hatten sie sich damals aufeinander verlassen.

»Wie wäre es mit mir?«, fragte Daisy schüchtern. »Wäre das etwas, was ich machen könnte?«

»Ganz bestimmt«, sagte Louisa. »Wäre es dir denn recht, zu mir nach Kent zu kommen?«

Daisy trat näher auf sie zu. »Ja«, entgegnete sie bestimmt. »Das würde mir sehr gefallen.« Eine Sekunde lang wirkte sie verunsichert. »Könnte ich Willow mitnehmen?«

»Natürlich«, antwortete Lou. »Du kannst die Kleine jeden Tag zur Arbeit mitnehmen.«

Daisy sah zu ihrer Mutter. »Meinst du, das geht? Könnte ich das schaffen?«

»Ganz sicher.« Ivy nickte energisch.

»Aber du wärst nicht da, um mir zu helfen. Willow würde dich schrecklich vermissen.«

»Wir würden euch ganz oft besuchen.«

»Und wenn ich es nicht schaffe, mich richtig um sie zu kümmern? Ich kann nicht so gut mit Willow umgehen wie du.«

Ivy trat zu ihrer Tochter und legte ihre Hände an Daisys Wangen. »Du bist ihre Mutter, und sie liebt dich. Mehr ist nicht nötig.«

Daisy öffnete den Mund, um zu widersprechen, aber Ivy brachte sie sofort zum Schweigen. »Louisa wird auch für dich da sein, wenn du sie brauchst. Und Teddy.«

»Und die Damen vom Frauenverein werden sich darum streiten, wer Willow als Erste in den Arm nehmen darf«, fügte Louisa hinzu.

Daisy sah so aus, als würde sie gleich anfangen zu weinen. Oder sich übergeben. Louisa war sich nicht sicher.

»Ich werde London vermissen«, sagte Daisy. »Und Kew Gardens noch viel mehr.« Dann atmete sie tief durch. »Aber ich muss weit weg von all den Erinnerungen hier.«

Louisa lächelte. »Warum kommst du nicht zwei Wochen zu uns, was meinst du? Wenn es dir in Kent gefällt, bleibst du, wenn nicht, fährst du wieder nach Hause.«

»Das ist eine gute Idee!«, erklärte Beth bestimmt. »Ich finde, das solltest du tun, Daisy.«

Daisy sah Beth an, dann Ivy und schließlich Louisa. Dann nickte sie.

»Ist das ein Ja?«, fragte Louisa.

Daisy lächelte – diesmal ein echtes Lächeln. »Ja, das ist es.«

Kapitel 41

Kent, Juli 1941

Daisy hatte Beth gebeten, sie nach Kent zu begleiten. Nur für den Tag der Anreise – um ihr mit den Koffern zu helfen und mit Willows Kinderwagen und den Unmengen an Gepäck, die Babys zu brauchen schienen. Zu ihrer Erleichterung hatte Beth sofort zugesagt. »Ich könnte einen freien Tag gut gebrauchen«, hatte sie gesagt. »In letzter Zeit ist furchtbar viel los.«

Sie waren im Bahnhof Charing Cross, wo es von Menschen nur so wimmelte. Gruppen von Soldaten standen herum und verabschiedeten sich von ihren Liebsten. Daisy wandte den Blick ab und versuchte, nicht an den Tag zu denken, an dem sie Rex zum letzten Mal gesehen hatte. Beth war sehr still, und Daisy sah sie neugierig an. Sie war oft in Kew gewesen und wusste, dass der Schrebergarten weiterhin gedieh. Beth und die anderen ernteten haufenweise Gemüse und konnten den immer zahlreicher werdenden Besuchern zeigen, wie man die Gemüsebeete je nach der Jahreszeit bepflanzte oder wie man Salatköpfe beschnitt, damit sie nachwuchsen und den ganzen Sommer über Salat lieferten. Trotzdem wirkte alles sehr entspannt. Nun, da der Garten angelegt war, wurde er von den Gärtnern nur noch betreut, damit sich alles gut weiterentwickelte. Auch die nächtlichen Bombenangriffe waren deutlich seltener geworden, deshalb gab es weniger Notfälle im Krankenhaus, und die Krankenschwestern konnten sich eine wohlverdiente Ruhepause gönnen. Beth nahm ihre wöchentlichen Schichten bei der Forschungsgruppe kaum noch wahr, weil sie behauptete, sie werde nicht mehr gebraucht.

»Geht es dir gut, Beth?«, fragte Daisy. Wäre schon komisch, dachte sie, wenn ausgerechnet jetzt, wo es ihr selbst besser ging, Beth Probleme hätte.

»Danke, mir geht's prima.« Beth klang etwas schärfer, als Daisy es von ihr gewohnt war. »Warum fragst du?«

»Du wirkst ein bisschen bedrückt.«

»Muss wohl am Wetter liegen«, erwiderte Beth. Tatsächlich war es ein besonders verregneter Sommer. Daisy fragte nicht weiter nach.

»Unser Zug fährt auf Gleis vier ab«, sagte sie.

»Bereit?«, fragte Beth sanft.

»Bereit.«

Gemeinsam gingen sie zum Bahnsteig, wo der Zug bereits wartete. Daisy brachte Willows Kinderwagen im Schaffnerabteil unter und kehrte mit der Kleinen auf dem Arm zu Beth zurück, die bei den Koffern wartete.

»Denkst du wirklich, ich tue das Richtige?« Plötzlich war sie nervös, als wäre die kurze Fahrt zu Louisas Dorf eine gefährliche Reise.

»Ich glaube, es ist einen Versuch wert«, sagte Beth. Sie sah Daisy auf eine Art und Weise an, als ob sie direkt in ihr Innerstes blicken könnte. »Dir ist es sehr schlecht gegangen, Daisy. Und ich weiß, es geht dir inzwischen besser, aber du bist noch nicht über dem Berg.«

Daisy nagte an ihrer Unterlippe und drückte Willow fester an sich. Sie hasste es, an den Tag auf der Brücke erinnert zu werden. »Die Medikamente, die Gus mir empfohlen hat, helfen.«

Ein Schatten huschte über Beths Gesicht, aber Daisy hatte keine Ahnung, warum. »Fein. Das ist doch ein gutes Zeichen.«

Daisy betrachtete nachdenklich den Zug. »Wenn ich es dort nicht schaffe, kann ich wieder heimfahren. Es ist nicht so weit.«

»Natürlich kannst du das.«

»Und wenn es Willow nicht gefällt, dann fahren wir sowieso.«

»Ganz genau.«

»Was, wenn ich nicht mit Willow zurechtkomme? Ich bin keine geborene Mutter, Beth. Das weißt du. Ich bin so ungeschickt, und ständig vergesse ich irgendwas.« Daisy spürte, wie sie immer panischer wurde. Angstvoll starrte sie Beth an, während ihr Herz heftig zu klopfen begann und ihre Brust sich zusammenzog. »Beth …«

Beth wusste sofort, was zu tun war. In den letzten Wochen war sie für Daisy eine große Stütze gewesen. Sie hatte alles gelesen, was sie über nervöse Erschöpfungszustände hatte finden können, und neue Behandlungsmethoden studiert. Manche klangen für Daisy völlig schwachsinnig, aber auf Beths Drängen hin hatte sie alle Methoden ausprobiert, und zu ihrer Überraschung hatten etliche davon funktioniert. Jetzt legte Beth die Hände auf ihre Schultern und sah ihr fest in die Augen.

»Atme mit mir mit«, sagte sie, wie sie es schon so oft getan hatte. »Komm, Daisy. Ein- und ausatmen. So ist es richtig. Ein- und ausatmen.«

Daisy tat, was Beth sagte. Den Blick unverwandt auf Beth gerichtet, versuchte sie, langsam und tief durchzuatmen. Nach und nach spürte sie, wie ihre Nervosität verschwand.

»Gut so?«, fragte Beth. »Besser?«

Daisy nickte. »Besser.«

»Sollen wir einsteigen?«

Daisy wusste nicht so recht, wie sie ohne Beth zurechtkommen sollte. Sie half ihr immer, diese Panikattacken zu überwinden, und achtete darauf, dass sie genug aß. »Wirst du uns besuchen kommen?«

»So oft, dass du dich danach sehnen wirst, mich wieder nach London zu verfrachten.«

Daisy versuchte, das flaue Gefühl in ihrem Magen abzuschütteln. Sie nickte.

»Lass uns gehen.«

Sie kletterte in den Waggon, und Beth reichte ihr einige Gepäckstücke, bevor sie selbst mit den restlichen Koffern einstieg.

»Bestimmt wird alles gut«, erklärte Daisy mit fester Stimme, während sie sich auf die Suche nach einem freien Abteil machten. »Eine neue Umgebung wird mir wirklich helfen.«

»Hier ist noch etwas frei.« Beth zog eine Tür auf. »Vielleicht haben wir es ganz für uns.«

Daisy setzte Willow auf einem der Sitzplätze ab. Sie stellte sich vor die Kleine, damit sie nicht herunterfallen konnte – die Lektion hatte sie gelernt –, und half Beth, das Gepäck unterzubringen.

»Ich liebe London, ich liebe Hackney, aber wo ich auch hingehe, verfolgen mich Erinnerungen«, stieß sie mit einem tiefen Seufzer hervor. Sie setzte sich, hob Willow auf ihren Schoß und blickte durch das Fenster auf den belebten Bahnsteig. »Mir brummt vor lauter Erinnerungen die ganze Zeit der Kopf, wie ein ständiges Rauschen im Hintergrund.«

»Ich verstehe«, sagte Beth.

»Ich hoffe, Kent wird …« Daisy hielt inne und versuchte, in Worte zu fassen, was in ihr vorging. Eine innere Stimme sagte ihr, dass sie alles falsch machte, und brachte sie zum Zweifeln. Und dann waren da die Erinnerungen an Rex, wie sie gemeinsam lachten oder sich zum letzten Mal verabschiedeten. »Ruhig. Ich will einfach nur Ruhe und Frieden.«

Beth nahm ihre Hand, und schweigend saßen sie beisammen, als der Schaffner pfiff und der Zug losdampfte, über den Fluss in Richtung Kent.

Teddy holte sie vom Bahnhof ab und schaffte es halbwegs, seinen Schock über ihre Menge an Gepäck zu verbergen.

»Du meine Güte«, brachte er hervor, als der Schaffner Willows Kinderwagen aus dem Abteil holte. »Du meine Güte.«

Er befestigte Daisys Koffer auf dem Gestell am Heck seines Wagens, aber nach viel Kopfschütteln und der vergeblichen Hilfe von zwei Gepäckträgern gab er den Versuch auf, den Kinderwagen im Auto unterzubringen. Daisy betrachtete den Kinderwagen, der auf der Straße stand. Sie hielt Willow im Arm und spürte ihr Gewicht. Ohne den Wagen, dachte sie, würde sie für Louisa keine große Hilfe sein. Sie spürte, wie sich ihr Puls beschleunigte, und Beth sah sie besorgt an. Aber dann sagte einer der Gepäckträger, Louisas Haus läge auf seinem Heimweg und er würde den Kinderwagen später persönlich vorbeibringen. Teddy gab ihm ein Trinkgeld, bedankte sich, und ehe sie sichs versah, saß Daisy auf dem Rücksitz des Autos, Willow auf dem Schoß. Sie war fast benommen, dass alles so schnell gegangen war.

Beth, die auf dem Beifahrersitz Platz genommen hatte, drehte sich zu ihr um und lächelte. »Ruhig genug?«

»Das wird es schon noch, denke ich.«

Daisy war natürlich schon früher bei Louisa zu Besuch gewesen und kannte den Ort, an dem sie sich niedergelassen hatte, aber heute sah sie alles mit anderen Augen. Es gab einen kleinen Teich, in dem Enten schwammen und wo sie mit Willow spazieren gehen konnte. Die Luft war frisch und sauber, ohne den Geruch von Staub oder verkohltem Holz. Tief in ihrem Inneren spürte sie etwas, das sich fast wie Hoffnung anfühlte.

Louisa stand schon vor dem Haus, als sie ankamen, und wartete offenbar ungeduldig darauf, sie willkommen zu heißen. Sobald Beth und Daisy ausgestiegen waren, schloss sie die beiden fest in die Arme.

»Ich bin so froh, dass ihr hier seid«, sagte sie.

»Ich auch«, erwiderte Daisy, und ihr wurde bewusst, dass es die Wahrheit war.

Dann wurde es etwas chaotisch, als Louisa Tee machte und gleichzeitig Willow koste und herzte. Erst nachdem die Kleine erschöpft eingeschlafen war und Teddy sich bereit erklärt hatte, auf sie aufzupassen, zeigte Louisa den beiden jungen Frauen die ehemalige Arztpraxis gegenüber – Daisys neues Zuhause.

Der Haupteingang führte in einen großen Raum, der eindeutig einmal als Wartezimmer und Empfang gedient hatte. Das Schiebefenster, hinter dem früher die Sprechstundenhilfe gesessen hatte, war noch da. Schmutzflecken zierten auf Kopfhöhe die schmuddeligen Wände, eine Hinterlassenschaft der männlichen Patienten, die sich dort mit ihren pomadisierten Haaren angelehnt hatten. Daisy verzog das Gesicht.

»Ich weiß«, sagte Louisa. »Aber es wird besser.«

Sie führte Beth und Daisy den Korridor entlang zum ehemaligen Büro des Doktors und stieß die Tür auf. Es war ein geräumiger, luftiger Raum mit einem großen Tisch an einem Ende und einem kleineren, der beim Fenster stand. An einer Wand hingen Landkarten von verschiedenen Gegenden in England, an einer anderen waren Zeichnungen von Kräutern und Pflanzen angebracht und sogar eine Tafel mit einer Liste sämtlicher Countys. Es gab einen Schrank und ein Bücherregal – beides ächzend unter Papierstapeln und Aktenordnern.

»Ein hübsches Zimmer«, sagte Daisy, die jetzt schon überwältigt war.

»Es ist ein verdammtes Chaos«, erwiderte Louisa fröhlich. »Aber ich habe mir Folgendes überlegt: Heute ist Samstag, also hast du morgen Zeit genug, es dir gemütlich zu machen. Vielleicht willst du mit uns zur Kirche gehen? Dann kannst du gleich alle Leute aus dem Dorf kennenlernen.«

Daisy sah Beth an, die sie angrinste, und entspannte sich ein wenig. »In die Kirche? Gern.«

»Dann nehmen wir uns Montag und Dienstag Zeit, um hier alles in Ordnung zu bringen. Teddy hat diesen Schreibtisch benutzt, aber ich dachte, wir verfrachten ihn ins Wartezimmer, und du übernimmst seinen Platz.«

»Klingt gut«, entgegnete Daisy mit schwacher Stimme.

»Und für Willow können wir eine Ecke einrichten. Es gibt genug Platz für eine Krabbeldecke und all ihr Spielzeug. Und im Krankenzimmer nebenan kann sie ihr Mittagsschläfchen halten.«

»Perfekt.« Daisy war – nicht zum ersten Mal in ihrem Leben – davon beeindruckt, wie Louisa die Dinge regelte.

Beth drückte ihren Arm. »Was denkst du?«

»Ist eine Menge Arbeit …« Daisy warf einen Blick nach draußen auf die Dorfwiese. »Und es ist drinnen.«

»Es gibt genug Möglichkeiten, nach draußen und unter Leute zu kommen«, entgegnete Louisa entschieden. »Kannst du Auto fahren, Daisy? Ich kann mich nicht mehr erinnern.«

»Nein, ich habe es nie gelernt.«

Louisa machte eine wegwerfende Handbewegung. »Das bringt dir Teddy im Nu bei. Es ist praktisch für dich, wenn du fahren kannst.«

Daisy sah sich noch einmal um. »Darf ich den Tisch so verschieben, dass ich aus dem Fenster sehen kann?«

»Wo immer du ihn haben möchtest.«

Daisy nickte. Sie war sehr nervös wegen dieser neuen Aufgabe an einem neuen Ort, aber da war auch wieder dieses Gefühl, das in ihrem Inneren keimte wie ein grüner Trieb, der durch den harten Winterboden bricht. Hoffnung. Ein winziger, zarter Sprössling Hoffnung.

»Kann ich mir ansehen, wo Willow und ich leben werden?«

Das war der beste Teil des Hauses, wie sich herausstellte. Im Obergeschoss traten sie in eine kleine, aber sehr gepflegte Wohnung. Es gab ein großes Schlafzimmer, einen winzigen Abstellraum, eine kleine Küche, ein noch kleineres Bad und ein relativ geräumiges Wohnzimmer. Im Wohnzimmer standen eine abgenutzte, aber bequeme Couch und ein Bücherregal. Das Schlafzimmer war mit einem großen Doppelbett ausgestattet, und in der Abstellkammer befand sich bereits ein Kinderbett.

»Wo kommt das denn her?«, rief Daisy begeistert.

»Eine der Damen aus dem Frauenverein hatte es noch in der Garage stehen«, antwortete Louisa mit einem Lächeln. »Und Teddy hat es zusammengebaut.«

Daisy bemerkte, dass eine Fotografie auf dem Bücherregal stand, und hob sie hoch.

»Ach Louisa«, sagte sie lächelnd. Das Bild zeigte ihre Mutter Ivy an ihrem Hochzeitstag, hochschwanger mit Daisy, flankiert von Louisa und Tante Win. »Ich liebe dieses Foto.«

»Ich dachte mir schon, dass du dich damit gleich etwas heimischer fühlst.«

Daisy umarmte sie. »Danke.«

Louisa drückte sie fest an sich, dann hob sie eine weitere gerahmte Fotografie auf, die mit dem Bild nach unten auf dem Regal gelegen hatte. Daisy war sie bis jetzt nicht aufgefallen.

»Ich war mir nicht sicher, ob du dieses Bild hier haben möchtest«, sagte sie. »Deine Mum hat es mir geschickt. Ich wollte erst fragen, bevor ich es aufstelle.«

Sie drehte das Bild um, und da war es: eine Fotografie von Rex und Daisy an ihrem aus dem Stegreif organisierten Hochzeitstag.

Eine Sekunde lang fand Daisy keine Worte. Sie blickte auf das Bild, auf den Mann, den sie so sehr geliebt hatte, und ihr Herz wand sich vor Schmerz, aber zum ersten Mal seit Rex' Tod spürte sie wieder das Glück, das sie an jenem Tag empfunden hatte.

»Daisy?«, fragte Beth besorgt, als sie sah, wie Daisy das Foto an ihre Brust drückte. »Alles in Ordnung?«

Immer noch unfähig, ein Wort herauszubringen, versuchte Daisy zu lächeln, aber sie schaffte es nicht recht. Stattdessen nickte sie bloß.

Louisa umarmte sie noch einmal.

»Also, soweit ich weiß, findest du in diesem Schrank eine Dose mit Tee, und im Kühlschrank steht Milch«, sagte sie. »Wie wäre es mit einem Tässchen, bevor Willow wieder aufwacht?«

Kapitel 42

Kent, Juli 1941

Beth fühlte sich elend, aber das war nichts Neues. Seit sie Gus damals in der Kirche geküsst hatte, war sie jedes Mal unglücklich, wenn sie an ihn dachte. Seit jenem Tag hatte sie ihn kaum noch gesehen. Genau wie beim letzten Mal, als sie sich geküsst hatten, hatte er seine Schichten verschoben und arbeitete jetzt in Kew, wenn sie im Krankenhaus war. Seine Arbeitszeiten beim Vegetable Drugs Committee hatten sich anscheinend auch geändert, denn wenn Beth freitagnachmittags dort war, traf sie ihn nicht an.

Sie stand in Daisys gemütlichem neuem Zuhause am Fenster und tat sich selbst leid. Sie hatte Gus verloren, und Daisy würde in Zukunft hier in Kent leben. Beth fühlte sich plötzlich sehr allein.

»Der Krieg scheint jetzt viel weiter weg zu sein, nicht wahr?«, sagte Daisy, als sie neben Beth trat und aus dem Fenster sah.

Beth dachte an die Verwüstung, die in London inzwischen zum Alltag gehörte. An die Trümmerhaufen, die kahlen Bäume, die Asche, die über allem lag und in den Augen brannte. Sie dachte an die Warnsirenen, die im Abenddunkel heulten, an das ständige Gefühl der Angst. Dann blickte sie auf das stille Dorf. Hier gab es keine Bombentrichter, an den Bäumen sprossen Blätter. Während sie hinuntersah, trat ein Mann aus einem der Nachbarhäuser und ging die Straße entlang, auf langen, dünnen Beinen, die ihn wie ein merkwürdiges Insekt aussehen ließen. Er winkte, als er an Louisas Haus vorbeiging, und Beth sah, wie jemand, vermutlich Teddy, zurückwinkte. Genauso hatte sie sich das Leben auf dem Land immer vorgestellt. Häuschen aus Naturstein, ein Ententeich, ein Ort, an dem jeder jeden kannte.

»Hier kann man sich kaum vorstellen, dass wir überhaupt Krieg haben«, sagte sie verwundert.

Aber Louisa, die hinter ihnen stand, schnaubte. »Die Straße runter ist eine Basis der Royal Air Force.« Sie zeigte aus dem Fenster. »Letzten Sommer waren hier ständig Flugzeuge unterwegs, und als die nächtlichen Angriffe anfingen, war die Hölle los. Im Vergleich zu London haben wir es besser getroffen, das stimmt. Aber auch hier sind Bomben gefallen. Eine Spitfire ist genau da drüben im Feld gelandet.« Wieder zeigte sie nach draußen, dieses Mal in die andere Richtung. »Teddy, ich und Mr Farthing, dem das Feld gehört, konnten den Piloten retten. Teddy und ich haben ihn noch im letzten Augenblick aus dem brennenden Flugzeug holen können. Der Pilot hat überlebt, aber Mr Farthing war im letzten Krieg in den Schützengräben, und das hat bei ihm ganz schlimme Erinnerungen geweckt. Seitdem geht es ihm gar nicht mehr gut.« Sie seufzte. »Man kann nicht leugnen, dass es hier nicht so schlimm ist, aber es ist schlimm genug. Der Krieg ist überall.«

Beth fühlte sich, als hätte sie gerade eine Rüge von der Lehrerin bekommen. »Entschuldigung«, murmelte sie.

Louisa schmunzelte. »Unsinn. Jetzt kommt, setzt euch, dann trinken wir unseren Tee, und ihr könnt mir alles über das Forschungsteam in Kew erzählen.«

Zu Beths unendlicher Scham und, nach dem Ausdruck auf ihren Gesichtern zu urteilen, Louisas Entsetzen und Daisys vollständiger Verwirrung, brach sie in Tränen aus.

»Beth«, sagte Daisy. »Was ist denn los?«

Beth ließ sich auf das Sofa fallen und versuchte zu erklären, was ihr auf der Seele lag. »Gus«, brachte sie schließlich schluchzend hervor. »In der Kirche … er hat seine Schicht verlegt.« Sie sah, wie Daisy und Louisa einen verständnislosen Blick wechselten, und holte tief Luft, um sich ein bisschen zu beruhigen. »Ich vermisse ihn«, schluchzte sie. »Ich vermisse ihn so sehr.«

»Kannst du vielleicht alles von Anfang an erklären?«, fragte Daisy und setzte sich neben sie. »Was ist mit Gus in der Kirche passiert?«

Mit hochroten Wangen berichtete Beth, wie sie und Gus sich geküsst hatten, in St. Anne's auf der Kirchenbank, als Daisy und Willow wieder miteinander vereint waren.

»Tatsächlich?« Daisy sah beeindruckt aus. »Du bist gar nicht so ein Tugendschäfchen, wie du immer tust, was?«

Beth gab ihr einen Schubs, und Daisy lachte, worauf sich Beth ein bisschen besser fühlte – wenigstens einen Moment lang.

»Wir haben uns schon vorher geküsst, im Café de Paris.«

Daisy war genervt. »Und das hast du mir nie erzählt?«

»Es war der Tag, an dem Willow zur Welt gekommen ist«, sagte Beth. »Und es war schrecklich, ich war ja noch mit Paul zusammen. Gus wusste es, und er ist nachher weggelaufen, und es hat ewig gebraucht, bis ich überhaupt wieder mit ihm geredet habe, weil es mir so peinlich war.«

»Aber dann seid ihr doch wieder zusammengekommen?«

Beth warf verzweifelt den Kopf in den Nacken. »Ja, und es war wunderschön. Aber er hat gesagt, wir können nicht zusammen sein, weil er es hier so schwer hat. Er wird wegen seiner Hautfarbe nicht fair behandelt, und er glaubt, die Leute würden uns beide als Pärchen nie akzeptieren.« Sie schniefte. »Einmal sind wir gemeinsam nach Kew gefahren, und bei der Bahnstation hat mich ein Beamter gefragt, ob ich Hilfe brauche. Gus denkt, man würde uns immer schief angucken, und das wäre einfach zu schlimm für mich. Er sagt, dass er mich liebt, aber dass er eben deswegen nicht mit mir zusammen sein kann.« Sie fing wieder an zu weinen. »Aber es ist ganz furchtbar, ihn nicht mehr zu sehen.«

Daisy rückte auf dem abgewetzten Sofa ganz dicht an sie heran. »Es tut mir leid, das zu sagen, Beth. Aber er hat vielleicht nicht ganz unrecht.«

»Ich weiß«, sagte Beth traurig. »Ich denke einfach, er ist es wert.«

»Ist total lieb von ihm, dass er dich beschützen will.« Daisy zuckte zusammen, als Louisa sie kräftig in die Seite boxte. »Was soll das?«

»Daisy Cooper, ich hätte gedacht, du wüsstest es besser.«

»Besser als was?«, fragte Daisy entrüstet.

»Schau dir deine Freundin Beth hier mal genau an«, sagte Louisa. Sie und Daisy blickten beide Beth an, die sich unter ihren prüfenden Blicken sehr unwohl fühlte. »Sie hat geholfen, dein Kind auf die Welt zu bringen, oder hast du das etwa schon vergessen? An diesem Tag hat sie dein Leben gerettet, und Willows Leben auch. Dann hat sie es noch einmal gerettet, auf der Brücke.«

Daisy senkte den Blick und starrte auf ihre Hände, und Beth fühlte sofort mit ihr. »Das war doch selbstverständlich«, sagte sie zu Louisa. »Ich bin ihre Freundin.«

»Ich will damit sagen, Beth, dass du in einer Krise nicht den Kopf verlierst. Das hast du hinlänglich bewiesen, würde ich sagen. Du bist belastbar und gescheit und, wenn ich das sagen darf, stur wie ein Maulesel.«

Beth öffnete den Mund, um zu widersprechen, aber Louisa kam ihr zuvor. »Ich halte das für eine gute Eigenschaft. Und du lernst in deiner Freizeit immer noch Medizin?«

Beth nickte, obwohl sie in letzter Zeit weniger studiert hatte, als sie sollte, weil es sie zu sehr an Gus erinnerte.

»Beth ist genial«, stimmte Daisy zu. »Und?«

»Also braucht sie Gus' Schutz nicht.«

Beth setzte sich ein wenig aufrechter hin. Sie hielt große Stücke auf Louisa und zu hören, dass diese ebenso gut von ihr dachte, stärkte ihr den Rücken. »Komisch. Als der Bahnbeamte mich fragte, ob ich Hilfe bräuchte, wollte ich für Gus eintreten, aber er hat es nicht zugelassen. Er hat gemeint, er wolle nicht, dass ich seine Kämpfe für ihn ausfechte.«

»Aber er will deine ausfechten.«

»Oh Gott«, sagte Beth, als ihr plötzlich klar wurde, was sie tun musste. »Oh mein Gott.«

»Wo willst du hin?«, fragte Daisy. »Du hast deinen Tee noch nicht ausgetrunken.«

»Ich muss Gus sehen.«

»Jetzt gleich?«

»Ja. Ich muss ihm sagen, dass er diese Entscheidung nicht für mich treffen darf. Dass er diesen Kampf nicht für mich ausfechten kann.«

Louisa klatschte in die Hände. »So gehört sich das«, rief sie, und Beth kam der Gedanke, dass sie in ihrer Zeit als Suffragette wirklich etwas Besonderes gewesen sein musste, als sie Transparente schwenkte und bereit war, selbst den Premierminister mit Kartoffeln zu bewerfen.

»Wann geht der nächste Zug?«, fragte sie Louisa atemlos. »Ein früherer Zug als der, den ich eigentlich nehmen wollte?«

Louisa warf einen Blick auf ihre Uhr und nickte. »Wenn Sie sofort aufbrechen, können Sie den nächsten noch erwischen, aber Sie müssen sich beeilen. Nach der Haustür gleich links die Straße runter. Es ist nicht weit.«

Ohne sich zu verabschieden, warf Beth den beiden eine Kusshand zu, griff nach ihrer Handtasche und rannte die Treppe hinunter und auf die Straße hinaus. Gerade noch rechtzeitig erreichte sie den Bahnhof.

Erst als sie kurz vor London war, kamen ihr plötzlich Zweifel. Tat sie das Richtige? Würde sie sich gleich furchtbar blamieren?

Nein, dachte sie, als der Zug über die London Bridge dampfte. Sie musste das tun. Gus hatte einen Entschluss gefasst und ihr damit eine eigene Entscheidung abgenommen. Er hatte ihr nicht einmal die Gelegenheit gegeben, über ihre Gefühle zu sprechen. Nicht wirklich. Also, selbst wenn das hier nicht so ablaufen sollte, wie sie hoffte, selbst wenn Gus seine Meinung nicht änderte, musste sie zu ihm gehen und ihm sagen, wie sie sich fühlte, das stand für sie fest.

So aufgeregt und zappelig, dass sie beinahe aus dem Zug gesprungen wäre, noch bevor er zum Stehen kam, drängelte sie sich an den Leuten vorbei, die auf dem Bahnsteig die Abfahrtszeiten studierten, und eilte die Straße zum Krankenhaus hinunter. Im Wohnheim des Klinikums lebten hauptsächlich Krankenschwestern, aber auch Gus und einige der jüngeren Ärzte waren dort untergebracht. Beth war noch nie in seinem Zimmer gewesen, aber sie kannte die Nummer. Obwohl sie unterwegs einige Schwestern traf, die ihr bei der Suche halfen, dauerte es eine Weile, bis sie sein Zimmer gefunden hatte.

Und jetzt war sie da und stand vor seiner Tür.

Ich kann wieder gehen, dachte sie. Sie könnte einfach gehen, und er würde nie wissen, dass sie dort gewesen war.

Aber dann musste sie an Louisa denken, daran, wie entschlossen sie ausgesehen hatte. Und an Daisy, die so tapfer war. Und sie hob die Hand und klopfte an seine Tür, blitzschnell, bevor sie es sich anders überlegen konnte.

Die Tür wurde geöffnet, und vor ihr stand Gus in Hose und Unterhemd. Er hatte ein Handtuch um die Schultern gelegt, und sein Gesicht war zur Hälfte mit nassem Seifenschaum bedeckt.

»Beth«, sagte er betroffen. »Tut mir leid, ich dachte, es wäre einer der anderen Ärzte, der sich Tee leihen will.« Er wischte sich das Gesicht mit dem Handtuch ab. »Ich habe mich gerade rasiert.«

»Das sehe ich.« Beth versuchte, seine breiten Schultern und seine muskulösen Oberarme zu ignorieren.

»Lass mich nur schnell mein Gesicht abwaschen …«, begann Gus, aber Beth ließ ihn nicht aussprechen.

»Nein«, rief sie laut. »Bitte. Ich muss dir nur kurz etwas sagen.«

Gus wischte sich noch einmal über das Gesicht und nickte. »Schieß los.«

Fast hätten ihre Nerven sie im Stich gelassen, aber sie riss sich zusammen und fing an zu reden, den Blick auf Gus' Stirn gerichtet. »Als wir in der Kirche waren«, begann sie, »und danach, als du gesagt hast, dass du mich liebst, war ich so glücklich wie nie zuvor in meinem Leben.«

»Beth …«

»Sei still«, sagte sie mit fester Stimme. »Lass mich ausreden.«

Gus lehnte sich an die Tür. »Entschuldige«, erwiderte er zerknirscht. »Sprich weiter.«

»Ich war so glücklich wie nie zuvor«, wiederholte Beth. »Und dann hast du gesagt, dass wir nicht zusammen sein können, und ich habe es verstanden. Zumindest dachte ich es. Aber es war nicht leicht.«

Gus schüttelte den Kopf. »Nein, das war es wirklich nicht.«

»Ich vermisse dich. Jede Minute an jedem Tag«, fuhr Beth fort. »Wir gehören zusammen.«

Gus sah furchtbar traurig aus, aber Beth beeilte sich weiterzureden.

»Die Sache ist die«, sagte sie. »Du hast mich nicht gefragt, was ich denke. Du hast mir gesagt, wie schwer es für dich ist – und das weiß ich, weil ich es selbst miterlebt habe. Aber erinnerst du dich noch an den Vorfall in der U-Bahn-Station? Als du mir gesagt hast, dass ich nicht deine Kämpfe für dich ausfechten kann?«

»Ich erinnere mich.«

»Und genau das machst du jetzt. Du trägst meine Kämpfe für mich aus.«

Gus richtete sich auf. »Das war nie meine Absicht.«

»Ich weiß. Aber ich kann selbst für meine Anliegen eintreten. Und noch besser könnte ich es mit dir an meiner Seite.«

Gus' Gesichtsausdruck veränderte sich – zumindest der Teil, der nicht mit Rasierschaum bedeckt war. Er sah wieder mehr aus wie er selbst. Glücklicher. Ermutigt fuhr Beth fort: »Ich weiß, dass es nicht leicht sein wird, wenn wir zusammen sind. Manche Leute werden schreckliche Dinge zu uns sagen. Vielleicht wird nicht jeder mit uns Zeit verbringen wollen. Aber ich denke, du bist den Schmerz wert. Weil der Schmerz, ohne dich zu sein, größer ist.«

Gus sah sie an, und Beth blickte ihm in die Augen. »Du kannst diese Entscheidung nicht für mich treffen, Gus. Du kannst ohne mich weitermachen, wenn du das willst, aber ich bin hier, um dir zu sagen, dass ich mir über all die schlimmen Dinge im Klaren bin, all die Schwierigkeiten, die sich uns wahrscheinlich in den Weg stellen werden. Aber wir sind ein Team. Ich kann nicht für dich kämpfen, und du nicht für mich, aber zusammen können wir alles packen.« Sie breitete die Arme aus. »Ich bin dabei … klar zum Gefecht.«

Es folgte eine lange, qualvolle Stille. Beth wand sich vor Scham. Klar zum Gefecht?, dachte sie. Was hatte sie nur geritten, so etwas zu sagen? Sie ließ die Arme sinken. Ihr war elend. »Ich gehe jetzt.«

Aber als sie sich mit gesenktem Kopf und hängenden Schultern umwandte, griff Gus nach ihrer Hand.

»Nein«, sagte er. »Bleib.«

Kapitel 43

Kent, Juli 1941

Daisy war erst seit einer Woche in Kent, fühlte sich dort aber schon ganz heimisch, was sie, wenn sie ehrlich war, ein wenig überraschte. Sie hatte erwartet, dass es schwer sein würde, ohne ihre Eltern und Poppy zurechtzukommen. Nicht mehr in Kew zu sein. Aber tatsächlich war es leichter. Hier war es viel stiller. Das ständige Rauschen in ihrem Kopf war weniger präsent.

Einige Abende hatte sie zufrieden in ihrer Wohnung verbracht und es sich dort gemütlich gemacht. Viel hatte sie nicht von daheim mitgenommen, aber die wenigen Stücke wurden gleich ausgepackt: Willows Plüschteddy und ihr Beißring, das Foto von Rex, das Daisy auf ihr Nachtkästchen stellte, die Briefe, die er ihr geschrieben hatte, und ihre zerlesene Ausgabe des Buchs *Der Geheime Garten*. Für alles fand sich ein Platz.

Mit Louisa zusammenzuarbeiten war anstrengend. Es

gab viel zu tun, weil die Organisation, die sie auf die Beine gestellt hatte, erfolgreicher war, als es sich irgendjemand hätte träumen lassen. Louisa war pausenlos damit beschäftigt, Pfadfindergruppen, Frauenvereine und Rentner anzuwerben, und alle anderen, die bereit waren, Blumen und Kräuter zu pflücken. Daisy und sie mussten dafür sorgen, dass es genug Freiwillige gab, um die Pflanzen zu ernten, zu trocknen und sorgfältig einzupacken. Außerdem musste ausreichend Lagerraum zur Verfügung stehen. Eine von Daisys Hauptaufgaben war es, Tabellen zusammenzustellen, in denen aufgelistet war, welche Gruppen was zu ernten hatten, wie man die Pflanzen identifizierte und wie man sie richtig sammelte.

Diese Aufgabe war nicht leicht und erforderte eine sorgfältige Abstimmung. Schon nach einer Woche Arbeit wusste Daisy mehr über Kräuter als je zuvor.

Nicht alles verlief glatt. Sie wusste, dass sie immer noch nicht zu ihrem alten Selbst zurückgefunden hatte. Ständig plagten sie Selbstzweifel, ständig machte sie sich Sorgen um Willow. Mit einiger Mühe und sehr viel Schnaufen und Stöhnen hatte sie das Babybett in ihr Schlafzimmer bugsiert, damit sie ihre Tochter sehen konnte, wenn sie schlief. Immer noch bekam sie hin und wieder Panikattacken, die ihr die Brust zusammenschnürten und ihr den Atem raubten. Immer noch sagte ihr die Stimme in ihrem Kopf – ihre eigene Stimme –, dass sie alles falsch machte. Trotzdem war alles leichter zu ertragen als in London.

Gus hatte gemeint, es könnte hilfreich sein, ihre Gefühle

aufzuschreiben. Daisy hielt nicht viel davon, ein Tagebuch zu führen. Stattdessen hatte sie angefangen, wieder an Rex zu schreiben. Ihr war bewusst, dass er diese Briefe nie lesen würde. Darum ging es nicht. Sie tat es für sich selbst und für Willow. Sie berichtete von ihrem neuen Zuhause und all den Dingen, die Willow lernte.

Sie kann jetzt krabbeln und ist ganz schön flott unterwegs, schrieb sie. *Blitzschnell flitzt sie durch die Zimmer. Louisa und ich haben gelernt, keine Tür offen zu lassen, wenn wir im Büro sind, weil Willow sonst auf und davon ist, bevor wir es merken.*

Daisy hielt inne und tippte mit dem Bleistift auf das Papier. Sie saß im Bett und schrieb. Willow schlief tief und fest in ihrem Bettchen. Ihre kleinen Hände lagen wie winzige Seesterne auf der Decke.

Im Schlaf sieht sie aus wie Du, fuhr sie fort. *Sie sieht Dir überhaupt ähnlicher, als ich am Anfang gedacht hätte. Die Farben hat sie von mir, auch meine roten Haare, aber wenn sie sich konzentriert, runzelt sie die Stirn, genau wie Du. Und ihr Lachen hat sie von Dir, absolut.*

Sie lächelte, obwohl sie Tränen in ihren Augen spürte. Sie waren nie weit weg, wenn sie an Rex dachte.

Und ich – ich lerne jetzt Autofahren! Teddy hat ein Auto, und wegen seiner Arbeit mit der Landevakuierung bekommt er Extrarationen Benzin. Er will es mir beibringen. Morgen ist meine erste Stunde. Ich habe Angst, dass ich mich furchtbar dumm anstellen werde, aber er hat mir versprochen, dass nichts passieren kann. Wir werden sehen.

Als ihre Augenlider immer schwerer wurden, legte Daisy Stift und Notizblock beiseite und kuschelte sich unter die Decke. Der Gedanke an die Fahrstunde machte sie nervös, aber sie freute sich auch darauf. Es kam ihr so vor, als hätte sie sich schon sehr lange nicht mehr auf etwas freuen können.

Zuerst verlief die Fahrstunde problemlos. Da Daisy früher Jim und Ivy immer wieder bei Lieferungen geholfen hatte, wusste sie über die grundsätzlichen Dinge Bescheid. Mehr und mehr machte ihr das Fahren Spaß, und Teddy war mit ihr zufrieden. Es war ein Samstagnachmittag, und im Dorf war alles still und friedlich. Eine Weile fuhren sie in einer kleinen Seitenstraße hinter Daisys Wohnung hin und her. Daisy fuhr die Gasse hinauf, dann setzte sich Teddy hinters Steuer und wendete den Wagen, damit sie wieder zurückfahren konnte. Teddy war ein ausgezeichneter Lehrer, der ihr geduldig unter die Arme griff. Sie fühlte sich beim Schalten immer sicherer, und das Auto rumpelte beim Anfahren auch nicht mehr so furchtbar wie zu Beginn ihrer Fahrstunde.

»Ich glaube, für heute reicht es«, sagte Teddy schließlich. »Warum versuchen wir nicht mal rückwärtszufahren, bevor wir aufhören?«

»Wirklich?« Daisy war sich nicht sicher. »Ich will das Schicksal nicht herausfordern.«

»Nur ein paar Meter, ganz ruhig und langsam.«

»In Ordnung.«

Teddy zeigte ihr, wie man den Rückwärtsgang einlegte, und erinnerte sie daran, den Rückspiegel zu benutzen und den Kopf nach hinten zu wenden, wenn sie rückwärtsfuhr.

»Bereit?«

Daisy nickte. Teddy drehte sich um, um aus dem Heckfenster sehen zu können, und Daisy tat dasselbe. Aber sie war nervös und nahm den Fuß zu schnell vom Kupplungspedal. Das Auto machte einen Satz nach vorn. Nach vorn! Daisy hatte vergessen, den Rückwärtsgang einzulegen. Sie japste erschrocken – genau wie Teddy – und trat vor Schreck kräftig auf die Bremse. Nur war es nicht die Bremse, sondern das Gaspedal. Das Auto schoss nach vorn und streifte einen großen, schlaksigen Mann, der, in ein Buch vertieft, die Straße überquerte.

Daisy stieß einen Schrei aus und erwischte mit ihrem Fuß endlich die Bremse. Der Wagen blieb stehen. Teddy war im Handumdrehen aus dem Auto gesprungen und zu dem Mann gerannt, der mitten auf der Straße saß und verdutzt in die Luft starrte.

Zu Daisys unendlicher Erleichterung war er noch am Leben. Aber beim Fallen war seine Hose gerissen, und er hatte sich bei dem Versuch, den Sturz abzufangen, die Hände aufgeschürft. Das Buch, das er gelesen hatte, lag mit den offenen Seiten nach unten im Rinnstein.

»Oh mein Gott, oh mein Gott«, stammelte Daisy, als sie zu ihm lief. »Das tut mir ganz schrecklich leid! Ich habe den Rückwärtsgang nicht eingelegt, ich lerne nämlich gerade erst Autofahren.«

Sie fühlte sich furchtbar. Hier war der eindeutige Beweis, dass sie das nicht hinbekommen würde. Wenn sie nun schneller gefahren oder der Mann näher an ihrem Auto vorbeigegangen wäre? Sie hätte ihn töten können. Ihre Brust krampfte sich zusammen, und ein Schluchzen stieg ihr in die Kehle. »Es tut mir leid«, murmelte sie wieder.

Teddy hatte sich neben den Mann gehockt. »Du meine Güte, Christopher. Geht es dir gut?«, fragte er besorgt.

Der Mann war etwa in Daisys Alter. Er hatte dunkelblondes Haar und war groß und dünn. Seine Beine hatte er vor sich zusammengeklappt wie eine Ziehharmonika, und seine Hände waren riesig. Er wandte sich zu Teddy um und grinste. »Ach herrje«, sagte er fröhlich. »Nicht zu fassen, dass ich schon wieder angefahren worden bin.«

Daisy war so erstaunt – und erleichtert –, dass sie schallend lachen musste. Der Mann blickte zu ihr auf und lächelte wieder. »Hallo, Daisy. Mann, du hast dich ja ganz schön verändert.«

Daisy winkte ihm stumm zu, weil sie immer noch zu verwirrt war, um Worte zu finden.

»Ich dachte, das hättest du dir inzwischen abgewöhnt«,

sagte Teddy, während er dem Mann auf die Füße half. »Daisy, du erinnerst dich noch an meinen Neffen? Christopher Hall.«

»Ja, ich erinnere mich, obwohl es schon einige Jahre her ist«, brachte Daisy hervor, die endlich ihre Stimme wiedergefunden hatte. »Tut mir leid, dass ich dich angefahren habe.«

»Nicht der Rede wert. Das war ganz klar meine Schuld. Ich habe gelesen, was wirklich nicht besonders schlau ist, wenn man eine Straße überqueren will.«

Teddy hob das Buch auf und reichte es ihm, aber Christopher schüttelte den Kopf und hielt die Hände hoch, um Daisy und Teddy seine Schrammen zu zeigen. »Ich blute, kannst du es kurz halten?«

Daisy sah die Gelegenheit gekommen, Wiedergutmachung zu leisten. »Lass mich helfen«, sagte sie. »Ich wohne gleich um die Ecke, und in der Arztpraxis liegen noch jede Menge Arzneimittel herum. Ich kann deine Hände verbinden. Ich könnte auch deine Hose flicken, wenn wir für dich etwas anderes zum Anziehen finden.«

Christopher grinste wieder. »Danke, das ist echt nett von dir.«

Daisy lachte leise. Sie konnte noch immer nicht glauben, wie sich alles plötzlich entwickelt hatte. »Dann mal los.«

Sie brachte Christopher in die alte Arztpraxis, während Teddy das Auto abstellte und Louisa von dem Vorfall berichtete.

»Es ist schön, dich wiederzusehen, Daisy«, sagte Christopher, als Daisy ihn ins Haus bat. »Oh Mann, ihr habt hier ja richtig Ordnung geschaffen. Ich habe Louisa auch eine Zeit lang ausgeholfen, aber ich bin an der frischen Luft besser aufgehoben.«

Daisy warf ihm einen Blick zu. »Das hat sie mir erzählt«, erwiderte sie mit einem schmalen Lächeln. »Ich dachte, du hättest dich bei der Armee gemeldet?«

Sie war ein bisschen gereizt. Immerhin war Christopher ein kräftiger, gesunder Mann, der kämpfen könnte – so wie Rex es getan hatte –, aber er tat es nicht, und das ärgerte sie.

»Hab ich auch«, antwortete er vergnügt. »Aber ich wurde angeschossen.«

»Oh nein.« Daisy hielt sich die Hand vor den Mund.

Christopher verzog das Gesicht. »Louisa hat nichts davon erzählt?«

Daisy versuchte, sich in Erinnerung zu rufen, was Louisa von Christophers Militärdienst erzählt hatte. Es musste um die Zeit von Rex' Tod passiert sein. Sie zuckte mit den Schultern. »Damals hatte ich andere Sorgen, fürchte ich.«

Christopher wurde rot. Sein Haar war so hell, dass ihm die Röte direkt bis unter die Kopfhaut stieg. »Einer der Jungs aus meinem Regiment hat mich erwischt.«

»Absichtlich?« Daisy setzte sich kerzengerade auf und ballte die Fäuste. Wieder packte sie die Wut. »Damit du nach Hause kannst?«

»Du lieber Himmel, nein.« Christopher sah immer verlegener aus. »Es gab zwar eine Untersuchung, aber man hat bald festgestellt, dass es ein echter Unfall war. Timmins hatte es nicht leicht, der arme Kerl.«

»Warst du schwer verletzt?«

»Hab drei Zehen verloren.«

»Oh Gott!«

Christopher grinste. »Ehrlich, es war schon gut so. Auf der Farm bin ich besser dran. Übrigens baue ich da auch Kamille und Baldrian für den Frauenverein an.«

»Wirklich?« Daisy war begeistert. Sie wusste, dass die Pflanzen auf Beths Rat hin in die Liste der Forschungsgruppe aufgenommen worden waren, um verwundeten Soldaten bei Schlafstörungen zu helfen. »Du bist ein Farmer?«

»Na ja, ich arbeite auf einer Farm. Aber eines Tages werde ich hoffentlich meine eigene haben.«

Daisy musste fast lachen. Sie hatte noch nie jemanden getroffen, der weniger wie ein Farmer aussah als Teddys Neffe. Allerdings traf man in Hackney nicht gerade viele Bauern, also war es vielleicht sie, die falschlag, nicht Christopher.

In einem Schrank fand sie etwas Watte und eine verschlossene Flasche Jod. Das sollte helfen. Sie füllte einen Becher mit Wasser, weil sie keine Schüssel hatte, und setzte sich vor Christopher hin. Er reichte ihr seine großen Hände, und vorsichtig tupfte sie die Schrammen mit feuchten Wattestreifen ab, um den Schmutz aus den Wunden zu entfernen. Die Kratzer waren nicht tief, aber seine Hände waren ganz aufgeschürft und würden wohl ein paar Tage wehtun.

»Es tut mir wirklich sehr leid«, sagte sie, als sie die Wunden mit Jod betupfte und Christopher kurz zusammenzuckte. »Ich fühle mich schrecklich.«

»Ehrlich, das musst du nicht«, entgegnete Christopher. »Das ist mir schon so oft passiert – und wie gesagt, ich hätte nicht auf der Straße lesen sollen. Wenn ich mich auf etwas konzentriere, sehe und höre ich nichts um mich herum. Das kann ein Segen sein, aber auch ein Fluch.«

»Das glaube ich gern.« Daisy wusste nicht so recht, was sie von diesem gutmütigen, liebenswerten Riesen halten sollte, den sie seit ihrer Kindheit nicht mehr gesehen hatte. »Was hast du denn Spannendes gelesen?«

»Ein Buch über Gemüseanbau«, sagte Christopher. Er sah ein bisschen verlegen aus, aber Daisy war Feuer und Flamme.

»Wirklich?«

»Es ist ein richtig gutes Buch«, erklärte Christopher eifrig. »Ich habe dadurch schon ganz viele Ideen für die Farm bekommen. Ich dachte, man könnte die unteren Felder, auf denen früher die Schafe gegrast haben, mit Kartoffeln bepflanzen. Wir sollten mehr Kartoffeln anbauen.«

»Die Lebensmittel könnten wir gut gebrauchen«, stimmte Daisy ihm zu. Sie hatte über Farmer gelesen, die laut Mr Churchill »den Krieg auf den heimischen Feldern führen«.

»Aber ich will auch einen Küchengarten anlegen, nur für uns«, fuhr Christopher fort. Er sah über Daisys Schulter hinweg ins Leere, als ob er genau vor sich sähe, worüber er redete. »Es gibt einen schmalen Streifen Land direkt beim Haus, der von der Sonnenlage her perfekt wäre, aber sehr groß ist der Platz nicht.«

Obwohl sie ziemlich sicher war, dass Christopher mehr zu sich selbst sprach als mit ihr, lachte Daisy vor Begeisterung laut auf. »Also, dabei könnte ich dir auf jeden Fall helfen.«

Aus seinen Tagträumen gerissen, blinzelte Christopher sie an. »Das könntest du?«

»Ich habe in Kew Gardens an dem Musterschrebergarten mitgearbeitet«, sagte Daisy. »Für die Kampagne *Dig for Victory*, du weißt schon?«

»Darüber habe ich in der *Picture Post* gelesen«, erwiderte Christopher stolz. »In der Ausgabe war auch ein Bild von dir.«

»Also, das bin nicht ich«, stellte Daisy richtig, die sich fragte, wie um alles in der Welt er Beth und sie miteinander verwechseln konnte. »Das war eine Freundin von mir.«

»Magst du nicht mal zu uns auf die Farm kommen und uns erklären, was man am besten anpflanzen könnte?«

»Sehr gern«, entgegnete Daisy.

»Daisy?«, rief Louisa vom Wartezimmer herauf.

»Wir sind hier oben.«

Louisa und Teddy kamen mit Willow herein.

»Ach Chris«, sagte Louisa, nachdem sie Daisy Willow in den Arm gedrückt hatte, die ihr kleines Mädchen knuddelte und zum Glucksen brachte. »Ich kann kaum fassen, dass du schon wieder angefahren wurdest.«

»Erzähl meiner Mutter nichts davon, ja?«, bat er. »Sie ist immer noch nicht über meine Schussverletzung hinweg.«

»Da ist dein Buch.« Teddy reichte es ihm. »Du solltest

mit Daisy reden, wenn du so sehr am Gemüseanbau interessiert bist.«

»Schon geschehen.« Christopher schien sehr zufrieden mit sich zu sein. »Sie wird demnächst mal bei uns auf der Beech Tree Farm vorbeischauen und uns ein paar Tipps geben.«

Louisa nickte Daisy beifällig zu, und Daisy lächelte sie an. Sie hatte das Gefühl, heute etwas wirklich Wichtiges erreicht zu haben – sie hatte einen neuen Freund gewonnen.

Kapitel 44

Kent, Anfang August 1941

Ein paar Tage später lieh sich Daisy ein Fahrrad von Louisa und radelte über die Landstraße in Richtung der Beech Tree Farm.

Der Gedanke, das Dorf zu verlassen, machte sie nervös, außerdem hatte sie Angst, dass sie mittlerweile ihr gesamtes Wissen über den Anbau von Gemüse vergessen hatte. Aber Louisa hatte ihr die Zeitungsartikel über die Kew Gardens Girls, die sie alle aufgehoben hatte, gezeigt und sie daran erinnert, dass sie sehr viel über Gemüse wusste, und zwar schon ihr Leben lang.

»Ich denke, du solltest einfach mal hinfahren, eine Tasse Tee mit Christopher trinken und dich mit ihm unterhalten«, hatte Louisa ihr geraten. »Es würde dir guttun, wenn du hier in der Gegend ein paar Freunde in deinem Alter findest.«

»Er wirkt etwas seltsam«, antwortete Daisy. »Ich erinnere

mich, dass er schon als kleiner Junge ein bisschen merkwürdig war. Aber sehr nett.«

Louisa lachte. »Er geht seinen eigenen Weg, das stimmt wohl. Die meiste Zeit lebt er in seiner eigenen Welt. Entweder denkt er so viel über etwas nach, dass er sich auf nichts anderes mehr konzentrieren kann, oder er denkt an hundert Dinge auf einmal und macht es einem schwer, ihm zu folgen.« Sie lächelte. »Aber er ist ein netter Junge, ein richtig lieber Kerl. Ich glaube, er wäre ein guter Freund.«

»Aber ich muss doch auf Willow aufpassen!«

»Ich kann nachmittags ohne Weiteres ein paar Stunden auf sie achtgeben. Da schläft sie sowieso meistens, und ich kann nebenbei meine Briefe lesen.«

»Na gut«, sagte Daisy, der die Ausreden ausgingen. Sie war ein bisschen enttäuscht, dass Louisa nicht angeboten hatte, sie zu begleiten.

Und jetzt war sie unterwegs und holperte auf ihrem Fahrrad ein bisschen wackelig über die Landstraße. Trotz ihrer Nervosität musste sie zugeben, dass es eigentlich ganz schön war, im Sonnenschein durch die Gegend zu radeln, die Vögel singen zu hören und in der Ferne einen Traktor über die Felder rumpeln zu sehen.

Die Beech Tree Farm lag ein Stück außerhalb von Cassingham, nicht weit von dem Bauernhof entfernt, auf dem Louisa aufgewachsen war und der jetzt von ihrem Neffen betrieben wurde. Louisa hatte Daisy erzählt, dass Christopher nicht aus einer Familie von Bauern stammte; sein Vater war Lehrer gewesen. Aber Christopher war schon immer von der freien Natur begeistert gewesen und liebte die Arbeit bei Mr und Mrs Oliver. Sie hatten selbst keine Kinder, und er war für sie so etwas wie ein Sohn geworden.

Daisy geriet auf ihrem Rad noch stärker ins Wackeln, als sie voller Trauer an Rex' Eltern dachte, die ihr einziges Kind verloren hatten. Sie holte tief Luft und zwang sich dazu, sich nur auf das Radfahren zu konzentrieren, als sie in den Weg zur Farm einbog.

Eine Frau stand mit dem Rücken zu Daisy auf dem Hof. Sie bückte sich gerade, um Futter für eine Katze und ihre Jungen hinzustellen, die sich in der Sonne rekelten. Das war wohl Mrs Oliver.

»Hallo«, rief Daisy schüchtern. Die Frau richtete sich auf und drehte sich um. Sie war um die fünfzig, schätzte Daisy, mit blassblondem Haar und einem breiten Lächeln.

»Daisy?«, fragte die Frau.

»Genau.« Daisy ließ sich nicht sehr elegant vom Rad gleiten und hielt Mrs Oliver die Hand hin.

Doch die Bäuerin ignorierte die Geste und schloss sie in die Arme. »Wie schön, dich kennenzulernen!«

»Gleichfalls«, murmelte Daisy in die Schulter der Frau. »Ich wollte Chris besuchen«, fuhr sie fort, als Mrs Oliver sie losließ. »Er wollte gern etwas über den Anbau von Gemüse wissen.«

»Er ist draußen im Garten, ich werde ihn rufen«, antwortete die ältere Frau. »Übrigens wollte ich mich bedanken, dass du ihn neulich zusammengeflickt hast.«

»Hat er Ihnen nicht erzählt, was vorher passiert ist?«

»Darüber brauchst du dir keine Gedanken zu machen«, erwiderte Mrs Oliver ernst. »Er ist inzwischen schon so oft angefahren worden, dass es praktisch zu einer lieben Gewohnheit geworden ist. Mir selbst ist er auch schon ein paarmal fast unter die Räder gekommen.« Sie verdrehte die Augen. »Christopher!« Sie ging um das Haus herum, rief laut nach ihm und ließ Daisy im Hof mit den Kätzchen allein.

Daisy beugte sich hinunter und streichelte eine der kleinen Katzen. Sie waren entzückend, einige rot gestreift, andere schwarz, und sie hatten winzige rosa Schnäuzchen.

»Du kannst gern eins haben, wenn du möchtest«, sagte Christopher, der plötzlich neben ihr stand. Für einen so großen Mann war er recht fix. »Sie sind alt genug, um von der Mutter getrennt zu werden.«

»Wirklich?« Daisy war hingerissen, aber dann runzelte sie die Stirn. »Ich hatte noch nie ein Haustier. Ich wüsste gar nicht, was ich mit einer Katze anfangen sollte.«

Christopher blickte sie an. »Das machst du oft.«

»Was?«

»An dir selbst zweifeln.«

Daisy war verlegen. Sie beugte sich nach vorn und spielte mit den Kätzchen, damit er nicht sah, wie rot ihre Wangen geworden waren.

»Tut mir leid«, sagte Christopher. »Ich bin manchmal zu direkt. Ich wollte dich nicht verletzen.«

»Hast du nicht«, log Daisy. Sie richtete sich auf und zwang sich, ihm in die Augen zu schauen. »Dann zeig mir mal das Fleckchen für deinen Gemüsegarten.«

Es war ein etwas holperiger Anfang des Nachmittags, aber sobald Daisy die Fläche sah, die für den Gemüsegarten zur Verfügung stand, war alles andere vergessen. Sie fühlte sich wieder wie in Kew und hüpfte überall herum, um Christopher zu zeigen, was er mit dem Stückchen Erde alles anfangen konnte.

Er lief neben ihr her und machte Vorschläge, von denen manche genial waren, manche total daneben. Aber seine guten Ideen waren so einfallsreich, dass Daisy daran dachte, sie an Beth und ihre Eltern weiterzugeben.

»Das sind ein paar prima Ratschläge«, sagte Christopher beeindruckt, nachdem Daisy ihm erklärt hatte, wie er Karotten und Rosenkohl am besten anpflanzen konnte, um Platz zu sparen. »Könnten wir hier wirklich so viel anbauen?«

»Noch viel mehr«, meinte Daisy. »Dafür gibt es Anleitungen. Ich werde meine Freundin Beth bitten, dir welche zu schicken. Man muss nur darauf achten, dass die Pflanzen abwechselnd geerntet werden können.« Sie schaute sich um. »Und du solltest dir einen Bienenstock anschaffen. Das hilft den Pflanzen beim Wachsen. Meine Eltern haben ein paar Stöcke in ihrer Gärtnerei, und mein Vater schwört darauf.«

»Du weißt wirklich gut Bescheid.«

Daisy spürte, wie sie vor Stolz errötete. Sie wusste wirklich eine Menge, stellte sie fest. Das sollte sie sich öfter in Erinnerung rufen.

Christopher setzte sich auf eine Gartenbank und blickte

über die Felder. »Ich weiß einiges von Feldarbeit, aber Obst und Gemüse sind etwas anderes.«

»Mein Dad sagt immer, das Essen schmeckt am besten, wenn man es selbst herangezogen hat.« Daisy setzte sich neben ihn. Sie fühlte sich sehr ungezwungen in seiner Gesellschaft, trotz der eher unkonventionellen Art und Weise, mit der sie ihre Bekanntschaft erneuert hatten. Ihr gefiel, wie sein Verstand funktionierte; er hüpfte von einer Idee zur nächsten, dann wieder zurück. Das erinnerte sie an ihren Bruder Archie, der auch immer damit beschäftigt war, einen Plan auszuhecken oder eine neue Leidenschaft zu verfolgen.

»Da hat er recht, glaube ich.« Christopher lehnte sich zurück und seufzte zufrieden. Daisy konnte beinahe sehen, wie sich die Rädchen in seinem Kopf drehten, während sein Blick über die Landschaft schweifte. Und tatsächlich holte er Zettel und Bleistift aus seiner Tasche und notierte etwas, vermutlich eine Idee oder eine Notiz für später.

»Du liebst das wirklich, nicht wahr?«, fragte Daisy.

»Die Arbeit auf der Farm? Ich kann mir nicht vorstellen, etwas anderes zu tun.«

»Das ist schön. Du kannst von Glück sagen, dass du das Richtige für dich gefunden hast.«

»Hast du das nicht auch?«

»Ich dachte schon, aber dann ist alles anders gekommen.«

»Der Krieg?«

Daisy presste die Lippen zusammen und nickte. »Mein

Mann ist gefallen«, sagte sie. Sie hatte die Worte nur selten ausgesprochen – in London hatte jeder gewusst, was passiert war, und sie hatte es nie erklären müssen. »Und dann kam Willow zur Welt.«

»Deine Tochter?«

Daisy lächelte. »Ja.« Langsam atmete sie aus.

Christopher wandte ihr das Gesicht zu. »Bist du deshalb hierhergekommen?«

Meine Güte, der Mann war wirklich direkt. Dieses Mal störte es sie allerdings nicht so sehr. »Zu Hause war es schwierig«, sagte sie langsam. »Eine Weile ging es mir nicht so toll.« Sie versuchte, ihn anzulächeln, aber es wollte ihr nicht recht gelingen. »Ist ganz gut, mal von allem wegzukommen.«

»Tut mir leid wegen vorhin. Das mit den Selbstzweifeln, meine ich.«

Daisy richtete ihren Blick auf die Wiesen und Felder. »Es stimmt ja. Ich zweifle ständig an mir. Das ist so seit der Zeit, als … na ja, als es mir nicht so gut ging.«

Sie warf ihm einen schnellen Blick zu und fragte sich, ob er jetzt womöglich dachte, dass sie in die Klapsmühle gehöre, aber er lächelte nur. »Jeder geht das Leben auf seine Weise an«, sagte er. »Manchmal funktioniert es, manchmal nicht. Und manchmal fallen uns Dinge schwer, die für andere ganz leicht sind.«

Daisy war überrascht. »Genau«, entgegnete sie. »Ich konnte das Leben einfach nicht mehr bewältigen, und ich fand es unbegreiflich, dass alle anderen es schafften, bloß ich nicht.«

»Als ich in der Schule war, konnte ich keine fünf Minuten still sitzen«, erzählte Christopher. »Meine Fingerknöchel waren immer rot und geschwollen vom Rohrstock des Lehrers.«

»Das ist ja furchtbar!«

Er lächelte. »Mein Vater hat gemerkt, dass ich anders lerne als andere Kinder. Er hat mir viele Pausen gegönnt, darauf geachtet, dass ich viel an der frischen Luft bin, mich auf die Dinge konzentriere, die ich liebe. Dank ihm habe ich meine Ausbildung abgeschlossen.«

»Er muss ein großartiger Mensch sein« sagte Daisy leise.

Nun war es Christopher, der an seiner Unterlippe nagte. »Er ist kurz vor Kriegsausbruch verstorben.« Daisy nickte. Sie hatte selbst erfahren, was Verlust und Trauer bedeuteten. »Wir vermissen ihn«, sagte Christopher nach einer langen Pause. »Aber eigentlich wollte ich sagen, dass er mir beigebracht hat, stolz darauf zu sein, auch Dinge anzupacken, die mir schwerfallen, selbst wenn am Ende doch nichts dabei rauskommt.« Er grinste Daisy an, und plötzlich sah sie den kleinen Jungen vor sich, der auf seinem Stuhl herumzappelte und sich nach draußen sehnte. »Ich finde, du solltest stolz darauf sein, dass du hergekommen bist.«

Daisy kamen die Tränen. »Danke«, sagte sie. Sie stand auf. »Jetzt muss ich aber wirklich nach Hause. Louisa passt heute auf Willow auf, und ich will ihre Gutmütigkeit nicht über Gebühr strapazieren.«

Gemeinsam gingen sie ums Haus herum zu der Stelle, wo Daisy ihr Fahrrad an die Wand gelehnt hatte.

»Komm doch ruhig mal im Büro vorbei, wenn du im Ort bist«, sagte sie. »Ich freue mich immer über eine Tasse Tee und eine Unterhaltung.«

»Also, ich muss schon sagen, das klingt sehr nett«, erwiderte Christopher. »Aber gleichzeitig muss ich dich warnen, dass ich es höchstwahrscheinlich vergessen werde. Nimm es bitte nicht persönlich.«

Daisy lachte. Er war witzig und sich seiner Schwächen offenbar durchaus bewusst. Seine Ehrlichkeit gefiel ihr. Sie setzte sich aufs Rad und wollte gerade losfahren, als er sie aufhielt.

»Warte«, sagte er und lief über den Hof zu den Katzen, die immer noch in der Sonne dösten. »Welche möchtest du?«

»Ist das dein Ernst?«

»Mein voller Ernst.« Er hob ein verschlafenes getigertes Kätzchen hoch. »Das ist ein Junge«, erklärte er, nachdem er ihn von unten betrachtet hatte. »Und das ein Mädchen.« Er hob ein weiteres Kätzchen hoch. Es war schwarz, und die Streifen, die das Fell seiner Geschwister zierten, waren nur als leichter rötlicher Schimmer zu erkennen.

»Das.« Daisy zeigte auf das Mädchen. »Und du glaubst wirklich, ich eigne mich dafür, die Verantwortung für so ein winziges Tierchen zu übernehmen?«

Christopher gab keine Antwort, weil er damit beschäftigt war, sein Hemd auszuziehen. Daisy riss die Augen weit auf. Was in aller Welt machte er da? Sie wandte den Blick von seinem breiten Brustkorb ab und betrachtete das kleine

Kätzchen, während Christopher sein Hemd in den Fahrradkorb stopfte und die Katze hineinsetzte. Sofort rollte sie sich in dem weichen Nest ein.

»Da drin kann ihr nichts passieren, wenn du nicht zu schnell radelst. Dann bis bald.«

Er drehte sich um und verschwand, nachdem er ihr kurz zugewinkt hatte, im Haus. Wahrscheinlich, um ein frisches Hemd anzuziehen, dachte Daisy.

»Na dann«, sagte sie zu dem Kätzchen. »Ich nenne dich Blossom. Lass uns nach Hause fahren, Blossom.«

Kapitel 45

London, Anfang August 1941

Beth wollte sich mit Gus einen Film anschauen. Sie war in ihrem Leben schon oft ins Kino gegangen und hatte schon viel Zeit mit Gus verbracht, aber der Gedanke, beides miteinander zu verbinden, machte sie extrem nervös. Und es war nicht einmal Daisy da, der sie ihre Ängste anvertrauen konnte.

Sie brauchte endlos lange, um zu entscheiden, was sie anziehen sollte. Gus war es gewohnt, sie in ihrer Gartenkluft oder in ihrer Krankenschwesterntracht zu sehen, deshalb wollte sie für ihre abendliche Verabredung besonders gut aussehen. Letztendlich wählte sie ein rosa Kleid mit einem Muster aus tiefroten Rosenknospen. Sie besaß es seit ihrer Schulzeit – ihre Mutter hatte es ihr damals für eine Geburtstagsparty geschenkt. Allein der Gedanke, für einen einzigen Nachmittag ein neues Kleid zu kaufen, kam ihr jetzt völlig absurd vor. Ob sie nach dem Krieg weiterhin sparsam bleiben würde? Oder würde sie in einen wahren Kaufrausch verfallen und sich für jeden Anlass ein neues Kleid zulegen? Im Moment hatte sie das Gefühl, dass sie bis an ihr Lebensende jede alte Socke stopfen und jeden löchrigen Strickpullover auftrennen und die Wolle wiederverwenden würde. Daisy hingegen wäre bestimmt die Erste, die für eine neue Garderobe Schlange stehen würde. Zumindest die alte Daisy hätte es getan. Beth hoffte inständig, sie würde es auch in Zukunft tun.

Sie schüttelte den Kopf. Sie hatte jetzt keine Zeit, um an Daisy zu denken. Ihrer Freundin ging es in Kent sehr gut, und in ein paar Tagen würde Beth sie besuchen. Hoffentlich konnte sie ihrer Freundin dann viel von dem heutigen Abenteuer erzählen. Kaum zu glauben, dass sie tatsächlich mit Gus ausgehen würde! Wie ein echtes Pärchen.

Als sie damals zu ihm gefahren war und ihm ihre Liebe erklärt hatte, hatte er sie in die Arme gerissen und sie so leidenschaftlich geküsst – direkt auf der Türschwelle –, dass ihr ganzes Gesicht mit Rasierschaum bedeckt war und sie kichern musste.

Aber nach diesem unkonventionellen Start hatte Gus beschlossen, von nun an so vorzugehen, wie es sich gehörte.

»Ich werde dich ausführen«, sagte er. »Wo würdest du gern hingehen?«

Beth hatte einen Moment lang überlegt. Nach ihrem letzten Ausflug ins Café de Paris war sie nicht sicher, ob Tanzen eine gute Idee war. Und sie war auch nicht sicher, in welchen Restaurants Gus willkommen wäre. Sie wurde das

Gefühl nicht los, dass die Hotelbars, in denen sie sich oft mit Paul getroffen hatte, ihren neuen Freund keineswegs mit offenen Armen empfangen würden. Stattdessen hatte sie gesagt, sie würde gern den neuen Film mit Laurence Olivier sehen und vielleicht könnten sie sich ihn gemeinsam in dem schicken Kino am Leicester Square anschauen. Der kurze Ausdruck der Erleichterung, der bei ihren Worten über Gus' Gesicht huschte, verriet ihr, dass sie die richtige Entscheidung getroffen hatte.

»Ich sollte dich zu Hause abholen«, schlug Gus vor. »Deine Eltern begrüßen.«

»Nein«, sagte Beth, die daran denken musste, was für schreckliche Sachen ihr Vater über Gus gesagt hatte. »Ich treffe dich dort, das ist angenehmer.«

So kam es, dass sie in ihrem Rosenknospenkleid über den Leicester Square eilte. Als sie Gus entdeckte, schlug ihr Magen einen kleinen Salto. Gus trug ein weißes Hemd und hatte seinen Hut halb ins Gesicht gezogen, genau wie Cary Grant. Er sah fantastisch aus. Sie war furchtbar stolz darauf, ihn zum Begleiter zu haben.

»Du siehst wunderschön aus«, sagte er zu ihr, als sie näher trat.

Beth vollführte eine schwungvolle Drehung, die ihren Rock wirbeln ließ. »Alles ist besser als meine Gärtnerkluft«, erwiderte sie, aber es freute sie, dass ihm auffiel, wie viel Mühe sie sich heute mit ihrem Aussehen gegeben hatte. »Du siehst auch super aus.« Sie beugte sich vor und küsste ihn auf die Wange. Der Geruch seiner Rasiercreme weckte die Erinnerung an den Kuss in seiner Tür und machte sie ganz schwindelig. Seine Hand lag warm auf ihrem Rücken. »Gehen wir rein?«

Es war ein guter Film, und ihn gemeinsam zu sehen, machte es zu einem besonderen Ereignis. Etwa in der Hälfte nahm Gus ihre Hand, und Beth lehnte sich an seine Schulter. So saßen sie, bis der Nachspann lief und die anderen Besucher sich zum Gehen bereit machten.

Schließlich begann die Leinwand zu flackern, das Zeichen, dass die Filmrolle zu Ende war. Widerwillig richtete Beth sich auf.

»Gehen wir noch was trinken?«, fragte sie. Der Abend sollte noch nicht vorbei sein.

»Gute Idee. Es gibt eine Bar gleich hier in der Denmark Street, die würde dir gefallen, glaube ich. Es ist ein Kellerlokal, wo Jazzmusik gespielt wird.«

Das klang perfekt, fand Beth. »Dann nichts wie hin!«

Sie wollten eben aufstehen, als eine Dame die beiden aufhielt. »Ich habe hinter Ihnen gesessen«, sagte sie. Es war eine ältere Frau, älter als Beths Eltern. »Ich wollte Ihnen nur sagen, was für ein reizendes Pärchen Sie beide abgeben. Das erinnert mich an die Zeiten, als mein Mann mir den Hof gemacht hat.«

»Wie lieb von Ihnen.« Beth war gerührt. »Danke schön.« Sie stupste Gus leicht an, als wollte sie ihm sagen, dass alles gar nicht so schlimm war, wie er befürchtet hatte.

»Sehr freundlich«, erwiderte er höflich.

»Ich wünsche Ihnen viele glückliche Jahre«, sagte die

Frau. Noch während sie sprach, gingen die Lichter im Saal an, und sie alle blinzelten in der plötzlichen Helligkeit. »Ach«, sagte sie, als sie Gus sah. »Oh, aber das geht doch nicht.«

Beth hob das Kinn. »Wie darf ich das verstehen?«

»Na ja, Sie und er.« Die Frau lehnte sich zu Beth vor und senkte die Stimme. »Sie sind das eine und er etwas ganz anderes.«

Gus wandte sich ab und verließ ohne ein weiteres Wort den Kinosaal. Beth funkelte die Frau wütend an. »Verpissen Sie sich«, fauchte sie. Sie drehte sich auf dem Absatz um und folgte ihm. Ihr Rosenknospenkleid raschelte, als sie die Frau, die ihren Mund öffnete und schloss wie ein Goldfisch, einfach stehen ließ.

Draußen holte sie Gus auf dem Weg zur U-Bahn ein.

»Warte.« Sie fasste ihn am Arm. »Ich dachte, wir nehmen noch einen Drink?«

»Willst du das denn noch?« Er ging weiter, und Beth musste neben ihm hertrotten.

»Natürlich.«

»Aber diese Frau …«

»Das war nur diese eine Person.«

Zum Glück blieb Gus stehen. »Es gibt mehr Menschen, die so denken wie sie.«

»Und denen werde ich allen sagen, dass sie sich verpissen sollen, genau wie ihr.«

»Das hast du nicht getan!«

»Doch.« Sie grinste. »Du bist es wert.«

Gus zog sie an sich und küsste sie. Zwei Männer in Uniform, die vorbeigingen, johlten laut.

»Sei bloß nett zu ihr, Mann«, sagte einer von ihnen, als Gus und Beth sich voneinander lösten. »Ich war nicht nett zu meiner Kleinen, und jetzt ist sie mit einem anderen verheiratet.«

»Das werde ich«, erwiderte Gus. »Sie ist es wert.«

Der Jazzclub war genauso, wie Beth es sich vorgestellt hatte. Schummerig, verraucht und mondän. Gus kannte dort viele Leute, und es war schön, ihn völlig entspannt mit dem Barkeeper plaudern und mit Freunden scherzen zu sehen.

»Lass uns jeden Tag hierherkommen«, sagte sie, nur halb im Spaß. »Die Leute hier sind richtig nett.«

An der Bar standen ein paar andere Jamaikaner, und zwei von ihnen traten an ihren Tisch. Sie redeten alle so schnell, dass Beth nur ein paar Worte aufschnappen konnte. Es klang wie Englisch, aber nicht ganz.

»Was war das?«, fragte sie Gus, nachdem seine Freunde wieder an die Theke gegangen waren, um sich noch einen Drink zu bestellen. »War das Englisch? Warum konnte ich es nicht verstehen?«

»Kreolisch«, antwortete Gus mit einem Lächeln. »Ich kann es dir beibringen.«

»Es gibt so viel, was ich nicht über Jamaika weiß«, meinte Beth verwundert. »Und über dich.«

»Wir haben den Rest unseres Lebens Zeit, um alles übereinander herauszufinden.«

Er hatte ihr nichts davon erzählt, aber Gus musste seine Schichten im Krankenhaus wieder verschoben haben, denn Beth sah ihn jetzt häufiger. In der Arbeit behielten sie ihre Beziehung für sich, sowohl im St. Catherine's als auch in Kew – es schien irgendwie unprofessionell. Nicht dass Gus viel im Krankenhaus zu tun hatte.

Eines Tages trafen sie sich im Flur.

»Guten Tag, Schwester Sanderson«, begrüßte er sie mit einem kleinen Lächeln.

»Guten Tag, Doktor Campbell«, erwiderte Beth. Sie betonte »Doktor«, weil viele Leute im Krankenhaus Gus einfach Mr Campbell nannten, und davon hatte sie mehr als genug.

Als sie aneinander vorbeigingen, sagte er leise: »Bis später.« Beth musste so sehr lächeln, dass ihr die Wangen wehtaten. Sie fragte sich, wie es klingen würde, wenn er sie eines Tages Dr. Sanderson nannte. Bestimmt sehr schön. Sie hatte sich wieder einmal an der Universität beworben, dieses Mal an medizinischen Fakultäten in Städten, die weit von hier entfernt waren. Sie wollte nicht in London bleiben, wo jeder ihren Vater kannte. Sie wollte selbst als Dr. Sanderson bekannt sein, nicht als Dr. Sandersons Tochter.

In Kew arbeitete Gus immer noch zu anderen Zeiten als Beth. Aber einige Wochen später traf er an einem Freitag zur selben Zeit wie Beth dort ein.

»Was machst du denn hier?«, fragte Beth, die sich freute, ihn zu sehen. Sie wollte das Hauptgebäude betreten, aber

Gus hielt die Tür geschlossen. Er runzelte die Stirn. »Was ist denn los?«

»Dein Vater kommt heute her.«

»Zur Forschungsgruppe?« Beth war überrascht. Seit jenem Tag, als er Gus und ihr hier zufällig auf dem Parkplatz begegnet war, hatte ihr Vater dem Vegetable Drugs Committee keine Aufmerksamkeit mehr geschenkt.

»Er hat gesagt, er will sich hier mal alles ansehen, weil so viele, die hier arbeiten, Mitarbeiter in seinem Krankenhaus sind.«

»Ob er kontrollieren will, was ich hier mache?« Beth war beunruhigt.

»Möglich wär's.«

Beth stöhnte. »Was, wenn er will, dass ich meine Arbeit hier aufgebe?«

»Warum sollte er?«

»Ich weiß nicht.« Beth zuckte mit den Schultern. »Er hat komische Vorstellungen davon, was Frauen tun und lassen sollen. Vielleicht findet er, ich bin zu rebellisch geworden.« Ein neuer Gedanke kam ihr. »Oder er hat gehört, dass ich mich wieder an der Universität beworben habe.«

»Wäre das denn so schlimm?« Gus streckte eine Hand nach ihr aus und strich mit seinen Fingerspitzen über ihre. »Irgendwann wird er es sowieso erfahren, wenn er sein Einverständnis dafür geben muss.«

»Beth, da bist du ja«, dröhnte die Stimme ihres Vaters. »Ich hatte schon Angst, dich nicht anzutreffen.«

»Ich bin jeden Freitagnachmittag hier«, flüsterte sie und entzog Gus schnell ihre Hand.

Ihr Vater kam näher. »Hallo, Campbell. Schön, Sie zu sehen.« Er klopfte Gus kräftig auf den Rücken. Es sollte wohl eine freundschaftliche Geste sein, die aber recht unbeholfen ausfiel.

»Dr. Sanderson«, sagte Gus.

»Ich wollte Ihnen schon länger sagen, wie leid es mir tut, dass man Sie in die Apotheke gesteckt hat«, fuhr Geoffrey fort. »Aber wie ich höre, haben Sie sich in den schlimmen Zeiten während der Bombenangriffe sehr gut geschlagen. Wir werden Sie so bald wie möglich wieder auf die Krankenstationen holen.«

Gus lächelte verkniffen und nickte. Beth war klar, dass ihr Vater Gus jederzeit wieder auf die Stationen holen konnte, wenn er wollte; schließlich war er der Direktor. Sie spürte, wie sie ein wenig an Achtung verlor, weil er so tat, als läge das nicht in seiner Hand.

Geoffrey warf ihr einen scharfen Blick zu. »Beth, warum zeigst du mir nicht diesen kleinen Schrebergarten, wenn ich schon hier bin? Campbell, gehen Sie ruhig voraus, ich bin in fünf Minuten bei Ihnen.«

Gus nickte. »Beth hat im Schrebergarten ganze Arbeit geleistet«, sagte er, während er ihnen die Tür aufhielt. Beth war elend. Sie wusste, dass ihr Vater sich nicht das Geringste aus dem Gemüse machte, das sie hier anbauten; er wollte sie nur unter vier Augen sprechen.

Und tatsächlich fiel ihr Vater ihr ins Wort, als sie von

dem Schrebergarten und dem Bombeneinschlag im Palmenhaus erzählte. »Es wäre mir lieber, wenn du nicht allzu viel Zeit mit Campbell verbringst, Beth.«

Beth spürte, wie Wut in ihr aufstieg. »Warum nicht?«

»Na ja, er ist aus Westindien, das weißt du doch?«

»Natürlich weiß ich das«, antwortete Beth kurz angebunden. »Inwiefern ist das von Bedeutung?«

»Er hatte einfach eine andere Art der Erziehung, Beth. Das ist eine andere Kultur, ein anderes Glaubensbekenntnis. Und das passt einfach nicht zu uns zu. Verstehst du?«

»Nicht wirklich.«

Ihr Vater seufzte und legte einen Arm um ihre Schultern. Er drückte sie etwas zu fest an sich, als dass es wirklich angenehm gewesen wäre. »Ich habe dich gewarnt, Beth. Ich sehe euch zwei immer wieder zusammen. Denk dran, wer du bist, Mädchen. Ich sage ja nicht, dass du unhöflich sein sollst. Natürlich nicht. Sei höflich, sei freundlich, aber wahre Distanz.«

Beth starrte ihren Vater an. Sie wünschte, sie könnte ihm die Wahrheit sagen – dass sie und Gus ein Paar waren, dass sie Gus liebte. Noch mehr wünschte sie sich, sie könnte ihm sagen, er solle sich verpissen, wie zu der Frau im Kino. Aber dazu fehlte ihr der Mut. Und dafür verachtete sie sich.

Sie nickte nur, ohne zu lächeln, und zeigte auf den Anderson-Bunker. »Dort habe ich Daisys Baby entbunden«, sagte sie. »Genau da.«

Kapitel 46

Kent, Dezember 1941

»Ich kann kaum glauben, dass mein Baby schon ein Jahr alt ist«, sagte Daisy, während sie beobachtete, wie Willow an Ivys Hand durch Louisas Wohnzimmer wackelte. »Und was für ein Jahr das war!«

Sie lächelte Beth an, die breit zurückgrinste. »Vielleicht wird das nächste Jahr ein bisschen ruhiger.«

»Wohl kaum.« Daisy verdrehte die Augen. »Die Initiative zum Pflanzen und Ernten von Kräutern ist ein so durchschlagender Erfolg, dass wir expandieren müssen. Louisa und ich fahren kreuz und quer durchs Land, um den Leuten zu erklären, welche Pflanzen sie pflücken und wie sie sie trocknen sollen.«

»Ich habe mich neulich mit einem unserer Botaniker unterhalten«, erzählte Beth. »Er hat mir die Karten mit den Bildern der betreffenden Pflanzen gezeigt, die sie in Kew angefertigt haben.«

»Hat er dir auch erzählt, von wem die Zeichnungen sind?« Daisy platzte fast vor Stolz.

»Nein.«

»Von meiner Mum.«

»Im Ernst?«

»Sie konnte schon immer gut zeichnen. Als sie im letzten Krieg in Kew arbeitete, hat sie eine Art Tagebuch geführt, mit Skizzen von allen möglichen Blumen. Dieses Buch ist ein richtiger Schatz.«

»Und du bist hier glücklich?«

Daisy lehnte sich ans Fensterbrett und seufzte. »Ich bin mir nicht sicher, ob glücklich das richtige Wort ist«, gestand sie. Sie dachte an die Briefe, die sie Rex immer noch mehrmals pro Woche schrieb. Daran, wie sehr sie ihn vermisste, mit einer schmerzhaften Sehnsucht, die, wie sie manchmal glaubte, nie vergehen würde. »Auf dem Weg zur Genesung … das trifft es vielleicht besser.«

»Und die Panikattacken?«

»Kommen manchmal noch vor, aber nicht mehr so oft.«

»Das ist sehr gut.«

»Ich bin froh, dass du heute kommen konntest«, sagte Daisy. Eigentlich hatte Willow erst in ein paar Tagen Geburtstag, aber Louisa wollte eine kleine Feier veranstalten und hatte den Termin auf einen Samstag verlegt, damit Ivy, Jim und Poppy auch mitfeiern konnten. Rex' Eltern, die immer noch um ihren Sohn trauerten, hatten sich vor den Bombenangriffen in London zu Verwandten nach Cornwall geflüchtet, konnten also nicht dabei sein. Aber

Beth war natürlich da, und auch Christopher und Mrs Oliver, die gute Freunde geworden waren, hatten versprochen, auf einen Sprung vorbeizuschauen. Da Lebensmittel immer strenger rationiert wurden, hatte Louisa einen Kuchen aus Karotten zubereitet. Daisy hatte sich nicht allzu viel davon versprochen, aber das Ergebnis konnte sich sehen lassen, und sie freute sich schon darauf, ein Stück zu kosten.

»Das hätte ich mir nie entgehen lassen«, sagte Beth.

»Ein Jammer, dass Gus nicht kommen konnte.«

»Er muss arbeiten.«

Daisy warf Beth einen Blick von der Seite zu. »Du siehst ihn ziemlich oft, oder?«

Beth wurde rot, und Daisy lachte. »Los, raus mit der Sprache!«

»Sehr gern, aber nicht hier, wo uns jeder hören kann.«

»Bist du glücklich?«

»Überglücklich.«

Daisy fand, dass Beth mit ihren rosigen Wangen und dem verträumten Blick aussah, als wäre sie einem Gemälde entstiegen. Aber jetzt runzelte sie die Stirn und zerstörte diesen Eindruck.

»Die Leute sind so was von gemein, Daisy. Jemand hat uns angespuckt, als wir über die Oxford Street bummelten. Eine Frau sagte, es wäre ungehörig. Mein eigener Vater hat mir geraten, mich von Gus fernzuhalten. Gott weiß, was er denken würde, wenn er die Wahrheit wüsste.«

»Weil Gus aus Jamaika ist?« Daisy war betroffen und auch ein bisschen beschämt, weil sie tief im Innersten wusste, dass sie genauso gedacht hatte, als sie Gus zum ersten Mal begegnet war.

»Wir gehen praktisch nicht mehr zusammen aus. Gus hat sein möbliertes Zimmer aufgegeben und sich eine kleine Wohnung genommen, und dort verbringen wir die meiste Zeit. Manchmal schauen wir uns im Kino einen Film an, aber er will immer den Saal verlassen, bevor die Lichter wieder angehen. Dann gibt es noch diesen Club in der Denmark Street, wo auch Gus' Freunde hingehen. Ich bin gern dort, weil er da ganz entspannt sein kann.«

»Das ist wirklich schlimm»«, sagte Daisy. »Ihr könnt eure Beziehung nicht ewig geheim halten.«

»Ich weiß.«

Beth sah so bedrückt aus, dass Daisy sie umarmte. »Wenn ihr euch wirklich liebt, werdet ihr einen Weg finden.«

»Ich hoffe es.«

»Letzte Woche ist einer der Jungs aus dem Dorf gefallen«, fuhr Daisy unvermittelt fort. »Seine Mum ist total fertig.« Sie schluckte. »Hat alles wieder ein bisschen aufgerührt. Wenn ich den Telegrammboten sehe, wird mir immer ganz schlecht.«

Beth sah sie mitleidig an. »Das überrascht mich nicht.«

Aber Daisy hatte noch etwas zu sagen. »Weißt du, wenn du glaubst, dass du die Chance auf Glück hast, dann solltest du sie ganz schnell packen und eisern festhalten. Ihr gehört zusammen, Gus und du.«

Beth nickte entschieden. »Da hast du recht. Wir sind nur noch nicht bereit, es der Welt mitzuteilen.«

Daisy hätte gern widersprochen, ließ es dann aber. Beth wusste mit Sicherheit, was sie tat. Man konnte nur hoffen, dass es das Richtige war.

Es klopfte an der Tür, und Teddy ging aufmachen. Es waren Christopher und Mrs Oliver, zwei Menschen, die Daisy sehr lieb gewonnen hatte. Sie strahlte, als sie die beiden sah, und Beth stupste sie an.

»Ist das Chris?«

»Das ist er«, nickte Daisy und nahm sie an der Hand. »Komm, ich stelle ihn dir vor.«

Sie hatte halb und halb befürchtet, Beth und Christopher würden nicht miteinander auskommen. Dafür gab es nicht den geringsten Grund; es war einfach eines dieser Dinge, die ihr nachts, wenn sie keinen Schlaf fand, durch den Kopf gingen. Aber die beiden verstanden sich auf Anhieb blendend und lachten bald fröhlich, als Christopher erzählte, wie Daisy und er sich kennengelernt hatten.

»Ich konnte einfach nicht fassen, dass ich ihn angefahren hatte«, gestand Daisy. »Und dann hat er mir anvertraut, dass ihm das schon oft passiert ist.«

»Seit damals noch einmal«, fügte Christopher mit einem beschämten Grinsen hinzu.

Beth lachte schallend, und Daisy freute sich. Es hätte sie traurig gemacht, wenn sich die zwei nicht angefreundet hätten.

»Daisy?« Ihre Mutter trat mit Willow im Arm zu ihr. »Findest du nicht, dass sie ein bisschen warm ist?«

Daisy sah ihre Tochter an, deren Wangen hochrot waren,

und fühlte, wie Panik in ihr aufstieg. Was, wenn Willow tatsächlich krank war? Was, wenn sie Fieber hatte und ins Krankenhaus musste? Wie sollten sie da hinkommen? Was, wenn sie starb?

Sie legte eine Hand auf den Arm der Kleinen und spürte die dicke Wolle des Jäckchens, das eine von Louisas Freundinnen vom Frauenverein für Willow gestrickt hatte. Allmählich entspannte sie sich wieder.

»Was meinst du?«, fragte Ivy.

Es kostete Daisy Mühe, aber sie brachte ein Lächeln zustande. »Ich denke, mit der dicken Strickjacke ist sie viel zu warm angezogen, und wir sollten sie ihr lieber ausziehen. Mit den vielen Menschen ist es hier drinnen ganz schön stickig.«

Ivy sah erleichtert aus. »Du hast recht. Da, nimm Willow. Ich werde Louisa bitten, ein Fenster zu öffnen.«

Daisy setzte sich mit Willow auf dem Schoß hin und fing an, ihre Jacke aufzuknöpfen. »Hast du nicht einen schönen Geburtstag?«, fragte sie. Willow blinzelte, lächelte aber nicht. Ihre Nase lief, und ihre Augen tränten ein bisschen. Vielleicht war eine Erkältung im Anmarsch, oder all die Leute und die Aufregung waren ein bisschen zu viel für sie.

Daisy zog ihrer Tochter das Jäckchen aus und pustete zärtlich in ihren molligen Nacken, um sie zum Lachen zu bringen, aber es funktionierte nicht. Sie kuschelte sich einfach an die Brust ihrer Mutter.

»Bist du müde?« Daisy warf einen Blick auf die Kaminuhr. Es war noch nicht Zeit für Willows Nickerchen. »War es vielleicht ein bisschen zu viel Spaß?«

Sie legte ihren Handrücken an Willows Stirn. Sie glühte. Erschrocken hielt sie ihre Hand an den Oberkörper der Kleinen. Er war genauso heiß.

»Fühlst du dich schlecht?«, gurrte sie. Willow schaute sie aus weit aufgerissenen Augen an und lag dann auf einmal stocksteif in Daisys Armen. Ihr Kopf fiel nach hinten, und ihre Augen verdrehten sich.

»Beth!«, schrie Daisy. »Beth! Mit Willow stimmt was nicht!«

Sie sprang mit ihrer leblosen Tochter in den Armen auf und sah sich in dem überfüllten Zimmer um. »Ihr müsst alle gehen. Hier drinnen ist es heiß, und Willow ist krank. Chris, geh den Doktor holen! Mum und Dad, ihr schnappt euch Poppy und geht in meine Wohnung.«

Daisy wusste nicht, ob es daran lag, was sie gesagt oder wie sie es gesagt hatte, auf jeden Fall gehorchten alle sofort.

Beth war im Handumdrehen bei ihr. »Leg sie aufs Sofa«, sagte sie. »Geht es ihr schon länger schlecht?«

In dem Moment, als Daisy ihre Tochter auf das Sofa bettete, schlug Willow die Augen auf und starrte sie benommen und verängstigt an.

Daisy wurde schwach vor Erleichterung. »Hallo, Schätzchen, da bist du ja wieder.«

Beth sah das kleine Mädchen prüfend an. »Ich denke, sie hat eine Erkältung oder vielleicht eine leichte Grippe. Manche Kinder reagieren mit Krämpfen auf Fieber. Sehen wir zu, dass wir ihre Temperatur senken. Am besten tupfen wir sie mit einem feuchten Schwamm ab. Mal sehen, was der Arzt sagt. Ich bin allerdings sicher, dass es nichts Ernstes ist.«

Wie immer behielt Beth auch in diesem Fall recht. Der Arzt kam und untersuchte Willow, aber abgesehen davon, dass die Kleine ein bisschen matt und schläfrig war, schien mit ihr alles in Ordnung zu sein.

Es war ein ziemlich abruptes Ende der Party, aber Daisys Eltern versprachen, am nächsten Wochenende wiederzukommen. Beth gab Daisy einen Abschiedskuss und versprach dasselbe, während Teddy und Louisa die Geschenke einsammelten und an einem sicheren Ort verwahrten, damit Willow sie an ihrem Geburtstag selbst auspacken konnte.

Schließlich waren Daisy und Willow wieder allein in ihrer gemütlichen Wohnung. Daisy legte die Kleine ins Bett und deckte sie nur mit einem dünnen Laken zu, damit ihr nicht zu warm wurde. Sie hatte überprüft, ob alle Rollos für die Verdunkelung heruntergezogen waren, und machte sich gerade eine Tasse Tee, als es unten an der Tür klopfte.

Daisy ließ die Schlafzimmertür offen stehen, trottete müde nach unten und öffnete die Tür. Christopher stand auf der Schwelle.

»Oh Mist, du siehst ja miserabel aus«, rief er. »Soll ich lieber morgen wiederkommen? Ich wollte nur wissen, wie es Willow geht.«

Daisy lachte über seine unverblümte Art laut auf.

»Komm ruhig rein. Es geht ihr gut. Ich mache gerade Tee. Möchtest du auch eine Tasse?«

Christopher zog eine Blechdose hinter seinem Rücken hervor. »Kekse von Mrs Oliver«, sagte er. »Sie hat sie für die Feier gebacken.«

»Dann bist du mehr als willkommen.« Daisy lächelte ihn an.

Sie gingen nach oben, und Christopher spähte zu Willow ins Zimmer.

»Es geht ihr gut«, versicherte Daisy ihm noch einmal. Wie süß von ihm, sich nach dem Befinden der Kleinen zu erkundigen, dachte sie. Er hob das Kätzchen auf – in seinen großen Händen sah Blossom winzig aus – und setzte sich.

Daisy brachte den Tee ins Wohnzimmer. Sie setzten sich zusammen aufs Sofa, knabberten an den ziemlich harten Keksen und tranken ihren Tee.

»Nach dem heutigen Tag musst du ja ziemlich zufrieden mit dir sein«, meinte Christopher, während er seinen Keks tief in den Tee tauchte.

»Zufrieden mit mir?«, wiederholte Daisy entgeistert. »Überhaupt nicht. Wie kommst du denn darauf?«

Er machte ein betretenes Gesicht. »Ach, verflixt, ich wollte dich nicht aufregen, Daisy. Ich habe bloß gemeint, dass du nicht den Kopf verloren hast, als es Willow auf einmal so mies ging. Du hast alles richtig gemacht.«

Daisy schaute ihn erstaunt an. Natürlich, er hatte vollkommen recht! »Ich …«, begann sie stockend. »Ich habe nicht lange überlegt.«

Christopher nickte triumphierend. »Siehst du?«

Im Geist ging Daisy noch einmal durch, was an diesem Nachmittag passiert war und wie sie reagiert hatte.

»Ich habe alle aufgefordert zu gehen«, sagte sie. »Ich habe einfach das getan, was für Willow in dem Moment am besten war.«

»Du hattest die Situation im Griff.«

Obwohl es albern war, hätte Daisy weinen können. »Ach Chris, ich habe das Richtige getan, ohne lange nachzudenken.«

»Du bist auf dem besten Weg, wieder ganz gesund zu werden.«

Daisy lehnte sich zurück, streckte einen Arm aus und kraulte Blossoms samtiges Köpfchen.

»Ich habe dir erzählt, wie furchtbar alles war, als Willow noch ganz klein war, aber ich habe dir nicht die ganze Wahrheit gesagt«, sagte Daisy, ohne ihn anzusehen.

»Du musst mir überhaupt nichts erzählen, wenn du es nicht willst«, versicherte er ihr.

»Ich will es aber.« Daisy war auf einmal klar, wie wichtig es ihr war, dass Christopher alles wusste. »Ich hoffe bloß, du willst nachher immer noch mit mir befreundet sein. Ich habe ein paar ziemlich schlimme Dinge getan.«

Er drückte ihre Hand. Seine Geste machte ihr Mut, und sie fing an, ihm zu erzählen, wie grauenhaft sie sich gefühlt hatte, als Rex ums Leben kam, und wie ihr erst kurz vor Willows Geburt bewusst geworden war, dass sie schwanger war. Wie schwierig sie die erste Zeit als Mutter empfunden hatte, wie verloren sie sich ohne Rex gefühlt hatte. Und sie erzählte ihm von dem schrecklichen Tag, an dem sie Willow in der Kirche gelassen und oben auf der Brücke gestanden hatte, in das trübe Wasser hinunterschaute und daran dachte, wie leicht es doch wäre, sich einfach fallen und vom Fluss mitreißen zu lassen.

Tränen standen in ihren Augen, als sie fertig war, und als sie zu Christopher spähte, stellte sie verwundert fest, dass auch er feuchte Augen bekommen hatte.

»Ich war ein richtiges Scheusal«, gestand sie. »Ich war gemein zu Beth und habe ein paar sehr hässliche Dinge gesagt. Aber sie hat mir trotzdem geholfen. Sie ist der liebste Mensch, den ich kenne. Sie hat viele Bücher gelesen, um herauszufinden, wie sie mir helfen kann, wenn mir mal wieder alles über den Kopf wächst. Und ihr Freund hat mir Medikamente gegeben.«

»Sie ist eine gute Freundin.«

»Ja, das ist sie.« Daisy holte tief Luft. »Sind wir beide jetzt noch befreundet?«

Wieder drückte Christopher ihre Hand. »Ich finde, du bist sehr tapfer«, sagte er. »Du musstest mit Rex' Tod und kurz darauf mit Willows Geburt klarkommen, und das war eben alles viel zu viel für dich.« Er stupste sie liebevoll an. »Ich habe gehört, dass Mr Churchill auch Phasen hat, in denen er nicht mehr weiß, wie es weitergehen soll. Er nennt das seinen schwarzen Hund.«

Daisy lächelte. »Das lässt es harmloser klingen, als es ist.«

»Ich wollte damit nur sagen, dass jeder Mensch etwas hat,

womit er irgendwie fertigwerden muss. Vielleicht ist es bei mir der totale Mangel an Konzentration.«

»Meine Mutter kann nicht besonders gut lesen und schreiben«, sagte Daisy. Ich muss mich in Christophers Nähe wirklich gut aufgehoben fühlen, dachte sie, wenn ich ihm Sachen erzähle, die ich sonst niemandem anvertraue. »Sie hat sich solche Mühe gegeben, aber sie schafft es einfach nicht. Mein Vater meint, es ist so, als könnte sie die Buchstaben nicht richtig sehen.«

»Aber sie lässt sich davon nicht unterkriegen?«

»Meine Mutter lässt sich von gar nichts unterkriegen.«

»Na bitte, da hast du es.« Er sah sie eindringlich an. »Vielleicht ist das, was hinter dir liegt, etwas, womit du einfach leben musst, vielleicht vergeht es aber auch im Lauf der Zeit und kommt nie zurück. Wie auch immer, was du durchgemacht hast, wird dich stärker machen.«

»Lieber Himmel«, sagte Daisy. »Wie bist du bloß so weise geworden?«

Christopher biss so herzhaft in seinen Keks, dass es Krümel auf Blossom regnete. »Ich lese eine Menge Bücher.«

Kapitel 47

London, Dezember 1941

»Willow hat sich schnell wieder erholt«, berichtete Beth. »Aber ich staune immer noch, wie gut Daisy die Situation im Griff hatte. Sie war völlig ruhig.«

»Keine Panik?« Gus schien beeindruckt zu sein.

»Später hat sie mir erzählt, dass sie furchtbare Angst hatte, aber sie hat sich einfach auf Willow konzentriert.«

»Das ist ein sehr gutes Zeichen.«

»In Kent zu leben, hat ihr wirklich geholfen«, sagte Beth. »Ich vermisse sie, aber für sie war es der richtige Schritt.«

Sie bummelten nach einem Abend im Club Hand in Hand die Charing Cross Road hinunter. Sie hatten sich großartig amüsiert, getanzt und gelacht, es einfach genossen, den Abend miteinander zu verbringen. Jetzt waren sie auf dem Heimweg, wobei Gus eine winzige Taschenlampe auf den Boden richtete, damit sie sehen konnten, wohin sie traten. Beth gefiel es mittlerweile ganz gut, während der

Verdunkelung unterwegs zu sein, auch wenn es eine ganze Weile gedauert hatte, sich daran zu gewöhnen. Wenn sie mit Gus zusammen war, fühlte sich die Dunkelheit wie eine warme Decke an, die sie vor den Blicken oder spitzen Bemerkungen anderer Leute schützte.

Heute Abend war trotz der Kälte viel los. Menschen warteten auf ihren Bus und strömten aus den Pubs. Manchmal staunte Beth, wie alle es schafften, ihr Leben weiterzuführen, trotz des Kriegs, trotz der Listen der Gefallenen in den Zeitungen, trotz der Bomben und der Zerstörung. Menschen, dachte sie oft, sind belastbarer, als man es sich vorstellen kann.

Sie wandte leicht den Kopf, um Gus zu erzählen, woran sie dachte, als sie plötzlich eine Hand auf ihrem Rücken spürte, die ihr einen festen Stoß versetzte. »Was wollen Sie denn mit dem?«, knurrte eine barsche Stimme. »Lassen Sie sich nicht mit so einem ein!«

Beth taumelte, behielt aber das Gleichgewicht. Als sie sich umdrehte, sah sie hinter sich einen älteren Mann, Hass in den Augen, Whisky im Atem.

Gus schob sie beiseite, sodass er zwischen ihr und dem Betrunkenen stand. »Lassen Sie uns in Ruhe«, sagte er. Er überragte den Mann um einiges, der zwar elegant gekleidet war, aber, wie Beth überrascht feststellte, nur einen Schuh trug. »Verschwinden Sie!«

Der Mann holte aus, als wollte er Gus schlagen, besann sich dann aber offensichtlich eines Besseren. Er murmelte etwas vor sich hin und wankte davon.

»Du lieber Himmel!« Beth schlug das Herz bis zum Hals. »Ist alles in Ordnung? Ich dachte schon, er schlägt dich nieder. Ich zittere am ganzen Körper!«

Sie streckte ihre Hände aus, um Gus ihre bebenden Finger zu zeigen, und blieb im selben Moment mit ihrem Fuß an einem umgekippten Pflasterstein hängen. Den Stoß des Betrunkenen hatte sie auffangen können, aber jetzt fiel sie hin und landete hart auf dem Boden.

»Beth!« Gus war sofort bei ihr und richtete den matten Schein seiner Taschenlampe auf sie. »Hast du dir wehgetan?«

Beth war bei dem Sturz auf den Kopf gefallen und leicht benommen. Sie legte eine Hand an ihre Stirn und fühlte klebriges Blut unter ihren Fingern. »Ich blute.«

»Sehen wir zu, dass wir ein Taxi kriegen«, sagte Gus.

Beth verzog das Gesicht. »Von hier komme ich zu Fuß nach Hause.«

»Nicht mit einer Kopfwunde.« Gus machte eine Pause. »Und dann war es auch noch meine Schuld.«

»Mir geht's gut.« Beth stützte sich auf seinen Arm, um wieder auf die Beine zu kommen, aber als sie ihren linken Fuß belastete, knickte sie ein und landete wieder auf dem Boden. »Uff«, stöhnte sie. »Nein, es geht doch nicht.«

Gus ließ den dünnen Lichtstrahl der Taschenlampe zu ihren Füßen wandern. Beide zuckten zusammen, als sie Beths linken Knöchel sahen, der deutlich angeschwollen war und sich jetzt schon dunkel verfärbte.

Beth brummte der Schädel. Sie konnte fühlen, wie Blut

über ihre Wange lief, und ihr Knöchel tat höllisch weh. Sie seufzte. »Ich fürchte, wir brauchen tatsächlich ein Taxi.«

Gus ließ sie auf dem Bürgersteig zurück, hielt die kleine Taschenlampe hoch und winkte damit ein Taxi heran – das war bei der Verdunkelung leichter als unter normalen Umständen. Dann half er Beth vorsichtig auf die Beine und brachte sie zum Taxi, indem er sie halb trug, halb schleppte.

»Danke«, sagte sie, als sie sich mit schmerzverzerrter Miene auf den Sitz sinken ließ. »Sehen wir uns morgen in Kew?«

»Beth Sanderson, du Wahnsinnige«, antwortete Gus. »Glaubst du im Ernst, ich lasse dich allein, wenn du nicht gehen kannst und noch dazu blutest?«

Er hatte recht. Beth dachte an die Steinstufen, die zur Eingangstür ihres Elternhauses führten. Ausgeschlossen, dass sie da allein hinaufkam, es sei denn, sie setzte sich drauf und zog sich rücklings Stufe für Stufe nach oben. Sehr viel Spaß würde das wohl kaum machen.

»Steig ein«, sagte sie. »Aber ich zahle.«

Sie nannte dem Fahrer ihre Adresse, und kurz darauf fuhren sie vor dem Haus vor. Ihr Kopf tat jetzt richtig weh, und sie wollte nur noch hinein, das Blut von ihrem Gesicht waschen, einen Eisbeutel auf ihren Knöchel legen und dann sofort zu Bett gehen. Gus nagte an seiner Unterlippe. Offensichtlich belastete ihn, was gerade vorgefallen war. Beth wandte sich zu ihm um.

»Ich weiß, was du denkst, und ich will, dass du damit aufhörst«, sagte sie. »Der Mann war betrunken und auf

Streit aus. Wenn es nicht du und ich gewesen wären, wäre es um den Hut gegangen, den du trägst, oder den Tonfall deiner Stimme. Oder es hätte irgendeinen anderen erwischt, der im falschen Moment vorbeigekommen wäre.« Sie verspürte einen leidenschaftlichen Beschützerinstinkt. »Dich trifft nicht die geringste Schuld.«

Gus sah sie an. »Glaubst du das wirklich?«

»Ja. Und jetzt hilf mir um Himmels willen, mir platzt nämlich gleich der Schädel.«

Gus fasste sie am Arm. Den anderen Arm auf das Geländer gelegt, schaffte Beth es, sich die Stufen hinaufzuschleppen und den Schlüssel aus ihrer Handtasche zu holen.

»Meine Eltern sind wahrscheinlich schon im Bett, aber Nessa ist bestimmt noch auf«, sagte sie zu Gus.

Aber als sie aufsperrte und die Tür öffnete, sah sie zu ihrer Überraschung ihren Vater in der Diele stehen. Er trug Smoking und eine Fliege, die geöffnet um seinen Hals hing, und kam ganz offensichtlich gerade von irgendeinem offiziellen Anlass.

»Du lieber Himmel, Beth!«, rief er. »Was ist denn mit dir passiert?«

»Ich bin über einen Bordstein oder so was gestolpert«, wich Beth aus, während sie ins Haus humpelte. »Dabei habe ich mir den Kopf angeschlagen und den Knöchel verstaucht.«

Ihr Vater half ihr ins Wohnzimmer und auf die Couch. »Ich hole meine Tasche«, sagte er. »Schauen wir uns das mal an.«

Im Licht konnte Beth erkennen, dass ihr Knöchel bedenklich angeschwollen war, aber ihre Kopfwunde blutete nicht mehr. Das Blut, das ihr auf die Wangen getropft war, war inzwischen getrocknet. Ich muss ja toll aussehen, dachte sie. Ein Wunder, dass Gus sich nicht aus dem Staub gemacht hatte.

»Ach«, entfuhr es ihr.

Gus war sofort bei ihr. »Was ist los? Tut es sehr weh?«

»Nein«, zischte sie. »Na ja, schon, aber darum geht es nicht. Mein Vater wird bestimmt wissen wollen, was wir gemacht haben und warum wir zusammen waren. Was sollen wir ihm sagen?«

Gus riss die Augen auf. »Glaubst du, er wird sauer? Er ist jetzt immer sehr nett zu mir – und er hat mir versprochen, sich dafür einzusetzen, dass ich wieder auf der Station arbeiten kann.«

Beth hatte Gus nicht erzählt, dass ihr Vater sie ermahnt hatte, sich von ihm fernzuhalten, und ihn auch nicht darauf hingewiesen, dass er schon längst wieder auf den Krankenstationen arbeiten würde, wenn ihrem Vater wirklich daran gelegen wäre. Sie hatte ihn nicht beunruhigen wollen. Jetzt wünschte sie, sie hätte es ihm nicht verschwiegen, dann wäre er besser auf die Situation vorbereitet gewesen.

»Sauer«, bekräftigte sie. »Aufgebracht. Insgesamt einfach extrem schlecht drauf.« Sie seufzte. »Vielleicht solltest du lieber gehen.«

Gus biss sich auf die Lippe und nickte. Beth fühlte sich furchtbar. Sie wusste, dass sie ehrlich sein sollte, was ihre

Beziehung zu Gus betraf, sogar stolz. Aber es schien einfach so schwer.

Als Gus sich zum Gehen wandte, erschien Geoffrey mit seinem kleinen schwarzen Arztköfferchen in der Tür.

»Campbell.« Bei seinem Ton lief es Beth eiskalt über den Rücken.

»Ich wollte gerade gehen«, sagte Gus.

»Ich denke, Sie sollten bleiben«, erwiderte Geoffrey. »Warten Sie bitte hier. Beth, ich helfe dir nach oben.«

Beth wechselte einen Blick mit Gus. Er sah genauso nervös aus, wie sie sich fühlte. Was würde ihr Vater ihm sagen?

Geoffrey half Beth auf die Beine und stützte sie, als sie die Treppe zu ihrem Zimmer hinaufhoppelte. Dann legte er sie behutsam aufs Bett, stellte seine Tasche ab und ging wieder nach unten. Beth konnte gedämpfte Stimmen hören. Als ihr Vater zurückkam, brachte er eine Schale Wasser mit.

»Die Kopfverletzung sieht nicht allzu schlimm aus«, meinte er, während er sich neben das Bett kniete und anfing, die Wunde zu reinigen. »Ich werde deinen Knöchel bandagieren. Für mich sieht es nach einer Zerrung aus, du wirst den Fuß also ungefähr eine Woche schonen müssen.«

Beth ließ schweigend zu, dass ihr Vater die Platzwunde säuberte. Sie war angespannt und nervös, und als er fertig war, platzte sie heraus: »Es hat mir nicht gefallen, wie du Gus behandelt hast.«

Geoffrey hatte den Riemen ihres Schuhs geöffnet. Jetzt hielt er ihren Knöchel in beiden Händen und bog ihn vorsichtig hin und her, um die Beweglichkeit zu prüfen.

»Warum ist er hier?«, fragte er, ohne aufzublicken.

»Autsch!«, sagte Beth, als ein stechender Schmerz durch ihren Knöchel schoss. »Er hat mir geholfen.«

»Gebrochen ist nichts.« Ihr Vater kauerte sich auf seine Fersen und stöberte in seiner Tasche nach Verbandszeug. »War er dabei, als du gestürzt bist?«

Beth schluckte. »Ja.«

»Warum?« Jetzt hob ihr Vater den Kopf und starrte ihr direkt in die Augen, als wolle er sie warnen, ihm auf keinen Fall eine Lüge aufzutischen.

»Weil wir zusammen aus waren.«

»Als Freunde?« Geoffreys Ton war eisig.

»Ja, wir sind befreundet.«

»Nur befreundet?«

Beth wusste nicht recht, was sie sagen sollte.

»Was meinst du damit?«, stammelte sie. Sie hoffte inständig, dass sie die Frage ihres Vaters missverstanden hatte.

Geoffrey wickelte den Verband um ihren Knöchel. »Ich meine …« Er wurde nicht laut. Er schien nicht einmal zornig zu sein. Er wirkte einfach enttäuscht und distanziert, und das war, wie Beth nur zu gut wusste, wesentlich schlimmer. »Ich habe gesehen, wie er dich anschaut, und mir ist nicht entgangen, wie oft ihr zwei zusammen seid, und jetzt möchte ich wissen, ob ihr einfach nur Freunde seid.«

Beth holte tief Luft. »Nein«, gestand sie. »Wir sind mehr als das.«

Geoffrey schloss kurz die Augen, öffnete sie dann wieder und fuhr fort, Beth den Verband anzulegen. Eine Weile schwieg er. Erst als er alle Utensilien seiner ungeplanten Erste-Hilfe-Aktion weggeräumt hatte, sah er sie wieder an.

»Ich kann dich nicht daran hindern, im Krankenhaus zu arbeiten, weil wir weiß Gott jetzt schon knapp an Personal sind und weil du nach allem, was ich höre, gute Arbeit leistest. Aber von jetzt an fährst du mit mir zur Arbeit und wieder zurück. Ich werde deine Schichten entsprechend einteilen lassen. Da anscheinend kein Verlass darauf ist, dass du dich so verhältst, wie ich es von dir erwarte, muss ich ein Auge auf dich haben.«

Beth hätte am liebsten die Zunge herausgestreckt und »Ätsch, Blödmann!« gerufen, weil er sie wie ein Kind behandelte, aber ihr war klar, dass das nicht die beste Art und Weise war, ihm ihren Standpunkt klarzumachen. Und weil ihr nicht einfiel, wie sie sonst reagieren könnte, schwieg sie einfach.

»Und die Arbeit in Kew Gardens wirst du aufgeben«, fuhr ihr Vater fort.

»Nein.« Das Wort war aus Beths Mund, noch bevor sie merkte, dass sie es gesagt hatte.

»Was fällt dir ein, mir zu widersprechen?«

»Ich liebe die Arbeit in Kew. Ich mache meine Sache gut. Und es ist wichtig, den Menschen die Schrebergarten-Kampagne nahezubringen.«

Ihr Vater blieb stur. »Na gut. Du kannst weiterhin im Schrebergarten arbeiten, aber aus dem Forschungsteam ziehst du dich zurück.«

»Ich lerne dort sehr viel«, wandte Beth ein, die sich in dem verzweifelten Versuch, ihren Vater zu überzeugen, verhaspelte.

Geoffrey musterte sie von oben bis unten. »Schluss mit dem Vegetable Drugs Committee« erwiderte er. »Du wirst Campbell nicht wiedersehen. Habe ich mich klar ausgedrückt?«

»Das kannst du nicht machen!« Beth fühlte sich völlig ausgeliefert, nicht nur weil sie mit einem hochgelagerten Bein hilflos auf dem Bett lag, sondern auch weil ihr klar war, dass sie im Grunde keine selbstständigen Entscheidungen treffen konnte. »Ich bin erwachsen.«

»Und ich bin dein Vater.« Geoffrey sah sie streng an. »Solange du unter meinem Dach lebst, wirst du tun, was ich sage.«

»Dann ziehe ich eben aus. Ich habe eine Anstellung.«

Geoffrey lachte, aber es war ein Lachen ohne einen Funken Humor. »Die hast du nur, weil ich dafür gesorgt habe«, entgegnete er. »Ich brauche lediglich mit den Fingern zu schnippen, und du bist sie wieder los.«

»Dann arbeite ich Vollzeit in Kew Gardens.«

»Auch das könnte ich verhindern.« In seiner Stimme lag das Selbstbewusstsein eines Menschen, der wusste, dass die Welt nach seinen Vorstellungen funktionierte. »Ein Wort in das richtige Ohr würde reichen.«

Beth hätte schreien können. In diesem Moment hasste sie ihren Vater so inbrünstig, dass es sie fast selbst erschreckte.

»So«, sagte er. »Habe ich mich klar ausgedrückt?«

Beth starrte ihn angewidert an. Es gab so viele Dinge, die sie ihm gern gesagt hätte. So viele Dinge, die sie ihm gern begreiflich gemacht hätte. Wenn sie imstande gewesen wäre aufzustehen, hätte sie noch in diesem Moment das Haus verlassen, aber das konnte sie nicht. Stattdessen drehte sie ihr Gesicht zur Wand. »Glasklar«, murmelte sie.

Ein paar Minuten lag sie einfach schäumend vor Wut da, bis ihr plötzlich einfiel, dass ihr Vater Gus gebeten hatte zu bleiben. Ihr lief es kalt über den Rücken. In diesem Moment war ihr Vater unten bei ihm und sagte wer weiß was für Dinge zu ihm!

Mit großer Mühe schaffte Beth es, sich vom Bett zu hieven und zur Tür zu humpeln. Sie konnte von unten den schneidenden Ton ihres Vaters und Gus' ruhige Stimme hören, aber nicht genau verstehen, was sie sagten.

Sie versuchte hinunterzugehen, schwankte aber schon auf der obersten Stufe so sehr, dass sie sich aus Angst, sie könnte die Treppe hinunterpurzeln, hinsetzte und angestrengt lauschte.

Im Moment sprach ihr Vater. Sie konnte seine polternde Stimme durch die halb offene Wohnzimmertür hören. Als der Name »Edinburgh« fiel, richtete sie sich auf und spitzte die Ohren. Welchen Grund könnte ihr Vater haben, Edinburgh zu erwähnen, es sei denn, er wusste von ihrer Bewerbung um einen Studienplatz an der dortigen medizinischen Fakultät? Sicher hat die Universität von Edinburgh Referenzen angefordert, dachte sie. Wahrscheinlich listete ihr Vater gerade auf, was sie alles falsch gemacht hatte. Ihre

Beziehung zu Gus, ihre Unverfrorenheit, sich um einen Studienplatz zu bemühen … für Geoffrey waren das alles persönliche Beleidigungen, selbst wenn nichts davon auch nur das Geringste mit ihm zu tun hatte.

Sie schrak zusammen, als ihr Vater seine Stimme erhob. »Abgemacht?«, fragte er.

Abgemacht? Was sollte das heißen?

»Natürlich«, sagte Gus.

Beth hatte keine Ahnung, worum es ging. Sie blieb auf der obersten Treppenstufe sitzen und rührte sich nicht, als Gus allein aus dem Wohnzimmer kam. Er setzte seinen Hut auf und rückte ihn so zurecht, dass die Krempe sein Gesicht beschattete, dann blickte er hoch und sah sie.

»Tut mir leid«, sagte er.

Es war Beths Vater ernst gewesen mit seinen Worten – bitterernst. Schon am nächsten Tag teilte er Beth mit, dass er in Kew Gardens angerufen und das Forschungsteam davon in Kenntnis gesetzt hätte, dass seine Tochter nicht länger an dem Projekt teilnehmen könne. Und er hatte vor, noch am selben Tag mit der Oberschwester zu reden, um zu verhindern, dass sie Beth auf Botengänge in die Apotheke schickte.

Beth saß mit ihrem gezerrten Knöchel daheim fest und war gezwungen, ihrer Mutter dabei zu helfen, Verbandszeug für das Rote Kreuz einzupacken, und sich ihre Klagen über die Rationierung anzuhören, während sie nur den Wunsch hatte, Gus wiederzusehen.

Ich habe das Gefühl, mir sind die Hände gebunden, schrieb sie voller Zorn in einem Brief an Daisy. *Und zwar, weil mein Vater jeden im Krankenhaus kennt und alle tun, was er sagt. Ich will unbedingt in Glasgow oder Edinburgh Medizin studieren, wo niemand weiß, wer Geoffrey Sanderson ist, aber ich befürchte, er hat irgendetwas in die Wege geleitet, um auch das zu verhindern. Warum sonst hätte er Gus gegenüber Edinburgh erwähnen sollen? Ich wünsche mir so sehr, mit Gus zu reden, um zu erfahren, was los ist, aber wie kann ich mich mit ihm in Verbindung setzen?*

Daisy antwortete sofort.

Im letzten Krieg dachten meine Eltern, dass sie nicht in Kontakt bleiben könnten, weil meine Mum ja nicht besonders gut lesen und schreiben kann, schrieb sie. *Aber dann fiel ihnen eine Möglichkeit ein.*

Beth, die sich in ihr Zimmer gesetzt hatte, um den Brief zu lesen, verdrehte die Augen. Eine Möglichkeit zu finden, schien leichter gesagt als getan, fand sie.

Sie las weiter. »Sie haben einander getrocknete Blumen und Samenkörner geschickt. Anscheinend haben die Leute in der viktorianischen Zeit so was gemacht. Sie haben die Bedeutung von Blumen benutzt, um Botschaften zu verschicken.«

»Oh«, stieß Beth hervor. Das war wirklich eine tolle Sache! »Die Blumensprache! Fast wie ein Geheimcode.«

Vorsichtig, weil ihr Knöchel immer noch wehtat, ließ sie sich vom Bett gleiten und humpelte zu ihrem Schreibtisch, wo sie einige der Bilder von Blumen und Pflanzen aufhob, die für das Forschungsteam gedruckt worden waren. Hastig blätterte sie in den Karten, um etwas – irgendetwas – zu finden, das Gus einen Anhaltspunkt gab, wo sie sich treffen könnten.

Sie hatte im Labor sehr viel Zeit damit verbracht, sich Notizen über jede einzelne Pflanze, die gesammelt wurde, zu machen, aber leider wusste sie mehr über die chemische Zusammensetzung und den medizinischen Verwendungszweck als über die symbolische Bedeutung von Blumen.

»Das hat keinen Sinn«, murmelte sie verzweifelt vor sich hin.

»Was hat keinen Sinn?« Ihre Mutter stand in der Tür und sah sie fragend an. »Lernst du gerade?«

Beth bekam sofort ein schlechtes Gewissen, obwohl sie nicht gegen eine einzige der Regeln ihres Vaters verstoßen hatte. »Ich habe gehört, dass Blumen und Kräuter früher einmal eine bestimmte Bedeutung hatten«, brachte sie in der Hoffnung hervor, dass ihre Mutter an diesem Thema bestimmt kein Interesse hätte und sie wieder in Ruhe lassen würde. »Ich habe gerade versucht, diese Bedeutungen herauszufinden.«

Die Augen ihrer Mutter leuchteten auf, und Beth sank der Mut. »Ich weiß«, sagte ihre Mutter mehr zu sich selbst. Sie sah entrückt aus, als versuche sie, sich an einen halb vergessenen Traum zu erinnern. »Ich kann mich daran erinnern.«

Sie sah Beth an. »Vor langer Zeit, als Henry mir den Hof machte, schickte er mir regelmäßig kleine Blumensträuße, die eine bestimmte Bedeutung hatten. Es war schon damals aus der Mode, deshalb überrascht es mich, dass jemand so etwas heute noch macht.« Agatha sah auf einmal sehr traurig aus, und plötzlich empfand Beth tiefes Mitleid für ihre Mutter. Sie hatte hautnah miterlebt, wie sehr Daisy unter Rex' Tod gelitten hatte. Ihre Mutter hatte dieselbe schlimme Erfahrung gemacht und bis vor Kurzem nie darüber gesprochen.

»Du musst ihn schrecklich vermisst haben«, sagte sie.

Ihre Mutter schien sehr weit weg zu sein, als sie antwortete. »Als er starb, ist auch ein Teil von mir gestorben … Ich habe uns beide vermisst.«

Beth nahm die Hand ihrer Mutter, obwohl sie fast erwartete, Agatha würde sie wegziehen. Aber sie tat es nicht. Beth konnte sich nicht erinnern, wann sie ihre Mutter zum letzten Mal berührt hatte.

»Du bist mir so ähnlich, Beth«, seufzte Agatha. »Eigensinnig und zielstrebig und furchtlos.«

Da sie ihrer Mutter eigentlich keine dieser Eigenschaften zugetraut hätte, wusste Beth nicht recht, was sie sagen sollte, und nickte bloß.

Agatha lächelte. »Ich weiß, ich mache jetzt immer viel Getue um Bagatellen und sorge mich wegen geringfügiger Probleme, aber früher war ich mutig. Wie du. Ich bin Risiken eingegangen. Und dann starb Henry, und das Mädchen, das ich einmal gewesen war, starb mit ihm.«

Sie kauerte sich neben Beth, die immer noch an ihrem Schreibtisch saß, und nahm ihr Kinn in die Hände. Ihre

Finger waren kalt. »Dein Vater ist ein brillanter, gutherziger, kluger Mann … Aber er hat nicht immer recht.«

Sie erhob sich wieder und griff nach einer der Karten. »Ich kann dir erklären, was die Blumen bedeuten«, sagte sie. »Wenn es dir recht ist.«

»Ja, bitte«, flüsterte Beth.

Die langen Finger ihrer Mutter blätterten die Karten durch, bis sie auf die Abbildung einer Rose stieß. Für das Forschungsteam wurden Hagebutten gesammelt, um daraus einen vitaminreichen Sirup für Kinder herzustellen.

»Rote Rosen stehen für Liebe«, fuhr Agatha fort, während sie die Karte aus dem Stapel zog und auf Beths Schreibtisch legte.

Beth nickte. »Das wusste ich.«

Ihre Mutter sah sie forschend an. »Ist es das, was du sagen willst?«

Beth nickte langsam. »Aber nicht nur«, gestand sie. »Gibt es eine Blume, die für Warten steht?«

»Da musst du noch etwas anderes beifügen.« Wieder ging Agatha die Karten durch. »Einige davon sind sehr ausgefallen«, bemerkte sie. »Belladonna? Ist das nicht giftig?«

»Hochgradig giftig. Die Kinder dürfen diese Pflanze nicht sammeln.«

»Welche Kinder?«

»Evakuierte Kinder und Pfadfinder. Sie gehen Heilkräuter pflücken.« Beth fragte sich, warum sie ihrer Mutter noch nie davon erzählt hatte. »Die Forscher in Kew legen fest, welche Arzneimittel benötigt werden, und dann werden landesweit von den Frauenvereinen und allen möglichen anderen Leuten die erforderlichen Pflanzen angebaut.« Sie strahlte vor Stolz. »Das war die Idee meiner Freundin Louisa. Sie hat auch die Leitung übernommen.«

»Na so was.« Agatha starrte auf die Karten, die sie in der Hand hielt. »Die Menschen stellen wirklich die unglaublichsten Dinge auf die Beine.«

Sie entnahm eine weitere Karte dem Stapel. »Kamille«, sagte sie und legte die Karte neben das Bild der Rose. »Sie bedeutet Geduld.«

Beth legte eine Hand auf die beiden Karten. »Perfekt!« Sie lächelte ihre Mutter an. Noch nie hatte sie sich ihr so nahe gefühlt. »Danke.«

Das Jahr 1942

Kapitel 48

Kent, Frühjahr 1942

Daisy schwenkte lebhaft die Arme, als Beth aus dem Zug stieg. Beth winkte zurück, und Agatha, die beschlossen hatte, ihre Tochter nach Kent zu begleiten, lächelte.

»Hallo!«, rief Daisy, als sie näher kamen. »Ich freue mich ja so, dich zu sehen!« Sie umarmte Beth stürmisch.

»Wir hatten erwartet, dass Teddy uns abholt«, sagte Agatha. Seit Weihnachten war sie schon zweimal in Kent gewesen. Zu Beths Überraschung interessierte sie sich so sehr für Louisas Initiative, dass sie gefragt hatte, ob sie Louisa nicht kennenlernen könnte. Schon bei ihrem ersten Besuch hatten die beiden Frauen stundenlang die Köpfe zusammengesteckt, und seither wuchs Agathas Interesse an diesem Projekt stetig.

»Wer braucht Teddy?« Daisy trat einen Schritt zurück und deutete mit großer Geste auf Teddys Wagen, der ein wenig schief vor dem Bahnhof eingeparkt war. »Ich werde uns ins Dorf fahren.«

»Du hast Autofahren gelernt!« Beth klang entzückt und, wie Daisy nicht umhinkonnte festzustellen, mehr als nur ein bisschen überrascht.

»Endlich«, sagte Daisy. »Es war nicht leicht, aber jetzt traut Teddy mir zu, allein unterwegs zu sein.«

»Wie geht es der kleinen Willow?«, erkundigte sich Agatha, während sie auf dem Beifahrersitz Platz nahm. Beth stieg hinten ein.

»Richtig gut«, antwortete Daisy. »Sie redet immer mehr. Sie nennt Louisa Wiesa, was wir alle sehr lustig finden. Louisa tut so, als würde es ihr nicht gefallen, aber in Wirklichkeit freut sie sich darüber.«

Sie ließ den Motor an und fuhr zu ihrer Erleichterung gekonnt los. Es war eine Sache, allein zu Treffen mit den Frauenvereinen oder Vorträgen über das Trocknen von Kräutern zu fahren, eine ganz andere aber, Fahrgäste dabei zu haben.

Für den heutigen Besuch gab es keinen speziellen Anlass. Agatha hatte ohne große Vorreden verkündet, sie wolle Louisa besuchen, um mit ihr über den Anbau von Heilpflanzen in Stadtgärten zu sprechen, da sie vorhatte, einige der Londoner Frauenvereine für dieses Projekt zu gewinnen. Beth, die diese neue Seite an ihrer Mutter leicht befremdet aufzunehmen schien, hatte Daisy geschrieben, und diese hatte ihr zugeredet, mitzukommen und Willow und sie zu besuchen. Sie wusste, dass Beth und Agatha sich besser als je zuvor verstanden, und sie hoffte, dass Beth beeindruckt von Agathas Einsatz für Louisas Organisation wäre.

Im Dorf stellte Daisy den Wagen vor Louisas Cottage ab, und von dort gingen sie zu Fuß weiter zu ihrem Büro und zu Teddy. Er saß im ehemaligen Wartezimmer, dessen Wände weiß gestrichen worden waren, um die fettigen Kopfabdrücke verschwinden zu lassen, an seinem Schreibtisch. Willow hockte auf seinem Schoß und betrachtete ein Bilderbuch, das sie verkehrt herum hielt.

»Hallo, alle miteinander«, begrüßte Teddy sie. »Schau mal, wer da ist, Willow.«

Willow strahlte, als sie ihre Mutter sah, und Daisy schwoll das Herz vor Liebe. »Mama!« Willow rutschte von Teddys Knie und watschelte auf ihre Mutter zu. Daisy nahm sie in die Arme und drückte sie an sich.

»Guck mal. Da sind Beth und Agatha.«

Willow musterte die Frauen mit ernster Miene, dann verzog sich ihr Gesicht zu einem breiten Lächeln. »Beff.« Sie strampelte, weil sie heruntergelassen werden wollte, und lief ins Nebenzimmer. »Wiesa!«, rief sie. »Beff!«

»Gehen Sie ruhig durch«, sagte Daisy zu Agatha. »Louisa erwartet Sie.« Sie wandte sich an Beth. »Wie wär's mit einer Tasse Tee?«

Mit Willow im Schlepptau stiegen die beiden die Treppe hinauf und gingen in die Küche, während Willow im Wohnzimmer eine Kiste mit Spielzeug auf den Boden auskippte.

»So, jetzt erzähl mal«, sagte Daisy und ließ Wasser in den Kessel laufen. »Was ist passiert?«

Beth verzog das Gesicht. »Ich habe eine gute und eine schlechte Nachricht.«

»Die gute zuerst.«

»Ich habe in Edinburgh einen Studienplatz für Medizin bekommen.«

Daisy war sprachlos. Sie stellte die Teedose, die sie in der Hand hielt, wieder hin und schloss Beth in die Arme. »Ach du meine Güte«, sprudelte sie hervor. »Du hast es geschafft! Wie?«

»Das weiß ich selbst nicht.« Beth wirkte ratlos. »Mein Vater musste meinen Antrag bewilligen, und das hat er getan. Er hat das Formular unterschrieben und abgeschickt, einfach so.«

»Könnte deine Mutter ihn überredet haben?«

Beth zuckte mit den Schultern. »Sie unterstützt mich zwar, aber sie behauptet, sie hätte nichts damit zu tun.« Sie senkte die Stimme. »Ich muss sagen, ich kann kaum glauben, wie sehr sie sich verändert hat.«

»Es ist deinetwegen.« Daisy hatte sich einige Gedanken zu diesem Thema gemacht und auch mit Louisa darüber gesprochen. »Du erinnerst sie an ihr jüngeres Ich, und sie will nicht, dass du den Teil von dir verlierst, den sie selbst in ihrer Jugend verloren hat. Und dann hast du ihr gezeigt, dass sie sich etwas davon zurückholen kann.«

Beth sah erfreut aus. »Ich würde sagen, wir haben uns gegenseitig geholfen.«

»Dann gehst du also nach Edinburgh?«, fragte Daisy. »Ich werde dich vermissen.«

»Ich dich auch. Aber du kannst mich besuchen kommen. Edinburgh ist eine wirklich schöne Stadt.«

»Und du hast echt keine Ahnung, warum dein Vater nach all der Zeit plötzlich seine Meinung geändert hat?«

Beth lehnte sich an die Anrichte. »Das ist die schlechte Nachricht.«

»Was?«

»Ich glaube, es hat etwas mit Gus zu tun.«

Daisy blinzelte. »Wie kommst du darauf?«

»Erinnerst du dich noch daran, was ich dir von dieser furchtbaren Nacht erzählt habe, als ich mir den Knöchel verrenkt habe und mein Vater das mit Gus und mir herausbekommen hat?«

»Na klar.«

»Ich habe gehört, wie sie miteinander redeten, und ich bin sicher, dass Dad Edinburgh erwähnte. Ich glaube …« Beth brach ab.

»Was glaubst du?« Daisy hatte keinen Schimmer, was Beth meinte, aber ihre Freundin sah blass und verstört aus.

»Ich glaube, er hat zu Gus gesagt, er würde meine Bewerbung um einen Studienplatz unterstützen, wenn Gus sich von mir fernhält.«

Daisy starrte sie an. »Nein«, sagte sie entschieden. »Das würde er nicht tun. Oder hältst du das etwa für möglich?«

»Ich halte es jedenfalls nicht für ausgeschlossen.« Tränen standen in Beths Augen. »Meine Mutter sagt, dass mein Vater ein netter Mensch ist, aber ich glaube, er ist nur nett, wenn alles so läuft, wie er es sich vorstellt. Und ich glaube, er kann rücksichtslos und knallhart sein.«

»Oh Beth!«

»Ich weiß.«

»Was wirst du jetzt tun?«

»Nach Edinburgh gehen. Versuchen, Gus zu vergessen.«

Eine ganz schlechte Idee, fand Daisy. Sie wollte, dass Beth glücklich war. »Vielleicht, wenn du mit Gus sprichst …«

»Das habe ich versucht.« Beth klang resigniert.

»Du hast ihn getroffen?«

»Nein. Mein Vater kennt jeden. Wenn ich das versuche, wird uns garantiert irgendjemand sehen und tratschen, da bin ich sicher, und am Ende verliert Gus noch seine Stelle. Deshalb habe ich ihm stattdessen Blumenbotschaften geschickt, so wie du es vorgeschlagen hast. Ich dachte, es wäre die sicherste Methode, ihm eine Nachricht zukommen zu lassen.«

Daisy dachte angestrengt nach. »Vielleicht hat er sie nicht bekommen. Erzähl mir, was du gemacht hast.«

»Ich bin eines Morgens ganz früh in die Gärten gefahren, habe so getan, als hätte ich etwas im Labor vergessen, und unauffällig ein paar Kräuter mitgehen lassen.«

»Schlau«, bemerkte Daisy beifällig. »Und dann?«

»Ich habe ein kleines Sträußchen aus getrockneter Kamille und Hagebuttenzweigen zusammengestellt …«

Daisy runzelte die Stirn und versuchte, sich an all die verschiedenen Bedeutungen von Blumen zu erinnern, die ihre Mutter ihr im Lauf der Jahre beigebracht hatte. »Geduld?«, fragte sie. »Und Liebe?«

»Genau. Ich habe die getrockneten Pflänzchen einfach in einen Umschlag mit Gus' Namen drauf gesteckt und zu der übrigen Post für die Krankenhausapotheke gegeben. Um ganz sicherzugehen, dass Gus versteht, was mit den Blumen gemeint ist, habe ich noch zwei kleine Karten mit Bildern der Pflanzen beigelegt.«

»Aber Gus hat nicht geantwortet?«

»Nein.«

»Dann war's das also?«, fragte Daisy. Sie war schwer enttäuscht. »Kein Gus mehr?«

»Kein Gus mehr.«

»Du hast nicht versucht, ihn in Kew abzufangen?«

»Ich habe daran gedacht, aber Dad kennt Dr. Bloomberg, und ich hatte einfach Angst, Gus würde es möglicherweise büßen müssen, wenn ich versuche, wieder mit ihm in Verbindung zu treten.«

Daisy schwieg. »Das ist schrecklich traurig«, sagte sie schließlich.

»Stimmt.«

Um die Stimmung ein wenig aufzuheitern, fügte Daisy hinzu: »Aber du wirst Ärztin.«

»Ja.« Beth warf Daisy ein leicht tränenumflortes Lächeln zu. »Wie gesagt, eine gute Nachricht, eine schlechte Nachricht.«

Daisy tätschelte tröstend den Arm ihrer Freundin.

»Und wie sieht es bei dir aus?«, fragte Beth, die offensichtlich über etwas anderes reden wollte.

»Bei mir?« Daisy reichte Beth eine Teetasse. »Setzen wir uns lieber ins Wohnzimmer, damit wir ein Auge auf Willow haben können.«

Die beiden gingen nach nebenan und machten es sich auf der Couch bequem. »Glaubst du, du könntest dich noch mal verlieben?«, fragte Beth.

»Darüber habe ich mir noch keine Gedanken gemacht«, antwortete Daisy. Das war nicht ganz ehrlich. Sie hatte sich sogar einige Gedanken darüber gemacht. Und sie hatte festgestellt, dass sie in letzter Zeit begonnen hatte, Christopher mit anderen Augen zu sehen. Bewundernd zu betrachten, wie das Sonnenlicht auf die hellblonden Härchen an seinem Handgelenk fiel. Sich zu fragen, wie ihre kleine Hand in seiner großen aussehen würde. Sie war verwirrt und hatte ein schlechtes Gewissen, weil sie das Gefühl hatte, Rex zu verraten. Sie hatte ihn so sehr geliebt, aber jetzt war er nicht mehr da. Und Christopher war da. Sie war nicht bereit, mit Beth darüber zu sprechen, noch nicht. Weil sie verunsichert war und schuldbewusst und aufgeregt und durcheinander und nicht wusste, wie sie diesen Zustand beschreiben sollte.

Christopher ahnte nicht, wie es um sie stand, da war sie sicher. Aber sie war jetzt immer ein bisschen nervös, wenn sie zusammen waren, und sie hatte Angst, ihm könnte ein Licht aufgehen. Auch wenn er die meiste Zeit den Kopf in den Wolken hatte, war er dennoch ein aufmerksamer Beobachter und erkannte, was in anderen vorging, manchmal sogar besser als die Betroffenen selbst. Sie wollte ihn nicht dadurch in Verlegenheit bringen, dass sich ihre Gefühle für ihn verändert hatten, und deshalb ging sie ihm möglichst aus dem Weg, auch wenn das nicht gerade leicht war. Und jetzt fürchtete sie, er könnte gekränkt sein. Das Ganze war ein heilloses Durcheinander.

Anscheinend hatte Christopher tatsächlich gemerkt, dass irgendetwas nicht stimmte. Später am Nachmittag, als Beth und Agatha sich mit einer Fülle von Anregungen für die städtischen Frauenvereine auf den Heimweg gemacht hatten, stand er vor Daisys Haustür.

»Hallo.« Daisy spürte, wie sich ihre Wangen bei seinem Anblick röteten. Er sah wie ein Wikinger aus, fand sie, groß und blond und breitschultrig. Heute sogar noch mehr als sonst, weil die Frühlingssonne sein Haar geradezu rotgolden leuchten ließ.

»Es kommt mir so vor, als hätte ich dich seit einer Ewigkeit nicht mehr gesehen«, sagte er. »Und weil unsere neuen Landfrauen sich als erstaunlich tüchtig erweisen, habe ich praktisch nichts zu tun.« Die Beech Tree Farm hatte zwei Frauen von der Landarmee eingestellt, um bei Anbau und Ernte der zusätzlichen Nahrungsmittel zu helfen, und die beiden erleichterten Christopher und den Olivers das Leben bedeutend. »Deshalb habe ich mir gedacht, es ist ein schöner Abend, gehen wir doch ein bisschen spazieren, bevor Willow zu Bett muss.«

Angesichts ihrer veränderten Gefühle für Christopher hielt Daisy es für besser, seinen Vorschlag abzulehnen, allerdings unter irgendeinem Vorwand, um ihn nicht zu verletzen. Sie öffnete den Mund, um zu behaupten, sie habe keine Zeit, aber stattdessen sagte sie: »Das wäre nett.«

Sie hob eine protestierende Willow in den Kinderwagen, dann schlenderten Christopher und sie die Straße hinunter in Richtung Dorfanger und Ententeich. Es war wirklich ein traumhafter Frühlingsabend. Die Narzissen bildeten auf dem grünen Rasen leuchtend gelbe Farbinseln, und die Tulpen schwankten im Wind hin und her. Plötzlich sehnte Daisy sich danach, Kew Gardens mit den Beeten voller Krokussen und Frühlingsblumen zu sehen.

»Ach Chris, wie gern wäre ich jetzt in Kew Gardens!«

»Ich würde den Park auch gern mal kennenlernen. Ich war noch nie dort.«

»Es ist ein ganz besonderer Ort«, sagte Daisy träumerisch. »Ein wahrer Schatz.«

»Und bis jetzt von Bomben verschont geblieben?«

»Nicht ganz. Im Palmenhaus sind bei einem Angriff einige Glasscheiben zersprungen. Und in der Nähe hat es weitere Bombenschäden gegeben. Aber unser Kew hält etwas aus. Es scheint, als würde es immer dort sein, auch wenn sich alles andere ändert.«

Sie spähte hinüber zu Christopher. »Hast du gewusst, dass seinerzeit die Suffragetten den Teepavillon in Kew in Brand gesteckt haben?«

»Nein, das ist mir neu.«

»Ich glaube nicht, dass sie ihn komplett zerstören wollten. Das Feuer geriet außer Kontrolle. Außerdem war es sowieso Unsinn, weil der Pavillon von einer Frau geführt wurde.«

Christopher grinste. »Ich habe die Suffragetten immer ziemlich bewundert.«

»Louisa war Suffragette. Meine Mutter auch«, verkündete Daisy stolz.

»Tja, das überrascht mich nicht.« Christopher grinste. »Ich könnte mir gut vorstellen, dass du auch dabei wärst, wenn es nötig wäre.«

Daisy freute sich über das Kompliment. »Mein Vater hat von den Schlachtfeldern in Frankreich eine Eichel mitgebracht und sie in die Asche des Teepavillons eingepflanzt. Jetzt steht dort eine Eiche.«

»Wie schön.«

Plötzlich hatte Daisy eine Idee. Sie packte Christopher aufgeregt am Arm. »Louisa fährt nächste Woche zu einem sehr wichtigen Treffen mit dem Vegetable Drugs Committee nach Kew. Ich fahre mit. Warum begleitest du uns nicht? Dann kann ich dir Kew Gardens zeigen und die Eiche und den Schrebergarten und alles Übrige.«

Christopher antwortete nicht gleich, und Daisy kam sich albern vor. Offensichtlich hatte sie eine unsichtbare Linie überschritten und ihn dadurch in Verlegenheit gebracht. Und dabei hatte sie genau das vermeiden wollen! Um zu überspielen, wie peinlich ihr Schnitzer ihr war, hob sie Willow aus dem Kinderwagen und ging mit ihr zu einer Stelle, wo dichte Büschel von Narzissen standen.

»Schau mal, so schöne Blumen, Willow!« Die Kleine wand sich aus ihren Armen, wanderte kreuz und quer durch die Narzissen und ging immer wieder in eine komische kleine Hocke, um die Blumen näher betrachten zu können.

»Ich komme gern mit.« Christopher stand neben ihr, die Stirn in Falten gelegt, als könne er nicht ganz verstehen, was er gerade sagte. »Kew ist für dich ein wirklich wichtiger Ort, und das heißt, dass es auch mir wichtig ist.«

Daisy blickte zu ihm auf und lächelte. »Das freut mich.«

Einen Moment lang sahen sie einander an. Daisy hörte die Enten quaken und Willow plappern, aber ihre Aufmerksamkeit gehörte ausschließlich Christopher. Er beugte sich vor und küsste sie, und eine Sekunde lang erwiderte sie seinen Kuss.

Aber dann stand auf einmal Rex' Bild vor ihren Augen, und sie erinnerte sich, wie es sich angefühlt hatte, wenn sie ihn küsste, wenn sie seine Hände auf ihrem Rücken spürte. Das hier war anders. Sie war dafür noch nicht bereit.

Sie trat einen Schritt zurück. Christopher sah sie ein wenig verlegen an.

»Ach Gott«, sagte er. »Tut mir leid. Hab ich die Zeichen falsch gedeutet?«

Daisy berührte ihre Lippen mit den Fingerspitzen, während sie versuchte, sich über ihre Empfindungen klar zu werden. »Nein«, erwiderte sie. »Nein, hast du nicht.«

»Aber du bist zurückgewichen.«

»Tut mir leid … Ich dachte, es wäre das, was ich will, aber dann …« Daisy atmete tief durch. »Es wird noch ein Weilchen dauern, bis ich so weit bin, fürchte ich. Noch bin ich nicht bereit, aber eines Tages könnte ich es sein. Das hoffe ich wenigstens.«

Christopher schenkte ihr sein schönstes Lächeln. »Dann ist es kein Nein?«

»Nein.« Daisy lächelte zurück. »Es ist ein ›Noch nicht‹.«

Kapitel 49

London, Mai 1942

Die Fahrt nach Kew Gardens fühlte sich für Daisy ein bisschen wie ein Ausflug an. Sie erinnerte sich an die Picknicks von der Sonntagsschule in den Hackney Marshes, daran, wie gespannt sie gewesen war, was der Tag bringen würde, wie erwartungsvoll und aufgeregt sie jedes Mal aufgebrochen war. Genauso fühlte sie sich heute, was natürlich albern war, denn im Grunde war es ein Arbeitstag.

Teddy hatte angeboten, auf Willow aufzupassen, und Daisy war hin und her gerissen. Ihr war nicht wohl bei dem Gedanken, längere Zeit von ihrer Tochter getrennt zu sein. Sie hatte große Angst, irgendwo tief im Inneren könnte bei Willow die Erinnerung an den Tag haften geblieben sein, an dem Daisy sie in St. Anne's zurückgelassen hatte, die Erinnerung an die Angst, ihre Mutter würde nicht zurückkommen. Aber Louisa hatte sie gebeten, an dem Treffen mit dem Komitee teilzunehmen, und sie wusste, dass es einfacher wäre, wenn Willow nicht dabei war. Sie war sehr stolz auf alles, was Louisa geleistet hatte, und darauf, selbst etwas beigetragen zu haben, und sie fühlte sich geschmeichelt, dass Louisa sie an ihrer Seite haben wollte, wenn sie das Forschungsteam über die neuesten Ergebnisse informierte.

Und natürlich war Christopher dabei. Daisy hatte befürchtet, nach ihrem Kuss könnte die Stimmung zwischen ihnen ein wenig angespannt sein, aber er war genauso lustig und direkt und … na ja, er selbst, wie er es immer gewesen war. Er freute sich auf Kew und meinte, er würde durch die Gärten bummeln, während Daisy und Louisa beim Vegetable Drugs Committee waren. Natürlich wollte er auch den Schrebergarten sehen und Beth Hallo sagen.

Auch Agatha würde heute mit von der Partie sein. Sie war auf die wunderbare Idee gekommen, Blumenkästen, Körbe und Töpfe zu benutzen, um Kräuter und andere Pflanzen zu ziehen, und wollte diesen Vorschlag den Forschern präsentieren, um darauf hinzuweisen, dass selbst Menschen, die in Großstädten lebten, in die Kampagne für den Schrebergarten einbezogen werden konnten. Sie hatte bereits eine entsprechende Initiative für Central London ins Leben gerufen und war jetzt dabei, auch Frauen in den Vororten dafür zu gewinnen. Daisy dachte sich nicht zum ersten Mal, dass der Krieg zwar furchtbar war und das Leben mancher Leute – zum Beispiel Willows und ihr eigenes – radikal verändert hatte, aber auch einiges bewirken konnte. Erstaunlich, wie gut Menschen es schafften, sich den Gegebenheiten anzupassen und aus schlimmen Notlagen das Beste zu machen.

Christopher war schon oft in London gewesen, aber wegen seiner Arbeit auf der Farm lag sein letzter Besuch eine ganze Weile zurück, und er war aufgeregt wie ein kleiner Junge, als ihr Zug in den Bahnhof Charing Cross einfuhr.

»Der Fluss!«, rief er. »Oh, schaut euch bloß all die Sperrballons an! Was für ein Anblick!«

»Ich hab mal gesehen, wie sich einer davon aus seiner Verankerung gelöst hat«, erzählte Daisy. »Alle Kinder jagten hinterher, als er über die Häuser dahintrieb. Ich glaube, sie waren ziemlich enttäuscht, als er wieder befestigt wurde.«

Christopher äußerte sich nicht zu den Bombenschäden überall entlang des Themseufers oder über die Zahlen auf den Bahnsteigen der U-Bahn, die anzeigten, wo Familien Schutz suchen konnten, aber Daisy wusste, dass er mit seinen scharfen Augen alles registrierte.

Als sie in Kew ankamen, zeichnete Daisy für ihn einen kleinen Plan auf die Rückseite eines Briefumschlags. »Die Anlage ist riesengroß, und man kann sich wirklich leicht verlaufen«, warnte sie ihn. »Versuch lieber, auf den Wegen zu bleiben.«

Christopher klopfte auf seine Tasche. »Ich habe ein Buch und belegte Brote dabei«, sagte er. »Ich komme schon klar.« Er legte eine Hand auf ihre Schulter. »Und jetzt hör mir mal kurz zu. Ich weiß, wie nervös du bist, aber alles, was ihr macht, Louisa und du, ist bewundernswert, und ihr solltet euren Erfolg mit Pauken und Trompeten verkünden.«

Daisy sah ihn erstaunt an. Wie einfühlsam er doch war! Sie war wirklich unruhig, und ihre alten Selbstzweifel schlichen sich wieder ein. Ich sollte gar nicht hier sein, dachte sie immer wieder. Was hatte sie hier schon verloren? Louisa war diejenige, auf die es ankam. Sie selbst würde bestimmt alles vermurksen.

»Du bist eine wichtige Mitarbeiterin, stimmt's, Louisa?«

»Ohne dich wäre ich verloren, Daisy«, versicherte ihr die Freundin.

»Na bitte«, sagte Christopher. »Daran musst du denken, dann klappt alles wie am Schnürchen.«

»Da hast du wohl recht«, antwortete Daisy, die fühlte, wie sie sich ein wenig beruhigte.

»Fein. Dann ziehe ich jetzt mal los, um diesen großartigen Schrebergarten zu begutachten. Viel Glück, ihr zwei!«

Christopher salutierte kurz vor ihnen und marschierte fröhlich los, leider in die entgegengesetzte Richtung des Schrebergartens. Daisy überlegte, ob sie hinter ihm herlaufen und ihm den richtigen Weg zeigen sollte, ließ es aber bleiben. Er wird sich schon zurechtfinden, dachte sie. Das gelang ihm immer – irgendwann.

Louisa beobachtete sie neugierig. »Ihr seid euch nähergekommen, Christopher und du«, sagte sie lächelnd. Es war eine Feststellung, keine Frage.

Daisy nickte. »Wir sind gute Freunde.«

»Gehen wir?«, fragte Louisa, und Daisy und sie schlugen den Weg zu dem Gebäude ein, wo das Treffen stattfinden sollte. »Es gefällt mir, wie ihr zwei miteinander umgeht«, fuhr Louisa fort. »Ihr helft einander, aber auf eine unaufdringliche Art. Als würdet ihr euch gegenseitig Halt geben.«

»Der Gedanke gefällt mir.« Daisy hatte ihre Beziehung bisher nicht so gesehen, aber Louisa hatte recht. Christopher hatte ihr sehr viel geholfen, seit sie nach Kent gezogen war.

»Glaubst du, ihr könntet mehr als Freunde sein?«, fragte Louisa betont beiläufig.

Daisy sah sie kurz an, bevor sie wieder nach vorn schaute. »Vielleicht«, antwortete sie, wobei sie sich bemühte, genauso unbeteiligt zu klingen wie ihre Patentante. »Irgendwann mal.«

Louisa nickte. »Das freut mich.«

Das Treffen verlief besser, als Daisy und Louisa zu hoffen gewagt hätten. Daisy entdeckte Gus und winkte ihm zu. Er winkte zurück. Sie wusste, wie sehr er seine Arbeit hier in Kew liebte, wo seine Expertise als Kardiologe geschätzt wurde.

Auf der anderen Seite des Raums stand Beths Vater. Er war gekommen, um sich anzuhören, was seine Frau zu sagen hatte. Daisy warf ihm einen bösen Blick zu. Sie konnte immer noch nicht glauben, wie sich jemand derart schäbig verhalten konnte, noch dazu der eigenen Tochter gegenüber. Geoffrey schien furchtbar stolz auf Agatha zu sein, aber so nett das auch sein mochte, die schlimmen Dinge, die er getan hatte, wog es nicht auf.

Sie wandte den Kopf, als Beth hereinschlüpfte und sich

zu ihr stellte. Sie trug ihre Gärtnerkluft, und Daisy wartete auf die vertraute Regung von Neid. Aber sie blieb aus.

All die großen Tiere vom Vegetable Drugs Committee und auch Sir Arthur Hill, der Leiter von Kew persönlich, waren tief beeindruckt von dem, was sie erreicht hatten. Agathas kleiner Vortrag über das Gärtnern im städtischen Bereich erwies sich als wahrer Triumph. Sie trat so selbstsicher und unbefangen vor den vielen Leuten auf, dass Daisy kaum glauben konnte, dass es sich um dieselbe Frau handelte, die sie aus Beths Erzählungen kannte.

Es folgte eine kurze Diskussion, ob Gärten im Stadtbereich genutzt werden könnten, um giftige Pflanzen wie Belladonna, Fingerhut oder Bilsenkraut anzubauen.

»Eine Kontrolle wäre leichter als der Versuch, diese Pflanzen in Hecken zu finden und zu identifizieren«, machte eines der Mitglieder des Forschungsteams geltend. »Und wir werden mehr davon brauchen, als wir hier in Kew anpflanzen können.«

Die Pläne wurden angenommen, und Agatha strahlte vor Freude. Anschließend sprach Daisy über die Anzahl von Kräutern und Blumen, die angebaut oder aber dort, wo sie von selbst wuchsen, gepflückt worden waren, und die Zahl jener Pflanzen, die in diesem Sommer voraussichtlich gesammelt werden würden.

»Die Pfadfindergruppe Gillingham hat sechsundsiebzig Pfund Baldrian gesammelt«, verkündete sie. Es freute sie, dass ihre Stimme klar und fest klang und nichts von ihrer Nervosität verriet.

Bei Louisa ging es um die landesweite Organisation und deren Expansion. Sie schloss ihren Bericht mit dem Hinweis, wie positiv es sich auf evakuierte Kinder auswirkte, an diesem Projekt teilhaben zu dürfen.

»Ich muss gestehen, dass ich ein persönliches Interesse daran habe, da mein Mann in unserer Gegend Quartiermeister für Evakuierte ist«, sagte sie. »Und ich habe gesehen, wie Kinder, die ihre Mütter vermissen und sich in einer neuen Umgebung einleben müssen, geradezu aufblühen, weil auch sie etwas zu den Kriegsanstrengungen beitragen dürfen, indem sie Pflanzen anbauen, Kastanien sammeln oder Hagebutten pflücken. Kinder, deren einzige Kenntnis von Pflanzen sich auf das Moos an Hausmauern oder das Unkraut zwischen Pflastersteinen beschränkte, sprechen heute ganz selbstverständlich darüber, wie man Wacholderbeeren erkennt. Es ist wundervoll, das zu sehen, und von allen Leistungen unserer Initiative ist es das, worauf ich am meisten stolz bin.«

Die Männer – denn es waren ausschließlich Männer, wie Daisy nicht umhinkonnte festzustellen – applaudierten, und alle lächelten, und Daisy war froh, dass sie heute mit dabei sein durfte. Das ist eine wirklich wichtige Sache, dachte sie.

Sir Arthur räusperte sich, und sofort verstummten alle Anwesenden. »Nicht zu vergessen die Projekte, die Mrs Sanderson in die Wege geleitet hat«, sagte er. »Übrigens soll hier in Kew Gardens Belladonna angebaut werden. Für diesen Zweck wurde eine Parzelle vorbereitet, und ein paar Fotoreporter warten schon darauf, den Moment festzuhalten, wenn die ersten Samen gesät werden. Wenn Sie mir bitte folgen wollen.«

Alle strömten hinaus, bis auf Beth, die zurückblieb, damit sie zum Schrebergarten vorgehen konnte, ohne gesehen zu werden. Daisy wusste, dass sie sich in Gus' Gegenwart unbehaglich fühlte, und sie konnte es ihr nicht verdenken.

Louisa und sie schlossen sich den Leuten an, die durch die Gärten zu der vorbereiteten Stelle gingen, wo Hetty und eine andere Gärtnerin, die Daisy nicht kannte, schon mit ihren Spaten bereitstanden, um für ein Foto zu posieren. Daisy rief ihrer ehemaligen Kollegin ein fröhliches »Hallo!« zu, und Hetty winkte vergnügt zurück. Es war unverkennbar, dass sie es genoss, endlich auch einmal im Mittelpunkt zu stehen.

Die kleine Parzelle war durch einen frisch gestrichenen weißen Lattenzaun und ein Tor mit Vorhängeschloss gesichert worden. Diese Sicherheitsmaßnahme war nötig, weil Belladonna giftig war, und nur Hetty und Ruby, die andere Gärtnerin, und ein Fotograf befanden sich innerhalb der Umzäunung.

Alle anderen blieben draußen und schauten zu. Daisy und Louisa standen hinten in der Gruppe, während Agatha es irgendwie geschafft hatte, einen Platz direkt neben Sir Arthur zu ergattern. Die beiden unterhielten sich so angeregt, als wären sie alte Freunde. Vielleicht kennen sie sich ja tatsächlich von früher, dachte Daisy.

»Es kann losgehen, meine Damen«, rief der Fotograf. »Stecht einfach eure Spaten in die Erde und tut so, als würdet ihr graben.«

Ruby stieß ihren Spaten in den Boden und grinste breit. Hetty tat dasselbe, setzte aber noch dazu ihren Stiefel auf den Spaten, um ihn möglichst kraftvoll in die Erde zu rammen. Sie trat energisch drauf, und im selben Augenblick wurde der ganze Garten in grelles Licht getaucht. Daisy wurde von einer Druckwelle nach hinten geschleudert und landete mit einem harten Aufprall im Gras. Eine Weile lag sie einfach da und versuchte zu begreifen, was gerade passiert war. In ihren Ohren rauschte es so laut, dass sie nichts hören konnte, und sehen konnte sie nur dichten schwarzen Rauch. Einen Moment lang wusste sie nicht einmal, wo sie war. Dann lichtete sich der Nebel in ihrem Kopf ein wenig. Sie konnte durch die Rußschicht in ihren Augen hindurchblinzeln, und es fiel ihr wieder ein. Kew Gardens. Die Fotografen. Louisa. Mühsam rappelte sie sich hoch und schaute sich um. Louisa lag ein kleines Stück von ihr entfernt mit dem Gesicht nach unten im Gras. Ihr Kleid war zerrissen, und ihr Hut war weg.

Daisy kroch zu ihr hinüber. »Louisa«, flüsterte sie. »Louisa?«

Jetzt weinte sie, Tränen kullerten über ihr Gesicht und tropften auf ihre Patentante. »Tante Lou.«

Louisa stöhnte, rollte sich herum und schlug blinzelnd die Augen auf.

»Tante Lou! Du lebst!«

»Was ist passiert?«, fragte Louisa benommen.

»Keine Ahnung. Hetty wollte gerade den ersten Spatenstich machen, da gab es eine gewaltige Explosion …« Daisy brach ab, als ihr klar wurde, was geschehen war. »Es muss eine Bombe von einem der Luftangriffe gewesen sein, die irgendwann hier eingeschlagen ist.«

Louisa starrte sie verständnislos an, und Daisy erkannte, dass sie Hilfe holen musste. Ihr Rücken und ihre Beine schmerzten vom Aufprall, aber sie stand auf und sah sich um. Jedes Geräusch war gedämpft, die Luft war trübe von Rauch. Fast war es, als wäre sie unter Wasser. Sie konnte Leute sehen, die auf der Erde lagen, und andere, die sich rührten und versuchten, einander zu helfen. Sie konnte Stöhnen und Klagen hören und von weiter weg einen Schrei. Sie wartete darauf, von Panik ergriffen zu werden, in einen Abgrund der Verzweiflung zu stürzen, aber es passierte nicht.

Daisy atmete langsam aus. Sie musste etwas tun.

»Louisa«, sagte sie. »Steh auf. Mal sehen, ob du laufen kannst.«

Kapitel 50

London, Mai 1942

Beth half den Laborassistenten, alles dorthin zurückzustellen, wo es vor dem Treffen gestanden hatte. Sie schob gerade einen Hocker auf die Seite, als es zu der Explosion kam. Alle Fenster auf der anderen Seite des Raums barsten und überschütteten das Labor mit Glassplittern. Beth und einer der Assistenten, ein junger Medizinstudent namens Shaun, duckten sich hinter eine Bank, um nicht von den Scherben getroffen zu werden. Als sich der Staub legte, richteten sie sich langsam auf und sahen sich fassungslos um.

»Was … in aller Welt …?«, stammelte Shaun. Er klang sehr jung und sehr verängstigt.

»Kannst du telefonieren und Hilfe herbeirufen?«, fragte sie eindringlich. »Lauf nach oben zu den Büros und wähle 999. Sag, sie sollen Krankenwagen schicken.«

Shaun drehte sich um und rannte los. Beth stand einen

Moment lang da und schaute durch die zersprungenen Fenster. In ihren Ohren rauschte es, als sie versuchte, sich zu orientieren und herauszufinden, wo die Explosion stattgefunden hatte. Ganz in der Nähe, dachte sie entsetzt. Sonst wären nicht alle Glasscheiben zersprungen. Fast ohne zu überlegen, lief sie aus dem Labor und nach draußen. Sie fing an zu rennen. Dichte Rauchwolken und Staub hingen in der Luft, genau wie bei den Bombenangriffen im vergangenen Jahr. Die Bäume, die frische Triebe gezeigt hatten, hoben sich kahl und dunkel vor einem grauen Himmel ab. Kleine hellgrüne Blätter wirbelten um sie herum wie Schneeflocken.

Sie hörte laute Stimmen und Schreie und rannte den Weg hinunter, der zu dem geplanten Beet für Belladonna führte. War es dort passiert? War die Bombe genau dort detoniert, wo alle waren? Panik ergriff sie. Ihr Atem kam in kurzen, abgehackten Stößen, und ihre Beine zitterten.

Sie bog um eine Ecke und sah sich mit einem einzigen Chaos konfrontiert. Heute Morgen hatte sie das neue Beet besichtigt und den properen weißen Holzzaun bewundert. Jetzt gab es hier nichts mehr, nur einen Krater im Boden, und überall Erde und Schutthaufen. Sie sah Menschen, die bluteten, andere, die weinten, wieder andere, die reglos im Gras lagen. Ein Mann, den sie nicht kannte, ging an ihr vorbei und hielt sich den Kopf, bevor auf einmal seine Beine unter ihm nachgaben und er zu Boden sank.

»Jemand muss etwas unternehmen«, murmelte Beth.

Sie sah sich um, ob irgendwo ihr Vater zu sehen war oder Gus oder einer der anderen Ärzte, aber die Rauchschwaden waren so dicht, dass sie kaum etwas erkennen konnte. Niemand ergriff die Initiative. In einer kurzen Anwandlung von Panik dachte sie daran, einfach wegzulaufen, die Flucht zu ergreifen und sich in Sicherheit zu bringen, aber dann fand sie ihre Fassung wieder. Sie war Krankenschwester, und sie würde nicht tatenlos zuschauen.

Jemand warf sich an ihren Rücken, und als sie erschrocken herumfuhr, sah sie Daisy, von Kopf bis Fuß mit Staub bedeckt, die Augen weit aufgerissen. »Beth«, keuchte sie. »Oh Beth.«

Einen Moment lang klammerten sie sich aneinander, froh und erleichtert, die andere heil und unversehrt vor sich zu sehen. Dann schaute Beth ihre Freundin an. »Bei der Präsentation waren ungefähr dreißig Personen.« Sie versuchte, ruhig zu klingen, sachlich und kompetent. »Shaun ruft Hilfe. Ich muss nachschauen, wer verletzt ist. Kannst du mir helfen?«

Daisy sah furchtbar verängstigt aus, aber sie nickte. »Louisa ist so weit in Ordnung, glaube ich. Es könnte sein, dass sie sich einen Arm gebrochen hat, und sie ist ein bisschen durcheinander. Sie sitzt da drüben.«

»Gut«, sagte Beth. »Da bringen wir alle hin, die verwundet sind, aber noch gehen können.«

Sie kramte in der Tasche ihres Overalls und fand zu ihrer Erleichterung ein Stück Kreide, mit dem sie auf die Tafel im Anderson-Unterstand geschrieben hatte, welche Obst-

und Gemüsesorten wo angepflanzt worden waren. Sie drückte Daisy die Kreide in die Hand. »Damit markierst du jeden, den ich untersucht habe.«

Sie eilte mit Daisy zu Louisa, die schon ein wenig munterer wirkte. Beth begutachtete ihren Arm und bestätigte Daisys Vermutung, dass er gebrochen war. »Sie bleiben hier«, sagte sie zu Louisa. »Zusammen mit Daisy.«

Daisy malte mit der Kreide einen dicken weißen Strich auf Louisas Stirn. Er stach grell aus der grauen Staubschicht heraus.

»Ich schicke die Leute, die nicht schwer verletzt sind, zu euch«, erklärte Beth. »Bei den anderen muss ich sofort Erste Hilfe leisten.«

Entschlossen stapfte sie durch Staub und Qualm davon. Sie fand einige Botaniker des Forschungsteams, alle mit Schnittwunden und Blutergüssen, und half ihnen zu der Stelle, wo Daisy und Louisa warteten. Einem der Männer steckte ein großes Stück Holz von dem hübschen weißen Lattenzaun im Oberschenkel. Beth brachte ihn zu den anderen. »Ich lasse das lieber, wo es ist«, sagte sie unumwunden. »Wenn ich es herausziehe, richte ich nur noch mehr Schaden an.«

Der Botaniker, ein netter junger Mann namens Keith, nickte. Dann wurde sein Gesicht aschfahl, und er fiel in Ohnmacht. Daisy beugte sich gelassen über ihn und zog einen Kreidestrich über seine Stirn. Wahrscheinlich hilft ihr der Adrenalinstoß, Ruhe zu bewahren, dachte Beth. Hauptsache, sie gerät nicht plötzlich in Panik. Aber Daisy schien sich gut im Griff zu haben. Sie nickte Beth zu. »Ich behalte ihn im Auge.«

Beth zog wieder los. Ihr Herz hämmerte, und sie versuchte, nicht daran zu denken, wo ihre Mutter jetzt war oder ihr Vater oder Gus. Versuchte, nicht zu dem riesigen Loch im Erdboden zu schauen, wo noch vor wenigen Minuten all die Leute gestanden hatten. Sie wusste, dass man Hetty und Ruby, der anderen Gärtnerin, die ehrenvolle Aufgabe des ersten Spatenstichs im neuen Beet übertragen hatte. Hatte das die Bombe detonieren lassen? Hatte sie vielleicht seit dem Luftangriff, bei dem das Palmenhaus getroffen worden war, in der Erde gelegen? Wäre das möglich? Ein Schauer überlief Beth, und der Staub und der Schmutz, die sich in ihrer Kehle festsetzten, bereiteten ihr Übelkeit.

Sie bückte sich, um einem anderen, zum Glück unverletzten Botaniker auf die Beine zu helfen, und noch während sie damit beschäftigt war, entdeckte sie in all dem Qualm Gus. Ohne zu überlegen, rannte sie zu ihm und warf beide Arme um ihn. »Gus«, flüsterte sie. »Oh Gus!«

Eine Sekunde lang erwiderte er ihre Umarmung, dann ließ er sie rasch los. »Beth, wir müssen diesen Leuten helfen.«

»Es gibt einige Verwundete, aber bis jetzt noch nichts wirklich Ernstes«, sagte Beth. »Ich habe so etwas wie ein System entwickelt. Daisy passt auf die Leute auf, die verletzt sind, aber noch gehen können, und ich schicke die Leute zu ihr.«

»Was soll ich machen?«, fragte er.

»Ich weiß nicht. Was meinst du denn?«

Gus schüttelte den Kopf. »Du hast das Sagen. Und dabei bleibt es, sonst gibt es nur ein Durcheinander. Wo brauchst du mich?«

Wieder spürte Beth diese tiefe innere Ruhe, als sie ihm erklärte, was sie ihrer Meinung nach tun sollten. Zusammen liefen sie weiter. Je näher sie der Stelle der Explosion kamen, umso schlimmer würden die Verletzungen sein, das war ihnen klar.

Und dann fanden sie wie durch ein Wunder Hetty und Ruby, beide blutüberströmt und bewusstlos, aber am Leben. Wie war das möglich? Beth blinzelte in die rauchgeschwängerte Luft und stellte fest, dass die Bombe nicht direkt im Beet, sondern ein kleines Stück weiter weg detoniert war.

»Gott sei Dank«, stieß sie hervor. »Gott sei Dank.« Sie rannte zu den beiden Gärtnerinnen und überprüfte gerade ihre Vitalfunktionen, als sie zu ihrer immensen Erleichterung zwei Sanitäter herbeieilen sah.

Sie stand auf, als die beiden bei ihr waren, und erklärte präzise, was passiert war und wer zuerst versorgt werden sollte, ganz so, als wäre sie im Krankenhaus auf ihrer Station und würde einen Arzt bei seiner Visite auf den Stand der Dinge bringen.

»Das sind Hetty und Ruby«, sagte sie. »Ich glaube, die beiden hat es am schlimmsten erwischt.«

Beth überließ alles Weitere den Sanitätern, fuhr sich mit einer Hand über ihre feuchte Stirn und machte sich auf die Suche nach ihren Eltern.

»Dad?«, rief sie. »Mom?«

Die Sicht wurde besser, als sich das aufgewirbelte Erdreich und der Schmutz allmählich senkten, aber noch immer hingen Rauchwolken in der Luft. An einigen Stellen brannte es, und eine große Eiche stand in Flammen. Beths Eltern waren nirgends zu sehen. Sie rieb sich die Augen, die rot und entzündet waren, und setzte ihre Suche methodisch fort.

»Beth?« Da war ihr Vater. Sein Anzug war zerrissen, und er hatte mehrere blutende Schnittwunden im Gesicht, aber er war in einem Stück, dem Himmel sei Dank. Auf seinem Gesicht lag ein Ausdruck, den Beth noch nie zuvor an ihm gesehen hatte, und es war ein Schock für sie, als sie erkannte, dass es Panik war. Ihr Vater war in Panik! »Ich kann deine Mutter nicht finden!«, schrie er mit schriller Stimme. »Ich kann Agatha nicht finden.«

Beth fasste ihn am Arm. »Dad«, sagte sie. »Daddy?« Er starrte sie an. »Ich werde sie finden.«

Er nickte, schaute sich um und reckte sich ein bisschen höher. »Wir müssen helfen«, entgegnete er. »Beth, es muss einen Platz geben, wo wir die Verletzten, die noch imstande sind zu gehen, hinschicken können.«

»Daddy«, unterbrach sie ihn, aber er redete weiter.

»Wir müssen den Sanitätern sagen, was passiert ist …«

»Das habe ich schon gemacht, Daddy«, sagte Beth. »Daisy ist bei den Verwundeten, die noch gehen können, und Gus und ich selektieren die Patienten, die ins Krankenhaus gebracht werden müssen.«

Ihr Vater sah sie an, erst verwirrt, dann erleichtert. »Was kann ich tun?«

Aber bevor Beth ihm Anweisungen geben konnte, hörte sie Gus' Stimme. Er selbst war in den Rauchschwaden der brennenden Eiche kaum zu sehen.

»Beth!«, rief er ihr zu. »Ich habe deine Mutter gefunden!«

Beth und Geoffrey wechselten einen Blick. Beths Herz klopfte angstvoll, und sie griff nach der Hand ihres Vaters. Sie fühlte sich sehr kalt an.

»Ich gehe«, sagte er.

»Wir gehen beide.«

Hand in Hand hasteten sie zu der Stelle, wo Agatha bewusstlos auf dem Boden lag. Gus fühlte gerade ihren Puls und lauschte, ob sie noch atmete. Auch Sir Arthur war da. Er war bei Bewusstsein und saß aufrecht im Gras, aber er litt ganz offensichtlich Schmerzen. Gus sah Beth an, und sie spürte in ihrem Inneren eine Woge des Entsetzens, als ihr sein verstörter Blick auffiel. Sie hätte schreien und heulen mögen, aber stattdessen schob sie sich zwischen ihren Vater und Gus. »Daddy«, sagte sie mit fester Stimme und sah ihm dabei direkt in die Augen. »Kümmere dich um Sir Arthur.«

»Aber …«

»Tu es, bitte.«

Geoffrey schien fast erleichtert, als er sich Sir Arthur zuwandte. Beth ging zu ihrer Mutter.

Gus hob den Kopf. »Sie war bei Bewusstsein. Sie hat mit mir gesprochen«, sagte er. »Agatha?«

Ihre Mutter antwortete nicht. Ihr Gesicht sah wächsern aus, ihre Lippen waren blau.

»Agatha?«, wiederholte Gus.

»Hilf ihr«, flehte Beth. »Hilf ihr!«

Gus drehte ihre Mutter um, und Beth schrie auf. »Was machst du da?«

Er gab keine Antwort, sondern drückte einfach seine Hände auf ihren Rücken, hob ihre Arme und machte dann dasselbe noch einmal.

»Eine Herzmassage?«, rief Beth. »Du machst eine Herzmassage!« Mit angehaltenem Atem beobachtete sie Gus. Und dann waren die Sanitäter da und legten eine Sauerstoffmaske auf das Gesicht ihrer Mutter und sagten Beth, dass Agatha am Leben war. Gus nahm sie in die Arme und hielt sie fest, und sie weinte, und ihr Vater weinte, und dann wurde ihr auf einmal schwarz vor Augen.

Als Beth aufwachte, lag sie in einem Krankenhausbett. Gus saß bei ihr.

Sie versuchte, sich aufzurichten. »Wo ist meine Mutter?«, fragte sie.

»Ganz ruhig«, sagte Gus begütigend. Er trug immer noch seine staubigen, zerfetzten Sachen, hatte aber seinen Hut gefunden, der die Explosion erstaunlich gut überstanden hatte.

»Ist sie …?« Beth würgte ein Schluchzen hinunter.

»Sie kommt wieder in Ordnung.«

Beth lehnte sich an die Kissen. »Deinetwegen«, sagte sie. »Du hast ihr das Leben gerettet.«

»Ich habe das getan, wozu ich ausgebildet worden bin.«

Beth griff nach seiner Hand. »Weil du ein Kardiologe bist, kein Angestellter in einer Apotheke.«

Gus nickte. »Stimmt.«

»Allerdings.«

Beth Vater stand neben ihrem Bett. Er sah blass und müde aus und zehn Jahre älter als am heutigen Morgen. Gus ließ Beths Hand los und stand auf.

»Deiner Mutter geht es gut«, sagte Geoffrey. »Sie ist wach und ansprechbar.«

»Gus hat sie gerettet, Dad.« Beth sah ihren Vater an.

Geoffrey nickte. »Ja, das hat er.« Er hielt Gus seine Hand hin. Gus nahm sie und schüttelte sie. »Danke«, sagte Geoffrey. »Danke, Dr. Campbell.«

Beth hätte beinahe geweint. »Doktor« hatte ihr Vater gesagt!

»Wie geht es Louisa?«, fragte sie. »Und all den anderen? Was ist mit Ruby und Hetty?«

»Alles in Ordnung.« Gus legte beruhigend eine Hand auf ihren Arm. »Hetty wird eine ziemlich hässliche Narbe auf dem Bauch zurückbehalten, weil sie von einem Metallsplitter getroffen wurde. Und Ruby …« Gus schluckte, und Beth wurde angst und bange.

»Sag schon!«

»Sie wird ein Auge verlieren.«

»Oh Gott!«

»Aber beide sind am Leben«, sagte Gus.

»Und Louisa?«

»Hat sich den Arm gebrochen. Als ich sie zum letzten Mal sah, war sie auf der Gipsstation damit beschäftigt, sämtliche Krankenschwestern herumzuscheuchen.«

»Ist jemand …?« Beth brachte die Worte nicht über die Lippen, aber Gus verstand wie immer, was sie meinte.

»Der Fotograf hat es nicht geschafft …«

»Oh nein!« Beth war den Tränen nahe. »Das ist furchtbar!«

»Es wäre noch viel schlimmer gekommen, wenn du nicht da gewesen wärst.«

»Ich dachte, vielleicht will jemand sein Autogramm auf meinen Gips schreiben«, ertönte eine Stimme. Louisa stand da und strahlte sie trotz ihres gebrochenen Arms an. Daisy war an ihrer Seite.

»Ich bin ja so froh, dass dir nichts passiert ist«, sagte Daisy und gab Beth einen Kuss. »Du hast uns einen ganz schönen Schrecken eingejagt, als du plötzlich umgekippt bist.«

»Wo ist Chris?«, wollte Beth wissen.

Daisy zuckte mit den Schultern. »Der könnte sonst wo sein«, sagte sie mit einem schwachen Lächeln. »Zum Glück ist er leicht zu erkennen. Ich habe die Jungs beim Tor gebeten, nach ihm Ausschau zu halten. Und eine der Krankenschwestern hat Teddy angerufen, um ihm zu sagen, was passiert ist.«

»Krankenschwestern wissen eben immer, was zu tun

ist … « Beth lächelte. »Wo sind wir? Nicht im St. Catherine's, oder?«

»Paddington«, erwiderte Daisy. »Hierher sind alle Verletzten von Kew Gardens gebracht worden.«

Beth nickte. Sie sah zu ihrem Vater, der unbehaglich von einem Bein aufs andere trat.

»Alles in Ordnung, Dad?«, fragte Beth. »Tut dir irgendwas weh? Brauchst du irgendwas?«

Geoffrey schüttelte den Kopf. »Ich würde gern kurz mit dir sprechen.«

»Gut. Dann schieß los.«

»Unter vier Augen.«

»Wir lassen euch allein«, sagte Daisy, aber Beth hielt sie zurück.

»Nein, ihr bleibt. Ich denke, vielleicht sollten alle hören, was mein Vater zu sagen hat.«

Geoffrey warf ihr einen verärgerten Blick zu, dann seufzte er. »Na gut. Ja, bleiben Sie bitte.«

Beth lehnte sich aufrechter an ihre Kissen und wartete gespannt.

»Ich habe ein paar Dinge getan, auf die ich nicht stolz bin«, begann Geoffrey zögernd. »Ich hatte Vorurteile, und ich habe falsch gehandelt.«

Beth konnte sich nicht erinnern, je von ihrem Vater gehört zu haben, dass er etwas falsch gemacht hatte. Sie nickte.

»Ich dachte, nur Männer könnten gute Ärzte sein«, fuhr Geoffrey fort. Er sah zu Gus. »Männer, die so aussehen wie ich.«

»Es gibt viele Menschen, die genauso denken«, warf Gus ein.

»So ist es. Aber das macht es nicht besser.« Geoffrey legte eine Hand auf Beths Arm. »Der heutige Tag hat bewiesen, dass ich ein dummer, verbohrter alter Narr war. Er hat bewiesen, dass Gus mehr als befähigt ist, seine Stellung auf den Krankenstationen anzutreten. Und ich werde dafür sorgen, dass das so bald wie möglich geschieht.« Er lächelte Beth an. »Und dieser Tag hat bewiesen, dass du eine großartige Krankenschwester bist und eine hervorragende Ärztin sein wirst.«

Beth atmete langsam aus.

»Ich muss dich etwas fragen«, sagte sie. Ihre Stimme bebte leicht. »Hast du Gus gesagt, du würdest meinen Antrag auf einen Studienplatz genehmigen, wenn er sich von mir fernhält?«

Sie hörte, wie Daisy nach Luft schnappte, aber ihre Augen blieben unverwandt auf Geoffrey gerichtet.

Ihr Vater wand sich. Er sah furchtbar beschämt aus und wich ihrem Blick aus. »Beth, du musst verstehen …«

»Hast du das zu Gus gesagt?«, unterbrach sie ihn kalt.

Geoffrey sprach so leise, dass sie seine Antwort kaum verstehen konnte. »Ja, das habe ich.«

Beth wurde übel. »Das war wirklich mies.«

»Ja«, gab er zu. Erst jetzt hob er den Kopf und hielt Beths Blick stand. »Wenn du mir verzeihen kannst, werde ich mich den Rest meines Lebens bemühen, diesen Fehler wiedergutzumachen, das verspreche ich dir.« Er schluckte. »Ich habe dich sehr lieb, Elizabeth. Und ich bin sehr stolz auf dich.« Bei den letzten Worten brach seine Stimme, und auch Beth hatte Tränen in den Augen. Sie war nicht sicher, ob die Beziehung zu ihrem Vater je so sein würde, wie sie sollte, aber zu ihrer Überraschung ertappte sie sich bei dem Wunsch, sie würden es schaffen, den Bruch zu kitten, sei es auch nur teilweise.

»Ich werde Medizin studieren.«

»Und zwar mit meinem Segen.« Geoffrey sah reumütig aus.

Beth sah keinen Grund, ihm dafür zu danken. Stattdessen sagte sie nur: »Ja.« Dann fügte sie hinzu: »Ich könnte mir denken, dass du Gus auch etwas zu sagen hast, oder?«

Geoffrey sah widerborstig aus, aber er nickte. »Dr. Campbell«, begann er. »Gus. Es war falsch von mir, so etwas von Ihnen zu verlangen. Es war falsch von mir, Sie zu einer derartigen Entscheidung zu nötigen. Ich möchte mich dafür aufrichtig entschuldigen.«

Gus nickte Geoffrey knapp zu. »Entschuldigung akzeptiert.«

»Gus war so entschlossen, auf Distanz zu bleiben, dass er nicht einmal geantwortet hat, als ich ihm eine Nachricht geschickt habe«, sagte Beth. »Er wollte auf keinen Fall meine Chancen auf einen Studienplatz in Edinburgh gefährden.«

Gus sah Beth fragend an. »Welche Nachricht?«

Beth hörte Daisy kichern. »Sie war codiert«, erklärte sie Gus.

»Codiert? Wie bei Geheimagenten?«

Wieder kicherte Daisy, und sogar um Geoffreys Lippen spielte der Anflug eines Lächelns. Beth seufzte. »Ich habe dir Hagebutten – sie stehen in der Blumensprache für Liebe – geschickt und Kamillenblüten. Sie symbolisieren Geduld. Und ich habe extra die Bildkarten des Forschungsteams beigelegt, damit du weißt, worum es geht.«

»Das war von dir?«, fragte Gus erstaunt. »Ich dachte, es wäre irgendein Versehen.«

Beth ließ sich in die Kissen fallen und lachte. Gus schob seine Hand in ihre, und sie drückte sie. »Bist du sicher, dass dieser Mann der Richtige für dich ist?«, fragte Geoffrey schmunzelnd. »Er hat eine ziemlich lange Leitung.«

»Daddy«, schalt Beth, aber sie gluckste immer noch in sich hinein.

Gus wandte sich an Geoffrey. »Da wäre noch etwas, das ich Sie gern fragen würde, Sir.«

»Nur zu.«

Gus nahm seinen Hut ab und hielt ihn wie einen Schutzschild vor seinen Oberkörper. Beth konnte sich nicht erklären, warum, aber er sah auf einmal schrecklich nervös aus.

»Ich habe mich gefragt, ob ich nach allem, was vorgefallen ist, Ihre Erlaubnis habe, Beth zu fragen, ob sie mich heiraten will.«

Beth japste, und Daisy stieß vor Aufregung einen kleinen Schrei aus.

»Heiraten?«, knurrte Geoffrey.

»Ja, Sir.«

»Ihr werdet es nicht leicht haben.«

»Nein, Sir.«

»Ich erwarte von Ihnen, dass Sie gut auf meine Tochter aufpassen.«

»Ich denke, wir werden beide gut aufeinander aufpassen.«

Beth kicherte, und ihr Vater warf ihr einen erzürnten Blick zu. »Na schön«, sagte er. »Dann mal los.«

»Jetzt?«, fragte Gus erschrocken. »Wenn Sie alle dabei sind?«

»Jetzt oder nie«, sagte Daisy.

Alle sahen Gus an. Er schluckte. »Ich bin total unvorbereitet.«

»Tun Sie es einfach«, drängte Daisy. Beth warf ihr einen drohenden Blick zu, der sie davon abhalten sollte, sich einzumischen, aber Daisy zeigte ihr einfach die Zunge und stupste Gus an. »Na los!«

»Beth«, begann Gus. Seine Stimme war belegt, und er räusperte sich, bevor einen zweiten Anlauf nahm. »Beth, ich liebe dich«, brachte er überstürzt hervor. »Willst du mich heiraten?«

Beth hatte das Gefühl, noch nie so glücklich gewesen zu sein wie in diesem Moment. Der Mann, den sie liebte, hatte gerade verkündet, dass er den Rest seines Lebens mit ihr verbringen wollte. Sie hatte die lang ersehnte Erlaubnis ihres Vaters zum Medizinstudium bekommen. Und in Edinburgh wartete ein Studienplatz auf sie. Endlich würde sie Ärztin werden. All ihre Träume würden wahr werden.

Sie sah Gus an, der nervös auf ihre Antwort wartete, und holte tief Luft. »Nein«, sagte sie. »Ich will dich nicht heiraten.«

Daisy schnappte laut nach Luft, und Gus machte ein verdattertes Gesicht. Beth nahm seine Hand. »Ich finde, du bist ein Traummann«, fuhr sie fort. »Ich liebe dich wie verrückt. Aber ich will nicht heiraten. Noch nicht. Vielleicht nie.«

»Okay …« Gus grinste breit. »Ich glaube, ich weiß, warum.«

Obwohl sie von Freunden umringt waren, hatte Beth das Gefühl, dass Gus und sie in diesem Augenblick die einzigen Menschen auf der Welt waren.

»Weil ich Dr. Sanderson sein will!«

Kapitel 51

London, Mai 1942

Louisa musste, sehr zu ihrem Missfallen, über Nacht im Krankenhaus bleiben, daher war es nur Daisy, die sich von einer seligen, vor Glück strahlenden Beth verabschiedete.

»Warum übernachtest du nicht bei uns?«, meinte Beth, als Geoffrey und sie Daisy zum Ausgang des Krankenhauses begleiteten. »Das geht doch, oder, Dad?«

»Natürlich.« Obwohl Geoffrey selbst so aussah, als könnte er im Stehen einschlafen, brachte er ein Lächeln zustande. »Sie sind uns herzlich willkommen.«

Agatha ging es den Umständen entsprechend gut, deshalb hatten Beth und Geoffrey beschlossen, nach Hause zu fahren und sich auszuruhen. Aber obwohl das Angebot, die Nacht im Gästezimmer ihres Hauses in Bloomsbury zu verbringen, verlockend war und Daisy auch gern zu ihren Eltern nach Hackney gefahren wäre, zog es sie nach Kent und zu ihrer kleinen Tochter. Auch wenn es bedeutete, eine lange Zugfahrt auf sich zu nehmen, würde sich die Mühe lohnen, das wusste sie. Sie wollte ihr kleines Mädchen in die Arme schließen und ihrem Schutzengel dafür danken, dass sie den heutigen Tag unbeschadet überstanden hatte. Außerdem wusste sie immer noch nicht, wo Christopher steckte, hoffte aber, dass er sich nach der Detonation der Bombe auf den Heimweg gemacht hatte. Sie musste sich vergewissern, ob ihm auch nichts passiert war.

Sie verabschiedete sich von Geoffrey, umarmte Beth und trat in den Frühlingsabend hinaus. Zu ihrer Überraschung war es noch nicht einmal dunkel. Sie war so müde, als wäre es mitten in der Nacht, und der Gedanke, mit Bus und U-Bahn quer durch die Stadt zum Bahnhof Charing Cross zu fahren, war lähmend. Sie würde ein Taxi nehmen, beschloss sie, auch wenn es ein bisschen extravagant war. Aber dann blickte sie an sich hinunter. An ihrem Kleid, das sie heute Morgen so sorgfältig gewählt hatte, hing der Saum in Fetzen herab, ihre Schuhe waren schlammverschmiert, ihre Haare eine einzige wirre Masse. Sie musste wie eine Wilde aussehen, und kein Taxifahrer, der auf sich hielt, würde sie mitnehmen. Also doch der Bus, dachte sie.

Eine Woge von Selbstmitleid drohte sie zu überschwemmen, als sie zur Bushaltestelle ging. Beth hatte Gus, und Louisa hatte Teddy, der in diesem Augenblick schon unterwegs nach London war, während eine Dame vom Frauenverein auf Willow aufpasste, bis Daisy daheim war. Daisy war ganz allein. Sie vermisste Rex so sehr, dass es wehtat, und sie sehnte sich nach ihrer Mutter, aber sie wusste, dass sie zu ihrer eigenen Tochter nach Hause fahren musste, und die Verantwortung lastete schwer auf ihr. Noch dazu tat ihr der Rücken weh, und sie fühlte sich insgesamt elend.

Elend, dachte sie, als sie sich an eine Wand lehnte und nach dem Bus Ausschau hielt, aber nicht depressiv. Sie prüfte ihre Gefühle, so wie Louisa ihren gebrochenen Arm überprüft hatte. Keine Frage, sie fühlte sich bedrückt, und ihre Nerven flatterten immer noch nach dem furchtbaren Vorfall des heutigen Tages, aber empfand sie Panik? Nein. War sie wie früher in einen bodenlosen dunklen Abgrund gestürzt? Eindeutig nicht. Das war immerhin etwas Positives.

Wieder fragte sie sich, wo Christopher sein könnte. Vielleicht – hoffentlich! – war er ja wirklich schon in Kent. Andererseits musste er die Explosion gehört haben, und sicher hatte er sich Sorgen um sie alle gemacht. Ob er versucht hatte, sie in dem Chaos zu finden? Sie wusste, wie sehr er an Louisa hing, und es überraschte sie ein wenig, dass er nicht den Weg ins Krankenhaus gefunden hatte, um sich nach Louisas Befinden zu erkundigen. Zwar steckte er mit dem Kopf meistens in den Wolken, aber wenn es darauf ankam, wusste er sich durchaus zu helfen.

»Für jemanden, der gerade dem Tod von der Schippe gesprungen ist, siehst du bemerkenswert munter aus«, hörte sie jemanden hinter sich sagen. Daisy traute ihren Ohren kaum. Sie fuhr herum und sah Christopher vor sich, in einer Hand einen Strauß welker Blumen.

»Unglaublich! Ich denke an dich, und schon tauchst du auf!«, rief Daisy entzückt.

»Wie ein Flaschengeist.« Christopher grinste.

Einen Moment lang sahen sie einander an. Sein Lächeln verrutschte leicht. »Ich bin so froh, dich zu sehen, Daisy«, sagte er leise. »Ich hatte solche Angst um dich. Ich habe überall im Krankenhaus nach euch gesucht. Irgendwann habe ich Louisa gefunden, und sie hat mir gesagt, dass dir nichts passiert ist.« Er machte ein gequältes Gesicht. »Oh Gott, als die Bombe hochging, hatte ich furchtbare Angst.«

»Ich auch«, flüsterte sie. »Es war ganz schlimm …«

Christopher kam näher und breitete beide Arme aus, und sie schmiegte sich in diese tröstliche Umarmung.

»Ich habe mich furchtbar gefühlt, weil ich nicht dort war«, sagte er. »Ich habe versucht, zu dir zu kommen, aber gleich nach der Explosion wurden alle Besucher aus dem Park gescheucht.«

»Ich war froh, dass du nicht da warst.« Daisy fand es schön, von seinen Armen gehalten zu werden. »Die ganze Zeit, als wir versuchten, den Leuten zu helfen, habe ich immer wieder gedacht: Gott sei Dank ist Chris in Sicherheit, und ich muss mich nicht um ihn ängstigen.«

Eine Weile standen sie einfach da und hielten einander fest. Sie hatte sich wie dieser Sperrballon gefühlt, dachte sie, der sich aus der Verankerung gelöst hatte. Aber jetzt hielt Christopher sie in seinen Armen und blickte sie voller Liebe an. Er gab ihr Halt.

»Wir sollten lieber weitergehen«, sagte er schließlich. »Ich fürchte, es dauert nicht mehr lange, bis sich irgendjemand beschwert.«

Daisy schaute sich um, und tatsächlich, sie standen wie festgewachsen mitten auf dem Bürgersteig, und die anderen Passanten, die um sie herumgehen mussten, warfen ihnen missbilligende Blicke zu.

»Ist mir egal. Ich habe einen grauenhaften Tag hinter mir, und ich will hier mit dir stehen.«

»Dagegen habe ich nichts einzuwenden.« Christopher lächelte sie an. »Aber wir könnten vielleicht ein Stück zur Seite rücken.«

Er hob sie leicht an und bugsierte sie an den Rand des Bürgersteigs.

»Also«, begann er. »Die Sache ist so, Daisy …«

»Wie ist denn die Sache?« Daisy legte ihre Stirn an seine Brust und schloss die Augen.

»Also, die Sache ist so: Wie ich mich heute gefühlt habe, als ich die Explosion hörte und wusste, dass du ganz in der Nähe sein musst, das hat mir etwas bewusst gemacht.«

»Und was?«

»Dass ich dich liebe.«

Daisy schlug die Augen auf.

»Ich weiß, du hast gesagt: ›Noch nicht‹, und das verstehe ich auch, aber ich wollte einfach, dass du es weißt.«

Eine Pause entstand. Daisy wandte ein wenig den Kopf, damit sie ihm in die Augen sehen konnte. Er hielt sie immer noch in den Armen, aber er schaute nicht sie an, sondern über sie hinweg, und er sah sehr angespannt aus.

»Die Sache ist so«, begann sie.

Christopher schaute sie an. »Wie ist denn die Sache?«

Daisy holte tief Luft. Sie dachte an Rex und an das herrliche Leben, das sie miteinander gehabt hätten. Und dann dachte sie daran, wie verloren sie sich gefühlt hatte, als sie das Krankenhaus verließ, und wie ihr auf einmal bei Christophers Anblick viel leichter ums Herz geworden war. Sie lächelte ihn an.

»Ich liebe dich auch.«

Christophers Gesichtszüge entspannten sich. Er ließ Daisy los, schob sie ein kleines Stück von sich weg und sah sie eindringlich an. »Bist du dir sicher?«

»Wenn man bedenkt, was alles passiert ist, sollte ich mir eigentlich überhaupt nicht sicher sein«, sagte Daisy. »Aber ich bin mir ganz sicher. Ich glaube sogar, ich bin mir noch nie im Leben einer Sache so sicher gewesen.«

Christopher beugte sich vor und küsste sie, und diesmal wich Daisy nicht zurück. Sie dachte nicht daran, wie sehr er sich von Rex unterschied, sie machte sich keine Sorgen, ob sie auch das Richtige tat, sie genoss einfach den Augenblick.

Viel später, als Daisy und Christopher Hand in Hand die Straße zum Dorf hinuntergingen, wandte er ihr das Gesicht zu.

»Ich frage dich zum letzten Mal, Ehrenwort, aber ich will einfach absolut sicher sein. Du musst an Willow denken, und du trauerst noch um Rex, und ich will dich nicht zu etwas drängen, wofür du noch nicht bereit bist.«

Daisy lachte. »Ich bin absolut sicher. Du hast mich

glücklich gemacht, als ich glaubte, ich könnte nie wieder glücklich sein.«

»Das hatte nichts mit mir zu tun«, entgegnete er. »Das hast du ganz allein geschafft.«

Daisy drückte seine Hand. »Na gut, meinetwegen. Aber du hast mir gezeigt, dass auch ich noch mal glücklich werden kann.«

»Schon besser.«

»Ich will mit dir zusammen sein.« Plötzlich wurde sie unsicher. Wollte er ihr vielleicht zu verstehen geben, dass er seine Meinung geändert hatte? »Aber was ist mit dir?«

»Mit mir?«, fragte er erstaunt.

»Bist auch du dir absolut sicher? Ich bringe ein paar Altlasten mit … Altlasten und eine Tochter.«

»Ich liebe dich, Daisy, und zwar mit allem Drum und Dran«, sagte er. »Und ich liebe Willow. Ich liebe sogar Blossom.« Er brach ab und musterte sie kritisch. »Eine Bedingung habe ich allerdings.«

Daisys Magen schnürte sich zusammen. Was kam jetzt? »Ja?«

»Du solltest dir wirklich die Haare bürsten.«

Kapitel 52

London, Juli 1942

Beth betrachtete sich im Spiegel und nickte beifällig. Sie hatte ein Cocktailkleid aus der Zeit, als sie noch häufig auf Partys ging, gefunden, und Nessa, die sehr gut mit Nadel und Faden umgehen konnte, hatte es geschickt umgearbeitet. Sie hatte den Kragen entfernt, den Ausschnitt geändert, den Rock enger gemacht, und jetzt sah es wie ein ganz anderes Kleid aus. Genau das, was Beth für einen Tag wie heute brauchte.

Sie strich noch einmal über ihr Haar und ging nach unten zu ihren Eltern.

Agatha saß auf dem Sofa. Sie war immer noch blass und dünn, aber sie schenkte Beth ein strahlendes Lächeln.

»Sehr hübsch siehst du aus«, stellte sie fest. »Nessa hat bei dem Kleid ein wahres Wunder bewirkt.«

Beth wirbelte vor ihrer Mutter einmal im Kreis herum. »Du siehst auch gut aus.« Sie musterte Agatha prüfend. »Wie fühlst du dich?«

»Fast wieder wie früher«, sagte Agatha. »Müde, aber eindeutig auf dem Weg zur Besserung.«

»Du hast dich wirklich schnell erholt.«

»Ich habe eben gute Ärzte, im Krankenhaus genauso wie daheim.«

Beth grinste sie an. »Pass auf, dass du dich heute nicht übernimmst. Du fährst mit zur Kirche und dann gleich wieder nach Hause. Kein langes Herumstehen und Plaudern!«

»Wir werden sehen.«

»Fertig?« Ihr Vater stand in der Tür. Er sah in seinem Anzug sehr elegant aus. »Das Taxi wartet schon.« Er lächelte Beth an. »Du siehst bezaubernd aus, Liebes.«

Beth bedankte sich mit einem Knicks. »Gus trifft uns dort.«

»Dann holen wir ihn nicht unterwegs ab?«

»Er fährt direkt vom Krankenhaus hin.« Beth verdrehte die Augen. »Er will vorher noch nach seinen Patienten sehen.«

»Ausgezeichnet«, sagte Geoffrey anerkennend. »Ich wusste, dass er der Richtige für diese Stelle ist.«

Beth überlegte kurz, ob sie ihm sagen sollte, was sie von seiner Bemerkung hielt, verzichtete dann aber darauf. Wenn ihr Vater es als sein Verdienst ansah, dass Gus wieder auf den Stationen arbeiten durfte, bitte sehr. Immerhin durfte er sich wieder um Patienten kümmern und konnte allen, die an ihm gezweifelt hatten, zeigen, dass sie im Irrtum gewesen waren.

Wie sich herausstellte, scherten sich die meisten von Gus' Patienten auf der kardiologischen Abteilung nicht im Geringsten darum, welche Hautfarbe ihr Arzt hatte. Sie waren krank, und sie wollten wieder gesund werden, und im Allgemeinen vertrauten sie darauf, dass Gus ihnen helfen konnte.

Aber es war nicht immer leicht. Gus hatte Beth erzählt, dass einige Patienten sich an Krankenschwestern oder Assistenzärzte wandten, statt ihm zu antworten, wenn er ihnen eine Frage stellte. Anscheinend konnten sich manche Leute nicht vorstellen, dass jemand, der wie Gus aussah, eine leitende Position bekleidete. Andere beschwerten sich direkt seinetwegen, und wenn das vorkam, wurde ihnen ein anderer behandelnder Arzt zugewiesen. Das gefiel Beth nicht, und Gus auch nicht. Aber fürs Erste wollte er sich mit der Politik der kleinen Schritte begnügen, meinte er. Eins nach dem anderen.

Beth sollte im Herbst endlich ihr Medizinstudium beginnen und nach Edinburgh ziehen. Gus würde nicht mitkommen. Noch nicht. Aber eines Tages …

»Bist du nervös?«, fragte Agatha ihre Tochter, als sie im Taxi saßen. »Du bist so zappelig.«

»Ein bisschen«, gab Beth zu.

»Du machst das schon.« Sie tätschelte Beths Hand.

»Es scheint nur ein besonders wichtiger Tag zu sein.« Beth dachte nach. »Wie das Ende eines Kapitels und ein Neuanfang. Ich will keinen Fehler machen.«

Agatha lächelte. »Aber es sind die Fehler, die wir machen,

aus denen wir lernen.« Sie wirkte ein wenig selbstgefällig. »Das habe ich irgendwo gelesen, und es gefällt mir. Irgendwie trifft es auf jeden von uns zu, findest du nicht?«

Beth verzog das Gesicht. »Ich möchte lieber etwas lernen, ohne in der Kirche etwas falsch zu machen und mich vor Daisys Freunden und Verwandten zu blamieren.«

»Willst du deinen Text noch einmal durchgehen?«

»Ja, bitte«, sagte Beth, obwohl sie die Worte schon so oft gelesen hatte, dass sie sie von vorn bis hinten auswendig kannte.

Gus wartete auf der Straße auf sie. Beth sprang aus dem Taxi und stürzte auf ihn zu. Hoffentlich werde ich nie aufhören, mich zu freuen, wenn ich ihn sehe, dachte sie. Er gab ihr zur Begrüßung einen Kuss, sagte Hallo zu Agatha, wobei er sie mit dem erfahrenen Auge eines Arztes musterte, und schüttelte Beths Vater die Hand. Geoffrey und Gus waren immer noch ein bisschen gehemmt, wenn sie sich begegneten. Geoffrey war übertrieben herzlich, lachte zu laut und klopfte Gus ständig auf die Schulter und nannte ihn »mein Bester«, während Gus zurückhaltend und wachsam blieb. Aber es war auf jeden Fall besser als das Verhältnis, das sie früher zueinander hatten, fand Beth.

Agatha betrat am Arm ihres Mannes die Kirche, während Gus und Beth draußen auf Daisy warteten.

»Als Daisy mir erzählte, dass sie Willow hier taufen lassen will, hielt ich das für keine gute Idee«, gestand Beth. »Ich konnte eine Ewigkeit nicht mal in Richtung der Kirche schauen, wenn ich nach Kew Gardens ging, weil der Anblick so viele schlimme Erinnerungen wachrief. Aber jetzt finde ich, dass sie recht hat.«

Gus nickte. »Der Kreis schließt sich.«

»Wie ich zu meiner Mutter gerade sagte: Ein Kapitel endet, ein neues fängt an.«

»So ist es.«

»Ich hoffe, das nächste Kapitel wird nicht ganz so dramatisch.«

Gus lachte. »Wo bleibt denn da der Spaß?«

Daisy holte tief Luft, als ihr Vater den Lieferwagen in der Nähe der Kirche abstellte.

»Bereit?«, fragte ihre Mutter.

»Bereit.«

»Ich halte das für eine großartige Idee.« Ivy stieg aus dem Auto und hielt Daisy eine Hand hin, um ihr herauszuhelfen. »Lasst uns die Geister der Vergangenheit begraben.«

»So war es gedacht.«

Jim hob Willow vom Rücksitz des Wagens und brachte sie zu Daisy. Sie nahm das kleine Mädchen in die Arme und blieb einen Moment stehen, um die Kirche zu betrachten. Sie dachte daran, wie sie um ein Haar ihre Tochter verloren hätte – und ihre Tochter sie –, und daran, dass all die Menschen, die ihr geholfen hatten, wieder zu sich selbst zu finden, heute hier waren, und lächelte.

»Sollen wir Chris suchen?«, sagte sie zu Willow. »Und Teddy und Louisa?«

Willow nickte. »Wiesa.« Sie sah in dem weißen Kleidchen, das Daisy aus einem alten Kissenbezug für sie geschneidert hatte, sehr niedlich aus. Poppy hatte Bänder gespendet, die sie extra aufbewahrt hatte, und Ivy hatte die Spitze von einer Tischdecke von Jims Mutter abgetrennt, und der Gesamteindruck war bezaubernd. Solange man die unordentlichen Stiche nicht allzu genau unter die Lupe nimmt, dachte Daisy, als ihr Blick auf den Saum von Willows Kleid fiel.

Willow auf dem Arm, Poppy und ihre Eltern an ihrer Seite, schritt Daisy über die Grünfläche auf St. Anne's Church zu.

Rex' Eltern waren anwesend, überglücklich, Willow zu sehen, aber auch traurig, weil ihr Sohn diesen Tag nicht erleben durfte. Auch Louisa und Teddy waren da, und natürlich Beth und ihre Familie und Gus, der wie immer sehr schick aussah.

Daisy überließ Willow der liebevollen Betreuung beider Großelternpaare, was die Kleine sichtlich genoss, und ging zu Beth.

»Hast du Chris gesehen?«, wisperte sie.

Beth schüttelte den Kopf. »Ist er nicht mit dir zusammen nach London gefahren?«

»Nein.« Daisy seufzte. »Weil er die Farm nicht über Nacht allein lassen konnte. Er sagte, er würde den Morgenzug nehmen, und mittlerweile sollte er hier sein.«

»Er kommt schon noch«, beruhigte Beth ihre Freundin.

Hoffentlich, dachte Daisy. Ihre Beziehung zu Christopher entwickelte sich sehr gut, aber sie gingen es langsam an. Sie befürchtete, ein großes Ereignis wie das heutige – ihre Familie zu sehen und Rex' Eltern kennenzulernen – könnte zu viel und zu früh für ihn sein.

»Ob er es sich vielleicht anders überlegt hat?«, fragte sie.

Beth biss sich auf die Lippe und dachte nach. »Das kann ich mir nicht vorstellen. Aber selbst wenn er nicht kommt, darf es dir nicht den Tag verderben. Heute geht es schließlich um Willow.«

»Du hast recht.« Daisy zwang sich zu einem Lächeln. »Absolut. Vielleicht sollten wir schon mal reingehen.«

Taufen fanden gewöhnlich am Ende des Sonntagsgottesdienstes statt, aber Daisy hatte die Zeremonie nicht mit anderen Eltern und Kindern teilen wollen. »Nicht etwa, dass ich mich für etwas Besseres halte«, hatte sie zu Reverend King gesagt. »Ich fühle mich bloß ein bisschen …« Sie suchte nach dem richtigen Wort. »Ein bisschen angeknackst. Das ist keine normale Taufe, und ich will nicht so tun, als ob sie es wäre.«

Wie immer hatte Reverend King sie vollkommen verstanden. Der Gottesdienst sollte an diesem Sonntagnachmittag abgehalten werden, nachdem die anderen Kirchgänger heimgegangen waren, extra für Willow. Daisy war dem Geistlichen sehr dankbar.

Daher waren die einzigen Leute, die auf den Kirchenbänken saßen, als Daisy und Beth eintraten, Freunde und Verwandte. Daisy winkte einigen Gärtnerinnen von Kew zu. Hetty hatte nicht kommen können – sie lag immer noch im Krankenhaus –, aber Ruby war da. Sie trug jetzt eine Augenklappe und ließ ihr Haar wachsen, um ihre Verletzung zu verdecken. Wieder einmal staunte Daisy über die Tapferkeit der Menschen, die heute hier waren. Bernie, ein Freund ihrer Eltern, war ebenfalls gekommen. Er saß bei Teddy und Louisa und lachte gerade über etwas, das Louisa gesagt hatte. Daisy warf ihm eine Kusshand zu, und er lächelte sie an.

Sie suchte unter den Gästen nach Christopher. Er wäre in einer Menge kaum zu übersehen, und sie merkte schnell, dass er nicht da war. Ihre Freude war getrübt, aber sie ließ sich nichts anmerken, sondern setzte ein Lächeln auf.

»Wie schön, alle Ihre Freunde und Verwandten kennenzulernen.« Reverend King lächelte, als er zu ihr kam, um sie zu begrüßen. »Heute ist ein wahrhaft freudiger Tag.«

»Das ist wahr«, sagte Daisy. Und so war es ja auch. Warum war sie dann so traurig?

»Aber auch nicht frei von Kummer«, fuhr der Pfarrer fort. »An einem Tag wie heute müssen Sie Ihren Mann besonders schmerzlich vermissen. Ich würde ihn gern erwähnen, wenn es Ihnen recht ist.«

»Es ist mir mehr als recht.« Daisy war gerührt. »Seine Eltern sind hier, und ich bin sicher, sie werden sich sehr darüber freuen.«

»Ich war ungemein bewegt, als Sie mich baten, die Taufe hier abzuhalten. In dieser Kirche sind Ihre Eltern getraut worden, nicht wahr?«

Daisy sah zu Ivy und Jim. »Ja.« Sie senkte die Stimme.

»Ich soll es zwar eigentlich keinem sagen, aber vielleicht fragen Sie später ihren Freund Bernie« – sie zeigte mit dem Kopf in Bernies Richtung – »warum St. Anne's seinem Herzen besonders nahesteht.«

Reverend King zog eine Augenbraue hoch, und Daisy lachte. Das wird ein wunderschöner Tag, dachte sie. Wenn bloß Christopher schon da wäre!

»Können wir anfangen?«

Nach einem letzten Blick nach draußen, um zu sehen, ob Christopher vielleicht im Anmarsch war, nickte Daisy. »Ja.«

Sie versammelten sich um das Taufbecken, Daisy und Willow, dazu Beth, Willows Taufpatin, und Teddy, den Daisy gebeten hatte, der Taufpate ihrer Tochter zu sein. Beide Paten sahen furchtbar stolz aus, und Beth sprach ihren Text laut und deutlich und völlig fehlerfrei. Wahrscheinlich hat sie geübt, dachte Daisy.

Als Reverend King Wasser auf Willows Stirn träufeln wollte, rief Willow ganz laut »Nein!« und bog den Rücken nach hinten, um außer Reichweite zu sein, und alle mussten lachen. In diesem Moment ertönten gedämpfte Geräusche vom Portikus, und Christopher platzte herein. Seine Krawatte saß schief, und er war ziemlich rot im Gesicht. Alle drehten sich zu ihm um, und er riss entsetzt die Augen auf.

»Habt ihr schon angefangen? Oh nein, das tut mir wirklich leid. Ich habe vergessen, aus der verflixten U-Bahn auszusteigen, und musste den ganzen Weg von Richmond bis hierher zu Fuß laufen.«

»Warum bist du nicht einfach mit der U-Bahn in die entgegengesetzte Richtung gefahren?«, fragte Daisy, aber sie lächelte, weil sie glücklich war, ihn zu sehen.

Christopher kratzte sich am Kopf. »Daran hab ich gar nicht gedacht.«

»Komm schon«, sagte Daisy. »Wir sind fast fertig.«

Christopher kam nach vorn, stellte sich neben Daisy und lenkte Willow ab, damit Reverend King die Taufe durchführen konnte, und auf einmal war alles perfekt.

Später, als die Tränen der Freude und der Rührung getrocknet waren, gingen alle hinaus, um sich fotografieren zu lassen. Die Glocken läuteten, und Daisy fiel auf, dass Ivy stehen blieb und mit einem seltsamen Ausdruck auf ihrem Gesicht lauschte. »Erinnerungen?«, fragte sie ihre Mutter.

Ivy nickte. »So viele Erinnerungen.« Jim legte einen Arm um sie, und Daisy lächelte, weil es schön war zu sehen, wie glücklich ihre Eltern nach all den Jahren immer noch miteinander waren. Rex und sie hatten oft darüber gesprochen, dass es bei ihnen genauso sein sollte. Das würde jetzt nie geschehen, aber sie hatte eine zweite Chance bekommen. Vielleicht würden Christopher und sie zusammen alt werden. Sie hatte das unbestimmte Gefühl, dass es durchaus so sein könnte.

»Daisy, du und Willow in der Mitte, alle anderen gruppieren sich um euch herum«, sagte Poppy, die ihre erste eigene Kamera bekommen hatte und darauf brannte, so viele Bilder wie möglich zu schießen.

Nachdem Poppy eine ganze Reihe von Fotos gemacht

hatte, zog Daisy sie beiseite. »Kannst du Dad bitten, eins zu machen, wo du auch mit drauf bist?«, fragte sie.

Poppy gab ihrem Vater die Kamera, und Daisy holte sie und Ivy und Louisa, dazu Beth und Agatha und natürlich die kleine Willow, und sie alle lächelten in die Kamera.

»Eine neue Generation von Kew Gardens Girls«, rief Daisy. »Was mag das nächste Kapitel bringen?«

Nachwort

»Kew ist eine der bedeutendsten botanischen Gartenanlagen der Welt, und dieses Land braucht Kew.«

SIR DAVID ATTENBOROUGH,
NATURFORSCHER

Die Royal Botanic Gardens in Kew, einem südwestlichen Stadtteil von London, wurden im Jahr 1759 als botanische Gärten angelegt und sind heute eine weltbekannte wissenschaftliche Einrichtung und eine der führenden Anlagen dieser Art. Mit ihren Sammlungen aus aller Herren Länder, weltweiten Partnerschaften und einer Fläche von 132 Hektar sind sie anerkanntes Weltkulturerbe der UNESCO und eine Stätte der Bildung, Inspiration und Spitzenforschung. Keine Institution vermag besser zu demonstrieren, warum Pflanzen und Pilze den Schlüssel für die Lösung einiger der größten Probleme darstellen, denen sich unser

Planet heute stellen muss, von Ernährungsgefährdung bis zum Biodiversitätsverlust.

Die Kew Gardens sind eine der größten Touristenattraktionen im Land und ziehen jährlich Millionen Besucher aus dem In- und Ausland an. Dank der ungeheuren Zahl an Mitarbeitern bleiben die Gärten als Ort der Natur und der Schönheit, der Nachhaltigkeit und des Kulturerbes erhalten.

Zum Weiterlesen

Um mehr über die Kew Gardens und ihre Geschichte zu erfahren, empfehle ich *The History of the Royal Botanic Gardens Kew* von Ray Desmond und *The Story of Kew Gardens in Photographs* von Lynn Parker und Kiri Ross-Jones.

Einige Bücher, die mich während der Arbeit an dieser Geschichte inspirierten, waren *The Country Diary of an Edwardian Lady* von Edith Holden, das die Grundlage für Ivys Aufzeichnungen bildete, sowie *My Growing Garden* von J. Horace McFarland, das mir als Vorbild für Bernies fiktives Buch *Mein Gartenjahr* diente.

Zur Geschichte der Suffragetten empfehle ich *Suffragette. Die Geschichte meines Lebens* von Emmeline Pankhurst und *The Suffragettes in Pictures* von Diane Atkinson.

Virginia Woolfs Erzählung *Kew Gardens*, eine anregende Schilderung der Gärten Anfang des zwanzigsten Jahrhunderts, eignet sich perfekt als begleitende Lektüre.

Autorin

Posy Lovell ist ein Pseudonym der britischen Autorin und Journalistin Kerry Barrett, die bereits zahlreiche historische Romane geschrieben hat. Am liebsten beschäftigt sie sich dabei mit der Rolle von Frauen in vergangenen Zeiten. Sie lebt mit ihrer Familie in London.

Posy Lovell im Goldmann Verlag:

Die Gärtnerinnen von Kew Gardens. Roman
Die Töchter von Kew Gardens. Roman

(auch als E-Book erhältlich)